Colin de Silva wurde auf Ceylon (dem heutigen Sri Lanka) geboren und wuchs dort auf. Während des Zweiten Weltkriegs diente er als Offizier in der britischen Armee. Von 1946 bis 1956 war er im ceylonesischen Staatsdienst beschäftigt und emigrierte 1962 nach Hawaii, wo er heute lebt.

W0280799

Von Colin de Silva ist außerdem erschienen:

Alhambra (Band 63009)

Deutsche Erstausgabe März 1997
Copyright © 1997 für die deutschsprachige Ausgabe
Droemersche Verlagsanstalt Th. Knaur Nachf., München
Das Werk einschließlich aller seiner Teile ist urheberrechtlich geschützt.
Jede Verwertung außerhalb der engen Grenzen des Urheberrechts-
gesetzes ist ohne Zustimmung des Verlages unzulässig und strafbar.
Das gilt insbesondere für Vervielfältigungen, Übersetzungen,
Mikroverfilmungen und die Einspeicherung und Verarbeitung
in elektronischen Systemen.
Titel der Originalausgabe »The Magi Testament«
Copyright © 1997 by Colin de Silva
Published by Arrangement with Autor
Umschlaggestaltung Manfred Waller, Reinbek
Umschlagabbildung Archiv für Kunst und Geschichte, Berlin
Satz MPM, Wasserburg
Druck und Bindung Elsnerdruck, Berlin
Printed in Germany
ISBN 3-426-63052-4

2 4 5 3 1

COLIN DE SILVA

Die Botschaft des Mönchs

Roman

Aus dem Amerikanischen
von Marcel Bieger

Knaur

Gewidmet meinem Freund, Lieutenant Colonel Donald T. Appling, Schwertmeister, Flieger und Gentleman, der mir bewiesen hat, daß Treue auch bedeutet, vollkommenes Vertrauen zu haben.

DANKSAGUNG

Meine tiefempfundene Würdigung und Dankbarkeit gebühren: Dorothee Grisebach vom Verlag Droemer Knaur dafür, daß meine Romane veröffentlicht worden sind; Susan Herner, meiner literarischen Agentin, für ihren Glauben an mich und ihre wertvollen Ratschläge; Marcia Krueger für ihre enorme Unterstützung bei allerlei Nebentätigkeiten und Arrangements; Lynne O'Hara für ihre unermüdliche Ermutigung und Hilfe.

New Orleans, Louisiana
Colin de Silva

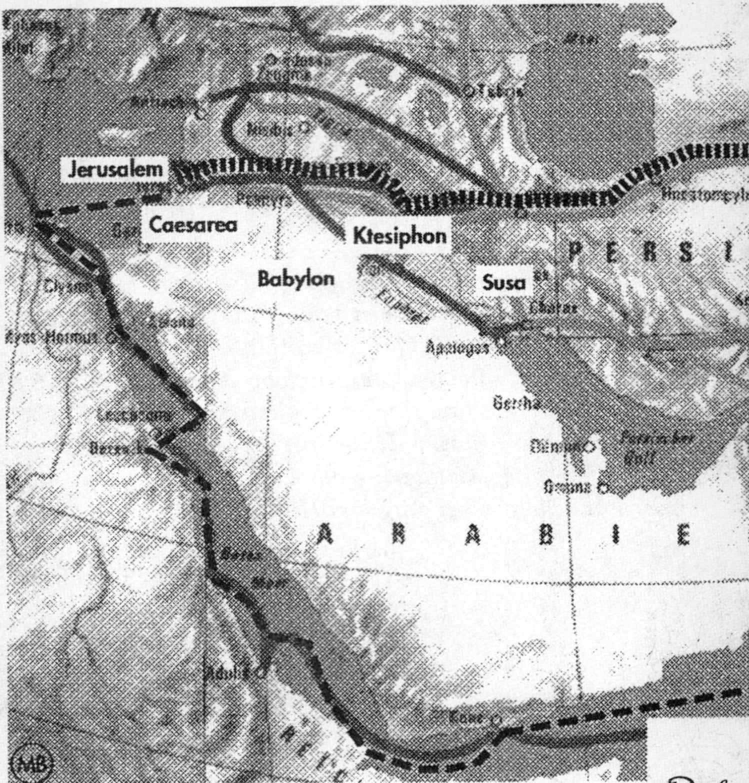

--- Reiseweg von Alara und Jesus
Wahrscheinlicher Rückreiseweg der drei Könige aus dem Osten
— Andere Handelswege des Altertums

Kapilavatthu — Wichtige Station

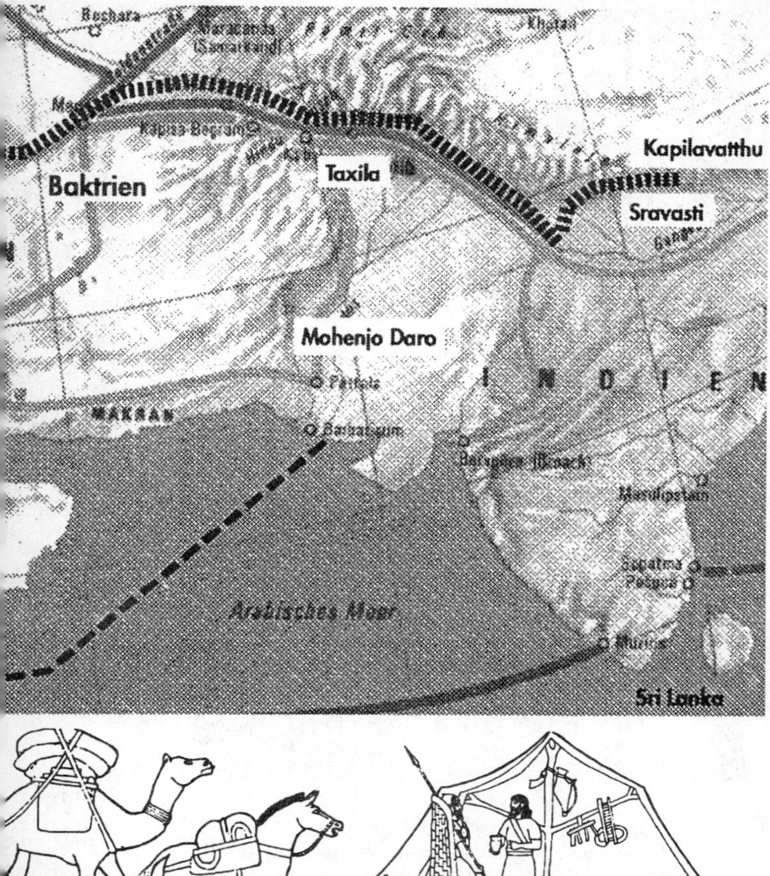
Buchara
Khotan
Kapilavatthu
Baktrien
Taxila
Sravasti
Mohenjo Daro
INDIEN
MAKRAN
Arabisches Meer
Sri Lanka

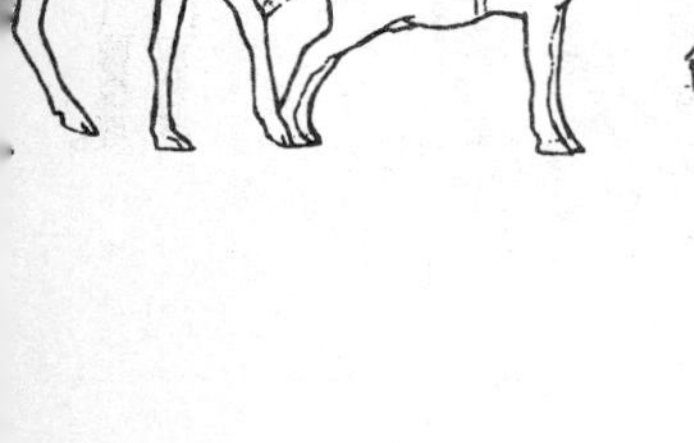

Der Hohepriester

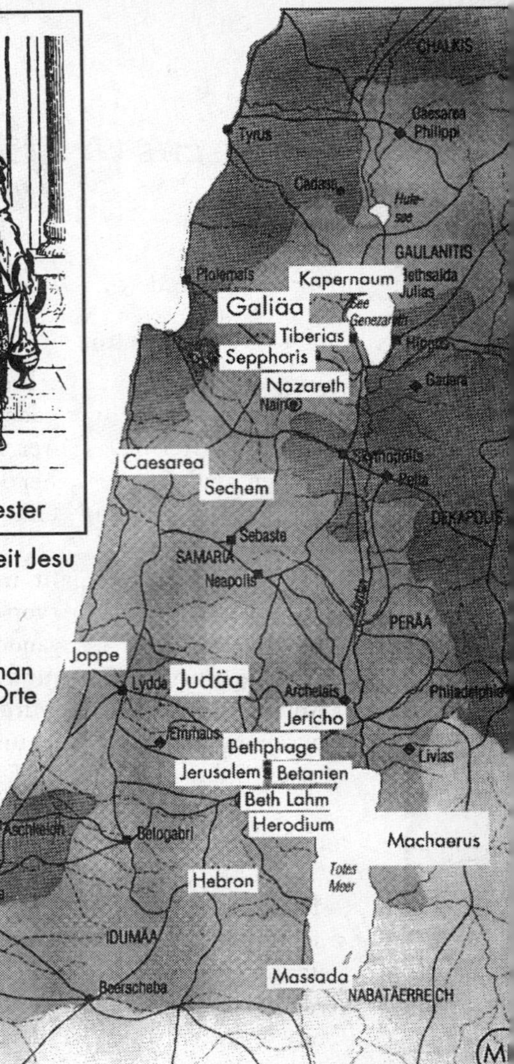

Palästina zur Zeit Jesu

Jerusalem

Wichtige im Roman vorkommende Orte

HISTORISCHE VORBEMERKUNG

Zur Zeit von Jesus wurde das Gebiet des heutigen Israels von den unterschiedlichsten, miteinander ringenden Völkern bewohnt, vornehmlich den semitischen Ammonitern und Aramäern – mit denen die Israeliten verwandt waren –, den indoeuropäischen Hethitern, den Hurritern und den kleinasiatischen Philistern. Die Syrer, Assyrer, Babylonier, Perser, Griechen und Römer beherrschten nacheinander diesen Landstrich, der sich zur Zeitenwende fest im Griff des Römischen Reiches befand.

Die Geschichte der Juden beginnt mit Abraham, einem Nomaden, der mit seinem Stamm von Ur, einer hochzivilisierten Stadt in Südsumer, fortwanderte. Der Bund zwischen Jahwe, dem einzigen Gott, und dem jüdischen Volk geht auf Abraham zurück und wurde von den späteren Patriarchen, seinen Söhnen Ishmael und Isaak, und wiederum von dessen Söhnen Jakob und Esau erneuert. Jakobs Frauen, Lea und Rachel, und seine Mägde gebaren ihm zwölf Söhne: Reuben, Simeon, Levi, Juda, Issacher, Zebulon, Dan, Naphtali, Gad, Ascher, Joseph und Benjamin. Deren Nachkommen bildeten die zwölf Stämme Israels.

Die Geschichte der Juden unter ihren Patriarchen findet ihre Fortsetzung im nordägyptischen Gosen, wo sie sich als Bauern niederließen und später unter Pharao Ramses II. auf das Schlimmste unterdrückt wurden. Moses führte sein Volk hinaus aus Ägypten und ins Gelobte Land. Und auf

dem Berg Sinai gab er ihm aus der Hand Gottes die Zehn Gebote.
Wieder zurück in der vormaligen Heimat, waren für die Juden – zu jener Zeit kein einiges Volk, sondern in die einzelnen Stämme aufgesplittert und angeführt von Häuptlingen, den sogenannten Richtern – die westlich von ihnen lebenden Philister die gefährlichsten Gegner. Sie vereinigten sich gegen diesen aggressiven Nachbarn unter ihrem ersten König, Saul. Aber erst dessen Nachfolger, David aus dem Stamm Juda, gelang es, alle Feinde zu besiegen. Er erweiterte das Territorium seines Reiches bis über den Jordan, verhalf seinem Volk zu Frieden, Wohlstand und Unabhängigkeit und gab den Israeliten nationale Identität und Stolz, für die auch nachfolgende Generationen noch kämpften. Davids Sohn Salomon führte das kleine Reich zur Blüte und baute in Jerusalem den ersten Tempel, der für Israeliten sowohl zum Symbol ihres Glaubens als auch ihres Martyriums werden sollte.
Nach Salomons Tod zerbrach das jüdische Reich unter König Rehabeam in zwei Teile. Das südliche, Juda oder Judäa, von dem sich auch der Name Juden ableitet, behielt als Hauptstadt Jerusalem, wo weiterhin die Dynastie aus dem Hause David regierte. Das nördliche Reich, das mal Ephraim und mal Israel hieß, beherbergte zehn der Stämme und führte des öfteren Krieg gegen Juda.
Nach der Teilung hielt sich das nördliche Reich nur bis zum Ansturm der Assyrer, die in dieser Region mit den Phöniziern um die Vorherrschaft rangen. Der assyrische Herrscher Sargon II. eroberte 721 vor Christus Samaria, die Hauptstadt Israels, und die zehn Stämme hörten somit auf, ein Staatsgebilde zu sein. Das nördliche Reich wurde Vasall Assyriens und mußte dessen Göttern huldigen. Und so blieb den strenggläubigen Israeliten allein Judäa als Hoff-

nung. Ich habe manchmal den Begriff Israel für beide Königreiche gebraucht.

Der nächste bedeutende Zug zur Reinstallation des reinen jüdischen Glaubens fand 198 vor Christus statt, und zwar als Reaktion auf die Herrschaft der griechischen Seleukiden, die ihre Götter im Land der Juden einführten und den Juden ihre religiöse Eigenständigkeit versagten. Der Funke der Rebellion entzündete sich in Modein, einem kleinen Dorf südlich von Jerusalem, wo der jüdische Priester Mattathias nicht nur einen Landsmann, der gemäß den Befehlen der fremden Herrscher deren Göttern opfern wollte, tötete, sondern auch noch den königlichen Beamten, der sie zu diesem Opfer zwingen wollte. Mattathias floh daraufhin mit seinen fünf Söhnen in die Berge. Als er 167 vor Christus starb, übernahm sein Sohn Judas, genannt Makkabäus, das bedeutet der Hammer, die Führung des Aufstands. Dieser große militärische Stratege befreite Jerusalem nach drei Jahren erbitterter Kämpfe und weihte den Tempel wieder ein.

Während der Herrschaft der Makkabäer, der Nachfolger des Judas, übernahm Rom Judäa. Der Widerstand gegen die Römer wurde von einer kleinen militanten Fraktion der Pharisäer angeführt, die sich später Zeloten nannten. Diese glaubten, der bewaffnete Aufstand gegen die Fremdherrscher sei göttliches Gebot, und führten einen lang anhaltenden Guerillakrieg. Rom beendete die Unruhen, indem es seinen Vertrauten Herodes, den man später den Großen nannte, auf den Thron von Judäa setzte. Herodes war der Sohn des romfreundlichen Antipater aus Idumea im Lande Edom.

Idumäer, Römer, Syrer, Israeliten und Juden rangen allesamt um die Vorherrschaft in diesem Gebiet. Zeloten, Essener, Pharisäer, Sadduzäer, Freiheitskämpfer, religiöse Fana-

tiker, Aufrührer, bezahlte Mörder, geldgierige Steuereintreiber und bestechliche Priester – jeder kämpfte gegen jeden und gegen die fremden Herrscher.
So kam Jesus im Jahre 4 vor Christus in einem Land zur Welt, dessen Zustand sich nur wenig von dem heutigen unterschied. Seine Lebensgeschichte muß daher vor diesem Hintergrund gesehen werden.

TEIL I

PROLOG

Ich bin erst drei Jahre alt, als die Parther unseren Palast in Baktrien erobern. Zitternd vor Furcht hocke ich auf dem Schoß meiner Mutter und vernehme die Schreie und das Getöse vom Großen Tor, wo die Garde sich vergeblich der unüberwindlichen Flut der anstürmenden Parther entgegenstemmt. Meine Mutter, die Königin Ghazni, trägt mich auf der Hüfte bis zum oberen Absatz der großen marmornen Haupttreppe, die aus der weiten Halle nach oben führt. Dort erblicken wir die große Gestalt meines Vaters an der Spitze seiner Gefolgsmänner. Sie halten sich bereit, die Türen zur Halle bis zum Letzten zu verteidigen. Diener, Mägde, Zofen und sonstiges Gefolge drängen sich auf den Balkonen und starren hinab in den Thronsaal. Im Licht der hängenden Öllampen breitet sich unter uns eine gespenstische Szene aus, die sich sehr von dem Frieden und der Fröhlichkeit glücklicherer Zeiten unterscheidet.

Ein gewaltiges Donnern erhebt sich unvermittelt und läßt die Wände erbeben.

»Sie haben die Tore aufgebrochen und setzen nun Rammböcke ein, um gewaltsam einzudringen«, verkündet mein Vater, König Khan, ein dominierender Mann in glänzender Rüstung. Er hat sein Schwert hoch erhoben. »Der Tod sei unser Ruhm!« brüllt er. Wie herrlich und prachtvoll er aussieht.

Die Frauen auf den Balkonen fangen an zu weinen und zu

wehklagen. Meine Mutter hält mich fester und richtet sich zur vollen Größe auf. »Seid still, ihr alle!« befiehlt sie ihnen.

Stolz auf meine beiden Eltern steigt in mir auf. Sie haben immer auf mich aufgepaßt und mich stets beschützt. Und irgendwie wird ihnen das auch jetzt wieder gelingen. In diesem Moment des Vertrauens und der Geborgenheit geschieht noch etwas anderes in mir. Der Stolz auf meine Herkunft sowie die Erkenntnis der Tapferkeit meines Vaters und des Muts meiner Mutter, beides ruhig und würdig gezeigt, läßt in mir die Entschlossenheit wachsen, es ihnen gleichzutun. Und dieser Wunsch ist so intensiv, daß ich mein Gesicht am Hals der Mutter vergrabe. Unter ihrem weißen Gewand duftet sie nach dem Jasminparfüm, das sie stets trägt.

Doch sie mißversteht meine Geste als Angst, zieht mich noch dichter an sich heran und klopft mir mit raschen, beruhigenden Bewegungen ihrer weißen Hände auf den Rücken. »Fürchte dich nicht, mein Kind«, sagt sie über das rhythmische Stoßen an der Tür hinweg. »Und solltest du doch jemals Angst empfinden, so erinnere dich daran, daß du ein Prinz bist und den königlichen Klans von Khan und Ghazni entstammst; und als solcher darfst du niemals Furcht zeigen.« Ihre Arme schließen sich noch enger um mich. »Das mußt du mir jetzt versprechen, hörst du?«

»Ich verspreche es dir«, entgegne ich, ohne ihrem Blick auszuweichen.

Ihre Augen werden feucht und glitzern vor unvergossener Tränen. Zwischen der Mutter und ihrem Sohn besteht die unzerstörbare Verbindung eines gemeinsamen Beschlusses. Für einen kurzen Moment sieht sie zu ihrem Gatten hinüber, und instinktiv treffen sich ihre Blicke. Der Knabe ahnt, daß in dieser Sekunde ihr gemeinsames Leben noch einmal vor ihnen vorüberzieht.

In diesem Moment fliegt die Tür krachend auf, und der Feind stürmt herein – ein Haufen wild aussehender Männer, die von einem rotbärtigen Hünen mit einem langen Schwert angeführt werden. Er greift unverzüglich meinen Vater an und läßt die Klinge herabsausen. Eisen klirrt auf Eisen, als der König den Hieb abwehrt. Und schon erfüllt ein unbeschreibliches Getöse den Saal. Blut spritzt, Hiebe krachen und Männer fallen, um sofort niedergetrampelt zu werden. Die Frauen auf den Galerien fangen wieder an zu heulen, doch diesmal beachtet meine Mutter ihr Wehklagen nicht. Während immer mehr Parther eindringen, verkrampft sich die Königin. Ich verliere meinen Vater aus den Augen, doch ich brauche nur nach dem alles überragenden Hünen zu blicken, um zu wissen, wo er gerade steht. Und dann verkündet Triumphgeheul, daß König Khan gefallen ist. Unsere Streiter verläßt der Mut, und ihre Reihen brechen. Gott stehe uns bei!
»Ich möchte, daß du dir jetzt alles genau anschaust«, sagt meine Mutter ruhig. »Dein Vater wird bis zum letzten Atemzug kämpfen. Er wird sterben und damit dir und der ganzen Welt ein leuchtendes Beispiel von Mut und Tapferkeit geben. Damit soll dir dein Vater in Zukunft in jedem Moment der Furcht Stärke und Inspiration sein.«
Die siegreichen Feinde rennen durch die Halle und strecken jeden nieder, der nicht zu ihnen gehört, bis alle Gefolgsleute erschlagen sind. Angeführt von dem schwitzenden Riesen, richten sie ihre Blicke dann nach oben auf die Frauen und stoßen wilde, erwartungsvolle Schreie aus.
Mit mir an ihrer Seite schreitet die Königin zum Treppenabsatz und bleibt dort stehen. Sie sieht aus wie eine weiße Statue. Der Anführer, der schon die Stufen hinaufstürmt, bleibt auf halber Treppe stehen. Ich sehe den Schock in seinem löwenähnlichen Gesicht mit den breiten Wangen-

knochen, der großen Nase, den wahnsinnigen gelben Augen und dem schweißverklebten Bart. Er hat das Schwert halb erhoben, und von der Klinge tropft Blut. Der Riese bringt mit einer weit ausholenden Bewegung seiner mächtigen Hand die Krieger zum Stehen. Er keucht und ruft dann mit rauher Stimme: »Wer seid Ihr?«
»Ich bin Königin Ghazni«, antwortet meine Mutter ganz ruhig, »und dies hier ist Prinz Alara, der Erbe dieses Königreichs.« Sie nickt in meine Richtung. »Mir ist bewußt, daß uns alle hier im Palast der Tod erwartet, aber ich bitte Euch, verschont den Prinzen. Euer König wird den Knaben als Geisel nehmen wollen, um sich den Gehorsam des Volkes, das Ihr erobert habt, zu sichern – genau so, wie es sein Vorfahre, der Großkönig Kyros, zu seiner Zeit zu tun pflegte.« In der Stille, die uns umgibt, klingt ihre Stimme golden und sanft wie eine Leier.
Der Anführer atmet schwer und kämpft gegen seinen Blutdurst an. Schließlich nickt er. »Die Frau spricht wahr«, erklärt er dem Krieger, der direkt hinter ihm steht. »Ergreift den Welpen.«
Ein stämmiger Parther stampft die Treppe hinauf und entreißt mich rauh den Armen meiner Mutter. Doch es gelingt ihr noch, mich zum Abschied zu küssen und mich unseren Göttern zu empfehlen. Der Krieger stinkt nach Schweiß, frischem Blut und Kamel.
Von dem, was nun folgt, will ich nur erwähnen, daß die Eroberer mich zwingen, zuzusehen, wie der grobschlächtige rotbärtige Riese der Königin das weiße Gewand vom Leib reißt und sie vor meinen Augen vergewaltigt. Sie läßt es mit sich geschehen, als wäre sie leblos wie eine Puppe. Ich bete zu den Göttern, daß sie stirbt, bevor der Mann mit ihr fertig ist. Das letzte, was ich von ihr zu sehen bekomme, ist ihre nackte Gestalt, wie sie weiß wie altes Elfenbein ausgestreckt

auf dem Marmorboden liegt. Als der Krieger mich in die große Halle hinunterträgt, erblicke ich dort auch den Körper meines Vaters. Er ist ebenfalls nackt, denn sie haben ihm alle Kleider abgenommen; und sie haben ihm sein Geschlechtsteil abgehackt und ihm in den Mund gestopft. Später muß ich erfahren, daß nach dem Riesen auch andere Soldaten über den toten Leib meiner Mutter hergefallen sind, um sich das Vergnügen zu gönnen, es einmal mit einer Königin zu treiben.

Ich muß mich dem Mausoleum meiner Erinnerungen stellen, geplagt von Kummer und Entsetzen in wachen Momenten und von den mich häufig heimsuchenden Alpträumen, wenn ich schlafe. Doch von frühester Zeit an kämpfte ich energisch darum, mein inneres Gleichgewicht zu erhalten, und bemühte mich, den letzten Worten meiner Mutter gerecht zu werden, als sie mir befahl, mich wie ein Prinz zu betragen, bevor rauhe Kriegerhände mich ihren sanften, weichen und liebenden Armen entrissen.

KAPITEL 1

Meine Erinnerungen an den Palast in Baktrien sind vage, und das ist auch gut so. Die Schrecken, die ich dort erlebt hatte, lähmten meinen Geist während der folgenden zwei Jahre, die ich in Parthien verbrachte und mich dort am Hof entsprechend der Etikette verhielt, die sich nicht so sehr von der in meiner Heimat unterschied. Ich hatte nicht die leiseste Ahnung, was mich bei meiner Rückkehr nach Baktrien erwarten würde.

Entgegen landläufiger Meinung hat ein Prinz einen ausgefüllten Stundenplan, und das an sieben Tagen in der Woche. Von dem Tag an, an dem er laufen und sprechen kann, wird er dazu ausgebildet, sich wie ein Mitglied der Königsfamilie zu benehmen. Während der Tagesstunden bin ich ständig beschäftigt und kann in dieser Zeit meinen Kummer vergessen.

Doch jede Nacht, wenn ich auf die seidenen Kissen meiner Couch zurücksinke, um zu schlafen, vermisse ich die Umarmung meiner Mutter, die Weichheit ihrer Wange an der meinen und die goldene Wärme ihrer Stimme. In diesen Stunden krampft sich mein Herz zusammen, als wolle es brechen. Meine Kehle schmerzt, und die Tränen, die zu vergießen man mir verboten hat, sind dann nie fern. Sie zurückzudrängen hilft mir, vorzeitig zum Mann zu werden, aber wie kommt es, daß großer Schmerz einem die Kehle zuschnürt?

Ich wohne zusammen mit anderen kleinen Prinzen im Frauenquartier des Palasts, und die einzigen Männer, die ich zu sehen bekomme, sind die Eunuchen und die alten, ergrauten Lehrer, die uns in den Fächern Hofetikette, Geschichte und Religion unterrichten. Obwohl ich jede Form von Gewalt verabscheue, zwingt man mich, mir Grundkenntnisse im Umgang mit Waffen anzueignen. Doch von den weisen Männern etwas zu hören, besonders über die Religion, ist mir eine wahre Freude – außer wenn ein Hinweis auf Baktrien oder meine Familie sich tiefer in mich bohrt als die Schwerter der parthischen Eroberer.

Da ich mich von der Welt der Menschen absondere, was mit ihrer Bestialität zu tun hat, kann ich auch weder ihre Schönheit und Freundlichkeit genießen, noch mit jemandem Freundschaft schließen. Meine Kammerzofe ist eine dralle und mütterliche Perserin, die ihr Haar im Nacken zu einem Knoten zusammengebunden hat. Sie heißt Aischa, und sie überschüttet mich mit ihrer Zuneigung. Die Frau kümmert sich in allen Belangen um mich, erkundigt sich nach meinem Befinden und streicht mir gelegentlich auf ganz eigene, sanfte Weise übers Haar. Ich bedanke mich stets höflich bei ihr, gestatte mir aber nie, sie zu lieben, oder das Bedürfnis, sie zu brauchen; denn solcherlei Gefühle sind das Tor zu Schmerzen und Leid. Und wenn ein anderer als Aischa mich berührt, erstarre ich, muß ich dann doch daran denken, daß körperlicher Kontakt einst das Tor für die gräßlichen Akte der Zerstörung aufstieß, deren Zeuge ich geworden war.

»Ich weiß einiges über das, was in Eurem Palast geschehen ist, kleiner Prinz«, sagt Aischa eines Nachts, nachdem sie dafür gesorgt hat, daß ich es auf der Couch auch bequem habe. Sie schnieft, und es zuckt auf ihren hellen, runzligen Wangen. Ihre grünen Augen sind voller Mitgefühl. »War-

um erzählt Ihr Aischa nicht davon? Es wird Euch guttun, Euer Leid mit jemandem zu teilen.«
Ich schüttele langsam den Kopf und reiße mich zusammen, um nicht heftig abzuwehren. »Da gibt es nichts, was eines Berichts wert wäre«, entgegne ich und muß die Zähne zusammenbeißen, um nicht schwach zu werden. »Ich danke Euch jedoch für Eure Anteilnahme.« Ich wage es nicht, in ihre Augen zu blicken, denn in mir ist etwas, das vielleicht auf ihre Liebe reagieren würde.
Ruhig rolle ich mich auf die Seite, so als wolle ich jetzt schlafen. Aischa seufzt, tätschelt mir kurz das Haar und legt mir dann die kühle Hand aufs Haupt. Diese Berührung empfinde ich als Segen, beruhigt sie doch mein fiebriges Gehirn. »Gute Nacht, lieber Prinz. Schlaft gut.« Sie watschelt aus meinem Zimmer.
Nachdem sich die Tür hinter ihr geschlossen hat, ist mir nichts ferner als der Schlaf. Erinnerungen und Sehnsüchte durchfluten mich und lassen mir die unvergossenen Tränen in die Augen treten. Wie sehr ich meine Mutter vermisse.
Hier am parthischen Hof komme ich in Kontakt mit der Farsi-Religion, die der Prophet Zoroaster (Zarathustra) seinem Volk gegeben hat. Die Vorstellung von Ahura Mazda, dem einen Gott, und dem Konflikt zwischen den beiden Mächten des Lichts und der Finsternis, des Guten und des Bösen, ist für mich aufschlußreich und erhellend.
Das Böse habe ich bereits kennengelernt. Wie aber steht es mit dem Guten?
Ich weiß, daß es existiert, aber mein kindlicher Verstand lehnt alles Gute ab, denn alles, was mir gut und schön erschien, wurde in jener schrecklichen Nacht zu etwas Schlechtem. Wie oft habe ich mit dieser und ähnlichen Fragen gerungen? Meine Eltern waren gut. Warum war

ihnen beiden ein böses Ende beschieden? Sind gute Menschen selbst die Ursache für das Böse, das sie befällt? Und kann dieses Böse dann seinerseits die Ursache für etwas Gutes werden?
Während ich heute an all das zurückdenke, wird mir bewußt, daß ich nichts dringender suchte als einen Weg, dem Morast der Verzweiflung zu entfliehen. Und aller Kummer und alles Grübeln haben mich nur auf das vorbereitet, was folgen sollte.

KAPITEL 2

Als ich sieben Jahre alt bin, schickt man mich als König nach Baktrien zurück, das zu einem Vasallen des Partherreichs geworden ist. Mein Onkel, ein baktrischer Prinz, wird als Regent eingesetzt. Ich nehme an, diese Maßnahme soll mir ständig vor Augen halten, daß ich zwar auf dem Thron sitzen darf, aber über keine wirkliche Macht verfüge. Und der parthische König beweist noch mehr von dem Geschick, das der Herrscher eines großen Reichs benötigt, um die Kontrolle über seine weit auseinanderliegenden Provinzen zu bewahren. Er gibt mir einen seiner Vertrauten, Badiyi, als persönlichen Begleiter mit.
»Regier dein Königreich, so wie wir es tun würden«, gab der Großkönig mir als Rat mit auf den Weg, »nämlich mit Gerechtigkeit und etwas Gnade. Leg unsere Gesetze immer so aus, daß sie der Gerechtigkeit dienlich sind.« Sein Lächeln kam mir rätselhaft vor. »Du vermagst uns stets durch

Badiyi zu erreichen, wenn du des Schutzes gegen solche bedarfst, die anders handeln wollen.«

Ich begreife nun, daß es sich bei Badiyi in Wahrheit um einen Agenten des Großkönigs handelt. Aber eine rasche Verbindung zum parthischen Herrscher wäre wohl nicht zu verachten, wenn für mich einmal Bedarf danach entstehen sollte. Badiyi kann sich dann der Botenstationen bedienen, wo ihm frische Pferde zur Verfügung gestellt werden – ein System zur Nachrichtenübermittlung, das die Parther von den Persern übernommen haben. Vor vielen Jahrhunderten hatte Großkönig Kyros es eingerichtet.

Nur Aischa vergießt Tränen, als ich den Hof in Ktesiphon verlasse. Niemand sonst zeigt sich bekümmert, und das beweist, wie gründlich ich mich von den anderen hier abgeschottet hatte. Meine Magd hat mir allerdings bei vielen Gelegenheiten bewiesen, daß Liebe existiert, daß man sie geben kann, selbst wenn der Empfänger nicht darauf reagiert, und daß sie ungeheuer stark ist und in ihrer reinen Form den Menschen adelt. So ist diese niedere Magd in Wahrheit eine Königin, während viele der Prinzen und Prinzessinnen am Hof nicht mehr wert sind als Auswurf.

Obwohl mich die Aussicht, in den Palast meiner Vorfahren zurückzukehren, erbeben ließ, hatte ich noch keine rechte Vorstellung, in welchem Maß mich das Wiedersehen beeinträchtigen würde. Auf dem Weg nach Baktrien stellte ich mir vor, wie ich die große Halle betreten würde, in der mein Vater erschlagen und so grausam mißhandelt worden war.

Sein zerstückelter Körper hebt sich rosafarben vom Marmorboden ab. Und aus seinem Mund ragt der ...

Ich bin einer Ohnmacht nahe, als dieses Bild plötzlich überdeutlich in meinen Gedanken auftaucht, so als habe ein plötzlicher Blitz es aufleuchten lassen. Ich danke den Göttern dafür, daß die gebrochenen Augen meines Vaters nicht mehr sehen können, was man ihm in den Mund gestopft hat.

Mein Blick wandert langsam nach oben zur Terrasse, auf der meine Mutter auf brutalste Weise mißhandelt worden ist.

Ihr nackter Körper wirkt bleich und hübsch, doch Blut bedeckt ihre Haut ...

Kinder sollten nie die Geschlechtsteile ihrer Eltern auf solche Weise sehen müssen. Als die Erinnerung an den Anblick meiner Mutter und meines Vaters zurückkehrt, wird mir wieder schwarz vor Augen. Nur die schiere Willenskraft, die ich der Verzweiflung und meiner Herkunft verdanke, bewahrt mich davor, vom Pferd zu fallen.

Nie wieder will ich Geschlechtsteile sehen. Nicht einmal meine eigenen.

Diesen grimmigen Momenten der Erkenntnis entsprang mein nachfolgender *Brachmacharya*-Eid der vollkommenen sexuellen Enthaltsamkeit.

Ich hebe die Rechte, um mir Gehör zu verschaffen, und mein edelsteinbesetzter Amtsring funkelt und blitzt. »Wir wollen erst die Verteidigung hören, bevor wir ein Urteil fällen.« Meiner Stimme, obwohl noch die eines Knaben, wohnt bereits die Autorität eines Herrschers inne!

Der Blick, den Ali Khan, der Prinzregent, mir zuwirft, drückt vor allem Verwunderung, aber auch einen gehörigen Zorn aus. Einer Entscheidung, die er soeben gefällt hat, wird von seinem siebenjährigen Neffen widersprochen, und das vor dem klagenden Adligen und seinen Zeugen sowie dem allein dastehenden Angeklagten, in den Augen der Edelleute und des Kanzlers nicht mehr als ein kleiner Kunstschmied. Ich halte zum ersten Mal im Thronsaal eine öffentliche Audienz ab. Erst später soll ich erfahren, daß der Onkel meinen Vater an die Feinde verriet – wie er das angestellt hat, ist heute unwichtig – und dafür von dem parthischen General, der das Land in den vergangenen vier Jahren beherrscht hat, als Gouverneur eingesetzt wurde. Und heute, am Tag nach meiner Rückkehr in den Palast, verweist meine Macht seine Anmaßung in ihre Schranken.

Prinz Ali Khan droht vor Wut zu explodieren. Sein wuchtiger Körper, aufs vortrefflichste gekleidet in ein purpurnes Gewand, mit juwelenbesetzem Gürtel und goldfarbenen Pluderhosen, ist dazu angetan, jeden Widerstand zu überrollen. Seine Kleidung paßt ausgezeichnet zu dem auffallenden Gesicht mit dem schwarzen Bart und der Nase wie ein Krummsäbel. Mir ist bereits seine Angewohnheit aufgefallen, den Kopf zu senken und mit dunklen, blitzenden Augen unter schwarzen Brauen denjenigen anzustarren, den er einzuschüchtern wünscht. Es gelingt ihm jedoch nicht, das auch bei mir zu bewirken, denn ich bin viel zu klein und sitze auf dem Thron, während er wie ein Riese neben mir aufragt, der einzige – in diesem Fall wohl eher die einzige Person von Stand –, der sich außer mir auf dem königlichen Podest aufhalten darf.

Meine Krone ist eine verkleinerte Nachbildung der richtigen, die auf der anderen Seite des Throns umgeben von den weiteren Insignien auf der königlichen Fußbank ruht. Wenn man mir die Krone meines Vaters aufs Haupt setzte, würde sie bestimmt bis auf die Schultern herabrutschen und wie ein Halsband erscheinen, auf daß ich aussähe wie ein königlicher Esel – für den man mich hier in dieser Umgebung wohl auch hält. Und wenn ich versuchen sollte, den Herrscherstab zu erheben, bräche ich unter seinem Gewicht zusammen, womit ich mich endgültig zum Narren gemacht hätte. Es kommt mir so vor, als sei ein König in der Tat nicht

mehr als ein Esel, der unter dem Gewicht seines herrlichen Putzes und seiner Macht in die Knie geht.
Bei all dem wäre ich mir tatsächlich wie ein Popanz vorkommen und hätte, da ich noch ein kleiner Junge war, zudem von großer Angst erfüllt sein müssen. Doch wunderbarerweise blieb ich vollkommen ruhig und verspürte keine Furcht. Und hier folgt nun, wie meine erste Audienz verlief.
Der Prinzregent hatte vorhin verkündet, man solle den Angeklagten auf unbestimmte Zeit in den Kerker werfen – und das, ohne ihm überhaupt die Gelegenheit gegeben zu haben, seinen Standpunkt darzulegen.

Auf der langen Reise von Ktesiphon war ich von der Angst beherrscht gewesen, was es in mir wohl auslösen würde, den Palast wiederzusehen. Darüber hinaus fürchtete ich die Verantwortung, die vor mir lag, und mitunter befielen mich Momente der Panik, wenn ich an die schrecklichen Strafen denken mußte, die mich erwarteten, falls es mir nicht gelänge, den Großkönig zufriedenzustellen. Mein Magen war weich wie Dickmilch, als ich von dem schmuck ausstaffierten arabischen Pony stieg und mich vor dem riesigen Eingangsportal zum Palast inmitten sich tief verneigender Höflinge wiederfand. Die Erinnerungen an diesen Ort, die ich so lange zurückgehalten hatte, drängten mit solcher Macht nach oben, daß ich arg an mich halten mußte, um nicht zu schluchzen.
Doch dann geschah etwas Bemerkenswertes. Der Anblick des marmornen Bodens, auf dem mein Vater ein so unrühmliches Ende gefunden hatte, und der oberen Terrasse, wo Tod und Schändung die Erhabenheit meiner Mutter nur noch verstärkt hatten, erfüllte mich mit Stärke und der Entschlossenheit, mich als meiner Herkunft würdig zu er-

weisen. Der Tod würde niemals vermögen, meinen Eltern das Gute zu nehmen oder es auch nur zu schmälern, genausowenig wie das Böse ihr Andenken beflecken konnte.
Während die neue Macht durch meine Adern strömte, sah ich meinen Vater und meine Mutter, wie sie, gekleidet in schimmerndes Weiß, oben auf der Treppe erschienen. Der König nickte mir anerkennend zu. »Du bist das, wofür wir unser Leben gelassen haben«, erklärte er mit der tiefen Stimme, an die ich mich noch so gut erinnern konnte. »Leb du nun dein Leben, denn du hast soeben seine Quelle entdeckt.«
»Dich erwartet kein leichter Weg, mein Sohn.« Die goldene Stimme meiner Mutter gemahnte mich an die Wirklichkeit. »Manchmal wird die Angst dich lähmen. Doch du stammst von Khan und Ghazni ab und wirst über die Furcht triumphieren und das Böse von dir fernhalten, wenn du dich nur an das Gute hältst und die Finsternis der anderen in Licht verwandelst.«
Ich trat langsam auf die beiden zu, doch ihr Bild verschwamm unter meinen Tränen, und ich erinnerte mich an das Versprechen, das ich meiner Mutter damals gegeben hatte, und hörte auf zu weinen. Nicht eine Träne ist aus meinen Augen gefallen. Was ich gerade gesehen und gehört hatte, kam mir sehr wirklich vor. Ich blieb allein auf der obersten Stufe zurück, mit der Kraft des Geistes und den Schmerzen der Einsamkeit im Herzen.

So war es gestern geschehen. Und der Macht des Guten sieht sich Prinz Ali Khan in diesem Moment gegenüber. Ich ignoriere seine Empörung und befehle: »Laßt den Angeklagten vortreten.«
Der Künstler ist ein kleiner, älterer Mann mit geraden Gesichtszügen und runzligen Wangen. Er trägt ein schmut-

ziges weißes Gewand. Sein langes graues Haar ist unter einem weißen Turban zusammengebunden, und das verrät mir, daß es sich bei ihm um einen Inder handelt. Während er nervös auf das Podest zuschlurft, höre ich, wie der Kläger, Achmed Khan, ein Faß von einem Mann und angetan in grellbuntestem Blau, Rot und Gold, wütend schnaubt. Seine vier Leibwächter, allesamt bärtige Hünen und gekleidet in rote und weiße Uniformen, die er allem Anschein nach mitgebracht hat, um Eindruck zu machen und seinen Anschuldigungen Nachdruck zu verleihen, rücken hinter ihm zusammen.

»Wie lautet dein Name?« frage ich den Kunstschmied.

»Anwar Singh, Herr.« Er nickt furchtsam, so wie ein Hase, der sich einem Jäger gegenübersieht. Seine braunen Augen blicken traurig und sanft wie ein Reh.

»Du wirst den König nur mit ›Euer Majestät‹ oder ›Erhabener‹ anreden«, weist der große, hagere Wesir ihn von unterhalb des Podests zurecht.

Ich hebe meine Rechte, um diesen Versuch, den Beklagten einzuschüchtern, zunichte zu machen. »Die Form der Anrede ist nicht weiter wichtig, solange der Mann nur ehrlich dem Thron seinen Respekt erweist«, erkläre ich autoritätsbewußt und genieße die Bestürzung in den Reihen der Sündigen und Verschlagenen. Und als ich die aufkeimende Hoffnung in Anwar Singhs Blick entdecke, erfüllt mich Freude darüber, den Schwachen zu ihrem Recht verhelfen zu können.

Meine Lehrer am parthischen Hof haben mir beigebracht, nicht beladen mit Vorurteilen an einen Fall heranzugehen, aber hier ist mir bereits klar, worum es geht. Vor mir steht ein Fremder und dazu noch Angehöriger der unteren Klassen, der von Einheimischen aus den oberen Schichten bedrängt wurde, die sich gegen ihn zusammengeschlossen

hatten. »Erzähl uns mit deinen eigenen Worten, wie sich die Angelegenheit für dich darstellt«, fordere ich ihn auf.
»Ich komme aus Indien, Herr, äh, Euer Majestät«, beginnt er, »und meine Familie pflegt seit vielen Generationen die Goldschmiedekunst. Wir gehören einer niederen Kaste an, sind aber ehrliche Menschen. Ich bin mit meiner Frau und meinen Kindern vor dreißig Jahren in dieses Land gekommen, um den Unruhen in Taxila zu entfliehen, die man dort gegen uns Drawiden entfacht hatte.« Er wischt sich eine Träne aus dem Augenwinkel. Wir besitzen beide unangenehme Erinnerungen an die Vergangenheit. »In diesem Land hier konnten wir glücklich und in Frieden leben, und meine Arbeiten haben mich weithin bekannt gemacht.« Er schweigt einen Moment und sieht mich mit seinen traurigen Augen an.
Mein Herz trauert mit ihm. »Fahr fort«, dränge ich ihn und fühle mich jetzt sehr erwachsen.
»Dieser vornehme Herr dort kam vor etwa zwei Monden in meinen Laden, der sich in meinem kleinen Haus in der Straße der Goldschmiede befindet, und bestellte einige Kelche. Wir besprachen Form und Größe der Gegenstände und wurden uns über den Preis einig. Der Herr gab mir auch Gold, um daraus die Stücke herzustellen. Ich habe die Kelche genau nach seinen Anweisungen angefertigt, und vor einer Woche habe ich sie ihm geliefert.« Er schluchzt leise. »Als ich um die Bezahlung bat, verweigerte er sie mir mit der Begründung, das Gold sei nicht rein, und schickte mich fort.« Der Mann hebt hilflos die Hände. »Gestern bin ich wieder zu ihm gegangen, um den Arbeitslohn zu verlangen, denn ich hatte viel Zeit darauf verwendet, die Kelche zu formen und zu bearbeiten, aber da ließ er mich ins Gefängnis werfen. So bat ich darum, meinen Fall vor einem Gericht vortragen zu dürfen, und wenn ich wirklich ein Vergehen

begangen haben sollte, würde ich in den Kerker gehen.« Er zuckt die Achseln und schiebt bekümmert die Unterlippe vor.
»Habt Ihr für die Kelche reines Gold verwendet?« frage ich sanft.
»Das verwende ich ausschließlich, Erhabener. In meiner Familie hat man noch nie Gold mit unreinen Substanzen gemischt. So etwas widerspricht doch unserer Religion, nicht wahr?«
Ich sehe dem Edelmann streng ins Gesicht. »Hat der Goldschmied Euren Handel wahrheitsgemäß wiedergegeben, bis auf den Umstand, daß Ihr behauptet, das für die Kelche verwendete Gold sei unrein?«
»Ja, Euer Majestät«, antwortet der Adlige mit einer heiseren und hellen Stimme, die man bei Männern von seiner Statur überraschend häufig antrifft. »Und unsere Gesetze sagen, daß in einem solchen Fall das Werk in den Besitz der geschädigten Seite übergeht.«
»Wir danken Euch für Eure Erläuterung der Gesetzeslage«, entgegne ich höflich und lächle ihn aufmunternd an. »Wir vermuten, daß Ihr diese Kelche für eine Aufstockung Eures Bestands und nicht etwa für eine besondere Gelegenheit bestellt habt. Schließlich dürfte bei einem Mann in Eurer Position nie Mangel an goldenen Kelchen auftreten.«
Stolz schwellt sich nach diesem Kompliment seine Brust, und in seinen kleinen braunen Augen strahlt wiedererwachte Zuversicht. »Das kann ich nicht verhehlen, Erhabener. Eure Weisheit übertrifft bei weitem Euer jugendliches Alter.«
»Dann dürfen wir auch annehmen, daß Euch wenigstens die Genugtuung bleibt, diese Kelche als Ausgleich für Euer Ungemach benutzen zu können.«
»Euer Majestät ist wahrhaft großzügig.«

Er hat meine List noch nicht durchschaut. »Dann wollen wir Euch und Eure Gefolgsleute daran erinnern, daß das Gesetz, das Ihr zitiert habt, ausdrücklich von der ›geschädigten Seite‹ spricht. Wir vermögen nicht zu erkennen, wie Ihr in diesem Fall zu Schaden gekommen sein könntet, es sei denn, Ihr hättet die Kelche für eine besondere Gelegenheit bestellt und die Verzögerung, nun neue besorgen zu müssen, brächte Euch in große Verlegenheit.« Überzeugt von der Richtigkeit meiner Schlüsse, fahre ich rasch fort, bevor es zu einer weiteren Debatte und damit womöglich zu Falschaussagen kommen kann. »Wir verfügen daher, daß Anwar Singh, der Beklagte, aus der Haft entlassen wird. Weiterhin soll er von dem Kläger noch vor Einbruch der Nacht den ausgemachten Lohn für seine Arbeit erhalten, zuzüglich den Zehnten der Summe als Ausgleich für den ungerechtfertigten Gefängnisaufenthalt.«
Der aufkeimende Haß in den Augen des Edelmanns und das scharfe Einatmen des Prinzregenten rufen mir mein zartes Alter ins Gedächtnis zurück. Die Woge der Macht, die ich in mir spürte, als ich ein Unrecht wiedergutzumachen hatte, beginnt vor kindlicher Furcht zu verebben. Ich muß unbedingt die Reihen meiner neuen Feinde verkleinern. »Der Fall ist abgeschlossen. Führt den nächsten Bittsteller vor.« Ich blicke nach Art der Könige stur geradeaus und verbanne die Anwesenden damit aus meinem Gesichtskreis.
Doch ich kann weder das freudige Erstaunen im Geist des demütigen Goldschmieds Anwar Singh, den ich aus Unterdrückung errettet habe, noch mein eigenes Frohlocken darüber aussperren, dem Guten zu einem Sieg über das Böse verholfen zu haben.

Seit der Zeit des Kyros haben alle persischen und nach ihnen auch die parthischen Herrscher den von ihnen unterworfenen Reichen gestattet, weiterhin von ihren eigenen Machtorganen regiert zu werden, und zwar gemäß ihrer Gesetze, Gebräuche und Traditionen, wenn auch unter der Oberhoheit des Großkönigs. Lediglich solche Gesetze des betreffenden Landes sind untersagt, die dem persisch-parthischen Gesetz widersprechen oder sich sonstwie zum Nachteil der Oberherrschaft auswirken.

Das baktrische Vasallenkönigreich richtet sich nach den Lehren des Philosophen Kautilya, die er in seinem Werk *Das Artha Shastra* niedergelegt hat. Demgemäß sind die Bestandteile eines Reichs diese: der Herrscher, die Minister, das Land, die Befestigungsanlagen, die Finanzkraft, die militärische Stärke in Gestalt des Heeres mit seinen vier Waffengattungen (Fußvolk, Reiterei, Elefanten und Streitwagen) und die Bündnisse.

Unter den achtundzwanzig Verwaltungsangelegenheiten finden sich Ressorts wie Gerichtsbarkeit, Steuereinnahmen, Bewässerung des Ackerlandes, Landwirtschaft, Waldwirtschaft, Bergbau, Metalle, Verhüttungswesen, Fremdenüberwachung, Einwohnerstatistik, Krankenversorgung, öffentliche Arbeiten, Religion, Waffenschmiede, Schiffsbau, Pferde, Elefanten und Streitwagen.

Der königliche Dienstplan, bei dem jeder Tag in fünfzehn Segmente eingeteilt ist, wird strikt eingehalten. Nach ihm stehen dem Herrscher lediglich drei Stunden Schlaf und eine ebenso lange Zeitspanne für Ruhe und Meditation zur Verfügung. Als Prinz oder König zu regieren ist wahrhaftig kein Zuckerschlecken!

Nach meinem Urteilsspruch zollte man mir mehr Respekt, und der Rest der Audienz verlief ohne besondere Vorkommnisse.

Kinder sind empfänglicher für atmosphärische Spannungen als Erwachsene. Dafür besitzen diese in der Regel mehr

Macht, um darauf zu reagieren. Kinder, die keine Macht haben, besitzen zum Ausgleich die Gabe, sich besser auf neue Situationen einstellen zu können. Die kalte Atmosphäre im Thronsaal, die von dem Prinzregenten und dem Wesir ausgeht, sagt mir, daß die beiden nun meine Feinde sind und daß sie vor unterdrückter Wut über die erlittene Demütigung innerlich kochen.

Daher berichte ich Badiyi sofort von dem Vorfall, kaum daß ich in meine Gemächer zurückgekehrt bin. Er setzt eine besorgte Miene auf. »Ich werde meinen Herrn im Palast des Großkönigs davon in Kenntnis setzen müssen«, erklärt er, schweigt für einen Moment und kratzt sich am rasierten Kinn. »Es wäre wohl besser, wenn ich meinen hiesigen Kontaktmann informiere, damit er ein Auge auf Euch werfen kann.«

Zum ersten Mal erfahre ich, daß die Parther auch hier in Baktrien ihre Kontaktleute haben. Aber das hätte ich mir eigentlich denken können. Wie sonst sollte ein Herrscher die Kontrolle über ein weit entfernt liegendes Vasallenreich aufrechterhalten? Kein Wunder, daß Badiyi so durch und durch normal aussieht. Mit seiner gewöhnlichen Hautfarbe, seinen gewöhnlichen Kleidern und seinen gewöhnlichen Gesichtszügen gibt es nichts Auffälliges an ihm. Genau so muß ein richtiger Spion aussehen.

Badiyi muß meine Besorgnis bemerkt haben. »Ihr habt keinen Grund, die Reaktion des Großkönigs auf Euer Urteil zu fürchten«, versichert er mir. »Um die Wahrheit zu sagen, aus ebendiesem Grund hat er Euch und keinen anderen ausgesandt, Baktrien zu regieren. Er wußte, daß Ihr ein solches Urteil sprechen würdet.«

Das verwirrt mich sehr. »Wie konnte er . . .« beginne ich und verstumme, als mir die Logik seiner Entscheidung bewußt wird. Man sollte nie einen großen Herrscher unterschätzen.

»Der Großkönig kennt Euch besser als Ihr Euch selbst, Euer Majestät«, bestätigt mir mein Vertrauter und benutzt zur Betonung seiner Worte die formelle Anrede. »Er hat Euch nicht allein aufgrund Eurer Geburt für dieses Amt auserwählt, sondern vor allem wegen der Qualitäten, die Ihr in den vergangenen drei Jahren bewiesen habt.« Er lächelt. »Glaubt mir, Ihr wurdet nahezu jeden Moment Eures Aufenthalts im Palast in Ktesiphon beobachtet, und man hat Euch schließlich für würdig befunden, in diesem Land die Politik des Teilens und Herrschens im Sinne des Großkönigs durchzusetzen. Der Erhabene weiß, daß er Eurem Onkel nie bis zum Letzten trauen darf. Sobald ein Mann erst einmal sein eigenes Volk betrogen hat, um wie vieles leichter wird er dann die hintergehen, mit denen ihn allein der Eigennutz verbindet? Der Großkönig hat nicht sehr viel Achtung für den Prinzregenten übrig und braucht ihn nur als Aushängeschild.« Badiyi hebt den Zeigefinger, um seine nächsten Worte zu unterstreichen. »Seine Wahl fiel auch eingedenk der Ereignisse in jener Nacht auf Euch, in der Ihr zur Waise wurdet. Damit blieben Euch keine Kontakte in Baktrien und keine lokalen Verpflichtungen. Der perfekte Hintergrund für einen Herrscher, um unabhängig zu sein und um gleichzeitig von seinen Untertanen akzeptiert zu werden.«
Eigentlich hätte ich jetzt wütend darüber sein sollen, vom Großkönig wie Zuchtvieh behandelt worden zu sein, doch habe ich immer schon die Fähigkeit besessen, die Ruhe zu bewahren. Dann aber kommt mir eine schreckliche Frage in den Sinn, auf die ich unbedingt eine Antwort erhalten muß. »Ich vermute, Aischa, meine Dienerin, die mich besser kannte als jeder andere, war Euch dabei eine große Hilfe ...« beginne ich vorsichtig, und das Herz wird mir schwer. Meine Aischa war nicht mehr als eine weitere Spionin.

»Ganz im Gegenteil. Aischa war Euch so zugetan, und das von dem Moment an, in dem sie Euch zum ersten Mal zu Gesicht bekam, daß wir Narren gewesen wären, sie für unsere Zwecke einzuspannen«, antwortet er sachlich. »Jedermann wußte doch, daß sie ganz närrisch auf Euch war.«
Mein Herz tanzt zum Klang seiner Freudenglocken.

KAPITEL 3

Ein Jahr später, als mein Leben im Palast sich der formalen Routine angepaßt hat, kommt es zum bedeutsamsten Ereignis in meinem spirituellen Leben.
In der Zwischenzeit zeigte mein prompter Bericht an Badiyi die gewünschte Wirkung. Der Prinzregent und seine Verbündeten wurden streng ermahnt, mich in Zukunft zu leiten, statt zu versuchen, mir meine Autorität zu nehmen und selbst zu herrschen. Sogar ihr Racheplan, Feuer an das Haus des Goldschmiedes Anwar Singh zu legen, wurde im Keim erstickt.
Mit meiner Rückkehr nach Baktrien hatte ich auch den Glauben meiner jainistischen Vorfahren wieder angenommen. Diese Religion war von Vardha Mana gestiftet worden, nachdem der König Chandra Gupta aus dem Geschlecht der Maurya (was soviel heißt wie Pfau), einer der Satrapen von Sikander dem Großen (dem indischen Namen für Alexander den Großen), die makedonischen Besitztümer in Indien übernahm, sie vergrößerte und die mauryanische Dynastie begründete.

Wie die Farsi in Persien glauben auch die Jainiten an einen einzigen Gott und streben nach dem göttlichen Bewußtsein, von dem sie glauben, daß es nur durch vollkommene Reinheit erlangt werden kann.
Jede Form des Tötens, sogar der Akt des Atmens schafft Unreinheit. Vardha Mana verhungerte lieber, als ein Leben zu nehmen, um seinen Hunger zu stillen. Von ihm heißt es, daß er das völlige göttliche Bewußtsein erlangt habe. Auch wenn es sich dabei nur um eine Halluzination gehandelt haben mag, die die Schwäche des völlig entkräfteten Körpers in seinem Geist hervorrief, so zählt für die Jainiten doch allein der Umstand, daß er glaubte, in diesen Zustand gelangt zu sein. Ist es nicht viel besser, in Trance, aber glücklich, als bei vollem Bewußtsein und im Elend zu sterben?
Der König Chandra Gupta gab sein Reich und seine Besitztümer auf, um dem Beispiel seines Lehrers zu folgen. Auch er hungerte sich zu Tode und erreichte ebenfalls das göttliche Bewußtsein, sei es nun wirklich oder nur in seiner Einbildung so gewesen. Einer seiner Nachfolger, König Asoka, folgte Gautama Buddha und verbreitete dessen Lehre in seinen Landen. Dieser Umstand erweckte mein Interesse am Buddhismus.
Da hatte ich es mit zwei hervorragenden militärischen Führern in unserem Teil der Welt zu tun, von denen der eine glaubte, daß man Gott nur durch perfekte Reinheit erreichen könne, und dem das auch gelungen war, während der andere einer Lehre folgte, die erklärt, daß der einzelne allein für sein Seelenheil verantwortlich ist und dieses Ziel erreicht, indem er Gutes tut. Und für einen solchen Glauben ist ein Gott nicht notwendig.
Ich war bislang mit dem Glauben der Farsi und der Jainiten in Berührung gekommen, doch hier in Baktrien trifft man

alle möglichen Religionen an. Juden, Hindus, Pantheisten und Buddhisten leben in unserem Land einträchtig nebeneinander. Ich fange gerade an, mich für Yoga zu interessieren, als ein buddhistischer Missionsmönch, den man *thero* nennt und der den Namen Narada trägt, in die Hauptstadt kommt. Er stammt von dem Inselreich Lanka, was soviel bedeutet wie glänzendes Land. Man teilt mir mit, daß er behauptet, Lanka allein befolge Buddhas Lehren in reiner Form, und das aufgrund einer alljährlichen Versammlung der Mönche, die die Ausübung seiner Lehren überwachen.
Der Mönch sucht um eine Audienz bei mir nach. Wahrscheinlich hat er keine Ahnung, daß der baktrische König erst sieben Jahre alt ist. Ungleich den meisten anderen Religionen sieht der Jainismus es nicht als Häresie an, andere Glaubensrichtungen zu studieren. Natürlich gewähre ich dem ehrwürdigen Mönch eine Audienz.
Da buddhistische Mönche nur eine Mahlzeit am Tag zu sich nehmen, und zwar vor der Mittagsstunde, erweise ich ihm meine Gunst, indem er als erster in der Audienz auftreten darf, damit ihm danach genug Zeit bleibt, noch vor der Mittagsstunde etwas zu sich zu nehmen. Ich habe weiterhin entschieden, mit ihm allein zu diskutieren.
Der Herbstmorgen ist kühl, und ich trage unter der goldenen Tunika und der weiten Hose ein warmes wollenes Gewand, das in einem Tal in Nordindien hergestellt worden ist. Die kleine Krone sitzt auf meinem Haupt, aber ich habe beschlossen, keine weiteren Insignien anzulegen.
Eine hölzerne Bank mit geschwungenen Armen, aber ohne Rückenlehne und mit einem weißen Tuch bedeckt, wurde für den Mönch vor dem Podest aufgestellt. Dann wird er angekündigt und betritt langsam den Thronsaal. Selbst aus der Entfernung empfange ich seine Aura von Ruhe und Zufriedenheit. Er ist ein Mann von unbestimmbarem Alter,

möglicherweise um die Vierzig herum. Der Mönch hat sich den Schädel in der Tradition des königlichen Sakya-Geschlechts, zu dem Buddha gehörte, kahlrasierte. Ich bemerke auch seine safrangelbe Robe, die er über eine Schulter geschlungen hat, während die andere nackt ist und braune, sehr gesunde Haut zeigt. Spürt er die Kälte denn nicht? Er führt nicht mehr als einen Palmwedelfächer mit sich. Man hat mir gesagt, daß sein sonstiger weltlicher Besitz lediglich aus einer weiteren Robe, einer schwarzen Bettelschüssel und einem Schirm besteht.

Mit zu Boden gerichteten Blicken tritt er auf mich zu. Absurderweise befällt mich der Drang, mich in seiner Gegenwart zu erheben. Der Mönch bleibt vor mir stehen und hebt langsam den Kopf, um mir ins Gesicht zu sehen. Nie zuvor habe ich in den Augen eines Menschen solch unverfälschte Liebe, soviel Mitgefühl und so große völlige Selbstgenügsamkeit erblickt. Seine ganze Erscheinung entspricht seinem Lebensstil, und bei diesem handelt es sich um einen Widerspruch: starke Anziehungskraft gepaart mit Frieden. Er lächelt mich an, doch nicht mit den Lippen, den Augen oder der Miene, sondern mit seinem Wesen.

Ich bekomme kaum mit, wie die Türen des Thronsaals geschlossen werden. »Nehmt bitte Platz, ehrenwerter Herr«, sage ich und deute mit der Rechten auf die Sitzbank. Er tritt zu ihr und nimmt im Lotossitz auf ihr Platz. Die Hände ruhen auf den Oberschenkeln, und der Fächer zeigt nach hinten. »Ich danke Euch, Erhabener.« Seine Stimme ist so sanft wie seine Art. Er spricht unsere Sprache, wenn auch in einem leisen Singsang.

»Ihr weilt erst vier Wochen bei uns, und doch sprecht Ihr schon die Sprache dieses Landes?«

Der Mönch verzieht die Lippen zu einem Lächeln und zeigt dabei gerade weiße Zähne. »Eure und meine Sprache sind

miteinander verwandt und derselben Wurzel entsprungen, dem Sanskrit, und mit ihm bin ich bestens vertraut. Es erschien mir als Gebot der Höflichkeit und der Ehre zugleich, Eure Sprache zu erlernen, bevor ich in dieses Land kam, und ich habe gewartet, bis sie mir einigermaßen flüssig über die Zunge kam, ehe ich um diese Audienz bat.«
Man kann sich sicherlich vorstellen, welchen Eindruck solche Worte auf einen minderjährigen Knaben machen. Mich überkommt die bedeutende Erkenntnis, daß man Menschen nicht unbedingt nur mit dem Schwert erobern kann. Der Mönch Narada füllt den Thronsaal mit solcher Liebe und Freundlichkeit, wie Aischa sie mir damals in mein Herz gepflanzt hat.

Wir tauschen Höflichkeiten aus, sprechen über das Wetter und seine Unterkunft im buddhistischen Kloster am Fluß. Er erzählt mir von seinem Heimatland und von dem inneren Ruf, der ihn dazu trieb, diese Reise anzutreten.

Ich will von ihm wissen, wie es ihm gelungen sei, ohne Geld oder weltliche Besitztümer eine so weite Strecke zurückzulegen. »Die Erde steht allen Reisenden zur Verfügung, wenn sie nur den Willen haben, umherzuziehen«, antwortet er. »Und dazu benötigen wir nicht einmal Gliedmaßen. Der Herr Buddha ist durch ganz Indien gewandert, und zwar zu Fuß, obwohl er doch ein Prinz aus dem Geschlecht der Sakya gewesen ist. Wir glauben, daß er dabei sogar auf unsere Insel Lanka gelangt ist. Der Mensch ist außerdem imstande, ganz ohne körperliche Bewegung Astralreisen zu unternehmen. Die Menschen, denen ich auf meiner Wanderung begegnet bin, waren sehr freundlich zu mir und gaben mir Almosen und Speise oder ließen mich in ihrer Karawane oder auf ihrem Wagen mitziehen. Ich esse das, was man mir gibt. Meine Schüssel ist groß genug, um Nahrung für einen Tag und eine Nacht aufzunehmen. Und an den Bäumen am Wegesrand wachsen Früchte. Doch sollte es einmal nichts zu essen geben, so kann ich auch ohne auskommen.«

»Und Ihr habt überall, wo Ihr gewesen seid, gepredigt?«

»Ja, ich bin nun seit zwei Jahren unterwegs. Wenn unser großer Lehrer Buddha, ein Prinz, fähig war, ein solches Leben zu führen, wieviel leichter muß es dann jemandem wie mir fallen, der von bäuerlicher Abstammung ist.«

Wie eigenartig! Er hat seine Reise zu der Zeit angetreten, als mir befohlen wurde, nach Baktrien zurückzukehren.

»Der Herr Buddha hieß doch eigentlich Prinz Gautama Siddharta.« Ich bin stolz, mein Wissen kundtun zu können.

»Als Kind ließ man ihn nie aus dem Palast, damit ihm das Elend und Leid erspart bleibe. Als er zum Mann gereift war, besuchte er die Stadt und erblickte dort zum ersten Mal Alter, Krankheit und Tod. Das bestürzte ihn und brachte ihm das menschliche Leid zu Bewußtsein. Man hatte ihn bereits dazu erzogen, seinem Volk zu dienen. Doch nach diesem Besuch entschied er, daß sein vornehmster Dienst darin bestehen solle, herauszufinden, wie alles Leiden auf der Welt beendet werden könne.«

»Die Geburt ist voller Leiden, das Leben ist voller Leiden, und der Tod ist voller Leiden.« Der ehrwürdige Narada zeigt mit keiner Miene, daß ihn mein Wissen beeindruckt haben könnte. »Die einzige Möglichkeit, das Leid zu beenden, besteht darin, die Vier Unterweisungen anzunehmen, um dem Achtfachen Pfad der Erleuchtung zu folgen.«

»Ihr müßt bedenken, daß dies alles neu für uns ist. Wir sind schließlich erst sieben Jahre alt.«

Er sieht mich eigenartig, geradezu hypnotisch an. »Das Alter spielt keine Rolle«, versichert er mir ruhig. »Als unser Lehrer acht Jahre war, nahm ihn sein Vater, der König, mit auf ein Aussaatfest. Der Prinz Siddharta wurde unter der

Aufsicht eines Höflings unter einem Baum am Feldrand zurückgelassen. Er verstand sich schon aufs innige Beten, nahm ohne vorausgehende Instruktion den Lotossitz ein und gelangte in die Erste Ekstase. Selbst Yogis brauchen Jahre, um diesen Zustand zu erlangen, doch der Prinz erreichte ihn ganz von selbst und ohne fremde Unterweisung.« Seine Augen blicken mich geradezu magnetisch an, und seine Stimme scheint aus einer anderen Welt zu mir vorzudringen. »Und der Ruf, den ich verspürte, drängte mich, über Land und Wasser zu ziehen, um Euch die Botschaft von diesem seinem Beispiel zu überbringen.«

Ich bin wie betäubt, aber ich zweifle keinen Moment an seiner Mission. Er läßt seine Saat auf fruchtbaren Boden fallen, den er bereits umpflügte, als er mir von seiner Reise aus Lanka berichtete. Seine Worte lösen in mir eine unheimliche Erinnerung *an die Zukunft* aus.

Doch noch bin ich verwirrt. Ich verlagere mein Gewicht auf dem Thron und wechsle das Thema: »Wir Jainiten glauben, daß die Materie sich aus winzigen, nicht weiter teilbaren Partikeln zusammensetzt, die wir *paramanus* oder Atome nennen«, erkläre ich dem Mönch. »Des weiteren glauben wir, daß ein separates mentales Teilchen, der Partikel des Bewußtseins, Seite an Seite neben den stofflichen Teilchen existiert. Der Partikel des Bewußtseins ist ein ewiger und unendlicher Strom: die Seele, die mit Gott, der Ewigkeit und der Unendlichkeit verbunden ist und auf der sich die körperlichen Teilchen des Leibes in der Reihe der Wiedergeburten manifestieren.«

Sein Blick ist wie ein Seufzer. »Der Herr Buddha hat dem hinzugefügt, daß das stoffliche Teilchen, das *paramanu,* in *paramathas* unterteilt ist, Bestandteile des Teilchens, die von Wärme, Bindekraft und Ausdehnung zusammengehalten werden. Würde man ein solches Teilchen spalten, würden gewaltige Kräfte freigesetzt, doch dies alles hat nichts mit der Existenz der Seele zu tun. *Annicca, Dukkha, Anatta* hat er gepredigt: Geburt, Leid, Nichtseele.«

Ich kann nur wenig mit der Vorstellung einer Nichtseele anfangen. »Aber was sind wir dann? Lediglich Wesen, die leben und sterben?«

»Ganz im Gegenteil, denn Materie kann weder erschaffen noch zerstört werden. Das Universum setzt sich aus einem nicht enden wollenden Kreislauf von Ursachen zusammen. Und die Auswirkungen desselben sind die Manifestationen der *kharmischen* Substanzen, also Ursachen mit Wirkungen oder *vipaka. Kharma/vipaka* oder Ursache und Wirkung stellen einen unendlichen Kreislauf dar. Jede unserer Existenzen ist somit eine Manifestation *kharmischer* Substanzen. Wenn wir sterben, ruft die Ursache, der Tod, die Wirkung hervor, eben vollkommen neue *kharmische* Substanzen.«

»Wonach streben wir dann überhaupt? Warum sollten wir das göttliche Bewußtsein erlangen wollen? Und warum die Vier Unterweisungen annehmen, um dem Achtfachen Pfad zur Erleuchtung zu folgen?«

»Nun, genau an diesem Punkt kann uns die Lehre des Herrn Buddha zur Erleuchtung führen, und die besteht darin, dem Kreislauf von Ursache und Wirkung zu entfliehen, in dem Geburt, Leben und Tod Leiden bedeuten.«

Ich kann darin keinen Zusammenhang erkennen. »Aber wenn meine nächste Manifestation nicht *ich* ist, warum sollte mich dann seine Form kümmern?«

»Eine weise Frage«, entgegnet er. »Es ist gerade unser letzter bewußter Moment, der uns in eine neue *kharmische* Substanz führt. Dieser Gedanke kommt uns ohne unseren Willen oder unsere Kontrolle, aber er kann von uns bestimmt werden.«

»Ist das denn nicht die Lehre von der Wiedergeburt? Die Hindus glauben zum Beispiel, daß man mit dem Namen Gottes auf den Lippen oder in den Gedanken zu Gott auffährt. Unsere jainistische Vorstellung vom göttlichen Bewußtsein gründet sich auf einen ähnlichen Glauben.«

»Die Lehre des Herrn Buddha ist ähnlich, verläuft aber parallel dazu. Statt zu Gott aufzufahren, erzeugen wir die Wirkung einer neuen Manifestation von *kharmischen* Substanzen. Wenn wir die Vier Unterweisungen annehmen und dem Achtfachen Pfad folgen, kommen wir mit jeder neuen Manifestation dem Buddhatum näher, und das bedeutet nichts anderes, als der Kette von Ursache und Wirkung zu entfliehen.«

»Und was erlangt man im Buddhatum?«

»Das Ende allen Leidens. Unaufhörliches Sein im Zustand der Erleuchtung. Aber keine Seele ist mit den aufeinanderfolgenden Manifestationen oder dem Weg zum Buddhatum verknüpft. Die Verbindung, wenn wir den Zustand des Segens erreichen wollen, zu einer Wesenheit, die in dieser Geburt das *wir* darstellt, ist der Achtfache Pfad.«

Seine Worte scheinen in eine bestimmte Richtung zu deuten, aber mir schwirrt der Kopf. Immerhin bin ich erst sieben Jahre alt.

Die Diskussion mit dem *bhikku* Narada hat drei tiefgreifende Wirkungen in mir.

Als erstes verspüre ich den dringenden Wunsch, mehr über den Buddhismus zu erfahren, den ich befriedige, indem ich den Wandermönch jeden Tag vor meiner Schlafenszeit zu mir in den Palast kommen lasse, damit er mich in dieser Lehre unterweist. Als zweites ändere ich meine Eßgewohnheiten. Ich werde Vegetarier, um mir zu ermöglichen, das dritte Ziel zu erreichen. Dieses besteht darin, mich allein

durch die Kraft meines Geistes zum Yogi werden zu lassen, das heißt, ohne vorherige Jahre der körperlichen Übung und Kasteiung. Ich will die Geisteskraft dazu benutzen, mich an jeden Ort meines Überwillens zu versetzen, so wie der ehrenwerte Narada, wie er mir erklärt, es getan hat, bevor er die Reise antrat, um mir seine Botschaft zu bringen.
Noch bevor ich das Alter erreiche, in dem man sexuelle Erfahrungen macht, erkenne ich, daß die Philosophie des Yogi mir die Notwendigkeit erspart, die Welt des Geschlechtlichen zu betreten. Denn dies habe ich bereits für mich selbst entschieden. Ich erschaudere bereits bei der Vorstellung eines Orgasmus, obwohl ich gleichzeitig die Schönheit alles Geschlechtlichen in der Menschheit anerkenne.

Da ich noch recht jung und vielleicht sogar etwas närrisch bin, beschließe ich, das zu erreichen zu suchen, was dem Prinzen Siddharta im Alter von acht Jahren gelungen ist! Angeleitet von dem *thero*, beginne ich in der Abgeschiedenheit meiner Gemächer mit Meditationsübungen. Sie fordern mir gewaltige Entschlossenheit, Willensstärke und Konzentration ab. Nach zwei Jahren, als ich neun bin, erreiche ich die Erste Ekstase.
Als sei seine Mission in Baktrien damit beendet, bricht der ehrenwerte Narada in seine Heimat Lanka auf. Diesmal will er eine andere Route nehmen, damit er in neuen Landen seine Lehren verbreiten kann.
In der Nacht vor seiner Abreise mache ich meine erste Erfahrung mit der Gabe der Inneren Sicht. Während ich mich auf das dritte, das mittlere Auge konzentriere, entdecke ich plötzlich, wie ich von außen auf meinen Körper blicke, ihn zwar nicht wirklich sehe, aber ihn mit geschlossenen Augen im Lotossitz auf dem Boden hockend wahrnehme.

Furcht befällt mich. Dies muß das sein, was den Prozeß des Todes einleitet. Was nun, wenn ich nicht mehr zurückkehren kann in diese Masse von Fleisch, Muskeln und Blut, die eingeschlossen sind in helle Haut, und diese wiederum lediglich bedeckt von einem weißen Lendentuch? Was, wenn der Befehl, den ich zur Rückkehr gebe, nicht befolgt wird?

Die Übungen in Ruhe, die ich so ausdauernd betrieben habe, machen sich bezahlt, und ich kontrolliere meine Ängste. Nun befinde ich mich also außerhalb meines Körpers. Ich werde zur Probe eine Astralreise unternehmen und dann zurückkehren.

Wo zieht es mich am meisten hin? Die Antwort kommt mir sofort: Zu der einzigen mir verbliebenen Quelle der Liebe. Ich reise nach Parthien und zu Aischa.

Binnen eines Lidschlags bin ich in ihrer kleinen Kammer im Palast des Großkönigs. Eine einzelne kleine Messinglampe verbreitet trübes Licht, und in dem Raum riecht es stark nach Sandelholz-Weihrauch, der in einer Kohlenpfanne auf einem Ständer verbrennt. Schnarchen lenkt meine Aufmerksamkeit auf eine schmale Couch. Unter einer blauen Decke ruht dort Aischa in friedvollem Schlaf. Das graue Haar liegt ausgebreitet auf einem weißen Kissen. Ihr faltiges Gesicht wirkt entspannt, und ihr Mund ist leicht geöffnet. Ein winziger Speicheltropfen rollt träge aus ihrem Mundwinkel.

Sie ist so wunderschön. Ich lege ihr zum Segen sanft eine Hand auf die Stirn. Früher habe ich sie nie berührt. Sie kann meine Hand nicht spüren, aber sie nimmt sie dennoch wahr und lächelt im Schlaf.

Ich sende dir all meine Liebe, Aischa. Meine Reise ist beendet. Ich kehre nach Baktrien zurück und trete wieder in meinen Körper ein. Im nächsten Moment erwache ich aus der Trance und weiß, daß mein Leben in eine neue Phase getreten ist. Reisen voller Entdeckungen und Liebe erwarten mich. Und die neue Kraft, die ich erworben habe, sagt mir auch, daß ich durch die Wirkungen der *kharmischen* Ursachen mehr geleitet werde als dadurch, König zu sein.

KAPITEL 4

Ein weiteres Jahr des Friedens folgt, das sechste in Folge unter der Oberherrschaft des Großkönigs. Dies wurde vor allem durch die starke, wenn auch nahezu unsichtbar bleibende Militärpräsenz der Parther und deren Bereitschaft erreicht, meinem Volk das Gefühl zu geben, von eigenen Fürsten regiert zu werden. Auch damit folgen die Eroberer dem Beispiel des Großkönigs Kyros, dessen sich sogar die Römer bedienen. Die Griechen, mit Ausnahme des großen Alexanders, hatten es anders gehandhabt. Sie strebten danach, den von ihnen eroberten Völkern ihre Gebräuche, Traditionen und Götter aufzudrängen. So ist der hohe Grad der Hellenisierung in vielen Ländern zu erklären, die von Nationalisten darum auch erbittert abgelehnt wird. Für die Perser, Parther und Römer bedeutet Eroberung nicht, sich eines weiteren Landes zu bemächtigen, sondern vielmehr, das Herzland ihres eigenen Reichs abzusichern. Sie dehnen lediglich die Grenzen aus und vergrößern somit den Frieden und den Reichtum des Stammlandes. Auf diese Weise ist es ihnen auch gelungen, ihre Vasallen zu treuen Verbündeten zu machen.

Bei Alexander dem Großen, oder Sikander, wie man ihn in dieser Weltregion nennt, verhielt es sich völlig anders. Er war ein Mann mit einem Traum, und dieser führte ihn weiter und weiter bis an die Grenzen der Welt. Der Makedone strebte nach Ruhm und kämpfte um die Macht, diese zu erlangen.
Während der Friedensphase, ich bin mittlerweile zehn Jahre alt, schlägt der Großkönig mir eine Braut vor. Die Vermählung mit einer parthischen Prinzessin würde die Bande des Reichs mit Baktrien enger knüpfen. Aber mich widert allein schon die Vorstellung an, mit jemandem Beischlaf betreiben zu müssen, gleichgültig, ob es sich dabei um einen Mann oder eine Frau handelt. In meinem Leben gibt es dafür keinen Raum, es sei denn, jemand würde die regelmäßigen Flüssigkeitsabsonderungen, die mir des Nachts unterlaufen, als geschlechtliche Handlung ansehen. Dabei handelt es sich bei dieser Entleerung um einen rein natürlichen Vorgang. Ich habe meinen Geist dazu gebracht, diese Ergüsse als solche zu sehen und sie gar nicht erst mit angenehmen Empfindungen in Zusammenhang zu bringen. Der Wunsch nämlich, solchen scheinbaren Vergnügungen auf die unterschiedlichste Weise nachzugehen, sei es mit sich selbst, mit Mann oder Frau oder gar mit einem Tier, und sich dabei den lustförderndsten Wonnen hinzugeben, bildet die Grundlage alles Geschlechtlichen. Solche Freuden zuzulassen bedeutet Begehren.
Der Herr Buddha hat uns gewarnt, daß Geburt, Leben und Tod Leiden bedeutet. Leiden wird ebenfalls von Begehren hervorgerufen. Begehren bedeutet, sich an etwas festzuhalten. Sich an etwas festzuhalten schafft Leiden. Der Weg zur Erleuchtung führt daher über die Einstellung allen Begehrens.
Was bleibt uns dann? Die Wahl, so glaube ich. Wir können

uns entscheiden zwischen dem Begehren – und müssen damit das Leiden akzeptieren, das ihm unweigerlich folgt – oder der Aufgabe allen Begehrens. Erleuchtung ohne Begehren. Wie bei allen Dingen im Universum treffen wir auch hier auf Ursache und Wirkung. Und so setzt sich das Leben aus Kompromissen zusammen.

Ich glaube nicht an Instinkte. Wenn ein Mann einer fruchtbaren Frau beiliegt, ruft ihre Vereinigung eine Wirkung hervor: die Geburt eines Kindes. Ein Hungernder ißt nicht, um zu überleben, sondern um das nagende Gefühl im Bauch loszuwerden. Die Nahrung wird verdaut, die Abfallstoffe werden beseitigt. Wo bleibt da der Instinkt? Tiere wehren sich, wenn sie angegriffen werden. Sie verteidigen sich gegen den Räuber, aber nicht, um dem Tod zu entgehen. Was hat das mit Überlebensinstinkt zu tun? Ursache und Wirkung ist alles, was den verschiedenen Formen der Materie bleibt, seien sie nun belebt oder scheinbar unbelebt.

Jeder von uns besitzt einen freien Willen, mit dem er Entscheidungen treffen kann, aber wir können nie die Wirkung erzwingen, die wir uns als Ergebnis unserer Entscheidung erhoffen. Materie setzt sich aus ungeheuer vielen kleinen Teilen in unzählbaren Formen zusammen, die allesamt miteinander verbunden sind und ständig sich vereinen, verschmelzen, sich trennen und einander abstoßen. Wir sind wie Wolken, die aneinander vorüberziehen, sich vereinen, durch einander hindurchziehen oder heftig zusammenprallen, um einen Donnerschlag auszulösen.

Ich respektiere die Entscheidungen, die andere in vollem Bewußtsein oder unwissentlich treffen, und erkenne an, daß es für viele besser ist, die Genüsse menschlicher Freuden der immerwährenden Zufriedenheit vorzuziehen. Und ich räume ein, daß durchaus immerwährende Vereinigun-

gen im Geiste denkbar sind, die sich in der fleischlichen Vereinigung in Gott manifestieren.
Aber da ich mich für meinen Weg entschieden habe, quäle ich mich mit dem Vermählungswunsch des Großkönigs herum. Ich möchte ihn gern aus Dankbarkeit für das erfreuen, was er mir und meinem Volk an Güte bewiesen hat. Auch sind mir die Vorteile eines solchen Ehebundes für das baktrische Königreich durchaus bewußt. Habe ich also ein Recht, all das für meine eigenen Ideale und Ziele zu opfern? Immerhin bin ich in der Idee des *dharma* ausgebildet, das heißt, daß jeder an seinem Platz seine Pflicht erfüllen muß. Doch auf der anderen Seite würde eine solche Verehelichung uns unwiderruflich an die Eroberer binden. Und selbst wenn ich mich so weit zwingen könnte, daß dieser Verbindung ein Baby entspränge, wie viele Schwierigkeiten würden dadurch auf das Kind und alle anderen Betroffenen zukommen?
Nach etlichen Nächten innerer Qualen finde ich zu einer Entscheidung. Ich erkläre dem Großkönig, daß ich den Eid des *brachmacharya* auf mich genommen habe und deshalb nur Unehre über eine Ehefrau bringen könne. Wenn es dem Großkönig so gefiele, würde ich, ohne zu zögern, abdanken. Da ich nie eine Antwort erhalte, schließe ich nach einigen Monaten, daß der Großkönig entschieden hat, mich in Ruhe und weiterhin auf dem Thron zu lassen. Das bedeutet wohl auch, daß ihn meine Art des Regierens zufriedenstellt. Und warum sollte man auch einen Herrscher entfernen, der nur nach dem Guten strebt?

Seit langem strebt der Großkönig Vikramaditya von Indien danach, seine Oberhoheit über unser baktrisches Vasallenkönigreich auszudehnen, und so kann es nicht ausbleiben, daß er dem Wunsch die Tat folgen läßt. Als ich fünfzehn

Jahre alt bin, überbringt man mir an einem warmen Sommerabend die Nachricht von dem bevorstehenden Angriff. Mir wird bewußt, daß ich mich nun dem stellen muß, was ich stets am meisten gefürchtet habe, nämlich in die Schlacht zu ziehen. Ich habe keine Angst davor, getötet oder verstümmelt zu werden. Auch fürchte ich nicht eine Niederlage oder eine Wiederholung dessen, was sich vor über zehn Jahren im Palast abgespielt hat, als die Parther ihn stürmten.

Ich bin trotz meiner Hinwendung zu Frieden und Gewaltlosigkeit waffenkundig und in den Künsten der Kriegführung ausgebildet. Doch es widerstrebt mir, der Gewalt nachzugeben und andere zu töten oder zu verwunden. Die Vorstellung, in meinem ruhigen und abgeklärten Geist Haß, Wut und Verzweiflung entstehen zu lassen, entsetzt mich zutiefst.

Mittlerweile ist mir Badiyi sehr ans Herz gewachsen. Ich empfinde für ihn nicht die Liebe, die ich Aischa hätte geben können, aber ich teile vieles mit ihm. Als er mich zur Nacht entkleidet, nehme ich die Gelegenheit wahr, ihn an dem teilhaben zu lassen, was ich in mir zurückgehalten habe.

In meinem Schlafgemach ist es warm und angenehm. Die weißen Seidenlaken auf meinem Lager wirken wie im Kontrast dazu kühl. Ich habe diesen Raum mit Bedacht bescheiden eingerichtet, und so trifft man hier nur zwei schwarze Bänke aus Ebenholz an. Keine Malereien bedecken die weißen Wände, und kein Teppich verschönt den weißen Marmorboden. Den wahren Zierat schenken mir der dunkelblaue Himmel und die blinkenden Sterne oberhalb der schwarzen Astsilhouetten, die ich durch die offenen Fenster erblicken kann.

Da ich über eine feine Nase verfüge, nehme ich den leichten Duft der Blumen im Hofgarten unter mir wahr.

»Euer Majestät scheint eine schwere Last auf der Seele zu

liegen«, bemerkt Badiyi, als er mir die goldene Leibbinde abnimmt. Auch wenn er von der Nachricht gehört und daraus die unvermeidlichen Schlußfolgerungen gezogen haben mag, ist er doch so sensibel, daß er es mir sofort anmerkt, wenn mich Sorgen plagen.
Ich bin froh, daß er die Sprache darauf gebracht hat. »Du hast recht, Badiyi«, entgegne ich. »Hast du die Nachricht vernommen, daß der indische Großkönig zur Zeit eine Invasion gegen uns vorbereitet?«
»Das habe ich, Euer Majestät. Mein Kontaktmann hat mich bereits davon in Kenntnis gesetzt. Er erklärte, die Spione unseres Großkönigs hätten ihn darüber vor einiger Zeit im Palast in Ktesiphon informiert.«
»Verstehst du, warum diese Angelegenheit mir Sorgen bereitet?«
»Aber gewiß.« Er benutzt diesen Ausdruck gern, wenn er etwas unterstreichen will. »Und ich erkenne auch Euer Problem. Schließlich habt Ihr viele Jahre lang *ahimsa,* die Nachsicht und Enthaltsamkeit, und *maitriya,* die liebende Freundlichkeit, praktiziert – genauso wie es der Großkönig Asoka getan hat, nachdem er seine Schlachten geschlagen hatte. Und nun steht Ihr der Gewalt und der Notwendigkeit gegenüber, Haß und Zorn zu entfachen, um in der Schlacht zu obsiegen.«
»Mir bleibt eine Wahl«, entgegne ich. »Ich muß nicht persönlich in den Krieg ziehen.«
»Gewiß, Euer Majestät, doch da Ihr der seid, der Ihr seid, werdet Ihr Eure persönlichen Bedürfnisse hintanstellen und dem *dharma* Genüge tun, das heißt, die Pflicht erfüllen, die Eure Stellung Euch auferlegt.«
»Da hast du recht, Badiyi. Es würde meine *atman,* meine unsterbliche Seele, schmälern, träte ich von meiner Pflicht zurück.«

»Ihr müßt höchstpersönlich das Schlachtfeld betreten, dürft es aber der Blutlust nicht erlauben, Eure Seele zu beflecken. Daher werdet Ihr als Feldherr handeln, ohne ein solcher zu sein. Ihr werdet töten, ohne töten zu wollen. Buddhistische Könige haben schon so gehandelt. Und Ihr habt das Zeug in Euch, es ihnen gleichzutun.«
Seine Weisheit und sein Scharfblick versetzen mich in Erstaunen. Er weiß, daß Buddhas Lehren mich in ihren Bann gezogen haben. Als Farse sieht er in mir jedoch keinen Ungläubigen, denn nach seiner Religion können die göttlichen Kräfte einer Vielzahl von Quellen entspringen. Fast kommt es mir vor, als könne er meine Gedanken lesen. Er muß mich so gut kennen, daß er schon im voraus weiß, wie ich argumentieren werde. Aber warum sollte er auch nicht? Schließlich sehen wir uns tagtäglich und haben viele Stunden, sei es in gemeinsamem Schweigen oder im Gespräch, miteinander verbracht.
Ich glaube nun mehr denn je, daß Badiyi die Wirkung guter Ursachen ist, die mich zu meinen noch nicht materialisierten Träumen der Überwindung führen werden. »Du hast wahr gesprochen, Badiyi, und deine Worte waren voller Weisheit. Ich danke dir dafür, mir die Richtigkeit meiner Wahl bestätigt zu haben.«

Dies ist keine Geschichte über Kriege oder die Historie von Ländern. So soll es an dieser Stelle genügen, zu erwähnen, daß ich zwei Monate später alle meine Sorgen und Ängste beiseite schob und die Armee des baktrischen Vasallenkönigreichs ins Feld führte. Kurz vor unserem Aufbruch sandte der parthische Großkönig mir einen Boten mit dem Befehl, daß mein Onkel, Prinz Khan, aus seinem Amt zu entfernen sei und ich von nun an alle Regierungsgeschäfte zu besorgen hätte. Der weise Herrscher wollte wohl zu

einem so kritischen Zeitpunkt keinen weiteren Verrat riskieren. Ich freue mich jetzt doppelt darüber, nicht abgedankt zu haben.
Der Bote überbringt mir auch den Schlachtplan des Großkönigs. Die Parther wollen mit ihrem Heer die Inder von Norden her angreifen, während ich mit meiner Truppe nach Osten vorstoßen soll. Unsere Streitkräfte sollten sich zu einem festgelegten Zeitpunkt an einem bestimmten Ort vereinen, um gemeinsam dem Feind gegenüberzutreten.
Doch dann sehen wir uns gezwungen, uns den Indern auf einer weiten Ebene allein zu stellen, und werden in einer zwei Tage währenden Schlacht geschlagen. Meine Soldaten kämpfen mit außerordentlicher Tapferkeit, können aber gegen die schiere Übermacht des Gegners und vor allem seiner geschickt aufgestellten Kriegselefanten wenig ausrichten. Meine Streitwagen halten dem Beschuß durch die indischen Feuerkatapulte nicht stand, und meine vorzügliche Reiterei wird in eine Falle gelockt und dort aufgerieben. Die Feinde haben sogar einen Kanalisationsdamm zerstört, um die normalerweise für Pferde ideale Ebene in eine Schlammwüste zu verwandeln.
Wir ziehen uns geordnet in die Hauptstadt zurück, und unsere Hoffnungen auf Beistand durch die Parther erfüllen sich nie. Wenig später entdecke ich, daß Verrat im Spiel gewesen ist. Der parthische Oberbefehlshaber hat insgeheim mit dem indischen Großkönig ein Abkommen ausgehandelt, nach dem er seine Truppen stillhalten lassen will und dafür zum Lohn die Herrschaft über mein Königreich erhalten soll.
Als ich spät am Abend in meinen Palast zurückkehre, erwartet mich in meinem Schlafgemach eine *ola* von Badiyi. Auf die Nachricht von unserer Niederlage hin habe er beschlossen, in den Palast nach Ktesiphon zu eilen, um

nicht von den siegreichen Indern gefangengenommen zu werden.

»Ich wäre geblieben, Erhabener, auch auf die Gefahr hin, nicht mehr rechtzeitig von hier fortzukommen, um mich persönlich von Euch zu verabschieden und Euch die letzten Dienste erweisen zu können. Doch Euch körperlich Lebewohl sagen zu müssen, wäre für mich zu quälend gewesen. Davon abgesehen neige ich, bei allem Respekt, zu dem festen Glauben, daß das, was zwischen uns als Menschen bestanden hat, stark genug ist, über das Leibliche hinauszuragen ...«

Er endet damit, mich seiner unsterblichen Liebe, seines Respekts und seiner unverbrüchlichen Treue zu versichern. Ich hätte darauf gefaßt sein müssen, hatte aber nicht so weit gedacht. Meine Knie werden weich. Ich lasse mich auf die Couch fallen und starre mit leeren Augen vor mich hin. Dieser so unauffällige Mann mit der gewöhnlichen Stimme wird nie wieder mein Gemach mit seiner Anwesenheit schmücken. Er wird nie wieder mit leisen Schritten über die Marmorböden wandeln, und sein schlanker Schatten wird nie wieder die weißen Wände mit Schwarz überziehen. Natürlich kann ich einen anderen Diener finden, aber woher soll ich einen neuen Badiyi bekommen?

Was ist das für eine Macht, die mich so unerbittlich verfolgt? Jedesmal, wenn ich große Liebe erfahre, wird sie mir wieder genommen. Zuerst meine Eltern, dann Aischa und jetzt Badiyi. Liegt es an kharma/vipaka, an Ursache und Wirkung, oder ist hier eine andere Schicksalskraft im Spiel? Bin ich für eine größere Rolle vorgesehen, und dient alles, was jetzt geschieht, nur der Vorbereitung darauf?

Mich überkommt die Erkenntnis, daß ich, von welcher Macht auch immer, dazu auserkoren bin, mein Leben lang einsam zu bleiben. Mittlerweile habe ich mich an das Al-

leinsein gewöhnt. Eigentlich begrüße ich es sogar, denn ich habe gelernt, allein, aber nicht einsam zu sein. Ich weiß auch, was es heißt, inmitten einer Menschenmenge allein zu sein. Der Herr Buddha hatte recht, als er von der Unbeständigkeit sprach. Das einzige, dessen wir uns sicher sein können, ist der Wandel.
Wir kommen allein auf die Welt, wir leben allein, und wir sterben allein.
Ich gestatte mir eine Trauerfrist, um den Verlust eines Menschen zu beweinen, mit dem ich reine menschliche Liebe und Freundschaft geteilt habe. Dies schulde ich ihm, mir selbst und dem, was zwischen uns gewesen ist. Danach kehren die Ängste vor einem neuen Gemetzel wie dem, das ich schon als Dreijähriger mit ansehen mußte, in meinen Geist zurück. So beschließe ich, dem Feind die Hauptstadt kampflos zu übergeben. Immerhin schulde ich den Parthern oder dem Großkönig keine Bündnistreue mehr, nur noch Dank dafür, wie sie mich und meine Baktrier nach ihrem Sieg behandelt haben.
Die Inder erweisen sich als bemerkenswert zurückhaltend und gnädig. Nach ihrem Einzug kommt es in der Stadt weder zu Plünderungen, Brandstiftung oder Vergewaltigungen. Sie haben ganz offensichtlich strenge Anweisung, uns eher auf ihrer Seite zu ziehen, als uns zu unterdrücken. Die feindlichen Truppen stehen unter dem Befehl eines jungen Raja, Fürsten, aus dem nordindischen Taxila. Er sorgt dafür, daß es zu einem raschen Übergang von der parthischen zur indischen Oberherrschaft kommt, und zieht dann nach Norden, der parthischen Streitmacht entgegen. Der General beläßt mich und meine Verwaltung im Amt und sorgt so für einen reibungslosen Übergang von der parthischen zur indischen Oberhoheit.
Der Ausgang dieser Geschichte steht in den Geschichtsbü-

chern: Vikramaditya, der indische Großkönig, hat unser kleines Reich lediglich als Bollwerk gegen parthische Expansionsgelüste erobern wollen und kein Interesse daran, es auf einen Konflikt mit Parthien ankommen zu lassen. Sein General schließt mit dem Herrscher in Ktesiphon einen Friedensvertrag. Der verräterische persische General wird von den Indern gefangengenommen und enthauptet. Verrätern darf man eben nicht trauen.
Wenn ich an diese Ereignisse zurückdenke, bin ich heute versucht zu glauben, daß der Übergang der Macht von Parthien auf Indien vorherbestimmt war. Ich hätte nie all das unternehmen können, was ich in meinem späteren Leben getan habe, wenn ich weiterhin unter der Oberherrschaft des parthischen Großkönigs geblieben wäre. Doch ich wehre mich dagegen, darin so etwas wie göttlichen Einfluß zu sehen. Meine Gabe der gesegneten inneren Sicht hat ein Stadium erreicht, bei dem ich mich an jeden Ort versetzen kann, den ich zu sehen wünsche. Ich richte meine Meditationen deswegen darauf aus, mich senden zu lassen, wohin das Diktat des Schicksals mich zu schicken wünscht. Dazu ist eine vollkommene Loslösung meines Selbst vom Unterbewußtsein erforderlich.
Wieder einmal sind Ursache und Wirkung im Spiel. Mir wird klar, daß die Auswirkungen des Machtwechsels, die sich so überdeutlich in Baktrien, Indien, Parthien und all den kleinen Königreichen der Region zeigen, ihrerseits die Ursache für die gewaltigen Wirkungen erzeugen werden, durch die die ganze Welt bewegt werden wird.

Ich wünschte, ich könnte behaupten, ich hätte das nächste größere Ereignis in meinem Leben vorhergesehen, sei es in meinen Meditationen, in meinen Astralreisen oder durch die gesegnete Gabe der inneren Sicht. Denn so hätte ich überprüfen können, wie weit entwickelt ich in meinen Fertigkeiten bereits war oder zumindest, wieviel Weisheit ich bereits angesammelt hatte. Doch wie sich dann herausstellte, war es weder mit meinen Fertigkeiten noch mit meiner Weisheit allzuweit her.

Der Großkönig Vikramaditya befahl, daß ich die Militärakademie für Prinzen in Taxila, der großen nordindischen Stätte der Weisheit und Lehre, besuchen sollte.

Man wird meine Betroffenheit darüber sicher besser verstehen, wenn ich hier mitteile, daß die Ausbildung an dieser Kadettenanstalt acht Jahre dauert. Man wird dort in den achtzehn *sippas,* den Künsten, höfischem Umgang und Waffen wie Bogen und Schwert, der Jagd und sogar der Elefantenkunde unterrichtet.

Höchstens die letzte dieser Disziplinen kann ich mit meinen persönlichen Prinzipien in Einklang bringen! Und wie soll ich bei dem umfangreichen täglichen Stundenplan an der Akademie noch Zeit für meine Meditationsübungen finden?

Wie stets fällt mir als erstes die einfachste Lösung ein: Abdanken und in ein Kloster gehen. Doch dann melden sich in meinem Kopf die gleichen Bedenken wie damals zurück, als der parthische Herrscher mich verheiraten wollte. Tagelang grüble ich und zermartere mir erst recht in den Nächten das Hirn. Doch schließlich gibt der Rat, den dieser so gewöhnlich wirkende Mann Badiyi mir einst erteilt hat, den Ausschlag in der Frage, wie ich es als jemand, der die Gewalt verabscheut, mit derselben halten soll: Töte für das *dharma,* für die Pflicht, die jeder an seinem Platz zu erfüllen hat, ohne Spaß am Töten oder Genuß am Blutvergießen zu empfinden.

Mein zweites Problem läßt sich dann einfacher lösen. Der anstrengende Stundenplan an der Militärakademie wird mir größere Möglichkeiten bieten, mir die Zeit für die Meditationen zu verschaffen, sollen sie doch über die körperlichen und geistigen Anstrengungen triumphieren, die jeder Tag mit sich bringt; denn damit werde ich in die Lage versetzt, weiter an meiner Geisteskontrolle zu arbeiten und eine andauernde innere Ruhe in mir zu erzeugen.

Ich muß wohl nicht mehr besonders darauf hinweisen, daß ich dem königlichen Befehl schließlich Folge leistete und nach Taxila reiste. Ich bin dreiundzwanzig Jahre alt, als ich die achtjährige Ausbildung mit Auszeichnung hinter mich gebracht habe. Der Großkönig Vikramaditya stattet der Anstalt einen Besuch ab, um uns persönlich unsere Reifezeugnisse auszuhändigen. Mir reicht er dazu das traditionelle Schwert, Pfeil und Bogen sowie ein Kettenhemd und einen Diamanten – die Belohnung für hervorragende Leistungen.

Der König nutzt seinen Besuch auch, um mich zu einer Audienz in seinen Palast zu bestellen. Bevor er mich zurück auf den Thron des baktrischen Vasallenkönigreichs entläßt, gibt er mir noch ein Wort des Philosophen Kautilya mit auf den Weg: »Die Herrschaft des Gesetzes ist der oberste Souverän eines Staates.«

Doch ich befinde mich auf der Straße, die mich zu der Erkenntnis führen wird, daß das göttliche Gesetz der oberste Souverän des Universums ist.

Die nächsten vier Jahre vergehen ohne besondere Ereignisse, wenn man einmal davon absieht, daß ich das Arupha Jhana, die asketische Ebene des Nichts, erreiche.

Die gesegnete Gabe der inneren Sicht zeigt mir zum ersten Mal meine Zukunft, als ich mich in meinem Palast in Baktrien gerade vor dem Schlafengehen in die Meditation versenkt habe.

Als ich aus meiner Trance, wie normale Menschen diesen Zustand wohl nennen würden, erwache, frage ich mich, warum ich, Alara, der siebenundzwanzigjährige Herrscher eines kleinen baktrischen Vasallenkönigreichs, das unter der Oberherrschaft von Vikramaditya, dem Großkönig von Indien steht, auf höhere Weisung dem Zug einiger hell am Himmel stehender Sterne folgen soll, die mich in das weit entfernte Königreich Judäa führen werden, wo der idumäische König Herodes regiert.

Ein ganzer Strom von weiteren Visionen überkommt mich, die ich hier nicht im einzelnen aufführen will. Sie alle überzeugen mich davon, daß sich große Ereignisse ankündigen, in denen ich eine nicht unbeträchtliche Rolle spielen werde.

Sind diese Visionen der gesegneten inneren Sicht echt, oder handelt es sich bei ihnen lediglich um Halluzinationen? Wer vermag das schon zu sagen? Meine Geschichte wird im wesentlichen von diesen Visionen bestimmt. Hinzu kommen das, was Menschen mir berichtet haben, und die Vorfälle, bei denen ich persönlich Zeuge war.

Jeder von uns besitzt seine eigene Wirklichkeit. Und so ist es vollkommen vergebens, wenn die Menschen, angetrieben von der Einsamkeit einer Seele, die nur ihnen und keinem anderen Lebewesen gegeben ist, nach einer allgemeinen Wirklichkeit suchen. Wenn ihr mein Testament bis zu Ende gelesen habt, werdet ihr zumindest an meiner Wirklichkeit teilgehabt haben, auch wenn ihr sie nicht akzeptieren könnt.

TEIL II

KAPITEL 5

Was nun folgt, sind die diversen Visionen meiner gesegneten inneren Sicht.

Der Traum machte ihr große Angst. Sie war mit Yasuf verlobt, und der Tag mußte noch festgelegt werden, an dem er mit Fackeln und Musik zu ihr ziehen würde, um die offizielle Hochzeitszeremonie zu vollziehen. Danach würde er sie allein heimführen, damit sie fürderhin Bett und Tisch mit ihm teilen sollte. Gemäß der jüdischen Tradition galt die Verlobung fast soviel wie eine Ehe, und wenn Yasuf plötzlich sterben sollte, würde man sie als Witwe ansehen. Und jede Empfängnis vor der offiziellen Vermählung würde daher als Ehebruch gelten. Und jetzt stand sie hier – ein vierzehnjähriges Mädchen, das in einer strenggläubigen Gemeinde lebte und mit einem Mann verlobt war, der mehr als dreimal so viele Jahre zählte wie sie – vor der Aussicht, ein Kind zu empfangen, ohne verheiratet zu sein.

Mariam kannte Yasuf schon ihr ganzes Leben. Da sie die einzige Tochter der führenden Zimmermannsfamilie am Ort war, gebot es geradezu die Logik, daß sie sich mit einem anderen Zimmermann, eben Yasuf, verlobte. Davon abgesehen war er in einer Welt, in der Kinder ihren Eltern, also den Hütern und Herren des Haushalts, keine Vertraulichkeiten erzählten, ihr einziger wirklicher Freund. Sie hatte auch im Dorf nie ein anderes Mädchen kennengelernt, mit dem sie sich austauschen konnte. Ihr größtes Geheimnis indes konnte sie niemandem anvertrauen, nicht einmal Yasuf, denn dessen Auswirkung war ihr selbst ein Rätsel gewesen – bis zu dem Traum in der letzten Nacht, in dem ihr ein Engel von der Mission des Heiligen Geistes berichtet hatte. Und dieser Traum barg große Schrecknisse für sie.

Yasuf war ihr seit ihrer frühesten Kindheit stets liebevoll und mit Nachsicht begegnet und hatte viel Geduld für ihr »Papageiengeschnatter« aufgebracht, wie er ihr Geplapper scherzhaft nannte. Er besaß die freundlichsten Augen, die sie je bei einem Menschen gesehen hatte, und jedesmal, wenn er ihrer ansichtig wurde, leuchteten sie auf. Mariam beschloß, ihm von dem Traum zu berichten, doch am Abend, als er zum Essen zu ihnen kam, wagte sie es nicht, vor ihren Eltern das Gespräch darauf zu bringen. Yasuf würde sie verstehen, ihr helfen und ihre Ängste mildern.

Bei Nazareth handelte es sich um ein typisches verschlafenes Dorf in Untergaliläa. Der Ort lag ausreichend weit von der nächsten römischen Handels- und Heeresstraße, der Via maris, und der Großen Ebene entfernt, um im Strom des Lebens als abgelegener Tümpel zu gelten. Die Berge von Samaria, der mächtige Berg Tabor, der Berg Moreh und in der Ferne die schneebedeckten Höhen der Berges Hermon umrahmten den Flecken. Das Leben in Nazareth drehte sich um die Synagoge und das Zuhause. Die Bewohner waren größtenteils Bauern, Weinbauern, Schafhirten und Handwerker. Hinzu kamen einige Fischer, die tagtäglich den See von Galiläa befuhren und auf ihm ihre Netze auswarfen. Seit Jahrhunderten lebten die Menschen hier in Häusern mit flachen Dächern, die rings um Innenhöfe angelegt waren und wo auch das Vieh untergestellt wurde, oder in den Höhlen in den Hügeln. Wenn Mariams Traum in

Erfüllung gehen sollte, wäre damit nicht nur ihr Glück, sondern auch das ihrer Familie zerstört.

Als Kind war Mariam ein ausgelassener Wildfang gewesen, doch seit sie in die Pubertät gekommen war, erblühte sie rasch zu einer schönen jungen Frau. Von da an machten ihr auch die jungen Burschen des Dorfes, allen voran Eli aus dem Hause David, schöne Augen. Eli war Maurer und half seinem Vater dabei, Häuser zu bauen, aber oft genug schlich er sich von der Arbeit fort, um sich dorthin zu begeben, wo er Mariam vermutete.

Obwohl sie ihn nie in irgendeiner Weise ermutigt hatte, hätte sie schon blind sein müssen, um nicht zu erkennen, um was für einen gutaussehenden jungen Mann es sich bei dem Achtzehnjährigen handelte. Eli war vier Ellen groß, besaß breite Schultern und straffe Züge. Er bot mit seinem rabenschwarzen Haar, der rötlichen Haut und den säulenartigen Beinen einen Anblick, den man so leicht nicht vergaß. Seinen intelligenten taubengrauen Augen wohnte etwas Intensives inne, das bei den seltenen Gelegenheiten, wenn er einen Blick von ihr erhaschte, zu Sinnlichkeit wurde. Sie spürte, daß es ihn verletzte, von ihr ignoriert zu werden, aber was hätte sie anderes tun können, da sie doch Yasuf versprochen war. Dennoch kostete es sie große Willensanstrengung, Eli aus ihren Gedanken zu verbannen. Wenn in ihrem Kopf Romantik und Pflicht im Widerstreit lagen, trug letztere stets den Sieg davon. Doch das hinderte ihre Phantasie nicht daran, hin und wieder abzuschweifen.

Mariam, ihre Eltern und ihre vier Brüder lebten in einem Haus, das sich von den anderen im Dorf kaum unterschied. Die Mauern bestanden aus Lehmziegeln, die man auf Fundamenten aus Bruchstein errichtet hatte, und durch die hölzerne Tür gelangte man auf den nach oben offenen Hof, wo sich die Feuerstelle mit dem gemauerten Ofen befand.

Die eine Seite des Hofs wurde von einem überdachten Pflastersteinboden eingenommen, auf dem die Ziegen und der Esel die Nacht verbrachten. Gegenüber befanden sich die Räumlichkeiten von Mariam und ihren Eltern. Vom Hof aus führte eine Tür in den schmalen Gemeinschaftsraum, in dem ein langer Tisch mit Stühlen stand, der sich über die gesamte Breite des Hauses von sechzehn Ellen erstreckte. Die Decke bestand aus starken Balken, die über die Breite des Hauses verliefen, und dünneren Holzstreben, die quer dazu lagen. Über eine Leiter gelangte man in das erste Stockwerk, wo die Brüder schliefen, Von dort führte eine weitere Leiter hinauf auf das flache Dach. Über die Balken hatte man Zweige, Erde und Ton gelegt. Hier lagerte man Getreide und Öl in großen Tonkrügen, und im Sommer legte sich die ganze Familie hier oben schlafen, um der stickigen Hitze im Haus zu entrinnen.
Mariam war froh, als Yasuf heute abend ein wenig später als gewöhnlich zum Abendbrot eintraf. Wie jeden Tag brachte er ihr ein kleines Geschenk mit. Heute war es eine der seltenen blauen Schwertlilien, die er für sie auf einem Feld gepflückt hatte. Yasuf war ein großer, hagerer Mann mit einem grauen Bart, und er trug heute – wie üblich – einen braunen Umhang über einem weißen Gewand, das er mit einem braunen Ledergürtel zusammengebunden hatte. Seine Züge waren typisch für einen Juden, und der Blick seiner dunklen Augen schien nach innen gekehrt zu sein, so als verbargen sie heimliche Trauer. Nachdem er Mariams Mutter begrüßt hatte, nahm er auf seinem Holzschemel im Gemeinschaftsraum Platz. Er wirkte mehr wie ein Rabbi als ein Zimmermann, bis man seine Hände sah, die er auf dem Schoß zusammengefaltet hatte. Sie waren rauh und voller Hornhaut, und die langen, starken Finger erinnerten mit ihren breiten Kuppen an Holzlöffel.

Wie es bei den Juden Sitte war, blieb Mariam in der Anwesenheit eines Mannes stehen. Sie konnte es kaum abwarten, bis ihre Mutter zur Feuerstelle auf dem Hof zurücklief, um mit Yasuf ein paar Worte wechseln zu können, ehe ihr Vater und die Brüder eintrafen. Draußen am Herd zischte es, und Yasufs feine Nase nahm sofort den Duft von Linseneintopf wahr. »Das riecht aber gut«, sagte er und lächelte.
Mä-äääh! blökte eine der Ziegen auf dem Hof.
Mariam begann ohne lange Umschweife. »Der Heilige Geist des Herrn kam letzte Nacht, als ich schlief, zu mir«, erklärte sie mit respektvollem Unterton. »Mir träumte, ich ging mit einem Krug zum Brunnen des Dorfes. Ein Engel stand weiß und schimmernd dort, hob eine Hand und gebot mir zuzuhören. Ich verbeugte mich vor ihm, und der Engel berichtete mir, daß meine Verwandte, Elisa Beth, die in den Hügeln Judäas lebt, in Kürze ein Kind gebären wird.«
Yasuf hob die Brauen. »Aber das ist doch unmöglich«, erklärte er knurrig in seiner üblichen schleppenden Sprechweise. »Elisa Beths Mann, Zechariah, ist weit über das Alter hinaus, in dem er ... äh ...?« Der Zimmermann räusperte sich verlegen, »... in dem er seinen, äh, Samen vergießen könnte ... und da Elisa Beth beinahe so alt ist wie er, muß ihr Schoß ... äh ... unfruchtbar sein.« Er schüttelte langsam den Kopf und lächelte gütig, um die Härte in seinen Worten abzumildern, und er war offensichtlich nicht bereit, einer so phantastischen Geschichte Glauben zu schenken.
»Aber der Engel hat gesagt, daß Elisa Beth bereits im sechsten Monat sei«, beharrte Mariam.
»Das kann einfach nicht sein«, entgegnete er. »Ich hätte doch bestimmt davon gehört.«
»Wenn wir zum Pessach-Fest nach Jerusalem gehen, werde ich sie besuchen und feststellen, ob der Traum wahr gewesen ist«, erklärte sie.

»Warum willst du das denn tun? Wieso bedeutet dir das so viel?«

»Weil der Engel mir verkündet hat, daß ich als nächste schwanger werde.« Sie verschwieg Yasuf, daß die Züge des Engels in dem Traum eine starke Ähnlichkeit mit denen von Eli dem Maurer gehabt hatten.

Yasuf rutschte unruhig auf seinem Schemel hin und her. »Du wirst ganz sicher ein Kind empfangen, sobald wir erst einmal verheiratet sind«, sagte er, zupfte seinen grauen Vollbart und räusperte sich verlegen. »Du bist zwar selbst noch ein halbes Kind, aber du weißt sicher schon, wie ... ähem ... wie das alles in die Wege geleitet wird ... Bei mir sind jedenfalls die Säfte noch nicht vertrocknet.« Seine Miene besagte, daß er dieses Thema lieber nicht fortsetzen wollte.

»So soll es mir aber widerfahren«, begann Mariam und biß sich dann auf die Zunge. Sie konnte ihm nicht erklären, daß sie in vier Monaten schwanger werden würde, denn sonst würde Yasuf sie für eine zügellose Frau halten, die es nicht abwarten konnte, ins Ehebett zu kommen. Vielleicht glaubte er dann auch, daß sie ihn bedrängen wollte, früher das Eheversprechen einzugehen, als er das beabsichtigte.

Andererseits bekümmerte sie seine Verständnislosigkeit. Wie sollte sie ihm jetzt beibringen können, was der Engel über die Zukunft des Knaben verheißen hatte, den sie gebären sollte? Yasuf würde sie höchstwahrscheinlich auslachen. Sie fühlte sich isoliert. Ihr ganzes Leben lang hatte sie sich oft allein gefühlt, auch inmitten von Menschenmengen, und sie hatte so sehr gehofft, wenigstens Yasuf ihr Herz ausschütten zu können. Er war so alt, weise und freundlich. Der Traum hatte ihr all das offenbart, was seit langem tief verborgen in ihr ruhte, ihr die Bestätigung für das geheime Mysterium, für ihre Ahnungen und Intuitionen gegeben. Und Yasuf war nicht bereit, das alles mit ihr zu teilen. In diesem Moment überkam sie zum ersten Mal die Erkenntnis, daß es für sie sehr mühsam werden würde, ihre Mission zu erfüllen. Die Schmerzen und Ängste einer Kindsgeburt mußte sie ganz allein auf sich nehmen. Ihre Mutter kehrte in die Küche zurück und beendete damit diese Gedanken.

So weit Mariam zurückdenken konnte, hatte man sie stets bei allen anfallenden Arbeiten im Haushalt ihrer Eltern einbezogen, und die beruhten weitgehend auf den Ritualen der jüdischen Religion. Die Pflichten einer Frau endeten nie, erst recht nicht in einem Haus, in dem es fünf Männer zu versorgen galt: Aaron, ihren Vater, der aus dem Hause David stammte, und ihre vier Brüder, allesamt Zimmerleute.
Mariam erhob sich vor Sonnenaufgang von ihrem Lager, um die Ziegen zu melken und das Frühstück vorzubereiten. Danach half sie ihrer Mutter, die Männer zu versorgen, und dann waren die Tiere an der Reihe, gefüttert zu werden. Bevor die Sonne hoch genug am Himmel stand, um die Erde zu wärmen, lief sie mit ihrer Mutter und den anderen Frauen des Dorfes los, um Wasser aus dem Brunnen zu holen und Brennmaterial zu sammeln. Und einmal in der Woche war an der Wasserstelle Waschtag. Wieder zurück, ging sie daran, im Haus aufzuräumen und sauberzumachen, die Tiere zu versorgen und die anstrengende Arbeit, Korn zu Mehl zu zermahlen, das dann mit Salz und Wasser zu einem Teig verrührt wurde, aus dem Sauerbrot oder ungesäuerter Kuchen gebacken werden konnte.
Täglich kurz vor der Mittagsstunde wurden Mariam und die anderen Mädchen des Dorfes vom Rabbi in Glaubensfragen unterwiesen. Danach legte sie eine Ruhephase ein, auf

die sie sich wirklich freute. Am späteren Nachmittag sponnen und webten die Frauen Wolle oder Flachs, flickten Kleidungsstücke oder nähten neue. Und ehe Mariam sich versah, war es Zeit, das Abendessen vorzubereiten und aufs Feuer zu stellen. Alles und jeder hatte in diesem großen Haushalt seinen festen Platz, und Rebecca, ihre Mutter, wachte darüber, daß alles seine Ordnung behielt.
Einmal in der Woche erschien morgens der alte Nathan, der schon ewig im Ort zu leben schien, mit seinem Karren und bot Getreide, Gemüse, Hülsenfrüchte und Gewürze feil. An einem anderen Tag der Woche stellten die Bauern und Handwerker auf dem Synagogengelände ihre Produkte und Waren aus. Der Sabbat und die Feiertage wurden von jedermann willkommen geheißen und waren für alle ein Grund zur Freude. Sobald Mariam mit Yasuf, der ebenfalls aus dem Hause David stammte, verheiratet war, würde sie in sein Haus ziehen, ihm Kinder gebären und sich für ihre Familie dem gleichen Tagesablauf unterziehen.
Den anderen Mädchen und jungen Frauen im Dorf blieb ebenso wie Mariam kaum Zeit, mit den jungen Männern anzubändeln. Nur bei Veranstaltungen oder Festen im Ort, wenn das ganze Dorf zusammenkam, bot sich Gelegenheit, sich Blicke zuzuwerfen oder die Augen kokett aufzuschlagen. Gelegentlich schlich sich ein junges Mädchen in ein Gehölz, eine Scheune oder in den Wald und brachte dann Schande über sich und seine Familie.
Mariam hatte nie den Drang verspürt, gegen ihre Lebensumstände zu rebellieren. Schon früh war ihr klargewesen, daß sie eines Tages mit einem Mann verheiratet werden würde, den ihre Eltern für sie aussuchten und für den sie sich ihre Jungfräulichkeit aufbewahren mußte. Wenn die anderen Mädchen des Dorfes sich über die Ehe unterhielten und einander kichernd und prustend Einzelheiten darüber

mitteilten, wie Kinder entstanden, hielt Mariam sich stets abseits. Natürlich war es ein ganz natürlicher Vorgang, einen Säugling zu gebären, aber es gefiel ihr nicht, über dieses kostbare Geschenk des Herrn Witze zu machen oder lose Reden zu führen.
Mariams Verlobung mit Yasuf hatte Elis Interesse an ihr für eine Weile gedämpft, aber seit einigen Tagen lief er wieder an ihrem Haus vorbei. Sie hoffte, daß sie ihn nicht durch einen zufälligen Blick am letzten Sabbat zu irgend etwas ermuntert hatte. Während der warmen Sommermonate stand die Tür zum Hof tagsüber immer offen. Eli kam vorbei und warf einen Blick hinein, ohne im Laufen innezuhalten. Doch wenn Mariam ihn jetzt sah, befiel sie ein anderes Gefühl, das unter scheinbarer Gleichgültigkeit verborgen lag und sie mit Unruhe erfüllte.
Mariam hatte es sich zur Angewohnheit gemacht, am frühen Nachmittag, wenn die Familie sich ausruhte, den Schatten auf einem Hügel nördlich von Nazareth aufzusuchen, über den Olivenbäume ihre dunklen Schwingen ausbreiteten. Sie stellte sich dort auf einen Vorsprung und ließ ihren Blick über braune Erde mit ihrem Mosaik aus Rebstöcken, Feldern und flachen Dächern schweifen, die im weißen Glimmen des glühendheißen Sonnenlichts gebadet wurden. Eine Turteltaube gurrte von Zeit zu Zeit unwillig über die Hitze, bis eine leichte Brise ihr etwas Linderung verschaffte und den Duft von backendem Brot herantrug. Manchmal breitete Mariam im Schatten einer kleinen Höhle hinter dem Vorsprung, in die sich nie ein Mensch verirrte, ihren Mantel aus und hielt einen Schlummer, manchmal schlief sie so tief, daß sie wie betäubt erwachte. Vermutlich hatte das mit irgend etwas zu tun, das in der Luft lag und vielleicht von dem kleinen Feld mit Mohnblumen und *youma* unterhalb des Vorsprungs kam.

Vier Monate nach ihrem Traum im warmen Monat Nisan stand Mariam auf dem Hof und hängte die gewaschene und ausgewrungene Wäsche auf einer Leine auf. Sie hatte an diesem Morgen erfahren, daß Elisa Beth einen gesunden Jungen zur Welt gebracht hatte, der den Namen Johannes tragen sollte. Und seitdem plagte sie immer wieder der Gedanke, daß sie die nächste sein würde.
Von der Straße ließen sich vertraute feste Schritte und das Klappern von Sandalen vernehmen, das von dem Pflaster widerhallte. Mariam blickte sofort auf und entdeckte Eli, der gerade vorbeiging. Er sah ihr offen ins Gesicht, und sie senkte gleich züchtig die Augen. Und doch hatte sie den sonderbaren Ausdruck auf seinem Gesicht gesehen. Sie wußte nicht, was er bedeutete, aber er erfüllte sie mit einer Angst, die anhielt, bis alle Wäsche aufgehängt war, und auch während der Ruhestunde nicht nachließ. Als Mariam alle Pflichten erledigt hatte und die Familienmitglieder wieder an ihre Arbeit gegangen waren, eilte sie, immer noch voller Unruhe, durch die sengende Nachmittagshitze zu ihrem Zufluchtsort auf dem Felsvorsprung, wo sie bislang stets ihren inneren Frieden wiedergefunden hatte.

Warum fühle ich mich bloß so schläfrig? Liegt es an der Wärme des Nachmittags, die in silbernen Wogen zu meinen Füßen schimmert? Die Sonne brennt erbarmungslos vom blauen Himmel auf die Erde. Wie eine wilde Bestie flammt und wütet sie, flammt und wütet. Die Augen tun mir weh. Ist der Rauch von dem Feuer, das gerade unter mir entzündet wurde, dafür verantwortlich, der einen süßlichen Duft mit sich bringt und schwer in meine Nase steigt? Ich verdorre wie die grünen Olivenzweige, die von der Nachmittagssonne versengt werden.
Ich bekomme die Augen kaum noch auf. Am besten lege ich

mich in der Höhle ein wenig hin. Nur für ein kleines Weilchen. Ein bißchen schlummern und vielleicht ein wenig träumen. Der gesegnete Schlaf wird mich umfangen, bis es Zeit wird, wieder nach Hause zu eilen.
Was ist das da, das mich dort in der Spiegelung der Luft beschwichtigen will, das mir Ruhe schenkt, während ich in den schmerzlosen schwarzen Tiefen liege? Ich erkenne eine Gestalt, verstehe aber nicht, was sie von sich gibt, nur ein sanftes Summen wie von Bienen, das singt, wie es einst Salomon getan hat:

> *Öffne dich deinem Schicksal, Unbefleckte,*
> *Auch wenn mein Kopf nicht angefüllt mit Tau ist,*
> *Und meine Locken mit den Tropfen der Nacht,*
> *Ist mein Geist doch voll von meiner Aufgabe*
> *mit Dir.*

Ich erkenne ein Gesicht, weiß und rötlich, mit dichten Locken von der Farbe eines Raben und Augen wie die einer Taube am Fluß, mit Milch gewaschen und mit klaren Zügen, mit Wangen wie ein Kräuterlager, und der Atem, der über mich streift, ist süß wie der von Lilien, die Myrrhe vergießen.
Dieses Wesen ist der Heilige Geist, der mir im Traum verheißen worden ist, der Bote des Herrn, der gekommen ist, um seine Aufgabe zu erfüllen.
Mein Unterleib öffnet sich wie eine erblühende Knospe. Langsam geht er auf, um zu empfangen, doch was?
Diese Ekstase?
Nun vollkommen erblüht, streckt sich die Blüte nach dem aus, was der Heilige Geist ihr einpflanzt – etwas, das zu seinem Bestimmungsort eilt wie eine Taube auf dem Heimflug.

Ich habe ein göttliches Geschenk empfangen. Meine Welt ist angefüllt mit Helligkeit, und ihr Licht ist mein Schatten. Ich bin unbefleckt. Der Schatten löst sich langsam auf und läßt mich überglücklich zurück. Dann vergeht auch die Helligkeit, und ich bin wieder allein.

Gesegnet seist du, Mariam.
Der Herr ist mit dir und hat dich gebenedeit
unter den Weibern.
Fürchte dich nicht, Mariam,
denn du bist dem Herrn ein Gefallen.
Du hast empfangen in deinem Leib
Und du sollst gebären einen Sohn,
dem du den Namen Jesus geben wirst.

Als sie aus ihrem tiefen Schlummer erwachte, nahm Mariam als erstes wahr, wie leicht sich ihr Körper anfühlte. Der Schmerz in ihrem Hinterkopf war vergangen, die Augen taten ihr nicht mehr weh, und sie fühlte sich rundum erfrischt.

Doch dann bohrte sich die Erinnerung an die Empfängnis in ihre Freude. Beim Herrn des Himmels, sie war schwanger! In der rauhen Welt des Wüstenreichs würde sie ein uneheliches Kind austragen, versorgen und großziehen müssen. Schreckliche Angst ließ ihren Bauch verkrampfen. Wie sollte sie das den anderen nur begreiflich machen? Würde ihr überhaupt jemand Glauben schenken? Yasuf hatte ja nichts von dem Traum wissen wollen, als sie davon angefangen hatte. Was würde er tun, wenn er davon erfuhr? Wäre Mariam eine Araberin oder Idumäerin, würde man sie wegen Ehebruchs steinigen. Welche Strafe hatte ihr Volk vorgesehen?

Aus der Angst wurde Panik. Die Kehle wurde ihr trocken,

und sie begann zu zittern. Ihre Brust zog sich zusammen, und sie stöhnte laut. Am besten lief sie gleich auf den höchsten Punkt des Hügels und stürzte sich in die Tiefe. »Gesegnet seist du, Mariam ...« Die Worte aus dem Traum drangen wie die Schwingen eines gefangenen Adlers, der zum Himmel aufsteigen will, in die Knoten ihrer Gedanken. Mariam würde vor der ganzen Welt erklären und auch dabei bleiben, daß sie trotz der Empfängnis immer noch Jungfrau war. Sie würde einen Sohn bekommen, keine Tochter, und er würde dereinst zum König von Israel werden und ihren Namen reinwaschen. Und mochte bis dahin auch noch soviel Zeit vergehen, sie würde es durchstehen.

Obwohl sie seit dem Moment des Erwachens tief in ihrem Innern fest davon überzeugt war, ein Kind empfangen zu haben, erschienen ihr die Konsequenzen ihrer Schwangerschaft so schrecklich, daß sie sich grundsätzlich dagegen entschied, jemanden ins Vertrauen zu ziehen – das galt ganz besonders für ihre Eltern. Trotz ihres festen Entschlusses, der sich auf dem gründete, was nach ihrer Überzeugung eine Offenbarung des Herrn gewesen war, gab es immer wieder Nächte, in denen sie keinen Schlaf finden konnte oder darüber erwachte, wie sie mit der Kraft der Verzweiflung die Hände gegen den Bauch preßte und beinahe zu ersticken drohte. Manchmal fragte sie sich, wie es überhaupt dazu hatte kommen können. Frauen wurden doch nicht einfach so schwanger, dazu gehörte doch ... In diesen Momenten des Zweifels überlegte sie, ob nicht vielleicht Eli sich herangeschlichen, sie schlafend vorgefunden und dann die Situation ausgenutzt haben mochte. Andere Male redete sie sich ein, daß Träume bloß Träume waren und sie niemals ein Kind empfangen hatte. Davon abgesehen wies sie keine der üblichen Schwangerschaftsbeschwerden wie mor-

gendliche Übelkeit oder Brechreiz auf. Tagsüber ging sie wie gewöhnlich ihren Pflichten im Haushalt nach, doch in den Nächten stellten sich Angst und Panik ein. Wenn sie doch bloß nicht so vollkommen auf sich gestellt wäre!
Als einfaches Mädchen vom Land erfaßte Mariam die Geheimnisse des Entstehens von Leben rein instinktiv, ohne sie allerdings mit Worten erklären zu können. So hielt sie sich an der Überzeugung fest, daß das Kind, das sie im Bauch trug, der ihrem Volk versprochene Messias sein würde, von dessen Erscheinen der Rabbi in der Synagoge so oft gesprochen hatte. Sie würde einen Jungen zur Welt bringen, und aus dem sollte der König der Juden werden. Und wenn sie nur fest genug erklärte, daß sie ihn vom Heiligen Geist empfangen hatte, würden ihre Ehre und Tugend unbeschädigt bleiben – ganz abgesehen davon, daß ihr Sohn später auch die letzten Zweifel beseitigen würde. Dann wäre sie die Königinmutter und würde in einem Palast leben, umgeben von einer großen Schar von Dienern, die jeden ihrer Wünsche bereitwillig erfüllten. Ihr Sohn würde Israel aus der römischen Knechtschaft befreien, die Schande der griechischen Besetzung tilgen und mit den vielen Götzen und Idolen aufräumen, die in ihrem Land verehrt wurden. Dann konnte sie endlich über all diejenigen triumphieren, die sie des Ehebruchs bezichtigt hatten.
Hab nur Geduld, Mariam, Geduld und Stärke, beruhigte sie sich. Die Menschen werden dich gewiß Ehebrecherin und deinen Sohn einen Bastard nennen, aber war nicht auch der große Sikander mit dem Makel der unehelichen Geburt behaftet gewesen? In solchen Momenten strich Mariam sich über den Bauch und flüsterte dem werdenden Leben in ihr zu: »Du wirst auch mein Erlöser sein, und zwar von der Grausamkeit und Ignoranz der Welt.«
Die Wochen vergingen, und aus dem Frühjahr wurde Som-

mer. Mariam stellte immer noch keine der üblichen Schwangerschaftssymptome an sich fest – bis auf eines, vielleicht das allerwichtigste: Ihre Blutung blieb aus. Bald gab sie die täglich neu aufkommende, schmerzliche Hoffnung auf, sie würde eines Nachts aufwachen und feststellen, daß ihre Blutung sich doch eingestellt hatte. Außerdem entwickelte sie allmählich einen solchen Appetit, daß ihre Mutter aufmerksam wurde. Auch wurde ihr die Hitze immer beschwerlicher. Trotzdem dauerte es noch zwölf Sabbate, bis ihre Mutter sie eines Abends zur Rede stellte und wissen wollte, warum ihre Tochter so aufgegangen war. Mariam beschloß, daß sie ihrer Familie alles sagen mußte.
Die nachmittägliche Ruhestunde erschien ihr als der geeignete Moment, um dieses Thema anzusprechen. Am nächsten Tag wartete sie furchtsam, bis sie alle Wäsche im Hof aufgehängt hatte. Die Sonne am Ende des Monats Sian brannte schrecklich heiß, und Mariam schwitzte heftig unter ihrem weißen Gewand, als sie den langen Gemeinschaftsraum betrat, wo ihre Mutter sich für ein paar Momente auf einem Schemel ausruhte, bevor sie sich in die Schlafkammer begeben würde, um dort die Rückkehr ihres Mannes von der Arbeit abzuwarten. Rebecca trank einen Schluck Wasser aus dem Tonkrug, den sie in der Hand hielt, und lehnte dann den Kopf gegen die Wand. Sie alterte in der letzten Zeit rasch, und die Sommerhitze saugte alle Kraft aus, die ihr noch verblieben war.
Mariam wischte sich mit dem Kopftuch die Schweißperlen von der Stirn und stellte sich dann respektvoll neben ihre Mutter. »Mutter, ich habe dir etwas sehr Wichtiges mitzuteilen«, begann sie ängstlich.
Rebecca sah sie mit müden Augen an, ohne den Kopf zu heben. »Was gibt es denn, meine Tochter?«
»Letzte Nacht hast du mich gefragt, warum ich so dick

geworden bin ...« Ihre Augen suchten nervös die rundlichen Züge ihrer Mutter ab. »Nun, der Grund dafür ist, daß ich ein Kind bekomme.«
Im ersten Moment schien Rebecca sie nicht gehört zu haben. Doch dann richtete sie sich ruckartig auf und saß kerzengerade da. Der Krug fiel ihr aus den Händen, zerbrach und verspritzte seinen Inhalt. »Was hast du gesagt?« wollte sie wissen, und ihre braunen Augen wurden in den Falten schmal.
»Ich bin schwanger, *em*.« Mariam setzte ein schiefes Lächeln auf, so als ließe sich damit dieser Nachricht etwas von ihrer Schwere nehmen. »In fünf Monden wirst du Großmutter.«
Rebecca riß sich mit sichtlicher Anstrengung zusammen. »Du scherzt doch, oder?« Aber ein scharfer Blick auf ihre Tochter belehrte sie vom Gegenteil. »Nein, du meinst es ernst.« Schrecken breitete sich auf ihrer Miene aus. »Wer ist der Vater? Etwa Yasuf?« Sie lachte grimmig, als Mariam das nicht abstritt. »Ich weiß zwar nicht, wie ihr beide das bewerkstelligt habt, aber ich hätte nie geglaubt, daß ein ehrwürdiger alter Mann die Unerfahrenheit eines jungen Mädchens ausnutzen und mit ihr ein heimliches Techtelmechtel beginnen würde.« Sie erhob sich abrupt, und die kleine, stämmige Frau wirkte nicht länger müde, sondern nur noch zornig. Sie schob ihr Kopftuch zurück, so daß es wie ein Schal unter ihrem grau gewordenen, schwarzen Haar lag. »Wenn du also schon im vierten Monat bist, kann dir niemand mehr die Schande nehmen, aber Yasuf wird dich trotzdem zu seiner Frau machen müssen. Die Verlobungszeit hält sowieso schon ziemlich lange an.« Sie schob das Doppelkinn vor. »Warum hast du mir nicht früher etwas davon gesagt? Dann hätten wir Yasuf zwingen können, dich früh genug zu heiraten, damit niemand im Dorf

auf die Idee kommen könnte, das Kind sei in Sünde empfangen worden.«
»Weil Yasuf nicht der Vater des Kindes ist.«
»Was ...« Rebeccas Kinn fiel nach unten, und ihre Miene drückte nur noch Ungläubigkeit aus.
Mariam stand mit niedergeschlagenen Augen vor ihr und hörte, wie laut ihr Herz schlug.
»*Wer ist dann der Vater?*« Rebecca hatte gefährlich leise gesprochen, und jedes ihrer Worte traf Mariam wie ein Peitschenschlag.
Schließlich hob sie die Augen und sah ihrer Mutter direkt ins Gesicht. »Der Heilige Geist, *em*«, erklärte sie mit aller Bestimmtheit.
Rebecca konnte ihre Wut nicht länger im Zaum halten: »Du gotteslästerliche Dirne!« kreischte sie. »Wie kannst du so etwas sagen? Ich vermag es nicht zu fassen.« Sie richtete ihren dicken, kurzen Zeigefinger auf Mariam. »Du bist nicht meine *ba,* meine Tochter, sondern eine Hure und Ehebrecherin. Du legst dich zu einem Mann und hast auch noch die Stirn, zu behaupten, das alles sei eine göttliche Erscheinung gewesen? Für was hältst du mich, für schwachsinnig?« Der Zorn überwältigte sie, und sie lief mit erhobener Hand auf ihre Tochter zu.
Mariam wich nicht zurück. »Du kannst mich zu Tode prügeln«, entgegnete sie mit zitternder Stimme, »aber ich habe nichts von dem getan, was du mir vorwirfst.« Sie hielt inne, um tief durchzuatmen. »Würdest du mich bitte ausreden lassen, *em?* Ich habe doch auf dieser Welt niemanden außer dir. Kannst du dir die Qualen vorstellen, die ich durchlitten habe? Bitte, hör mir zu, ich flehe ich an.«
Rebecca blieb stehen, ließ die Hand aber nicht sinken. Gebeugt stand sie da, und in ihren Augen brannte Feuer, während sie sich bemühte, die Kontrolle über sich zurück-

zugewinnen. Nach einem Moment ließ sie die Hand sinken. »Gut, ich höre dir zu, aber ich rate dir, laß deine Geschichte so gut klingen, daß sich auch der Rest der Welt davon überzeugen läßt. Fang an.« Sie drehte sich um und nahm wieder auf dem Schemel Platz, so als brauche sie jetzt dringend Halt. Aber ihre Augen starrten Mariam weiterhin streng an.

Mariam hielt sich aufrecht, verschränkte die Hände vor dem Bauch, sah ihre Mutter bittend an und berichtete, was vorgefallen war. An Rebeccas Miene war nicht abzulesen, ob sie den Worten ihrer Tochter Glauben schenkte oder nicht. Als Mariam geendet hatte, starrte ihre Mutter auf den Boden, und Schweigen senkte sich über den Raum.

»Was für eine Geschichte«, knurrte Rebecca schließlich. »Man muß schon dumm wie ein Esel sein, um sie für bare Münze zu nehmen. Wahrscheinlich hast du dich mit einem lüsternen jungen Burschen aus dem Dorf in die Höhle gelegt. Ich hege schon lange den Verdacht, daß du dich womöglich allein aus diesem Grund so oft an jenen Ort begeben hast, aber ich bin deine Mutter und habe dir vertraut. Doch jetzt verbiete ich dir, den Hügel je wieder aufzusuchen.«

»Aber ich habe dir die Wahrheit gesagt, *em!*« heulte Mariam.

»Davon solltest du besser Yasuf überzeugen«, schnaubte ihre Mutter, »und dafür sorgen, daß er dich trotzdem zur Frau nimmt. Sonst endest du nämlich noch als Dorfhure. Ich werde deinem *av*, deinem Vater, alles erzählen, wenn er zurückkommt. Du kannst dich glücklich preisen, daß du seine einzige Tochter bist und er ganz vernarrt in dich ist, denn andernfalls würde er den Riemen nehmen und dich auf die Straße jagen, wo du auch hingehörst. Aber was Yasuf angeht, so mußt du es ihm schon selbst beichten.«

Rebeccas Stimme war immer lauter und schriller geworden. Jetzt brach sie in Schluchzen aus. »Daß ich eine Viper in meinem Bauch ausgetragen und an meinem Busen genährt habe – nur damit sie mich mit dieser ewigen Schande vergiftet! Und nicht nur mich, sondern auch deinen armen Vater, deine Brüder, den Namen unserer Familie, der seit vielen Generationen makellos gewesen ist, und nicht zu vergessen Yasuf, diesen wunderbaren Mann, der eigentlich viel zu gut für dich ist. Wie konntest du uns das nur antun?« Während ihr Schluchzen allmählich nachließ, klang ihre Stimme immer verdrossener und bitterer. »Ausgerechnet uns muß so etwas widerfahren, wo wir doch aus dem Hause David sind.«

Zitternd und mit klopfendem Herzen stand Mariam der alten jüdischen Mutter gegenüber. Ihr Instinkt sagte ihr, was jetzt folgen würde. Tränen traten in ihre Augen, als sie Rebeccas giftigen Blick ertrug und auf die furchtbaren Worte wartete, die jetzt folgten und noch schrecklicher wirkten, weil sie leise und ruhig ausgesprochen wurden: »Ich verfluche dich!«

Verwirrt schüttelte Yasuf das graue Haupt, als könne er so die Neuigkeit ungeschehen machen. Die Traurigkeit, die immer schon in seinem Blick gelegen hatte, brach nun Mariam das Herz.

»A-aber wie kann man denn vom Heiligen Geist ein Kind empfangen?« wollte er mit brüchiger Stimme wissen. »Selbst ein göttliches Kind entsteht aus menschlichem Samen ... und ... ähem ... du und ich haben nie zusammengelegen.« Er beugte sich auf dem Schemel vor, stützte die Ellbogen auf die Knie und hielt sich die Hände vor den Mund. Die Daumen preßten gegen die Lippen, als wollten sie einen Schrei unterdrücken. Aber die Tränen konnte er

ebensowenig zurückhalten wie den Ausdruck schierer Bekümmertheit, der sein hageres Gesicht überzog.
Mariam hatte den Wutausbruch ihrer Mutter ertragen, doch die tiefe Traurigkeit, die sie bei diesem freundlichen Mann hervorgerufen hatte, den sie seit ihrer Kindheit liebte, war zuviel für sie. Mariam hatte das Gefühl, ihre Brust würde jeden Moment zerspringen. Das ganze Dorf würde ihn verspotten, und alle würden sagen, sie habe einen Mann betrogen, der zu alt war, um mit den Bedürfnissen ihrer Jugend Schritt halten zu können. Sie nahm sich fest vor, ihn von dieser Last zu befreien. Und dabei konnte nur die Wahrheit weiterhelfen. »Erinnerst du dich, was ich dir von meinem Traum berichtet habe?« fragte sie ihn mit der Kraft der Verzweiflung. Sie hoffte, daß sein Gedächtnis ihn nicht im Stich ließ, er daraufhin das Kind als das seine anerkannte und somit die Familie von allen Sorgen erlöste.
Yasuf nickte langsam.
»Und hat sich nicht auch der Teil meines Traums bewahrheitet, der besagte, daß meine Verwandte Elisa Beth ein Kind bekommen würde, obwohl sie und ihr Gemahl Zechariah dafür schon zu alt sind?«
»Ja.« Er blickte auf den Boden, schien mit sich zu ringen und faßte dann einen Entschluß. »Ich muß zugeben, daß ich kurz nach deinem Bericht auf meiner Reise nach Jerusalem in die judäischen Hügel abgebogen bin und dabei feststellen konnte, daß Elisa Beth tatsächlich im sechsten Monat schwanger war.«
Mariam starrte ihn ungläubig an. »Aber damals kam es mir wirklich so vor, als wolltest du von alledem nichts wissen ...« begann sie zögernd.
Er hob den Kopf und sah sie mit seinen traurigen Augen an. »Ich habe dir immer zugehört, Mariam, aber das Thema damals hat mich so ... ähem ... verlegen gemacht.« Er

runzelte die Stirn und machte ein so nachdenkliches Gesicht, wie sie es noch nie bei ihm gesehen hatte. Mariam begriff, daß sie hier die grenzenlose Stärke eines durch und durch freundlichen Menschen miterleben durfte. »Ich liebe dich und respektiere deine Familie. Keinem von euch wünsche ich etwas Schlechtes, aber die Gebote der Ehre zwingen mich, die Verlobung zu lösen, und zwar ohne Rücksicht darauf, was das für dich und deine Leute für Folgen haben wird.«
Das Klappern von Hufen auf dem Hof kündete die Rückkehr von Mariams Vater, den Brüdern und dem Esel von der Arbeit an.

Diese Nacht wurde die schlimmste in Mariams Leben. Yasuf war gleich gegangen, nachdem er ihrem Vater kurz mitgeteilt hatte, daß er die Verlobung als gelöst betrachte. Er hatte kein weiteres Wort über dieses Thema verloren. Ihr Vater hatte es einfach nicht fassen können, als Rebecca ihn ins Bild setzte. Ihre Brüder waren vor Zorn außer sich gewesen und hatten in typisch männlicher Manier immer wieder zu erfahren verlangt, wer der Vater sei, damit sie ihn so lange züchtigen und prügeln konnten, bis er bereit sei, sie zu ehelichen. Mariams Beharren auf ihrer Geschichte konnten und wollten sie nicht akzeptieren. Und so verwandelte sich ein einstmals friedliches, harmonisches Heim in einen Turm zu Babel.
Diese Tragödie, die die Familie getroffen hatte, legte sich wie ein Leichentuch über das Haus, und alle stritten sich die halbe Nacht hindurch, bis der Vater sich Geltung verschaffte und alle zu Bett schickte. »Wir können nicht ungeschehen machen, was uns widerfahren ist«, erklärte er mit fester Stimme. »Laßt uns wenigstens als Familie angesichts dieses schrecklichen Vorfalls zusammenhalten, statt die Katastro-

phe noch zu vergrößern und Zwietracht zwischen uns zu säen.« Ihm war deutlich anzumerken, daß er kein Wort von Mariams Geschichte glaubte.
Aber Rebecca fing gleich wieder an, ihre Tochter anzuschreien.
»Hör mit dem Gezeter auf!« wies Aaron sie zurecht. »Willst du denn, daß die Nachbarn alles mitbekommen?« Er zeigte auf Mariam. »Das dort ist unser Kind. Sie hat bereits genug durchgemacht und wird noch mehr leiden, wenn sie die Verachtung der Männer zu spüren bekommt. Nur ihre Familie kann ihr jetzt die Liebe und das Verständnis geben, die sie dringend braucht.« Er trat zu seiner Tochter und nahm sie in den Arm. Mariam hielt sich verzweifelt an ihm fest, doch der Blick Rebeccas entging ihr nicht, und in diesem Moment erkannte sie, daß ihre Mutter immer schon eifersüchtig auf sie gewesen war, weil sie von ihrem Vater soviel Liebe erhielt.
Kurz nachdem die Hähne im Morgengrauen zum ersten Mal gekräht hatten, klopfte jemand beharrlich an die Tür. Im Licht der Lampe sah Mariam, wie ihr Vater sich von seinem Lager erhob und brummend zum Tor lief.
Zu ihrer großen Überraschung vernahm sie Yasufs tiefe Stimme. Sie konnte nicht alles verstehen, was er sagte, schloß aber aus dem wenigen, daß er sich für die Störung zu so früher Stunde entschuldigte und Einlaß begehrte.
Aus welchem Grund war Yasuf zurückgekehrt? Verlangte er Genugtuung? Mariam fand keine Antwort, aber ihr Herz klopfte schneller. Gewiß wollte er ihr oder ihrer Familie keinen Schaden zufügen, aber er war sicher auch nicht gekommen, um ihnen etwas Gutes zu tun. Mußte sie die Gottesprobe bestehen und sich vom Rabbi Abner, einem ebenso strengen wie hartherzigen Mann, das Gift reichen lassen? Nur wenn sie es überlebte, galt ihre Unschuld als bewiesen.

Sandalen klapperten über den Hof und hallten dann aus dem Gemeinschaftsraum wider.
»Vetter Aaron, du hast sicher bereits erfahren, in welchem Zustand sich deine Tochter befindet, nicht wahr?« Yasufs Stimme klang überraschend kräftig und bestimmt.
»Ja.« In dieser kurzen Antwort mischte sich Trotz mit tiefer Verzweiflung. »Doch ich werde nicht zulassen, daß meiner Tochter ein Leid zugefügt werden soll.«
»Das will ich auch nicht.« Jetzt hörte sich Yasuf wieder so freundlich wie immer an. »Der Engel des Herrn ist mir vor nicht ganz zwei Stunden im Traum erschienen. Er befahl mir, mich nicht von Mariam abzuwenden, sondern sie zu heiraten und die Frucht ihres Leibes als meinen Sohn anzuerkennen.« Mariam glaubte ihren Ohren nicht trauen zu dürfen. Hatte Yasuf das wirklich geträumt, oder hatte er alles nur erfunden?
»Was?« entfuhr es Aaron ungläubig.
»Du hast mich gehört, Vetter.«
»Das würdest du tun?«
»Ja, aber nur unter zwei Bedingungen.«
»Und wie lauten die?« fragte ihr Vater mit neuerwachtem Argwohn.
»Mein Herz und meine Seele mögen vom Gebot des Herrn geleitet werden, doch mein Verstand verlangt gewisse Regelungen, damit Mariam und ich sowie unsere Kinder und Kindeskinder in Frieden und Ehre unter unseren Landsleuten leben können. Um dem Genüge zu tun, lautet meine erste Bedingung, daß ich Mariam zwar ehelichen, sie aber nicht erkennen werde, bis sie das Kind in ihrem Bauch ausgetragen hat.«
Mariams Herz machte einen Satz. Mit »nicht erkennen« meinte Yasuf, daß er sie nicht anrühren und seine ehelichen Pflichten bis zur Geburt nicht erfüllen wollte.

»Selbstverständlich«, entgegnete Aaron. »Das gebieten Stolz und Anstand. Und die zweite Bedingung?« Ihm war anzuhören, daß er nicht wußte, was Yasuf als nächstes verlangen würde.
»Nun ja, Vetter, die zweite Bedingung ...« Yasuf zögerte. »Bei ihr handelt es sich um ... ähem ... um eine praktische Notwendigkeit. Wir müssen sicherstellen, daß Mariam immer noch jungfräulich ist.«
»Wie soll ich das verstehen?«
»Wenn sie tatsächlich das Kind vom Heiligen Geist empfangen hat, muß der Schleier ihrer Jungfräulichkeit doch noch intakt sein, oder etwa nicht?«
»Doch, sicher ... aber wie wollen wir dessen sicher sein?«
»Laß Ruth, die Hebamme, Mariam untersuchen, um festzustellen, ob der Schleier nicht durchstoßen worden ist.«
Hoffnung und Verzweiflung hielten sich in Mariams Bewußtsein die Waage. War Yasuf ein Mensch, ein Engel oder gar ein verschlagener Teufel?
Ruth untersuchte das Mädchen am nächsten Tag und erklärte danach, daß es immer noch jungfräulich sei. Zu jener Zeit war über die Elastizität des Jungfernhäutchens noch sehr wenig bekannt.

KAPITEL 6

Ein wahnsinniger Schrei erhob sich plötzlich über dem Gemurmel der Menschen, die ihren bewohnten Abendspaziergang am linken Ufer des Euphrat unternahmen.
»Das Ende der Welt ist nahe! Das Ende der Welt steht bevor!«
Auf einem freien Platz, um den die meist weiß gekleideten Bürger nun einen weiten Bogen machten, zeigte sich eine gebeugte Gestalt, die sich skeletthaft gegen das rötliche Licht der Sonne abzeichnete, die hinter dem glänzenden grauen Wasser und den dunklen Silhouetten der Dattelpalmen und der braunen Sandflächen unterging. Der Mann trug eine lose orangefarbene Robe, deren eines Ende er sich über die Schulter geschlungen hatte, und hielt in einer Hand einen großen schwarzen Stab. Sein langes schwarzes Haupt- und Barthaar wehte im warmen Wind. Keine Frage, bei diesem Fremden handelte es sich um einen indischen *sanyasi,* einen hinduistischen Bettelmönch, der sich hier recht weit entfernt von seinem heimatlichen Boden aufhielt. Der Mann reckte das Kinn vor, sein runzeliges Gesicht war von der Sonne fast schwarz verbrannt, und sein irrer Blick richtete sich plötzlich auf mich.
»Bereue deine Sünden. Opfere deinen Göttern. Denn wenn die drei großen Sterne sich in ihrem Kurs vereinen und es dabei zu einem alles zerschmetternden, universellen Donner kommt, wird dein Leben sein Ende finden. Dann folgt die ewige Dunkelheit als Strafe für eure schwarzen Seelen.«
Er hob das Kinn noch ein Stück und starrte mich durchdringend an.
Im Bewußtsein meiner Sünden war ich froh, als ein Teil der

Menge sich zwischen uns schob und mich so vor seinen anklagenden Blicken verbarg. Warum hatte er sich gerade an meine Wenigkeit gewandt?
»Der arme Teufel. Die Sonne muß ihm den Verstand ausgedörrt haben«, bemerkte König Gundofarr, ein großer Mann von stämmiger Figur mit der Ausstrahlung eines Herrschers. Seine graugrünen Augen standen in eigenartigem Kontrast zu seiner ungewöhnlich hellen Haut und dem rotbraunen Haar. Gundofarr regierte von seiner Hauptstadt Magadha aus ein gewaltiges Reich und war ein Nachkomme des großen Vikramaditya. Untereinander verständigten wir uns in Griechisch, und ich sprach ihn mit Kaspar an, wie sein Name hier verballhornt ausgesprochen wurde.
»Auch aus einem Wahnsinnigen können die Zungen der Engel sprechen«, entgegnete Yuen-Yen, ein chinesischer König. Klein und glattrasiert sowie von typisch mongolischem Aussehen, hatte er Schwierigkeiten mit der Aussprache des Buchstaben r, der aus seinem Mund wie »l« klang. Sein schwarzer Zopf wackelte hin und her, als wir unseren Spaziergang fortsetzten. Yuen-Yen war dreiundvierzig Jahre alt und besaß wie viele Ostasiaten eine philosophische und würdige Ausstrahlung.
Mein Name ist Alara, und ich bin der König eines baktrischen Vasallenkönigreichs. Ich zähle neunundzwanzig Jahre, und ich sehe aus wie meine Vorfahren, ein typischer Sake: eine Hakennase, ein schlanker großer Körper, schwarze Haare, schwarzer Bart, buschige Augenbrauen und eine etwas zu dunkle Haut, weil sie in der letzten Zeit zu lange der Sonne ausgesetzt gewesen ist. Meine wachen Augen verraten nicht das Leid der Seele, die noch immer das Schicksal meiner Eltern betrauert.
Uns drei Könige hat derselbe Grund hier nach Sippar am Euphrat geführt: Wir sind den Bahnen der Planeten Jupiter

und Saturn gefolgt, die einer Konjunktion im Sternbild der Fische zuzustreben scheinen. Die Fische sind das Sternbild des Westens, und in der jüdischen Tradition wird dieses als Symbol Israels betrachtet. Israel steht auch unter dem Schutz des Saturn, der gleichzeitig als Stern Palästinas und Syriens gilt. Und der Jupiter verkörpert allgemein das Königtum. Zwei mächtige Planeten, die sich miteinander vereinigen wollen, könnten durchaus das Erscheinen eines großen Herrschers ankündigen, der die Menschheit von aller Ignoranz und allem Leid befreien wird – und nicht eine furchtbare Katastrophe mit sich bringen, wie sie der *sannyasi* hinausgeschrien hat.

Andere waren ebenfalls diesen Sternen gefolgt und dabei nach Sippar gelangt. Viele von ihnen kamen mit großen Karawanen aus weit entfernten Ländern, um die Stadt aufzusuchen, die seit vielen Generationen in allen zivilisierten Reichen für ihre Astronomen und ihre Astrologie-Schule gerühmt wurde.

Wir drei hatten uns am zweiten Tag nach meiner Ankunft in Sippar durch Zufall beim Abendspaziergang kennengelernt. Während wir unseren Weg mit unserem Gefolge fortsetzten, liefen uns die Sandelholzschwenker voraus, die unsere Nasen mit Wohlgeruch versorgten und den Gestank von Fäkalien, Abfällen und ungewaschenen Körpern fernhielten. Gleichzeitig verkündeten sie unablässig, wer hinter ihnen kam, und die Menschen machten uns bereitwillig Platz. Der Übergang vom Rotglühen des Sonnenuntergangs zum Purpurlila der Wüstendämmerung bot einen atemberaubenden Anblick. Ein Schwarm Fischreiher zog V-förmig über den dunkler werdenden Himmel und war auf dem Weg zu seinem Platz für die Nacht. Viele Menschen standen am eisengrauen Wasser und hingen ihren Gedanken nach.

»Welche geheimen Gedanken mögen sie wohl bewegen?« fragte König Kaspar.
Eine Gruppe lärmender Kinder tobte vorüber, und zwei Jungen fingen an, miteinander zu ringen. »Sie fragen sich bestimmt, wie man mit solchen Rangen fertig werden soll«, antwortete König Yuen-Yen mit einem schelmischen Funkeln in den Augen. »Oder wie sie ihre eigenen mißratenen Sprößlinge loswerden können.«
»Kinder sind sich der Unwägbarkeiten des Lebens noch nicht bewußt«, bemerkte ich. »Und damit sind sie der Erde und der Schöpfung näher als ihre Eltern. Was, so frage ich euch, ist schon jemals Gutes bei unseren müßigen Grübeleien herausgekommen? Welchen Sinn hat es, sich an trügerische Sicherheiten zu klammern? Hat nicht selbst Sippar, hier am Euphrat gelegen, viele hundert Jahre lang die Katastrophen und unvorhergesehenen Entwicklungen seines mächtigen Nachbarn miterleben müssen? Zuletzt hatte der assyrische König Sanherib die Stadt zerstört, und erst vor fünfhundert Jahren wurde sie von dem chaldäischen König Nebukadnezar II. wiederaufgebaut – derselbe, der das jüdische Volk aus seiner Heimat und in die babylonische Gefangenschaft führte.«
»Und bei den Wassern von Babylon saßen wir und weinten, wenn wir uns Zions erinnerten«, zitierte der Inder und erfreute mich mit seinem Wissen.
»Es gibt wohl keine herzzerreißenderen Worte als die der Juden in der Fremde. Ihre Klagen erreichten sogar unsere fernen Länder, die doch so weit von Babylon und noch weiter von ihrer Heimat entfernt liegen«, sagte ich. »Und warum auch nicht? Schließlich gehören die Juden zu den Wüstennomaden, die seßhaft geworden sind, und natürlich lieben sie ihr Land.«
»Und als der persische König Kyros Babylon erobert und

den Juden gestattet hat, in ihre Heimat zurückzukehren, haben es viele Tausende von ihnen vorgezogen, hierzubleiben, weil sie sich so sehr als Bestandteil der Stadt fühlten wie der Fluß, der hier neben uns fließt. Und was ist von Babylons einstiger Größe geblieben? Heute ist es nur noch eine kleine Provinzhauptstadt unter vielen und muß darüber hinaus auch noch erdulden, daß, nur eine halbe Wegstunde von hier entfernt, Ktesiphon, die mächtige Hauptstadt des Partherreichs, zu Glanz und Größe heranwuchs.«
König Yuen-Yen schüttelte nachdenklich das Haupt. »Die Wege der Menschen heute sind erklärlicher geworden, seit sie mit ihren Füßen an der Scholle kleben, statt sie zu überqueren. So sind sie hin und her gerissen zwischen dem, was ihre Füße tun, und dem, wonach sich ihre Herzen sehnen.«
Mich überkam in diesem Moment die Intuition, daß auch ich eines Tages vor diesem Konflikt stehen würde, und mit mir jemand, der für das Schicksal der Welt viel wichtiger war als ich. »Kinder sind in ihrem Verhalten weiser als die Erwachsenen«, erklärte ich. »Ihre Instinkte reichen noch tiefer, bis zurück in die Zeit, als die Menschen noch keine Verbindung zu dem Boden verspürten, auf dem sie standen, als sie noch nicht an der Scholle klebten und kein Bedürfnis verspürten, sich darauf niederzulassen. Darum besitzen die Kinder größere Weisheit und erleben mehr Zufriedenheit.«
Meine beiden Gefährten lächelten über meine Philosophie.
Yuen-Yen, Kaspar und ich waren in einer nahe gelegenen Karawanserei abgestiegen, die sich an der Straße der Herbergen befand. Doch wir waren bereits bei der Schule der Astrologie vorstellig geworden. Und am nächsten Morgen erklärte sich Ibn Hussein, der Leiter der Lehrstätte, bereit, uns eine Audienz zu gewähren. Ein Astrologe gewährt Audienzen, mag man sich fragen. Nun, warum nicht,

schließlich war er der Maha Raja, der Großkönig der Astrologie!
Nach einer alten Sage, so teilte uns Ibn Hussein mit, würden sich Saturn und Jupiter schon bald im Sternbild der Fische vereinigen, und zwar weiter im Westen. Direkt unter der Konjunktion würde ein mächtiger Mann im Land der Juden geboren werden und der Welt Erlösung bringen. Diese Ausführungen bewahrheiteten meine Vision, aber ich hatte sie wohl nicht ganz richtig verstanden. Ibn Hussein sprach von einem Menschen, während ich der festen Überzeugung war, die Vision habe mir einen König gezeigt.
Am folgenden Abend schlossen König Kaspar, König Yuen-Yen und ich uns mitsamt unserem Gefolge einer Karawane an, die ins Land Judäa aufbrach. Unsere Füße sehnten sich nach dem Boden am Horizont, denn wir suchten einen neugeborenen König.

Die Fanfarenträger bliesen kräftig ins Horn und übertönten das Klappern der vielen Pferdehufe. Sie zerrissen die Stille des goldenen Abends, um die Rückkehr des Herrn nach Herodium anzukündigen. Ein Schwarm Tauben erhob sich erschrocken von den fernen Zinnen.
Eine Bemerkung, die Simon ben Boethus vorgestern gemacht hatte, beschäftigte die Gedanken von Herodes dem Großen, als er seinen grauen Araber zügelte und sein ganzes Gefolge hinter ihm anhielt. Ein Pferd schnaubte, ein anderes scharrte unruhig auf den Steinplatten der römischen Heerstraße. Simon ben Boethus gehörte einer der führenden Familien in der Diaspora an, der Gemeinschaft der Juden im Ausland, und war schon seit vielen Jahren der Hohepriester im Tempel zu Jerusalem. Die Tochter des Simon, Mariamne, war Herodes' dritte Frau. Sie hatte ihm einen Sohn geboren, bei dem sich schon jetzt abzeichnete,

daß aus ihm ein Taugenichts werden würde. Der Hohepriester hatte ihm einiges über die zwei großen Wandelsterne Saturn und Jupiter erklärt, die seit einiger Zeit jede Nacht heller am Himmel strahlten, sich aufeinander zubewegten und sich wohl über Judäa im Sternbild der Fische vereinigen wollten.

»Diese Gestirne sind die Herolde des Messias, des Königs der Juden, Euer Majestät«, hatte der weißhaarige Simon gesagt.

»Und wer sollte das sein?« hatte Herodes mit einem gefährlichen Unterton in der Stimme gefragt.

»Wer anders als Ihr, Herr?« Obwohl Kopf des Sanhedrin, des Hohen Rates des Tempels, war Simon klug genug, sich nicht mit dem König anzulegen.

»Aber ich bin doch schon hier.«

»Ganz recht.«

König Herodes betrachtete sich in der Tat als Messias. Hatte er die Juden nicht von der Fremdherrschaft befreit, indem er sich mit den Römern gutgestellt und zum Lohn dafür von ihnen zum König dieses Landes eingesetzt worden war? Abgesehen von den Abgaben, die es an Rom zu leisten hatte, mußte das jüdische Volk sich seitdem keinem fremden Joch mehr beugen. Außerdem hatte Herodes den Tempel wiederaufbauen und ihn prächtiger denn je ausschmükken lassen. Darüber hinaus hatte er den ersten richtigen Seehafen des Landes, Caesarea Maritima, erbaut und den Menschen noch nie dagewesenen Frieden und Wohlstand geschenkt. Doch Herodes war sich nur zu bewußt, daß die Führer der Juden ihn aus tiefstem Herzen haßten, und zwar deswegen, weil er nicht aus ihrem Volk stammte, sondern Idumäer war und sich auch nicht sonderlich strenggläubig verhielt. Diese Männer würden ihn nie als ihren Messias ansehen.

Plötzlich war Herodes es müde, Simon in die Ecke zu drängen und sich weitere ausweichende Halbwahrheiten anhören zu müssen. Der König zog sich hinter seine heimliche Verteidigungslinie zurück. Er wollte ganz gewiß nicht der Messias der Juden sein, wenn er sich dadurch gezwungen sehen sollte, das Volk von der römischen Herrschaft zu befreien. Herodes hatte sich oft genug der römischen Macht bedient, um zu wissen, daß es nicht ratsam war, sie herauszufordern. Niemand konnte das große Rom besiegen, und er für seinen Teil war es durchaus zufrieden, unter seinem Schutz zu stehen, unter dem man es sich komfortabel einrichten konnte. Außerdem war er nicht mehr der Jüngste und fühlte sich zu alt für einen neuen Wechsel oder eine Ausweitung seines Reichs, in dem mittlerweile über zwei Millionen Menschen lebten.

Dennoch hatten Simons Worte sein tiefsitzendes Gefühl der Unsicherheit verschärft. Verkündete die Konjunktion der Sterne tatsächlich die Ankunft eines Messias, vielleicht eines neuen Judas Makkabäus, der ihn, Herodes, im Moment einer Schwäche vom Thron stürzen würde? Um die in ihm rumorende Angst zum Schweigen zu bringen, hatte er sich kurzerhand entschlossen, sich in sein Refugium, die Festung Herodium, zu begeben. Der König besaß drei Paläste: einen in Jericho, einen in Jerusalem und den in Herodium, in den er sich stets zurückzog, wenn ihn Furcht oder Unsicherheit plagten.

Trotz seiner schlechter gewordenen Augen, erfüllte ihn der erste Anblick der Burg mit neuer Stärke. Die kreisrunden Wälle aus behauenem Sandstein ragten rötlich-braun von einem zerklüfteten Hügel vulkanischen Ursprungs in den Himmel, und hinter ihnen lag sein Zufluchtsort. Er hatte diese Festung nach seinen eigenen Vorstellungen und zu seinem persönlichen Schutz errichten lassen. Nachdem er vor dreiunddreißig Jahren von Rom zum König bestellt worden war, hatte er drei Jahre gebraucht, um Jerusalem zu erobern und den dort sitzenden, ihm feindlich gesonnenen Hohenpriester Antigonos aus der Familie der Hasmonäer, den Nachfahren des Judas Makkabäus, zu besiegen. Seine Burg Herodium war so angelegt, daß sie nie von einem Feind eingenommen werden konnte. Kaum befand er sich in ihren Mauern, hielt er sich wieder für unüberwindlich und erinnerte sich daran, daß er wahrhaftig Herodes der Idumäer, Herodes der Große, König von Judäa war.

Er saß aufrecht auf seinem Roß, ein großer, hagerer Mann mit einem faltigen Gesicht und nach Art der Römer und Griechen und im Gegensatz zur jüdischen Tradition glattrasiert. Die lose, fleckige Haut an seinem Hals konnte nicht über die vibrierende, angespannte Energie hinwegtäuschen, die von diesem Mann ausging. Seinen harten braunen Augen war anzusehen, daß er an Rheuma litt, aber er wußte, daß die Zeichen von Grausamkeit und Listenreichtum in ihnen immer noch lebendig waren. Der König trug eine weiße Tunika und einen weiten dunkelroten Mantel, den er nach Art einer römischen Toga über eine Schulter geworfen hatte. Lediglich die goldenen Fransen am Saum stellten ein Zugeständnis an die jüdische Tradition dar. Die dunkelrote Farbe stammte von der Murex, einer Seeschneckenart, die in Tyros geerntet wurde und aus deren Drüsensekret man den wertvollen Farbstoff gewann.

Herodes hatte sich auch seine halbhohen Stiefel aus Hyänenleder purpurn färben lassen. Ein scharfer Schmerz im Rücken, der vom langen Ritt herrührte, erinnerte ihn daran, daß der unbesiegbare Herodes nicht gegen Krankheiten und die Unbilden des Alters gefeit war. Er sollte sich nicht mehr auf ein Pferd setzen, aber für ihn kam eine Sänfte oder ein Wagen nicht in Frage, es sei denn, er läge auf der

Totenbahre, die von sechs Rappen zu seiner letzten Ruhestätte getragen würde, welche, wie er bereits verfügt hatte, hier in Herodium sein sollte. Plötzlich überkam ihn der Wunsch, eine Erklärung abzugeben.
Er hob eine Hand, schnippte mit den Fingern, unterließ es aber lieber, sich umzudrehen. Fürst Mehab, sein kräftiger Finanzminister mit dem breiten, eckig geschnittenen, schwarzen Bart, trieb seinen ägyptischen Fuchs an die Seite des Königs, während sich Nikolaus von Damaskus, sein Historiker und Vertrauter, mit seinem Braunen an seiner rechten Seite einfand.
»Wir zählten gerade erst achtundzwanzig Jahre, als wir König von Judäa wurden«, begann Herodes. »Diese festen Wälle von Herodium erinnern uns an die unsicheren Zeiten, die unserer Thronbesteigung vorausgingen, und an die Lehren zum politischen Überleben, die uns unser Vater, Antipater, Statthalter von Idumea, hinterließ.« Er legte eine Pause ein und sah die beiden Männer an. Mehabs Fuchs entleerte seine Blase mit lautem Platschen. Herodes zeigte sich davon irritiert und drängte nur mit Mühe den Wunsch zurück, sowohl Pferd als auch Reiter auf der Stelle zu bestrafen. »Welche der Taten meines Vaters, der ein politischer Akrobat war, seht ihr als seine größte an?«
»Diese Frage ist leicht zu beantworten, Euer Majestät«, sagte der Historiker. »Er war der treueste Gefolgsmann von Konsul Pompeius – bis zu dem Moment, in dem Julius Caesar den alt gewordenen Rivalen in einer Schlacht besiegte. Als Caesar im römischen Reich die Macht an sich riß, eilte Euer Vater zu ihm, versicherte ihn seiner Unterstützung, gewann sein Vertrauen und bekam vom siegreichen Feldherrn schließlich nicht nur das römische Bürgerrecht, sondern wurde auch zum Prokurator von Judäa ernannt und von der Steuerpflicht befreit.«

Herodes nickte lächelnd. »Die Juden waren außer sich vor Zorn, als unser Vater uns zum Statthalter von Galiläa ernannte, obwohl wir gerade erst fünfundzwanzig Jahre zählten, und auch noch unseren Bruder Phasael zum Befehlshaber von Jerusalem bestellte. Als wir Galiläa übernahmen, herrschten dort Gesetzlosigkeit und Chaos. Also haben wir sofort hart durchgegriffen und das Land unter unsere Kontrolle gebracht. Den weiteren Verlauf der Geschichte kennt ihr ja.«

»Bei einer Gelegenheit führtet Ihr persönlich Eure Soldaten gegen eine Schar Banditen, die die Hügel unsicher machten«, erklärte Fürst Mehab. »Ihr nahmt sie alle gefangen und habt den Anführer und etliche seiner Spießgesellen hingerichtet. Daraufhin zitierte man Euch vor den Hohen Rat in Jerusalem, wo man Euch des Mordes anklagte. Zu jener Zeit war der Sanhedrin die höchste Autorität im Lande. Die meisten Männer traten allein vor ihn, in ihren ärmlichsten Kleidern und mit ungekämmtem Haar, um ihre Unwürdigkeit anzuzeigen. Ihr aber habt Euch Eurer Stellung als Statthalter besonnen und seid in Eurem prächtigsten Gewand und umgeben von Eurer Leibwache vor dem Hohen Rat erschienen.« Der Fürst kicherte bei der Erinnerung an diesen Vorfall. »Die Mitglieder des Sanhedrins waren aufs äußerste empört. Ihr mußtet nach Galiläa fliehen und Euch unter den Schutz des römischen Statthalters in Damaskus begeben, um der Rache des Hohen Rats zu entkommen. Aber am Ende standet Ihr als Sieger da.«

»Ja, am Ende habe ich triumphiert«, bestätigte Herodes mit einem nachdenklichen Grinsen. »Der Statthalter von Syrien hat die Juden in ihre Schranken verwiesen, indem er uns erst zum Statthalter von Samaria und dann von Galiläa und Coele-Syria ernannte. Als dann der große Einfall der Parther kam, sahen wir uns gezwungen, uns zuerst nach

Masada zurückzuziehen und uns schließlich nach Rom zu begeben. Dort konnten wir das Vertrauen des Marcus Antonius erringen, dem unsere Familie schon bei früheren Gelegenheiten geholfen hatte, und er zeigte sich uns so zugetan, daß er uns nach Judäa zurückschickte, um dort wieder die Herrschaft anzutreten. Jerusalem hielt als einziger Ort stand, doch als römische Truppen zu unserer Verstärkung anrückten, nahmen wir die Stadt ein und zerstörten sie – nur den Tempel ließen wir stehen. Wir ließen die Parteigänger meines Feindes im Hohen Rat hinrichten, insgesamt fünfundvierzig an der Zahl, und ersetzten sie durch Männer unseres Vertrauens. Und nach dem Tod des Antonius haben wir unser politisches Geschick erneut eingesetzt, um uns den Kaiser Augustus zugeneigt zu machen.« Herodes nickte vor sich hin. »Die Juden hassen uns so sehr, wie wir sie verachten, und vielleicht könnte Herodes, der Schüler, seinem verstorbenen Lehrmeister Antipater noch einiges über die Kunst des politischen Überlebens beibringen, was?«

»Aber unbedingt, Euer Majestät«, beeilte sich der Fürst zu bestätigen. »Euer ganzes Leben ist ein Lehrstück für die Welt in Sachen Feldherrnkunst und Tapferkeit auf dem Schlachtfeld, genauso wie Eure Person eine einzigartige Unerbittlichkeit auszeichnet, wenn es darum geht, das durchzusetzen, was Ihr für richtig und geboten haltet. Ihr seid wahrhaft unbesiegbar!«

»Außer gegenüber meinem eigenen Körper!« Die Krankheit, die ihn aufzehrte, hatte ihren Kampf gegen ihn vor zehn Jahren begonnen. Ihre Vorhut hatte sich in einem unstillbaren Appetit auf Naschwerk gezeigt, der ihn nachmittags befiel, wenn er sich kraftlos fühlte, aber auch in Juckreiz, ständigem Durst, verstärktem Drang, Wasser zu lassen, und nachlassender Lendenkraft. Nach und nach hatte der Feind die Oberhand gewonnen und seinen Triumph durch schwarze Flecken auf der Haut, eine zunehmende Verschlechterung der Sicht, offene Wunden, die nicht verheilen wollten, und Impotenz sichtbar gemacht. Seine Leibärzte ließen ihn zur Ader, behandelten ihn mit erbärmlich übelriechenden Absuden und Hautsalben und hatten ihn einmal sogar in ein Bad aus heißem Öl gesteckt, das angeblich Linderung bringen sollte; in Wahrheit hatte ihm das solche Schmerzen bereitet, daß er in Ohnmacht gefallen war. Weder diese Kuren noch seine häufigen Reisen zu den berühmten heißen Quellen von Callirhoe am Ostufer des Toten Meeres bewirkten irgendeine Besserung. Sein Körper verfiel weiter unter dem Ansturm der Krankheit.

Sein Blick wanderte zu der Festung, die vor ihm lag. Die Stadt Herodium umfaßte fünfundvierzig Hektar und besaß einen größeren königlichen Wohntrakt als jede andere Festung in der zivilisierten Welt. Jeder Römer, der Herodium besuchte, zeigte sich tief beeindruckt von dem Komplex. Die Anlage gehörte zu einer ganzen Kette von Festungen und Wehrtürmen, die Herodes entlang der Süd- und der Ostgrenze seines Reichs zum Schutz gegen die Nachbarn errichtet hatte. Die einzelnen Befestigungswerke erhoben sich so dicht nebeneinander, daß von einem zum anderen Signale gegeben werden konnten – eine einzigartige Verteidigungslinie.

Abrupt gab der König das Zeichen zum Weiterreiten. Er ließ die Zügel ein wenig locker und preßte dem Araber leicht die Oberschenkel in die Seiten, damit er sich leise trippelnd in Bewegung setzte. Mehab und Nikolaus blieben an seiner Seite. Bald stießen die Trompeter vor ihm ein zweites Mal ins Horn. Im Schutz der Wälle konnte er sich vor diesen unheimlichen Himmelsaugen, den beiden großen Sternen, sicher fühlen.

Es hatte ihn noch nie gestört, vor etwas Angst zu haben, denn er wußte, daß die Furcht ihn wachsam und umsichtig machte. Herodes hatte sogar die ihm liebste unter seinen Frauen, die erste Mariamne, hinrichten lassen, als sie sich ihm im Bett verweigerte, weil er befürchtete, sie habe sich gegen ihn verschworen. Das war vor fünfundzwanzig Jahren gewesen. Er liebte sie immer noch und beklagte den Verlust, besonders nachdem er vor drei Jahren auch ihre beiden Söhne, Alexander und Aristobulos, ebenfalls hatte hinrichten lassen, weil er befürchtete, sie wollten den Tod ihrer Mutter rächen.

Noch bevor er durch das Tor in die Burg einritt und den salutierenden Wächtern und dem Offizier zunickte, der herausgeeilt war, um ihn zu begrüßen, wußte er bereits, was er zu tun hatte, um mit einem möglichen neuen Feind fertig zu werden, den die Sterne ihm schickten.

Sie stiegen vor den geschnitzten Toren aus Zedernholz ab. Der Blick des Königs wanderte zum Palastkomplex inmitten des künstlich geschaffenen Kraters. Ein See von drei Metern Tiefe war dort angelegt worden, in dessen Mitte sich eine elegante, säulenbestandene Insel erstreckte, die man nur mit einem Boot erreichen konnte. Wahrhaftig das Werk eines genialen Baumeisters, das Werk seiner eigenen Genialität.

Der König rief Mehab mit einem Blick zu sich, um ihn ein Stück weit in den Plan einzuweihen, den er gerade gefaßt hatte. »Wir haben uns langsam von den gewaltigen Kosten dieses Werks erholt«, begann er und zeigte mit einer weiten Armbewegung auf die Festung, »doch die Ausgaben für den Unterhalt all dieser Paläste und Befestigungsanlagen sind so riesig, daß wir im nächsten Jahr die Steuern erhöhen müssen.«

»Ich bitte um Vergebung, Gebieter«, wandte der normalerweise besonnene und diplomatische Nikolaus erregt ein, »aber beschweren sich die Menschen nicht schon lautstark genug über die hohen Steuern, die sie entrichten müssen?« Als Verfasser der hundertvierundvierzigbändigen Weltgeschichte, in der sich ein größerer Teil mit den Taten des Königs Herodes befassen würde, besaß der Historiker das Privileg, sich unaufgefordert zu einem Thema äußern zu dürfen.

»Die Juden beschweren sich doch immerzu über unsere Steuern, weil sie es nicht wagen, über den Zehnten zu murren, den sie, oder zumindest die meisten von ihnen, widerwillig dem Tempel in Jerusalem und ihren Synagogen zu zahlen haben.« Er mimte eine nachdenkliche Miene und tat dann so, als sei ihm eine Erkenntnis gekommen. »Aber vielleicht hast du recht, Nikolaus. Möglicherweise sollten wir uns zuerst um die kümmern, die die Steuern hinterziehen. Was hältst du davon, Finanzminister?«

Erleichterung zeigte sich auf der Miene des Fürsten. »Eine wahrlich kluge Entscheidung, Euer Majestät.« Ein vorsichtiges Lächeln erschien auf seinen Lippen.

»Dann befehle ich dir, daß du bis zum Monat Kislew eine Volkszählung durchführst. Jeder in Judäa soll aufgelistet werden, damit wir feststellen können, wer Steuern zahlt und wer seine Kinder und Kindeskinder sind.«

»Aber, Euer Majestät!« erregte sich Mehab, »eine Volkszählung wird doch für gewöhnlich alle zehn Jahre vom römischen Statthalter in Damaskus angeordnet. Die letzte fand vor vier Jahren statt, also steht die nächste erst in sechs Jahren an. Da die Menschen sich zu diesem Zweck an ihren Geburtsort begeben müssen, wird eine solche Maßnahme für viele von ihnen eine enorme Härte bedeuten, und einige werden dann sicher bei Quirinius, dem Statthalter in Damaskus, Beschwerde führen.«

»Sollen sie jammern und klagen«, knurrte Herodes. »Wir wissen, wie man mit solchen Elementen umzuspringen hat. Gebt ruhig bekannt, daß der König von Judäa diese Volkszählung befohlen hat.« Es war ihm klar, daß keiner der beiden es wagen würde, ihm jetzt offen zu widersprechen. Was er Mehab und Nikolaus, seinen beiden engsten Ratgebern, allerdings verschwieg, war, daß er mit dieser Verordnung feststellen wollte, welche Säuglinge gerade zur Welt gekommen waren, um zu überprüfen, welcher von ihnen eine Bedrohung für ihn darstellte. Er hatte immer schon seine Feinde vernichtet, bevor sie ihm gefährlich werden konnten.

Am vierten Tag unserer Reise lagerten wir, nachdem wir Damaskus passiert hatten, in Kapernaum im Königreich Judäa. Die Stadt liegt am Nordufer eines großen Gewässers, das den Namen See von Genezareth trägt. In der Karawanserei dieser Stadt machten wir unsere erste Erfahrung mit den Gasthöfen in diesem Land, und von allen Unterkünften, die wir bislang aufgesucht hatten, war diese hier bei weitem die beste und angenehmste. Karawansereien sind zu dem Zweck eingerichtet, Durchreisenden Sicherheit, Verpflegung und Unterkunft für die Nacht zu bieten. Wir drei führten bei dieser Reise unsere eigenen Zelte und auch Nahrung für uns sowie Futter für die Tiere mit, um uns nicht der Barmherzigkeit der habgierigen Wirte oder den blutsaugerischen Flöhen und Wanzen auszuliefern, die sie in den winzigen Kammern, die sie zum Übernachten anbieten, zu züchten scheinen. In solchen »Zimmern« findet sich selten mehr als ein grob zusammengezimmertes Bettgestell, eine harte, durchgelegene Matte und ein Kammertopf. Die Wände tragen als Schmuck lediglich die Inschriften derjenigen, die sich hier nach schlafloser Nacht und unab-

lässiger, folterähnlicher Plage durch das Ungeziefer mit Flüchen und Verwünschungen verewigt haben.
In der letzten Karawanserei, noch auf dem Gebiet des Partherreichs gelegen, erzählte uns ein Pferdeknecht in dem großen Innenhof, wo wir unsere Zelte aufgeschlagen hatten und gerade unser Abendmahl zubereiteten – wir mußten dem Wirt einen unverschämt hohen Obolus für das Privileg zahlen, uns für eine Nacht auf seinem Grund und Boden niederzulassen –, daß sich in der vergangenen Nacht ein Edelmann auf seine Weise in dem ihm zugewiesenen Zimmer bedankt habe. Die Wanzen hatten ihn zerstochen und zerbissen und kein Auge schließen lassen, und da auch noch der Nachttopf fehlte, hatte der Mann sich für soviel Komfort dadurch bedankt, daß er sich auf der Matratze entleerte.
Als wir im Morgengrauen des folgenden Tages im fackelbeleuchteten Innenhof der Karawanserei unsere Pferde besteigen wollten, um mit der Karawane weiter nach Süden zu reisen, trafen Reiter des Königs Herodes ein. Angeführt von einem seiner Kammerherrn, der ein golddurchwirktes Gewand trug, erschienen sie in so großer Zahl, daß die uns überreichte schriftliche Einladung des Herrschers, abgefaßt in Griechisch, an uns drei persönlich gerichtet und des Inhalts, ihn in Jerusalem zu besuchen, nur schwer abzulehnen war.
»Woher weiß Herodes von unserer Ankunft in Judäa?« rief König Kaspar. Er mußte brüllen, um sich uns über dem Geschrei der Maultiertreiber und Wagenlenker, dem Klappern der Karren und dem allgemeinen Getöse auf dem Innenhof verständlich zu machen.
»Und wie konnte er seine Abordnung so rasch zu uns schicken?« wunderte sich König Yuen-Yen. Seine helle gelbbraune Gesichtsfarbe leuchtete im Fackelschein wie Gold.

»Der hiesige Herrscher muß über einen viel besseren und ausgeklügelteren Nachrichtendienst verfügen als alle seine Nachbarn«, bemerkte ich. »Immerhin sind wir durch Babylonien gezogen, haben die römisch-parthische Grenze überquert und sind sogar an Damaskus vorbeigezogen, wo der römische Statthalter Quirinius sitzt, ohne daß irgendein Mächtiger uns seine Aufmerksamkeit geschenkt hat. Herodes muß über Spione in den Hauptstädten dieser Länder verfügen, und sicher auch an den Grenzen, wo wir uns ausweisen mußten. Diesen Spionen stehen gewiß die besten und schnellsten Pferde zur Verfügung, damit sie ihn rasch von allem unterrichten können, was für ihn von Belang ist.«
So zogen wir nicht, wie ursprünglich geplant, mit der Karawane weiter, sondern ritten, in Begleitung von Herodes' Reitertrupp und bedeckt von unseren Mänteln, ihr voraus über die Via maris. Das Krähen der Hähne, das das erste Tageslicht ankündigte, fuhr schrill durch den Trommelwirbel der Hufe auf den Steinplatten der Straße. Auf Befehl des Reiteroffiziers hatte man uns von unserem Gefolge getrennt, das nun am Ende unseres Zugs lief. Wir befanden uns an der Spitze, König Yuen-Yen, dessen Zopf hin und her pendelte, in der Mitte, Kaspar zu seiner Linken und ich zu seiner Rechten.
Die Erde erwachte – einmalig anzusehen – aus ihrem Nachtschlummer, und der Himmel zeigte seine Brust im ersten Rosa. Die geisterhaften Silhouetten der Zypressen und Olivenbäume, die die Heerstraße säumten, nahmen langsam Gestalt an. Im Verein mit dem Auf und Ab der ledergepanzerten Rücken der Reiter vor und neben uns und umgeben vom Geruch von Leder und Pferdeschweiß, hatte das Ganze etwas Unwirkliches an sich.
»Er hat den richtigen Zeitpunkt abgepaßt«, murmelte Kas-

par, und seine Worte sagten mir, daß er sich ebenso wie ich Gedanken über die Gründe machte, die Herodes dazu bewogen hatten, uns zu sich zu bitten.
»Solange er uns nicht daran hindert«, entgegnete der Chinese, »zum Ziel unserer Reise zu gelangen, sehe ich nichts Schlimmes in seiner Einladung.«
»Er wird uns nicht daran hindern«, erklärte ich überzeugt, denn dank der Gabe der gesegneten inneren Sicht wußte ich mehr als meine Gefährten. »Im Gegenteil, ich vermute, König Herodes will sogar, daß wir ans Ziel gelangen, erfährt er so doch, über welchem Punkt die Sterne zusammenkommen und was die Konjunktion zu bedeuten hat.«
»Warum sollte er das denn wissen wollen?« fragte der Inder, während Yuen-Yen sofort nickte und damit anzeigte, daß er es verstanden hatte.
»Die Astrologen des Königs müssen ihn gewarnt haben, daß das Zusammentreffen dieser Sterne die Ankunft einer wichtigen Persönlichkeit anzeigt: entweder die Geburt eines Königs oder das Erscheinen eines Eroberers. Gleich wie, auf jeden Fall stellt eine solche Persönlichkeit eine Bedrohung für Herodes dar.«
»Da könntet Ihr recht haben.« Ein Lichtstrahl, der von Osten kam und das Halbdunkel durchdrang, das dem Sonnenaufgang vorhergeht, huschte über Kaspars Gesicht. »Also will der König uns zu seinen Spionen machen, die ihn zu seinem Widersacher führen sollen.« Er verfiel in nachdenkliches Schweigen.
Den ganzen Morgen über ritten wir Richtung Süden an den Gestaden des Sees Genezareth entlang. Das Zischen und Platschen der Wellen untermalte das Hufgetrappel, und von links trieben die salzhaltigen Brisen einen modrigen Geruch heran. Wir verfolgten, wie sich das Wasser von grau nach rosa verfärbte, dann silbern wurde und schließlich in strah-

lendem Blau dalag. Viele Fischerboote schaukelten auf seinen sanften Wogen.
Gegen Mittag ritt der Offizier, ein Hauptmann, nach vorn und gebot dem ganzen Zug zu halten. Er hatte grauschwarzes Haar, ein scharfgeschnittenes Gesicht, wache Augen und eine lange Narbe auf der linken Wange. Zum ersten Mal seit der Ankunft der Truppe heute morgen im Gasthof sprach uns einer von ihnen an, und ich nahm die Gelegenheit sogleich wahr, dem Offizier Fragen zu stellen. Unser Zug bog von der Heerstraße in ein schattiges Wäldchen am Wegesrand ab.
»Uns ist aufgefallen, daß sich, seit wir in dein Land gelangt sind, viel mehr Volk auf der Straße zeigt«, begann ich und deutete auf eine Familie, die nach Norden zog. Eine Frau saß auf einem Esel, während ein Mann und zwei Knaben zu Fuß gingen und einen kleinen, maultiergezogenen Karren mit sich führten, in dem sich ihre Habseligkeiten befanden. »Diese Gruppe dort macht mehr den Eindruck, an einen anderen Ort zu ziehen, statt lediglich ihre Waren zum Markt zu tragen. Das erscheint mir doch ungewöhnlich.«
Der Hauptmann lachte und zeigte dabei seine weißen Zähne. »Da habt Ihr recht, Euer Majestät. Die meisten Menschen, die Ihr gesehen habt, befinden sich auf dem Weg zu ihrem Geburtsort, um sich dort zur Volkszählung in die Listen eintragen zu lassen.«
»Aber warum müssen die Bürger denn zur Volkszählung umherziehen?« wollte ich wissen. »Wäre es nicht viel einfacher, sie dort zu erfassen, wo sie leben und arbeiten?«
»Nein, Herr, wir folgen nur dem Beispiel Roms, dem gemäß die Menschen sich zum Zwecke ihrer Zählung an ihrem Geburtsort einfinden müssen.«
Darüber dachte ich eine Weile nach. »Wir erkennen einen Sinn in diesem Vorgehen«, sagte ich schließlich. »Eine

Sicherheitsmaßnahme. Auf diese Weise sind die Bürger, die nicht mehr an ihrem Geburtsort leben, gezwungen, ihren neuen Wohnort preiszugeben.«

»Und weiterhin wird damit sichergestellt, daß die Familienoberhäupter die Steuern für den Besitz ihrer Familien entrichten, ganz gleich, wo sie sich mittlerweile niedergelassen haben«, ergänzte er und wischte sich mit dem Handrücken den Schweiß aus dem bärtigen Gesicht.

»Haben die Römer diese Volkszählung angeordnet?« fragte ich, um die Richtigkeit meiner Schlußfolgerungen zu überprüfen.

»Aber nein, Euer Majestät. Rom führt alle zehn Jahre eine Volkszählung durch, und die nächste steht erst in sechs Jahren an. Bei dieser Zählung handelt es sich um eine besondere Maßnahme, die unser großer König Herodes mit Absegnung des römischen Statthalters Quirinius in Syrien angeordnet hat, um Steuersünder aufzuspüren.«

Und auch den möglichen Rivalen, der ihm den Thron streitig machen könnte, dachte ich bei mir. Also lag ich mit meinen Vermutungen richtig. Die Zählung würde Herodes mit Daten über alle Bewohner seines Reichs versorgen, und natürlich wollte er uns dazu benutzen, den neuen König ausfindig zu machen. Ein genialer Plan, fürwahr. Dann fragte ich weiter: »Ich will es gewiß nicht am gebotenen Respekt für deinen König mangeln lassen, aber bringt ein solches Herumziehen so vieler Menschen nicht große Härten für diejenigen mit sich, die am Ort ihrer Geburt keine Unterkunft und auch kein Zimmer in einem Gasthof finden können oder denen es an der nötigen Barschaft fehlt, um sich eine Unterbringung leisten zu können?«

»Die Menschen von Judäa, und ganz besonders wir Juden, erweisen unseren Volksgenossen die größte Gastfreundschaft. In Zeiten wie diesen laden wir jeden in unser Haus, der, ganz gleich aus welchen Gründen, keine Unterkunft gefunden hat. Selbst Fremde sind uns willkommen.«

»Das spricht durchaus für dein Volk«, erklärte ich, wechselte dann aber das Thema und kam auf den Inhalt einer meiner Visionen zu sprechen: »Uns ist zu Ohren gekommen, daß es hier in dieser Gegend ein Dorf mit Namen Nazareth geben soll. Der Karawanenführer teilte uns mit, daß es nicht an der Via maris liegt, sondern ein paar Meilen westlich davon.«

»Da hat er recht gehabt, Herr. Wir passieren die Abzweigung zu dem Ort morgen. Die führt zwar offiziell in die alte Stadt Sepphoris, aber Nazareth liegt in derselben Richtung.« Er verzog nachdenklich das Gesicht und schien sich zu fragen, warum sich ein König aus dem fernen Baktrien für ein kleines judäisches Dorf interessierte.

Da mir bewußt war, daß wir mehr oder weniger Gefangene des Hauptmanns waren und man uns nie gestatten würde, vom Weg abzuweichen, gab ich ihm auch keine Auskunft darüber. Schließlich wollte ich kein Mißtrauen erzeugen, ging es uns doch nur darum, möglichst ungehindert unsere Suche fortsetzen zu können.

Uns dreien fiel auf, wie wenige römische Soldaten man auf der Heerstraße zu sehen bekam. Wir wußten natürlich, daß einige starke römische Garnisonen in Judäa lagen – von Paneas (oder Caesarea Philippi) im Norden bis nach Masada an der Südgrenze, und von Caesarea Maritima bis zum Fluß Jordan – aber sie schienen sich sehr zurückzuhalten, so daß die Truppen von König Herodes offen ihre Präsenz zeigen konnten. Das kündete einerseits von dem großen Vertrauen, das die Römer in Herodes setzten und das er sich zweifellos redlich verdient hatte, bedeutete andererseits aber auch ein kluges Manöver, denn auf diese Weise konnte man sich aus der Lokalpolitik heraushalten und die Auf-

rechterhaltung von Recht und Ordnung dem König überlassen.
Wir bekamen zum ersten Mal römische Truppen zu sehen, als wir am Abend an der Stadt Arbella vorüberzogen. Der erste Eindruck, den ich von dieser Armee gewann, war ein ständiges Trommelschlagen, das sich in perfektem Einklang von Süden näherte.
»Römer auf dem Marsch«, bemerkte König Kaspar. »Sie ziehen nach Norden und werden wohl bald unseren Weg kreuzen.«
»Müssen wir von der Straße weichen und vor ihnen auf die Knie fallen?« fragte Yuen-Yen mit einem schelmischen Grinsen.
Da die Heerstraße hier schnurgerade verlief, konnte ich schon bald das Blitzen des Sonnenlichts erkennen, das von den Helmen, Schilden und Brustpanzern der Soldaten widergespiegelt wurde. Als die Marschkolonne dann in Sicht kam, forderte unser Hauptmann uns auf, von der Straße zu gehen und uns das Schauspiel anzusehen.
Noch bevor die Legionäre so nah herangekommen waren, daß ich die Gesichtszüge des Centurio, der auf einem großen Schimmel dem Zug voranritt, erkennen konnte, spürte ich schon die Macht und Größe Roms, die von diesen gutausgebildeten und in straffer Formation marschierenden Soldaten ausging. Sie strahlten Strenge und Arroganz aus, so als wollten sie sagen: Wir sind die Herren der Welt. Jeder einzelne von ihnen wirkte stolz und war sich seiner Überlegenheit bewußt.
Hinter dem Centurio marschierten sieben Reihen von Trommlern. Das Auf und Ab ihrer Hände und Ellbogen erfolgte im perfekten Einklang. Ihnen folgte die Reiterei, jeder Mann saß auf einem weißen Pferd, und endlich kam die Infanterie. Alle Legionäre waren gleich gekleidet: Helme

aus Eisen, die im Licht der Abendsonne funkelten, knöchelhohe Sandalen, Lederharnische, die so zusammengesetzt waren, daß man Arme und Schultern frei bewegen konnte, breite braune Ledergürtel mit einem Kurzschwert an der rechten Seite, kurze Lederröcke, die mit Metallstreifen verstärkt waren, konvexe rechteckige Schilde aus Holz, mit Leder überzogen und mit bronzenen Erhebungen verstärkt, die sie sich über die linke Schulter gehängt hatten – jeder Legionär für sich genommen eine furchtbare Kampfmaschine. Ihnen folgten die leichten oder Hilfstruppen, mit Schleudern oder Bögen ausgestattet, aber ohne Körperpanzerung, dann die Pioniere, schließlich die von Pferden auf Wagen gezogenen, zusammengelegten Wurfmaschinen und endlich der Troß. Der gesamte Zug schien sich selbst zu genügen und der Umgebung keine Beachtung zu schenken. Nicht ein Mann warf einen Blick in unsere Richtung, nicht einmal der Centurio an der Spitze, als er automatisch den Gruß unserer Reitereskorte erwiderte.

Drei Abende später erreichten wir Jerusalem Ich hatte mir die Route entlang dem Jordan gut eingeprägt, weil ich wußte, daß wir eines Tages hierher zurückkehren würden. Keiner von uns war auf den Anblick Jerusalems vorbereitet, als wir auf der Hügelkette, die die Stadt gegen Norden schützt, abstiegen und sie zum ersten Mal zu Gesicht bekamen. Die Stadt breitete sich unter uns aus, und ihre Festungswälle ließen sie wie eine aus einem Stück gefertigte königliche Skulptur erscheinen, wie sie nur von einem göttlichen Künstler entworfen sein konnte. Glänzende Paläste und vornehme Häuser betonten die Krone dieser Schöpfung, den Tempel, der sich auf der Anhöhe erhob und auf das Allerprächtigste in der Abendsonne erstrahlte. Vom Rest der Stadt durch einen riesigen Vorhof abgetrennt,

leuchteten seine Mauern wie der Schnee auf dem Gipfel des Berges Tabor, und an den Seiten und auf der großartigen Kuppel funkelte Gold.
»Was muß das für ein Mann gewesen sein, der ein solches Wunder geschaffen hat?« entfuhr es König Kaspar.
»Was muß das für ein Volk sein, dessen Geist ein solches Werk vollbringt?« König Yuen-Yen klang mindestens ebenso ergriffen.
Ich enthielt mich jedes Kommentars, denn von dieser Stadt ging geradezu greifbar ein Geist aus, in dem sich alle Freude, aller Friede und alle Pein wiederfanden, die sie in ihrer langen Geschichte erlebt hatte.
Doch von da an ging es bergab, und damit meine ich nicht nur den Abstieg von den Hügeln. Als erstes erreichten wir eine Zeltstadt. Die Unterkünfte waren aufs Geratewohl vor dem Nordtor Jerusalems errichtet worden und boten einen ungepflegten Eindruck, was aber nichts war im Vergleich zu dem verderblichen Gestank, den der heiße Wind aus den Planen herantrug.
»Diese Zelte wurden für die Tempelarbeiter aufgestellt, die man vor kurzem angeworben hat. Sie warten auf die Häuser, die man für sie bauen will«, erklärte der Kammerherr, der zu uns aufschloß, um uns als Führer zu dienen, in entschuldigendem Tonfall. »Hinzu kommen größere Mengen von Menschen, die an ihren Geburtsort Jerusalem zurückgekehrt sind, um sich bei den Volkszählungsstellen zu melden. Viele von ihnen haben keinen Platz mehr in den Gasthöfen oder in den Häusern der Gastfreundlichen gefunden. Alle freien Zimmer und sonstigen Unterkünfte sind bereits hoffnungslos überfüllt.«
Unsere Gefolgsleute bahnten uns durch das Gewimmel in der Zeltstadt, wo die Menschen zu Fuß oder auf Pferden, Eseln, Maultieren und Kamelen durcheinanderströmten,

einen Weg zum Nordtor und ließen nur den römischen Soldaten den Vortritt, die leicht an ihren glitzernden Helmen, glänzenden Rüstungen und prachtvollen Reittieren zu erkennen waren. Als wir den traditionellen Marktplatz erreichten, der sich in der niedrigsten Senke der Stadt befindet, mußten unsere Begleiter sich buchstäblich durch die Menge kämpfen, die hier weder vor noch zurück kam. Arbeiter, Gewerbetreibende, halbnackte Sklaven und vermögende Bürger mit ihren Dienern verstopften die hügeligen Straßen, auf denen die Stände und Buden der Händler aufgestellt waren. Und überall lagen oder drängten sich Blinde oder Menschen, denen Gliedmaßen fehlten, um Almosen zu erbetteln. Ohne Zweifel trieben sich hier auch haufenweise Diebe herum. Und der Rest feilschte um Obst, Gemüse, Schmuck und Tand. Das allgemeine Gelärme von schreienden, brüllenden oder sich ganz normal unterhaltenden Stimmen – und das in mindestens einem halben Dutzend verschiedener Sprachen – war ohrenbetäubend. Der strenge Geruch aus den Rinnsteinen vermengte sich mit dem Duft der unterschiedlichsten Parfüms und den menschlichen Ausdünstungen zu einer Mischung, die einem die Sinne verschlug und nicht einmal von unseren Sandelholzträgern abgemildert werden konnte.

Wir zogen an den Tempelmauern entlang. Im Innern der Anlage wurde immer noch gebaut. Viele der Steinblöcke am Fundament waren so riesengroß, daß ich mich schon fragte, wie man sie hierhergeschafft und dann auch noch aufeinandergesetzt hatte, bis mir einfiel, daß so etwas einem König Herodes nicht schwergefallen sein dürfte, der immerhin den Hafen von Caesarea Maritima errichtet hatte, indem er, den Berichten zufolge, massive Steinblöcke in das Meer befördert hatte, die als Wellenbrecher dienten.

Offen gesagt war ich recht erleichtert, als wir in die ver-

gleichsweise ruhige Oberstadt gelangten, wo die Reichen lebten. Wir zogen auf den Eingang des Kapitols zu, an das sich der königliche Palast anschloß.
Man wies uns eine saubere Zimmerflucht mit Böden aus rosafarbenem Marmor zu. An den Wänden hingen kostbare Teppiche, dazwischen Ornamente aus Gold und Elfenbein oder Alabasterstatuen, und die Möbelstücke bestanden aus Zedernholz. Ich will nicht verhehlen, wie wohl ich mich fühlte, als ich nach einem heißen Bad endlich saubere Kleider anlegen konnte. Am meisten war ich aber für die Stille an diesem Ort dankbar, die mir nach so vielen Nächten in lärmenden Karawansereien wie ein Segen vorkam.
Wir nahmen unser Essen im Gästespeisesaal ein, und man teilte uns mit, daß der große König uns am nächsten Morgen empfangen wollte.
Bevor ich mich zur Nacht auf meine Couch zurückzog, trat ich noch auf den Dachbalkon hinaus. Der Luftstrom, der aus dem Tal im Osten heranströmte, überzog mich mit der eisigen Kälte des Wüstenwinters. Das Heulen einer Hyäne von den einsamen Klippen in der Ferne hörte sich an wie das Klagen einer verlorenen Seele aus der Schwärze der Erde unter einem dunkelblauen Himmel, auf dem sich nur wenige Sterne zeigten.
Dann blickte ich nach Süden. Ergriffenheit und Erregung befielen mich, als ich dort die beiden großen Sterne entdeckte. Sie wirkten wie weißgoldene Monde und hatten ihre Vereinigung fast abgeschlossen.

KAPITEL 7

König Herodes empfing uns am nächsten Morgen in seiner Audienzhalle. Bedienstete führten uns aus unserer Unterkunft in den Vorraum, in dem sich bereits etliche Bittsteller eingefunden hatten. Unter ihnen befanden sich auch Höflinge und Beamte, wie man sie in jedem Vorhof der Macht zu Scharen antrifft. Sie unterhielten sich leise miteinander und boten mit ihren in Weiß, Gold, Blau, Rot und Grün gehaltenen Gewändern und Tuniken einen beeindruckenden Anblick. Purpur war allein dem König vorbehalten. Die Rabbis hingegen erkannte man an ihren Roben, weiß die der einfachen Priester, blau die der Mitglieder des Hohen Rats.

Wir schoben uns durch diese Versammlung und wandten uns dann nach rechts, um genau vor dem Audienzsaal zu stehen. Wächter öffneten die Türen, und der Oberhofmeister kündigte uns an. Ein schwerer, zu Kopf steigender Duft empfing uns, noch bevor wir die Halle in Augenschein nehmen konnten. Er entströmte großen bronzenen Kohlepfannen, die vor jeder der kreisrunden Säulen aufgestellt waren. Ich erkannte in ihm das weithin berühmte Parfüm des Landes Edom wieder, der Heimat von König Herodes, das von den griechischen Eroberern Idumea genannt worden war und diesen Namen seitdem beibehalten hatte. Der Saal maß etwa sechzig mal vierzig Ellen, und seine Decke wurde von den kreisrunden Säulen getragen, die in regelmäßigen Abständen aufgestellt waren und so zu beiden Seiten des Raums Kolonnaden bildeten. Ein besonderer Anstrich ließ die Säulen wie aus Marmor erscheinen, doch die rosafarbenen Marmorböden waren echt und mit viereckigen Mosaiken aus rotem Quarz verziert. Nicht ein Möbelstück fand sich in dieser Halle, doch man hatte sie prachtvoll ausstaffiert mit einer hohen vergoldeten Decke, riesigen Wandteppichen an der Türwand, die verschiedene Großtaten des Herodes darstellten, und Alabasterstatuen, zumeist von römischen Würdenträgern, die entlang den Kolonnaden auf Sokkeln aus schwarzem Marmor aufgestellt waren. Das andere Ende des Raums war halbkreisförmig angelegt. Goldfarbener Samt, der vom Boden bis zur Decke reichte, bedeckte dort die Wand. In dem Halbkreis war ein Podest angebracht, über dem ein gewaltiger römischer Adler von der Decke hing. Hinter dem Thron auf der erhöhten Plattform ragte eine Marmorbüste von Kaiser Augustus empor, die auf einem hohen schwarzen Ständer angebracht war. Und auf dem Thron saß König Herodes, angetan mit einem Umhang aus Purpur und Gold. Eine goldene Krone zierte sein weißes Haupt, und in der runzligen Rechten hielt er den langen, mit Gold beschlagenen Herrscherstab aus Ebenholz. Dieser Mann strahlte die Würde und Erhabenheit des römischen Meeresgottes Neptun aus.

Die Stille, die uns unmittelbar nach unserer Ankündigung und nachdem die reichgeschnitzten Zedernholztüren hinter uns geschlossen worden waren, umfing, war noch ergreifender als ein Fanfarenstoß. Der König gebot uns mit einer Bewegung seiner Linken, näherzutreten, so als wären wir seine Untertanen. Wir schritten langsam auf ihn zu, und unser Schuhwerk zerriß mit seinem Geklapper auf dem Marmorboden die Stille, bis wir die Stufen seines Podests erreichten. Dort blieben wir stehen. Ich konnte Herodes' Gesicht studieren, bevor er uns, immer noch schweigend, mit einer neuerlichen Handbewegung die drei Stühle zuwies, die auf einer etwas niedrigeren Ebene gegenüber von seinem Thron aufgestellt waren. Während mir seine Theatralik nicht allzuviel ausmachte, empfand ich doch leichte

Enttäuschung, denn die Majestät des Königs hatte durch sein Gebaren deutlich verloren. Ein Mann, der es nötig hat, solche Rituale bis zum äußersten zu praktizieren, muß insgeheim sehr unsicher sein. Aus der Nähe waren auch die Erbarmungslosigkeit und Grausamkeit dieses Herrschers deutlich in seinem faltigen, feingeschnittenen Gesicht zu erkennen. Der Blick, der uns aus den Augen des Rheumageplagten traf, unter denen sich tiefe schwarze Schatten zeigten, war scharf und hart und wurde durch die Angespanntheit des dünnlippigen Mundes ergänzt, dessen Winkel in tiefer Verbitterung herabhingen.

»Willkommen in Judäa«, brach der König auf Griechisch sein Schweigen, der Sprache, mit der sich dieser griechenfreundliche Herrscher, wie es im Römischen Reich in Mode war, mit auf Besuch weilenden Würdenträgern zu unterhalten pflegte. Er sprach langsam, seine Stimme klang wie ein tiefes Grollen in seiner Brust, und beides stand in offenem Widerspruch zu seinem offensichtlich harten und entschlußfreudigen Charakter.

»Bitte, so teilt mir doch mit, wie Judäa zu der Ehre gelangt, drei Herrscher zu empfangen, die von so weit hierhergereist sind.« Seine Worte klangen weder wie eine Frage noch wie eine Bitte, sondern eher wie ein Befehl. König Herodes schien keine Umschweife machen zu wollen und kam gleich zur Sache.

Da ich mich von uns dreien am besten auf das Griechische verstand, schließlich war Baktrien vor noch gar nicht so langer Zeit von Griechen regiert worden, hatten wir vorher beschlossen, daß ich als Sprecher unserer Gruppe auftreten sollte. »Wir suchen die Persönlichkeit«, antwortete ich ebenso unverblümt, »auf die Jupiter und Saturn im Sternbild der Fische verweisen. Unser Interesse wurde geweckt, als wir den heliakischen Aufstieg des königlichen Jupiter im ersten Schein des Morgengrauens beobachteten. Jeden Tag schienen sich die beiden Sterne am Abend einander mehr genähert zu haben, so als wollten sie zusammenstoßen. Solch ein außergewöhnliches Himmelsschauspiel schien auf ein für die ganze Welt bedeutsames Ereignis hinzuweisen, entweder auf eine riesige Katastrophe oder auf etwas Segensreiches. Jeder von uns dreien beschloß unabhängig von den anderen, auf die Reise zu gehen und zu dem Ort zu gelangen, über dem die Konjunktion der Sterne sich erfüllen sollte; denn dort würden wir am ehesten Aufschluß über das erhalten, was dieses Phänomen verkünden wollte. Unsere Oberkönige, die ebenfalls an einer Antwort interessiert waren, stimmten unserem Aufbruch zu, stellten uns aber die Bedingung, daß wir ihnen unmittelbar nach unserer Rückkehr Bericht erstatten sollten.« Mir erschien es ratsam, diese letzten Worte hinzuzufügen; denn vielleicht spielte Herodes bereits mit dem Gedanken, uns in Jerusalem festzuhalten.

Obwohl er mit keiner Silbe darauf einging, sah ich ihm doch an, daß er verstanden hatte, was ich damit sagen wollte. »Und Ihr seid in Sippar aufeinander getroffen?« Die Frage war natürlich überflüssig, denn er kannte die Antwort bereits.

»In der Tat, Herr. Und es kam uns bedenkenswert vor, daß unsere Schritte uns an jenen Ort geführt hatten.«

»Wie das?«

»Weil die weltbekannte Schule für Astronomie und Astrologie, die sich in Sippar befindet, auf dem Weg der Himmelsbewegungen lag und wir das Glück hatten, mit dem dortigen Oberastronomen zu sprechen und seine Schlußfolgerungen zu hören.«

»Und zu welchen Schlüssen ist der gelehrte Ibn Hussein gelangt?«

Mir fiel auf, daß Herodes uns nicht einmal mit unseren Titeln ansprach. Obwohl er ein großer König war und wir nur Vasallen, reichte seine Macht doch nicht aus, ihn zu etwas Höflichkeit zu befähigen. »Nach seinen Worten bringt die Vereinigung der Sterne keine Katastrophe, aber direkt unter ihrer Konjunktion wird jemand das Licht der Welt erblicken, der der Menschheit ein Geschenk von zeitloser Dauer machen wird.«

Das leichte Beben in seinen Gedanken, von dem ihm äußerlich kaum etwas anzumerken war, verriet, daß mit meiner Auskunft genau das Zentrum der schweren Sorgen getroffen war, die ihn seit einiger Zeit plagten. »Hat der Oberastronom erklärt, diese Geburt würde sich in unserem Königreich ereignen?« fragte er, nach außen hin gelassen.

»Nein, Eure erhabene Majestät. Er meinte nur, die Konjunktion würde sich westlich von Sippar vollziehen. Wir schlossen daraus, daß es dazu entweder in Eurem Königreich oder in einem südlich davon gelegenen, vielleicht sogar in Ägypten, kommen werde.«

»Gehört es in Euren Landen zu den Gepflogenheiten von Herrschern, die Könige anderer Reiche nicht von Eurem Kommen zu unterrichten, bevor man die Grenzen überschreitet?« fragte er unerwartet und offenbar gezielt, um mich aus dem Gleichgewicht zu bringen.

»Nur dann, wenn man sich lediglich auf einer Pilgerfahrt befindet«, antwortete ich unerschrocken. »Laßt Euch versichern, Herr, daß wir auf dieser Reise nicht mehr als demütige Pilger sind, die beschlossen haben, keinen König, durch dessen Reich wir gelangen würden, von unserem Kommen zu unterrichten – und das allein aus dem Grund, ihm die Unbequemlichkeiten ersparen zu wollen, uns empfangen und bei sich aufnehmen zu müssen.«

Herodes blinzelte einmal. Sein dicker Zeigefinger klopfte

einen raschen Rhythmus auf die vergoldete Thronlehne. Der rauhe Schrei eines fernen Rabens fuhr leise durch die Halle. Der König schien etwas entgegnen zu wollen, beherrschte sich aber, um zu vernehmen, was ich als nächstes zu sagen hatte.

»Unsere Oberkönige kennen den Sinn und Zweck unserer Reise, Herr, jedoch nicht Route und Ziel, obwohl wir ihnen regelmäßig Botschaften über unseren jeweiligen Aufenthaltsort schicken. Daher waren sie auch nicht in der Lage, Euch durch uns ihren Respekt zu zollen und uns kostbare Geschenke mit auf den Weg zu geben, denn der Ruhm Eurer großmächtigen Majestät und Euer Ruf, einzigartige Errungenschaften bewirkt zu haben und von der tadellosesten Gastfreundschaft zu sein, haben sich weit über die Grenzen Eures Reiches ausgebreitet. Da wir uns also Eurer Großzügigkeit sicher sein durften, überraschte es uns nicht im mindesten, von Euch zu einer Audienz geladen zu werden und auch noch eine Eskorte zur Verfügung gestellt zu bekommen, die uns sicheres Geleit garantiert.«

Kurz huschte Bewunderung über seine Miene. Der König nickte langsam, bewegte den Herrscherstab, da seine Hand zu erlahmen schien, und setzte sich auf seinem Thron bequemer hin. »Ihr versteht Euch darauf, wohlklingende Worte zu machen. Wenn wir in unserem Reich Unterkönige hätten, käme mir einer wie Ihr sicher gelegen.«

Ich verbeugte mich vor ihm. »Vielen Dank, Herr.« Alles auf der Welt wollte ich lieber sein als sein Vasall!

»Unser Hohepriester, Simon ben Boethus, teilte uns mit, daß das Himmelsschauspiel die Ankunft des dem jüdischen Volk lange versprochenen Messias verkündet.«

Damit hatte ich die Bestätigung für die Richtigkeit meiner Vermutungen über die Ursachen seiner Ängste, und ich hielt es für ratsamer, noch vorsichtiger zu agieren. »Aber das wäre doch ausgeschlossen, Herr.«

Eine seiner Brauen zog sich nach oben. »Warum?«

»Weil Eure königliche Majestät doch der Messias des jüdischen Volkes ist«, erklärte ich mit aller Bestimmtheit.

Er warf den Kopf in den Nacken und lachte laut, sei es aus Erleichterung oder in Anerkennung meiner wohlgewählten Worte. »Was wollen die Sterne uns denn Eurer Meinung nach mitteilen?« fragte er dann.

»Wenn sie tatsächlich die Ankunft des Messias verkünden, wird das jüdische Volk sich durch den Einfluß der Sterne endgültig veranlaßt sehen, Eure Majestät einmütig und uneingeschränkt als den versprochenen Erlöser anzuerkennen. Sollten die Sterne uns jedoch auf die Geburt einer Persönlichkeit hinweisen wollen, so wird es sich dabei um eine handeln, die der Menschheit etwas zu geben hat, doch keineswegs als Eroberer kommt.« Damals kam mir das noch wenig wahrscheinlich vor.

»Die jüdischen Schriftrollen erwähnen Beth Lahm in Judäa als Geburtsort des Messias.« Er war ins Grübeln geraten und rieb sich das lange, glattrasierte Kinn. Plötzlich zitierte er: »Aber du, Beth Lahm Ephratah, auch wenn du die Geringste unter den Städten Judas bist, sollst doch hervorbringen den, der Herrscher werden wird über Israel ...« Er schüttelte den Kopf. »Pah! Ein Ding der Unmöglichkeit!«

»Darf ich fragen, was Euch zu dieser Ansicht bringt, Herr?« Immerhin war König David in Beth Lahm zur Welt gekommen.

»Beth Lahm ist ein kleines Kaff an der Straße nach Hebron. Bei dem Ort handelt es sich um kaum mehr als eine Ansammlung von Häusern, Hütten, Ställen und Scheunen, dazu noch ein kleiner Gasthof für Durchreisende. Dort wird man schwerlich einen Prinzen aufspüren können.« Er hob seinen Hintern und hustete unkeusch, ohne sich dafür zu entschuldigen. »So führt denn Eure Reise fort und findet den Ort, über dem sich die Sterne vereinigen und ihren Zug beenden.« Er schwieg für einen Moment. »Ihr und Euer Gefolge dürft unbehelligt durch unsere Lande ziehen und Euch begeben, wohin Ihr wollt. Auch wenn Euch keine Eskorte mehr begleiten wird, braucht Ihr Euch nicht vor Überfällen und anderen Belästigungen zu fürchten, denn wir haben in Judäa Ruhe und Ordnung vollständig wiederhergestellt.«

»Wir danken Euch, Herr.«

»Glaubt Ihr denn, daß die noch Sterne weiter nach Süden ziehen?«

Ganz gewiß hatten ihn seine Astronomen längst über die Bahnen der beiden Sterne in Kenntnis gesetzt. Er schien also immer noch mit mir spielen zu wollen. »Das halte ich für wenig wahrscheinlich«, antwortete ich. »Sie bewegen sich mittlerweile so rasch aufeinander zu, daß ich untertänigst von Euch Gebieter die Gnade erbitte, den Palast ohne größeren Abschied verlassen zu dürfen, sobald sich am Himmel Anzeichen für die bevorstehende Konjunktion zeigen. Da wir so weit gereist sind, um das Ereignis miterleben zu dürfen, wären wir sehr betrübt, wenn wir nicht rechtzeitig an Ort und Stelle einträfen.«

Herodes nickte zustimmend, hielt aber den Kopf so, daß die Krone durch diese Bewegung nicht herabfallen konnte. »Wir befehlen den Hauptleuten unserer Wache, Euch und Eurem Gefolge zur von Euch gewählten Stunde das Haupttor zu öffnen; denn Eure Kamele und Wagen werden wohl kaum durch die Nadelöhre gelangen können.« Er setzte ein Grinsen auf, denn mit Nadelöhr waren die kleinen Seitentore gemeint, durch die sich lediglich Fußgänger quetschen konnten, sobald das Haupttor für die Nacht geschlossen und versperrt worden waren.

»Ihr werdet Jerusalem vermutlich durch das Südtor verlassen wollen«, fuhr der König fort. »Vielleicht kommt diese Persönlichkeit ja doch jenseits unserer südlichen Grenzen zur Welt.« Er schien wieder ins Grübeln verfallen zu sein. »Möglicherweise sogar in Ägypten.« Sein Zeigefinger klopfte erneut auf die Lehne. Offenbar hoffte er, es würde das Land am Nil sein.

»Herr, möge Euer Leben ewig währen, aber wenn ein Kind geboren wird, das Euch und Eure Stellung bedrohen sollte, werden viele Jahre vergehen, bis es zum Mann herangereift ist.« Ich zuckte die Achseln und verschwieg lieber meine nächste Bemerkung, daß Herodes wohl nicht mehr so lange leben würde, um von einem Mann, der erst in diesen Tagen als Säugling das Licht der Welt erblickte, dereinst vom Thron gestoßen zu werden.

Herodes' Miene hellte sich sichtlich auf. »Wir haben nur eine Bitte an Euch.«

»Jeder Eurer Wünsche ist uns Befehl«, log ich überzeugend.

»Kehrt nach Jerusalem zurück, sobald Ihr den kleinen Prinzen aufgespürt habt, und teilt uns mit, wo er zu finden ist, damit wir zu ihm ziehen und ihn unserer Wertschätzung versichern können.«

Ich verbeugte mich zur Antwort nur, weil ich diesem Mann kein Versprechen geben wollte. Wenig später brachen wir auf. Zurück in unserer Suite, brachte Yuen-Yen unsere Reaktion auf Herodes' letzten Wunsch kurz und bündig auf den Punkt: »Dieser grobe König wird allein sich selbst seiner Wertschätzung versichern, auch wenn er vor Rom sein Knie beugt!«

»Er will uns ganz eindeutig dazu benutzen, für ihn den Aufenthaltsort des Prinzen ausfindig zu machen, der seine Dynastie vom Thron stürzen und seinen unsterblichen Ruhm mindern könnte«, fügte Kaspar hinzu.

Ich ging noch einen Schritt weiter: »Wenn er das Neugeborene aufsucht, dann gewiß mit einem Schwert in der Hand, um sich einen lästigen Rivalen vom Hals zu schaffen.«

Während Prinzessin Herodias sich von ihrer Magd Rahila das Haar richten ließ, um sich für den Besucher schön zu machen, lag es nicht allein an der Hitze des Nachmittags, daß sie sich so rastlos fühlte. Prinz Zadok, ein geborener Jude aus königlichem Geschlecht und mit seinen erst sechsundzwanzig Jahren bereits der Führer der Sadduzäer, wollte ihr seine Aufwartung machen. Kurz vor der Mittagsstunde hatte sie seine Nachricht erreicht, daß er sie dringend nach der Mahlzeit sehen müsse. Wahrscheinlich brachte er wichtige Neuigkeiten mit, zumindest aber mußte er eine größere Sache planen. Konnte es vielleicht sein, daß der große Herodes endlich im Sterben lag, oder kannte Zadok Mittel und Wege, den Tod des Königs zu beschleunigen? Sie zuckte heftig die Achseln, um diese Gedanken zu verscheuchen. Die Prinzessin vergeudete nie ihre Zeit mit müßigen Betrachtungen. Sie beschäftigte sich nur mit Tatsachen, und zwar kaltblütig und ohne falsches Mitleid.
»Wie alle Sadduzäer, dieser Partei der freidenkerischen Juden, die stark dem Hellenismus zuneigen, liebt auch der Prinz die Freuden des Lebens, verabscheut das Fasten und glaubt nicht an die Wiedererweckung des Leibes oder die Ewigkeit des Geistes«, erklärte Herodias Rahila und blickte ihr in dem goldumrahmten Spiegel, vor dem sie saß, ins Gesicht. »Doch im Gegensatz zu seinen Gesinnungsgenossen tut Zadok nur nach außen hin so, als würde er die Herrschaft der Römer freudig begrüßen. Seine Unterstützung des Hauses Herodes ist jedoch echt, da er am Hof des Königs zusammen mit dessen Kindern aufgewachsen ist.«
»Und Ihr habt den Sohn des großen Königs geheiratet, den

ihm seine dritte Frau, Mariamne, geboren hat, die Tochter des Hohenpriesters Simeon, weil Ihr zu dem Schluß gelangt wart, daß der König diesen Sohn besonders liebe und er ihn als seinen Nachfolger auf dem Thron sehen wolle; denn immerhin hatte er ihm seinen Namen gegeben und die beiden Kinder der ersten Mariamne, die Prinzen Alexander und Aristobulos, hinrichten lassen, da sie sich gegen ihn verschworen hatten.« Die dunkelhaarige Rahila, eine Idumäerin, war schon seit Herodias' Kindertagen die Magd der Prinzessin. »Doch ist Prinz Herodes in allen Dingen so nachgiebig, daß er es sogar zuläßt, wenn sein naher Verwandter, der Prinz Zadok, Euch besucht, Herrin.« Rahila war die einzige Dienerin der Prinzessin, die sich die Freiheit nehmen durfte, solche Worte auszusprechen. »Ein großes Kompliment an Eure Schönheit und Tugend, Herrin.«

Prinz Herodes hatte sich für die Prinzessin als große Enttäuschung erwiesen, und die Dinge waren für sie noch schlimmer geworden, als sie erfahren mußte, wie sehr der König sich darüber grämte, daß sein Sohn eine Idumäerin, die nicht einmal von Stand war, allein wegen ihrer atemberaubenden Schönheit geheiratet hatte. Der Herrscher dachte sogar daran, ihn deshalb von der Thronfolge auszuschließen.

»Ich mache mir keine Illusionen darüber, Rahila, warum Prinz Zadok mein Verbündeter bleibt. Mag mein Mann auch heute ohne Macht sein, so wird sich das eines Tages vielleicht ändern.«

Nicht lange, nachdem Herodias Prinz Zadok kennengelernt hatte, war er ihr Freund und engster Vertrauter geworden. Zwar tat er so, als verfolge er keinerlei Ambitionen, aber die Prinzessin, die eine ungewöhnlich kluge und gut informierte Frau war, argwöhnte bald, der Prinz hoffe, mit ihrer Hilfe zur grauen Eminenz hinter dem Thron zu werden, vermöge man es nur, Prinz Herodes auf denselben zu setzen. Während ihre Freundschaft gedieh, gab er das auch offen zu und versprach, seinen Einfluß bei den Römern geltend zu machen, um Herodes' Thronfolge sicherzustellen. Herodias wünschte sich insgeheim, Zadok wäre ihr Liebhaber, aber ihr Verstand sagte ihr, daß sie beide viel zu berechnend waren, um sich den Risiken einer Romanze auszusetzen oder den Gelüsten des Fleisches hinzugeben.

»Was für eine furchtbare Hitze!« beschwerte sich Herodias. »Die Makkabäer haben diesen hasmonäischen Palast in Jerusalem zu sehr unter Sicherheitsgesichtspunkten erbaut und dabei die Bequemlichkeit vollkommen vergessen. Wenn ich schon in einem Palast festgehalten werde, würde ich alles darum geben, im kühlen, luxuriösen Palast des Herodes zu weilen!«

»Alles, bis auf Eure Tugend, will ich hoffen, Herrin!« entgegnete die Magd scharfzüngig, und ihre Finger hielten für einen Moment in ihrem Tun inne. »Immerhin war Eure Schwiegermutter eine Hasmonäerin.«

Herodias schnaubte verächtlich. »Die Hasmonäer sind für uns aus Edom allenfalls entfernte Verwandte. Sie mögen zwar von unserem gemeinsamen Vorfahren Isaak abstammen, doch danach trennten sich unsere Wege, denn ihr Vorvater Jakob wohnte in einem Zelt auf den Ebenen und stahl seinem Bruder Esau das Erstgeburtsrecht. Sobald ich Königin von Judäa bin, werde ich mir und meinem Volk, zu dem auch du gehörst, all den Reichtum wieder verschaffen, den Jakob und seine Nachkommen uns genommen haben.« Sie teilte der Magd allerdings nicht mit, daß ihr ihre Stammesgenossen vom Volk der Idumäer von Herzen egal waren und ihr nur an Macht und Sicherheit für sich selbst gelegen war.

»Die Sommerhitze tut Eurer Haut ganz gewiß nicht wohl«,

wechselte Rahila mit ihrer leisen, vogelhellen Stimme, die so gut zu ihren zierlichen Zügen paßte, das Thema. Sie fing an, Herodias' goldfarbenes Haar zu dicken Zöpfen zu flechten, die sie später zusammenrollen und auf dem wohlgeformten Kopf auftürmen wollte.
Die Prinzessin beugte sich leicht auf ihrer geschnitzten Sitzbank vor, um ihre vielgerühmte Schönheit in dem Spiegel aus polierter Bronze zu bewundern, der vor ihr an der Wand hing. Ihre milchweiße Haut verband sich mit dem Anflug von Rosa auf den Wangen und dem wunderbar geschwungenen roten Bogen ihres Mundes und verlieh ihren Zügen eine geradezu klassische Anmut. Die großen Augen, deren lange blonde Wimpern sie mit Khol geschwärzt hatte, strahlten in dem tiefen Blau des großen Meeres im Westen, wenn das Sonnenlicht darüber strich. Nur die gerade Nase mit dem hohen Rücken verriet ihre hochmütige Natur, und die sinnlichen Nüstern kündeten von ihrer idumäischen Herkunft. Sklavenmädchen aus dem hohen Norden wiesen gelegentlich eine ähnliche Gesichtsfarbe auf, konnten es jedoch nie mit ihrer vornehmen, stolzen Haltung aufnehmen.
Kein Wunder, dachte sie, wenn mein Schwager, Herodes Antipas, mich begehrt, obwohl ich doch die Gemahlin seines Bruders bin. Das sieht man seinen Blicken an. Ich bin wohl wirklich die schönste Frau der Welt.
List, Verschlagenheit und eine angeborene rasche Auffassungsgabe hatten sie weit gebracht, aber noch nicht weit genug. So lange Herodias zurückdenken konnte, hatte sie immer schon Königin werden wollen. Ihr verwitweter Vater, Harun, ein reicher idumäischer Handelsmann, hatte sie in diesem Ehrgeiz stets nach Kräften unterstützt und vor allem aus diesem Grund ihre Vermählung mit einem Prinzen und Thronfolger in die Wege geleitet. Ihr Gemahl war

nicht nur von der äußeren Erscheinung, sondern auch vom Wesen her schlaff, und sollte er jemals König werden, würde er sich allein mit dem Titel und den damit verbundenen Privilegien zufriedengeben, während sie hinter seinem Thron stehen und in Wahrheit die Fäden der Macht in den Händen halten würde.

Es klopfte leise an der Tür, und ein großer, dickbäuchiger Mann, der ein blaues Seidengewand und darüber eine goldene Schärpe trug, kam herein. Aram, ihr idumäischer Eunuch, trat barfüßig auf sie zu, blieb vor ihr stehen und verbeugte sich tief.

»Sprich«, gebot Herodias ihm. Sie verschwendete nie Freundlichkeiten an ihre gewöhnlichen Bediensteten. »Prinz Zadok ist eingetroffen, Herrin.«

Die Prinzessin erhob sich und überprüfte im Spiegel den Sitz ihrer Frisur. »Nicht schlecht, Rahila. Und jetzt leg mir das Kopftuch um. Du kannst mit meiner Toilette fortfahren, sobald ich zurückgekehrt bin.« Herodias rauschte an dem sich immer noch verbeugenden Eunuchen vorbei in den großen, luftigen Raum, in dem sie ihre privaten Besucher zu empfangen pflegte. Elegant in Weiß und Gold gehalten, lag er am weiten Innenhof der Frauengemächer, in dem das Wasser des großen Beckens blau im kühlen weißen Sonnenlicht funkelte.

Nachdem der Prinz sich von der Couch aus Zedernholz erhoben und sich kurz verbeugt hatte, wurde selbst in diesem Raum mit seiner hohen Decke offenbar, was für ein Hüne Zadok war. Er trug ein vornehmes Gewand aus weißer Seide, das er mit einem breiten goldenen Gürtel zusammengebunden hatte. Seine Züge, angefangen von der hohen Stirn, über die vorragenden schwarzen Brauen, die vorstehende semitische Nase, den starken Unterkiefer bis hin zum vorgeschobenen Kinn, wirkten genauso vornehm

wie seine ganze Erscheinung und erinnerten sie stets an die Schönheit eines Raubvogels.
Der stolze Ausdruck in seinen lebendigen braunen Augen wandelte sich zu Wärme, als ein Lächeln den schwarzen Schnurrbart vom sorgfältig gekämmten Bart trennte und große, gerade, weiße Zähne offenbarte. »Mit jedem Tag werdet Ihr jugendlicher und schöner, Herrin.« Bei solchen Komplimenten mußte der Prinz selten lange warten, bis sie sich mit ihm auf ein Gespräch einließ.
Seine Augen glühten voll ehrlicher Bewunderung, und Herodias konnte nicht verhindern, daß sie leicht errötete. »Ihr seid zu freundlich, Prinz«, entgegnete sie, sagte sich dann aber, daß diese Worte wohl kaum passend waren, und wedelte ihm kokett mit dem Fächer aus Adlerfedern zu.
»Im Gegenteil, gerade der Blume gebührt der Dank, die so freundlich ist, ihre Schönheit demjenigen zu zeigen, dessen Augen von den Weiten der kahlen Wüste ausgebleicht sind.« Er nahm wieder Platz, und sie ließ sich auf der Couch ihm gegenüber nieder. Wie üblich kam er unvermittelt zum Grund seines Besuchs und bewies so auf subtile Weise die Aufrichtigkeit seiner früheren Lobpreisung. »Wir stehen vor einer Situation, die unserer Sache dienlich sein könnte«, begann er, um dann eine kleine Pause einzulegen. »Ihr habt doch sicher schon von den Schlußfolgerungen der Hofastronomen und Tempelpriester bezüglich der Sterne gehört. Sie vermuten, daß Jupiter und Saturn die Ankunft des Messias verkünden.«
»Ja, Herr, das ist mir zu Ohren gekommen. Aber ein Messias könnte unseren Plänen gefährlich werden.«
»Deswegen habe ich ja auch beschlossen, meine Ansichten zu ändern und zu meiner pharisäischen Herkunft zurückzukehren.« Als er auf ihre schockierte Miene mit einem zynischen Lächeln reagierte, wußte sie, daß dies nur vorge-

täuscht war und zu seinem Plan gehörte. »Wie Euch sicher bekannt ist, bekleidete meine Familie, die Zadokiten, das Amt des Hohenpriesters, des mächtigsten Mannes im Reich nach dem König, seit der Rückkehr der Juden aus Babylon bis vor einhundertsiebzig Jahren, als der Seleukide Antiochus IV. während der griechischen Herrschaft über das Land den Menelaus, einen Nicht-Zadokiten, zum Hohenpriester bestimmte. Nachdem die Hasmonäer unter Makkabäus die Griechen vertrieben hatten, vereinigten sie seit Jonathan das Amt des Königs und des Hohenpriesters, also die geistige wie die weltliche Autorität, in einer Person.« Er nickte langsam, als das Funkeln in Herodias' Augen anzeigte, daß sie begriff, was ihm vorschwebte. »Wenn ich mich zu den Pharisäern bekenne und in den Sanhedrin aufgenommen werde, fordere ich mein Geburtsrecht zurück und bin fortan die Macht hinter dem Messias, für den ich bereits Pläne geschmiedet habe.«

»Könntet Ihr das wirklich glaubwürdig bewerkstelligen, Herr?«

»Warum nicht?« Er grinste breit, und unter seinem schwarzen Schnurrbart waren seine weißen Zähne zu sehen. »Immerhin bin ich für dieses Amt qualifiziert ... das heißt, abgesehen von meinen bekannten Ansichten und meinem gegenwärtigen Lebensstil natürlich.« Zadok schien ihre Zweifel zu bemerken, denn er fügte rasch zu ihrer Versicherung hinzu: »Betrachten wir doch einmal die Tatsachen, Herrin. Ich bin als Prinz geboren und lebe im Familienpalast in der Oberstadt. Mein Vater, Prinz Ephraim, hatte immer gehofft, nach so vielen Jahren der erste Zadokite zu werden, der wieder auf dem Hohepriesterstuhl Platz nimmt. Doch er mußte eine furchtbare Niederlage erleiden, als König Herodes die jahrhundertealte Tradition verletzte und seine Männer in den Hohen Rat schickte.«

»Deswegen war Euer Vater auch so unnachgiebig«, sagte Herodias leise. »Als Junge habt Ihr ihn bereits gefürchtet, aber dann verwandelte er sich in einen sittenstrengen Tyrannen, der nur noch das Gift seiner Verbitterung von sich geben konnte und Euch mit den grausamsten Strafen bedachte, damit aus Euch ein rechter, ultraorthodoxer Jude werde; denn er glaubte, daß nur der strenge Glaube den Weg zur Rettung des Volkes und zum Erhalt seiner geheiligten Gebräuche, Einrichtungen und Traditionen biete.«
Die Mundwinkel des Prinzen zuckten vor Amüsement. »Ganz zu schweigen von seiner eigenen Position. Der Glaube meines Vaters diente ihm als Bollwerk gegen seine größten Enttäuschungen. Doch kann ich ihn nicht dafür tadeln, mir sooft die Rute gegeben zu haben, denn damit züchtigte er nur diejenigen, die ihm schweres Unrecht zugefügt hatten. Davon abgesehen habe ich ihm auch oft genug Grund dazu gegeben, die Hand gegen mich zu erheben, da ich als junger Mann die Vergnügungen liebte und bereit war, den Preis für das Ausleben solcher Wünsche zu bezahlen. Doch zu häufige Bestrafungen lassen einen abstumpfen. Man wird unempfindlich gegen Schmerzen und entwickelt sich zu einem vollkommen unbußfertigen Menschen.«
»Habt Ihr diese Schläge denn nicht als Demütigung empfunden, mein Prinz?« Herodias liebte solche vertraulichen Gespräche. »Berichten zufolge soll Euer Vater Euch sogar Foltern unterzogen haben, indem er Euch nichts zu essen gab oder Euch nachts halb nackt im Hof anband, damit der Satan in Euch erfriere.« Sie hatte es früher nie gewagt, ihn offen danach zu fragen.
»Ich wußte nicht, daß das bekannt ...« Er brach den Satz ab und zuckte die Achseln. »Aber vermutlich haben viele davon gewußt. Viel wichtiger aber erscheint mir, daß ich

deswegen nie in Selbstmitleid verfallen bin und auch nie meinem Vater die Genugtuung verschafft habe, mir anmerken zu lassen, daß ich mich gedemütigt fühle. Unabhängig von dem, was sich wirklich in mir tat, habe ich ihn stets nur mit einer Miene des leisen, respektvollen Trotzes angesehen. Und was meine Mutter anging, so habe ich sie dafür gehaßt, eine so genaue Kopie von ihm zu sein. Sie besaß keine Substanz, war nur sein Schatten. Deswegen bin ich tief in meinem Herzen auch Sadduzäer geworden. Mir tut es lediglich leid, daß meine Eltern starben, als ich erst siebzehn war. So konnte ich ihnen nicht mehr offenbaren, was sie mit ihrer Erziehung aus mir gemacht haben.«

»Euer Vater verschied an einem Schlaganfall, nicht wahr?«

Er sah sie eigenartig an, schien zu zögern und sich dann dazu durchzuringen, sie uneingeschränkt ins Vertrauen zu ziehen: »Ich bin dafür verantwortlich«, gestand er mit gesenkter Stimme. »Als ich fünfzehn war, erkannte ich, was seine ungezügelten Wutanfälle in ihm auslösten, und so begann ich, ihn zu provozieren.«

»Das habt Ihr tatsächlich getan?« Sie lachte hell. »Wie überaus gescheit von Euch, und das auch noch in einem so zarten Alter!«

»Dem kann ich wohl kaum widersprechen, aber der Erfolg war einfach phantastisch, und es bedurfte nicht viel, um ein solches Ereignis zu bewirken. Um der Wahrheit die Ehre zu geben, dieses Mittel erwies sich als überaus probat, bei Lehrern, Priestern, buchstäblich bei jedem, ganz gleich, ob ich mir dadurch etwas Gutes oder etwas Böses erhoffte. Dazu bedarf es im Grunde nicht mehr, als die Menschen genau zu studieren, ohne daß sie etwas davon mitbekommen, und dann kann man entscheiden, welches Mittel die gewünschte Wirkung bei ihnen erzielt.«

Ich hoffe nicht, daß das auch bei mir wirkt, schoß es

Herodias sofort durch den Kopf. Sie hätte jetzt gern durch seine braunen Augen hindurchgeblickt, um in den Tiefen seiner Seele die Antwort zu finden, aber da die Prinzessin nun wußte, wie genau er sein jeweiliges Gegenüber zu beobachten pflegte, verbarg sie ihr Antlitz hinter dem Fächer und winkte ihm damit zur Ablenkung kokett zu. »Also seid Ihr ohne feste Überzeugungen großgeworden, oder?«
Zadok nickte. »Bis auf die eine, daß ich es eines Tages bis ganz nach oben schaffen würde, allerdings nur hinter den Kulissen, um den gräßlichen Verpflichtungen zu entgehen, denen sich jene zu beugen haben, die in der ersten Reihe der Macht stehen. Ich würde lieber ein Feldherr sein, der die Schlacht lenkt, als der große Held, der für ein paar Denarii, einigen Plunder als Beute und einen kurzen Moment des Ruhms sein Leben auf dem Schlachtfeld riskiert.«
Wieder lachte sie hell. »Also habt Ihr Euch auf das höchste geistige Amt vorbereitet, indem Ihr die Thora studiertet.«
»Als mein Vater einem Anfall erlag, war ich bereit für das Leben eines reichen Sadduzäers und habe es tunlichst vermieden, mich einer Frau zu verpflichten oder gar die Ehe mit ihr einzugehen.«
»Und natürlich Eure sexuellen Abenteuer mit Frauen in Grenzen gehalten.« Warum mußte sie bei diesen Worten an sich halten, um sie möglichst gelassen und nicht wie eine Frage klingen zu lassen?
»Ich habe mir nie weibliche Gesellschaft gekauft«, entgegnete er fachlich. »Und wenn es schon zu einer romantischen Begegnung kam, so habe ich sie rein vom wissenschaftlichen Standpunkt aus gesehen, als interessante Studie des menschlichen Geistes, der Wünsche und fleischlichen Begierden.« Erneut hatte sie den Eindruck, er habe ihre Gedanken gelesen. »Ihr allein auf der Welt habt es vermocht, mich von dieser reinen Sachlichkeit zu entledigen«, erklärte

er mit leiser, intensiver Stimme, und sein Blick sprach Bände, »auch wenn Ihr mich noch nicht meiner Kleider entledigt habt.«
Herodias trafen diese Worte so sehr, daß sie zu zittern begann. »In meinen Gedanken habe ich Euch längst von Euren prächtigen Kleidern befreit«, flüsterte sie gegen ihren Willen, und ihre Blicke wanderten über seinen Körper. Sie befeuchtete sich die Lippen, die plötzlich wie ausgetrocknet waren, mit der rosafarbenen Zungenspitze.
Der Prinz ließ sich nicht anmerken, ob er diese Geste als verführerisch empfand. »Nur die Vereinigung zweier Herzen und Geister dauert an«, erklärte er leise. »Und die werden wir unser ganzes Leben lang behalten, wenn wir nur unser Verhalten zu zügeln verstehen. Ich möchte all das vervollständigen, was Ihr in Eurem Leben habt, um nie etwas davon erschöpfen zu lassen, denn wenn Ihr glücklich seid, wird mein Geist auf Euren Schwingen in die Lüfte steigen. Wir werden uns mit den Augen und in unseren Gedanken lieben, und das wird sich als schöner erweisen als die ängstlichen, schwitzigen Manifestationen von Körpern, die miteinander in grober, vergänglicher Umarmung verbunden sind.«
»Herr, o Herr!« war alles, was Herodias hervorbringen konnte, denn nie zuvor hatten Worte sie so tief bewegt. Nach einer Weile erklärte sie leise: »Mit fünfzehn hatte ich mich unsterblich in einen jüdischen Knaben verliebt. Ach, damals war ich so romantisch, daß ich glaubte, unsere Liebe würde alle Hindernisse überwinden. Und wenn doch größere Schwierigkeiten auftauchen sollten, würden wir nach Ägypten fliehen und dort glücklich bis ans Ende unserer Tage leben. Aber dann ließ er mich sitzen, weil seine Eltern dagegen waren, daß er sich mit einer Nichtjüdin abgab.« Ein Schleier legte sich über ihre blauen Augen, als ihre Gedan-

ken in die Vergangenheit zurückschweiften, doch dann wurde ihr Blick wieder klar und zeigte ihre Verachtung. »Damals brach es mir das Herz, und seitdem habe ich nur Haß übrig für Schwäche, besonders, wenn Männer sie an den Tag legen.« Herodias verschwieg ihm allerdings, daß sie seit jenen Tagen auch die Ansicht pflegte, daß Männer ausgenutzt werden mußten. Sie und Zadok waren aus demselben Holz geschnitzt. Er würde ihr dabei behilflich sein, ihre persönliche Machtbesessenheit zu befriedigen, zu einer der wichtigsten Persönlichkeiten des Landes und nie wieder zurückgestoßen zu werden.

Der Prinz schüttelte rasch den Kopf und zeigte damit an, daß er in die Gegenwart zurückkehren wollte. »Kommen wir wieder auf die Sterne zu sprechen, Herrin. Ich persönlich glaube weder an Prophezeiungen noch an die Astrologie. Jeder ist seines eigenen Glückes Schmied. Unabhängig von der intellektuellen Absurdität solcher Gaukeleien, müssen wir jedoch dem Umstand Rechnung tragen, daß die Priester und Astrologen mit ihren Deutungen die Massen bewegen, die unablässig nach dem Strohhalm irgendeiner Hoffnung greifen, die ihr Leben verbessern soll, statt sich auf ihre eigenen Fähigkeiten und Bemühungen zu verlassen. Die Massen sind ein unergründlicher Sumpf, aber die Blasen, die dieser Sumpf heute wirft, sind nicht wegzuleugnen. Erregung erfüllt die Straßen von Jerusalem, Erregung über die Verheißung der beiden Damen der Nacht, der zwei Sterne, die durch deren Zuhälter, die Priester, und deren Kuppler, die Astrologen, verkündet wird.«

Herodias unterdrückte ein Schmunzeln. Sie genoß es, wenn Zadok in solch ungebührlicher Weise redete. »Ihr seid unverbesserlich«, tadelte sie ihn scherzhaft, wedelte ihm aber gleich wieder mit dem Fächer zu, diesmal jedoch schon wesentlich intimer als vorhin.

»Nicht unverbesserlicher als die Massen mit ihren immer wieder von neuem enttäuschten Hoffnungen, meine Prinzessin.« Er neigte in Anerkennung ihrer Bewunderung den Kopf, ehe er fortfuhr: »Ihr habt doch sicher vom Besuch der drei Könige aus dem Osten im Palast des Königs erfahren, oder?«

»Ja.«

»Für jemanden, der wie Ihr das abgeschiedene Leben einer reichen Müßiggängerin führt, seid Ihr stets erstaunlich gut informiert!« Diesmal drückte sein Blick Bewunderung aus. »Diese drei Herrscher sind den Sternen den ganzen Weg von China, Indien und Baktrien aus gefolgt. Heute morgen gewährte Herodes ihnen eine Audienz und gab ihnen die Erlaubnis, ihre Reise nach eigenem Gutdünken fortsetzen zu dürfen. Allerdings nur unter der Bedingung, daß sie später zu ihm zurückkehren und ihn darüber in Kenntnis setzen, wo dieses Baby auf die Welt gekommen sei, damit er es aufsuchen und ihm kostbare Geschenke machen könne.«

»Die Geschenke des großen Königs an seinen möglichen Rivalen werden vermutlich in einem Schwerthieb, einem Speerstoß, Gift oder dem Dolch eines gedungenen Mörders bestehen«, murmelte die Prinzessin.

»Das sehe ich auch so.«

»Plant Ihr etwa, den Säugling zu ermorden, um Euch so die Dankbarkeit des Königs zu erringen und auf diese Weise für uns beide sicherzustellen, daß mein Gatte sein Recht auf die Thronfolge zurückerhält?« fragte sie und hoffte sehr, seine Absichten richtig eingeschätzt zu haben.

Doch zu ihrer großen Enttäuschung lächelte er breit und schüttelte langsam den Kopf. »Ihr scheint vergessen zu haben, Herrin, was ich eingangs dieses Gesprächs erklärt habe. Auch würde es mir nie einfallen, eine solche Tat ... ein solches Sakrileg zu begehen.« Er beugte sich in verschwörerischer Miene zu ihr vor und senkte seine Stimme: »Im Zuge meiner jüngsten Wandlung zum stronggläubigen Pharisäer werde ich natürlich die Nachricht der zurückkehrenden drei Könige über den Aufenthaltsort des Neugeborenen abwarten, um es dann zu entführen, bevor die Mörder des Königs Hand an es legen können. Ich werde das Kind in meinem Sinne großziehen und es dann als Messias präsentieren, sobald ich den rechten Zeitpunkt für gekommen halte.«

Im zentralen Tal von Jerusalem, unweit vom Töpfertor an der Südseite, hatten Simeon ben Simeon, der Sohn eines ehrwürdigen Mannes namens Simeon, zusammen mit seinen beiden Freuden Joshua und Thaddeus das karge gemeinsame Abendmahl beendet.
Der ehrwürdige Vater wußte nicht, daß sein Sohn insgeheim als Mörder arbeitete. Unverheiratet lebte er mit dem Knaben Thaddeus in einer Zweizimmerhütte zusammen, durch die man über einen Innenhof gelangte, den sich sieben weitere Häuser ähnlicher Bauart teilten. Der Komplex gehörte zu dem undurchdringlichen Gewirr der Gassen und Höfe in dem Teil der Stadt, in dem das gewöhnliche Volk zu Hause war: Handwerker, Händler, Tagelöhner und Bettler, gleichgültig, ob verkrüppelt, altersschwach oder krank – nur eine Gruppe fand hier keinen Platz: die Aussätzigen, denen man innerhalb der Stadtmauern kein Aufenthaltsrecht gewährte.
Das Hinterzimmer, in dem Simeon und seine beiden Mitstreiter mit gekreuzten Beinen auf gelben Schilfmatten saßen, wurde nur trübe von einer einzelnen Öllampe beleuchtet, die am anderen Ende des Raums, direkt über der Kochstelle, an der Wand hing. Sarah, die alte Zugehfrau, die sich um Simeon kümmerte, hatte die Überreste der Mahl-

zeit bereits abgeräumt, doch in dem Zimmer roch es immer noch nach Brot und Linsensuppe. Obwohl Simeon die Tür verriegelt hatte, nachdem die Alte gegangen war, drang immer doch das Geschrei der Kinder, die auf der Straße spielten, in die Stille des Raums.

Die Hitze und die stickige Luft im Zimmer trieben Simeon den Schweiß auf die Stirn, ließen das grobe braune Gewand an seinem großen, schlanken Körper kleben und erzeugten zwischen den roten Bartstoppeln in seinem hageren Gesicht einen lästigen Juckreiz. Selbst sein kastanienrotes Haar fühlte sich feucht an, als er sich eine Strähne aus der Stirn schob. Schließlich beugte er sich zu den beiden vor, um sie ins Vertrauen zu ziehen. »Brüder, ich habe euch wichtige Neuigkeiten mitzuteilen«, begann er leise. »Wie ihr wißt, weilt Bruder Ezekias gerade auf Besuch in der Stadt. Ich bin gerade von einem Treffen mit ihm zurückgekehrt. Er hat mich zum Führer der Zeloten-Zelle in diesem Teil der Stadt ernannt.« Seine Augen zeigten die Erregung an, die dies in ihm ausgelöst hatte. Bei den Zeloten handelte es sich um eine jüdische Untergrundbewegung. Sie brachten bestimmte Personen um, sei es, um sie für ihre Taten, wie etwa offen zur Schau gestellte Romfreundlichkeit, büßen zu lassen, oder um in der Öffentlichkeit Verwirrung und Spannungen zu erzeugen. Das Leben der Zeloten bestand aus Diebstahl und Einbrüchen, um Mittel für ihre Organisation zu beschaffen, Folter, Entführung und Mord. Um in die Reihen dieser Truppe aufgenommen zu werden, mußte man sich ganz und gar der Sache der jüdischen Unabhängigkeit unterwerfen und den jüdischen Gesetzen absoluten Gehorsam schwören, was vor allem beinhaltete, sich dem Trunk und der Unzucht zu enthalten. Die noch radikalere Gruppe der Sikarier brachte nur auf Befehl um, die Zeloten aber mordeten auch aus eigenem Antrieb.

Thaddeus' Augen wurden bei dieser Nachricht groß. Simeon erkannte, daß diese Mitteilung ganz nach dem Herzen des Knaben war. »Du hast Ezekias tatsächlich von Angesicht zu Angesicht gegenübergestanden?« fragte der Jüngling fassungslos.

»Ich habe ihn schon einige Male getroffen«, antwortete Simeon eitel. Er genoß die Bewunderung des schlanken und wunderschönen vierzehnjährigen Knaben, der vor einigen Monaten sein Geliebter geworden war, nachdem er ihn vor der Verhaftung bewahrt hatte. Thaddeus hatte nämlich auf dem Marktplatz der Stadt einem jüdischen Soldaten den Geldbeutel stehlen wollen. Ein Blick in die wunderbaren, mädchenhaft zarten Züge des Jungen und in seine großen Augen mit den langen schwarzen Wimpern hatte Simeon sofort zur Tat schreiten lassen. Instinktiv hatte er seinen langen Dolch gezogen und den Soldaten, der den Jungen festhielt, erstochen, um dann mit dem Jungen in der Menge unterzutauchen. Erst als er und Thaddeus sich in der Sicherheit seiner Hütte befanden, fiel ihm die vollkommene Ausdruckslosigkeit in den grauen Augen des Knaben auf, die ihn mit ihrer Blässe und Undurchdringlichkeit an die eines Mörders erinnerten. Der starre und leere Blick in ihnen verstärkte diesen Eindruck nur noch.

»Das bedeutet mehr Verantwortung für dich, Bruder Simeon, und du wirst dich größeren Risiken aussetzen müssen«, bemerkte Joshua jetzt. Der Mann übte den Beruf eines Schreibers aus. Er war stämmig gebaut, sein Haar lichtete sich vorzeitig, und sein Kopf schien direkt aus den Schultern zu wachsen. Joshua gehörte der Zelle schon einige Zeit an, hatte aber erst einen Mord ausgeführt, und zwar den, den jeder verüben mußte, um in die Bruderschaft aufgenommen zu werden – als Test und um danach ein Druckmittel gegen ihn in der Hand zu haben. Sein Vater, ebenfalls

Schreiber, hatte ihm den großen Namen in der Hoffnung gegeben, sein Sohn würde sich seines Namensvetters, des großen Nationalhelden, der nach der Ankunft der Israeliten im Heiligen Land viele Siege für sein Volk errungen hatte, als würdig erweisen. Doch sein Wunsch hatte sich nicht erfüllt.

Simeon nickte grimmig. »Ohne Risiko keine Macht«, erklärte er. »Und für unsere Sache bin ich bereit, alles zu wagen.« Damit meinte er allerdings eher seine eigenen Interessen.

»Was genau ist unsere Sache, Bruder Simeon?« fragte Thaddeus boshaft.

»Die vierte Philosophie.«

»Die vierte Philosophie?« Joshuas Stirn legte sich in verwirrte Falten. »Was soll ich mir denn darunter vorstellen?«

»Wie unser großer Führer Ezekias es ausgearbeitet und mir heute offenbart hat, sollen Zeloten sich das Beste der drei anderen Linien heraussuchen, um diese schließlich zu beherrschen – und damit sind die der Pharisäer, der Sadduzäer und der Essener gemeint.« Simeons sanfte Stimme, die er wie die Gewalt in seinem Wesen unter Kontrolle hielt, wurde jetzt eindringlicher: »Unsere Bewegung folgt den Doktrinen der Pharisäer, doch daneben besitzen wir einen unstillbaren Freiheitswillen, verbeugen uns vor keiner Autorität und erkennen allein den Herrn in der Höhe als unseren Führer und Meister an.« Er hatte aber Thaddeus, mit dem er nicht nur das Lager, sondern auch die Ansichten teilte, eingestanden, daß er vor niemandem das Knie beuge, nicht einmal vor Gott, an dessen Existenz er ohnehin nicht so recht glaubte. Er übte Gewalt um ihrer selbst willen und wegen der grimmigen Freude aus, die er empfand, wenn der Dolch rasch in weiches, verletzliches Fleisch eindrang, der Sterbende ein letztes Mal krächzte und sein Körper unkontrolliert zuckte – denn all das erinnerte ihn an den weiblichen Orgasmus, den er bei den wenigen Gelegenheiten erlebt hatte, bei denen er sich eine Frau genommen hatte. Ansonsten mied Simeon die Frauen, waren sie in seinen Augen doch die großen Verräter an den Männern; diese Einstellung wurde durch den Umstand genährt, daß seine Mutter im Kindbett gestorben war und ihn damit, in seinen Augen, im Stich gelassen hatte. Außerdem hatte er mehr als einmal erlebt, daß Brüder durch Frauen ins Verderben gestürzt worden waren.

»Ist das alles, was du verlangst?« wollte Joshua wissen. In der Zelle waren sie alle gleichgestellt, aber obwohl sie regelmäßig zusammenkamen, hatten sie nur selten über ihre persönlichen Ziele gesprochen. Zumeist genügte es ihnen, die Befehle auszuführen, die sie von oben erhielten. Doch an diesem Abend hatte die Lage sich grundsätzlich verändert, denn von jetzt an würde Simeon die Befehle geben.

Und so wurde es für Simeon Zeit, seine persönlichen Vorstellungen kundzutun: »Ja«, antwortete er, »ich will die persönliche Freiheit für jeden Mann, damit alle nur noch Gott als ihren Herrn anerkennen.« Simeon fügte natürlich nicht hinzu, daß er die Freiheit, nach Belieben Menschen zu töten, um sich von ihnen das zu nehmen, was er wollte, immer sehr genossen hatte und daß er für sich selbst das Recht in Anspruch nahm, über dem Gesetz zu stehen.

»Aber was willst du denn für dich selbst?« bohrte Joshua weiter.

Simeon unterdrückte seine Irritation. »Verantwortung«, entgegnete er ausweichend, »und die nötige Macht, sie auszuüben.«

»So ist dies ein großer Tag für dich, Bruder Simeon«, wechselte Thaddeus das Thema und wandte sich an Joshua.

»Du hast doch die Urkunde ausgefüllt, die unserem Bruder hier das Besitzrecht an seinem Haus überträgt, oder?«
»Aber gewiß«, antwortete Joshua. »Es wurde ihm von seinem Vater als Geschenk vermacht. Wie dankbar wäre ich meinem Vater gewesen, wenn er mir überhaupt ein Zuhause gegeben hätte.«
»Pah!« schnaubte Simeon und grinste zynisch. »Warum sollten wir den Penissen Dankbarkeit erweisen, die uns gezeugt und in dieses Leben geworfen haben? Eigentlich sollten unsere Väter uns für das Vergnügen dankbar sein, daß sie bei dem Akt empfinden durften, dem wir entsprungen sind.« Er hatte für seinen Vater, der kürzlich gestorben war, keine Liebe übrig. Der Mann war ein strenger Konformist gewesen, unerbittlich in seiner Unterwerfung unter das Judentum, der seine überlegenen Körperkräfte dazu eingesetzt hatte, seinen einzigen Sohn nach seinem Ebenbild zu formen. »Wenn ich meinem Vater überhaupt etwas zu verdanken habe, dann nur, daß seine häufige Gewaltanwendung gegen mich und seine tyrannische Art mich zu dem gemacht haben, was ich heute bin.«
»Simeons Vater hat erst seine Rute benutzt, um unseren Bruder zu zeugen, und dann eine andere Rute auf seinem Rücken tanzen lassen, um seine Schöpfung nach seinen Wünschen zu modellieren – und ist damit kläglich gescheitert«, warf der Knabe ein.
Simeon erinnerte sich voller Glück an das, was Thaddeus ihm vor ein paar Tagen nach einigen ausgedehnten Stunden der Liebe erklärt hatte, daß er nämlich jeden töten wollte, der seinem Geliebten ein Leid zufügen würde. In diesem Moment wurde Simeon sich bewußt, wie sehr er diesen Jungen in sein Herz geschlossen hatte. Sein Blick fiel auf Thaddeus' wohlgeformte, schlanke Finger, die ihn jede Nacht zu verwöhnen pflegten. »Du kennst mich so gut,

Bruder«, bemerkte er und erfreute sich an dem kaum wahrnehmbaren Glühen im Gesicht des Knaben. Unwillkürlich rieb er sich das Gemächte. »Nun, was denkt ihr denn über die andere Nachricht des Tages?« fragte er und sah seine Genossen an. »Ich meine die Ankunft der drei Könige in Jerusalem, die von weit her gekommen sind.«
»Ach, diese Nachricht.« Joshua zuckte die Achseln, so als habe er das längst gewußt. »Hier in Jerusalem kommen und gehen doch täglich Könige.«
»Aber nur selten ohne eigenen Begleitschutz«, erklärte Thaddeus. »Und es kommt auch nicht oft vor, daß sie von Herodes' Soldaten abgefangen und in den Palast geführt werden.«
Simeon, der die Konkurrenz unter seinen Gefolgsleuten spürte, erklärte mit seiner sanften Stimme: »Die wahre Bedeutung ihres Besuchs liegt darin, daß sie den beiden Sternen von ihrer Heimat aus gefolgt sind. Ihre Reise führte sie sogar nach Sippar in Babylonien, wo der Oberastronom der dortigen Schule für Sternenkunde sie darüber belehrte, daß der Kurs, den diese Gestirne verfolgen, die Ankunft eines Königs vorhersagt, der die ganze Welt beherrschen wird.«
Joshuas Unterkiefer klappte nach unten, und er blinzelte. »Woher hast du das denn erfahren?« fragte er mit einer Stimme, der seine Verwunderung deutlich anzumerken war.
Simeon konnte sich nicht gegen den Anflug von Selbstzufriedenheit wehren, die seinen ganzen Körper erbeben ließ. »Ich habe eben so meine Quellen«, antwortete er hochmütig, aber kurz angebunden, um anzudeuten, daß er nicht gewillt war, diese Quellen preiszugeben. »Eine der unverzichtbaren Grundlagen unserer Bewegung ist ein gut funktionierender Nachrichtendienst.« Tatsächlich hatte er im Palast Gesinnungsgenossen, aber die Nachricht von der Ankunft der drei Könige hatte er von Hauptmann Ephraim erhalten, einem Befehlshaber der Wache, der heimlich mit

den Zeloten sympathisierte. Simeon senkte jetzt die Stimme und winkte die beiden Kameraden zu sich heran. »Kommt näher, Brüder, damit ich euch erklären kann, wie sich mir die Lage darstellt.«
Die beiden rutschten auf den Knien zu ihm und spitzten die Ohren.
»Herodes ist schon seit einiger Zeit in großer Besorgnis über das mögliche Erscheinen des Messias«, begann Simeon, und sein Lächeln drückte Verachtung aus. »Pah! Bei Baal, ein babylonisches Schwein hätte größere Aussichten, von uns Juden als Herrscher akzeptiert zu werden, als dieses idumäische Wildschwein, das unser Volk und unsere heiligen Einrichtungen bereits seit so vielen Jahren entweiht.« Er verlieh seinem Blick das zornige Funkeln, das in dieser Situation angebracht war.
»Jetzt, wo du hier das Sagen hast, warum bringen wir Herodes dann nicht um?« fragte Thaddeus.
»Weil es nur eine Verschwendung von guten Männern bedeuten würde, dieses alte, kranke und ängstliche Schwein zu beseitigen, das Gott bereits mit Würmern in seinem Kopf und in seinen Eiern bestraft hat. Herodes ist so voller Furcht, daß er alles tun würde, um sich das Schicksal der Verbannung zu ersparen, und das nicht zuletzt aus dem Grund, um sich einen herausragenden Platz in der Geschichte zu sichern. Die Ankunft der drei Könige und vor allem der Sinn und Zweck ihrer Reise hat nun Herodes' schlimmste Befürchtungen bestätigt. Da es sich bei ihm um ein verschlagenes Wildschwein handelt, wird er zweifelsohne versuchen, mit Hilfe der Könige den Aufenthaltsort des Neugeborenen herauszufinden, um es dann zu vernichten.« Er legte eine Kunstpause ein und sah seine Genossen abwartend an. »Was sollen wir nun eurer Meinung nach unternehmen?« fragte er zuerst den Knaben.

»Herodes umbringen«, platzte es voller Haß aus Thaddeus heraus. »Wir töten jeden, der sich dem Messias in den Weg stellt!«
»Das ist natürlich unser Ziel«, entgegnete Simeon, »aber ich weiß einen besseren Weg: Warum warten wir nicht die Rückkehr der drei Könige ab und machen uns dann selbst auf den Weg zu dem Neugeborenen?«
»Genial!« krächzte Joshua voller Bewunderung und räusperte sich dann, um einen Hustenreiz zu unterdrücken.
»Ja! Ja!« rief der Junge, aber in seinen Augen zeigte sich keine Begeisterung, bis ihm eine Idee kam und sie aufleuchteten. »Und dann bringen wir den Säugling um!«
Simeon schüttelte den Kopf. »Nein«, erwiderte er entschieden. »Statt uns dem Schicksal in den Weg zu stellen, sollten wir lieber alles daran setzen, es für unsere Zwecke zu nutzen. Wir entführen das Kind und erziehen es in unserem Sinne. Stellt euch vor, der Messias steht unter unserem Einfluß!«

KAPITEL 8

Kurz nachdem wir das Blasen der Hörner vom Tempel vernommen hatten, tauchten die beiden Sterne am Abendhimmel auf und steuerten weiterhin aufeinander zu, als wollten sie in einer fürchterlichen Kollision vergehen. König Kaspar schienen die Hörner jedoch mehr zu beschäftigen als das Himmelsschauspiel. »Was, um alles in der Welt, ist das für ein Lärm?« fragte er.

»Schofar«, antwortete ich, »Widderhörner, ein Musikinstrument der Juden.«
»Aber sie spielen nur einen einzigen Ton. So etwas kann man doch nicht als Musik bezeichnen.«
»Eigentlich entlocken sie diesem Instrument zwei bis drei Töne. Die Musik besteht, und dafür müßt Ihr nur sorgfältig hinhören, in den Variationen und verschiedenen Intonationen der Töne.«
König Kaspar, Yuen-Yen und ich kamen wenig später zu dem Schluß, daß wir noch in dieser Nacht aufbrechen sollten, am besten gleich nach dem Abendessen. Wir schickten Herodes eine Nachricht darüber und ließen ihm Gold, Weihrauch und Myrrhe als Dank für seine Gastfreundschaft überreichen. Da wir von ihm keine Antwort erhielten, verließen wir mit unserem Gefolge den Palast und eilten mit bangem Herzen durch die Stadt, bis das Südtor bereitwillig für uns geöffnet wurde. Während wir durch die Straßen liefen, fiel uns auf, daß die Menschen in Gruppen zusammenstanden und eine ungewöhnliche Erregung sich ihrer bemächtigt hatte. Alle starrten in den Himmel, und einige zeigten auf die Sterne – manche voller Zweifel, andere voller Hoffnung und wieder andere mit furchtsamem Kopfschütteln.
Zu dieser Zeit des Jahres, wenn der Monat Kislew in den Tebet übergeht, wird es nachts in der Wüste ziemlich kalt. Sobald wir die Wärme der Stadt hinter uns gelassen und das offene Land erreicht hatten, mußten wir die Mäntel enger um uns wickeln, um uns vor der kühlen Luft zu schützen. Keiner von uns war jemals nächtens aus einer Stadt aufgebrochen; und so war der plötzliche Übergang von Helligkeit zu Dunkelheit, von Geräuschen zu Stille und von Beengtheit zwischen Gebäuden und Menschenmengen zur Offenheit des unberührten Landes eine ganz neue Erfahrung für

uns. Es ist verblüffend, was für eine Oase eine Stadt sein kann, besonders in einer solchen Nacht in der Wüste, wenn der Mond kurz davor ist, voll und rund am Himmel zu stehen. Meine Betrachtungen über die Werke der Menschen vergingen bald angesichts der Schönheit des freien Landes. Dunkle Büsche, Zedern und Tamarisken standen zu beiden Seiten der Heerstraße und glitzerten im Nachtfrost. Das dunkelblaue, wolkenlose Himmelszelt war mit seinen eigenen Frostblumen, den kleinen silbernen Sternen, überzogen. Das Heulen des Windes zwischen den schwarzen Ästen der Olivenbäume erschien mir wie eine trügerische Melodie, der der disharmonische Trommelwirbel unserer Pferde- und Kamelhufe zu entkommen suchte. Nun, da wir den vielfältigen Gestank Jerusalems hinter uns gelassen hatten, umfing uns frische, klare Luft, die ein leichtes Parfüm von Zedernholz in sich trug. Unsere beiden Sterne hatten ihre Vereinigung im Westen fast abgeschlossen.
Wir ritten ein Stück weit nach Süden und bogen dann nach Osten ab. Man hätte die Gegend für unbewohnt halten können, wenn nicht gelegentlich am Horizont die finstere Silhouette eines Gehöfts aufgetaucht wäre, irgendwo ein Bulle gebrüllt hätte oder das vielstimmige Blöken von Schafen, die normalerweise zu dieser Jahreszeit auf Koppeln untergebracht waren, zu hören gewesen wäre. Jeder von uns hing seinen eigenen Gedanken nach, und so folgten wir den Sternen eine Meile lang, bis wir das Dorf sahen.
»Das muß Beth Lahm sein«, erklärte ich mit einem Anflug von Enttäuschung in der Stimme, denn Herodes hatte offensichtlich recht behalten. Der Ort erwies sich als öder Flecken mit ein paar Lehmhütten, kleinen Häusern, Scheunen und Ställen, die sich über das offene Weideland am Rand der Handelsstraße entlangzogen. Wie konnte ausgerechnet hier ein König oder Philosoph zur Welt kommen?

fragte ich mich unvermittelt und zügelte mein Pferd, bis mir einfiel, daß König David hier geboren worden war. War dies der Zielort?
Als das Hufgeklapper um mich herum erstarb und nur noch das Schnauben eines Pferds und das Rülpsen eines Kamels die Stille störte, erhielt ich eine Antwort. Ein Lichtspeer schoß über den Himmel, und ich blickte unwillkürlich nach oben: Die beiden hellen Planeten, Saturn und Jupiter, hatten sich im Sternbild der Fische zu einem einzigen hellen silbernen Punkt vereinigt und warfen ihr Licht auf einen verfallenen Schuppen mit einem Strohdach, der sich an einen kleinen Hof lehnte. Kein Zweifel war möglich: Die Konjunktion der Himmelskörper fand genau über dieser erbärmlichen Hütte statt, aus deren schlecht schließender Holztür Licht drang.
»Bei all den Heiligen der Upanischaden!« entfuhr es Kaspar ungläubig. »Sind wir tatsächlich Hunderte von Meilen zwei Sternen gefolgt, um auf eine solche Farce zu stoßen?« Er deutete mit einem zitternden Zeigefinger auf den Stall. »Habt Ihr diese Bude gesehen?« Er brach in Gelächter aus.
»Dies muß ein Traum sein, den mir ein böser Dämon eingegeben hat!« gab auch Yuen-Yen seiner Enttäuschung Ausdruck. »Entweder das, oder wir sind gar nicht hier, sondern schlafen irgendwo in einem Gasthof.«
Ich muß gestehen, daß auch ich alles andere als entzückt war. All die Zeit, die Kraft und die Geldmittel, die wir für diese Reise aufgewendet hatten, schienen vergebens gewesen zu sein. Wir waren als weise Forscher aufgebrochen und würden als Narren zurückkehren. Was sollte ich nur meinem Großkönig berichten?
An dem Schuppen knarrte etwas, und ich schaute hin. Die Tür war geöffnet worden. Die Silhouette einer großen Gestalt, die einen Umhang mit Kapuze trug, zeigte sich im

Lichtviereck, und von dahinter drang das Schreien eines Säuglings hervor.
Das Wimmern riß mich augenblicklich in die Wirklichkeit und zum Ziel unserer Reise zurück. Ein Kind war in einem Stall geboren worden, und die Sterne hatten einen vereinten Lichtstrahl auf diesen Ort gesandt. Es gab bedeutende Persönlichkeiten der Menschheitsgeschichte, die unter weit weniger günstigen Bedingungen auf die Welt gekommen waren.
Ich sah meine beiden Gefährten an. Wie auf ein geheimes Signal hin setzten wir unsere Pferde gleichzeitig in Bewegung. Unsere Diener eilten vor, um die Tiere am Zügel zu nehmen. Was diese Männer jetzt dachten, war ihren wie üblich stoischen Mienen nicht abzulesen. Vermutlich hatten sie sich längst an die Launen ihrer Könige gewöhnt.
Die große Gestalt beäugte uns noch einen Moment, trat dann aus dem Licht und verbeugte sich vor uns. Trotz der Dunkelheit merkte ich ihm seine Unsicherheit und Verkrampfung an. Ich nickte ihm in Anerkennung seiner Respektsbezeugung zu und sprach ihn auf Hebräisch an, um ihm seine Ängste zu nehmen: »Wir sind Reisende aus fernen Landen und den Bahnen der Sterne gefolgt.« Ich hob langsam eine Hand und zeigte in den Himmel. »Deren Licht scheint auf die Hütte, aus der du gerade gekommen bist. Wir hörten aus ihrem Innern den Schrei eines Neugeborenen. Bitte, sag uns, wer du bist, wann das Kind geboren wurde und wer seine Eltern sind.«
Der Mann entspannte sich sichtlich. »Mein Name ist Yasuf«, antwortete er mit einer langsamen, tiefen Stimme. »Ich bin Zimmermann und lebe in Nazareth.« Das Interesse in meinem Gesicht schien ihm nicht entgangen zu sein, denn er sah mich fragend an, bevor er fortfuhr: »Mein Weib Mariam und ich sind wegen der Volkszählung, die der

König befohlen hat, aus Galiläa hierhergezogen, weil Beth Lahm mein Geburtsort ist. Der einzige Gasthof am Ort war hoffnungslos überfüllt, und auch die Bewohner dieses Dorfs hatten kein Zimmer mehr für uns frei.« Yasuf zuckte die Achseln und deutete mit dem Kopf hinter sich. »Das einzige, was man uns anbieten konnte, war dieser Stall dort, und in dem hat meine Mariam vor zwei Stunden einem Knaben das Leben geschenkt.« Er zuckte erneut die Achseln. »Ich vermute, als die Menschen sahen, daß mein Weib hochschwanger war, wollten sie sich nicht auch noch die Last einer Kindsgeburt in ihren Mauern auferlegen, wo ja ohnehin schon alles überfüllt ist.«

Seine Stimme klang sanft und freundlich, aber während ich meinen Gefährten seine Worte übersetzte, wünschte ich, ich könnte mehr von seinem weißbärtigen Gesicht erkennen als nur die dunklen Augen, die in der Nacht glühten.

»Bitte fragt ihn«, drängte König Kaspar, »ob wir den Stall betreten und uns das Kindlein ansehen dürfen.«

»Aber gewiß doch, Ihr hohen Herren«, antwortete der Zimmermann auf meine Anfrage. Er bückte sich, um durch den niedrigen Eingang zu kommen, trat beiseite, um uns Platz zu machen, und nahm eine ebenso würdige wie respektvolle Haltung ein. Gleichzeitig hielt er die Tür auf, damit sie uns nicht entgegenschlug. Yuen-Yen begab sich als erster ins Innere. Da er von kleiner Gestalt war, machte es ihm wenig aus, daß der Eingang mehr für die Größe von Tieren als für die von Menschen geschaffen war. Ich mußte beim Eintreten den Kopf einziehen, und Kaspar mußte sich tief bücken.

Die Lehmwände wurden von einer Laterne bestrahlt, die neben einer kleinen Krippe aufgestellt war, und diese stand mitten in dem kleinen Stall unterhalb eines Zwischenbodens, auf dem Heu gelagert wurde. An einer Wand war

ein Esel angebunden, und an der gegenüberliegenden lagen ein brauner Leinensack mit Kleidung und ein Korb mit Nahrungsmitteln auf dem festgestampften dunklen Lehmboden – direkt neben der Nachgeburt, einer wenig angenehm anzuschauenden, klumpigen rotschwarzen Pfütze. Der Gestank von geronnenem Blut, Tierurin, Schweiß, feuchtem Stroh und Schmutz war überwältigend. Ein Stück weiter stand ein Kübel mit verfärbtem Wasser, womit man das Neugeborene abgewaschen hatte, in einer Lache von Blut und Schleim. Und in einer Ecke lagen die zwei ausgedrückten Hälften einer Zitrone, die man zur Reinigung benutzt haben mußte. Erbärmlichere und unwürdigere Umstände für eine menschliche Behausung ließen sich kaum vorstellen, ganz davon zu schweigen, daß hier der Erlöser der Menschheit das Licht der Welt erblickt hatte.
Eine Frau, offenbar die Mutter, beugte sich gerade über die Krippe und beruhigte das Kind, das sie in Kleider gehüllt und dort hineingelegt hatte. Ein Lamm lag neben dem Kleinen. Ich konnte mir jetzt gut vorstellen, welche Gefühle Yasuf bewegt hatten, denn schließlich hatte ich in meinen Visionen ja einiges von der Vorgeschichte mitbekommen. Er mußte still gelitten haben und immer wieder von Zweifeln ergriffen worden sein. Natürlich war er stolz auf das Neugeborene, und unsere Ankunft erfüllte ihn mit Dankbarkeit und Genugtuung, sagte sie ihm doch, daß er sich richtig verhalten haben mußte. Da ich um die Ängste wußte, die sein Herz umklammert hielten, errang dieser hagere und einsame, aber dennoch noble alte Mann, der im großen Spiel des Lebens zu einer Randfigur degradiert worden war, sofort mein Mitgefühl.
Die Frau drehte sich langsam zu uns um, und ihr blaues Gewand raschelte leise. »Das ist mein Weib Mariam«, stellte der Zimmermann sie uns vor.

Wir drei verbeugten uns gleichzeitig vor ihr, und sie dankte uns diese Respektsbezeugung mit einem raschen Kopfnicken. Die Mutter schien mir kaum älter als vierzehn zu sein. Ihr volles Gesicht war eingefallen, und unter den großen Augen zeigten sich die schwarzen Ringe der Erschöpfung. Selbst im trüben Licht dieser Hütte war im Braun ihrer Augen eine Andeutung von Trotz zu erkennen. Mariam war von mittlerer Größe und aufgrund der Schwangerschaft noch reichlich rund, aber sie strahlte eine innere Stärke aus, die von der angeborenen Zähigkeit jüdischer Dorfmädchen stammen mußte und unter den anstrengenden Ereignissen der vergangenen Monate noch gewachsen zu sein schien.

»Und das ist mein Sohn Jesus«, erklärte sie mit zögernder Stimme und deutete mit einer zittrigen Hand auf die Krippe. Dabei lächelte sie, richtete sich stolz zur vollen Größe auf und deutete dann auf Yasuf: »Ich habe mitbekommen, daß Ihr aus fremden Ländern kommt. Es tut uns leid, daß wir Euch nicht in einer saubereren Umgebung empfangen können, aber ich habe erst vor zwei Stunden dieses Kind bekommen, und das ohne die Hilfe einer Amme. Mein Mann hat selbst die Nabelschnur durchschnitten – mit seinem Messer, dessen Klinge er zuvor mit Zitronenhälften abgerieben hatte.« Sie zeigte auf das Lamm. »Ihr seid nicht unsere ersten Besucher. Drei Schäfer folgten dem Traum, den einer von ihnen hatte, kamen hierher und schenkten uns ein Lamm, damit der Säugling es warm haben möge.« Offenbar erfüllte sie diese Aufmerksamkeit mit Freude und Stolz, und als sie ihren Mann wieder anschaute, lag in ihren Augen ein Ausdruck, der besagte: Siehst du, habe ich es nicht immer gesagt?

Ich bewunderte dieses Dorfmädchen für seine Stärke und Widerstandskraft. Mariam hatte ihr erstes Kind zur Welt

gebracht, als handele es sich dabei um die normalste Sache der Welt, und sich anschließend gleich wieder an ihre Pflichten gemacht. Was für ein Gegensatz zu den verhätschelten Damen an unseren Höfen!
Wir drei traten näher an die Krippe heran und reckten die Hälse, um einen Blick auf das Neugeborene werfen zu können. Inmitten von übelriechenden, ungewaschenen Kleidungsstücken – schließlich waren diese Leute tagelang unterwegs gewesen –, zeigte sich ein kleines Gesicht. Die Augen waren geschlossen und die rosigen Wangen voller Falten. Das graue Tuch, das man ihm um den Kopf gebunden hatte, war ein Stück zurückgerutscht, und so konnten wir kurze schwarze Haare erkennen. Es gibt Völker, die glauben, daß Säuglinge wie alte Männer aussehen, weil es sich bei ihnen um die Wiedergeborenen der jüngst Verstorbenen handelt. Jesus wirkte tatsächlich wie ein Greis. Ich sah unter den Lidern Tränen. Weine nur, du, der du geboren bist, um die Menschheit zu erlösen, dachte ich unwillkürlich.

Während ich das runzlige kleine Gesicht betrachtete, erfüllten mich plötzlich ernste Sorgen. Dieses kleine Bündel schwebte in der größten Gefahr, nicht nur durch König Herodes, sondern auch durch andere, die ihm ans Leben wollten. Dieses Gefühl befiel mich mit solcher Macht, daß ich mich sofort an Yasuf wandte, ihm eine Hand auf den Arm legte und ihn in die hinterste Ecke des Stalls zog. Der Mann folgte mir instinktiv und ohne sich zu beschweren. Der Geruch der Nachgeburt und des schmutzigen Wassers in dem Kübel rief Übelkeit in mir hervor, doch davon durfte ich mich jetzt nicht aufhalten lassen. »Ihr müßt sofort von diesem Ort fliehen«, erklärte ich ihm im Flüsterton, weil ich seine Frau nicht beunruhigen wollte.

»Warum, Herr?« fragte er. »Und wohin sollen wir uns wenden, nachdem wir das Neugeborene in die Listen haben eintragen lassen? Ich selbst habe mich heute abend gemeldet und bin registriert worden. Außerdem wollen wir das Kind im heiligen Tempel zu Jerusalem beschneiden lassen.«
»Ihr dürft euren Sohn nicht melden!« bedrängte ich ihn.
»Aus welchem Grund nicht, Herr? Wenn ich es unterlassen, bekomme ich womöglich die größten Schwierigkeiten mit den Behörden.«
»Und wenn du ihn registrieren läßt, setzt du das Leben deines Kindes den größten Gefahren aus. Viele sind ihm nicht wohlgesonnen. Besser, ihr verschwindet sofort von hier und versteckt euch an einem anderen Ort.«
Yasuf hob verwirrt die Hände, und seine Augen hatten den gehetzten Ausdruck seines Volks, das immerzu Drangsal und Pein ausgesetzt gewesen war. »Wo können wir uns verstecken, Herr? Auf dem Mond? Hinter den Sternen, die uns erst in diese Lage gebracht haben? Der Herr allein kann mich führen.«
Das brachte mich auf eine Idee: »Dann laßt euch von Ihm in das Land leiten, aus dem Er dein Volk bereits einmal herausgeführt hat.«
Seine Augen wurden groß. »Nach Ägypten?«
Ich nickte eindringlich.
Die erste Erleichterung wich rasch nüchterner Überlegung. »Wovon sollen wir dort leben?« Er hob die linke und die rechte Hand, drehte sie und betrachtete sie von allen Seiten. »Diese Hände können uns überall ein Auskommen sichern, doch ... wie sollen wir ins Land am Nil gelangen? Ich habe nur genügend Geld und Vorräte für die Rückreise nach Nazareth mitgebracht.«
Jetzt lächelte ich und zeigte damit meine eigene Erleichterung. »Wir haben für deinen Sohn Geschenke aus unseren

Ländern mitgebracht. Da sie für denjenigen bestimmt waren, zu dem die Sterne uns führen würden, gebühren sie wohl deinem Kind. Wie lautete doch gleich sein Name?«

»Jesus.«

»Ja, richtig. Unsere Geschenke sind für Jesus.« Ich wendete mich an Kaspar und Yuen-Yen und berichtete ihnen rasch. Der indische König nickte und begab sich nach draußen, um einen seiner Diener zu rufen. Wenig später brachte der Mann die königlichen Gaben: Gold, Weihrauch und Myrrhe. Er stellte sie vor der Krippe ab. Ich wartete, bis er sich zurückgezogen hatte, und erklärte dann Yasuf: »Mit dem hier habt ihr mehr als genug, um nach Ägypten zu gelangen und dort für ein paar Jahre zu leben. Wirst du tun, was ich dir anempfohlen habe?«

Er war jetzt erst recht verwirrt, denn von einem Moment auf den anderen war sein Leben auf den Kopf gestellt worden. Doch ich mußte ihm zugute halten, daß er zu den Besten seines Volkes gehörte, das sich im Lauf der Jahrhunderte immer wieder auf die einschneidendsten Veränderungen hatte einstellen müssen. »Ja, Herr. Ihr seid sehr großzügig zu uns, und ich vertraue Euch.« Er schwieg einen Moment, so als läge ihm noch etwas auf dem Herzen: »Doch sagt mir bitte, welche Art von Gefahren uns drohen.«

Ich erzählte ihm von unserer Reise und wer wir waren. Er war vollkommen verblüfft, als er erfuhr, daß wir Könige waren und gerade aus dem Palast des großen Herodes in Jerusalem kamen. Sofort fiel er auf die Knie, um den Saum meines Gewands zu küssen, aber ich hielt ihn zurück. »Niemand hier in Beth Lahm darf erfahren, wer wir sind«, erklärte ich ihm und teilte ihm dann mit, welche Befürchtungen wir hinsichtlich Herodes' Vorhaben hegten. »Und deswegen haben meine Gefährten und ich beschlossen, nicht über Jerusalem zurückzureisen.« Ich wagte es nicht

einmal, diesem ehrlichen und braven Mann zu erklären, daß wir beabsichtigten, auf schnellstem Weg über die Heerstraße zum Hafen Joppe zu eilen, uns dort einzuschiffen und übers Meer in unsere Heimat zurückzukehren. »Euch bleiben sicher zwei Tage, ehe der König zu dem Schluß gelangt, daß wir nicht mehr zu ihm kommen. Solange er nicht erfährt, wer ihr seid, könnt ihr in relativer Ruhe nach Ägypten reisen und euch dort eine Unterkunft suchen, bevor seine Soldaten auch an diesen Ort hier gelangen. Kennt der Besitzer dieses Stalles euren Namen?«
»Nein, Herr.« Er zögerte. »Es wäre allerdings gefährlich für uns, vor dem Morgengrauen aufzubrechen, vor allem mit solchen Schätzen.« Er nickte in Richtung der Päckchen. »An der Heerstraße treiben sich Räuberbanden herum. Wir ziehen also beim zweiten Hahnenschrei los, das verspreche ich Euch. Und ... und ...« Tränen traten in seine Augen. Er fiel vor mir auf die Knie, küßte meine Hand und sah mich an. »Der Herr möge Euch für Eure Freundlichkeit segnen. Ich hoffe von Herzen, Euch eines Tages wiederzusehen, obwohl es mir unwahrscheinlich erscheint, daß unsere Pfade sich noch einmal kreuzen sollten.«
Yasufs Gedanken zeigten sich vor meiner inneren Sicht wie in einem Spiegel: Da wir Könige waren, stand für ihn fest, daß sein Sohn auch eines Tages die Herrscherkrone tragen würde. Sein unehelicher Sohn – und mir war klar, daß man ihn so nennen oder mit schlimmeren Ausdrücken belegen würde – mochte tatsächlich wie einst der große Alexander triumphieren und so Mariam und ihrem Mann Genugtuung verschaffen.

Da Herodias den Prinzen Zadok sehr gut kannte, bemerkte sie seine Enttäuschung, obwohl er diese unter seiner gewohnten weltmännischen Miene verborgen hielt und so

heiter wie der lichtdurchflutete Innenhof außerhalb ihres Empfangsraums wirkte. Nachdem sie sich begrüßt hatten, nahm er wie üblich auf der Couch Platz, während sie sich ihm gegenüber niederließ. Diese vertraute Routine war dazu angetan, ihr Befriedigung zu verschaffen.
»Ihr strahlt heute morgen heller als die Sonne, Herrin«, bemerkte er leise.
Die Prinzessin errötete. »Ach, Ihr schon wieder, Prinz!« Sie schlug spielerisch mit dem Fächer nach ihm. »Ihr schmeichelt meiner Eitelkeit.«
»Das sollte eigentlich die Aufgabe Eures Gemahls sein.«
»Ihr kennt ihn doch. Mit Lob und Anerkennung ist er noch nie großzügig umgegangen.«
»Kann das Schweigen eines Bauern die Schönheit des Vogelgesangs schmälern?« entgegnete er und kam dann zum eigentlichen Grund seines Besuchs. »Ich habe Euch eine große Enttäuschung zu vermelden, Herrin. Die Sterne vereinten sich vor vier Nächten und gingen gestern wieder auseinander, doch sind die drei Könige nicht nach Jerusalem zurückgekehrt, und wir haben keine Möglichkeit, zu erfahren, ob sie den Messias gefunden haben oder ob er überhaupt geboren wurde.« Der ironische Unterton in seiner Stimme verriet die Verachtung, die er für alle Arten von Erlösern empfand, und das heftige Kopfschütteln drückte seine Unzufriedenheit aus.
»Wo befinden sich die drei Herrscher zur Zeit?«
Er zuckte die Achseln und hob die Hände. »Das weiß zur Zeit niemand zu sagen, Herrin. Ich für meinen Teil möchte sogar bezweifeln, daß ihr Weg sie je wieder hierherführen wird.«
»Hat der große König schon begriffen, daß die drei ihm ein Schnippchen geschlagen haben?«
»Er hat sich wohl ins Unvermeidliche gefügt.«

»Habt Ihr ihn heute schon gesehen?«
»Vor zwei Stunden ließ er mich rufen und hat mich empfangen.«
»Wie hat er auf die Angelegenheit reagiert?«
»Herodes war alles andere als erfreut. Er hat seine Reiter ausgesandt, nach den drei Königen zu suchen. Und sie sollen alle, denen sie begegnen, ausfragen, in welche Richtung die drei gezogen sind und ob irgendwo ein Säugling zur Welt gekommen ist.« Wieder schüttelte er den Kopf. »Ein vergebliches Bemühen. Die drei Könige haben offensichtlich etwas entdeckt, das sie Herodes vorenthalten möchten, und sind höchstwahrscheinlich nach Ägypten geflohen. Wenn unsere Reiter an der Grenze angelangt sind, ist ihre Beute längst auf der anderen Seite. Wäre ich an der Stelle dieser Herrscher, würde ich auf dem Seeweg in meine Heimat zurückkehren; denn so geht es am schnellsten.«
»Ihr seid wirklich sehr gescheit, Herr.« In ihrer Stimme schwang mehr Bewunderung mit, als sie eigentlich zum Ausdruck bringen wollte. »Aber was sollen wir jetzt unternehmen?«
Er schnippte ein Staubkorn von seinem weißen Gewand. »Einstweilen nichts. Wenn uns tatsächlich ein Messias geboren wurde, dann wird er sich während seiner Knabenjahre als solcher offenbaren. Aber bis dahin seid Ihr womöglich schon die Königin von Judäa«, seine Augen flammten auf, »und mit ausreichend Macht ausgestattet, viel mehr zu tun, als Euch heute möglich ist.« Ein kalter Zug trat in seine Augen. »Und dann ist immer noch Zeit genug, uns etwas zu überlegen, wie wir ihn in unsere Gewalt bringen können.«
»Und Ihr habt bis dahin ausreichend Gelegenheit, Euren politischen Habitus zu wechseln und mit der Hilfe meines

Mannes Mitglied des Hohen Rats zu werden. Und dann könnt Ihr als ausgewiesener Pharisäer den Jungen unter Eure Fittiche nehmen.«
Jetzt drückte seine Miene Hochachtung aus. »Euer Verstand ist mindestens ebensogroß wie Eure Schönheit.«

Vier Tage später kehrte Simeon von seinem täglichen Besuch des Jerusalemer Marktplatzes zurück und meldete sich mit dem vereinbarten Klopfzeichen – einmal klopfen, Pause, dreimal klopfen, Pause, einmal klopfen – an der Tür seiner Behausung an, bevor er eintrat. Er nahm kaum das Geschrei der Kinder oder die Unterhaltung der Frauen, die vom Einkauf zurückkehrten, wahr. Nur das Schnattern einer Gans drang unangenehm in seine Ohren, als er die Tür aufstieß und in das Halbdunkel dahinter gelangte. Thaddeus hockte wie üblich im Eßzimmer auf dem Boden. Er lehnte an der Wand und hatte bis eben sein Messer geschärft, das er nun an der Klingenspitze hielt, um es sofort auf jeden Eindringling zu werfen, der ungebeten eintreten würde. Auf dem rechteckigen Eichenholztisch lagen weitere Messer, und ihr ausgezeichneter Zustand zeigte an, daß der Knabe den Morgen mit seiner Lieblingsbeschäftigung verbracht hatte.
»Schalom, Bruder Simeon«, grüßte Thaddeus und nahm den schwarzen Wetzstein in die Hand.
»Schalom«, grüßte Simeon.
»Du wirkst aufgebracht, obwohl du dir äußerlich nur wenig davon anmerken läßt.« Thaddeus besaß eine geradezu unheimliche Fähigkeit, die tiefsten Gefühle seines väterlichen Freundes zu erkennen. Der Junge deutete auf ein rotes Sitzkissen. »Nimm Platz und erzähl mir, was es an Neuigkeiten gibt.«
Simeon kniete sich auf das Kissen, und seine Zehen ruhten

auf dem kühlen Boden. »Ich bin nicht aufgebracht«, widersprach er. Ein Führer mußte immer Herr der Lage sein, vor seinen Männern wie vor seinem Geliebten. »Ich bringe schlechte Neuigkeiten, und ich fühle mich für sie verantwortlich. Es wäre besser gewesen, ich wäre den drei Königen gleich nach ihrem Auszug aus Jerusalem gefolgt, statt hier auf ihre Rückkehr zu warten.«
»Ich nehme an, die drei Könige sind verschwunden, ohne die geringste Spur zu hinterlassen«, bemerkte der Knabe und sah von seiner Arbeit auf. »Und währenddessen entfernen die Sterne sich wieder voneinander, so daß wir kaum noch eine Möglichkeit haben, den Geburtsort des versprochenen Messias herauszufinden.«
Simeon starrte ihn verblüfft an. »Woher weißt du das?« fragte er streng.
Eine Spur von Wärme trat in Thaddeus' Augen. »Ich muß nicht mehr wissen, als was in dir vorgeht«, antwortete er in ungewohnter Sanftheit. »Und du weißt, daß ich dich genausogut kenne wie du mich. Mir ist ziemlich schnell klargeworden, wieviel es dir bedeutete, den Säugling zu entführen und ihn in unserem ...« er verbesserte sich rasch, »in deinem Sinne aufzuziehen. Diese Aufgabe war von entscheidender Bedeutung für dich, weil du damit endlich ein Ziel gehabt hättest.« Er sah Simeon direkt in die Augen. »Ich habe doch recht, oder?«
»Ja«, antwortete der Mann, ohne sich etwas anmerken zu lassen. »Die drei Könige sind wie vom Erdboden verschwunden, und es gibt keine Nachrichten über das Neugeborene. Mein Kontaktmann im Palast hat mir mitgeteilt, daß König Herodes seine Männer ausgesandt habe, um der drei Fremden und des Säuglings habhaft zu werden, aber sie werden ihre Beute nicht mehr rechtzeitig aufspüren.«
»Und wenn die drei Könige den Messias gefunden und

mitgenommen haben, um ihn für ihre eigenen Zwecke einzusetzen?«

»Daran habe ich noch gar nicht gedacht. Wenn die Fremden das tatsächlich getan haben sollten, dann vermutlich, um sich mit der Hilfe des Messias Judäas zu bemächtigen. Nun, das wäre vielleicht gar nicht so abwegig.«

»Und was unternehmen wir jetzt?«

»Im Augenblick können wir nur warten«, antwortete Simeon. »Leider bleibt uns keine andere Wahl. Soll sich doch der große König für uns die Finger schmutzig machen. Er verfügt über ausreichende Mittel, den Säugling ausfindig zu machen. Und wenn das Neugeborene sich in der Hand der drei Könige befindet, wird die Kunde von ihm irgendwann an unser Ohr dringen. Und dann reisen wir nach Baktrien, Indien oder China oder wohin sonst sie ihn verschleppt haben mögen.«

Eine Woche später beschloß Herodes, da ihm die Unsicherheit keine Ruhe mehr ließ, nach Herodium umzuziehen. Damit würde er sich näher an der ägyptischen Grenze aufhalten und eher erfahren, was aus der Suche seiner Reiter nach den Königen und dem Kind geworden war. Die Aussicht, daß sich der Messias der Juden in den Händen einer fremden Macht befand, war äußerst unangenehm. Er legte in Beth Lahm eine Rast ein, damit die Soldaten seines Gefolges von Haus zu Haus ziehen und die Bewohner nach den drei Königen befragen sollten, die durch dieses Dorf gezogen waren. Auf diese Weise erfuhr Herodes von einem Bauern, daß ein Paar aus Nazareth in den Ort gekommen sei, um sich in die Volkszählungslisten eintragen zu lassen. Da die beiden keine andere Unterkunft gefunden hatten, habe er ihnen für die Nacht seinen Stall zur Verfügung gestellt. Die Nazarener seien jedoch im ersten Morgenlicht

aufgebrochen, ohne irgend jemandem mitzuteilen, wohin sie sich wenden wollten. Sie hatten lediglich als Bezahlung einen Silberling auf der Krippe hinterlassen. Die Frau sei hochschwanger gewesen, aber der Bauer glaubte nicht, daß sie in jener Nacht entbunden habe, denn die beiden hätten keine Amme gerufen und im Stall habe nichts auf eine Geburt hingewiesen. Der Bauer erinnerte sich aber, mitten in der Nacht Hufgetrappel vernommen zu haben. Da er sein Haus bereits fest verriegelt und versperrt hatte, habe es ihn nicht danach gedrängt, hinauszugehen und nachzusehen. Als er am nächsten Morgen aufgestanden war, sei der Stall verlassen und kein Mensch zu sehen gewesen.
Herodes war nach dieser Auskunft versucht, den Bauern auf der Stelle erschlagen zu lassen, aber dann sagte er sich, daß ihm damit auch nicht geholfen sei. Davon abgesehen konnte ihm der Mann vielleicht noch einmal nützlich sein.
Dennoch war er fest davon überzeugt, daß sich irgendwo in diesem geweihten Hügeldorf, in dem sich das Grab von Jakobs Gemahlin Rachel, der Mutter von Joseph und Benjamin, befand und in dem einst Ruth gelebt hatte und David geboren und zum König von Israel gesalbt worden war, sein Rivale und Feind der von ihm begründeten Dynastie noch aufhielt.

Am folgenden Morgen hielt König Herodes in Herodium mit seinen Ministern Fürst Mehab und Nikolaus im Audienzsaal hof, als der Hauptmann der berittenen Leibgarde, den er den drei Königen hinterhergeschickt hatte, angemeldet wurde.
»Laßt sofort den Saal räumen«, befahl er seinen Vertrauten, und binnen Minuten hatten sich alle Soldaten, Bittsteller und Höflinge entfernt. Der Hauptmann trat ein. Während die großen Zedernholztüren sich hinter ihm schlossen, mar-

schierte er geradewegs auf den Thron zu, vor dem er dann stehenblieb und salutierte. Der schwarzhaarige Offizier in mittleren Jahren sah in seinem schimmernden Brustpanzer blendend aus. Sein Gesicht war glattrasiert, und sein Ansatz zu O-Beinen verriet den altgedienten Reitersmann.
König Herodes sah an der erregten Miene des Offiziers, daß dieser ihm etwas Wichtiges mitzuteilen hatte. »Was hast du zu vermelden, Hauptmann Johannes«, verlangte er sofort von ihm zu erfahren.
»Wir haben keine Spur von den flüchtigen Königen entdecken können, Erhabener«, antwortete der Mann ohne Zögern. »Wir sind bis zur ägyptischen Grenze vorgestoßen, aber nirgends hat man sie gesehen oder etwas von ihnen gehört. Die Angelegenheit ist recht mysteriös.«
»Sie haben sich wohl kaum wie der Tau in der Wüste in Nichts aufgelöst«, entgegnete Herodes ungehalten. Er spürte, wie sich Zorn in ihm zusammenballte. »Kennst du den Lohn, den Könige demjenigen entrichten, der ihnen schlechte Nachrichten überbringt?«
»Ja, Herr«, antwortete der Hauptmann mit fester Stimme. »Und ich bin bereit, ihn entgegenzunehmen.« Der Mann zeigte keinerlei Anzeichen von Furcht.
Herodes erhob sich knurrend halb von seinem Thron und machte Miene, diesen Frechling mit seinem Herrscherstab niederzuschlagen. Doch da trat Nikolaus rasch zu ihm und streckte warnend eine Hand aus. »Herr, vergebt mir meine Einmischung, aber Hauptmann Johannes muß mehr über dieses Mysterium wissen als jedermann sonst in Eurem Königreich. Warum gewährt Ihr ihm nicht für den Augenblick Schonung?« Der Offizier warf dem Historiker einen dankbaren Blick zu.
Der Vertraute schien genau zu wissen, wie er den König zu nehmen hatte. Herodes sank in seinen Sitz zurück und

murmelte etwas in seinen Bart. »Also gut«, erklärte er dann und dachte rasch nach. »Wir haben einen neuen Auftrag für dich, Hauptmann Johannes, und diesmal wird es dir wohl nicht schwerfallen, ihn zu unserer Zufriedenheit durchzuführen.« Der König legte eine kleine Pause ein, genoß den Moment der allgemeinen Anspannung und leckte sich über die trockenen Lippen, bevor er das verkündete, was er sich schon seit längerem vorstellte: »Du magst zwar nicht in der Lage sein, für uns die verräterischen Könige aufzuspüren, aber du kannst uns gewiß bei dem helfen, wofür wir diese drei Höllengeburten einsetzen wollten.« Er lächelte süßlich und wußte, daß Grausamkeit in seinen Augen geschrieben stand und sein eingefallenes Gesicht wie eine Totenmaske aussehen mußte. »Und dieser mein Befehl soll zugleich auch für die drei betrügerischen Könige die Strafe sein, wovon sie sicher bald erfahren werden.« Seine Stimme ertönte tief grollend aus der Brust: »Du und deine Männer sollt mir jeden männlichen Säugling unter zwei Jahren in Beth Lahm und im Umkreis von fünf Meilen aufspüren und töten.«

Und so bewahrheiteten sich die Worte des Propheten Jeremia, von dem ich während meines Studiums der hebräischen Literatur in der Zeit, bevor ich der König des Vasallenreiches Baktrien geworden war, gelesen hatte, auf grausige Weise. Die Nachricht von Herodes' Befehl, alle männlichen Säuglinge umzubringen, erreichte uns in Caesarea, während wir auf das Ablegen unseres Schiffes warteten.

Eine Stimme ließ sich in Ramah vernehmen, ein Heulen und lautes Wehklagen von Rachel, die ihre Kinder beweinte. Nichts vermochte sie zu trösten, denn von den ihren war keines übriggeblieben.

Ich fühlte, daß ich für diese schreckliche Untat verantwortlich war. Und nirgendwo ertönte ein größeres Heulen und Wehklagen als in meinem Herzen. Mir wurde bewußt, daß ich eines Tages meine furchtbare Schuld dem jüdischen Volk gegenüber abtragen mußte.

Ich stand am Heck unseres Schiffes, als es mit der Abendflut in Richtung Ägypten aus Caesarea auslief. Den kühlen Luftzug, den unsere Fahrt auslöste, spürte ich kaum, denn ich konnte nur daran denken, ob wir rechtzeitig von Alexandria aus das Rote Meer erreichen würden.
Möwen kreischten über unseren Köpfen, während sie dem Mast folgten und sich als Silhouetten vor dem blaßblauen Himmel abzeichneten. Die Dunkelheit legte ihren ersten dünnen Mantel über die Stadt, und darunter hoben sich die rotgoldenen Feuer in den Hauptstraßen und die gelben, juwelenhaften Lichter aus den Häusern scharf hervor.
Meine Gedanken waren so finster wie die anstehende Dunkelheit.
Ein leichtes Antippen meiner Schulter ließ mich herumfahren. König Kaspar und König Yuen-Yen, eingewickelt in schwarze Wollmäntel, waren zu mir getreten Der Inder lächelte freundlich: »Für gewöhnlich entgeht Euch nichts, doch von unserem Kommen habt Ihr nichts bemerkt. Deshalb habe ich mir die Freiheit genommen, Euch auf die Schulter zu klopfen«, entschuldigte er sich. »Euch scheinen große Sorgen zu plagen.«
»Das ist so«, gestand ich. »Und Ihr wißt bestimmt auch, welche das sind.«
»Wir teilen Eure Bekümmernis«, erklärte der Chinese, »aber bedenkt, daß wir nicht für das fürchterliche Tun von König Herodes verantwortlich sind.«
»Trotzdem fühle ich mich schuldig«, erwiderte ich erregt. »Schließlich wart Ihr beide nicht daran beteiligt, als ich

Yasuf warnte und ihm riet, zusammen mit Mariam und dem Neugeborenen nach Ägypten zu fliehen. Und ich war es, der die Entscheidung traf, nicht über Jerusalem in unsere Heimatländer zurückzukehren.« Zur Bestätigung meiner alleinigen Verantwortung legte ich eine Hand mit gespreizten Fingern auf meine Brust. »Ich und nur ich bin es, auf dessen Schultern das alles lastet. Und jetzt mußten hundert oder mehr unschuldige Säuglinge statt nur einem sterben.« Ich schwieg für einen Moment, als mir etwas Neues einfiel. »Möglicherweise hätte nicht einmal das eine den Tod gefunden, denn wir können nicht wissen, was Herodes mit dem Kind angestellt hätte.«

»Ohne Zweifel hätte er das Neugeborene beseitigen lassen«, erklärte Kaspar. »Ihr wißt doch mittlerweile gut genug, was er für ein Mensch ist.«

»Dann stand es immer noch ein Leben gegen das von über hundert.« Ich mußte mich an der Reling festhalten, weil das Schiff heftig schaukelte, und ich bemerkte, daß wir inzwischen unter vollem Segel fuhren. Das Wasser teilte sich zischend und weißgischtig am Bug.

»Wir halten die Anzahl von über hundert getöteten Säuglingen für eine maßlose Übertreibung«, lächelte Yuen-Yen und schüttelte so wild den Kopf, daß sein Zopf hin und her schwang. »Wir sind aber auch der Ansicht, daß selbst ein Leben kostbar ist, und wenn es mutwillig genommen wird, handelt es sich dabei um eine Tragödie. Dennoch sollten wir bedenken, daß die Dinge vielleicht nicht ganz so schlimm stehen, wie man es uns im Hafen berichtete. Vergeßt nicht, Beth Lahm ist ein kleiner Ort, in dem kaum mehr als ein paar Dutzend Familien leben. Überlegt einmal, wie viele von denen zur Zeit gerade einen männlichen Säugling von unter zwei Jahren im Hause hatten.«

»Sobald dieser Vorfall in die Geschichtsbücher aufgenom-

men wird, ist die Anzahl der Getöteten sicher auf ein paar Tausend angestiegen«, fügte Kaspar hinzu.
»Selbst wenn nur ein einziges Kind ein gewaltsames Ende gefunden hat, bin ich allein dafür verantwortlich«, entgegnete ich ruhig, um die innere Anspannung verborgen zu halten, die mich zu zerreißen drohte.
»Eure jainistische Herkunft läßt Euch das Leben als ein höchst kostbares Gut ansehen«, bemerkte der Inder. »Wir beide befürchten, daß Ihr Euch als Konsequenz daraus die Sache ... zu sehr zu Herzen nehmt und Euch mit zuviel Schuld beladet.«
»Hier geht es um mehr als nur die Frage der Schuld«, erwiderte ich. »Diese Schandtat hat ihre Bedeutung.« Ich sah meinen Gefährten abwechselnd ins Gesicht. »Zuerst finden wir einen Säugling in niedersten Verhältnissen, der unter den unwürdigsten Umständen das Licht der Welt erblickte. Und dann müssen wir feststellen, daß dieses Ereignis die Ursache für eine gräßliche Wirkung war, für das entsetzliche Abschlachten von Kleinkindern.«
Obwohl sein Gesicht im Schatten lag, bemerkte ich, wie sich Kaspars Miene veränderte. Er schien nichts davon mitzubekommen, als der Kapitän vom Achterdeck einen Befehl rief und die Seeleute ihm im Chor antworteten. »Ich verstehe sehr wohl, warum dieser Vorfall Euch so bewegt«, erklärte der Inder leise. Seine Stimme enthielt soviel Mitgefühl, wie Könige es sich untereinander nur selten zeigen. »Er erinnert Euch an Eure eigene Tragödie vor so vielen Jahren, als Ihr selbst kaum mehr als ein Kleinkind gewesen seid.«
Ein Kloß bildete sich in meinem Hals. Tränen entsprangen meinem Herzen, drangen aber nicht bis zu den Augen vor. Wir drei hatte nie darüber gesprochen, aber das, was sich vor fünfundzwanzig Jahren in dem Palast in Baktrien abgespielt hatte, mochte sich in unserem Teil der Welt überall-

hin verbreitet haben. Der junge Kaspar hatte zielsicher meine wunde Stelle aufgespürt, dabei war mir während meiner peinvollen Grübeleien über das von Herodes angerichtete Massaker das schreckliche Erlebnis meiner Kindheit überhaupt nicht in den Sinn gekommen; zu schwer lastete der Vorhang, den mein Geist darüber gelegt hatte, auf jenem Tag. Doch jetzt, da er durch Kaspars Worte zurückgezogen war und ich beide Bilder vor mir sah, das tatsächliche von Mord und Verstümmelung meiner Eltern und das vorgestellte vom Massaker in den Hütten und Häusern von Beth Lahm, schien mir letzteres bei weitem das schlimmere zu sein: die schreienden Säuglinge und das Entsetzen der Eltern, die hilflos mit ansehen mußten, wie ihr Nachwuchs vor ihren Augen abgeschlachtet wurde.
Doch dann ordneten sich die Dinge in meinem Geist, und ich wußte, was ich zu tun hatte. Die Wirkungen von lange zurückliegenden Ursachen schufen neue Ursachen für noch weitreichendere Wirkungen. Jahre der Ausbildung halfen mir, die Fassung zu bewahren. »Als wir den Sternen gefolgt sind«, begann ich, »erwarteten wir, daß die Konjunktion über einem Palast oder zumindest über einem Herrensitz stattfinden würde. Doch zu unserer Überraschung fanden wir den Säugling in einem Viehstall vor und mußten feststellen, daß der neugeborene Messias nicht unbedingt zu einem militärischen, sondern zu einem geistigen Führer heranwachsen wird. Stimmt Ihr mir darin zu?«
Yuen-Yen nickte weise. »Ihr habt recht. Das Herrschen über ein Reich hat mich so in Atem gehalten, daß ich darüber ganz vergaß, was unsere chinesische Philosophie immer erklärt hat, nämlich, daß es zur Errettung der Welt mehr bedarf, als sie lediglich politisch zu beherrschen.«
»Unsere heiligen Männer haben Ähnliches erklärt«, stimmte Kaspar zu.

Ich richtete mich zur vollen Größe auf. »Der Weg meiner Zukunft liegt nun klar vor mir. Mein ganzes bisheriges Leben scheint mich nur auf diesen Moment vorbereitet zu haben.« Ich wandte mich an Gundofarr. »Herr, ich bin zu der Erkenntnis gelangt, daß ich meinem Leben eine neue Richtung geben muß, und zwar fort vom politischen Herrscher über ein Königreich und hin zur Suche nach dem Reich des Geistes. Es verlangt mich nicht nach mehr oder nach weniger Besitz, sondern nach einem Prozeß des Wandels, dem einzigen in unserem Leben, dessen wir uns sicher sein können.« Ich schaute über die Reling auf die dunklen, schäumenden Wasser. »Wir stellen uns den Gezeiten des Lebens, segeln durch Stürme und erdulden Flauten, bis wir das Ende unserer Reise erreicht haben. Welchen Kurs wir gesetzt haben, entscheidet das, was sich danach tut. Ich bin bislang auf einer Flut geritten. Nun wird es Zeit, auf eine andere überzuwechseln.«

»Was versucht Ihr uns damit zu sagen?« verlangte der Inder zu erfahren, obwohl er bereits wissen mußte, was ich ihm mitteilte.

»Der Zeitpunkt für einen Wechsel ist günstig«, antwortete ich, »denn ich kann gehen, ohne noch jemandem zu schaden. So lange bin ich meinem Baktrien schon fern, daß der dortige Regent sich längst in die Amtsgeschäfte eingelebt haben muß und sie vermutlich aufs beste erledigt. Mein Thronverzicht wird meinen Lehnsherren daher nicht in Verlegenheit setzen, für den ich stets den größten Respekt nebst Zuneigung und Bewunderung empfinden werde. Auch für Euch, Gundofarr, wird es Zeit zur Rückkehr. Ihr seid nicht nur einer der Vasallen des Großkönigs, sondern auch sein Sohn und Thronerbe. Ich begleite Euch bis nach Baktrien, bitte Euch jedoch, unserem Herrn und Eurem Vater meine demütigsten Grüße zu überbringen und ihn

davon in Kenntnis zu setzen, daß ich dem Thron des Königreichs Baktrien entsage.«
Er verstand mich, auch wenn ihn die Mitteilung immer noch bestürzte. Doch seine königliche Erziehung verbot ihm, sich etwas davon anmerken zu lassen. »Es wird ihm genauso leid tun wie mir«, erklärte er, »und wir werden Eure Absicht ehren.« Er schwieg für einen Moment und sah mich dann eindringlich an. »Wohin wollt Ihr Euch von Baktrien aus wenden?«
»Das habe ich noch nicht entschieden.« Nachdem ich meine Abdankung ausgesprochen hatte, kam es mir vor, als sei mir die Last der Welt von den Schultern genommen worden. »Dorthin, wo ich dem Ruf des Yogi folgen kann. Ich glaube, die nächsten Jahre werden für mich eine Zeit der Lehre und Vorbereitung sein, und die Auswirkungen dieser Ursachen werden sich mir zu gegebener Zeit offenbaren.«
»Könntet Ihr in Erwägung ziehen, Euch an einem Ort in meinem Unterkönigreich niederzulassen? Ihr wärt uns höchst willkommen und könntet dort all unseren Schutz genießen.«
»Das würde ich sehr gern, Euer Majestät. Habt Ihr vielleicht einen bestimmten Ort im Sinn?«
»Den heiligen Hain in Kapilavatthu.«

TEIL III

KAPITEL 9

Drei Jahre später ...

Breitbeinig und mit den Händen hinter dem Rücken verschränkt stand der dreijährige Junge in der Tür. Sie war nur einen Spalt weit geöffnet, gerade genug, um etwas frische Luft ins Haus zu lassen, ohne daß der heftig niederprasselnde Regen folgen konnte. Der plötzliche Wolkenbruch hatte die Morgensonne hinter einem grauen Schleier verschwinden lassen. Der Knabe betrachtete die vom Wind gepeitschten Schauer und lauschte den Tropfen, die zischend auf dem erhitzten Dach und dem sonnenverbrannten Boden des Innenhofs landeten. Als sein Vater vor einiger Zeit das Haus verlassen hatte, herrschte draußen noch der schönste Sonnenschein. Und etwas später überzog sich die Welt unerwartet mit Dunkelheit, und ein mächtiger Wind kam auf, der die Blätter des Feigenbaums durchrüttelte. Und dann fielen die großen silbernen Tropfen vom Himmel. Mariam, seine Mutter, eilte sofort auf den Hof, um Stern, ihren Esel, unterzustellen, und kehrte vollkommen durchnäßt ins Haus zurück. »Du gehst jetzt aber nicht nach draußen, Jesus«, ermahnte sie ihren Sohn. Der Junge lächelte. Seine Mutter wußte, daß er den Regen mochte und am liebsten durch die Pfützen sprang, so daß es tüchtig spritzte. »Wir wollen doch nicht, daß der König der Juden krank wird, oder?« Sie verschwand in dem Innenraum, in dem gekocht und gegessen wurde. Dort befand sich bereits

seine Großmutter, die mit ein paar Eiern vorbeigekommen war und nun ihrer Tochter dabei half, das Mittagessen für ihn und seinen Vater zuzubereiten.
Jesus gehorchte seiner Mutter. Sie war stets in seiner Nähe und sorgte dafür, daß er ihre Anordnungen auch nicht vergaß. In diesem Moment erkannte der kleine Junge, daß er aus Furcht den Anordnungen seiner Mutter Folge leistete. Vor seinem Vater, den alle nur Yasuf nannten, hatte er keine Angst. Der blickte zwar oft streng drein und lachte nur selten, aber seine Mutter, die viel lachte, war in Wahrheit die strenge Person in diesem Haus.
Der Regen prasselte jetzt noch heftiger nieder. Bei der Feuchtigkeit, die er verbreitete, wurde es dem Knaben mulmig. Sein geliebter Vater, der ihn oft auf seinem Rücken reiten ließ oder, wenn er auf seinem Schemel hockte, Jesus auf seine Füße stellte und ihn hoch in die Luft hob, oder ihn auf dem Hof bei den Handgelenken festhielt und herumwirbelte, sein allerbester *av* befand sich dort draußen im Schauer, während der Esel im Trockenen stand und seine Mutter sich im Haus aufhielt. Armer Papa, er würde naß werden und unglücklich sein.
Seine Mutter erzählte ihm immer wieder, er würde König der Juden sein. Jesus konnte sich unter einem König wenig vorstellen, aber sein Vater hatte ihm manchmal Geschichten über die Männer erzählt, die von den anderen König genannt wurden, in großen Häusern lebten, die Bösen bekämpften, den Guten Geschenke gaben und den Menschen sagten, was sie zu tun hatten. Vor langer Zeit hatte es einen König namens David gegeben, der ihrem Haus entstammte. Aber der kleine Junge wußte, daß damit nicht dieses Haus hier gemeint sein konnte, denn er hatte schon erheblich größere gesehen. Er war sich nicht sicher, ob er König werden und gegen andere kämpfen wollte. Und er

mochte es auch nicht, wenn seine *em* sagte: »Na, Jesus, willst du einmal ein König sein?« Warum fragte sie ihn das nur, wenn kein anderer in der Nähe war?
Der Knabe schluchzte unglücklich, als er sich seinen Vater im strömenden Regen vorstellte. Seine Augen füllten sich mit Tränen. Die Großmutter kam gleich aus der Küche gelaufen. »Jesus!« rief sie. »Mein armer Junge, was ist denn?« Sie legte die Hände auf seine Schultern, drehte ihn zu sich herum, nahm ihn hoch und setzte ihn auf ihre Hüfte.
Jesus hielt sich an ihr fest, legte den Kopf an ihre Brust und ließ den Tränen freien Lauf.
»Ruhig, ganz ruhig, was ist denn passiert?« Rebecca schaukelte ihn sanft und klopfte ihm mit ihrer dicken Hand auf den Rücken. Die Großmutter roch nach Zwiebeln, Rauch und Schweiß, den vertrauten Gerüchen der Küche und des Hauses.
Seine Mutter kam aus dem Innenraum. »Warum weinst du schon wieder?« Ihre Stimme klang so ganz anders als die der Großmutter.
Jesus wußte, daß seine *em* eine Antwort auf ihre Frage erwartete. »Mei-n Va-ater ist draus-s-sen im Re-hegen«, schluchzte er.
»Ja und?« Mariam war anzuhören, daß sie kurz davor stand, zu explodieren. »Ist das ein Grund, zu heulen?«
»Aber mein *av* wird ganz naß!« rief der Junge, weil ihn die Vorstellung so bestürzte.
»Aufhören! Sofort aufhören!« fuhr seine Mutter ihn an. »Junge Prinzen weinen nicht!«
»Jesus ist kein Prinz, sondern ein kleiner Junge«, wandte Rebecca ein.
»Er ist eine Heulsuse«, beharrte Mariam. »Wenn er einmal der König unseres Volkes werden will, muß er sich darauf vorbereiten und stark sein.«

»Wenn es wirklich dazu kommen sollte, bleibt ihm immer noch genug Zeit, sich darauf vorzubereiten«, erwiderte die Großmutter. »Der Herr wird das entscheiden und ihm alles geben, was er für seine Aufgabe braucht. Unser Jesus hat ein so bemerkenswert weiches Herz und ist so voller Liebe. Sind das nicht wunderbare Eigenschaften für einen König? Warum willst du einen kleinen Spatzen unbedingt in die Haut eines Geiers stecken?«
Der Knabe verstand nur wenig von dem, was die beiden Frauen sprachen. Aber er bekam doch mit, daß es offenbar einen Unterschied zwischen lieben und herrschen gab. Vielleicht verhielt es sich damit so wie bei seinen Eltern: Seine Mutter beherrschte ihn, und sein Vater liebte ihn.
Seine Tränen und sein Schluchzen vergingen. Er hielt sich lieber an der Großmutter fest, die war wenigstens warm und weich.

Als er endlich die Sandalenschritte seines Vaters in dem Innenhof hörte, war Rebecca längst gegangen, weil der Regen inzwischen aufgehört hatte. Nun flutete Sonnenlicht in den Hof und überzog die Pfützen und sonstigen nassen Stellen mit Glitzern und Funkeln. Konnte es sein, daß der Sonnenschein sich mit dem Regen vermischt hatte? Jesus hatte schon einmal Gold und Silber gesehen, und zwar im Hause des Juweliers Ahab, der ein Stück die Straße hinauf lebte. Sein Vater hatte ihn dorthin mitgenommen, um ein Geschenk für die Verlobung eines seiner Vettern anfertigen zu lassen. Dort hatte es Steine in den wundersamsten Farben gegeben, genauso wie die, die am Himmel zu sehen waren, wenn sich das Sonnenlicht mit Regen vermengte. Andere Steine hingegen hatten ihn an den Morgentau im Gras erinnert, und die waren von Ahab als Diamanten bezeichnet worden.

Der Junge war so überglücklich, seinen Vater zu sehen, der gar nicht sehr naß geworden war, daß seine Augen strahlten und er in die Hände klatschte. Als er zu seinem *av* lief, wurde er von starken Händen gepackt und hochgerissen. Jesus quietschte vor Vergnügen. Ihm fiel auf, daß sein Vater nicht die Phylakterien trug, das kleine, würfelförmige Kästchen an der Stirn und die Gebetsriemen an den Unterarmen. Aber schließlich war heute ein ganz normaler Arbeitstag. Sein Vater hatte ihm einmal erklärt, daß das Kästchen Worte aus einem heiligen Buch enthielte. Der Junge hatte keine Vorstellung von dem, was heilig bedeutete, aber ihm war klar, daß es sich dabei um etwas ganz Besonderes handeln mußte. »Du wirst jeden Tag schwerer!« rief Yasuf zur Freude des Knaben. Dann blähte der Vater die Nasenflügel auf. »Ahhh! Ich rieche das frischgebackene Brot deiner Mutter. Der Regen macht wirklich hungrig.«

Er stellte Jesus wieder auf den Boden und begab sich in die Küche. Der Junge stellte sich an die Tür, die jetzt weit offen stand, und beobachtete den Esel, der an seinem Pflock angebunden war und sich schüttelte, um die letzten Tropfen aus seinem Fell zu entfernen. Jesus lauschte dem Gurren der Tauben, die sich über das Ende des Platzregens zu freuen schienen, und er vernahm die Stimmen seiner Eltern: rauh und tief die seines Vaters und sanft und golden wie das Geschmeide in Ahabs Haus die seiner Mutter.

Der Knabe drehte sich rasch um, als er hinter sich die Schritte seines *av* hörte, und hoffte, wie jeden Tag eine kleine Belohnung zu bekommen. Yasuf enttäuschte ihn nicht. Er hockte sich auf seinen Schemel und klopfte auf sein Knie. Jesus lief sofort zu ihm und hockte sich auf seinen Schoß.

Yasuf legte ihm die Hände auf die Schultern und rückte ihn zurecht. »Ich habe gerade gehört, daß du dir große Sorgen

gemacht hast, dein Vater könnte naß werden«, begann er ernst, aber das Leuchten in seinen Augen strafte seinen strengen Tonfall Lügen.
Der Junge rutschte auf Yasufs Oberschenkel hin und her und zuckte die Achseln.
»Die Zeit ist gekommen, meine Pflicht zu erfüllen, und ich will dir jetzt als Lohn für deine Liebe etwas geben. Aber du mußt mir gut zuhören, einverstanden?«
Jesus nickte.
»Unser heiliges Wort, die gesegnete Thora, sagt, daß wir Gott, unseren Herrn, aus vollem Herzen, mit ganzer Kraft und aus der Tiefe unserer Seele lieben müssen. Du bist noch zu klein, um schon zu wissen, was Herz, Seele oder mit ganzer Kraft bedeutet, deshalb mußt du zuerst daran glauben, daß es Gott gibt. Glaubst du das?«
Der Junge nickte wieder, diesmal spontan, denn über diese Frage brauchte er gar nicht erst nachzudenken.
»Uns ist ferner aufgetragen, dies unseren Kindern sorgfältig beizubringen. Mir ist aufgefallen, daß du immer nach meiner *tefillin* schaust.« Der Knabe bemerkte, daß sein Vater die Phylakterien mittlerweile angelegt hatte. Er zeigte jetzt auch auf das Kästchen und die Riemen. »Ich trage diese Gegenstände, weil man uns befiehlt, Gottes Wort in unseren Armen zu spüren und ständig vor Augen zu haben. Eines Tages wirst auch du diese Dinge tragen, zum Zeichen, daß du Gottes Gebote befolgst.«
»Kann ich sie schon jetzt anlegen?« fragte Jesus in aller Unschuld. Er würde sich dann als etwas ganz Besonderes vorkommen und sie seinen Freunden Jonathan und Markus zeigen, den Söhnen des Ahab, die jeden Tag die schönsten Edelsteine sehen durften.
Sein Vater lächelte, wie es seine Art war. »Noch nicht, mein Sohn. Aber deine Zeit wird kommen. Zuerst einmal mußt

du eine Menge lernen. Noch zwei Sommer, dann bist du fünf Jahre alt, und ich trage dich im *Beth Hamidrusch* ein, dem Haus des Buches, wo du fünf Jahre lang die ganze Woche hindurch, natürlich bis auf den Sabbat, die erste Tageshälfte absitzen wirst. Dort sollst du dich an der Thora mästen, wie es der Ochse im Stall am Heu tut.«
Jesus wußte natürlich nicht, daß sein Vater aus den alten Schriften zitiert hatte, und protestierte deshalb: »Ich will aber nicht so fett werden wie Samuel.«
Yasuf lächelte wieder, doch jetzt breiter. »Ich meinte damit auch nicht deinen Körper, mein Sohn, sondern deinen Geist und dein Herz.« Er schwieg für einen Moment und kratzte sich nachdenklich mit dem Zeigefinger am weißbärtigen Kinn. »Der *hazzan* unserer Synagoge wird dich unterrichten, genauso wie die anderen Kinder. Dann sitzt du zu seinen Füßen, und er bringt euch erst die zweiundzwanzig Buchstaben unseres Alphabets bei, dann ganze Worte und schließlich, wie man in der Thora liest. Du mußt deinem Lehrer sorgfältig zuhören, denn er wird dir die Laute vorsagen, damit du sie ihm nachsprechen kannst. Danach die Worte und schließlich ganze Sätze aus der Thora.«

Die Schule war aus. Kaum draußen angelangt, fing Hosea sofort an, Jonathan zu behelligen, wie er das schon seit Tagen tat. Als er den Jungen an den Arm boxte, trat Jesus dazwischen.
»Warum ärgerst du Jonathan, er hat dir doch nichts getan«, lächelte Jesus.
Hosea drehte sich zu ihm um und bekam einen hochroten Kopf. »Was willst denn du, du hast ja noch nicht einmal einen Vater!«
Die anderen Schüler waren neugierig geworden und umringten die drei.

Jesus war nicht anzumerken, ob ihn diese Bemerkung getroffen hatte. Noch immer lächelnd, entgegnete er: »Wenn deine Kräfte so groß sind wie dein Mundwerk, warum kämpfst du dann nicht gegen einen Jungen deiner Größe?«
Hosea stemmte die Fäuste in die Seiten und baute sich vor ihm auf. »Willst du dich etwa mit mir anlegen?«
»Wenn du einen, der ohne Vater und kleiner ist als du, als gleich großen, gleichwertigen Gegner ansiehst ... Aber ich will dir sagen, daß meine Fäuste die Liebe und meine Kraft die Freundlichkeit sind.«
Hosea holte wütend mit einer Faust aus, als ihn Hufgeklapper ablenkte und die Köpfe aller Jungen herumfuhren.
Ein römischer Centurio mit Helm, Federbusch und Brustpanzer kam herangeritten. »Heh, ihr da, Jungs!« rief der Offizier. »Könnt ihr mir den Weg nach Kapernaum zeigen? Ich fürchte, ich habe mich verirrt.«
»Ja«, antwortete Hosea und beschrieb ihm den Weg. »Aber die Strecke ist lang und gefährlich.«
»Ich hatte ohnehin vor, die Nacht hier zu verbringen«, lächelte der Centurio.
»Und wann wollt ihr weiter?« erkundigte sich Jesus.
Er hatte sich nicht vor der Auseinandersetzung gefürchtet. Sein Gegner war nicht dumm und besaß einiges an Masse, aber er war nicht eben geschickt. Davon abgesehen, hätte Hosea über wirkliche Stärke verfügt, hatte er die anderen Kinder nicht herumgeschubst.
»Morgen früh«, antwortete Hauptmann Jairus in gutem Hebräisch. Sein Lächeln offenbarte gerade weiße Zähne und erhellte das sonnengebräunte und glattrasierte Gesicht.
Hosea streckte eine Hand aus. »Dann gebt mir ein Andenken, damit ich Euch nicht vergesse«, forderte er und fügte hastig hinzu: »Ich meine damit nicht Geld, sondern ein Souvenir.«

»Was für eine hübsche Idee.« Der Blick des Römers wanderte über seine Hände an den Zügeln und fiel dann auf die Satteltasche. »Ah, ich glaube, da habe ich genau das richtige!« Er griff in die Tasche und zog eine kleine Holzdose heraus. »Hierin befindet sich Süßwerk, das aus Parthien stammt.«

Hosea griff sofort nach der Dose, aber der Hauptmann hob sie rasch hoch und hielt sie in der Luft. »Das soll kein Andenken sein, sondern ein Preis«, erklärte er. »Na, was haltet ihr davon?«

»Ja!« – »Einverstanden, Herr!« riefen die Jungen begeistert.

»Also gut. Wer unter euch ist der beste Kämpfer?«

»Das ist Hosea«, brummte Jonathan. »Gegen den kann keiner von uns gewinnen.«

Jairus sah die Knaben der Reihe nach an. »Sind die jüdischen Jungen denn so anders als die römischen?« fragte er in die Runde. »Gebt ihr euch etwa schon geschlagen, noch ehe der Kampf begonnen hat?« Spott klang in seiner Stimme mit. Sein Blick fiel in den Hof, wo Jesus stand und ihn bewundernd anstarrte. Im Bauch des Jungen fing es an zu kribbeln. »Du da, Knabe, wie heißt du?«

»Ich?« Jesus zeigte auf sich und war überrascht, angesprochen worden zu sein, und gleichzeitig erfreut, daß der hohe Herr ihn überhaupt bemerkt hatte.

»Ja, dich meine ich. Willst du gegen Hosea antreten«, er hielt ihm das Kästchen hin, »um diesen Preis?«

Die anderen Jungen fingen an zu lachen, und Hosea rief laut genug, um sich Gehör zu verschaffen: »Der kämpft doch nicht.« Er spuckte verächtlich aus. »Der will immer nur zu allen lieb sein.«

»Mit dir habe ich nicht gesprochen«, tadelte der Hauptmann Hosea. »Ich habe dich gefragt, wie du heißt, Junge.« Er sah den Knaben streng an.

»Ich heiße Jesus, und ich bin der Sohn von Yasuf, dem Zimmermann.«
»Willst du mit Hosea um diesen Preis kämpfen?«
»Ja, *adon.*« Die Worte waren schon heraus, ehe er darüber nachgedacht hatte, und sofort bereute er sie. »Aber nicht um den Preis.« Jesus kannte keine Furcht, aber er verabscheute jede Form von Gewalt. Ich kann kämpfen, dachte er, auch ohne die Fäuste zu gebrauchen, so wie ein Fischer im Sturm.
Die anderen Jungen brachen in Hohngelächter aus.
»Hosea wird diese zarte Blume zerrupfen«, erklärte der dicke Samuel.
»Nein, ich werde ihn töten!« schrie Hosea, und sein Lachen hatte etwas wirklich Bedrohliches.
»Also gut.« Das Lächeln des Hauptmanns war Jesus Lohn genug, denn in ihm lag die ganze Bewunderung eines Helden für jemanden, der genug Mut aufbringt, um sich einer aussichtslosen Sache zu stellen. »Morgen früh reite ich nach Tiberias und komme, kurz bevor der Unterricht beginnt, an eurer Schule vorbei. Dann könnt ihr mir sagen, wer von euch den Kampf gewonnen hat, Jesus oder Hosea. Und der Sieger soll den Preis erhalten: das Süßwerk für den Bauch und die Dose als Trophäe. Und nun macht Platz!«
Die Knaben sprangen beiseite. Jairus stieß seinem Braunen die Fersen in die Flanken und preschte im Galopp über die Straße davon. Das Hufgeklapper war noch lange zu hören.
Jesus starrte der beeindruckenden Gestalt hinterher, die in den hellen Sonnenschein ritt und ihn mit einem großen Problem zurückließ.

Sie warteten, bis der *hazzan* gegangen war, und versammelten sich dann auf dem abgelegenen Spielplatz hinter dem klobigen Synagogengebäude. Zwei Jungen wurden abkom-

mandiert, die Straße im Auge zu behalten und sofort Alarm zu geben, wenn sich ein Fremder näherte.
»Ihr braucht da bestimmt nicht lange herumzustehen«, prahlte Hosea vor den beiden. »Diese Blume ist bald verblüht, und dann muß jemand einen Arzt rufen. Vergeßt nicht, wer einmal stürzt und am Boden liegt, hat verloren. Ein Sturz reicht, schließlich will ich die Eltern des Kleinen ja nicht unglücklich machen.«
Die anderen bildeten ein Quadrat, während die beiden Kämpfer sich außerhalb davon bis auf das Lendentuch auszogen. Jesus überkam ein eigenartiges Gefühl der Unwirklichkeit. Warum stellte er sich dieser Auseinandersetzung, die doch seiner Natur so fremd war? Er war der Gewalt immer aus dem Weg gegangen, hatte nicht einmal an Kampfspielen teilgenommen, und das nicht, weil er ein Angsthase war, sondern weil ihm so etwas einfach kein Vergnügen bereitete. Er bereute seine Zusage zu diesem Kampf zutiefst, aber etwas in ihm sagte, daß diese Bewährungsprobe wichtig für seine Zukunft sei.
Er faltete seine Robe zusammen und legte sie auf den Boden. Das Murmeln der anderen – sie johlten nicht mehr, weil sie niemanden auf sich aufmerksam machen wollten – schien wie aus einer anderen Welt an sein Ohr zu dringen, aber er hörte deutlich heraus, daß einige der Knaben heimlich auf seiner Seite standen, weil er sich mit dem Obergrobian der Schule anlegte.
Dann standen sich die beiden mit nacktem Oberkörper in der Arena gegenüber. Jesus wußte, daß seine einzige Hoffnung auf einen Sieg, ja, seine einzige Chance, nicht brutal zusammengeschlagen zu werden, darin bestand, möglichst ein reines Kräftemessen zu vermeiden. Er studierte die Augen seines Gegenübers.
Hosea bewegte sich nach links, doch Jesus las in seinem

Blick, daß dies bloß eine Finte war, um von rechts anzugreifen. Er spürte auch, daß der Junge ihn anspringen würde, weil er seinen Gegner möglichst rasch zu Fall bringen wollte. Jesus tat so, als fiele er auf den Trick herein. Doch als Hosea von rechts anstürmte, wich Jesus nach links aus. Die Arme des größeren Jungen bekamen nur Luft zu fassen, und er kam schwer auf dem Boden auf. Jesus wirbelte herum und hockte sich auf den benommenen Gegner.
Hosea brauchte einen langen Moment, ehe er wieder zu sich kam, und dann mußte er das Geschrei der anderen vernehmen: »Jesus hat gewonnen!«
Zornbebend bäumte er sich auf, um den kleineren Jungen von seinem Rücken zu schleudern. Doch Jesus hatte dieses Manöver geahnt und sprang behende zur Seite. Dann baute er sich auf, um Hoseas nächster Attacke zu begegnen. Die Wut in den Augen seines Gegners steigerte sich zu Wahnsinn.
Doch da stürmten die anderen Knaben zu ihnen. Hosea wollte sie beiseite schieben, aber sie waren einfach zu viele für ihn. »Du hast selbst gesagt, wer einmal stürzt, hat verloren«, erinnerte ihn der größte unter den Jungen und fügte dann beruhigend hinzu: »Trotzdem bist du immer noch unser stärkster Kämpfer.«
Hosea fluchte leise, stieß den Knaben fort, packte seine Kleider, warf Jesus noch einen vernichtenden Blick zu und lief dann zur Straße.
Jesus wartete, bis sein Gegner verschwunden war, denn er wollte ihn nicht noch mehr demütigen. Aus dem gleichen Grund ließen die anderen Jesus auch nicht hochleben, wie sie es unter anderen Umständen bestimmt getan hätten.
Hosea lief am nächsten Morgen Hauptmann Jairus entgegen, log ihm vor, er habe den Sieg errungen, und nahm den Preis entgegen.

Jesus erfuhr mit Bestürzung davon. Dabei bedauerte er weniger den Verlust des Naschwerks oder des Kästchens, sondern die versäumte Gelegenheit, den Römer wissen zu lassen, daß er nicht umsonst sein Vertrauen in ihn, Jesus, gesetzt habe. Und erst recht machte ihm diese erste Erfahrung mit Falschheit zu schaffen.

Ein Jahr später ...
Nächstes Jahr würde er zehn Jahre alt sein. Dann hatte er die Schule hinter sich und konnte bei seinem Vater in die Lehre gehen. Nach dem Zweikampf ließen ihn die anderen Jungen in Ruhe, nur Hosea nicht, der ständig gegen ihn stichelte, um ihn zu einem neuen Kampf zu provozieren. Trotz seiner junger Jahre lernte Jesus bald, Schmähungen und Herausforderungen zu mißachten.
Der Frühlingsmonat Nisan stand bevor, und mit ihm die Gerstenernte. Die Tage waren manchmal warm und manchmal kühl, die Nächte hingegen durchgehend kalt. Die älteren Schuljungen wurden auf die Felder geschickt, um die Vögel zu vertreiben, besonders die Spatzen und die Rebhühner, die sich über das wertvolle Korn hermachten. Ein Teil der Felder war bereits kahlgefressen, als nach einem unerwarteten Regenguß ein Schwarm Heuschrecken über sie hergefallen war.
Jesus war alt genug für diese Aufgabe und erhielt ebenfalls die Aufforderung, auf die Felder zu gehen.
Den Knaben wurden von den Bauern bestimmte Felder zugewiesen, und zum Lohn für ihre Dienste sollten sie einen kleinen Teil der Ernte erhalten. So hockten sie in winzigen, offenen Hütten, die aus kaum mehr als vier in den Boden gerammten Stöcken bestanden, die man mit weiteren Stangen quer verbunden hatte. Darüber lagen als Dach getrocknete, hellbraun verfärbte Palmwedel. Die Kna-

ben in der Hütte schlugen, sobald sich Vögel blicken ließen, Metallstücke aneinander, um sie zu erschrecken und so zu vertreiben.

Seine Kameraden mochten diese Arbeit, vor allem, weil sie während ihres Dienstes nicht in die Schule mußten und ihre Freiheit genießen konnte. Aber Jesus konnte ihre Freude nicht teilen. »Vögel sind ein Teil von Gottes Schöpfung«, erklärte er Jonathan, als sie auf dem Lehmboden ihrer Hütte saßen. »Auch sie müssen sich ernähren.« Die Sonne stand wie eine wirbelnde weiße Scheibe am blauen Himmel, auf dem sich wie Brauen Wolkenbänder zeigten. Die Wolken zogen heute hoch, höher noch als der Berg Tabor, der am Horizont aufragte. Ein Stück weiter breiteten sich gelbe Felder aus, hier und da unterbrochen von den Olivenhainen, die die Kuppen der niedrigen Hügel bedeckten. Nur eine Hangseite erblühte in vielfarbiger Pracht, denn hier wuchsen Blumen. Am Rand einiger Felder standen Mandelbäume in voller Blüte, und der warme Wind trug oft genug den Duft ihrer Blüten in die kleine Hütte.

»Zuerst muß der Mensch essen, denn Gott hat den Menschen vor die Vögel und Tiere gestellt«, widersprach Jonathan und dachte dann einen Moment nach. »Wenn ich Hunger habe, will ich auch sofort essen.« Er grinste und zeigte seine gelben Zähne.

»Noch bevor deine Eltern und die anderen Mitglieder deiner Familie etwas zu sich genommen haben?« fragte Jesus ungläubig.

»Aber natürlich«, erklärte Jonathan und fügte dann mit frommem Augenaufschlag hinzu: »Der Herr erwartet doch von uns, daß wir unsere Bedürfnisse stillen, um uns dann um die Bedürfnisse anderer kümmern zu können.«

»Gibt deine *em* denn nicht erst den Männern zu essen, bevor sie am Tisch Platz nimmt?«

»Selbstverständlich tut sie das, aber was meinst du wohl, aus welchem Grund? Sie versorgt die Männer, damit die sie versorgen können.«
Irgendwo in Jonathans Ausführungen steckte ein Denkfehler, aber Jesus kam einfach nicht darauf. Sein Kopf war wegen einer beginnenden Erkältung und der großen Hitze, die ihn unter seiner Robe schwitzen ließ, wie aus Watte.
Lautes Geschrei wehte vom Nachbarfeld heran, und die beiden schauten in die Richtung. Drei Knaben, die mit Schleudern bewaffnet waren, rannten auf sie zu.
»Was geht denn da vor?« Jonathan sprang auf.
»Vermutlich haben sie eine Schlange aufgespürt.« Jesus kam langsamer hoch. Dann sahen sie es. Die Jungen waren auf einen kleinen Fuchs gestoßen, der vor ihnen davonhumpelte.
»Ein Fuchs!« rief Jonathan. »Das muß der Bursche sein, der Ezra die Hühner gestohlen hat. Komm, wir wollen ihn fangen.« Er bückte sich und nahm seinen Stab auf.
»Der ist doch viel zu klein. Das ist ja noch ein Säugling.« Jesus legte seinem Freund eine Hand auf den Arm. »Sieh nur, er ist verletzt.« Er zeigte auf das Blut an der Vorderpfote des Tiers. »Wir müssen das Kleine retten, damit sich seine Mutter darum kümmern kann.« Er lief auf den kleinen Fuchs zu.
Hosea, der sich an der Spitze der Jungen befand, interpretierte Jesus' Eingreifen falsch. »Laß ihn!« schrie er keuchend. »Er gehört mir. Ich habe ihn gefunden!«
»Tut ihm nicht weh«, rief Jesus. »Laßt ihn in Ruhe.« Er lief am Feldrand entlang und sah nicht, wie Hosea einen Stein in die Schlinge legte. Schließlich erreichte Jesus das keuchende Tier. Er hob es hoch, nahm es in den Arm und spürte das Pochen seines kleinen Herzens.
Der kleine Fuchs fletschte seine scharfen Zähne, knurrte

und versuchte, ihn zu beißen. »Ganz ruhig, kleiner Bruder, keine Angst«, beruhigte Jesus ihn.
»Ich habe dich gewarnt!« schrie Hosea.
Jesus hörte ein Zischen, dicht gefolgt von einem weiteren. Für einen kurzen Moment konnte er es nicht fassen, daß die drei Jungen vorsätzlich Steine auf ihn schleuderten. Er fuhr herum, um das zitternde Tier aus der Schußlinie zu bringen. Die Steine trafen Jesus im Rücken, und furchtbare Schmerzen durchfuhren ihn. Er kippte vornüber und verlor das Bewußtsein.
Der erschrockene Fuchs kratzte ihn, und instinktiv gab Jesus ihn frei. Die kurze Rast hatte dem Tier neue Kräfte verliehen. Es huschte in das Gerstenfeld und verschwand darin.
Jesus kam erst wieder zu sich, als Wasser in sein Gesicht platschte. Jonathan, Hosea und die beiden anderen Jungen hockten um ihn herum und machten besorgte Gesichter.
»Du lebst als noch«, entfuhr es Hosea nicht ohne Dankbarkeit in der Stimme.
»Dafür solltet ihr dem Herrn danken«, fuhr Jonathan die drei an. »Es hätte nicht viel gefehlt, und man hätte euch als Mörder hingerichtet.«
»Jesus ist es selbst schuld, er wollte es ja nicht anders«, entgegnete Hosea finster. »Füchse sind Ungeziefer und Räuber. Niemand hat das Recht, sie zu beschützen. Und wer das doch tut, stellt sich gegen unser Volk und will ihm sein tägliches Brot verweigern.«
Jesus hob eine Hand und betrachtete den blutenden Kratzer, den das Tier ihm beigebracht hatte.
»Du kannst froh sein, daß es dich nicht gebissen hat«, erklärte Jonathan besorgt. »Es heißt nämlich, daß einem dann Schaum vor den Mund tritt, man den Verstand verliert und schließlich stirbt.«
»Na ja, er hat mich nicht gebissen, und mir steht kein

Schaum vor dem Mund«, entgegnete Jesus matt. »Es ist nicht recht, kleine Tiere zu verfolgen, die sich nicht wehren können.« Als er versuchte, sich auf zusetzen, ließ ihn der Schmerz in seinem Rücken zusammenzucken.
»Aus einem kleinen Fuchs wird einmal ein großer, und dann stellt er für alle Menschen eine Bedrohung dar«, schimpfte Hosea.
Und wenn ein wilder Junge zu einem Mann herangewachsen ist, was dann? fragte sich Jesus.

Schon in dem Moment, als Jesus kurz nach der Mittagsstunde in die Küche kam, vor ihr niederkniete und ihre Hand küßte, wußte Mariam, daß etwas nicht stimmte. Wie der Zufall es wollte, waren die beiden jüngeren Brüder Jesu direkt nach der Schule zu Rebecca gegangen, so daß Mariam sich zur Zeit mit ihrem jüngsten Säugling allein im Haus aufhielt. Jesus zeigte nur selten Unruhe. Während sie auf sein gesenktes Haupt hinabblickte, ging sie in Gedanken alle Möglichkeiten für sein Unbehagen durch, die ihr einfielen. Und sie mußte nicht lange raten.
Mariam hatte bislang nie mit Jesus über die Umstände seiner Geburt gesprochen. Ihr war es nur wichtig, daß der Junge begriff, für welches Ziel er geboren war. Außerdem war es in jüdischen Familien unüblich, über Zeugung, Empfängnis und dergleichen zu reden, ganz besonders nicht zwischen Eltern und Kindern. So hatte Mariam es dabei belassen, ihrem Sohn zu erklären, daß es geheimnisvolle Vorgänge um seine Geburt gegeben habe, darunter die Konjunktion der Sterne, die Ereignisse in Beth Lahm und das Erscheinen der drei Könige – all das hatte den Knaben, sehr zu ihrer Zufriedenheit, zutiefst beeindruckt. Yasuf und sie hatten es stets für sich behalten, selbst vor den anderen Familienmitgliedern, daß Jesu Geburt die direkte Ursache

für König Herodes' Befehl gewesen war, unschuldige männliche Säuglinge zu töten. Sie hielten es für besser, die Menschen glauben zu lassen, diese schreckliche Tat sei dem Wahnsinn des König entsprungen. Warum die Aufmerksamkeit der anderen erwecken und womöglich die Rache betroffener Familien auf sich ziehen?

Jesus war diesem Abschlachten nur mit knapper Not entkommen, weil sie und Yasuf kurz zuvor beschlossen hatten, nach Ägypten zu reisen – so die Version, die sie anderen gegenüber verbreiteten. Mariam versäumte es auch nicht, den Mitbewohnern im Dorf gegenüber auf die große Bedeutung dieser Flucht hinzuweisen, die ihren Sohn zu etwas ganz Besonderem mache, ja, ihn sogar einzigartig erscheinen lasse.

Da Mariam fest von Jesu Rolle in seinem späteren Leben überzeugt war, nahm sie auch jede Gelegenheit wahr, ihn von frühester Kindheit an darauf hinzuweisen. Seine große Intelligenz und seine Fähigkeit, schon früh mit dem Sprechen zu beginnen, hatten ihr das Herz erwärmt, und erst recht begeisterten sie die Berichte vom *hazzan* über seine ausgezeichneten Leistungen als Schüler. Der Lehrer bescheinigte ihm ein ungewöhnliches Abstraktionsvermögen und eine verblüffend rasche Auffassungsgabe, verbunden mit unerhörtem Fleiß und dem nur selten anzutreffenden Talent, sofort zum Kern einer Sachlage vorzustoßen. Yasuf jedoch blieb bei seiner starrköpfigen Art, und das ärgerte Mariam bisweilen. Jesus war schließlich sein Sohn, doch alles, was Yasuf tat, war, ihn in der jüdischen Tradition zu erziehen und ihm das Zimmermannshandwerk beizubringen.

Mariam wartete, bis Jesus sich wieder erhoben hatte. Er war jetzt schon fast so groß wie sie. Mariam wischte sich die Hände an dem Leinentuch ab, das an dem braunen Gürtel ihres blauen Gewands hing. Der Junge warf einen raschen Blick auf den zischenden Tontopf auf der Feuerstelle. »Riecht nach Linsensuppe«, murmelte er, offensichtlich, um Zeit zu gewinnen.

Er wollte zu dem Topf gehen, aber sie stellte sich ihm in den Weg und bemerkte dabei den kurz aufflammenden, schmerzlichen Ausdruck in seinen Augen. Schließlich packte Mariam ihn an den Armen und zwang ihn, sie anzusehen. »Was ist los?« fragte sie eindringlich.

Jesus öffnete den Mund, schwieg dann aber. Seine Mutter hatte den Eindruck, daß er »nichts« hatte sagen wollen, sich dann aber nicht getraute, diese Lüge auszusprechen.

»Als deine Mutter befehle ich dir, mir zu sagen, was dich bedrückt.« Das wirkte bei ihm immer.

Langsam hob er den Kopf und blickte ihr in die Augen. »Bin ich ein uneheliches Kind, *em?*«

Mariams Magen knotete sich zusammen. Es kostete sie große Mühe, die Kontrolle über sich zu wahren. »Wer hat das behauptet?«

»Das ist nicht weiter wichtig, Mutter.« Ein bejammernswerter Zug huschte kurz über sein Gesicht, doch im nächsten Moment sah er sie mit einer Festigkeit an, die sie verwunderte. »Sag mir nur, ob ich unehelich bin. Ein einfaches Ja oder Nein. Bitte.«

Mariam hatte plötzlich das Gefühl, einen erwachsenen Mann vor sich stehen zu haben. Es gelang ihr erstaunlich rasch, sich auf die neue Situation einzustellen. »Nein, du bist nicht unehelich.«

Sein Blick suchte ihr Gesicht ab und schien bis in ihre Seele vorzudringen. Da Mariam der Ansicht war, ihm solchen Kummer ersparen zu müssen, beharrte sie nur noch fester auf der Entscheidung, die sie vor langer Zeit getroffen hatte. Schließlich nickte Jesus, und Mariams Herz quoll über vor

Erleichterung. »Wie ich es dir immer schon erklärt habe, ist mein Gemahl Yasuf dein Vater. Doch hat der Heilige Geist bei deiner Empfängnis mitgewirkt.« Sie dachte noch einen Moment nach, ob sie ihm mehr sagen mußte, doch dann überkam sie der Ärger darüber, daß jemand in ihrem Sohn soviel Sorge ausgelöst hatte. »Wer hat denn so etwas über dich behauptet?«

»Hosea.«

»Ich dachte, der wäre längst nach Jerusalem unterwegs, um beim Vetter seines Vaters, der dort als Händler arbeitet, in die Lehre zu gehen.«

»Er reist erst heute ab, *em*. Sein Abschiedsgeschenk an mich bestand darin, mir vorzuwerfen, ich sei unehelich geboren worden.«

»Wie gemein, wie überaus boshaft von ihm.« Die erste Woge des Mitgefühls für ihren Sohn verging in dem Bestreben, aus dieser Not eine Tugend zu machen. »Wenn du wirklich nicht ehelich geboren wärst, könnte dir das doch auch zum Vorteil gereichen.«

»Wie das, Mutter? Solche Worte bringen doch nur Schande über meinen Vater, über mich und ganz besonders über dich!«

»Erinnere dich stets einiger großer Eroberer, unter ihnen Nebukadnezar und der große Alexander, die ebenfalls als uneheliche Kinder galten. Statt sich von diesem Makel unterkriegen zu lassen, war er für sie Ansporn, immer weiter nach oben zu gelangen.« Mariam sah ihn intensiv an, so als wollte sie ihre Worte in sein Gehirn zwingen. »Du bist nicht das, was man einen Bastard nennt«, sie wählte bewußt diesen schimpflichen Ausdruck, »und du wirst es in deinem Leben weiter bringen als all die, die dich mit dieser Schmähung belegen. Denn eines Tages wirst du sie vom Palast des Königs in Jerusalem aus regieren.«

TEIL IV

KAPITEL 10

Mariam war immer froh, nach der alljährlichen Reise zum einwöchigen Pessach-Fest wieder nach Hause zurückkehren zu können. Sie liebte den Tempel und die religiösen Rituale und Gebräuche, aber die vielen Menschen erschöpften sie sehr, und es fiel ihr nicht leicht, auf dem Lagerplatz am Olivenberg, auf dem sich die Pilger aus Nazareth seit Jahrhunderten niederließen, den Pflichten ihrer Familie gegenüber nachzukommen.

Der kleine Wagenzug hatte Jerusalem nach einem letzten Tempelbesuch am Morgen über die römische Heerstraße verlassen. Da das Pessach-Fest am fünfzehnten Tag des Monats Nisan, also am Anfang des Frühlings, begangen wurde, wickelte sie sich fester in ihre dunkelblaue Robe, während sie zur Linken Yasufs und ein Stück hinter ihm, wie es die Tradition vorschrieb, vorwärtstrottete. Zwölf Jahre waren sie nun verheiratet, und seit einiger Zeit bewegte er sich leicht nach vorn gebeugt, doch mit dem Stab in der Hand wirkte er in seinem braunen Umhang immer noch groß und beeindruckend, und sein ergrautes Haupt- und Barthaar verlieh ihm das Aussehen eines Patriarchen. Und sein Griff am Zügel des Lastesels, auf dem ihr jüngster Sohn, der gerade erst drei Jahre alt war, ritt, war fest und sicher.

Sobald sie die niedrige Hügelkette vor der Stadt hinter sich gebracht hatten, wanderten sie in angenehmem Schweigen durch das Weide- und Ackerland. Die Sonne stand jetzt kurz vor dem Zenit. Der große feurige Ball brannte so grimmig auf die Erde hernieder, daß Mariam zu schwitzen anfing. Sie löste ihre Robe und schob das Kopftuch ein Stück weit zurück.

»Die Steuern und der Zehnte drehen uns armen Leuten noch die Luft ab«, bemerkte Yasuf und deutete auf die Weizen- und Gerstenfelder. Die Aussaat war vor ein paar Monaten, im Wintermond Marcheschwan, vorgenommen worden, und vor ein paar Wochen, im Adar, hatten die Schößlinge den Boden durchstoßen, um bis zum Herbst zu reifen. »Von unseren Bauern besitzt kaum einer mehr als vier oder fünf Hektar Land. Ein Fünftel bis ein Viertel ihrer Ernte nehmen ihnen die Steuereintreiber wie Eliezer ab, und niemand weiß, wieviel davon er und sein Vorgesetzter für sich einbehalten. Dann kommen natürlich noch der Zehnte hinzu, den man dem Tempel entrichten muß, und die Abgaben an die Synagoge des Ortes. Ein Bauer kann sich glücklich preisen, wenn ihm und seiner Familie die Hälfte seiner Ernte bleibt, um damit die Schulden abtragen zu können, die er während schlechter Zeiten machen mußte. Und wenn der Bauer stirbt, müssen seine jüngeren Kinder ihr Erbteil an den ältesten verkaufen, um von dem Erlös die Steuern an Rom, den König und den Tempel bezahlen zu können. Dem Himmel sei Dank, daß man uns Zimmerleuten nicht die Grundlage unseres Broterwerbs nehmen kann.«

»Es ist so traurig, daß Herodes mehr als die Hälfte des Landes in unserem Staat an sich reißen mußte, als er König wurde«, sagte Mariam. »Und das unter dem Anspruch, daß seine Vorgänger, die Hasmonäer, widerrechtlich das an sich gebracht hätten, was ihnen nicht gehörte, um es an unser Volk zu verteilen.«

»Und jetzt besitzt König Herodes nicht einmal mehr das

Land, auf dem seine Krypta in Herodium errichtet wurde«, entgegnete Yasuf in einer Mischung aus unterdrücktem Ärger und Verzweiflung. »Unser Volk ist wahrhaftig bereit für den Messias.«
»Das erinnert mich an Jesus. Wo steckt er? Er sollte doch mit uns das Mittagsmahl einnehmen und nicht mit seinem Freund Job, dem Weinleser.«
»Unser Sohn hat auch bei diesem Pessach-Fest wieder viel zuviel Zeit mit seinem Freund verbracht. Die beiden laufen bestimmt am Ende unseres Zugs. Wart's nur ab, wenn wir im nächsten Dorf eine Rast einlegen, kommt er bestimmt zu uns.«
»Warum gibt sich Jesus nur mit einem Burschen wie Job ab? Nun gut, die Soldaten des Königs haben ihm die Zunge herausgeschnitten, weil er in aller Öffentlichkeit gut über Judas von Galiläa, unseren Helden während der Revolte, gesprochen hat. Jesus kann natürlich mit ihm reden, aber der junge Mann kann ihm keine Antwort geben, höchstens Grunzen.«
»Vielleicht findet unser Junge es ja ganz angenehm, mit jemandem zu reden, der nicht antworten kann.« Ein schelmisches Funkeln war in Yasufs Augen getreten. »Aber ganz im Ernst, ich glaube, Jesus hat eine Möglichkeit gefunden, sich mit den Fingern zu unterhalten, und die versucht er, Job beizubringen.«
»Manchmal ist der Junge schon recht merkwürdig.« Mariam schüttelte den Kopf.
»Du mußt ihn nur richtig verstehen. Jesus kümmert sich weniger darum, das zu erlangen, was er haben will. Er gibt lieber anderen das, was er hat. Den ganzen Tag lang, gleichgültig, ob er mir bei der Arbeit hilft, in der höheren Schule sitzt oder sich irgendwo im Dorf aufhält, begegnet er seinen Mitmenschen mit Liebe, Einfühlungsvermögen und Dienstbereitschaft.«

»Er ist viel zu sanft, um einmal König zu werden«, bemerkte Mariam verschnupft. Ihre größte Enttäuschung bestand darin, daß ihr Sohn überhaupt keine Härte und keinen Kampfgeist erkennen ließ.

»Sorg dich nicht um das sanfte Wesen unseres Jungen, Frau«, entgegnete Yasuf. »Auf diese Weise zeichnen sich die großen Könige aus, nicht aber die harten und erbarmungslosen. Wahre Sanftheit erwächst nämlich aus mächtiger innerer Stärke, so wie aus dem sanften grünen Mantel«, er deutete nach links, »der über der steinigen ewigen Erde liegt, Leben wächst.«

Das Rumpeln der Wagen kam zum Stillstand, als der Zug das kleine Wäldchen erreichte, in dem man jedes Jahr mittags zu rasten pflegte. Die Männer zogen die Wagen zu einem Kreis zusammen, und in der Mitte ließen sich Mensch und Tier nieder. Die Kinder rannten gleich los und veranstalteten einen Wettkampf, wer von ihnen das meiste Holz oder Reisig für das Feuer einsammelte, auf dem das Essen gekocht werden sollte. Yasuf fand ein Fleckchen ebenen Bodens unter einem Olivenbaum. Der Teppich der abgestorbenen Blätter würde eine weiche Unterlage für ihre Matten bilden. Er band den Esel an eine Dattelpalme ganz in der Nähe an und hob den Jüngsten vom Rücken des Tieres. Als Mariam sich über den Beutel beugte, der ihre Mahlzeit enthielt, zeigte ihr ein scharfes Zischen an, daß der Esel Wasser ließ. Aber Stern war ein alter Freund und gehörte zur Familie und hatte sie bereits von Beth Lahm nach Ägypten begleitet. Ein zufriedenes Schnalzen verriet ihr, daß das Tier fertig war.

»Während du alles vorbereitest, suche ich Jesus und bringe ihn her«, sagte Yasuf und entfernte sich.

Eine halbe Stunde später kehrte er mit nachdenklicher Miene zurück. »Der Junge ist nicht mit uns gekommen.«

Mariam schlug das Herz bis zum Hals, und ihr Mund trocknete aus. »Er muß aber doch hier irgendwo sein.« Panik packte sie. »Jesus war doch mit Job zusammen.« Kaum hatte sie das ausgesprochen, wurde ihr mit eisiger Kälte bewußt, daß sie dessen nicht sicher sein konnte. Zum letzten Mal hatte sie den Jungen am Morgen im Tempelhof gesehen.

»Er war nicht mit Job zusammen«, erklärte Yasuf mit rauher Stimme, »und niemand hat ihn seit unserem Aufbruch gesehen.«

Mariam mußte hart an sich halten, um nicht laut zu schreien. »Was sollen wir denn jetzt tun ...« Sie konnte nicht weitersprechen, und ihre Augen füllten sich mit Tränen. Immer schon hatte sie befürchtet, Jesus könne etwas zustoßen, daß jemand ihn entführte oder gar ermordete.

»Ich kehre sofort in die Stadt zurück«, verkündete der Zimmermann ernst. »Vorhin habe ich mit Menan gesprochen. Er geleitet dich und die drei Kinder nach Nazareth, wo du bei deinem Vater unterkommen kannst, bis ich wieder bei euch bin.« Er kratzte sich besorgt am Kinn.

»Aber wo willst du den Jungen denn finden?« jammerte Mariam. »Ich meine, wo willst du in dieser überfüllten Stadt überhaupt mit der Suche beginnen?«

»Wo fängt ein Hirte an, nach einem verlorengegangenen Schaf zu suchen?«

»Dort, wo er es zuletzt gesehen hat!« strahlte sie.

»Genau. Deswegen werde ich mich als erstes zum Tempel begeben. Und sobald ich durch das Nordtor bin, will ich jeden fragen, ob er den Jungen gesehen hat.«

»Was sage ich nur unseren Freunden und Nachbarn?« Mariam hob hilflos die Arme. »Sie werden uns bestimmt für verantwortungslose Eltern halten.«

»Das soll uns jetzt aber wirklich nicht stören, oder? Schließ-

lich stehen wir vor einem weitaus größeren Problem.« Er nickte in Richtung der Frauen und Männer, die in kleinen Gruppen zusammenstanden und immer wieder Blicke in ihre Richtung warfen.
Mariams Instinkte als Ehefrau und Mutter brachen sich Bahn, und sie erklärte: »Menans Frau Ruth kann sich auf dem Weg um unsere Kinder kümmern, und meine Eltern werden sie in Nazareth in ihre Obhut nehmen. Ich komme mit dir.«
Yasuf hob angesichts ihres entschiedenen Tonfalls die eisgrauen Brauen. »Willst du mir etwa trotzen, Weib?« fragte er streng und reckte das Kinn.
»Ich trotze dir nicht, *baal*, Herr«, antwortete sie rasch. Ihre Stimme klang unterwürfig, aber ihr Entschluß stand fest. »Ich sage doch nur, daß ich meinen Herrn nach Jerusalem begleiten und ihm helfen will, unseren verlorenen Sohn wiederzufinden.« Sie wußte sofort, daß er sich davon nicht überzeugen lassen würde. »Und wenn ich nicht an deiner Seite mitkommen darf, werde ich eben hinter dir herlaufen; denn das ist mein gutes Recht.«
Yasuf schien zu erkennen, daß er sie nicht von ihrem Vorhaben abbringen konnte. Er nickte langsam und sagte: »Ich wußte, daß so etwas dir innewohnt, geliebtes Weib, auch wenn ich es nie erlebt habe. Also gut, wir wollen uns dieser Aufgabe gemeinsam stellen. Laß uns gleich aufbrechen. Wir können unterwegs essen. Wenn wir stramm marschieren, erreichen wir die Stadt vor Einbruch der Dunkelheit.« Zum ersten Mal zeigte sich Ärger in seiner Miene. »Und wenn wir Jesus gefunden haben, sollte er eine gute Entschuldigung bereithalten.«

Sie kamen auf dem Weg in die große Stadt gut voran, auch wenn ihnen die Nachmittagshitze sehr zu schaffen machte.

Und so erreichten sie Jerusalem, bevor die Tore zur Nacht geschlossen wurden. Die Sorge, die mit jedem Schritt anwuchs, ließ Mariam alle Hitze und Müdigkeit vergessen. War ihr Sohn noch am Leben oder bereits tot? Natürlich konnte sie sich der angenehmen Hoffnung hingeben, Jesus hielte sich noch im Tempel auf, aber wie sollten sie ihn zwischen den vielen Menschen finden, die die Tempelplattform hinaufströmten ...
Trotz ihrer Sorge beschlossen Mariam und Yasuf, sich in eine Herberge zu begeben, denn in der hereinbrechenden Dunkelheit hätten sie den Jungen ohnehin kaum entdecken können. Und diesmal hatten sie mehr Glück als bei ihrer Suche vor zwölf Jahren.

Am nächsten Morgen verließen sie den Gasthof in aller Frühe. Mariam und Yasuf kamen nur langsam voran, denn die Straßen waren noch immer von Pilgern überfüllt.
So vergingen Stunden, bis sie den großen Komplex erreichten. Und noch mehr Zeit verstrich, bis sie in den für jedermann zugänglichen Heidenhof gelangt waren. Beide hielten Ausschau nach bekannten Gesichtern, entdeckten aber niemanden. So fingen sie an, aufs Geratewohl die Anwesenden zu befragen, ob sie vielleicht einen einsamen zwölfjährigen Knaben gesehen hätten. Doch niemand konnte ihnen Auskunft geben.
Schließlich schüttelte Yasuf traurig den Kopf. »Es bleibt mir wohl nichts anderes übrig, als allein im Tempel nach dem Jungen zu suchen. Da du nicht mit hinein darfst, wartest du am besten hier bei den Säulen. Rühr dich nicht von der Stelle, auch wenn ich einige Stunden fortbleibe, denn ich möchte dich nicht auch noch in diesem Gedränge verlieren.«
So ließ er sie allein, und Mariam vertrieb sich die Zeit damit, den Blick über den Tempel wandern zu lassen.

Mehrere Zugänge führten in das Heiligtum, das von einer hohen Mauer umgeben war. Sie sah Menschen aller Größen und jeden Alters.
Eine gewaltige Brücke mit Treppe, siebenundzwanzig Fuß hoch, verband den Tempel mit der darunterliegenden Stadt und spannte sich über den für alle zugänglichen Hof zum hasmonäischen Palast, in dem Herodes Antipas, der Tetrarch, und Herodias, nach jüdischem Recht eine Ehebrecherin, lebten.
Damit täglich auf der Plattform Opfertiere geschlachtet werden konnten, enthielt der Boden ein Ablaufsystem, um die Kadaver und die Platten vom Blut zu reinigen. Das Wasser stammte aus dem Aquädukt, der im Sommer von Salomons Bassins und im Winter vom Niederschlag gespeist wurde. Die Wassermengen wurden in vierunddreißig Zisternen gelagert, von denen die größte acht Millionen Liter fassen konnte. Hunderte von unterirdischen Röhren und Kanälen leiteten das Naß aus den Zisternen zur Plattform, wo das Wasser das Blut fortspülte, das während der Opferungen, die von dreizehn Priestern durchgeführt wurden – ausgesucht aus den bis zu siebenhundert Priestern im Tempel –, in die Abflußrinnen spritzte. Die heiligen Männer zerteilten schweigend das Opfertier und legten die einzelnen Teile an die dafür vorgesehenen Stellen auf dem Altar. All dies erschien den Juden wie ein Wunder und war der ganze Stolz des Volkes.
Dem gewöhnlichen Juden war es nicht gestattet, während der Opferungen und anderer Rituale das Sanktuarium zu betreten, doch man ließ die Türen offenstehen. Dies faszinierte Mariam ganz besonders, denn jede religiöse Handlung endete mit Musik des Leviten-Orchesters, dem Singen von Psalmen, dem Vorlesen aus der Schrift und nach dem Ritual des Weintrunks dem Hymnengesang. Die Musikan-

ten schlugen die *kinnor,* die zehnsaitige Leier, bliesen das *chabil,* das Doppelhorn, zupften die *neval,* die zwölfsaitige Harfe, und begleiteten das Ganze mit Trompeten und bronzenen Zimbeln. Daraus entstand eine wunderbare, machtvolle und ergreifende Musik, der Mariam stundenlang zuhören konnte. Doch heute nacht wartete sie ungeduldig auf Yasufs Rückkehr aus den Tempelbezirken, zu denen sie als Frau keinen Zutritt hatte, und bekam deshalb nur wenig von den Klängen, dem Geruch vom ewig brennenden Feuer auf dem Altar und den Düften aus den Weihrauchbrennern mit, in denen Balsam, Weihrauch, Myrrhe, Harz, Safran, Nardenöl und andere Ingredienzien verbrannt wurden.
Mariam fühlte sich sehr allein. Sie wußte, daß sie genau an der Stelle warten mußte, an der Yasuf sie verlassen hatte, damit sie sich nicht verpassen würden. Doch der Gestank von Schweiß und das ständige Gedränge und Geschiebe der Gläubigen, deren Gesichter und Mienen sie nicht wahrnahm, erfüllte sie nicht mit Frohlocken, sondern ließ sie sich elend fühlen. Hin und wieder fielen ihr blaßgraue Augen auf, aber sie sah nie richtig hin, weil sie viel zu beschäftigt damit war, in der Menge nach Yasuf Ausschau zu halten.

Thaddeus war über seine Entdeckung so aufgeregt, daß er vollkommen vergaß, sich an der Tür ihrer gemeinsamen Behausung mit dem vereinbarten Klopfsignal anzumelden. So hielt Simeon auch das Messer wurfbereit in der Hand, als er vorsichtig die Tür öffnete und sich dann dahinterstellte, um sofort über einen möglichen unerwünschten Eindringling herfallen zu können. Im trüben Schein der Ölfunzel erkannte Thaddeus, daß Joshua sich ebenfalls erhoben hatte und sich jetzt mit einem Dolch in der Hand flach an die Wand preßte. Kurz kam ihm in den Sinn, daß andere Menschen ein viel beschaulicheres, ruhigeres Leben führten, aber er sehnte sich nicht danach. Ständige Bereitschaft und Wachsamkeit gehörten eben zum Rüstzeug eines Mörders.

»Oh, Bruder Thaddeus, du kommst gerade recht zum Essen«, sagte Simeon. Er schloß hinter dem Knaben die Tür und deutete auf den gedeckten niedrigen Tisch. Der Duft von Lammeintopf und Brot stieg von den Töpfen auf, und zwischen den Tellern stand der obligatorische Krug Wein. Alkohol war lediglich den Sikariern verboten. »Warum hast du nicht das Klopfzeichen gegeben?«

Die drei nahmen Platz und senkten die Köpfe, während Simeon als Haushaltsältester das Tischgebet sprach. Aus unerfindlichen Gründen bestand er auf diesem Ritual. Thaddeus wußte, es war besser, nicht sofort mit seiner Neuigkeit herauszuplatzen, und er wartete, bis Simeon das Gebet zu Ende gesprochen, den zeremoniellen ersten Schluck Wein getrunken und das Zellenoberhaupt das Brot gebrochen hatte. »Ich habe Nachrichten, Brüder«, erklärte der Jüngling dann. »Sie haben mit dem zu tun, was du uns vor einigen Stunden berichtet hast, Bruder Simeon.«

Der Angesprochene hob die Brauen. »Du meinst den Jungen, der im Tempel mit den Priestern und Ältesten diskutiert und alle mit seinen Fragen und klugen Antworten in Erstaunen versetzt hat?«

»Genau von dem spreche ich.«

»Was hast du uns mitzuteilen?«

»Zur Zeit sind seine Eltern im Tempel und suchen nach ihm. Sie sind erst über den Marktplatz gelaufen, wo ich mich gerade zufällig aufhielt, und dann zum Tempel weitergeeilt.«

»Wer sind denn seine Eltern?«

»Der Vater heißt Yasuf und ist Zimmermann aus Nazareth. Ein alter Graubart mit einer ziemlich jungen Frau. Er und

seine Familie sind zum Pessach-Fest in die Stadt gekommen und haben dort ihren Sohn verloren, dem sie den Namen Jesus gegeben haben.«
»Wie hast du das in Erfahrung bringen können?« fragte Simeon streng.
»Keine Angst, ich habe mich nicht zu erkennen gegeben«, versicherte der Jüngling dem Zellenführer. Wenn ihm nicht bewußt gewesen wäre, daß Simeon diese Frage allein aus Sorge um ihn gestellt hatte, hätte er jetzt wütend protestiert. Aber Simeon und er liebten sich von ganzem Herzen und paßten stets aufeinander auf. »Der Graubart hat das alles bereitwillig jedem erzählt, wohl in der Hoffnung, daß sich jemand an seinen Sohn erinnern und ihm weiterhelfen könne.«
»Denkt ihr beide jetzt das gleiche wie ich?« fragte Joshua.
»Aber gewiß doch«, bestätigte Simeon und nickte in Richtung Thaddeus. »Der Junge ist etwa zwölf Jahre alt und Sohn eines Zimmermanns aus Nazareth. Ihr erinnert euch bestimmt noch an unsere Nachforschungen. Damals erfuhren wir, daß Yasuf, Mariam und ein Säugling, der in Beth Lahm das Licht der Welt erblickte, dem Massaker, das Herodes, das Schwein, möge seine Seele auf ewig in der Hölle verrotten, anordnete, durch die Flucht nach Ägypten entkommen konnten. Wir vermuteten damals, daß die drei Könige, die den Sternen bis hierher gefolgt waren, der Familie eine Warnung zukommen ließen.«
»Ist denn dieser Jesus der Messias?« wollte Joshua wissen.
»Wenn er es nicht sein sollte, werden wir ihn nach seiner Vorstellung heute, die morgen bestimmt alle Gespräche auf dem Marktplatz beherrscht, eben zum Messias machen.«
Thaddeus' Herz schlug schneller. Nach all den Jahren des Wartens und Harrens hatten sie endlich etwas Greifbares in der Hand. Zwar hatte er sich in all der Zeit mit dem Leben

eines Mörders begnügt und geglaubt, damit zufrieden zu sein, doch jetzt spürte er eine Erregung wie damals. »Meinst du, wir sollen den Knaben noch heute abend aufspüren und entführen, so wie wir das bereits vor zwölf Jahren vorgehabt haben?«

»Nein, nicht heute nacht. Er hat bei den Priestern und Ältesten einen so tiefen Eindruck hinterlassen, daß sie bestimmt bereits den Sanhedrin informiert haben und heute noch zu einer Sitzung im Tempel zusammenkommen.« Er sah den Jüngling an. »Hält dieser Jesus sich denn noch im heiligen Haus auf?«

»Ich habe ihn zwar nicht mit eigenen Augen gesehen, aber ich möchte bezweifeln, daß er den Tempel bereits verlassen hat.«

»Da hast du natürlich recht. Die Priester und Ältesten sind sicher so begeistert von seiner Klugheit und seinem Wissen, daß sie ihn nicht ziehen lassen, bis sie alles von ihm gehört haben. Sie würden ihn höchstens seinen Eltern herausgeben. Wahrscheinlich haben sie dem Knaben sogar gut zu essen gegeben, damit sie sich um so länger an ihrem neuesten Spielzeug begeistern können.«

»Aber was wollen wir unternehmen?« fragte Thaddeus. Die Enttäuschung umschloß seinen Magen wie eine eisige Faust.

»Es besteht für uns kein Grund zur Eile. Wir lassen ihn mit seinen Eltern nach Nazareth heimziehen. Uns wird es nämlich viel leichter fallen, ihn in diesem abgelegenen Ort zu entführen.«

Er blieb noch eine ganze Weile vor dem Hauptsaal des Sanhedrin-Gebäudes unweit des großen Tors am westlichen Aufgang zum Tempel stehen, und bei ihm befanden sich die drei Ratsmitglieder, die er nach dem Ende der

heutigen Sitzung gebeten hatte, noch auf ein Wort zu ihm zu kommen. Der Mann hatte Grund, mit sich zufrieden zu sein. Die zurückliegenden Jahre seit dem Tod des Königs Herodes, der bereits von manchen der Große genannt wurde, hatten seine wichtigsten Ambitionen wahr werden lassen, und die Mitgliedschaft im Hohen Rat hatte es ihm ermöglicht, sich eine Machtbasis zu schaffen, die nicht mehr von einem einzelnen Herrscher bedroht werden konnte, wie es in früheren Zeiten sooft der Fall gewesen war. Der Tetrarch oder der jeweilige römische Prokurator konnten den Sanhedrin nicht mehr mit der gleichen Effektivität ausschalten oder in Bedrängnis bringen, wie es noch der große Herodes vermocht hatte. Zadok war sich wohl bewußt, daß er seine Aufnahme in den Hohen Rat zu einem nicht geringen Teil Herodias zu verdanken hatte. Er hatte in all den Jahren still und gründlich daran gewirkt, dem Sanhedrin seine alte Macht und sein ehemaliges Prestige zurückzugewinnen und sich selbst zur einflußreichsten Persönlichkeit in diesem Gremium zu machen. Der momentane Hohepriester, Hannas, sein Onkel väterlicherseits, stellte nur noch nominell das Oberhaupt des Rats dar.
Die schwarzgewandeten Diener traten mit den bronzenen Kellen ein, um die Kerzen an den Wänden der hohen Halle zu löschen. Ihre bloßen Füße bewegten sich geräuschlos über den kühlen rosafarbenen Marmorboden. Stechender Harzgeruch erfüllte den Raum, in dem sich bis vor wenigen Minuten die einundsiebzig Mitglieder des Sanhedrins aufgehalten hatten und von denen jetzt nur noch vier zurückgeblieben waren. Das Löschen der Kerzenflammen erschien Zadok plötzlich wie ein Symbol: die Ablösung der alten Macht. Noch eine gute Nachricht, und ich fange an, hysterisch zu lachen, ermahnte er sich zur Ruhe. Glaube ohne Hoffnung heißt die Devise.

»Laß die Kerzen hinter dem Tisch brennen«, befahl Zadok dem Oberdiener, auf dessen gesenktem Haupt nur noch wenige weiße Haare sprossen. »Wir müssen noch etwas in der inneren Kammer besprechen. Sorge bitte dafür, daß wir nicht gestört werden.«

Der alte Lukas lächelte und zeigte dabei seine langen gelben Zähne. Dann verbeugte er sich noch einmal und zog sich zurück. Die Diener erfüllten stets bereitwillig seine Anordnungen. Obwohl Prinz Zadok in früheren Jahren der Partei der Sadduzäer angehört hatte, war es ihm gelungen, sich überzeugend in einen Pharisäer zu verwandeln.

Er legte den Eifer an den Tag, der für solches Tun vonnöten war, und unternahm alles in seiner Macht Stehende, um den jüdischen Ritualen, Gebräuchen und Traditionen Geltung zu verschaffen, und das nicht nur in den jüdischen Landen, sondern auch, wenn möglich, bei den Auslandsjuden in der Diaspora. Doch insgeheim lachte er nur über all dies. Und während er die drei Ratsmitglieder mit einer Geste einlud, ihm in die innere Kammer zu folgen, dachte er zynisch: Ich würde zum Esel, Kamel oder gar Schwein werden, wenn es mir nur hülfe, an die Macht zu gelangen.

Er blieb vor dem Spiegel aus polierter Bronze stehen, um den runden weißen Hut auf seinem silberschwarzen Haar geradezurücken, und betrachtete voller Bewunderung die durchdringenden dunklen Augen, die ihn aus dem falkenartigen Gesicht anblickten. Seine hochgewachsene Gestalt mit den breiten Schultern wurde von dem weißen Untergewand aus Leinen, der ebenfalls weißen Tunika und dem schwarzen Mantel – *kalmus* – darüber betont. Zadok hatte den Fürsten Reuben und die Prinzen Zebulon und Ascher zu sich gebeten, weil sie im Rat stets für ihn stimmten und er ihre Mithilfe bei seinem Plan benötigte.

Der große, hagere und flachgesichtige Reuben gehörte zu

den reichsten Männern Judäas, doch die ungeklärten Umstände seiner Herkunft machten es ihm unmöglich, in einer snobistischen Gesellschaft aufzusteigen, die mehr Wert auf die Geburt als auf Reichtum legte. Zadok hatte früh erkannt, welchen Wert dieser Mann für ihn darstellen konnte, und ihn deswegen von Anfang an auf seine Seite gezogen. Er und ich haben beide unseren Preis, sagte sich Zadok, als er den anderen in den Raum folgte. Reuben will in eine Position gelangen, die er sich mit seinem vielen Geld nicht kaufen kann, während ich auf sein Vermögen, seinen Verstand und seine absolute Loyalität angewiesen bin, und zwar von einem Familienvater, der mit einer zurückgezogen lebenden Frau und sechs erwachsenen Söhnen gesegnet ist. Mit Prinz Zebulons Herkunft verhielt es sich etwas anders. Er war klein und drahtig, besaß scharf geschnittene, pointierte Züge, und seine wachsamen Augen standen niemals still. Der Mann war dank eigener Verdienste als Schola, reicher *nasi* – Prinz – und braver Familienvater mit zwei Kindern in den Rat gewählt worden. Zwar verfügte auch er über einen gewaltigen Ehrgeiz, aber er war klug genug gewesen, zu erkennen, daß Zadoks Stern im Aufsteigen begriffen war, und hatte sich ihm deshalb schon früh angeschlossen. Zadok wußte, daß er sich genauso rasch wieder von ihm abwenden und einem anderen Stern, der ihm noch heller erschien, folgen würde; daher würde Zadok alle Vorkehrungen treffen, keine Konkurrenz an seinem Himmel aufkommen zu lassen.

Der dritte *nasi,* Prinz Ascher, besaß die behagliche, sonnige Art, die so vielen großen und fetten Männern eigen ist. Er liebte Essen, Wein und alle Arten von Zerstreuung. Ascher war zweimal verwitwet und hatte keine Kinder – vermutlich, weil der Schmerbauch ihm den Blick auf das für die Fortpflanzung nötige Rüstzeug versperrte, wie Zadok höhnisch vermutete, als er beobachtete, wie der dicke Mann auf seinen Platz am Tisch zuschaukelte. Der Prinz hatte seinen Sitz im Rat ererbt, und er schien vom Leben nichts anderes als ständige Unterhaltung zu verlangen. Obwohl er normalerweise von träger Natur war, stand er doch bei jedem Abenteuer sofort zur Verfügung, besonders, wenn es seine Taschen zu füllen und ein großer Spaß zu werden versprach.

Der kleine Raum war von Kerzen, die in Leuchtern steckten, und Öllampen, die von Trägern an den ansonsten nackten Wänden hingen, recht hell erleuchtet. Diese Kammer wurde normalerweise für interne Treffen von Ratsmitgliedern genutzt, auf ihrem Boden aus rosafarbenem Marmor standen lediglich ein Tisch aus weißem Akazienholz und einige ihn umgebende Couchen.

Zadok wartete, bis die drei Platz genommen hatten. Dann schloß er die Tür und sperrte so das Gemurmel der Diener aus. Er marschierte zum anderen Ende des Raums, setzte sich hin und betrachtete die Männer mit einem Lächeln. Weiße Zähne zeigten sich in der Lücke zwischen dem schwarzsilbernen Schnurrbart und dem ebenso gefärbten Bart.

»Ich habe euch gebeten, euch nach der Sitzung mit mir zu treffen, damit ihr einen Plan unterstützen mögt, den ich vorhin geschmiedet habe.« Da er wußte, daß die drei Ratsmitglieder jetzt lieber nach Hause gehen wollten, kam er gleich zur Sache: »Viele von uns im Sanhedrin haben ihr Leben dem Ziel geweiht, das vereinigte jüdische Königreich mit einem starken Herrscherhaus an der Spitze wiederherzustellen, damit unsere kostbare Freiheit und unsere heiligen Rechte, Einrichtungen und Traditionen vor allen Gefahren gesichert gedeihen können. Unsere römischen Herren verstehen sich trefflich auf das Prinzip: Teile und herrsche. Deswegen haben sie seit über hundert Jahren auch Idumäer als Könige oder Tetrarchen über uns eingesetzt. Doch heute ist etwas geschehen, das uns Juden endlich einen Hoffnungsschimmer auf die gewünschte Zukunft schenkt.«

»Willst du damit andeuten, das uns etwas erstanden ist, mit dem sich unser größtes Problem lösen ließe, den Glaubensverfall in den Herzen der Menschen unseres Volkes zu überwinden?« fragte Prinz Ascher.

»Genau dieses meine ich, *nasi*«, antwortete Zadok. »Denn das, was uns erstanden ist, führt uns möglicherweise direkt in die Herzen unseres Volkes.« Er faltete die Hände, stützte die Ellbogen auf die Knie und beugte sich vor. »Worauf gründet sich unsere größte Hoffnung, auch wenn es uns bisweilen so vorgekommen ist, als sei sie vergebens?« fragte er in die Runde und legte eine kurze Pause ein, um für seine weiteren Worte eine größere Wirkung zu erzielen. »Ich will es euch sagen, meine Herren. Seit Jahrhunderten schon ersehnen wir die Ankunft unseres Messias.« Seine Stimme schwoll an. »Selbst der verstorbene, verdammungswürdige Herodes war sich nicht zu schade, sich als unser Messias hinzustellen, wußte er doch, daß er nur so die ungeteilte Zustimmung und Unterstützung unseres Volks erringen konnte. Vor zwölf Jahren, als drei Könige aus dem Osten den Sternen folgten, die von der Geburt eines Messias zu künden schienen, befahl er den Tod von Dutzenden unschuldiger männlicher Säuglinge, um so die Hoffnung zu zerstören, die in den Herzen der Juden zu brennen begonnen hatte, und sich selbst als den alleinigen Messias präsentieren zu können.«

»Seit Jahren schon bildet dieses Thema die Grundlage aller Diskussionen, sobald wahre Gläubige zusammenkommen, sei es bei sich zu Hause, auf den Straßen oder im Tempel«, bemerkte Fürst Reuben.

Zadok hatte selbst schon bei unzähligen Gelegenheiten mit diesen Männern darüber debattiert. »Worte, nichts als Worte!« rief er jetzt und hob, des Effekts wegen, eine bebende Hand. »Das Refugium derer, die geknechtet werden, so als könne es ihnen das Joch, das sie tragen müssen, erleichtern, wenn sie gegen Schmähungen, Scheußlichkeiten und Ungerechtigkeiten wettern. Aber wir, die wir hier versammelt sind, sind Männer der Tat, und wir verabscheuen diejenigen, die nur jammern, statt um ihre Ziele zu kämpfen.« Er wurde von einem Moment auf den anderen ruhiger. »Aber haben wir nicht auch auf die Ankunft des Messias gewartet?«
Prinz Zebulon und Fürst Reuben nickten, und in ihren Augen brannte Interesse. Nur Prinz Ascher blieb unbewegt. Sein Sitz krachte, als er sich vorbeugte. »Warum fragst du uns das?« Seine Stimme klang so heiser und atemlos, wie man das bei verfetteten Männern antrifft, und es hörte sich an, als müsse er jedes Wort hinauskeuchen. »Hat sich denn etwas an unserer Situation geändert?« wollte er mit einem listigen Aufblitzen in den Augen wissen.
Zadoks Puls schlug jetzt tatsächlich schneller: »Ich glaube, wir haben jemanden gefunden, der unser Messias sein könnte«, entgegnete er, seine Worte mit Bedacht wählend.
»Hört genau hin, meine Brüder, was Prinz Zadok gesagt hat«, rief Prinz Ascher. »Er *glaubt,* wir *könnten* unseren Messias gefunden haben.« Der dicke Mann hob sein Mehrfachkinn, um sein Gegenüber direkt ansehen zu können. »Was willst du uns mit so vorsichtig ausgesuchten Worten nahebringen, *nasi?* Wenn tatsächlich ein Messias gekommen ist, dann ist er unzweifelhaft der Messias und wird von allen Menschen als solcher erkannt werden.«
»Nicht zwangsläufig«, erwiderte Zadok. »Die meisten Juden glauben insgeheim, der Messias würde auf wunderbare

Weise vom Himmel selbst herabsteigen. Ich hingegen bin der Ansicht, daß es sich bei den Wundern, die der Messias vollbringt, lediglich um Signale handelt, die wir leicht vernachlässigen können. Denn jetzt sind wir in der Position, uns einen Messias auserwählen zu können ...« Er warf einen langen Blick in die Runde. »Um ihn für diese Rolle auszubilden.«

»Das ist ein Sakrileg!« rief Ascher, aber das Funkeln in seinen Augen sprach absolut nicht von Empörung. »Ich glaube, ich weiß jetzt, was du im Sinn hast. Du sprichst von dem Jungen, der heute im Tempel war und bei den Ältesten und Priestern einen solch großen Eindruck hinterlassen hat, daß sie im heiligen Bezirk immer noch über ihn diskutieren.«

»Selbstverständlich«, bestätigte Zebulon mit grimmiger Miene, ehe sein Blick sich umwölkte. »Aber wie bringen wir einen frühreifen Knaben, meinetwegen auch ein Genie, mit dem Messias in Einklang?«

Zadok hob triumphierend einen Zeigefinger: »Ich habe mir die Mühe gemacht, mich nach der Herkunft des Jungen zu erkundigen. Auch wenn es euch jetzt unglaublich erscheinen mag, aber bei diesem Knaben handelt es sich um denselben, der vor zwölf Jahren in Beth Lahm geboren wurde, und zwar direkt unter der Konjunktion der Sterne Saturn und Jupiter.«

Seine Eröffnung wurde mit erstauntem Schweigen beantwortet. Prinz Ascher röchelte schnaubend. Fürst Reuben vergaß, den Mund zu schließen. Und Prinz Zebulon starrte wie die fleischgewordene Ungläubigkeit.

»Wie hast du das herausgefunden?« wollte Reuben wissen.

»Als ich heute nachmittag davon erfuhr, habe ich sofort einen meiner Sp–«, er unterbrach sich und entschied sich lieber für einen anderen Ausdruck: »speziellen Gewährs-

männer, er ist Priester, beauftragt, den Jungen beim Mittagsmahl auszuhorchen.«
»Aus solchem Stoff wird das Schicksal gewebt!« rief Zebulon.
»Aber wie konnte der Knabe dem Massaker entkommen?« fragte der scharfsinnige Ascher.
Darauf wußte Zadok sofort die Antwort: »Er teilte meinem Priester mit, daß seine Eltern von den drei Königen gewarnt und über Herodes' Vorhaben informiert wurden. Daher flohen sie nach Ägypten und hielten sich dort zwei Jahre lang auf, ehe sie in ihr Heimatdorf Nazareth zurückkehrten. Denkt darüber nach, Brüder: Sein Vater wurde in Beth Lahm geboren und mußte wegen Herodes' Volkszählung dorthin reisen. Bei dieser Volkszählung handelte es sich um eine der häufigen Launen des verstorbenen Königs. Sie bewirkte aber, daß der Zimmermann Yasuf mit seiner Frau Mariam nach Beth Lahm zog, wo sie eine Nacht in einem erbärmlichen Stall verbringen mußten, weil es in dem elenden einzigen Gasthof Beth Lahms oder in den Häusern der Bewohner kein anderes Unterkommen für sie gab. Und dieser Stall befand sich genau unter der Konjunktion der Sterne.«
»Du aber, Beth Lahm Ephratah«, zitierte Zebulon und wurde dabei von Aschers Schnaufen und dem Zischen der Öllampen begleitet.
»Beim Himmel!« flüsterte Reuben.
»Recht gesprochen. Der Himmel hat uns endlich seinen Boten geschickt. Und nun vernehmt auch noch dies: Der Zimmermann Yasuf stammt aus dem Hause David.«
»Das ist ja perfekt!« bemerkte Zebulon voller Ehrfurcht.
Selbst der zynische Ascher schien jetzt überzeugt zu sein.
»Und der Knabe konnte heute seine Qualitäten vermittels der scharfsinnigen Fragen und klugen Antworten im Tem-

pel unter Beweis stellen. Offensichtlich wohnt seinem Geist Heiligkeit inne.« Die Fleischfalten um seine achatblauen Augen verschoben sich, bis er Zadok direkt anblicken konnte. »Ich für meinen Teil denke, daß diese Angelegenheit es wert ist, versucht zu werden«, erklärte er. »Was also schlägst du vor?«

»Schwört ihr, im Namen eurer heiligen Vorfahren, Stillschweigen zu bewahren?«

»Das schwöre ich«, beteuerte Zebulon sofort.

»Ich ebenso«, schloß sich Reuben an.

»Du hast mein Wort, und das ist so gut, daß es keines weiteren Schwurs bedarf«, erklärte Ascher.

»Also gut. Zuerst müssen wir für absolute Geheimhaltung sorgen. Nur mein Gewährsmann, der Priester, dessen Identität ich nicht einmal vor euch aufdecken werde, kennt die Herkunft und besondere Bedeutung des Knaben. Aber er wird nichts davon jemals preisgeben. Genausowenig wie wir. Die Zeit des Messias wird kommen, aber noch nicht heute. Zunächst müssen wir diesen Jesus darin unterrichten, wie unser Volk aus seiner geistigen Finsternis zum Licht des Herrn geführt werden soll. Als Sohn eines einfachen Zimmermanns in einem abgeschiedenen Dorf kann er natürlich die Art der Prinzen oder was es heißt, politisch oder militärisch zu führen, nie von allein begreifen. Wir müssen ihn daher in allen Aspekten seiner Aufgabe unterweisen, ihn in der richtigen Interpretation der Thora unterrichten und ihm beibringen, wie man gemäß des Talmud lebt.«

»Aber wie sollen wir das bewerkstelligen?« wollte Zebulon wissen. Er klang vor Erregung ganz heiser. Nach einem Moment des Nachdenkens wurde ihm jedoch klar, was Zadok beabsichtigte. »Du willst ihn in deine Gewalt bringen? Ihn entführen? Das ist doch gegen das Gesetz!«

»Wir sind das Gesetz, und wir haben den Propheten gefunden«, erwiderte Zadok grimmig.

Mariam wartete immer noch in ungeduldiger Anspannung an der großen Säule. Sie wagte es nicht, sich vom Fleck zu bewegen, obwohl der Ritus beendet war und die Menge sich anschickte, den großen Platz zu verlassen. Mariams Mund war ausgetrocknet, und ihre Brust hatte sich schmerzhaft zusammengezogen, doch sie bemühte sich, wenigstens nach außen hin die Fassung zu wahren.
Dann endlich erblickte sie Yasuf, der aus dem inneren Tempel kam und mit einem endlosen Strom von Menschen die Stufen hinunterlief. Mariams Herz schlug schneller, bevor Verzweiflung sie übermannte. Yasuf war allein.
Wie durch eine geheime Verbindung ihrer Liebe fand er gleich ihren Blick, lächelte sie an und zeigte neben sich. Mariam wagte kaum zu hoffen, als sie in die Richtung des Fingers spähte. Und dann sah sie ihn in einer Lücke, die sich jetzt in der Menge auftat: Jesu dunkles, lockiges Haar, seine königlichen Züge und seine aufrechte Haltung. Ihr lieber Junge, die Hoffnung ihres Lebens war gefunden worden. Yasuf hatte recht damit gehabt, zum Tempel zurückzukehren.
Die Erleichterung machte ihr klar, wie erschöpft sie war, doch dann überkam sie großer Zorn. Wie hatte Jesus ihnen so etwas antun können? Vermaledeiter Bengel, ihnen so große Angst einzujagen! Gar nicht zu reden von den vielen Meilen, die sie unter der heißen Sonne hatten zurücklaufen müssen, oder von den Stunden voller Sorge und Verzweiflung, die sie durchgestanden hatten!
Erlebten andere Menschen auch solche Schrecknisse? Ein kleiner, dicklicher Bursche, der ganz in Weiß gekleidet war, verrenkte sich den Hals, so als hielte er ebenfalls nach jemandem Ausschau. Nun begann Mariam auch Einzelperso-

nen in der Menge wahrzunehmen: Ein Riese von einem Mann mit einem langen Bart, der ein braunes Gewand trug, unweit von Yasuf stand und alle anderen überragte, blickte so unterwürfig drein, daß es im offenen Widerspruch zu seiner imposanten Erscheinung stand. Ein alter Jude, der wohl aus der Diaspora stammen mußte und dessen gekräuseltes weißes Haar einen deutlichen Kontrast zu seiner schwarzen *yarmulke* bot, humpelte suchend umher. Dann standen sie vor ihr: Yasuf, über einen Kopf größer als Jesus, und der Junge, dessen dunkle Augen auf gleicher Höhe mit den ihren waren. Aus einem ersten Impuls heraus wollte Mariam den Sohn an sich reißen und in die Arme nehmen, doch dann erwies sich der Zorn als stärker: »Wo hast du gesteckt?« fragte sie streng und mit etwas zu schriller Stimme. Zwei Männer, die gerade vorbeikamen, drehten sich erschrocken zu ihr um, aber Mariam beachtete sie nicht.
»Wieso? Hier, im Hause des Herrn«, antwortete Jesus verwundert, so als habe er etwas vollkommen Selbstverständliches getan. »Wo sonst sollte ich gewesen sein, liebste *em?*«
Jetzt konnte Mariam nicht länger an sich halten. »Du ungezogener Junge, weißt du nicht, wieviel Sorge du mir und deinem Vater bereitet hast?« schrie sie ihn an.
»Beruhig dich, Mutter, man soll doch nicht im Hause des Herrn für einen Tumult sorgen.« Die Worte des Knaben klangen so sanft, daß sie überhaupt nicht überheblich oder altklug wirkten.
»Du wagst es, in diesem Tonfall zu mir zu reden, und das nach allem, was du uns angetan hast?« fuhr sie ihn dennoch an, allerdings mit gesenkter Stimme, weil tatsächlich schon einige Menschen neugierig geworden und stehengeblieben waren. »Du solltest deinen Eltern mehr Respekt erweisen. Gehört das nicht zu den Geboten, die der Herr dieses Hauses uns gegeben hat? Daß man seine Eltern ehren soll?«

»Ich erweise dir den allergrößten Respekt, *em.* Bei aller gebotenen Liebe und allem Respekt, nicht ich oder meine Worte sind ungehörig, sondern der Geist, in dem du sie vernimmst.«

Nun konnte Mariam sich endgültig nicht mehr beherrschen. Sie hob eine Hand und machte einen Schritt auf ihn zu. Doch dann ließ etwas in Jesu Augen sie innehalten, auch wenn sie die Hand nicht sinken ließ. Ihre Gedanken kehrten zurück zu jener Stunde vor dreizehn Jahren, an dem ihre Mutter sie ebenfalls hatte schlagen wollen, weil Mariam gerade zugegeben hatte, schwanger zu sein.

»Jetzt ist es aber genug mit diesem Gezänk vor aller Ohren«, fuhr Yasuf mit leiser, aber eindringlicher Stimme dazwischen. »Wir sollten etwas mehr Würde zeigen.«

Er legte dem Jungen eine feste Hand auf die Schulter. »Du hast dir die Rute verdient. Wenn wir wieder zu Hause sind, wirst du sie vielleicht auch zu spüren bekommen. Doch nun ist es erst einmal wichtiger, daß wir etwas zu essen und eine Unterkunft für die Nacht finden. Ich denke, damit sollten wir nun, da das Pessach-Fest vorüber ist und die meisten Gläubigen sich bereits auf dem Heimweg befinden, keine allzu großen Schwierigkeiten mehr haben.« Er nahm die Hand von Jesu Schulter, legte sie ihm unters Kinn und hob seinen Kopf, damit er ihn ansehen mußte. »Du bist schon ein einzigartiges Geschöpf«, erklärte Yasuf. »Aber was ist mit uns einfachen Menschen? Was meinst du wohl, was wir durchgemacht haben, als wir nicht wußten, wo wir dich finden konnten?«

»Aber du hast mich doch gefunden, *av*«, entgegnete der Junge sanft und liebenswürdig. »Du bist zu dem richtigen Schluß gekommen, daß ich mich im Haus meines Vaters aufhalten würde.«

Yasuf war für einen Moment sprachlos und konnte nur den Kopf schütteln.

»Aber was wolltest du denn dort, wo du doch eigentlich bei uns und der Karawane hättest sein müssen, mit der wir heimreisen wollten?« wollte Mariam von ihm wissen.
»Das Gebot Gottes stand für mich über allem anderen«, antwortete Jesus ruhig. »Es tut mir leid wegen euch, *av* und *em*, aber als ich unerwartet den Befehl erhielt, hierzubleiben, war plötzlich nichts anderes mehr in meinem Sinn.«
»Du hättest uns doch sagen können, daß du noch etwas hierbleiben wolltest«, entgegnete Yasuf.
»Hättest du es mir denn erlaubt, verehrter Vater?«
»Dann hast du uns also vorsätzlich getäuscht, um deinen eigenen Willen durchzusetzen.« Jetzt blitzte auch in Yasufs Augen Verärgerung auf.
»Aber nein, *av*. Du weißt, daß ich so etwas nie tun würde. Der Drang, an diesem Ort zu verweilen, war so stark, daß ich einfach nicht daran gedacht habe, euch Bescheid zu geben.«
Mariam beobachtete, wie ihr Mann den Jungen lange und eindringlich ansah. Als Yasuf einen Seufzer ausstieß, hatte sie tiefstes Mitgefühl für ihn. Am liebsten hätte sie ihrem Sohn jetzt doch noch eine Ohrfeige verpaßt, aber dann sagte sie sich, daß es wohl besser wäre, dem Weg zu folgen, den ihr Gatte eingeschlagen hatte.
»Ich bin nur ein einfacher Zimmermann«, erklärte Yasuf mit traurigem Blick, »und ich verstehe mich nicht darauf, mit den Ältesten und Priestern zu debattieren. Doch dies wisse, mein Sohn: Du kannst Gottes Willen nicht erfüllen, indem du aus Gedankenlosigkeit anderen weh tust.«
»Du hast recht, *av*, und ich erbitte demütig deine Verzeihung und die meiner Mutter.« Seine wunderschönen dunklen Augen füllten sich mit Tränen. »Ich scheine noch soviel lernen zu müssen.«

KAPITEL 11

Kurz nach meiner Rückkehr nach Baktrien beschloß ich, das Gottesbewußtsein in den Mittelpunkt meines Lebens zu stellen. König Herodes' Mord an den unschuldigen Kindern, für den ich mich immer noch zu einem gerüttelt Maß verantwortlich fühlte, spielte bei dieser Entscheidung eine nicht geringe Rolle.

Ich dankte wenig später ab und reiste zum geheiligten Hain von Kapilavatthu in Indien, dem Refugium der heiligen Männer. Während meines mehrjährigen Aufenthalts dort erlebte ich, wie Männer sich in die Luft erheben, über Wasser wandeln, Gegenstände allein durch ihre Willenskraft bewegen und sogar ihren Tod simulieren konnten. Durch Meditation und Konzentration verbesserte ich meine eigenen Fähigkeiten.

Zehn Jahre später trieb mich etwas, das ich nicht genau erklären konnte, diesen Ort zu verlassen und mit einer Karawane nach Mohenjo Daro zu ziehen, das neben Harappa die Hauptstadt der indischen Kultur vor dem Eindringen der Arier gewesen war und am Fluß Indus lag. Dieser innere Zwang läßt sich am ehesten mit dem vergleichen, was Zugvögel im Herbst dazu treibt, nach Süden zu ziehen. Ich besaß weder Geld noch Nahrungsvorräte, wußte aber, daß ich mich schon irgendwie dorthin durchschlagen würde, wohin das Schicksal mich führen sollte. Und wenn die Menschen oder die Natur mir nicht das gaben, was ich benötigte, so konnte ich auch einige Tage lang ohne Essen und Trinken auskommen. Und wenn ich kein Schiff oder keinen Wagen zum Transport fand, konnte ich genausogut laufen. Und wenn ich keinen Unterschlupf für die Nacht

fände, würde eben der Himmel mein Dach sein. Da Karawanen von einem Versorgungsort zum nächsten zogen und sich dort, um ihre Tiere und Wagen zu schonen, mit den Tragtieren versorgten – Maulesel für die Berge oder Kamele für die Wüste –, die sich den landschaftlichen Erfordernissen am besten anpassen konnten, mußte ich keiner von ihnen zu lange zur Last fallen. Weder Banditen noch Wetterumschwünge sorgten mich übermäßig, und ich habe es nicht einmal bedauert, meinen gesamten weltlichen Besitz aufgegeben zu haben, bei dem es sich ohnehin nicht um sehr viel gehandelt hat.
Meine Reise schien vorherbestimmt zu sein. Bei Mohenjo Daro, oder besser dem kleinen Dorf, das von dieser einst so stolzen Stadt übriggeblieben war, wartete schon eines der flachen Boote auf mich, mit denen man in dieser Gegend den Indus befährt, um mich nach Norden und zurück in meine alte Heimat Baktrien zu bringen. Dort angekommen, als einfacher Pilger und nicht mehr als König, verließ ich die Kahnflotte und schloß mich einem Kamelzug nach Susa an. Und dort in Südpersien mußte ich nicht lange warten, bis ich eine neue Karawane fand, die über Damaskus ziehen wollte.
Noch immer wußte ich nicht, wohin die Reise mich führen sollte, und ich ließ mich nur von meinem inneren Bewußtsein leiten. Während ich an den Herrscherstätten von Kyros, Darius und Alexander vorbeizog, erhielt ich immer öfter Bestätigung dafür, daß das Heil des Menschen nicht darin besteht, Gebiete zu erobern, sondern in ihm selbst ruht. Im Streben nach dem Nichtreich der Wahrheit sind sich der großmächtige König und der Bettler gleich, denn was sind Könige anderes als Bettler, die nach einem großen Reich streben?
Als ich Damaskus erreichte, mußte ich über die jüdischen

Könige nachdenken, über David, Salomon und die Stammesfürsten, die ihre Reiche in der Wüste für wenige hundert Jahre zum Erblühen gebracht hatten. Wo waren sie heute? Was war aus dem geworden, das sie vollbracht und errungen hatten? Wie glücklich durfte ich mich preisen, auf mein Königreich verzichtet zu haben.
Wiederum einem Impuls folgend, blieb ich für eine Weile in der Stadt und vervollkommnete meine Kenntnisse in Arabisch, Aramäisch, Latein und Hebräisch.
Als der Drang mich erneut überkam, reiste ich nach Westen weiter, zuerst zu Fuß übers Land, dann einer Karawanenroute folgend, bis ich an den Nordrand des Sees Genezareth gelangte und Sepphoris erreichte, einen der Hauptorte in Galiläa. Diese Stadt war einst von den Römern niedergebrannt worden, doch der neue Herrscher von Galiläa, Herodes, ließ sie in noch größerer Pracht wiederaufbauen. Die Menschen versahen ihn mit dem Beinamen Antipas, sei es, um seinen Vater, Herodes den Großen, zu ehren oder sein Angedenken zu schmähen. Was hatte den neuen Herrscher Herodes Antipas, der nicht mehr König war und nur noch den Titel Tetrarch trug, dazu bewogen, die alte Stadt wieder auferstehen zu lassen? Hoffte er, dadurch die Unterstützung seiner Untertanen zu erringen? War er möglicherweise sogar darauf aus, sich eines Tages von ihnen zum versprochenen Messias ausrufen zu lassen, ein Bemühen, in dem sein Vater gescheitert war?

KAPITEL 12

Herodias hatte sich von ihrem Gemahl, Prinz Boethos, scheiden lassen, als dieser aus dem Königreich verbannt worden war, und seinen Halbbruder, einen weiteren Prinzen Herodes, der jedoch den Beinamen Antipas trug, geheiratet. Dieser entstammte der Verbindung des großen Königs mit der samaritischen Prinzessin Malthake. Prinz Herodes Antipas war daraufhin in den hasmonäischen Palast umgezogen. Nach dem Tod des großen Herodes hatten die Römer das Reich unter dreien seiner Söhne aufgeteilt: Archelaos erhielt Judäa und Samaria – wurde aber im Jahr sechs nach Christus wegen zu tyrannischen Gebarens abgesetzt; ein römischer Statthalter oder Prokurator trat an seine Stelle –, Antipas beherrschte fürderhin Galiläa und Peräa, und Philippos bekam Ituräa, Trachonitis und das nordöstliche Gebiet.

Prinz Zadok hatte keine Zeit verloren und sie bei seinem jüngsten Besuch in seinen Plan eingeweiht. Er konnte sie kurz vor dem Mahl sprechen, weil ihr Gemahl an diesem Abend spät speisen wollte, und sie beschlossen, daß Herodias das Thema ansprechen sollte, wenn sie später Antipas bei Tisch Gesellschaft leistete.

Der ursprüngliche hasmonäische Palast war vor knapp zweihundert Jahren erbaut worden, und Herodes der Große hatte ihn seinerzeit um über ein Drittel vergrößert. Judas Makkabäus hatte ihn nach seinem Sieg über den seleukidisch-griechischen König Antiochus IV. und der Einnahme von Jerusalem errichtet. Er erhob sich direkt gegenüber dem unteren Palast, gleichzeitig Sitz der Stadtverwaltung von Jerusalem, und die beiden Türme, die den Palasteingang

bewachten, blickten auf die breite Treppe, die vom Xystus bis zu dem Fels führte, auf dem der Tempel errichtet war. Eine Brücke ermöglichte es den Palastbewohnern, unbehelligt zum Tempel zu gelangen – sie spannte sich direkt vom Palasthof zur Königspforte auf der Tempelplattform, von der aus man linker Hand zur Salomonpforte und von dort zum Goldenen Tor gelangen konnte.
Später am Abend speiste Herodias allein mit ihrem Gemahl. Antipas sah seinem Halbbruder so ähnlich wie ein eineiiger Zwilling, und auch von der Erscheinung glichen sie sich sehr. Aber damit endeten auch schon die Gemeinsamkeiten. Antipas war nämlich ein Mann voller Ehrgeiz und Tatendrang. Und er hatte Herodias so sehr begehrt, daß er nicht nur bereit gewesen war, das Sittengebot zu umgehen, nach dem ein Mann nicht die Frau seines (noch lebenden) Bruders heiraten durfte, sondern auch gewillt war, Salome, ihre Tochter aus erster Ehe, zu adoptieren.
Der Speisesaal besaß eine hohe Decke, und sein Boden war mit rosafarbenem, aus Rom importiertem Marmor ausgelegt. Die Türrahmen waren aus weißem Zedernholz angefertigt und reich verziert. Bunte Fresken im anatolischen Stil mit Szenen aus der idumäischen Geschichte bedeckten die Wände, und zwischen ihnen hingen Lichtscheren, Bronzekandelaber und Kupferlampen, in denen mit rötlichem Schimmer kampferangereicherter Weihrauch verbrannte. Die weißen Kerzen flackerten von Zeit zu Zeit und verliehen dem Ganzen eine geheimnisvolle Atmosphäre.
Nahe dem Eingang lag ein viereckiges Wasserbecken, das sich über die gesamte Breite des Raums hinzog. Ein Mosaik aus blauen Steinen, die in weißem Marmor eingefaßt waren, verlieh dem Becken den Eindruck von Tiefe. Das Wasser kühlte die Luft, die von sechs an der gegenüberliegenden Wand stehenden, stämmigen nubischen Sklaven mit gro-

ßen Pfauenfederfächern in Bewegung gehalten wurde. Das Plätschern des Springbrunnens im Becken bot ein angenehmes Hintergrundgeräusch zum Klang der Saiteninstrumente, die draußen auf der Terrasse von Musikanten gezupft wurden.
Um nicht den Unmut ihres Gatten heraufzubeschwören, warf Herodias nur die allerflüchtigsten Blicke auf die barbrüstigen nubischen Riesen – gerade lang genug, um sich deren Muskelpakete und schwarze Haut, die im Sonnenlicht glänzte, ins Gedächtnis einzuprägen. Sobald sie sich wieder in ihren Gemächern befand, konnte sie sie aus der Erinnerung abrufen und in Phantasien schwelgen.
Herodias saß aufrecht gegen die purpurfarbenen Seidenkissen gelehnt und konzentrierte sich auf ihren Mann, wie er es von ihr verlangte. Die Blicke seiner großen, vorquellenden Augen durften auf den Leibern der Tänzerinnen ruhen, wann immer ihm der Sinn danach stand – sie jedoch mußte stets die Augen von allen anderen Männern abwenden. Die Anstandsregeln für Frauen waren recht streng, und das verdroß Herodias sehr.
Der Tisch war übersät mit einer Unzahl von glasierten Tonschüsseln, die alle erdenklichen Speisen bereithielten. Der Duft von geröstetem Lamm und in Zwiebeln und Knoblauch geschwenktem Hammel erfüllte den Raum. Gerstenbrot, gekochte Bohnen, Erbsen und Linsen gaben ihr eigenes Aroma hinzu. Doch Herodias, gelangweilt vom Essen und noch mehr von ihrem Mann, wartete ungeduldig darauf, daß ihr Lieblingsgericht zum Nachtisch gereicht wurde: Honigküchelchen mit Datteln, Mandeln sowie Gummi arabicum belegt, Feigen, Melonen und Granatäpfel. Wie nicht anders zu erwarten, hatte Herodes auch dieses Mal wieder Schweinefleisch gegessen, und wie schon sooft war Herodias auch an diesem Abend wieder zu dem Schluß

gelangt, daß seine Manieren ekelhaft waren. Sie betrachtete ihn nun mit erzwungener Bewunderung, auch wenn sein plumper, feister Körper sie anwiderte. Zu seiner fließenden, kurzärmeligen und goldbestickten Seidenrobe trug er eine breite goldene Schärpe, die weit genug war, um seinen vorgewölbten Bauch zu umspannen. Auf seinem Kopf thronte eine spitz zulaufende Kappe. Seine bloßen Füße wirkten verblüffend zierlich und weiß. Seit einiger Zeit wurde er seinem Bruder äußerlich noch ähnlicher: das gerötete, verfettete Gesicht, die gewölbten Wangen, die hängenden Lippen, die noch vom Fett des gebratenen Fleisches verschmiert waren, und die Nasenlöcher, die sich bei jedem Atemzug weiteten, daß man einen Daumen hineinschieben konnte. Sein langes schwarzes Haar und der dunkle Bart war stark eingeölt und zu Ringellocken gelegt. Herodias hielt diese Haartracht für lächerlich, und dieser Eindruck wurde noch durch ihr Wissen darum verstärkt, daß ihr Gemahl sich damit das Aussehen der alten persischen Großkönige verleihen wollte. Und als wäre das alles nicht genug, hatte er sich mit seinem widerlich süßlichen Parfüm aus Edom geradezu überschüttet.
Herodes drehte seinen massigen Kopf zur Seite und schenkte ihr einen verliebten Blick. Ihre Tischgespräche waren bislang eher flüchtig verlaufen, und sie hatte den Eindruck gehabt, er sei mit seinen Gedanken ganz woanders. »Was kann ein Mann mehr verlangen?« bemerkte er jetzt mit seiner rauhen Stimme, die irgendwo aus den Tiefen seiner massigen Brust zu kommen schien. »Ein ausgezeichnetes Mahl, köstlicher Wein, eilfertige Diener, diesen luxuriösen Palast und«, er streckte eine fleischige Hand aus, von der noch das Fett triefte, und tätschelte ihre Wange, »die schönste Frau der Welt zur Gemahlin.«
Herodias mußte an sich halten, um nicht vor dieser Berüh-

rung zurückzuweichen. Doch noch während ihr Gesicht sich mit einer Gänsehaut überzog, sah sie ihn genauso verliebt an. »Ich bitte Euch, Herr, mehr Glück als ich kann niemand haben«, entgegnete sie und log damit noch mehr als er.
Herodes' Augen quollen noch weiter aus den Höhlen. »Warum sagt Ihr das?« verlangte er zu erfahren.
»Weil ich den bestaussehenden, wagemutigsten und großzügigsten Mann der Welt meinen Herrn und Meister nennen darf, und mehr kann ich nun wirklich nicht verlangen.«
Er kicherte selbstverliebt, denn solche Schmeicheleien erfreuten ihn stets aufs höchste. »Ihr versteht Euch wirklich auf die schönsten Worte. Kein Wunder, daß ich Euch anbete.«
»Und Ihr seid ein so beeindruckender Mann, daß ich mich nur in Ehrfurcht vor Euch verneigen kann.«
Antipas kicherte noch schriller. »Ehrlich?« entgegnete er, und es klang »eh-er-her-lich«, weil sein Körper sich noch vom Lachen schüttelte.
»Aber natürlich. Die ganze Welt beneidet mich.« Sie schwieg für einen Moment und brachte einen gut gespielten, traurigen Seufzer hervor. »Ich fürchte nur, daß mein ungeheures Glück mir viele Feinde beschert hat.«
»Ich werde Euch vor jedem Feind beschützen!«
»Eh-er-her-lich«, äffte sie ihn nach, um sich insgeheim über ihn zu belustigen.
»Aber selbstverständlich.« Er grinste schelmisch. In seinen Wangen bildeten sich tiefe Grübchen, während sie unter seinem heftigen Nicken zitterten und bebten. »Habe ich das denn nicht immer getan?«
»Doch, das habt Ihr, Herr, aber es erweist sich oft genug als notwendig, sich auch um mögliche zukünftige Gegner zu kümmern.« Sie winkte den Weinpagen fort, der erschienen

war, um ihre Kelche nachzufüllen. »Seid Ihr nicht auch dieser Ansicht, Herr?«
Seine Augen wurden erst groß und verengten sich dann zu schmalen Schlitzen. »Gewiß doch, gewiß.« Seine Stirn legte sich in tiefe Falten, während sein Geist mit dem Wein rang, dem er so verschwenderisch zusprach. »Wir haben keine ernst zu nehmenden Gegner mehr gehabt, seit Judas von Galiläa mit seiner Vipernbrut zertreten wurde. Habt Ihr denn jemand Bestimmten im Sinn?«
»Ich bin doch nur eine Frau, die Tag und Nacht in ihren Gemächern auf die Majestät der Anwesenheit ihres Herrn und die Freuden wartet, die er ihr mit seinen Gunstbezeugungen erweist. Doch hin und wieder berichten mir Prinz Zadok oder meine Zofen von den Gerüchten, die gerade auf dem Marktplatz in Umlauf sind. Ihr wißt doch, wie diese Juden sind: Ständig schmieden sie Ränke oder stiften Unruhe. Sie erinnern an Ärzte, die Kräutersude für eine Krankheit brauen, die sie nicht heilen können, und ständig halten sie verzweifelt nach ihrem Messias Ausschau, obwohl der doch mit König David gestorben ist, um nie mehr zu kommen, weil diese Rasse so verderbt und verkommen ist.«
Ungeduldig streckte Herodes die Finger in ihre Richtung aus. »Das habt Ihr treffend in Worte gefaßt, meine Honigwaffel, aber was habt Ihr denn gehört? Steht uns neuer Ärger ins Haus? Sagt es mir. So sagt es mir doch.« Es gehörte zu seinen Angewohnheiten, im Zustand der Erregung Befehle zu wiederholen und mit den dicken Fingern herumzufuchteln.
»Ihr wißt doch, wie Gerüchte bis in mein Gemach vordringen, Herr. Auf dem Marktplatz reden die Männer miteinander, und die Frauen, die in der Nähe stehen, schnappen einiges davon auf. Dies erzählen sie anderen Weibern und so weiter und so fort. Und wenn es dann endlich an mein

Ohr dringt, ist aus der ursprünglichen eine ganz andere Geschichte geworden.« Herodias bemerkte seine Ungeduld wohl und legte jetzt eine kleine Pause ein, weil sie es für das beste hielt, ihn noch eine Weile zappeln zu lassen. »Nein, Herr, vergebt mir, ich würde solche weit hergeholten Geschichten nie Eures königlichen Interesses für würdig erachten«, lächelte sie geringschätzig, zuckte die Achseln und sah, wie sein Blick die Bewegung ihrer wohlgeformten Schultern beobachtete. Dann deutete sie in Richtung Terrassentür. »Oh, Ishmael hat mit seinem Gesang begonnen. Begleitet von der Leier hört er sich unvergleichlich an.« Herodias wußte, daß ihrem Gatten jetzt der Geduldsfaden reißen würde.

»Alles, was in meinem Reich gesagt, getan oder nur gedacht wird, ist meines königlichen Interesses würdig«, beharrte er polternd. »Also, heraus mit Euren Neuigkeiten.« Er hatte noch niemandem sein heimliches Streben eingestanden.

»Keine Neuigkeiten, Herr, bloßes Gerede.«

»Dann will ich das Gerede hören!«

»Ich hätte normalerweise kaum hingehört, wenn es mir nicht so vorgekommen wäre, als braue sich da ein neuer jüdischer Aufruhr zusammen.« Sie tat so, als würde sie angestrengt nachdenken. »Aber nein ... nein ... Wie könnte ein zwölfjähriger Knabe ... Ausgeschlossen, Ihr würdet mich eine Närrin heißen.«

»Ein zwölfjähriger Knabe? Meint Ihr den, der heute im Tempel gesprochen hat?« Herodes' Augen wurden so schmal, daß er kaum noch etwas erkennen konnte. Er hatte also bereits von dem Vorfall gehört. »Derjenige, den sie Jesus nennen?«

»Ja, Herr.« Sie strahlte ihn in gespielter Bewunderung an. »Ihr seid wirklich so gescheit. Manchmal kommt es mir so vor, als wüßtet Ihr alles.« Ihr war nicht entgangen, wie aufmerksam und vorsichtig ihr Mann jetzt geworden war. Er ähnelte darin den großen Raubkatzen, die man im Zirkus zu sehen bekam. »Ihr wißt sicher auch längst, daß die Zeloten den Jungen bereits als den Erlöser preisen.« Das entsprach zwar nicht ganz der Wahrheit, aber wie es in der alten Spruchweisheit hieß, verpaßte der die Karawane, der zu lange auf den Hengst wartete – oder mit anderen Worten, wer der Wahrheit zuviel Zeit ließ, brachte sich um die besten Gelegenheiten. »Aber die würden auch einen Esel krönen, wenn sie nur dem Glauben anheimgefallen wären, er könne sie ins Gelobte Land führen.«

»Habt Ihr wirklich Esel gesagt?« lachte Antipas. »Ich erinnere mich, daß mein königlicher Vater dieses Tier einmal erwähnte, als die fremden Herrscher aus dem Osten nicht wie besprochen zu ihm zurückkehrten, um ihm mitzuteilen, wo der Säugling sich befände. Er sagte, den drei Königen sei am Ende wohl nichts anderes übriggeblieben, als Esel anzubeten.« Herodes kicherte, daß es sich anhörte wie ein wieherndes Pferd.

Herodias lächelte, nahm sich eine reife rotbraune Dattel und fing an, aufreizend an ihr zu knabbern, während sie den Blick nicht von ihrem Gatten wendete.

Die Andeutung entging ihm nicht, und kurz flammte Begierde in seinen Augen auf. »Ich werde Euch an diese unausgesprochene Verheißung erinnern, sobald wir uns im Schlafgemach befinden«, versicherte er ihr. »Doch nun zurück zu dem Gerede, wie Ihr es genannt habt.« Er klang jetzt so befehlsgewohnt wie früher. »Erzähl mir alles.«

»Es gibt nicht mehr viel zu berichten, Herr. Euch ist doch schon bekannt, daß dieser Jesus zusammen mit seinen Eltern, Yasuf und Mariam, anläßlich des Pessach-Festes den Tempel aufsuchte. Später haben die Eltern dann den Heimweg angetreten, ohne zu bemerken daß ihr Sohn nicht bei

ihnen, sondern im Tempel geblieben war und dort mit den Ältesten und Priestern diskutierte. Schon eigenartig, nicht wahr, der zwölfjährige Bengel eines Zimmermanns aus einem kleinen Ort!« Sie hob bedeutungsvoll eine Braue. »Natürlich hat das den meisten Juden schon genügt, in einem Jungen von so großer Weisheit den lange versprochenen Erlöser zu sehen.«
»Was haben sie denn mit ihm vor?«
»Das weiß ich natürlich nicht, aber Prinz Zadok meint, es gebe bestimmte Gruppen, die ihn seinen Eltern wegnehmen wollen, um ihn in den Kriegskünsten, in Strategie, Taktik und Führungskunst auszubilden. Und um schließlich mit seiner Hilfe die Macht zu erlangen.«
»Wer sollte denn so etwas vorhaben?« Die Neuigkeiten hatten seinen Verstand fast wieder nüchtern gemacht.
»Laut Prinz Zadok einige der Terroristengruppen.«
»Warum erzählt der Prinz Euch immer wieder solche Dinge?« fragte Antipas irritiert. »Kaum tut sich irgendwo was, kommt er gleich zu Euch gerannt, so wie ein Kind zu seiner Mutter. Wieso erscheint er nicht vor mir?«
»Weil er Euch so wertschätzt, Herr, daß er Euch nicht mit Nichtigkeiten behelligen will.« Sie warf ihm einen boshaften Blick zu. »Und weil Ihr Euch kaum als Mutter eignet.«
Er starrte sie nur an und verstand für einen Moment nicht, was sie gemeint hatte. Doch dann schlug er sich auf den fetten Schenkel, brach in dröhnendes Gelächter aus und warf dabei seinen Weinkelch um, so daß dessen Inhalt sich über den ganzen Tisch verbreitete. Er zeigte mit einem Finger auf Herodias. »Köstlich! Einfach köstlich!« Als der Page mit Leinentüchern erschien, um die Flecken aufzuwischen, dämpfte der Tetrarch sein Lachen zu einem Kichern.
»Viele würden diesen Jesus gern in ihre Hände bekommen«, resümierte Herodes, und ein verschlagener Zug trat

in seinen Blick. »Nun, uns bleiben noch ein paar Jahre, bis der Knabe groß genug ist, um sein Volk zu führen. Warum ziehen wir uns jetzt nicht ins Schlafgemach zurück, damit Ihr eine ... äh, richtige Dattel zu Euch nehmen könnt.« Wieder brach er in Gelächter aus, das diesmal jedoch in einem Hustenanfall endete.

»Die ist aber doch viel zu groß, um sie von der Palme zu schütteln, Herr«, log sie gewitzt, während sie die Vorstellung von dem, was ihr gleich bevorstand, anwiderte. »Doch Ihr habt wie stets recht, Gebieter. Uns bleibt immer noch viel Zeit, bis die kleine Schlange ausgewachsen ist. Aber kein Moment gleicht diesem, wenn es einer Frau nach einer reifen Frucht gelüstet.«

Wieder einmal hatte sie ihn geschickt abgelenkt. »Die kleine Schlange?«

»Aber gewiß, Herr. Bei Jesus handelt es sich in der Tat um eine kleine Schlange, ein Schlangenkind. Er hat sogar im Tempel einige der Gebote in der Thora in Frage gestellt. Doch nur Ihr seid gerecht und gnädig genug, ihn erst groß werden zu lassen, um ihn dann zu vernichten. Was brächte es Euch heute, einen Knaben aus dem Weg geräumt zu haben.«

»Aber wir wissen noch nicht, ob es sich bei ihm wirklich um eine Schlange handelt«, murmelte der Tetrarch.

»Wir kennen aber diese Mörderbrut von jüdischen Patrioten, Gebieter. Davon abgesehen hat Prinz Zadok auch erwähnt, daß Jesus vor zwölf Jahren in Beth Lahm zur Welt gekommen ist. Dabei hätte er doch zusammen mit den anderen Säuglingen in seinem Alter erschlagen werden müssen. Wie konnte er dem entkommen? Ganz sicher werden die Juden diesen Umstand aufbauschen, um sich selbst davon zu überzeugen, endlich den Messias vor sich zu haben.«

»Wie war das?« Wieder traten seine Augen vor. »Soll das heißen, dieser Knabe konnte dem Massaker entfliehen?« Er schwieg nachdenklich. »Wie war ihm das bloß möglich?«
»Der Prinz meinte, seine Eltern seien gewarnt worden und hätten Kenntnis von dem Befehl des Herodes erhalten. Daraufhin hätten sie sich nach Ägypten begeben und seien erst nach dem Tod deines Vaters wieder in dieses Land zurückgekehrt.«
»Aber sollten wir den Jungen dann nicht nachträglich zum Tode verurteilen?«
»Für welches Vergehen, Herr?« Herodias wußte, daß sie Antipas jetzt dort hatte, wo sie ihn haben wollte. Die beiden Dinge, die er am meisten fürchtete, waren ein jüdischer Aufstand und die anschließende Rache Roms. »Ihr könnt nicht mehr nach Belieben Hinrichtungen anordnen, wie das noch Euer ruhmreicher Vater vermocht hat, Gebieter. Die Römer haben Euer Amt und Eure Macht beschnitten. Ihr müßt Euch nach ihrem Rechtssystem richten, und dem gemäß muß zuerst der Sanhedrin ein Urteil fällen. Und da Prinz Zadok zu den geachtetsten Mitgliedern des Hohen Rats gehört, sollte er derjenige sein, der in diesem Fall zur Tat schreitet.«
»Was schlagt Ihr also vor, sollen wir jetzt tun?« Ihm war anzusehen, daß er bereits eine Entscheidung gefällt hatte.
»Prinz Zadok, der stets um Euer Wohlergehen besorgt ist, Herr, hat einen Plan. Er erklärte, er wünsche dringend, daß weder Ihr noch ich davon erfahren sollen, so daß für den Fall, daß etwas schiefgehen würde, Ihr jegliche Mitwisserschaft abstreiten könntet. Wir sollten ihm unser Vertrauen schenken und ihn in jeder erdenklichen Weise und bei allem, was er braucht, unterstützen.«
»Blindes Vertrauen gehört nicht zu den Tugenden eines Herrschers.«

»Was könnte daran blind sein, Herr, wenn die Augen deines Geistes Prinz Zadok so genau erkennen? Er ist Euch so treulich verbunden, daß er sogar seine sadduzäische Überzeugung aufgab, um mit Eurer Hilfe als Pharisäer in den Sanhedrin gewählt zu werden. Als solcher muß er tagtäglich viel Ungemach erdulden, um seinem Meister zu gefallen.«
»Aber was wird der Prinz denn Eurer Meinung nach unternehmen wollen?« beharrte Herodes. »Gewiß könnt Ihr mir eine Mutmaßung mitteilen, ohne ihn damit gleich in Verlegenheit zu bringen.«
Herodias sah sich rasch um, um festzustellen, ob keiner der Diener in Hörweite war. Sie standen jedoch leblos wie Statuen abseits, wie sie das immer taten, wenn das Tischgespräch lebhafter wurde und die Weinkelche gefüllt waren. Dennoch senkte die Königin ihre Stimme und erzählte ihm alles.
Er lauschte ihr aufmerksam, überdachte dann, was sie ihm mitgeteilt hatte, und fing schließlich wieder an zu kichern. »Wenn es wirklich dazu kommen sollte, wird Prinz Zadok ... ganz sicher unsere Hilfe benötigen.«
Du konntest dich wohl gerade noch zurückhalten, nicht zu sagen, wird Prinz Zadok sich in unsere Gewalt begeben, dachte Herodias kalt. Du bist so widerlich und abstoßend, daß ich dir nicht erlauben werde, dem Mann etwas anzutun, den ich wirklich liebe ... zumindest so lange nicht, wie ich noch Verwendung für ihn habe.
»Ihr seid ein wahrer Schatz, meine Honigwaffel.« Sie wandte den Blick vor seinen lüsternen Augen ab. »Wie steht es nun mit der Dattelpalme, an der Ihr schütteln wolltet?«
»Sofort, Gebieter, doch zuerst erbitte ich noch eine Gunst von Euch.«
»Ha! Seid Ihr etwa eine Hure, die ihren Körper nur für ein Gut verkauft? Was also begehrt Ihr im Gegenzug von mir?«

Herodias wußte, daß Herodes es liebte, so mit ihr zu reden. Sie vermutete, das verlieh ihm die perverse Befriedigung, einen Makel auf ihre große Schönheit zu legen; so ähnlich, wie es sich bei dem Römer Flavius verhalten hatte, von dem es hieß, er habe erst auf die Brüste einer Frau urinieren müssen, bevor es ihm möglich gewesen sei, einen Orgasmus zu bekommen. »Ganz recht, Herr, aber ich verkaufe Euch allein meinen Körper. Und meine Gunst dient allein dem Schutz des Mannes, den ich liebe und verehre: Schenkt mir heute nacht Eure Palme und die Genehmigung, mit Prinz Zadok alles zu veranlassen, was der Erhaltung Eurer Macht dienlich ist.«

Sein Blick war so voller Begierde, daß sie beinahe aller Mut verließ. Aber sie hielt ihm stand und begegnete ihm mit Verlangen, auch wenn das ihre letzten Kraftreserven aufzehrte. »Gewährt!« rief er schließlich. »Das Leben dieses Bengels ist mir keine Dattel wert!«

Sein schallendes Gelächter verwirrte sie.

KAPITEL 13

Ich ließ den Lärm und das allgemeine Durcheinander der Wiederaufbauarbeiten in Sepphoris hinter mir und reiste über die Fernstraße nach Osten weiter. Die Vormittagswache hatte gerade begonnen, als ich das von hohen Mauern umgebene Landgut erreichte. Das Herrenhaus aus grünem Basalt stand ein gutes Stück hinter dem Eingangstor. Mir fiel das flache Dach auf, das mit einem Geländer versehen war, um Menschen davor zu bewahren, hinunterzustürzen. So verlangte es das Buch Deuteronomium, das ich vor kurzem gelesen hatte, und in diesem Moment konnte ich einfach nicht anders, als darüber nachzusinnen, wie gründlich das Leben der Juden von ihren heiligen Büchern reguliert wurde, die sie die Thora nannten.

Ein Gefühl sagte mir, daß diese Villa nicht einem Mann jüdischen Glaubens gehörte. Und so ließ mich nicht bloßer Hunger, sondern ein innerer Zwang am Holztor anklopfen. Eine kleine Öffnung tat sich auf, und durch das Guckloch blickte mich ein Auge an. Der Wächter schien mit dem, was er zu sehen bekam, zufrieden zu sein, denn er ließ mich eintreten. Ich gelangte auf einen gepflasterten Innenhof und blieb dort mit gesenktem Blick und der schwarzen Bettelschüssel in der Hand stehen. Wie es mir während meiner langen Reise bei so vielen Häusern widerfahren war, und zwar gleichgültig, welcher Religionsgemeinschaft der Hausherr angehörte, würde ich auch hier, dessen war ich mir auf unerklärliche Weise bewußt, das *dana,* die Gabe, erhalten, meine einzige Mahlzeit des Tages, die ich vor der Mittagsstunde zu mir zu nehmen pflegte.

Dann sah ich den Jungen.

Er war etwa zwölf Jahre alt und stand neben einem Esel, der mit einer feingearbeiteten Couch aus weißem Akazienholz beladen war. Trotz der Hitze dieses Tages trug er über seinem weißen Leinengewand den traditionellen braunen Umhang der Juden. Der Knabe war schlank und für sein Alter recht groß, und sein gebräuntes Gesicht wurde von lockigem dunklem Haar umrahmt. In seiner Feingliedrigkeit wirkte er fast weiblich. Seine Nase war kräftig, ohne das Gesicht zu sehr zu dominieren, und in seinem Mund paarten sich Weichheit und Festigkeit. Doch am meisten nahmen mich seine Augen gefangen: Groß, voller Tiefe und mit

langen Wimpern versehen, wirkten sie so sanft und gleichzeitig doch unwiderstehlich wie sein ganzes Wesen.
Ein Diener kam herbei, und ich hörte, wie der Junge sich als Jesus, Sohn des Yasuf, des Zimmermanns aus Nazareth, vorstellte. Bei allen Heiligen, dies war der Junge, den ich kurz nach seiner Geburt besucht hatte. Aber war ich Hunderte von Meilen gereist, nur um einem Knaben mit einem Lastesel zu begegnen? Ich mußte an unsere Reise denken, als wir den Sternen gefolgt waren und erwartet hatten, einen Palast vorzufinden, bloß um am Ende vor einem elenden Stall in Beth Lahm zu stehen.
»Wie kannst du es wagen, mich anzusehen, du Auswurf eines Schweins? Wenn ich dir einen Befehl gebe, springst du sofort los und leistest ihm Folge!« Die wütende Stimme, die so hart wie eine Säge beim Zerschneiden von Hartholz klang, gehörte einem großgewachsenen Idumäer, der am anderen Ende des Innenhofs aufgetaucht war. Offensichtlich handelte es sich bei ihm um den Aufseher der Sklaven. Zuerst glaubte ich, er habe Jesus beschimpft, doch dann entdeckte ich, daß sein Blick auf einen ausgezehrten jungen Nubier gerichtet war, der trotzig den Kopf nicht senken wollte. Dank seines angeborenen Stolzes schien der Schwarze keine Furcht zu kennen und machte keinerlei Anstalten, den Blick von seinem Herrn zu wenden.
Schon zischte die Peitsche durch die Luft und landete platschend auf der dunklen Haut. Während ich in der wabernden Hitze auf dem Hof zusah, wußte ich, daß der zwölfjährige Jesus den Hieb genauso gespürt hatte wie ich: zuerst der Schock, der einem das Herz stehenlassen wollte, dann innere Taubheit und schließlich brennender Schmerz.
Mein Impuls, dazwischenzugehen, wurde von meinem noch stärkeren Wunsch unterdrückt, den Knaben zu beobachten. Vielleicht wurde er hier zum ersten Mal in seinem

Leben Zeuge einer so rohen Gewalttat gegen einen Mitmenschen und hatte bislang nur die Gemeinschaft der freien jüdischen Männer kennengelernt, in der man sich brüderlich und freundlich begegnete. Natürlich kam es auch unter den Juden zu Zank und bösen Worten, aber nie zu solcher Brutalität. Dann trat Jesus einen Schritt vor.
Glücklicherweise mußte er sich nicht einmischen; denn der Nubier lag, alle viere von sich gestreckt, auf dem Boden. Der Schmerz des heftigen Peitschenschlags hatte ihm die Besinnung geraubt, und ein breiter roter Striemen zog sich quer über seine Schultern.
»Bringt ihn fort!« befahl der Idumäer zwei anderen Sklaven. »Du da, hilf dem Knaben beim Entladen seines Esels!«
Jesus war stehengeblieben. Ich spürte die Empörung, die sich kalt und frostig in ihm ausbreitete, und gleichzeitig das tiefe Mitgefühl in seinem Herzen. Eine bemerkenswerte Mischung für einen so jungen Menschen.
In diesem Teil der Welt halfen die Knaben ihren Väter erst, nachdem sie das dreizehnte Lebensjahr vollendet hatten. Jesus stellte darin eine Ausnahme dar. Ich hatte in Sepphoris von einem Vorfall gehört, über den bereits ganz Galiläa zu reden schien. Es ging dabei um einen Jungen aus Nazareth, der im Tempel zurückgeblieben war, während seine Eltern sich nach dem Pessach-Fest schon auf dem Heimweg befanden. Mir wurde in diesem Moment bewußt, daß es sich bei diesem Knaben nur um Jesus gehandelt haben konnte.
Aus dem Gespräch zwischen dem Jungen und dem Sklaven, der ihm beim Abladen half, erfuhr ich, daß dieses Anwesen einem reichen Händler namens Fahruk gehörte. Noch während sie sich unterhielten, erschien ein kurz geratener, fetter Mann, der eine lange blaue Seidenrobe mit Goldbesatz trug. Er schien keinen Hals zu haben, und es sah so

aus, als wüchse ihm der schwarze Bart aus der Brust. Der Mann schwitzte so stark, daß es den Anschein hatte, er habe sich das feiste Gesicht mit Olivenöl eingerieben. Der Händler, zweifelsohne handelte es sich bei ihm um den Hausherrn, bedachte mich nur mit einem flüchtigen Blick, verschränkte die Hände hinter der Brust und spazierte um die Couch herum. Er betrachtete sie eingehend, während seine ledernen Sandalen über die Steinplatten klapperten. Dabei stieß er immer wieder spitze, vogelstimmenähnliche Begeisterungsschreie aus. »Ich wußte, daß ich recht damit tun würde, mit dieser Arbeit den Yasuf von Nazareth zu betrauen und mich nicht an diese diebischen Zimmerleute in Tyros zu wenden, bei denen unsere Prinzen und Fürsten ihre Möbel bestellen!« Seine Stimme klang weich und heiser. »Und die anderen Schreiner der Umgegend vermögen nicht mehr, als grobgezimmerte Kisten, Karren und Bänke anzufertigen.« Jetzt blieb er vor Jesus stehen, und ein verschlagener Zug trat in seine kleinen braunen Augen. »Wie wenig muß ich dir für diese Couch bezahlen?«
»Fünfzehn Schekel«, antwortete der Junge, wie es ihm sein Vater aufgetragen hatte.
»Fünf–« Der Händler riß die Augen auf, und seine dünnen Brauen hoben sich ungläubig. »Hast du tatsächlich fünfzehn gesagt?«
»Ja, Herr«, entgegnete der Knabe standhaft. »Mein *av* erklärte, daß wir das Akazienholz, auf dem Ihr bestanden habt, eigens aus Phönizien kommen lassen mußten, da hier in Nazareth nur Bergahorn wächst. Im Preis sind sechs Schekel für die Arbeitszeit und natürlich die Steuern enthalten.«
Der Händler hob die plumpen Hände gen Himmel und verdrehte die Augen. »Was habe ich nur verbrochen? Nicht einmal die verbrecherischen Phönizier hätten so viel von

mir verlangt. Du und dein Vater treibt mich noch an den Bettelstab!« Er senkte die Hände und lächelte Jesus übergangslos an. »Komm, wir sagen sieben Schekel«, schlug er mit süßlicher Stimme vor. »Natürlich Silberschekel.«
»Mein Vater hat Euch nur die Kosten für das Holz, die Steuern und seinen Arbeitslohn berechnet.« Ein heller Kopf, dieser Junge. Fahruk konnte kaum die in diesem Lande übliche Regelung mißachten, daß jede Arbeit ihres Lohnes wert war.
Noch während Jesus sprach, spürte ich die Woge der Liebe, die aus seinen glänzenden Augen strömte. Er verlangte nicht etwas von dem Händler, er machte ihm nur klar, daß es sich bei den fünfzehn Schekeln um einen gerechten Preis handelte. Und während Jesu Liebe auf Fahruk einströmte, verging seine Lust auf Beschwerden, so wie Wasser in einer Sanddüne versickert.
Fahruk hob das Kinn und sah den Jungen für einen Moment schweigend und nachdenklich an. Dann nickte er, und ein Lächeln verbog seinen kleinen Mund. »Du bist ein merkwürdiger Knabe.« Er streckte eine Hand aus und tätschelte Jesus die Wange. »Hast du deinem Vater dabei geholfen, diese Couch anzufertigen?«
»Ja, Herr.«
»Da du auch daran gearbeitet hast, will ich den Preis akzeptieren. Ich lasse das Geld deinem Vater morgen schicken, damit du nicht heute abend auf dem Heimweg ausgeraubt wirst.« Er fischte eine Münze aus seinem Gewand. »Hier ist ein kleiner Bonus, nur für dich. Aber paß auf, daß du ihn nicht verlierst.«
»Vielen Dank, Herr.« Jesus nahm den Schekel und ließ ihn direkt über dem Gürtel in einer Falte seines Leinengewands verschwinden.
»Hast du heute noch mehr Aufträge zu erledigen?«

»Ja, Herr. Ich muß im Hause des Händlers Ameer eine Zeichnung für eine Holztruhe überbringen.«

»Ameer ist nur durch den Schweiß seiner Arbeiter so reich geworden.« Fahruk setzte ein breites Grinsen auf. »Und er lebt außerhalb von Sepphoris. Du wirst heute sicher erst sehr spät nach Hause kommen. Laß dir hier etwas zu essen geben, und sorg dafür, daß du vor Einbruch der Dunkelheit wieder daheim bist. Paß besonders auf, wenn du an dem Olivenhain zwischen hier und Nazareth vorbeikommst. Dort treibt sich kein besonders heiliges Volk herum.« Er warf einen kurzen Blick auf mich. »Dort sollen Räuber ihr Unwesen treiben.« Jetzt schwieg er für einen Moment, so als sei ihm gerade etwas in den Sinn gekommen. »Bist du nicht der Knabe, der letzten Monat im Tempel geblieben ist, als seine Eltern sich schon längst auf dem Heimweg nach Nazareth befanden?«

»Ja, der bin ich«, antwortete Jesus.

»Man erzählt sich, du hättest drei Tage bei den Priester und Ältesten verbracht und sie mit deinen Antworten auf ihre Fragen tief beeindruckt. Wir hörten hier schon davon, noch bevor ihr wieder in Nazareth wart.« Sorge zeigte sich auf dem rundlichen Gesicht des Händlers. »Du hast dich damit vielleicht in große Schwierigkeiten gebracht, sei also auf der Hut. Viele, die in diesem Land etwas zu sagen haben, machen sich jetzt vielleicht Gedanken. Schließlich sind die Menschen deines Volks so begierig auf den Messias, daß sie ihn womöglich sogar in deinem Esel sehen würden.«

Ich wußte, daß der Mann mit seinen Ermahnungen recht hatte. Jesus schien das auch zu begreifen, denn er starrte erst auf seine Füße, ehe er Fahruk wieder ins Gesicht sah. »Ich war nur einen Tag bei ihnen«, erklärte er.

»Du kommst mir auch nicht wie jemand vor, der das Volk

in einen Aufruhr führen will.« Fahruk hielt den Kopf schief und erinnerte mich wieder an einen Vogel. Dann entrang sich seiner Brust ein tiefer Seufzer. »Du bist so ein liebenswerter Junge. Sieh zu, daß du pünktlich zu Hause bist.« Jetzt setzte er ein schelmisches Grinsen auf. »Und vergiß deinen Esel nicht. Es wäre mir wenig angenehm, wenn dein Volk ihn hier auf meinem Hof zum Messias ausriefe. Schalom.«

»Schalom.«

Ein anderer schwarzer Sklave, der eine weiße Leinenhose trug, verschwand mit meiner Bettelschüssel ins Haus, während man Jesus in die Unterkünfte der Dienerschaft führte, damit er sich dort stärken konnte. Als der Sklave zurückkehrte, war meine Schüssel mit Weizenkuchen gefüllt, die man in Linsensuppe getunkt hatte (in der Küche wußte man offenbar, daß heilige Männer auf der Wanderschaft kein Fleisch zu sich nahmen). Der Mann hatte außerdem daran gedacht, mir eine mit Wasser gefüllte Tonflasche mitzubringen.

Natürlich lag es auf der Hand, daß mein nächster Weg mich nach Nazareth führen würde. Ich wollte mein Mahl in dem Olivenhain zu mir nehmen, vor dem Fahruk den Jungen gewarnt hatte, denn weshalb sollte ich Räuber fürchten? Ich besaß ja nichts, was sie mir hätten abnehmen können.

Da in diesem Monat Weizen und Gerste geerntet wurden, arbeiteten viele Menschen auf den Feldern, an denen ich vorbeizog, und droschen Korn. An den Bäumen im Olivenhain sprossen gerade die ersten Früchte. Als ich in die Schatten trat, die die dunkelgrünen Blätter der Bäume spendeten, die die Hügelhänge bedeckten, zwischen denen sich das graue Band der Heerstraße wand, fand ich den Ort verlassen vor. Erst wenn es an der Zeit war, die reifen Oliven zu pflücken, würde es hier von Männern und Frauen wimmeln.

Ich ließ mich im kühlen Schatten unter den Bäumen nieder, die dort an die Straße grenzten, wo sie nach Süden abbog, nahm schweigend meine Mahlzeit ein und dachte dabei über die Ereignisse nach, deren Zeuge ich vorhin geworden war. Als ich gesättigt war, ließ ich die Reste für den morgigen Tag übrig und deckte die Schüssel mit einem Tuch zu. Ich versenkte mich dann in Meditation, ein Zustand, in dem ich so gut wie unsichtbar war. Und die innere Uhr in meinem Geist würde mich ins Bewußtsein zurückholen, sobald der Knabe Jesus am Abend hier vorbeikam.

KAPITEL 14

Als ich wieder zu mir kam, fuhr eine heiße Bö durch die Olivenzweige, störte die Ruhe im Hain an der Fernstraße und trug den Gestank von verschwitztem Fell und Dung in meine Nase. Ich spürte eine weitere Person auf dem Steinweg, doch das Klappern von Hufen und Tragkörben störte meine Wahrnehmung. Ein Junge führte unter dem hübschen silbrigen Licht unter den dunklen Olivenbaumblättern einen Esel durch die Kurve. Die goldenen Strahlen der untergehenden Sonne wärmten ihnen den Rücken und warfen lange Schatten voraus.

Für ein paar Momente existierte für mich nichts anderes auf der Welt als die beiden Schatten, die langsam unter mit vorüberzogen. Da plötzlich sprang ein hagerer, bedrohlich wirkender Mann, der einen Knotenstock wie eine Keule hielt, wie ein Berglöwe aus der gegenüberliegenden Böschung auf die Straße.

Jesus blieb stehen und zog am Zügel des Esels. In dem Schweigen, das nun einsetzte, beobachtete ich, wie er die finsteren Augen, das schmale Gesicht und die ungepflegten dunklen Haare seines Gegenübers betrachtete. Der Räuber riß den Zügel an sich. »Gib ihn mir!« Seine Stimme klang rauh und hart, und er fletschte die Zähne wie ein Hund. Der Mann war kaum größer als Jesus und ebenso alt wie er. Als er kurz den Kopf in meine Richtung drehte, entdeckte ich, daß die beiden sich sogar ziemlich ähnlich sahen, auch wenn die Miene des Räubers voller ungezähmter Wildheit war. Ich durfte mich nicht einmischen, sondern nur beobachten, wie dieser Vorfall ausging.

Jesus ließ den Zügel los. »Aber gern, wenn du ihn haben willst.« Wieder lag wie vorhin bei Fahruk unendliche Liebe in seinem Blick. Seine Einstellung verblüffte mich zutiefst, war er doch erst ein halbwüchsiger Junge.

Ungläubigkeit breitete sich auf dem Gesicht des Räubers aus. »Hah! Du hast Angst vor mir.«

»Wie du sehen kannst, habe ich die nicht«, entgegnete Jesus mit klarer und fester Stimme. »Du bist es nämlich, der hier Angst hat, und deine Furcht macht mich zornig. Wenn du unbedingt auf dem Esel reiten willst, muß deine Not größer sein als die meine; deswegen sollst du ihn haben. Aber wenn du ihn stehlen willst, wirst du nicht sehr weit kommen.«

»Und warum nicht?« fragte er knurrend, zögerte, war angespannt und offensichtlich auf der Hut. Er sah sich nach möglichen Gefährten des Knaben um, die die Ursache für seine Gelassenheit sein mußten.

»Der Esel heißt Stern, wegen dem deutlich sichtbaren weißen Fleck auf seiner Stirn. Er gehört meinem Vater Yasuf und ist hier in der Gegend wohl bekannt; denn mein Vater und meine Mutter sind mit ihm mehrmals nach Jerusalem und wieder zurück gezogen, und das seit der Zeit, als ich vor zwölf Jahren geboren wurde. Keines der Kinder Davids würde ihn dir abkaufen, und wenn du dich an die Beduinen wendest, stehlen sie ihn dir nur.«

Der Räuber machte große Augen. »Du bist der Sohn des Zimmermanns Yasuf?« Seine Worte klangen halb wie eine Frage und halb wie eine Feststellung.

»Ja.«

»Man erzählt sich merkwürdige Geschichten über dich. Schon mit deiner Geburt soll es etwas Besonderes auf sich gehabt haben. Einige behaupten sogar, du sollst König von Israel werden.« Sein Blick glitt über Jesus, aber nicht bewundernd, sondern eher voller Verachtung. »Für mich siehst du nicht nach einem König aus. Es heißt außerdem über dich«, seine Stimme wurde jetzt leise, »daß du ein Bastard seist; daß deine Mutter dich von einem anderen empfangen habe, als sie schon mit Yasuf verlobt war.«

Jesus verletzte der Ausdruck »Bastard«, aber er ließ sich nichts anmerken. »Niemand, der aus dem Leib einer Frau geboren wird, kann ein Bastard sein«, entgegnete er mit der ihm eigenen Würde. »Ich bin ein Kind Gottes, so wie du. Damit bist du mein *ah,* mein Bruder, und daher liebe ich dich. Willst du wirklich deinem Bruder den Esel stehlen?«

»Bruder? Liebe ...« Der Räuber war offensichtlich fassungslos.

»Ja, genauso verhält es sich. Ich bin dein *ah,* und ich liebe dich.«

Sein Gegenüber verzog das Gesicht, als habe er einen Schlag in die Magengrube empfangen. Bei diesem Jüngling handelte es sich keineswegs um einen typischen Straßenräuber; dafür sah man ihm jetzt zu deutlich an, welcher Konflikt in ihm tobte. Jesus wußte, daß er gewonnen hatte, und fügte

noch hinzu: »Willst du mir den Esel stehlen, weil du Hunger hast?«
»Ja.«
»Aber du kannst ihn nicht verkaufen und auch nicht verspeisen. Was nützt dir dein hungriger Magen auf dem Rücken eines Esels? Und was passiert, wenn der Esel Hunger bekommt und sich auf deinen Rücken setzen will? Stern kann nämlich sehr böse werden, wenn ihn der Hunger drückt, weißt du?« Er warf dem Jungen einen reinen, liebevollen Blick zu. »Da du aber mein Bruder bist, warum kommst du dann nicht mit mir ins Haus meines Vaters und läßt davon ab, mich berauben zu wollen? Ich wohne nicht allzuweit von hier, und mit dem Abendbrot warten sie auf meine Rückkehr. Meine Brüder sind heute abend bei meiner Großmutter zu Besuch, deshalb kannst du neben mir auf meiner Matte Platz nehmen und dir die köstlichen Speisen meiner Mutter munden lassen. Es gibt Kuchen, Eintopf und Honigwaffeln.« Ein schelmisches Funkeln trat in seinen Blick. »Oder magst du nicht zusammen mit einem Bastard speisen?«
Der verhinderte Räuber zog am Zügel, doch dabei handelte es sich nur um einen Reflex, denn im nächsten Moment ließ er ihn los. »Du lädst mich ein, mit dir in deinem Zuhause das Brot zu brechen? Mich, der ich dir eben noch den Esel rauben wollte?« Ich spürte fast körperlich, daß der Junge in diesem Moment die Welt nicht mehr verstand.
»Ja.«
»Weißt du denn nicht, daß ich dich halb totgeschlagen hätte, wenn du mir mit Widerstand begegnet wärst?«
»Aber ich bin dir mit Widerstand begegnet, und du hast mich nicht geschlagen.«
Dem Jüngling wurde jetzt richtig unheimlich zumute, während ich über Jesus nur staunen konnte. »Und du möchtest

wirklich, daß ich mit zu dir nach Hause komme und dort mit dir speise?«
»Die Frage hast du mir gerade schon einmal gestellt, sogar fast mit denselben Worten.«
»Und was hindert dich daran, mich den Soldaten zu übergeben, sobald ich im Haus deiner Familie sitze?«
Jesus sah ihm mit ernsten Augen in das besorgte Gesicht. »Das solltest du wirklich besser wissen. Dich plagt mehr als nur der Hunger. Warum sollte ich dein Leid noch vergrößern?«
»Du bist wirklich erst zwölf Jahre alt?« Er schüttelte verwirrt die Zottelmähne. »Kein Wunder, daß die Rabbis im Tempel dir zuhören.«
»Komm«, befahl Jesus nun. »Wir wollen uns sputen, ehe die Dunkelheit hereinbricht und der Eintopf kalt wird.« Er nahm den Zügel wieder in die Hand.
Der Jüngling marschierte auf der anderen Seite des Esels neben ihm her. Ich schwang meine Tragetasche über die Schulter, nahm meinen Wanderstab aus Eschenholz auf und folgte den beiden. Dank meiner vielen Übungen vermochte ich mich so lautlos zu bewegen, daß die Jungen mich nie bemerken würden.
»Ich hätte sicher größtes Verständnis dafür, wenn du mir deinen Namen verschweigen wolltest, aber als wen soll ich dich meinen Eltern vorstellen«, fragte Jesus, nachdem sie die ersten Dutzend Schritte zurückgelegt hatten.
Der Jüngling drehte ruckartig den Kopf zu ihm, starrte ihn erregt an, zögerte dann aber. »Da ich ein Räuber bin, ist es gefährlich für mich, dir meinen Namen preiszugeben.« Er blieb mit sich ringend stehen, und Jesus und der Esel folgten seinem Beispiel. »Andererseits weiß ich, daß du mich nicht betrügen würdest.« Er starrte geradeaus und dachte angestrengt nach.

»Ich heiße Jesus«, sagte der Knabe, »und wie nennt man dich?« In seiner Stimme schwang ungewohnte Dringlichkeit mit.
Instinktiv und ohne zu wissen, was er tat, antwortete der andere: »Barabbas.«
Barabbas selbst erzählte mir später von seiner merkwürdigen ersten Begegnung mit Jesus und was sie besprachen, während sie, den Esel zwischen sich, in der hereinbrechenden Dämmerung über die Fernstraße liefen. Das Scharren der Sandalen, das sich mit dem Hufgeklapper auf den grauen Steinplatten vermengte, rief in Barabbas das unangenehme Gefühl wach, sich nicht allzusehr von dem Esel zu unterscheiden. Verhielt er sich wirklich wie ein Einfaltspinsel? Er warf einen vorsichtigen Blick auf Jesus und erhielt von ihm das allerfreundlichste Lächeln. Da dieses aus dem Innersten des Jungen zu kommen schien und sein ganzes Gesicht leuchten ließ, fühlte Barabbas sich rasch wieder wie ein richtiger Mensch. Wir sind nur einen Eselsrücken voneinander entfernt, dachte der Jüngling und lächelte so offen zurück, als kenne er Jesus schon sein ganzes Leben.
Bald vernahmen sie die ersten Geräusche von dörflichem Leben: das Hämmern von Mörser und Stößel, das helle Lachen eines Kindes und das Gebell eines Hundes. Die Dämmerung hatte ihre dunklen Fäden bereits mit dem Gold der untergehenden Sonne verwoben, doch der Wind war immer noch warm. Die gelben Weizenfelder machten dem Dunkelgrün der Weinberge Platz, und am Straßenrand waren immer öfter die klobigen Hütten der Hirten zu sehen. Eine Ziege machte: »Mä-ä-äh!« In der Ferne tauchten Menschen in Mänteln auf: ein Schäfer mit einem gebogenen Stab in der Hand, der seine kleine Herde weiterführte, und eine Gruppe Feldarbeiter, die nach Hause eilten. Dann tauchte der Ort Nazareth vor ihnen auf, eine dunkle

Masse, in der sich nur hier und da Licht einer angezündeten Lampe zeigte.
So viel Friedlichkeit lag in diesem Bild, daß Barabbas, der sein ganzes Leben in einer lauten, engen Stadt verbracht hatte, sich plötzlich wünschte, nie mehr von hier fort zu müssen. »Ich war nicht immer Straßenräuber«, gestand er und redete zum ersten Mal nicht mehr so rauh und knurrig. »Was ich heute tue, entspricht meiner Neigung, nicht aber einer Notwendigkeit«, fügte er jedoch trotzig hinzu.
»Obwohl doch alles, was wir tun, einer Notwendigkeit entspringt, auch wenn es uns manchmal wie eine Neigung vorkommt«, entgegnete Jesus ernst. »Die Notwendigkeit ist der Pate der Neigung.«
»Warum sagst du das?« wollte Barabbas wissen. Doch dann schwieg er und dachte darüber nach. »Vielleicht hast du ja recht«, gab er schließlich zu. »Wie auch immer, ich bin in Jerusalem geboren, vor dreizehn Jahren, und meine Eltern waren brave Juden.« Er konnte der Versuchung nicht widerstehen, wenigstens in einem Punkt sein Gegenüber zu übertrumpfen. »Somit bin ich ein Jahr älter als du. Da ich in Jerusalem aufgewachsen bin, wurde ich nicht von dem Massaker bedroht, das König Herodes unter den Säuglingen in dieser Gegend anrichten ließ. Und das, weil die drei Könige aus dem Osten ihm nicht auf der Rückkehr Mitteilung darüber gemacht hatten, wo das Kind zu finden sei.« Er warf Jesus einen scheelen Blick zu. »Bist du es vielleicht, dessen Geburt für so viele Tode verantwortlich war?«
»König Herodes hat die Unschuldigen abschlachten lassen, um seinen eigenen Durst zu stillen«, entgegnete Jesus düster. Von einem Moment auf den anderen hatte er aufgehört, ein weiser Knabe zu sein, und sich in einen erwachsenen Mann verwandelt, der jetzt in die Ferne blickte. »Er wußte bereits, daß er dem Tode nahe war, und deshalb

wollte er, daß bei seinem Ende Jammern und Wehklagen das Land befielen. Ihm war natürlich klar, daß die Juden sein Dahinscheiden niemals beweinen würden. Und so verfiel er auf die Idee, dafür zu sorgen, daß sie ihm wenigstens ein zorniges Angedenken bewahrten. So ließ er verbreiten, der schändliche Verrat der drei Könige habe ihn so wütend gemacht, daß er daraufhin in der Gegend von Beth Lahm die Ermordung der männlichen Neugeborenen angeordnet habe. Aber ich frage dich, warum sollte ein sterbender König danach trachten, den Messias zu vernichten, den die Prophezeiungen verheißen haben? Was kümmerte es ihn noch, wenn das auserwählte Volk zu den ruhmreichen Tagen seines Reiches zurückgeführt werden sollte? Wenn es ihm wirklich nur darum gegangen wäre, einen möglichen Messias zu beseitigen, hätte er doch gleich alle Neugeborenen in seinem Reich töten lassen können. Die gerade durchgeführte Volkszählung gab ihm doch alle Mittel dazu in die Hand. Und letztlich, wie kann ein Säugling für einen sterbenden König eine Bedrohung darstellen?« Jesus hatte die Fragen und Antworten recht unbewegt aufgezählt, so als stelle er eine Liste der eingebrachten Ernte zusammen, doch Barabbas war das große Mitgefühl nicht entgangen, das im Herzen des Jungen für die Toten und ihre klagenden Angehörigen wohnte.

Die Worte Jesu überzeugten ihn, doch eines wollte er gern noch wissen. »Wie ist es dir denn gelungen, Herodes' Häschern zu entkommen?«

»Meine Eltern wurden gewarnt und flohen mit mir nach Ägypten.« Jesus hob den Kopf und blickte nach vorn, wo ein Wagen heranrumpelte. Als das Gefährt an ihnen vorüberzog, verbeugte er sich vor dem stämmigen, dunkelgesichtigen Mann in einem staubigen Gewand, der aufrecht auf dem Fahrersitz hockte, hob dann eine Hand und rief: »Schalom.«

Der Mann grunzte nur zur Antwort, nickte und trieb seinen Maulesel an. »Das war mein lieber Freund Job, der Weinbauer«, erklärte Jesus Barabbas. »Er kann nur grunzen, denn Herodes der Große hat ihm die Zunge herausschneiden lassen, weil er in der Öffentlichkeit gut über den Revolutionär Judas von Galiläa und schlecht über die Römer gesprochen hat.«

»Dann ist er stumm?«

»Nein, er kann nur nicht sprechen«, entgegnete Jesus freundlich. »Was macht denn dein *av?* Und wo halten sich deine Eltern auf? Warum bist du nicht bei ihnen?«

»Meine Mutter und mein Vater sind tot. Mein *av* war Seidenhändler, und wir lebten in einem hübschen Haus mit vier Zimmern in der Oberstadt von Jerusalem, nicht weit von den Markthallen und -ständen. Als strenggläubiger jüdischer Patriot unterstützte mein Vater Judas den Galiläer, wie man ihn auch nannte, als der vor zwei Jahren gegen Rom revoltierte. Meine Eltern gehörten zu denen, die als Vergeltung hingerichtet wurden.« Seine Stimme stockte. »Ja, auch meine arme, liebenswerte Mutter, deren einziges Vergehen darin bestand, das Weib meines *av* zu sein. So wurde ich zur Waise und endete schließlich als Straßenräuber. Ich hätte bei Verwandten Aufnahme finden können, aber ich zog es vor, für mich selbst zu sorgen.« Er lächelte bitter. »Ein solches Leben war für mich eindeutig besser, als der Arbeitsesel eines meiner Onkel zu werden und mich abrackern zu müssen, bloß um eine Schlafstatt und etwas zu essen zu bekommen. Nein, Sklaverei ist nichts für mich.«

»Und was hat dich in diese Gegend geführt?«

»Vergangene Woche habe ich das Haus eines hohen Beamten in Jerusalem ausgeraubt. Dabei hätten sie mich fast erwischt. Ich mußte aus der Stadt fliehen, um nicht doch noch erkannt und ergriffen zu werden.« Barabbas wunderte sich darüber, daß er Jesus so freimütig ins Vertrauen zog. »Ich wollte eigentlich nach Sepphoris, denn ich wußte, daß dort ein Dieb wie ich leicht Beute machen kann. Doch dann sah ich den Olivenhain und beschloß, dort erst einmal die Nacht zu verbringen, um nicht bei Einbruch der Dunkelheit die Stadttore von Sepphoris zu erreichen und dort womöglich von den Wachen festgenommen oder abgewiesen zu werden.«

»Und dort hast du mich gesehen und bist auf die Idee verfallen, auf einem Esel in Sepphoris einzureiten; denn dann hätte dich bestimmt niemand aufgehalten, oder?« rief Jesus und grinste.

Doch Barabbas zahlte es ihm mit gleicher Münze heim: »Woher sollte ich denn wissen, daß dein Tier zornig wird, wenn es Hunger verspürt? Schließlich bin ich ein Stadtkind und kenne mich nur mit den Tieren auf zwei Beinen aus!« Das Lachen, das er jetzt von sich gab, hörte sich an, als habe er sich von einer großen Last befreit. Es tat ihm sichtlich gut, einfach so mit jemandem zu schwatzen, etwas, was er schon seit über einem Jahr vermißt hatte. Sein Lachen zog die neugierigen Blicke von drei Männern an, die am Gatter einer Schafweide standen und sich unterhielten. Einer von ihnen lächelte den beiden Knaben zu.

»Alle Menschen und alle Tiere sind in den Augen Gottes heilig«, erklärte Jesus.

Mit wachsender Verblüffung entdeckte Barabbas, daß er sich immer mehr von der Güte seines Gegenübers anstecken ließ. »Wie eigenartig«, rief er aus, »welche bedeutenden Ereignisse mir diesen Moment beschert haben.« Er schüttelte den Kopf. »Ich meine, daß ich, ein Straßenräuber, jetzt hier bin, habe ich Herodes dem Großen zu verdanken. Wenn seine drei Söhne, Archelaos, Philippos und Antipas,

sich nicht über das Erbe ihres Vaters zerstritten hätten, hätten die Römer das Reich nicht unter ihnen aufteilen müssen. Archelaos als Ältester würde heute hier herrschen, und Antipas, der auch nach seinem verbrecherischen Vater Herodes heißt, wäre nicht Tetrarch geworden und hätte meine Eltern nicht töten lassen. Ich spucke auf ihn!« Sein Auswurf flog auf die dunklen Straßensteine.
»Du hast also keinen Respekt vor unserem Tetrarchen Herodes Antipas?«
Diese Frage rief in Barabbas ein Frösteln hervor, und sein Mißtrauen erwachte wieder. Zuzugeben, daß man Räubereien durchführte, war eine Sache, aber sich in abfälliger Weise über den Herrscher auszulassen, grenzte an Hochverrat. Der Weinbauer, dem sie gerade begegnet waren, hatte für solche Unbotmäßigkeit mit dem Verlust seiner Zunge bezahlen müssen. »Warum willst du das wissen?« fragte er knurrig.
»Weil du dich frei genug fühlen sollst, mir alles zu sagen, was dir im Kopf herumgeht.«
Der Junge kann wohl meine Gedanken lesen, dachte Barabbas. »Heutzutage kann man nicht vorsichtig genug sein. Dabei hat uns die Kriecherei, mit der unser Volk den römischen Herren begegnet, überhaupt erst in diese unwürdige Lage gebracht. Die wiederum führte zum Aufstand des Judas von Galiläa, wodurch ich meine Eltern verlor und infolge davon nun mit dir zusammengetroffen bin.« Er begeisterte sich so sehr über die logische Kette seiner Ausführungen, daß sich darüber all seine Vorsicht, auf seine Worte achten zu müssen, in Luft auflöste. »Alles ist der Wille des Herrn!« rief er. »Heute mag ich noch niedrig und gering erscheinen, doch morgen bin ich schon Bestandteil der Geschichte. Wenn du je die Voraussagen deiner Geburt erfüllen solltest, erinnere dich an Barabbas.«

»Der Wille des Herrn wird sich erfüllen«, antwortete Jesus nachdenklich.

Als der Dorfrand in Sicht kam, konnte der Straßenräuber nicht anders, als die Hütten mit den Behausungen in Jerusalem vergleichen.

»Du wirst bemerken, daß das Leben sich in Nazareth viel einfacher gestaltet als in den Städten«, entgegnete Jesus. »Nicht mehr als dreihundert Familien leben in dem Ort. Hinzu kommen weitere zweihundert, die sich in der Umgebung niedergelassen haben. Die meisten Menschen hier ernähren sich auf die eine oder andere Weise vom Land. Sie bestellen die Felder, ernten die Olivenbäume und Weinberge ab und verkaufen die Ernte auf dem Markt. Einige wenige, wie mein Vater Yasuf, versorgen die Dorfgemeinschaft mit ihrem Handwerk.«

»Das läßt deine Gastfreundschaft einem Fremden gegenüber doppelt willkommen erscheinen«, bemerkte Barabbas brummig. Er räusperte sich kräftig und spuckte diesmal nach rechts aus, wie es für Essener vorgeschrieben war.

»Fremde, die an unserer Schwelle erscheinen, dann zum Abendmahl einzuladen, gehört zu unseren ehrwürdigen Gebräuchen«, erinnerte ihn Jesus.

»Aber ich stand nicht auf deiner Schwelle, als du mich eingeladen hast.«

»Doch bist du mein Bruder. Und wo befindet sich die wahre Schwelle eines Zuhauses? Bin ich nicht überall dort daheim, wo ich mich gerade aufhalte? Und wann beginnt eine Mahlzeit? Sobald die Frauen eines Haushalts anfangen, sie vorzubereiten? Oder schon dann, wenn sie den Teig für das Brot kneten? Oder gar in dem Moment, wenn das Korn zu Mehl zermahlen wird?«

»Du bist wirklich ein merkwürdiger Knabe.« Barabbas blieb stehen, weil ihm ein Gedanke gekommen war. Nach einem

Moment setzte er sich wieder in Bewegung. »Du solltest besser vorsichtig sein«, warnte er Jesus. »Sehr vorsichtig sogar. Es gibt einige, die dir zürnen, weil du dich erdreistet hast, den Ältesten zu widersprechen. Viele unserer Lehrer verbittert es, wenn jemand eine Meinung vertritt, die von ihren Lehren abweicht. Dann gibt es wieder andere, die dir deinen Verstand neiden. Schließlich noch die Unruhestifter, die in dir einen möglichen Führer für einen Aufstand sehen. Und als wäre das alles noch nicht genug, bin ich mir sicher, daß du die Ängste und den Argwohn unserer Führer erweckt hast.«

»Danke für die Warnung«, erklärte Jesus ernst. »Aber ich muß Gottes Gebot durchsetzen und darf mich nicht durch Ängste vor möglichen Gefahren davon abhalten lassen. Und es wird meine Pflicht sein, über die zu obsiegen, die mir schaden wollen.«

Barabbas sah ihn verwirrt an und brummte. »Das wird dir aber nicht so leicht fallen wie der Sieg über mich.« Er grinste plötzlich, ohne einen Grund dafür zu wissen, und kratzte sich an der schweißbedeckten Wange. »Trotzdem bin ich dir immer noch dankbar. Ich weiß, was Hunger und ein leerer Magen bedeuten. Auch kenne ich die Einsamkeit, und am meisten fühlt man sich allein, wenn man einer Frau beiliegt, die dir ihren Körper verkauft hat.« Wieder überkam ihn der alte Trotz gegen die ganze Welt. »Wie du fürchte ich mich vor niemandem.«

Die Häuser auf beiden Straßenseiten standen jetzt so dicht beieinander, daß man leicht von einem Flachdach auf das des Nachbarn gelangen konnte. Anders als die aus einem Raum bestehenden Hütten der Bauern, an denen sie vorbeigekommen waren, trafen sie hier Komplexe mit Unterkünften für vier, sechs oder gar acht Familien an. Die Wände bestanden aus braunen Basaltblöcken, die man grob aufeinandergesetzt hatte. Die Dächer hingegen waren wie bei den Höfen mit Reisig und Unterholz gedeckt, über das man Erdreich und Lehm aufgeschichtet hatte. Einige verfügten über aus Ästen angefertigte Lauben, unter die sich die Bewohner in heißen Sommernächten zum Schlafen legten. Der Geruch von Öl und dampfenden Töpfen hing in der Luft. Aus manchen Häusern drang Gesang, und hier und da wurden die Stimmen von einer Leier begleitet. Plötzlich durchbrach der Klang eines Widderhorns die Beschaulichkeit des Abends. »Unsere Dächer sind anders als die in den Städten«, erklärte Jesus. »Sie sind der kühlste Ort im ganzen Haus; und auf sie kann man sich vor dem Lärm, dem erstickenden Rauch und den überwältigenden Gerüchen in den Räumen flüchten. Allerdings bieten sie wenig Schutz, wenn schwerer Regen fällt. Schon oft habe ich nach einem solchen Wolkenbruch meinem Vater helfen müssen, das Dach neu abzudichten.«

»Jedes Ding hat eben seine zwei Seiten«, entgegnete Barabbas. Da er sein ganzes Leben in einer großen Stadt verbracht hatte, waren ihm auch die Dünkel der Städter gegen die Landbevölkerung eigen, vor allem gegen diejenigen, die in kleinen Dörfern lebten. Doch mittlerweile mußte er zumindest zugeben, daß ein Hof auch etwas Idyllisches an sich hatte.

Sie liefen die verlassene Straße hinab, bis Jesus vor einer kleinen Gasse zu ihrer Rechten stehenblieb. »Wir gehen durch den Innenhof der Anlage«, teilte er Barabbas mit. »Er wird von acht Häusern umschlossen.« Er mußte den Zügel des Esels fester halten. »Siehst du, Stern wird schon unruhig. Er weiß, daß wir zu Hause sind. In der Gasse ist es zwar recht finster, aber du wirst schon nicht stolpern, denn der Boden besteht aus Sand. Laß mich dich führen.« Er bewegte sich auf den schwachen Lichtschimmer zu, der aus einem offenen Hof drang.

Barabbas empfand die Gerüche, die kurz darauf in seine Nase drangen, als widerlich. Es stank nach menschlichen und tierischen Exkrementen. Ganz sicher war es eine Beleidigung für die Mesusa, von solchen Düften umgeben zu sein, jenes röhrenförmige Amulett, das an jedem Türpfosten angebracht war und in dem die Worte des Deuteronomiums enthalten waren: »Höre, o Israel: Der Herr, unser Gott, ist der alleinige Herr; und du sollst den Herrn, deinen Gott lieben ... und das mit all deiner Kraft ...« Um wie vieles besser wäre es doch um dieses Land bestellt, wenn alle Menschen dem Beispiel der Essener folgen und Gräben für ihre Geschäfte graben würden, die man nach jeder Verrichtung mit Erdreich bedecken konnte. Die Essener wuschen sich sogar danach. Doch das Entleeren der Blase oder des Darms wurde von den Juden als etwas Natürliches angesehen, das deshalb keiner weiteren Vorkehrungen bedurfte. Schwaches Licht, das durch die hohen Schlitze der dem Hof zugewandten Fenster drang, verbreitete einen bleichen Schein. Jeder Haushalt besaß mindestens ein Tier, entweder einen Esel oder eine Ziege, das vor dem Haus angebunden war. Und so bot sich auf dem Hof ein Bild der Enge: überall Haustiere nebst Stroh und Futter. Als ein Esel schrie, klang das in diesem begrenzten Raum so laut, daß man befürchten mußte, die Mauern würden einstürzen.
»Das war bestimmt Mond«, erklärte Jesus. »Sie freut sich, daß Stern wieder hier ist, und will ihn begrüßen.« Er lächelte. »Für Mond ist es immer finsterste Nacht, wenn wir mit Stern nach Jerusalem ziehen. Stern ist natürlich viel zu vornehm, seiner kleinen Freundin zu antworten, aber er zittert stets am ganzen Leib, wenn er sie hört.«
Der Esel blieb vor seinem Pfosten stehen, um den herum gelbes Futter verstreut war. Noch bevor Jesus ihn anband, fing er schon an, geräuschvoll zu fressen.

»Dies ist das Haus meines Vaters Yasuf, und ich heiße dich in seinem Namen willkommen«, sagte Jesus, bevor er sich der Tür näherte und anklopfte.
»Wer ist da?« rief von drinnen eine dunkle Stimme, die rauh wie eine Zimmermannssäge klang. Die Stimmen von Männern passen sich doch immer deren Beruf an, dachte Barabbas.
»Ich bin's, Vater.« Jesus lächelte seinen neuen Freund zuversichtlich an.
Klappern und Scharren verrieten, daß der Riegel zurückgezogen wurde. Die Tür ging krachend auf und entließ eine Wolke von Rauch, verbranntem Öl, Weihrauch und gekochtem Lammfleisch ins Freie. Die hohe Gestalt Yasufs, der sein dunkelbraunes Gewand trug, zeichnete sich vor dem gelben Licht ab, das von zwei bronzenen Öllampen stammte, die auf in Mauerritzen befestigten Holzborden standen. »Warum hast du so lange gebraucht?« Aus seiner Stimme sprach die Sorge, und er strich sich über den mit Silberfäden durchsetzten Bart. »Ich habe bereits befürchtet, Wegelagerer hätten dich überfallen, und ich stand schon kurz davor, mich auf die Suche nach dir zu machen. Wenn es nach deiner Mutter gegangen wäre, hätte ich schon längst das Haus des Händlers aufgesucht!« Barabbas senkte nicht den Kopf, als Yasufs Blick auf ihn fiel. »Und wen hast du denn da mitgebracht?«
»Einen Bruder, den ich unterwegs gezwungen habe, mit uns zu essen!« antwortete Jesus. Er kniete nieder und küßte die Hand seines Vaters. »Ich hoffe, du erlaubst ihm auch, die Schlafmatte mit mir zu teilen. Er will morgen früh nach Sepphoris weiter, und sein Name lautet Barabbas.«

Die beiden streiften ihre Sandalen ab. Jesus trat beiseite, damit sein Freund über die Schwelle treten konnte, die jedem jüdischen Haus heilig war. Wie stets rief der Anblick des Profils seines Vaters die größte Liebe in Jesus hervor. Sein Vater hatte scharfgeschnittene Züge, eine Hakennase und freundliche Augen unter buschigen, silbernen Brauen, und er verströmte die vertrauten Gerüche von getrocknetem Schweiß und alten Kleidern. Freundlichkeit prägte ihn, so wie das Bildnis Caesars die römischen Münzen, und ließ sich sowohl in seinen dunkelbraunen, fast schwarzen Augen, in seiner Stimme und in seiner ganzen Ausstrahlung feststellen.

Auch wenn er den Gast für etwas sonderbar halten mochte, ließ er sich nichts anmerken. »Dein Bruder ist in unserer bescheidenen Hütte höchst willkommen«, erklärte er.

»Vielen Dank, Herr.« Barabbas trat vor, kniete ebenfalls nieder und küßte die Hand des Mannes.

»Ist Jesus gekommen?« ertönte die Stimme von seiner Mutter Mariam. Die Erleichterung war ihr deutlich anzuhören. Ihr Schatten fiel auf die Tür, als sie aus dem Innenraum kam und sich die Hände an einem Leinentuch abwischte. Sie trug ein blaues Gewand, das ihre schlanke Figur verbarg, doch der Schweiß, den das Kochfeuer auf ihrer Haut hervorgerufen hatte, betonte die zarten Knochen ihres Gesichts, das von einem weißen Kopftuch umrahmt wurde. In ihren Augen stand zu lesen, wie froh sie darüber war, ihren Sohn gesund und wohlbehalten wieder im Haus zu haben. »Wo hast du denn so lange gesteckt? Ich habe mich schon gesorgt.« Seit dem Vorfall in Jerusalem machte sie immer ein großes Aufhebens, wenn er sich verspätet hatte.

»Es tut mir leid, dir Kummer bereitet zu haben, *em*«, sagte Jesus. »Aber ich habe mich länger im Hause des Fahruk aufgehalten, als ich beabsichtigt hatte. Er fing nämlich an, um den Preis zu feilschen, aber ich bin standhaft geblieben,

und schließlich hat er eingewilligt. Er will Vater das Geld morgen schicken. Und dann habe ich auf dem Rückweg meinen Bruder hier, Barabbas, getroffen. Ich habe ihm so lange von deinem Lammeintopf und deinen Honigkuchen vorgeschwärmt, daß mir am Schluß nichts anderes mehr übrigblieb, als ihn zu uns zum Essen einzuladen.«
»Du bist willkommen, das Brot mit uns zu brechen.« Mariam streckte Barabbas die Handflächen entgegen, und der Junge kniete vor ihr nieder. »Ihr beiden habt sicher großen Hunger. Also wascht euch, und kommt zu euren Eßmatten, bevor alles verbrannt ist und deine Prahlerei sich als vergeblich erweist.« Sie wandte sich an den Gast. »Unsere anderen Kinder sind für ein paar Tage zu Besuch bei meinen Eltern, die ein Stück die Straße hinauf wohnen«, erklärte sie und verschwand dann wieder in der Küche.

Während Jesus aus dem Krug Wasser in die irdene Wanne goß, die der zeremoniellen Waschung diente, nahm er den Raum in Augenschein. Er maß zwölf Ellen in der Länge und sechs in der Breite. An einer Seite stand ein massiver Arbeitstisch, auf dem ordentlich aufgereiht etliche Werkzeuge lagen – darunter zwei Sägen, ein Breitbeil, verschiedene Hämmer und ein Satz Meißel. Ein halb fertiggestellter Stuhl aus weißem Akazienholz lag auf dem Boden, der aus festgestampftem Lehm bestand, in den man gelben Kalkstein eingelassen hatte. Auf zwei wunderbar gearbeiteten Sitzbänken lagen sauber gestapelt weiße Matten. Nur ein Zimmermann konnte solche Bänke besitzen und gleichzeitig von einem bescheidenen Heim sprechen.
Der Innenraum, in den die beiden Jungen Yasuf folgten, nachdem sie ihre Waschungen durchgeführt hatten, war ungefähr so groß wie der Arbeitsraum, wirkte aber viel kleiner, weil er so vollgestopft war.

Gleich vorn stand die Leiter, über die man auf das Dach gelangte. Links befand sich der Hausarbeitsbereich: Entlang der Wand waren die irdenen Vorratskrüge aufgereiht, dann der Backofen, schließlich das Tierfutter und darüber eisernes Kochgeschirr Und über den glühenden Kohlen der Feuerstelle zischte der Eintopf. Hinter der Leiter waren der granitene Mörser mit dem Stößel, in dem Korn zu Mehl gemahlen wurde, eine Handmühle für Gewürze, ein Reibstein und eine große, abgewetzte Kiste, in der die Kleider aufbewahrt wurden, aufgereiht. Auf der anderen Seite des Raums umringten Matten den niedrigen rechteckigen Tisch, auf dem bereits einige Tonschüsseln und ein großer Krug mit rotem Wein aufgetragen waren. Jesus seufzte wohlig. Dies war sein Zuhause. Hier fand er Geborgenheit.
Yasuf stellte sich an seinen Platz am Kopfende des Tisches und winkte die Jungen heran: Barabbas zu seiner Rechten, Jesus zu seiner Linken. Mariam blieb, wie es Sitte war, in der Küche und betrachtete die drei. »Wir wollen dem Allmächtigen für dieses Brot und diesen Wein danken.« Der Hausherr faltete die Hände, schloß die Augen, sang sein Dankgebet und bewegte dabei den Kopf.
Dann knieten sie sich an den Tisch, während Mariam mit einer großen Holzkelle den Eintopf umrührte und Teigklumpen zwischen ihren Händen flachdrückte, bevor sie sie in die Asche des Backofens schob.
Barabbas blieb merkwürdig still. Jesus merkte ihm an, daß die Atmosphäre eines normalen, nicht außergewöhnlichen Hauses ihn in ihren Bann gezogen hatte. Wahrscheinlich sehnte er sich danach, auch ein Zuhause zu haben. Jesu Herz füllte sich mit Mitgefühl für den einsamen Jungen.
Yasuf begann auf traditionelle Weise die Mahlzeit, indem er den Weinkrug ansetzte und einen kleinen Schluck trank – ein alter Brauch, mit dem einem Gast angezeigt werden

sollte, daß der Wein weder verdorben noch vergiftet war. Dann reichte er den Krug Barabbas, der ebenfalls einen Schluck nahm und ihn dann Jesus gab. Dieser berührte das Gefäß nur, trank aber nicht.

Der Lammeintopf, mit dem Mariam ihnen jetzt die Schüsseln füllte, erwies sich als köstlich. Im Lauf der Mahlzeit entspannte sich der Gast deutlich und begann bereits, sich halb als dieser Familie zugehörig zu fühlen, auch wenn er immer noch kein Wort sprach. Sie hatten kaum die Honigwaffeln verschlungen und seine Mutter fing gerade an, in der Küche ihr Mahl zu sich zu nehmen, als Jesus unwillkürlich in Richtung Tür blickte. Hatte er nicht eben ein Klopfen vernommen? Ihn überkam das dringende Gefühl, nachzusehen. »Bitte, *av*, erlaub mir, kurz das Haus zu verlassen«, bat er.

Yasuf rülpste. »Das Essen war wieder köstlich, geliebtes Weib.« Der Blick seiner braunen Augen, denen der Wein neuen Glanz verliehen hatte, ruhte auf seinem Sohn. »Ja, du darfst nach draußen.«

Jesus erhob sich, verbeugte sich und lief zur Tür. Kurz davor drehte er sich noch einmal um, weil er den Wunsch verspürte, sich diesen Anblick einzuprägen: den trüben goldenen Lichtschein, die aufrechte und dominierende Gestalt seines Vaters, die Einrichtung. Er hörte das leise Zischen des Eintopfs und roch das scharfe Aroma des Weihrauchs, in das sich die Gerüche von ungewaschenem Leinen und lange lagernden Zwiebeln mischten. So als spüre sie, was in ihrem Sohn vorging, kam Mariam aus der Küche und bedachte ihn mit einem fragenden Blick. Er lächelte ihr beruhigend zu.

Als alles unauslöschlich in seinem Gedächtnis verankert war, drehte Jesus sich wieder um, zog den Riegel zurück, öffnete die Tür und wurde von kalter Nachtluft empfangen.

Der Himmel erstrahlte im Glanz unzähliger Sterne, und aus der Ferne drang das leise Muhen von Ochsen so samtweich wie die Nacht heran. Als Jesus die Tür hinter sich schloß, wußte er mit Bestimmtheit, daß das Geheimnis seiner Zukunft gerade erst begann.

KAPITEL 15

Ich mußte nicht an die Tür anklopfen, um Jesus zu mir nach draußen zu locken. Als er vor mir stand, konnte ich ihn mir trotz des matten Lichts etwas näher anschauen. Er war schlank, und die weiße Leinentunika paßte ihm wie angegossen. Er atmete durch den Bauch und nicht durch die Brust, was ihm eine große Hilfe sein würde, sollte er sich jemals in Yoga versuchen. Der wohlgeformte Kopf wurde von schwarzem Haar gekrönt, das lang und lockig zu beiden Seiten herabfiel und perfekte Züge umrahmte. Obwohl ich mehrmals hinsah, konnte ich die Farbe seiner Augen nicht definieren. Etwas geradezu weiblich Geheimnisvolles lag in ihnen.

Jesus lächelte mich an. »Warum hast du mich gerufen, Herr?«

»Ich glaube, ich kann dir helfen, dich auf deine Aufgabe vorzubereiten«, antwortete ich, ohne lange nachzudenken und ohne zu zögern.

»Wer bist du, und womit kannst du mir bei meiner Aufgabe helfen?«

Ich erzählte ihm, wer ich war, wie mein Leben sich ent-

wickelt und was mich hierhergeführt hatte. Er hörte mir schweigend und aufmerksam zu.
»Dann bist du also ein Bote«, erklärte Jesus. »Ich habe schon von deinesgleichen und eurem Wirken in der Welt gehört. Und auch von den Wundern, die die heiligen Männer vollbringen. Oft habe ich mir gewünscht, einmal einem wie dir zu begegnen.«
»Ich bin gekommen, um dich dorthin zu führen, wohin du zu gehen wünschst.«
»Wie lange werde ich von zu Hause fort sein?«
»So lange, bis du alles gelernt hast, was dir als wichtig erscheint.«
»Du weißt aber doch hoffentlich, daß ich meine Aufgabe in Israel erfüllen muß, und zwar mit denen, die sich die Auserwählten nennen.« Er widersprach mir damit nicht, sondern teilte es mir lediglich mit.
»Das bleibt ganz allein dir überlassen.«
»Wann brechen wir auf?«
Ein kühler Wind blies durch die Gasse, doch der war nicht der Grund für meine plötzliche Unruhe. Ein Esel gab Geräusche von sich, und ein anderer antwortete ihm lautstark. Ich konnte den Seufzer nicht zurückhalten, der sich meiner Brust entrang: »Meine innere Sicht sagt mir, daß finstere Mächte sich bereits gegen dich zusammenrotten«, drängte ich ihn. »Es wäre das beste, wir würden uns noch heute nacht auf den Weg machen, ohne daß eure Nachbarn etwas davon mitbekommen.«
Der Knabe wirkte nicht im mindesten überrascht. »Ich werde mit dir gehen, bis der Zeitpunkt für meine Rückkehr gekommen ist.«
»Für deine Eltern wird das bestimmt ein großer Schock sein.«
Jesus lächelte. »Sie werden mir ihren Segen geben.«

Ich muß zugeben, daß es mich doch überraschte, als Yasuf, dem ich kurz darauf vorgestellt wurde, mich nicht mit Mißtrauen, sondern mit der größten Gastfreundschaft empfing. Eigentlich hatte ich gedacht, daß ich ihm mit meiner orangefarbenen Robe, dem langen Eschenholzstab, der hellbraunen Schultertasche und der heiligen Asche auf meiner Stirn recht merkwürdig vorkommen müßte. Wenn ich auch einen für ihn fremdartigen Anblick bot, so gebot ihm seine Höflichkeit, sich nichts davon anmerken zu lassen. Nur Barabbas schien mein Erscheinen in Verlegenheit zu versetzen, weil er nicht wußte, wie man einen heiligen Mann, wenn auch von einer anderen Glaubensgemeinschaft, zu begrüßen hatte. Aber er faßte sich rasch, erhob sich etwas ungelenk, kam zu mir und kniete vor mir nieder. Ich legte ihm zum Segen die Rechte auf das ungekämmte Haar.

Wir hatten uns einander im Vorraum vorgestellt, und jetzt trat Yasuf beiseite und deutete zum Innenraum, aus dem köstlicher Essensgeruch drang. »Ihr müßt hungrig sein«, erklärte er. »Wir haben zwar eben unser Abendmahl beendet, aber Ihr seid trotzdem herzlich eingeladen, an unserer Tafel Platz zu nehmen.«

Ich schüttelte den Kopf und lächelte. »Vielen Dank für dieses großzügige Angebot, aber ich nehme nur einmal am Tag etwas zu mir, und das vor der Mittagsstunde.« Mein Lächeln verbreiterte sich zu einem Grinsen. »Insofern man mir etwas gegeben hat.« Ich hörte aus dem Küchenbereich ein Keuchen, das durch eine rasch vor den Mund gehaltene Hand unterdrückt wurde, und drehte mich um. Jetzt bekam ich die junge Mutter wieder zu sehen. Ich erkannte die schlanke Figur, das blasse, ovale Gesicht und die dunkelblauen Augen sofort aus meinen Visionen von vor dreizehn Jahren und von meinem etwas später erfolgten Besuch in

Beth Lahm wieder. Mariam preßte immer noch die Hand vor ihren Mund und starrte mich mit dem Ausdruck äußerster Sorge an.
»Meine teuren Eltern«, begann Jesus. Ich warf ihm und auch Barabbas sofort einen warnenden Blick zu, doch der Junge ließ sich davon nicht aufhalten und erklärte ihnen, wer ich war. »Im letzten Monat, als ihr nach unserer alljährlichen Wallfahrt nach Jerusalem wieder nach Hause aufgebrochen seid, bin ich im Tempel zurückgeblieben, wo ihr mich schließlich gefunden habt. Als du, verehrte *em*, mir daraufhin sagtest, ihr hättet überall nach mir gesucht, war ich doch recht verwundert, daß du, die doch das Geheimnis meiner Empfängnis erfahren hat, nicht wußtest, daß ich mich natürlich im Hause des Herrn aufhalten würde. Doch erkläre ich euch nun mit allem Respekt, daß Gott nicht allein aus unserem Tempel besteht, sondern die Unendlichkeit der Schöpfung ausmacht. Und der Herr hat mir nun einen Seiner heiligen Boten geschickt.« Er drehte sich zu mir um, bedachte mich mit einem liebevollen Blick und umarmte mich. »Ich muß noch heute nacht mit ihm zu einer langen Reise aufbrechen und werde viele Jahre fort sein. Doch ich verlasse euch nicht, meine irdischen Eltern, genausowenig wie wir Gott verlassen, wenn wir geboren sind.«
Die Tränen, die in Mariams Augen getreten waren, rannen ihr nun über die Wangen, und sie schluchzte leise. »Ich habe es gewußt«, flüsterte sie mit gebrochener Stimme. »Ich weiß schon seit langem, daß so etwas geschehen würde.« Doch dann lächelte sie, und ich wußte, welche Hoffnung sich ihrer jetzt bemächtigt hatte. Trotzdem war die Trauer spürbar, die sich über dieses friedliche Heim gelegt hatte. Barabbas, der von alledem am wenigsten verstand, stand mit offenem Mund da. Yasuf ließ sich zwar wie üblich

äußerlich nichts anmerken, aber sein Kehlkopf hüpfte auf und ab, während er schluckte. Auch Jesus schien einen Kloß in der Kehle zu haben. Gott hätte den Knaben auch gegen solche Gefühlsaufwallungen immun machen können, dachte ich, aber in Seiner unergründlichen Weisheit hatte er Jesus mit allen menschlichen Attributen ausgestattet, um ihn die Erfahrung des Leids machen zu lassen.

»Wohin werdet ihr ziehen?« fragte Yasuf rauh.

»Wo immer unser Ziel auch liegen mag«, antwortete ich. »Wo Gott ihn hinführt.«

»Warum denn schon so bald?« fragte Mariam. »Wieso schon heute nacht?«

»Es ist nie ›schon so bald‹, wenn der rechte Moment gekommen ist, liebe Frau.« In meiner Stimme klang Mitgefühl mit, dennoch verlieh ich meinen Worten Endgültigkeit und Unwiderruflichkeit. »Feinde nähern sich.« Ich beherrschte mich, um mich nicht schütteln zu müssen. »Das Leben Eures Sohnes ist in Gefahr. Womöglich treffen sie noch heute nacht hier ein.«

»Er ist doch noch so jung.« Mariam schien von meiner Mitteilung nicht im mindesten überrascht zu sein. »Aber sicher nicht zu jung, um die Art der Könige zu erlernen.« Die Eltern nahmen den Abschied ihres Sohnes gefaßt auf, wenn auch aus unterschiedlichen Gründen. Yasuf aus angeborener stoischer Ruhe, Mariam, weil sie sich große Hoffnungen für die Zukunft ihres Jungen machte. Außerdem hatten beide schon mehrmals unerwartete Entwicklungen erlebt, die zu tiefgreifenden Veränderungen geführt hatten. Der Zimmermann räusperte sich. »Wirst du mit uns in Verbindung bleiben? Uns von Zeit zu Zeit eine Nachricht zukommen lassen?«

»Ich würde das nicht für gut halten«, entgegnete ich nicht ohne Betrübnis. »Wir sollten einfach von hier verschwin-

den, damit niemand Euch zwingen kann, Auskunft über ihn zu geben.«
»Teure Eltern, ihr habt noch andere Kinder«, fügte Jesus rasch hinzu und zeigte dann auf Barabbas. »Davon abgesehen habt ihr jetzt auch noch einen Adoptivsohn, der dir, *av*, in der Werkstatt helfen kann. Er ist stark und arbeitswillig, und er sieht sogar aus wie ich. Warum nehmt ihr nicht ihn an meiner Stelle.«
»Da du ein Waisenjunge bist und kein Heim hast, Barabbas, will ich dich unter meinem Dach willkommen heißen.« Auf Yasufs faltigen Zügen zeigte sich ein breites Lächeln. »Da mir in dieser Angelegenheit ohnehin keine Wahl zu bleiben scheint, will ich mich damit zufriedengeben, einen Sohn weggegeben und einen anderen dafür gewonnen zu haben.«
»Du magst lange fortbleiben«, erklärte Mariam voller Hoffnung, »aber du wirst mächtig und reich zurückkehren – und damit der Welt beweisen, daß ich recht getan habe!«
»Bitte teilt meinen Geschwistern meine besten Grüße mit«, verabschiedete sich Jesus.

Als Jesus über den Hof schritt, blieb er bei Stern stehen, um ihm ein letztes Mal auf den Rücken zu klopfen. Überwältigt von Gefühlen gab er dem Esel einen Kuß auf die Stirn. Als er neben mir herschritt, schien ihm die volle Tragweite seines Abschieds deutlich zu werden. Ich wußte, daß seine Augen sich umwölkt hatten, daß sein Kehle schmerzte und daß sein Herz leer war. Ich nahm mir vor, erst dann wieder zu ihm zu sprechen, wenn wir Nazareth hinter uns gelassen hatten, um ihm Gelegenheit zu geben, seine Gefühle in den Griff zu bekommen.
»Du magst dich vielleicht fragen, warum es geboten schien, so unvermittelt aufzubrechen«, erklärte ich schließlich.
»Nein, das tue ich nicht.« Wie stets, wenn man großen

Kummer empfindet, kamen ihm die ersten Worte nur mühsam über die Lippen. Wenn man das Schweigen des Leids bricht, ist das so, als ob man die Fluttore des Schmerzes aufreißt, der sich in uns angespeichert hat. »So ist nun einmal mein Schicksal. Außerdem mußten meine Eltern sich bis zu diesem Tag, an dem es dann soweit war, nicht oft von mir trennen.«

»Dennoch ist es für euch alle eine Last, an der ihr schwer zu tragen habt.«

Jesus blieb plötzlich stehen, und so setzte auch ich meine Schritte nicht fort. Wir beide sahen einander an, entdeckten in unserem Gegenüber Verstehen und nahmen dann unseren Fußmarsch wieder auf. Das Klopfen meines Stabs auf den Steinplatten verstärkte die desolate Stille, die uns umgab.

»Du hast meinen Eltern gesagt, daß böse Mächte hinter mir her sind«, sagte Jesus nach einer Weile. Offenbar hatte sich die Trauer darüber, Heim und Familie verlassen zu haben, in ihm gelegt. »Wen meinst du damit?«

»Ich spüre, daß sie aus drei verschiedenen Richtungen kommen. Doch ich vermag nicht mehr zu sagen, als daß es sich dabei um Männer handelt, die dich gegen deinen Willen ergreifen, womöglich sogar ermorden wollen.«

KAPITEL 16

Während ich mich in Meditation befinde, nehmen meine Sinne doch solche Geräusche wie das Rascheln eines Blattes oder das leise Ächzen eines Astes wahr. Und so kam es, daß meinem Geist jetzt das ferne Hufgetrappel nicht verborgen blieb. Als es näher kam, kehrte ich ins Bewußtsein zurück. Mein Blick suchte das Gesicht des Jungen, der neben mir auf seinem Umhang lag. Jesus war hellwach und starrte mich an.

Jetzt kam auch das Krachen von Leder hinzu. Ein Pferd schnaubte, ein anderes blies seine Nüstern auf. Das leise Gemurmel von Stimmen begleitete das Klapp-klapp-klapp. Etwas brach durchs Unterholz, und das sagte mir, daß man die Tiere in den Hain führte. Ich zählte die Hufe von drei Pferden.

Als der Geruch von Pferdeschweiß und nassem Leder meine Nase erreichte, setzten die Geräusche aus. Dann verkündete das leise Stampfen von Sandalen, daß sich einer aus der Gruppe entfernte.

»Ich lege mich aufs Ohr«, murmelte eine dunkle Stimme. »Bin genauso müde wie diese armen Biester.«

»Tiere sind keine Biester, nur Menschen können so sein«, entgegnete eine deutlich jüngere Stimme. »Dir bleibt ausreichend Zeit für ein Schläfchen. Simeon ist sehr gründlich. Er kehrt erst zu uns zurück, wenn er das Haus des Zimmermanns ausfindig gemacht hat. Leg dich ruhig hin, ich halte so lange Wache.«

Meine Intuition und meine Befürchtungen waren also nicht unbegründet gewesen. Wenn Jesus jetzt Angst bekommen haben sollte, so ließ er sich nichts anmerken. Da der Feind so nahe war, blieb uns als Schutz nur die Unsichtbarkeit, die siebente Stufe des *arupa jhana.* Ich teilte Jesus mit den Augen mit, was ich beabsichtigte, und er nickte unmerklich. Ich konzentrierte mich auf mein mittleres Auge. Wirbelndes Rot verwandelte sich in starres Schwarz, aus dem das Auge auftauchte. Bald versank alles um mich herum in Leere.

Ich erlangte das Bewußtsein erst wieder, als sich drei Männer leise miteinander unterhielten. Es war immer noch dunkel. Die Feinde entfernten sich von uns. Aber sie wurden nicht von Hufgetrappel begleitet, und das sagte mir, daß sie ihre Pferde hier zurückgelassen hatten.

Jesus war ebenfalls bei Bewußtsein. »Du hast mir das Leben gerettet«, erklärte er. »Denn bei diesen Männern hat es sich zweifelsohne um Entführer oder Mörder gehandelt, und im ganzen Umkreis gibt es nur einen einzigen Zimmermann.«

Jesu Gespräche mit dem heiligen Mann aus Indien verbanden sich mit dem, was er während seines Besuchs in Jerusalem aus vielerlei Quellen gelernt hatte, und ihm offenbarten sich nun erste Einblicke in das, was das Leben für ihn bereithalten sollte. Er stand im Begriff, mit dem heiligen Mann Alara eine lange Reise zu unternehmen und in die Länder zu gelangen, in denen er die besonderen Talente entwickeln konnte, von denen sein Begleiter gesprochen hatte und die nach seinen Worten alle heiligen Männer in Indien besaßen. Nach und nach wurde ihm bewußt, daß zu diesen Talenten die Gabe gehörte, Kranke zu heilen, ganz gleich, ob sie von einem Leiden des Geistes, der Seele oder des Körpers geplagt wurden. Und all dies würde er kraft seines Willens vollbringen, auch wenn andere darin ein Wunder sähen. Und in Alara hatte er endlich jemanden gefunden, mit dem er seine innersten Gedanken teilen konnte. Der heilige Mann war nicht nur als Bote, sondern auch als Gefährte zu ihm gekommen.

Die Nacht war dunkel und bedrückend. Vom Mond bestrahlte weiße Wolken bedeckten den Himmel und bedrohten die Erde wie der Mantel eines Mörders. Unser Herr war auch ein Gott der Rache, und so hatte er uns eine Nacht geschickt, wie sie für unser Vorhaben nicht geeigneter hätte sein können, dachte Simeon grimmig, als er in die Seitengasse schlich und sich auf den hellen Fleck zubewegte, in dem sich das Tor zum Innenhof befand.
Er hatte Jerusalem vor drei Tagen mit Joshua und Thaddeus auf Mietpferden verlassen und war mit seinen Kameraden an diesem Abend durch Nazareth geritten, damit es so aussehen sollte, als hätten sie es eilig und passierten den Ort nur. Später hatte er die beiden mit den Pferden an einem Olivenhain zurückgelassen und war allein in das Dorf zurückgekehrt. Er wollte sich nach dem Haus des Zimmermanns erkundigen und vorgeben, sein Wagen habe einen Schaden und müsse repariert werden. Als erstes klopfte er an der Tür des Schmieds an. Der große, muskelbepackte Mann gab ihm die genaue Richtung an, in der das Haus des Zimmermanns Yasuf zu finden sei. Erfreut hatte sich Simeon auf den Weg dorthin gemacht, alles in Augenschein genommen, um dann zu seinen Gefährten im Wäldchen zurückzukehren. Dort angekommen, weihte er sie in seinen Plan ein.
Wieder im Ort, ließ er Joshua an der Straße zurück. Er sollte jeden darin hindern, die Gasse zu betreten. Zusammen mit Thaddeus begab er sich dann zu dem Komplex. Bald hatten sich beider Augen an die von einigen wenigen Lichtern erhellte Dunkelheit in der Gasse gewöhnt. Simeon rümpfte die Nase, als er den Gestank von tierischen und menschli-

chen Fäkalien roch, und erstarrte im nächsten Moment, als ein Tier schnaubte. Einen Augenblick später entspannte er sich wieder. Das war nur ein Esel gewesen, der gerade schlecht träumte. Simeon setzte sich wieder in Bewegung. Er hörte Thaddeus nicht, spürte aber, daß der Jüngling ihm folgte.
Wenig später standen die beiden mit dem Rücken an die Mauer neben dem Tor gepreßt, als Thaddeus ihn leicht an der Hand berührte. Sein Blick folgte der Richtung, in die der ausgestreckte Arm des jungen Mannes wies, und schon stockte ihm der Atem.
Ein dunkler Schatten, der in der Dunkelheit wie eine Riesenspinne wirkte, kletterte eine Außenwand hinauf. Als Simeon den zweiten Schatten unter dem ersten entdeckte, wußte er, was hier vor sich ging. Er gab seinem Kameraden ein Zeichen, sich auf seiner Seite nach weiteren Eindringlingen umzusehen, während er in der anderen Richtung das gleiche tun wollte.
Als er alles überprüft hatte, sah er Thaddeus fragend an. Der Jüngling schüttelte den Kopf. Also handelte es sich nur um zwei Eindringlinge? Wer waren sie? Einbrecher? Wohl kaum. Wer würde schon auf die Idee verfallen, das Haus eines armen Dorfzimmermanns auszurauben? Aber wenn Yasuf gerade eine größere Summe Geldes im Hause hatte, weil er für eine Arbeit bezahlt worden war? Auch eher unwahrscheinlich, denn wer sollte davon erfahren haben. Der Zimmermann war sicher klug genug, so etwas nicht einmal den Nachbarn zu erzählen.
Als Simeon die Erkenntnis kam, traf sie ihn wie ein Blitzschlag. Diese Männer waren hierhergeschlichen, um Jesus entweder zu entführen oder zu ermorden! Er packte Thaddeus am Handgelenk und zog ihn zu sich heran, bis er ihm ins Ohr flüstern konnte: »Das sind Mörder. Wir überwälti-

gen sie, ich den unteren, du den anderen. Aber laß deinen Mann am Leben.«
Der Jüngling hob zum Zeichen des Einverständnisses einmal die Faust.
Beide wußten, wie nun vorzugehen war. Simeon folgte Thaddeus wie ein Geist über den Hof. Bevor sie die Hälfte des Weges zurückgelegt hatten, entdeckte Simeon das Seil, das vom Dach baumelte. Offenbar hatten die beiden es mit einem Greifhaken dort hinaufbefördert und befestigt. Nun konnte er auch den Mann deutlicher erkennen, der, die Füße gegen die Wand gestemmt, nach oben stieg. Er beschleunigte seine Schritte und zog das Würgetuch aus seinem Gürtel.
Der Mann am Boden war ein wahrer Riese. Er stand mit dem Gesicht zur Mauer und verfolgte mit zurückgeworfenem Kopf die Bemühungen seines Genossen. Damit lag sein Hals bloß. Das verknotete Tuch flog über seinen Kopf, noch bevor er wußte, wie ihm geschah. Simeon hielt die Hände überkreuz und drehte den am Tuch angebrachten Stock herum, um seinem Opfer die Luft abzupressen. Der große Knoten in der Mitte des Tuchs zerdrückte rasch den Adamsapfel des Mannes, so daß sich kein Laut aus seiner Kehle lösen konnte, während der Stock, gegen den Nacken gepreßt, die Atemwege zuschnürte.
Der Mörder verlor das Bewußtsein und sackte zusammen. Simeon drehte den Stock noch ein Stück, fing den Riesen dann auf und legte ihn vorsichtig an die Mauer.
Als Simeon beiseite trat, hatte der zweite längst entdeckt, daß sich unter ihm zwei Männer aufhielten. Jetzt ließ er sich rasch am Seil herab. Unten angekommen, verfingen sich seine Füße im Gewand seines Genossen, und er stolperte. Thaddeus war sofort behende wie ein Berglöwe über ihm und hielt ihm den Dolch an den Hals. »Ein Laut oder eine

Bewegung, und es ist aus mit dir«, zischte der Jüngling. Simeon löste derweil das Würgetuch von seinem Opfer und zog sein Messer.
Mit der Gewandtheit eines erfahrenen Ringers schleuderte der Mann Thaddeus von sich, sprang auf und hielt im selben Moment seinen Dolch in der Hand. Simeon stieß ihm so heftig sein Messer in die Seite, daß sein Arm vibrierte. Der Mörder stöhnte und riß im Schmerz die Arme hoch, daß es so aussah, als läge er auf einer Streckbank. Simeon mußte all seine Kraft aufbieten, um die Klinge aus dem Fleisch des Mannes herauszuziehen. Dann kippte der Mörder vornüber. Thaddeus sprang zu ihm und stieß ihm den Dolch in den Rücken. Der Mann stöhnte noch einmal und brach dann endgültig zusammen.

Prinz Zadok und seine Begleiter waren zwei Tage geritten. Die erste Nacht hatten sie in einem Gasthof in Sechem verbracht. Weit vor der Mitternacht des zweiten Tages erreichten sie Nazareth. Sie klopften fest an der Tür des ersten Hauses, das ihnen zu Gesicht kam, an und stellten sich als Prinz Zadok, Prinz Zebulon und Fürst Reuben vor, Mitglieder des Hohen Rats, die in einer dringenden Mission von Jerusalem bis hierher geritten seien. Dann verlangten sie, zum Haus des Dorfältesten geführt zu werden, der, wie sich herausstellte, direkt nebenan wohnte. Der Dorfälteste erwies sich als ein vertrockneter, weißhaariger Greis mit Namen Nathaniel, der ihnen unwillig die Tür öffnete und sich knurrend darüber beschwerte, zu einer so ungesegneten Stunde noch gestört zu werden. Trotz der Erschöpfung nach dem langen Ritt, belustigte es Zadok, zu sehen, wie der Alte sich ein ums andere Mal verbeugte und schönredete, nachdem er erfahren hatte, welch hoher Besuch erschienen war.

»Ihr sucht das Haus des Zimmermanns Yasuf, hohe Herren? Ich selbst will euch dorthin führen. Ihr mögt Eure Pferde solange auf meinem Hof lassen.« Seine Augen blickten Zadok unter buschigen Brauen an, und er reckte den Hals wie ein Vogel. »Grundgütiger, es muß sich wirklich um eine sehr wichtige Angelegenheit handeln, wenn Ihr hohen Herren den weiten Weg von Jerusalem auf Euch genommen habt, und das auch noch zu so später Stunde. Hat die Sache vielleicht etwas mit der letzten Pessach-Wallfahrt nach Jerusalem zu tun?«
Der Prinz ließ auch die nächste Frage unbeantwortet, die sich danach erkundigte, was der mächtige Sanhedrin wohl von einem kleinen Dorfzimmermann wolle. Er war viel zu müde, und sein verlängerter Rücken fühlte sich vom Ritt zu wund an, um noch Lust zu verspüren, die Neugier irgendeines Dorfältesten zu befriedigen.
»Ihr seid doch sicher hungrig, hohe Herren. Habt Ihr schon zu Abend gespeist? Meine Tochter Leah würde sich geehrt fühlen, für Euch einen Teller Erbsensuppe warm zu machen.«
»Nicht nötig, trotzdem vielen Dank«, fertigte der Prinz ihn kurz und bündig ab. »Eil dich, unsere Mission duldet keinen Aufschub!«
In der Ferne grollte Donner durch die tiefziehenden Wolken, als die Gruppe auf die Hauptstraße trat. Nathaniel und ein Nachbar, ebenfalls ein Greis, hielten Fackeln und humpelten den hohen Herren voraus. Wie stets ging Zadok in der Mitte zwischen seinen Vertrauten.
»Schneller!« drängte der Prinz die beiden Alten, die keine Ahnung davon hatten, daß sie von den wachen Augen eines kräftigen, glatzköpfigen Mannes mit rundgeschnittenem Bart beobachtet wurden, der sich am Eingang der Gasse, die zu Yasufs Haus führte, in den dunklen Schatten drückte.

Simeons Gedanken rasten. Was für eine vertrackte Lage! Statt mit einem lebendigen Jungen mußte er sich mit zwei Leichen abgeben. Ausgerechnet in dieser Nacht trieb sich alles mögliche Volk im kleinen Ort Nazareth herum. Was war jetzt zu tun?
Als ihm der rettende Einfall kam, hätte er fast laut gelacht. Wie alle großen Lösungen war auch diese simpel. Er konnte den Knaben immer noch entführen, und man würde nicht ihn, sondern denjenigen verdächtigen, der die beiden Mörder geschickt hatte! Simeon beugte sich über den Mann, den er erwürgt hatte, und erkannte mit einigem Schrecken in ihm Ammon, einen stadtbekannten Mietmörder. Doch nun war er tot und konnte sein Handwerk nie mehr ausüben. Den anderen kannte Simeon nicht, aber er war sich ziemlich sicher, daß die beiden beauftragt worden waren, Jesus und vermutlich auch seine ganze Familie im Schlaf zu ermorden. Wie knapp der Junge seinem Schicksal entronnen war! Er mußte wahrhaftig unter dem besonderen Schutz des Herrn stehen.
»Laß die zwei einfach liegen«, flüsterte er Thaddeus zu. »Versetz dem Großen einen Stich, beschmier ihre Dolche mit dem Blut aus den Wunden, und leg die Waffen dann neben sie, damit es so aussieht, als hätten sie sich gegenseitig umgebracht! Und dann kümmern wir uns wieder um unser Vorhaben.« Er lächelte. »Wie aufmerksam von ihnen, uns ihr Seil zurückzulassen. So können wir leicht aufs Dach gelangen, wo der Knabe wahrscheinlich mit seinem Vater schläft ...« Er schwieg abrupt, als ein Rascheln ertönte. Simeon erhob sich, griff nach seinem Messer und sah sich um. Aber es war nur eine angebundene Ziege, die sich im Schlaf geregt hatte.
Thaddeus beugte sich bereits über die Toten. Er bearbeitete rasch die Messer und legte sie dann in Griffweite der

Leichen. »Das sollte genügen«, sagte er leise, während er sein Werk betrachtete.
Rasche Schritte bloßer Füße drangen an das Ohr des Anführers. Er wirbelte herum, und der Jüngling stand schon mit gezücktem Dolch neben ihm. Eine massige Gestalt tauchte in der Finsternis auf. Simeon griff nach seinem Messer, ließ es aber stecken, als er Joshua erkannte.
»Da kommen Leute!« zischte der Zelot. »Mit Fackeln. Sie scheinen hierher zu wollen.«
»Wer ...« begann Thaddeus.
»Wie viele?« wollte Simeon wissen.
»Fünf, vielleicht sechs.«
Jetzt sah der Anführer einen ersten Lichtschein am Eingang zur Gasse. Heute nacht ging es hier in der Tat höchst merkwürdig zu. Wie immer, wenn Gefahr drohte, wurde sein Verstand erst kalt und arbeitete dann doppelt so schnell wie gewöhnlich. Die Gruppe lief tatsächlich auf Yasufs Haus zu. »Heute ist hier wirklich der Teufel los«, erklärte er und deutete dann mit dem Kopf zu den beiden dunklen Haufen an der Wand. »Wir haben gerade zwei Mörder erledigt.«
»Mörder?« erschrak Joshua.
»Ja. Einer von ihnen war Ammon.« Simeon schwieg für einen Moment. »Entweder laufen die anderen weiter, oder sie biegen in die Gasse ein. Ich gehe aber davon aus, daß sie zu Yasufs Haus wollen. Wie auch immer, laßt uns uns einstweilen im Schatten auf der anderen Seite des Hofs verbergen. Joshua, du und Thaddeus, ihr begebt euch nach rechts, ich nach links. Wenn sie den Hof betreten haben, wartet auf mein Zeichen. Dann schleicht ihr nach draußen und begebt euch zur Kreuzung. Ich will erst in Erfahrung bringen, was hier vorgeht, bevor ich dort zu euch stoße. Sollten die Männer aber weiterlaufen, machen wir mit

unserem ursprünglichen Plan weiter. Und denkt daran, wenn etwas schiefgeht, muß jeder für sich versuchen, aus dem Ort und zu den Pferden zu gelangen. Nun beeilt euch. Ich hole nur noch rasch das Seil ein.«

Der beißende Geruch der flammenden Fackeln wurde intensiver. Die beiden Greise waren am Eingang einer Gasse stehengeblieben und hielten ihre Fackeln höher. Prinz Zadok spürte, wie ihn neue Erregung packte. Dies war nicht das Ende einer langen, anstrengenden Reise, sondern der Beginn seines Wegs zur Macht.

Sobald sie sich in der Enge der Gasse befanden – die beiden Einheimischen gingen immer noch voraus –, wurde der Gestank der Fackeln geradezu unerträglich. Und erst die Gerüche, die aus dem Hof strömten. Zadok, der direkt hinter den Alten lief, glaubte, sein Magen würde sich umdrehen.

Sie hatten fast das dunkle Rechteck der Tür von Yasufs Haus erreicht, als Nathaniels grauer Kopf herumfuhr. Die Überraschung traf ihn so unvermittelt, daß er fast die Fackel hätte fallen lassen. Mit zitternder Hand deutete er auf zwei dunkle Gebilde am Fuß der Basaltmauer. »Halt das Licht höher!« befahlt Zadok. Er trat an die Wand und beugte sich über die Bündel. Zwei tote Männer.

Neben dem ersten lag ein blutbeschmiertes Messer auf dem Boden. Der Prinz untersuchte den zweiten genauer, dessen klobige Gesichtszüge selbst im Dunkel der Nacht unverwechselbar waren. Schon lag ihm etwas auf der Zunge, doch er zog es vor, zu schweigen. Prinz Zebulon und Fürst Reuben kannten Ammon ebenfalls, aber es geziemte sich nicht für Mitglieder des Hohen Rats, vor Dörflern zuzugeben, daß ihnen die Namen von solchem Gelichter vertraut waren.

So richtete er sich wieder auf und hob die Rechte, um seine Begleiter davon abzuhalten, näherzutreten. »Hier liegen zwei Tote«, gab er ruhig bekannt und verbarg das Durcheinander in seinen Gedanken hinter einem warnenden Blick. »Sie scheinen sich im Streit gegenseitig umgebracht zu haben.« Warum war es dazu gekommen? Wer hatte die beiden ausgesandt? Wo hatten sie ihre Pferde gelassen? So bald würde er keine Antwort auf diese Fragen erhalten, also würde er sich später darum kümmern. Jesus war jetzt viel wichtiger. Seine Eltern hatten nun zusätzlichen Grund, ihren Sohn in die Obhut des Prinzen zu geben.

Zadok wandte sich verärgert an Nathaniel: »Was haben diese Toten hier zu suchen? Was sind das für Männer? Ist es bei den Nazarenern etwa Sitte, ehrwürdige Mitglieder des Sanhedrin mit Leichen auf den Türschwellen zu begrüßen?«

Der Greis beugte sich vor, um einen Blick auf die beiden werfen zu können. Nun richtete er sich ächzend wieder auf. »Herr, ich kenne jeden in Nazareth und auch in den umliegenden Dörfern.« Er zitterte, aber nicht vor Kälte. »Diese Männer stammen nicht aus unserer Gegend. Und wir sind es ganz gewiß nicht gewöhnt, auf unseren Schwellen Leichen herumliegen zu haben.«

Der Prinz sah den Dorfvorsteher streng an, und der Mann hätte vor lauter Angst fast die Fackel fallen lassen. »Paß auf dein Feuer auf«, ermahnte Zadok ihn und wandte sich dann an seine Vertrauten. »Zwei Tote«, brummte er und sah Zebulon und Reuben eindringlich ins Gesicht. »Da keiner von uns weiß, wer die beiden sind oder was sie hier gewollt haben, überlassen wir die Nachforschungen den örtlichen Behörden.« Er drehte sich zu dem Dorfvorsteher um. »Wir Mitglieder des Hohen Rats sind Richter. Wir üben keine Polizeigewalt aus, und auch die Anklage von Verbrechern

gehört nicht zu unseren Aufgaben. Also obliegt es dir, Freund, dich nach unserer Abreise um diesen Vorfall zu kümmern. Und bis dahin weck die Hausbewohner, damit wir uns endlich um das kümmern können, um dessentwillen wir hierhergereist sind.«
Doch bevor Nathaniel dem Befehl Folge leisten konnte, rief eine verschlafene Stimme vom Dach: »Was ist los? Wer ist denn da?«
»Bruder Yasuf? Ich bin es, Nathaniel. Hier sind Besucher für dich, aus Jerusalem! Mitglieder des Sanhedrin, also beeil dich.«
»Sanhedrin? Was ist das schon wieder für eine Narretei, Nathaniel? Plagt dich der Altersschwachsinn, so daß dir dein Verstand abhanden gekommen ist?«
»Wir sind Mitglieder des Sanhedrin!« rief Zadok befehlsgewohnt. »Komm sofort zu uns herunter!« Er hörte eine Frau, die aus dem Innern des Hauses etwas fragte, und die unwillige Antwort des Zimmermanns. Auch aus den benachbarten Häusern ließen sich nun schlaftrunkene Stimmen vernehmen. »Nathaniel, du sorgst dafür, daß keiner von den Nachbarn vor die Tür tritt, bis wir diesen Ort wieder verlassen haben«, ordnete Zadok an. Schritte eilten über das Dach. Dann rief ein Junge etwas, und der Pulsschlag des Prinzen beschleunigte sich. Das konnte nur Jesus gewesen sein. Er lächelte seinen beiden Vertrauten zu. Aber was war das? Bewegte sich dort im Schatten am Gasseneingang nicht etwas? Trieben sich hier noch mehr Mörder herum? Erzürnt, aber ohne die geringste Angst, riß er dem Dorfältesten die Fackel aus der Hand und marschierte zum Hofeingang. Nein, hier war niemand zu sehen. Er lief die Gasse hinunter bis zur Straße. Auch sie war menschenleer. Als er zum Haus des Zimmermanns zurückgekehrt war, hatte sich dort bereits die Tür geöffnet. Ein großer Mann

mit silberdurchzogenem Bart zeichnete sich dunkel vor dem Lichtviereck ab.
»Ich bin Yasuf, Ihr Herren, und ich heiße Euch in meinem bescheidenen Heim willkommen.« Der Mann sprach unaufgeregt, so als sei er es gewohnt, zu so später Stunde noch Besuch zu erhalten. Jetzt kniete er vor den Ratsmitgliedern nieder.
»Ich bin Prinz Zadok.« Er zeigte auf seine Begleiter. »Und dies hier sind meine Ratskollegen Prinz Zebulon und Fürst Reuben.«
»Ich fühle mich zutiefst geehrt. Bitte, tretet doch ein.«
»Unsere Mission ist von schwerwiegender Natur, und so sind wir Herren übereingekommen, daß ich die Angelegenheit mit dir unter vier Augen bespreche«, erklärte Zadok. »Deshalb werden sie draußen warten, während ich zu dir ins Haus komme, wo wir die Angelegenheit unter uns regeln.« Der Prinz hielt es für geboten, die beiden Toten auf dem Hof zu diesem Zeitpunkt noch nicht zu erwähnen.
»Wie Ihr es wünscht, Herr. Ich halte es nur für unhöflich, Gäste in der Kälte der Nacht stehenzulassen.« Yasuf trat beiseite, um ihn hereinzulassen. Zadoks empfindliche Nase nahm den Geruch von Gewürzen, muffiger Bekleidung, die zum Schlafen nicht abgelegt wurde, rohem Holz und verbranntem Öl wahr. Doch das machte ihm alles nichts mehr aus, als sein Blick auf den Jungen fiel, der in ehrerbietiger Haltung am anderen Ende des Vorraums stand. Das mußte Jesus sein, auch wenn er heruntergekommener aussah, als der Prinz es erwartet hatte. Im Innenraum klapperte jemand mit Geschirr. Ohne Zweifel Mariam, die Mutter des Knaben.
»Bitte, nehmt doch Platz, Herr.« Yasuf zeigte auf eine der Sitzbänke an der Wand. »Ihr müßt müde sein. Wäre Euch etwas Wein angenehm? Vielleicht kann ich auch Euren Begleitern draußen eine Erfrischung schicken, ja?«

Der Prinz war froh, sich endlich setzen zu können, auch wenn das harte Holz nicht gerade das Geeignetste für seinen wundgerittenen Hintern war. »Kein Grund, dir Umstände zu machen, Freund. Trotzdem unseren Dank dafür.« Die Anwesenheit des Jungen hatte angenehmerweise alle Erschöpfung von ihm genommen. »Ich will gleich zum Grund unseres Besuchs kommen.« Er sah den Zimmermann ernst an. »Dein Sohn Jesus«, er nickte in Richtung des Knaben, »ist uns aufgefallen, als er während des Pessach-Festes den Tempel besuchte. Du weißt sicher, welchen Vorfall ich anspreche.«

»Ja, Herr.«

»Ich verlange von dir und deinem Sohn einen Schweigeschwur, natürlich auch von allen anderen in deinem Haushalt. Bei der Strafe der ewigen Verdammnis und des Höllenfeuers darf nichts von dem, was ich jetzt mitzuteilen habe, jemals über eure Zungen kommen.«

Yasuf wirkte zum ersten Mal verwirrt. »Ihr habt mein Wort darauf, Herr. Ich schwöre zu schweigen.«

Der Prinz sah den Jungen an. »Und du?«

»Ich schwöre es ebenfalls«, erklärte der Knabe.

»Und du da im Innenraum?«

»Ihr habt auch mein Wort, Herr«, antwortete eine weiche und doch feste Frauenstimme.

»Es gibt einige im Hohen Rat, die glauben, dein Sohn sei der Messias«, fuhr Zadok fort. »Wie denkst du selbst darüber, Yasuf?«

»Ich denke über solche Dinge nicht viel nach, Herr.«

»Aber ich weiß, daß diese Ratsmitglieder recht haben, Herr!« Mariam schien tatsächlich fest davon überzeugt zu sein.

»Da auch ich diese Meinung teile, habe ich mit meinen Freunden vor, euren Sohn auf seine Rolle vorzubereiten.

Wir sind heute nacht hier erschienen, um ihn nach Jerusalem mitzunehmen. Er soll dort ...« fast wäre ihm »in meinem Palast unterkommen« entschlüpft, aber da fielen ihm die beiden Leichen auf dem Hof wieder ein, und er beschloß, eine andere Richtung einzuschlagen, »unter meinem persönlichen Schutz stehen, um für seine edle Aufgabe die bestmögliche Ausbildung und Erziehung zu erhalten.«
»Aber mein Sohn ...« begann der Zimmermann.
Der Prinz hob eine Hand: »... muß nicht erst gefragt werden«, unterbrach er Yasuf und sah den Jungen streng an. »Bist du damit einverstanden, daß er mit uns noch heute nacht die Reise nach Jerusalem antritt?« Er bemerkte das nervöse Zögern des Mannes und deutete es als Trotz. »Du willst doch sicher nicht Mitglieder des Hohen Rats verstimmen«, fügte er freundlicher hinzu, doch in seiner Stimme schwang mehr Drohung mit als vorhin bei seinen strengen Worten.
»Gewiß nicht, Herr«, antwortete Yasuf unterwürfig. »Die Schwierigkeit ist nur, daß mein Sohn nicht im Hause weilt. Er ist zu einer langen Reise aufgebrochen.«
Zadok mußte sehr an sich halten, daß ihm nicht der Unterkiefer herabfiel. »Aber wer ist denn dann dieser Knabe dort?« Er zeigte auf den Jungen, der noch immer an der Wand stand.
»Sein Name lautet Barabbas ...« Der Zimmermann zögerte, »und er ist aus Jerusalem zu uns gekommen. Der Ärmste ist Waise und wird von nun an bei uns leben. Wir haben ihn adoptiert. Er sieht Jesus sehr ähnlich, aber er ist nicht unser Sohn.«
»Wohin ist Jesus denn aufgebrochen? Und wann wird er zurückkehren?«
»Das weiß ich nicht, Herr. Er zog mit einem heiligen Mann aus einem fernen Land fort. Jahre können vergehen, ehe er wieder unter uns weilt. Mein Weib und ich beklagen ...«

Zadok war sichtlich verwirrt. »Was redest du denn da? Du solltest dich besser etwas deutlicher ausdrücken, Zimmermann.«
»Mein Gemahl spricht die Wahrheit.« Mariam tauchte in dem Durchgang zwischen den beiden Räumen auf. Sie trug ein blaues Gewand, und mit der Ruhe auf ihrem ovalen Gesicht beeindruckte sie den Prinzen ebensosehr wie mit der ihr innewohnenden Stärke. »Gott rief unseren Sohn, auf daß er sich auf eine lange Reise mache, um alles auf der Welt zu lernen. Früh am Abend brach er mit einem heiligen Mann aus Indien auf, der unerwartet vor unserer Tür erschien.«
»Was sollte euer Sohn schon auf einer Reise mit einem Inder lernen? Der einzige Ort, an dem er sich ausbilden könnte, ist der Tempel zu Jerusalem.«
»Wenn Gott ruft, antwortet unser Sohn. Er geht überall hin, wohin der Herr im Himmel ihn schickt.« Mariam klang überraschend entschieden. »So wie er es damals getan hat, als er sich nach dem Pessach-Fest im Tempel aufhielt.«
Der Prinz dachte rasch nach. »In welche Richtung sind sie gezogen?«
»Das wissen wir nicht, Herr.«
Zadok zermarterte sich das Gehirn. Irgendwie kam ihm die ganze Situation absurd vor. Aber ich muß meinen Messias haben, sagte er sich. Und plötzlich fiel ihm die Lösung ein. »Weiß irgend jemand im Dorf von der Abreise eures Sohnes?« Rein äußerlich wirkte er ruhig, doch in seinem Innern gierte er nach der Antwort.
»Nein, Herr«, entgegnete Yasuf.
»Und seit wann weilt dieser Barabbas hier unter eurem Dach?«
»Seit heute abend, Herr.« Yasuf fing an, dem Prinzen von den Umständen zu berichten, die dazu geführt hatten, daß der Junge jetzt bei ihnen war.

Aber Zadok wollte sich damit nicht lange aufhalten. »Also weiß auch niemand, daß ihr ihn bei euch aufgenommen habt.«
»Nein, niemand.«
Der Prinz wandte sich an Barabbas. »Hast du noch irgendwelche Verwandte? Oder weiß jemand, wo du dich zur Zeit aufhältst?«
Kurz flammte ein listiger Zug in den Augen des Knaben auf. »Ich habe niemanden mehr auf dieser Welt, nicht einmal einen Freund.«
»Ausgezeichnet. Dabei wollen wir es auch belassen.« Zadok blickte dem Jungen direkt in die Augen: »Du wirst uns heute nacht begleiten. Und keiner soll von deiner Ankunft hier oder von deiner Abreise erfahren.« Er wandte sich an Yasuf und Mariam: »Ich lasse euren Sohn suchen und zurückbringen. Der Ort, an den er gehört, ist Jerusalem, und er soll bei mir wohnen und nicht mit einem Barbaren aus Indien herumziehen. Barabbas soll sein Freund werden. Ihr erzählt jedem, daß euer Sohn nach Jerusalem gegangen sei, denn Mörder hätten versucht, euch alle in dieser Nacht zu ermorden.« Er beobachtete, wie der Zimmermann zusammenzuckte und die Frau vor Schreck die Augen weit aufriß. Mit einem grimmigen Lächeln fuhr er fort: »Euer Dorfältester wird euch gleich berichten, daß wir zwei tote Männer an eurer Schwelle gefunden haben. Bei diesen handelt es sich um bekannte Mörder aus Jerusalem. Offensichtlich haben zwei verschiedene Herren sie ausgesandt, und sie kamen hierher, um euren Sohn zu töten. Dank dem Ratschluß Gottes trafen sie beide zur selben Zeit hier ein, überraschten einander und brachten sich gegenseitig um. Tut vor allen anderen so, als wüßtet ihr nichts über die Gründe ihres Vorhabens. Ich habe Nathaniel aufgetragen, morgen den Tod der beiden zu untersuchen und sie dann zu

begraben. Keiner von euch wird je die Existenz des Barabbas offenbaren. Und wenn ich euren Sohn aufgespürt habe, werdet ihr nie davon erfahren, und euch steht auch nicht das Recht zu, ihn zu besuchen.« Mit deutlich warnendem Unterton schloß er: »Sorgt dafür, mir nie Ungehorsam zu erweisen oder meinen Unwillen zu erwecken.«

Simeon hielt sich unentdeckt in den Schatten im Hof auf. Nachdem Joshua und Thaddeus davongeschlichen waren, verbarg er sich hinter dem Stamm eines Feigenbaums. Sowohl Instinkt als auch angeborene Neugier hatten ihn veranlaßt, noch zu bleiben. So hatte er mit angehört, was die Neuankömmlinge miteinander zu bereden hatten, als sie auf die Leichen gestoßen waren. Als gutem Menschenkenner war Simeon auch die Verwirrung des großen Mannes nicht entgangen, bei dem es sich offensichtlich um den Anführer handelte. Heute nacht trieb nicht nur Gott, sondern auch der Teufel sein Unwesen in Nazareth. Jesus schien mit einem Mal für die Mächtigen von enormer Wichtigkeit zu sein.

Der große Mann verschwand schließlich im Haus und kam nach einer Weile mit einem jungen Mann wieder heraus, der in einen Umhang gehüllt war und ein kleines Leinenbündel umgehängt hatte. Simeons Neugier wurde noch größer. Das war Jesus, die Mitglieder des Sanhedrin führten ihn fort! Der Knabe war tatsächlich von allergrößtem Wert! Der Anführer wandte sich an seine Ratskollegen und teilte ihnen leise mit, welche Wendung die Dinge genommen hatten. »Ich kehre mit Barabbas nach Jerusalem zurück, während ihr nach Norden reitet und die Verfolgung des wahren Jesus aufnehmt«, fügte er dann hinzu. »Ich will diesen anderen Sohn von Yasuf und Mariam unter meine Fittiche nehmen und ihn auf seine zukünftige Rolle vorbe-

reiten ... falls es euch nicht gelingt, Jesus einzuholen.« Er lächelte breit. »Deshalb soll dieser Ersatzjüngling von nun an ebenfalls den Namen Jesus tragen.«
Simeon mußte sich zusammenreißen, um nicht vor Begeisterung aufzuschreien. Drei Mitglieder des Hohen Rats planten einen riesigen Betrug und wollten das Volk täuschen. Wunderbar! Wenn so etwas sich nicht ausnutzen ließe.

KAPITEL 17

Das Aroma von Linsensuppe und Lammeintopf verflüchtigte sich, als die Kühle der Nacht die in der Küche gefangene Hitze zu durchdringen begann. Mariam breitete die gefütterte Decke über ihre Füße. Bald würde Yasuf vom Dach heruntersteigen, über die Kälte schimpfen und die Wärme ihrer Matte und ihres Körpers suchen.
Sie lächelte in sich hinein, als sie im schwachen Schimmer der Öllampe im Vorraum, die nie erlosch, an die zurückliegenden Stunden dachte. Was für ein ereignisreicher Abend! Ihrem Sohn war es wahrlich vorherbestimmt, Herrscher zu werden. Man stelle sich nur einmal vor, drei Mitglieder des Hohen Rats suchen das Haus einer Frau auf, die vor einigen Jahren noch des Ehebruchs beschuldigt worden war! Und sie waren gekommen, um die Frucht dieses unzüchtigen Treibens mitzunehmen! Der größte Beweis für die großartige Zukunft ihres Jesus war jedoch die Ankunft des heiligen Mannes aus Indien gewesen.

Er hatte ausgesehen wie einer der guten Rabbis, wenn er sich auch äußerlich ziemlich von ihnen unterschieden hatte. Mariam hatte ihm instinktiv vertraut. Dieser Heilige würde dafür sorgen, daß aus ihrem Jungen ein tüchtiger Prinz und General wurde. In ihre Begeisterung mischte sich ein Schaudern, als ihr die zwei Toten vor dem Haus wieder einfielen.

Die Falltür knarrte, und Mariams Herz schlug schneller. Sie bedurfte heute nacht der Nähe ihres Mannes, um mit ihm still die Einsamkeit und die Sorge um ihren Sohn zu teilen. Sie konnte den Gedanken kaum ertragen, Jesus jetzt für viele Jahre nicht mehr zu sehen, und das, wo er doch seit seiner Geburt tagtäglich an ihrer Seite gewesen war.

Fest ertönten Yasufs Tritte auf der Leiter, und krachend fiel die Falltür über ihm zu. Dann drang ihr sein vertrauter Geruch von altem Schweiß und warm-muffiger Kleidung in die Nase. Er brummte, als er sich neben sie hinhockte: »Bist du wach, Mariam?«

»Ja.«

»Ein merkwürdiger Tag, was? Ich konnte nicht einschlafen, weil sich so viele Gedanken in meinem Kopf gedreht haben. Unser Sohn ist fort ...«

Mariams Herz machte einen Satz. Er hatte bis heute nacht nie von Jesus als von »unserem Sohn« gesprochen, sondern stets nur »dein Sohn« gesagt oder ihn beim Namen genannt.

»Und dann liegen draußen auf dem Hof auch noch zwei Tote, die begraben werden müssen. Sie seien Mörder gewesen, hat der Prinz gesagt. Ist denn die ganze Welt verrückt geworden?« Seine Stimme war lauter geworden und hallte durch den Raum wider.

Mariam fühlte sich wohl, trotz der unüberhörbaren Verwirrung des Mannes, der immer so ruhig und selbstsicher aufgetreten war. Seine Nähe vermittelte ihr das Gefühl der Geborgenheit. »Ja, es war ein merkwürdiger Tag«, entgegnete sie. »Aber er beweist auch, daß unserem Sohn ein besonderes Schicksal vorherbestimmt ist. Das habe ich dir doch immer schon gesagt.«

»Doch wäre es nicht besser für ihn gewesen, in die Obhut der Prinzen des Sanhedrin genommen zu werden, als mit dem heiligen Mann nach Indien zu ziehen?«

»Nein, denn dann wäre er in das Parteiengezänk in Jerusalem hineingezogen worden.« Die Entschiedenheit, mit der sie das aussprach, war echt. »So, wie es jetzt gekommen ist, wird er jeden in den fremden Königreichen beeindrucken und auf seine Seite ziehen. Und wenn er groß ist, sammeln sie sich bereitwillig um seine Standarte, weil sie dann wissen, daß er der größte Herrscher ist, den die Erde je gesehen hat. Mit Macht und Glorie wird er zurückkehren, so daß alle Menschen in Israel, die reinen Glaubens sind, sich seiner Sache anschließen und sich erheben werden, um das römische Joch abzuschütteln. Dann werden wir bei ihm in seinem Palast leben, und du wirst den Lohn für deine Großzügigkeit und dein Verständnis erhalten. Und so wird sich die Prophezeiung des Esaius erfüllen: ›So höre, Haus David ... Der Herr selbst wird dir ein Zeichen geben. Eine Jungfrau soll einen Knaben empfangen und gebären, und sie wird ihm den Namen Immanuel geben ... Er soll Dickmilch und Honig essen, sobald er weiß, wie das Böse abgewehrt wird, und den Weg des Guten beschreiten ...‹ Essen die heiligen Männer in Indien eigentlich Dickmilch und Honig?«

»So heißt es.« Yasuf legte sich neben sie auf die Matte, verschränkte die Hände unter dem Kopf und starrte an die Decke. »Der Prophet hat auch gesagt: › ... Bevor das Kind weiß, wie das Böse abgewehrt wird, und es den Weg des

Guten beschreitet, wird das Land der beiden Könige, die du, Volk Israel, fürchtest, verwüstet werden.‹ Damit bezieht er sich gewiß auf die römischen Provinzen und Edom, das Land der Idumäer. Ja, du und ich, wir haben Jesus so weit geführt, wie wir es vermochten. Er muß aber nicht viel lernen, um sein Schicksal zu erfüllen, und wir sollten uns auf seine Rückkehr freuen.«

Yasuf löste seine Hände und bedeckte ihre Finger mit seiner schwieligen Handfläche. Seine Kraft ging auf sie über, und sie fühlte sich gut. Draußen fauchte eine Katze, und ihr Gefährte antwortete miauend. Yasuf atmete schneller, und sein Körper spannte sich an.

Mariam erkannte die Anzeichen und drehte sich zu ihm um.

Obwohl in der Ferne der Hahn zum zweiten Mal krähte und dieses Geräusch kaum bis zum Olivenhain gelangte, erwachte ich davon. Die Stunde der zweiten Wache war gekommen. Ich war in das Stadium gelangt, in dem der Schlaf nicht mehr war als eine andere Ruheform meines normalerweise entspannten Bewußtseins; so konnte ich eben noch schlafen und im nächsten Moment hellwach sein. Neben mir lag die bleiche Gestalt Jesu, eingewickelt in seinen dunklen Umhang. Seine großen, glänzenden Augen sagten mir, daß er nicht schlief. Das lautstarke Gähnen von Männern, die gerade aus dem Schlaf erwachten, teilte uns mit, daß die Schurken, die den Jungen hatten entführen wollen und nach dem Scheitern ihres Vorhabens hierher zurückgekehrt waren, jetzt aufstehen wollten.

»Hoch mit euch. Wir müssen uns sputen, wenn wir sie noch einholen wollen«, befahl eine kräftige, dunkle Stimme. Sie gehörte dem Anführer, Simeon.

»Ich hole die Pferde«, erbot sich der Jüngling, der auf den Namen Thaddeus hörte.

»Und ich habe Hunger«, beschwerte sich Joshua, der fettleibige Mann mit der hohen Stimme.
Zweige zerbrachen, Blätter raschelten. Die drei Spitzbuben waren auf den Beinen. Ein Pferd schnaubte, und ein anderes nieste lautstark. Jesus saß da und hielt sich einen Zeigefinger unter die Nase. Er zog die Schultern zusammen und schob sich einen anderen Finger unter die Oberlippe. Hilflos mußte ich zusehen, wie er angestrengt den Niesreiz zu unterdrücken versuchte. Doch das Kitzeln in der Nase war stärker. Aufgrund der Bemühungen des Knaben, es zu verhindern, ertönte als Geräusch nur ein schnaufendes Husten.
»Was war das?« Simeon war mit einem Schlag hellwach.
»Jemand muß hier sein«, erklärte Thaddeus, schien sich aber nicht ganz sicher zu sein.
Ich hörte ein Krachen im Unterholz. »Nimm den Speer mit!« rief der Anführer. Er klang ebenso kalt wie bestimmt. »Töte ihn, wenn er abzuhauen versucht.«
Schritte stampften durch das Olivenwäldchen den Hügel hinauf. Jesus stemmte die Handflächen auf den Boden, um sofort hochzuschnellen. Die Schritte hörten abrupt auf. Ich konzentrierte mich auf die Stille.
»Ich sehe dich.« Die Stimme hörte sich jugendlich an, war jedoch so kalt wie die Eiszapfen in einer Berghöhle. »Wenn du wegzulaufen versuchst, spieße ich dich auf wie einen Hasen!«

Ihr Gemahl, Herodes Antipas, hatte sie nach dem Mahl aufgesucht, um ihr Versprechen eingelöst zu bekommen. Seinen nächtlichen Besuchen konnte man nicht entrinnen. Herodias hatte sich nie an die Lüsternheit gewöhnen können, die stets in seine Augen trat, wenn er sie im Bettgemach ansah. Zu diesem Zweck bestand er auch darauf, daß der Raum hell erleuchtet sein mußte. Sie ließ es über sich ergehen und übte sich darin, ihre Macht über ihn zu festigen. Schließlich hatte alles seinen Preis. In dieser Nacht bedachte sie Herodes' fetten Leib mit mehr Liebkosungen als sonst und vermochte es auch, sein zu klein geratenes Glied auf eine halbwegs adäquate Größe zu bringen. Es überraschte sie, als er verkündete, daß das, wofür er seine Belohnung abhole, noch in dieser Stunde veranlaßt worden sei.

Wovon redete er? Es war ihr nicht gelungen, seine Aufmerksamkeit auf ihre Fragen zu lenken. Schließlich lag er neben ihr auf dem Rücken, befriedigt mit Nahrung, Trunk und zwei Höhepunkten. Ein wahrer Fleischberg, der auf den purpurfarbenen Seidenkissen mit Goldbesatz vor sich hin schnarchte. Sein geräuschvolles Atmen im Schlaf hatte sie immer schon gestört, aber heute nacht entnervte es sie erst recht, weil in ihrem Kopf die Fragen bohrten, die dringend nach einer Antwort verlangten.

Wie gewöhnlich wachte der Tetrarch von den Kommandos auf, die in den Kolonnaden während der Ablösung zur zweiten Nachtwache gerufen wurden. Er rollte sich auf die Seite, und die Couch krachte vernehmlich unter seinem Gewicht. Herodes gab seiner Gattin einen feuchten Kuß auf die Lippen und erklärte: »Ein Herrscher muß seine Pflichten erfüllen.«

Sie wußte, daß es ihn nur nach seiner eigenen Schlafcouch drängte. »Nicht nur Herrscher, sondern auch Mann, der in dieser Nacht über sich selbst hinausgewachsen ist«, schmeichelte sie ihm wie stets. »Aber, Herr, sagt mir doch, womit ich diese besondere Ehre verdient habe.«

Er rollte sich von der Couch, die, befreit von diesem Gewicht, so erleichtert aufseufzte, wie Herodias es im stillen auch tat. Sie stand ebenfalls auf, warf sich ein weißes, wollenes Gewand über, kniete vor Herodes nieder und brachte ihn dann zur Tür. Dort blieb er stehen und drehte sich zu ihr um. »Ach ja, der Grund für unsere Belohnung. Ihr hättet danach fragen sollen, bevor Ihr sie gewährt habt, meine Honigwaffel.« Er grinste von einem Ohr zum anderen und kitzelte sie mit zwei Fingern unter dem Kinn. »Aber wir wollen es Euch mitteilen.« Doch dann schwieg er für einen Moment. »Oder sollen wir damit zurückhalten, um womöglich in dieser Nacht eine weitere Belohnung zu erhalten?«

Das Herz wurde ihr schwer, während ihr Verstand fieberhaft nach einem Weg suchte, ihn zum Sprechen zu bringen. »Euch erwartet eine doppelte Belohnung, Herr, wenn Ihr mich von meiner Unwissenheit befreit. Ich vermute, die Angelegenheit hat damit zu tun, daß Ihr die Initiative ergriffen habt, worauf Ihr Euch in jeder Lage versteht. So laßt denn meine Bewunderung für Eure Tat das Reisigholz für die Flamme Eures Verlangens sein.«

Seine Augen drohten aus den Höhlen zu quellen, und er legte warnend einen Finger auf die Lippen. »Kommt näher zu mir«, flüsterte er, »denn das Gemach einer Frau in einem Palast ist immerzu ein lebendes Tier, das Augen besitzt, um zu sehen, was es nicht erblicken darf, um zu hören, was es nicht vernehmen darf, und um auszusprechen, was unausgesprochen bleiben muß. Doch beim Gemach der Gemahlin eines Herrschers verfügt jeder einzelne Stein über Augen, Ohren und Mund.« Er nickte wissend. »Vor drei Tagen haben wir zwei Mörder gedungen und nach Nazareth geschickt, um die kleine Schlange zu töten. Schließlich dürfen wir es nicht riskieren, daß uns ein Rivale erwächst.«

Herodias hätte am liebsten laut aufgeschrien. Doch stattdessen biß sie die Zähne zusammen und sagte dann: »Und was, wenn Prinz Zadok vor Euren Mördern in Nazareth anlangt?«

»Das wird er nicht. Unsere Männer sind einen Tag vor ihm aufgebrochen. Wie heißt es doch so schön: Der erste Berglöwe bekomme die Beute.«
Herodias glaubte, ohnmächtig zu werden, und stützte sich mit einer Hand an der Wand. »Aber haben die Mörder damit nicht etwas gegen Euch in der Hand, Herr?«
Er lachte schelmisch. »Jetzt kommt der besonders pfiffige Teil meines Plans. Die beiden wurden von einem Mittelsmann beauftragt, der kurz darauf sein Leben verlor. Und genauso wird es den Männern auch ergehen, wenn sie nach vollbrachter Tat in die Stadt zurückkehren, um bei ihm die zweite Hälfte ihrer Belohnung abzuholen.« Antipas lachte triumphierend und überschüttete sie dabei mit seinem stinkenden Atem aus altem Wein, verdauten Speisen und faulen Zähnen.

Der Gasthof in Sechem war schon eine Zumutung gewesen, aber der außerhalb von Nazareth erwies sich als wahres Wanzenparadies. Prinz Zadok verbrachte die halbe Nacht damit, sich zu kratzen, sich im trüben Schein der Ölfunzel die Bißwunden zu beschauen oder nach Insekten zu schlagen, die längst weitergehüpft waren. Und auf dem Boden lag Barabbas auf seiner Matte und schnarchte ungerührt vor sich hin.
Zadok war schließlich in einen betäubungsähnlichen Schlaf gefallen, erwachte aber beim Schreien der Hähne und wünschte sich, sie würden auf der Stelle mit ihrem infernalischen Lärm aufhören. Hier konnte er sie, im Gegensatz zu seinem Gemach im Palast, aus nächster Nähe vernehmen. Aber dies war schon der zweite Hahnenschrei nach dem ersten um Mitternacht, und als der Prinz sich wieder umgedreht hatte und gerade anfing, sich angenehm schläfrig zu fühlen, war es bereits Zeit zum Aufstehen. Er erhob sich

mißmutig von der Couch, lief zu dem Jungen und weckte ihn mit einem Fußtritt. Der Knabe fuhr sofort hoch und war von einem Moment auf den anderen wach.

»Wir brechen gleich auf«, teilte Zadok ihm mit. »Sobald wir in Jerusalem angelangt sind, wird mein erster Diener Ishmael dich in seine Obhut nehmen und dafür sorgen, daß du gebadet und so hergerichtet wirst, wie es sich für jemanden geziemt, der unter meinem Dach weilt.« Er verzog zur Unterstreichung seiner Worte die Nase. »Bei allen heidnischen Göttern, du stinkst schlimmer, als ein Kamel aus dem Maul riecht. Ich fürchte, ich muß mich wohl mit dir abfinden, falls es Prinz Zebulon und Fürst Reuben nicht gelingen sollte, den wahren Jesus zu finden und zurückzubringen.«

»Und was wird aus mir, wenn sie Erfolg haben?« verlangte Barabbas in geradezu unverschämtem Tonfall zu erfahren.

»Dann wirst du, äh, überflüssig, oder?« Aller Zweifel, den der Prinz gegen diesen flegelhaften und undankbaren Bengel hegte, schwang in seinen Worten mit.

»Warum sollte ich dann überhaupt mit Euch gehen?« erwiderte der Junge streitlustig.

»Weil dir keine andere Wahl bleibt.« Zadok klopfte beziehungsreich auf die Schwertscheide an seinem Gürtel. »Du bist ein heimatloses Kind, Barabbas«, erklärte er mit einem grimmigen Lächeln, »ein herrenloses Gut. Solange du nicht zu Jesus geworden bist, können wir dich jederzeit beseitigen, ohne daß jemand nach dir fragen würde. Aber mach dir keine unnötigen Sorgen. Du sollst deine Belohnung erhalten, selbst dann, wenn wir Jesus aufspüren.«

Mein entsetzter Blick nach Thaddeus' Ruf galt Jesus. Ich spürte, wie in seinem Geist Türen aufgingen und geschlossen wurden. Zuerst wollte er dem natürlichen menschlichen Instinkt folgen und aufspringen und davonrennen. Doch dann gewann seine vornehme Gesinnung die Oberhand, und er wollte losstürmen und den Feind angreifen, um mich, seinen neuen Freund, zu retten und womöglich sogar sein Leben für mich zu geben. Ich streckte langsam und unaufdringlich eine kühle Hand aus, legte sie auf seine Finger und ließ ihn an meiner Stärke und inneren Ruhe teilhaben. Gleichzeitig brachte ich ihn damit dazu, ruhig sitzen zu bleiben.

»Ich sehe dich genau!« rief der junge Schurke wieder, doch diesmal aus einer anderen Richtung. Blätter raschelten und nackte Füße bewegten sich über den Boden, als Thaddeus zur Seite sprang. Ich stellte mir den zum Wurf erhobenen Speer mit seiner funkelnden Spitze vor.

In der Stille, die nun folgte, wurde mir bewußt, daß der Jüngling nichts und niemanden entdeckt hatte. Er spürte lediglich, daß jemand in der Nähe war, und versuchte, diesen zu einer Panikreaktion zu verleiten. Große Erleichterung überkam mich. Jesus und ich sind aus dem gleichen Holz geschnitzt, sagte ich mir. Jeder von uns ist bereit, sich selbstlos für den anderen hinzugeben. Mir fiele es nicht schwer, mein Leben für Jesus zu lassen, denn ich bin alt und für den Tod bereit. Aber dieser junge Mensch sollte sein Leben nicht für mich opfern ...

»Ich sehe dich ... Jetzt habe ich dich ... Wag es ja nicht, dich vom Fleck zu rühren.« Seine Drohungen waren müßig, ja, beinahe lachhaft, während die Schritte sich immer weiter von uns entfernten. Bald war seine Stimme nur noch schwach wahrzunehmen, als Simeon ihn zu sich rief: »Laß es bleiben, Thaddeus, es war vermutlich nur eine Wildkatze. Komm zurück, wir müssen weiter.«

Unruhiges Pferdeschnauben und knarzende Sättel sagten uns, daß die drei Männer ihre Pferde bestiegen. Als das Hufgetrappel in der Ferne verhallte, lächelte Jesus mich an:

»Vielen Dank, *rabbi*, Herr. Das war wirklich knapp, nicht wahr?«
»Hast du dich gefürchtet?« Ich muß gestehen, ich war auf seine Antwort neugierig.
»Nein.« Er lächelte, als er mein ungläubiges Gesicht sah. »Ich hatte schreckliche Angst.«
Pferde näherten sich dem Hain, diesmal aus Süden. »Zwei Reiter«, bemerkte ich. »Auf guttrainierten Tieren. Und sie traben nur, haben also anscheinend eine längere Reise vor sich.« Ich lächelte matt. »Eines muß man dir lassen, du verstehst es, Aufmerksamkeit zu erwecken.«
Jesus strahlte. »Wie es so schön heißt: Sie jagen den Wind, der sich doch in ihrem Rücken befindet.«

KAPITEL 18

Bevor die drei Mörder zum Wäldchen zurückgekehrt waren, hatte ich Jesus in die Kunst der Meditation eingeweiht. »Wir nennen dies die Ekstase der Großen Leidenschaft«, erklärte ich ihm. »Unser ganzes Wesen strahlt Gedanken der Liebe und Freundlichkeit zu allen Lebewesen, zu allen materiellen und nichtmateriellen Dingen aus. Du bist bestens geeignet, ohne größere Vorbereitung in dieses Stadium zu gelangen, denn du gehörst zu den wenigen Menschen, die den Übergang mit Leichtigkeit bewerkstelligen können. Ohne dein besonderes Talent schmälern zu wollen, will ich nicht verhehlen, daß ich diese Gabe schon häufiger vor allem bei jungen Menschen beobachtet habe.«

Es erfreute mich, wie mühelos sich Jesus in die Meditation versenken konnte, nachdem die drei Mordgesellen das Wäldchen verlassen hatten, um sich ihrem Vorhaben zu widmen. Und genauso leicht wie ich war er aus der Meditation erwacht, als die Mörder zurückkehrten. Ihre Gespräche hatten uns alles mitgeteilt, was sich in dieser Nacht in Nazareth getan hatte.
Ich war glücklich, zu erfahren, daß Jesu Eltern nichts geschehen war. Aber wie würde es dem armen Barabbas in der Obhut des Prinzen Zadok ergehen? Natürlich begeisterte es mich auch, daß alles genauso gekommen war, wie ich es vorhergesehen hatte. Damit war Jesus nicht nur den beiden Mördern entgangen, die in der Absicht gekommen waren, ihn zu töten, sondern auch dem Entführungsversuch der drei Männer, die hier im Hain gelagert hatten, und auch dem Bemühen der Ratsmitglieder, seiner habhaft zu werden. Sein Vertrauen in meine Fähigkeiten war mittlerweile grenzenlos. Meine Freude darüber entsprang nicht der Eitelkeit; vielmehr stand mein Wissen dahinter, daß es mir so viel leichter fallen würde, meine Mission zu erfüllen.
Der Olivenhain erstreckte sich auf den westlichen Hängen der Hügelkette, und so fiel der Sonnenschein zuerst sanft auf seine oberste Stelle und hinterließ Lichtbahnen zwischen den düsteren Schatten der Bäume. Nicht lange, nachdem die drei Männer verschwunden und die beiden Reiter vorübergezogen waren, fingen die Möwen und Tauben an zu lärmen.
Jesus holte das Brot aus seiner Tasche, das seine Mutter ihm mitgegeben hatte. Er bat mich, sein Frühstück einnehmen zu dürfen, wußte er doch, daß es erst kurz vor der Mittagsstunde Zeit für meine einzige Mahlzeit des Tages war. Während er sein Brot verspeiste, sah er mich fragend an.
Sofort wußte ich instinktiv, was ihm auf der Seele brannte.

»Du hast auf dieser Erde eine Aufgabe zu erfüllen«, begann ich. »Wird sie religiöser oder weltlicher Natur sein?«
»Bei der Religion handelt es sich um eine Anordnung von Glauben und Verehrung, Rabbi. Ich würde gern die Göttlichkeit vorziehen, die jedem einzelnen Menschen innewohnt. Man hat mich nicht geschickt, Zauberei vorzuführen; denn jeder soll in der Lage sein, das zu tun, was ich vollbringe. Das schließt auch die scheinbaren Zaubertricks ein, die die Männer vollführen, die du *yogin* nennst. Und was die weltliche Macht angeht, so verlangt mich nicht nach ihr. Denn sie kann nur durch die Anwendung von Gewalt erlangt werden, und ich verabscheue Gewalt. Gott verlangt von mir, die Seelen der Menschen zu retten.«
»Durch eine neue Religion?«
»Ich fürchte, daß es genau dazu kommen wird, obwohl das das letzte wäre, was ich will«, antwortete er sehr ernst. »Sobald nämlich eine neue Religion eingeführt ist, verlangt sie die Opferung der simpelsten Essenzen der Wahrheit zugunsten des Diktats von Lehre und Form. Auch wenn ich noch sehr jung bin, so habe ich doch schon einige Male beobachtet, daß Priester ihre Religion vornehmlich als Weg sehen, Macht gegenüber militärischen oder königlichen Herrschern zu erlangen. Aus diesem Grund entwickeln sie Ordnungen, die ihnen auf Kosten der Masse der Gläubigen Reichtum und Macht in die Hand geben. Religiöse Ordnungen führen auch zu Zersplitterungen und Parteienbildung, wie man es heute bei den Pharisäern, den Sadduzäern, den Essenern und den Zeloten beobachten kann, unter deren gegenseitigem Hader das jüdische Volk zerrissen wird. Mein Herz aber ist bei den Armen und Beladenen.«
»Das, was du befürchtest, wird eintreten«, mußte ich ihm bestätigen. »So ist es im Lauf der Menschheitsgeschichte immer wieder geschehen, zuletzt bei Zarathustra, der die

Perser Ahura Mazda, den einen Gott, lehrte, und was ist seitdem daraus geworden? So erging es auch Vardhamana und Mahavira, den Begründern der jainistischen Religion, die absolute Reinheit verlangt, um das vollkommene Gottesbewußtsein zu erlangen. Selbst Gautama Buddha, der den Mittleren Weg lehrte, konnte sich davon nicht freimachen. Anders als die Religion des Zoroaster richten sich der Jainismus und der Buddhismus an den einzelnen Menschen als Individuum. Diejenigen, die dem Herrn Buddha nacheifern, erklären durchaus zu Recht, daß ihre Lehre weder eine Religion noch eine Philosophie sei, ja noch nicht einmal auf einem bestimmten Lebenssinn fuße, sondern einfach eine Lebensweise sei. Dennoch konnte das nicht verhindern, daß aus dem Buddhismus eine Religion geworden ist, mit verschiedenen Richtungen, mit Sekten und mit abweichenden Auffassungen in den Indien umgebenden Ländern.«

»Da ich den Gelehrten aller Glaubensrichtungen zuhören konnte, als ich mich auf Pilgerreise in Jerusalem befand, weiß ich, wovon du sprichst«, entgegnete Jesus. »Wenn meinem Leben und Wirken eine Religion entspringt, wird sie sich wohl oder übel in mehrere, voneinander abweichende Richtungen aufspalten. Dies will ich gewiß nicht, denn daraus entstehen nur Hader und Kriege, wo doch der Kern meiner Lehre die universelle Liebe sein soll.«

»Leider kannst du die Zukunft nicht kontrollieren. Noch wirst du eine solche Entwicklung vor deinem Tod beobachten können.«

Ein heftiger Windstoß wirbelte den Hang hinauf, brachte die Wipfel zum Rauschen und verdrängte die muffige Luft durch frische, kühle. Ich sah nach oben und entdeckte, daß der Himmel wolkenlos war und sich mit dem blassen Blau der Dämmerung überzogen hatte.

Jesus seufzte. »Dieser Teil der Welt ist nie dafür bekannt

geworden, Rabbi, daß hier Güte eine direkte Beziehung zwischen Mensch und Gott darstellte.« Er wischte sich eine dunkle Strähne aus der Stirn. »Man hat mich gelehrt, daß damals, als unsere jüdischen Vorväter in dieses Land zogen, die hier ansässigen Kanaaniter bereits seit vielen hundert Jahren über eine eigene Religion verfügt hatten. Sie verehrten die Natur, und der Glaube war darauf ausgerichtet, die Menschen in Einklang mit den Jahreszeiten zu bringen, um diese beeinflussen zu können. Diese Lehre entsprang den Bedürfnissen nach Nahrung, Kleidung, Schutz und Freude, und dies alles läßt sich unter dem Bedürfnis zusammenfassen: in einer von der Natur bestimmten Welt zu überleben.«

»Das ist richtig, und aus diesem Grund haben die Kanaaniter auch ihre Heiligtümer errichtet und ihre Kulte entwickelt. Ihnen ging es darum, die von ihnen erschaffenen Götter und die Göttinnen zu verehren und gnädig zu stimmen, die höheren Wesen, die den Elementen und der Fruchtbarkeit von Mensch und Natur geboten und für Gesundheit und Gebrechen von beiden verantwortlich waren. Deshalb wandten sie sich an Anath, Ascharak, Astarte und an Baal, den Herrn der Erde. Doch weder damals noch heute verlangte der Glaube von ihnen Güte oder moralische Rechtschaffenheit, lediglich die Zufriedenstellung ihrer Gottheiten.«

»Das stimmt, Herr«, hielt der Knabe dagegen. »Mein eigenes Volk hingegen, die Juden, waren Nomaden. Ihnen ging es nicht darum, die Götter zu versöhnen, um mit der Natur in Einklang zu leben und sie auszubeuten. Im Bund mit dem Volk Israel offenbart Gott sich selbst, dort findet sich das, was Abraham und die anderen Vorväter für Gottes Gebot hielten, und dort ist festgelegt, was Er vom Menschen verlangt. Der erste Bund entsprang dem Bedürfnis, das Nomadenleben abzulegen. ›Deinem Samen habe ich gegeben dieses Land, vom Strom in Ägypten bis zu dem mächtigen Fluß, dem Euphrat‹. Dieser Vertrag schreibt auch vor, wie und in welcher Weise die Juden zu leben haben. Das fängt ja schon bei dem Beschneidungsgebot an. Dieser alles umfassende Vorschriftenkatalog mußte mit der kanaanitischen Religion zusammenprallen.«

»Und doch haben beide Glaubensrichtungen etwas von der anderen übernommen, oder?« fragte ich.

»Natürlich.« Er lächelte leicht. »Darum enthielt die Bundeslade ja auch den Vertrag, und deswegen wurde die Lade ins Allerheiligste des Tempels gestellt. Und aus diesem Grund fließt ja auch von unseren heiligen Altären das Blut der Opfertiere.« Er schüttelte sich, als er sich an das Abschlachten, das viele Blut und die Todesschreie der Tiere erinnerte.

»Es ehrt dich, daß dich die Angst, die die Opfertiere ausstehen müssen, mit Abscheu erfüllt.« Ich betrachtete ihn genau. »Allem Anschein nach hatten die Riten der Kanaaniter mehr Anziehungskraft auf dein Volk als umgekehrt«, bemerkte ich, »denn ohne Zweifel sind eine ganze Menge Elemente ihrer Naturverehrung in die jüdischen Sitten und Gesetze eingeflossen. Das vollzog sich sicher nicht von einem Tag auf den anderen, sondern eher allmählich über mehrere Jahrhunderte hinweg, war aber trotzdem wohl unvermeidlich. Als deine Vorfahren sich in diesem Land hier niedergelassen haben, brauchten sie verläßliche Einrichtungen, an denen sie sich orientieren konnten. Davon abgesehen braucht jedermann während der Reise seines Lebens den Anker religiöser Institutionen, ja sogar den Aberglauben, um damit seine eigenen inneren Unsicherheiten ruhigzustellen.«

Unsere Aufmerksamkeit wurde von lautem Krächzen und heftigem Flügelschlag in Anspruch genommen. Zwei schwarze Raben stritten sich um einen braunen Skorpion. »Der Skorpion als eingeborener Bewohner der Erde und die Vögel als Angreifer aus der Luft«, sprach Jesus. »Dir fällt sicher auf, Herr, daß der Eindringling der Jäger ist. Weder er noch der Gejagte wissen etwas über Güte.«

»Bei Güte oder Wohlwollen handelt es sich ja auch um menschliche Vorstellungen, die entwickelt wurden, um ein Zusammenleben der Gemeinschaft zu ermöglichen«, entgegnete ich und kam dann auf einen weiteren Punkt zu sprechen: »Einst erhob sich westlich von Damaskus die reiche und mächtige Stadt Ugarit. Sie verfügte über eine bedeutende Bibliothek, und unter den gesammelten Tontafeln fand man einen Text, der die kanaanitische Schöpfungsgeschichte erzählt. Man hat dort sogar Wandbemalungen entdeckt, die zeigen, wie der Gott Baal den Leviathan, den Drachen der Tiefe, erschlägt, um Ordnung in das Chaos zu bringen und die Schöpfung ins Leben zu rufen. Dies entspricht in gewisser Weise dem, was in der Genesis steht, und so ist es doch vorstellbar, daß der kanaanitische Schöpfungsmythos die Grundlage für die Schöpfungsgeschichte in der Bibel bildet. Immerhin ähneln sich auch die Tieropfer beider Religionen. Viel eher jedoch geht die Schöpfungsgeschichte deines Volkes auf Vorstellungen eurer Stammväter – besonders Abraham – zurück. Schließlich lernte dieser die sumerische Kultur kennen, sei es, daß er sie direkt erlebte, sei es, daß er sie indirekt bei benachbarten Völkern kennenlernte, auf die sumerische Lebensart und Religion abgefärbt hatten. Verblüffend ist zum Beispiel die Übereinstimmung, daß sowohl der sumerische Obergott wie auch der Gott deines Volkes sprach, und schon geschah es, während die Götter anderer Kulturen zu diesem Zweck erst Blitze und Donner oder ähnliches ausschicken mußten. Für diese Theorie ließen sich noch mannigfaltige Beispiele finden. Die gleichen Bedürfnisse der Menschen scheinen sie zu befähigen, in anderen Religionen Gemeinsamkeiten zu entdecken, so wie Wasser immer nach unten fließt und sich mit anderen Wassern vermischt. Wir müssen lernen, die fundamentalen, gottgegebenen Faktoren von denen zu trennen, die unsere menschliche Existenz geschaffen hat oder die als Gebote unseres Zusammenlebens entstanden sind.«

Jesus nickte langsam. Gedanken zu verstehen, die so sehr von dem kulturellen Erbe abwichen, mit dem er aufgewachsen war, schien ihm nicht die geringste Mühe zu bereiten. »Sowohl die kanaanitische wie die jüdische Religion hatten Gesetze, Priester und Propheten. Die Kanaaniter wandten sich Priestern zu, die Altären vorsaßen und als Orakel ihrer Gottheiten wirkten. Da sie die Frage eines Bittstellers nur mit ja oder nein beantworten konnten, mußte die Frage auf eine solche direkte Antwort hin formuliert werden.«

»Bedeutet Altar im Hebräischen nicht einfach der Ort, an dem Tiere geschlachtet werden?«

Jesus merkte natürlich gleich, worauf meine Frage abzielte, und lächelte traurig. »Das stimmt, Rabbi, und ich glaube, du bist zum Kern des Problems vorgestoßen. Mein Volk betrachtet den Altar eher als einen heiligen Ort und weniger als Opfertisch. Und es glaubt, mit einer Opfergabe Gott besänftigen zu können. Abraham war sogar der Ansicht, der Herr haben von ihm verlangt, seinen Sohn Isaak als Brandopfer darbringen zu müssen. Diese Haltung Abrahams hat sich mehrfach im Verlauf unserer Geschichte wiederholt, und immer wieder sind Propheten gegen die Priester und die Anbetung von Götzen aufgestanden. Doch auch diese Männer stießen nie zu der fundamentalen Frage vor: Was ist der Altar wirklich? Oder was stellt ein steinernes Abbild wirklich dar? Niemals in der gesamten Geschichte unseres

Volkes hat jemand die einfache Lehre Gottes dargelegt oder erläutert: Sei gut, denn Gütigkeit ist gerecht und erfreut den Herrn, der niemals ein Opfer annimmt oder sich am starren Einhalten der äußerlichen Gebote der Verehrung erfreut oder sich durch fromme Sitten und Gebräuche bestechen läßt.«

»Und wie wird dann dein Auftrag aussehen, mein Sohn?« fragte ich. »Die einfache Lehre zu verkünden, der zufolge man Gutes tun soll?«

»Ich bin davon überzeugt, Herr.«

»Dann ist die Reise, zu der wir angetreten sind, genau das richtige für dich. In den indischen Landstrichen Sarnath, Kapilavatthu und Buddha Gaya finden die geplagten Seelen Trost und Labsal.« Ich strich mir durch den Bart. »Wie kamst du überhaupt dazu, dich über die anderen Religionen auf der Welt kundig zu machen? Bist du nicht in Nazareth in einer jüdischen Gemeinschaft aufgewachsen, in der sich das ganze Leben um die kleine Synagoge am Ort drehte?«

»Meine Familie unternahm in jedem Jahr Wallfahrten nach Jerusalem, um dort das Pessach-Fest zu feiern. In diesem Jahr haben meine Eltern mich mitgenommen, und dort kam ich mit den gelehrten Männern des Landes und gelegentlich auch mit Fremden zusammen, die unseren Tempel besuchten. So schickte mir Gott einen hethitischen Philosophen. Er trug den Namen Mursilis, nach dem bedeutenden hethitischen König. Dieser weise Mann nun stammte aus Karkemisch, der Stadt in Syrien, die lange Zeit von Hethitern beherrscht wurde und es sogar zur Provinzhauptstadt bringen konnte. Eine Pest hatte seine Stadt heimgesucht, seine ganze Familie war dabei gestorben, und so war er nach Jerusalem gezogen, weil er hoffte, in unserem Land Trost und neue Denkanstöße zu finden. Der Mann wußte sehr viel über Zarathustra, die Jainiten, die Buddhisten und die Hindus.«

»Vermißt du nicht dein bisheriges Leben?« Ich änderte bewußt das Thema, um ihn von dem Mitgefühl abzulenken, das ihn zu übermannen drohte. Zur Antwort lächelte er erst traurig, schüttelte dann den Kopf und winkte ab. »Gestern noch habe ich zu dieser Stunde meinem Vater dabei geholfen, letzte Hand an die Couch aus Akazienholz anzulegen, die ich dann später im Hause des Kaufmanns Fahruk ablieferte. Wieviel doch an einem einzigen Tag geschehen kann. Natürlich vermisse ich meine Familie, und es schmerzt mich sehr, daß ich mich von meinen Geschwistern nicht verabschieden konnte. Selbstverständlich hasse ich die Vorstellung, viele lange Jahre von ihnen getrennt zu sein. Mir fehlt auch mein Dorf und sogar Stern, unser Esel. Ich werde lernen müssen, sie in liebevollem Gedenken zu behalten, ohne mich nach ihnen zu verzehren.«

»Du bist ein weiser junger Mann«, bestätigte ich ihm. »Verzehren kommt von Sehnen, und Sehnen ist mit Begehren verwandt, welches Festhalten hervorruft. Und Festhalten erzeugt Leiden.«

Mariam hatte die ganze Nacht keinen Schlaf gefunden, und ihre Augen waren verklebt, als sie die Wärme von Yasufs Körper verließ und früher als gewöhnlich aufstand, da Jesus fort war und ihr nicht mehr bei der Hausarbeit helfen konnte. Ihr Mann schlief tief und fest, wie sein lautes Schnarchen verkündete. Er hatte die unangenehme Angewohnheit, im Schlaf den Atem anzuhalten. Manchmal tat er das so lange, daß sie schon befürchtete, er sei erstickt, obwohl ihr viele Menschen, die sich mit so etwas auskannten, immer wieder versichert hatten, damit habe es nichts Schlimmes auf sich.

Mariams Trauer über die Abreise ihres Sohnes hielt sich in Grenzen, wußte sie doch, daß er endlich die Reise angetreten hatte, an deren Ende er als Messias erscheinen würde. Der heilige Mann würde ihn Königen und Prinzen vorstellen, damit er unter ihnen seinen gebührenden Platz einnehmen konnte. Und wenn er wieder hier war, würde es einigen Leuten im Dorf gehörig leid tun, daß sie seine Mutter einst verspottet hatten.

Zu dieser frühen Stunde hätte Jesus normalerweise den Esel gefüttert und die Ziege gemolken, aber Mariam vermißte nicht nur seine Hilfe, sondern auch seine Aufmerksamkeit und Fröhlichkeit, mit der er das ganze Haus angesteckt hatte. Normalerweise halfen Zimmerleutskinder ihrem Vater erst, wenn sie fünfzehn Jahre alt waren. Jesus war auch darin eine Ausnahme, war er seinem *av* doch bereits im Alter von zehn zur Hand gegangen.

Und nun mußten auch noch die zwei toten Männer im Hof begraben werden. Sie dachte an all das Geschrei der Nachbarn, an die Gerüchte, die im Dorf die Runde machen würden, und an die endlose Fragerei, aber sie wußte, daß sie all dem gefaßt gegenübertreten konnte. Mariam würde niemandem verraten, daß ihr Sohn mit einem heiligen Mann nach Indien gereist war, höchstens mitteilen, daß ein berühmter Prinz und Mitglied des Sanhedrin ihn als sein Mündel in seine Obhut genommen habe. Das würde jedermann tüchtig verblüffen und ihr und Yasuf großes Prestige einbringen. Aber würden die Menschen ihr auch glauben? Sie zuckte die Achseln, seufzte und zog das blaue Wollgewand zusammen. Draußen würde es kalt sein, wie stets um diese Jahreszeit an einem frühen Morgen in der Wüste. Sie nahm einen Melkeimer aus braunem Ton, bückte sich nach dem Schemel und ging zur Tür.

Sie war kaum über die Schwelle in das Lichtviereck getreten, das aus dem Haus auf den dunklen Hof fiel, als die kalte Luft ihr ins Gesicht stach. Dennoch fühlte sich die Brise nach der muffigen Wärme des Hauses frisch und rein an ... bis ihr der Gestank von Urin, Fäkalien und Tierdung in die Nase stach. Stern grunzte. Ein Hustenanfall von der Nachbarstür verriet ihr, daß Thomas, der Stellmacher, sich erhob.

Sie stellte den Eimer unter das Ziegeneuter, nahm ein Heubündel von dem Haufen, der neben der Tür lag, und legte es dem Esel vor. Während sie sich mit dem Schemel neben die Ziege hockte, zuckte Stern mit den Ohren und zog die Lippe zurück, daß es so aussah, als würde er die Zähne fletschen. Sie bemühte sich, nicht auf die zwei Bündel an der Wand zu schauen, über die man braune Decken geworfen hatte. Mariam lächelte, als die Eselin Mond grunzte. Schließlich war dies ein Hof, und warum sollten sich hier nicht zwei den Hof machen?

Mariam versetzte dem Euter einen Klaps und fing an, die Zitzen zu drücken. Sosehr sie sich auch auf ihre Arbeit konzentrierte, ihre Gedanken kehrten immer wieder zu den beiden toten Männern zurück. Warum waren sie hierhergekommen? Ganz gewiß nicht, um einen armen Zimmermann zu berauben. Hatten sie vielleicht von der Arbeit für den Händler Fahruk erfahren und hofften, hier einen Batzen Geld vorzufinden, womöglich Silberschekel? Nein, das kam ihr doch recht weit hergeholt vor. Dennoch hatte der Herr ihren Sohn gerettet, um ihn für die Zukunft zu bewahren, die auf ihn wartete.

Die warme Milch sammelte sich in dem Eimer. Obwohl die Sonne noch nicht einen einzigen Sonnenstrahl über den Horizont geschickt hatte, verließen bereits die ersten Männer ihre Häuser. Ein Vogel erhob sich schimpfend von dem Feigenbaum auf dem Hof, ließ sich aber nach einer Weile wieder auf ihm nieder. Thomas zeigte sich in seiner Haustür, eine stämmige Gestalt im braunen Mantel. Er kratzte sich die Brust, gähnte und streckte die Arme so weit vor, daß Mariam glaubte, seine Knochen krachen zu hören. Dann drehte er den Kopf in ihre Richtung. »Schalom!« rief der Wagner, wartete ihren Gruß ab und marschierte dann mit großen Schritten zum Tor. Der Eimer war fast voll, als sie hörte, daß jemand kam. Sie schob das Kopftuch ein Stück zurück, um besser lauschen zu können. Zwei Männer: Nathaniel, der Dorfälteste, dessen Stimme heute noch schriller klang als sonst, und der Rabbi Abner, der Mariam verachtete.

Das erste graue Licht zeigte sich auf dem Hof, als die Männer ihn betraten und schließlich vor ihr stehenblieben. Mariam hörte auf zu melken und erhob sich.

»Was führt euch her?« fragte sie.

»Weißt du das etwa nicht?« entgegnete Nathaniel. »Schließlich liegen zwei Tote vor deiner Tür.«

»Was?« rief Thomas entsetzt und kehrte um. »Was für Tote? Hier gibt es keine Leichen. Hat die Sonne dir endgültig das Gehirn ausgedörrt, Bruder Nathaniel?«

Der Dorfälteste deutete mit einem zitternden Arm auf die beiden formlosen Haufen. »Da! Da liegen sie doch!« Er zeigte auf Mariam. »Diese Frau hier weiß darüber Bescheid, schließlich liegen sie ja vor ihrem Haus. Hat sie dir denn nichts davon erzählt?« Er stemmte die knochigen Arme in die Seiten. »Warum hast du deinen Nachbarn nichts davon berichtet, Mariam?«

»Ja, warum eigentlich nicht?« verlangte nun auch der Rabbi in anklagendem Tonfall zu wissen und schob sich vor Nathaniel. Dabei fiel sein Blick auf den gefüllten Milcheimer. »Sind dir Tote vor der Haustür ein so vertrauter Anblick, daß es dir nichts ausmacht und du in ihrer Gegenwart in aller Seelenruhe eine Ziege melken kannst?«

Zum ersten Mal seit den außergewöhnlichen Ereignissen der vergangenen Stunden spürte Mariam wieder kalte Furcht in sich. In diesem fahlen Licht und mit seiner Robe, der dunklen *yarmulke* auf dem Kopf und den großen vorstehenden Zähnen sah Abner wie ein Racheengel aus. Als fanatischer Jude hatte er schon seit langem etwas gegen sie. Mariam hatte in seiner Nähe immer das Gefühl, er betrachte sie nicht nur als heuchlerische Ehebrecherin, die ihren Mann schändlich hintergangen hatte, sondern auch als schamlose Gotteslästerin, weil sie behauptet hatte, das Kind vom Heiligen Geist empfangen zu haben. Und jetzt schien er endlich etwas Handfestes gefunden zu haben, das er ihr zum Vorwurf machen konnte.
»Der Prinz aus dem Hohen Rat hat uns aufgetragen, niemandem etwas von den Leichen zu sagen, bis Bruder Nathaniel käme, um sie zu beerdigen.«
»Lügen!« donnerte Abner, fletschte die Zähne und richtete anklagend den Zeigefinger gegen sie.
»Deine Worte mögen zwar der Wahrheit entsprechen, Mariam«, wandte der Dorfälteste ein, »aber sie erklären noch lange nicht, warum diese beiden Männer hier liegen.«
Thomas schob sich zwischen die beiden Männer. »Was geht denn hier vor? Warum redet ihr so mit Schwester Mariam?«
»Kümmer du dich lieber um deine Räder, Thomas!« fertigte der Rabbi ihn kurz angebunden ab. »Und hüte deine Zunge!« Er drehte sich abrupt um, stapfte zu den beiden Haufen und zog beide Decken zurück. »Wer sind diese Männer?« verlangte er von Mariam zu erfahren.
»Woher soll ich das denn wissen, Rabbi?«
»Du scheinst überhaupt nie etwas über die Männer wissen zu wollen, mit denen du dich umgibst, was, du falsche Schlange?« wütete er. »Du hast deine Verderbtheit in den

vergangenen dreizehn Jahren gut zu verbergen gewußt, aber nun ist dein schamloses Tun ans Tageslicht gekommen!«
Dieser Angriff versetzte Mariam in solchen Zorn, daß sie darüber alle Furcht vergaß. »Wie kannst du es wagen, so mit mir zu reden, Rabbi?« fuhr sie ihn an und konnte dabei ihre Wut nur mit Mühe im Zaum halten.
»Im Namen des Herrn wage ich alles!« Seine Stimme troff vor Selbstgerechtigkeit. Er beugte sich über die beiden Toten und zog ihre Gewänder hoch. Dann richtete er sich auf, nickte mehrmals und wandte sich wieder an Mariam. Seine dunklen Augen funkelten vor Böswilligkeit, ehe er die anderen auffordernd anschaute und auf die Leichen zeigte. »Seht selbst, meine Kinder. Die beiden sind unbeschnitten. Sie sind schmutzige Gotteslästerer!« rief er, als sei damit Mariams Schuld endgültig bewiesen. »Genauso wie sie dort!«
Nun breitete sich neue Panik in Mariam aus, und ihre Brust verkrampfte sich. Ohne erkennbaren Grund fing Stern so laut an zu wiehern, daß es im ganzen Hof widerhallte.

KAPITEL 19

Simeon und seine beiden Gefährten erreichten nach einer Stunde nicht zu scharfen Ritts Sepphoris. Nachfragen bei den Torwachen ergaben, daß weder ein älterer Mann in einem fremdländischen Gewand noch ein zwölfjähriger Knabe in den Ort gekommen seien. Simeon sagte sich, daß seine Beute die Stadt umgangen haben mußte. Vermutlich

waren sie am See Genezareth vorbeigezogen und dann über die Handelsstraße nach Tiberias am Westufer gewandert. Selbst wenn der Alte und der Junge die ganze Nacht hindurch gelaufen waren, konnten sie die Stadt noch nicht erreicht haben.
Die drei Männer lenkten ihre Pferde nach rechts, ritten an der östlichen Stadtmauer entlang und bogen dann auf die Straße ab, die übers offene Land führte. Nur das Klappern der Hufe auf den Steinplatten störte das Schweigen des Sonnenaufgangs. Die kühle Luft, die dem Anführer ins Gesicht wehte, erfrischte ihn.
Weit draußen auf der Heerstraße stießen sie auf das erste Anzeichen von Leben: Eine Schafherde überquerte gerade den Weg. Der Hirte hielt seinen langen Stab in der Hand und trug einen verstaubten schwarzen Mantel und ein schäbiges Kopftuch. Als er die Reiter bemerkte, drehte er sich zu ihnen um. Unter seinem Mantel war ein schmutziges, schwarzweiß gestreiftes Gewand zu erkennen. Dann wandte er sich wieder ab, trieb mit dem Stab die Tiere auseinander, um für die Ankömmlinge eine Gasse zu schaffen, und nahm ansonsten keine Notiz von ihnen.
»Ein hebräischer Nomade«, bemerkte Simeon, als sie die Herde hinter sich gelassen hatten. »Ein wortkarges Völkchen, was nicht verwundern kann, wenn man weiß, welch hartes Leben sie führen. Sie arbeiten vierundzwanzig Stunden am Tag.«
Die Straße bog leicht nach links ab, verlief aber immer noch in Richtung Osten. Zwei Stunden später hörten sie aus der Ferne bereits das dumpfe Rauschen des großen Sees und erblickten die höchste der drei schneebedeckten Kuppen des mächtigen Berges Zion, der den Anhängern des Baal und der Ischtar heilig war. Das Landvolk hatte schon angefangen, die Weizen- und die Gerstenfelder abzuernten. Rauch

von den Kochstellen in den Felsendörfern stieg träge in den Himmel. Mittlerweile tauchten mehr Menschen auf der Handelsstraße auf, doch von den beiden Gesuchten war immer noch nichts zu sehen. Wie hatten der Inder und Jesus unerkannt davonkommen können? Wohin mochten sie gegangen sein?
Ein Eselskarren näherte sich ihnen aus der entgegengesetzten Richtung. Der jüdische Jüngling, der ihn steuerte, nieste unvermittelt.
In diesem Moment traf Simeon die Erkenntnis. Bei dem Geräusch im Olivenhain hatte es sich um unterdrücktes Niesen gehandelt! Er verwünschte sich im stillen. »Wir machen kehrt!« brüllte er lauter als beabsichtigt, weil er nicht gewillt war, seinen Fehler einzugestehen. »In dieser Zeit hätten die beiden es nie so weit schaffen können. Sie haben sich im Olivenhain versteckt. Das Geräusch, das wir dort gehört haben, stammte von ihnen.«
Thaddeus fluchte. »Aber jetzt werden wir die zwei doch finden, oder?«
»Aber mit Leichtigkeit«, versicherte der Anführer ihm. Er entdeckte ein Flüßchen mit gelbem Sandufer, das von Schilf, Wicken, Eukalyptussträuchern, Tamarisken und Zypressen umgeben war. Die Stelle lag verborgen abseits der Straße und schien der ideale Ort für eine ungestörte Rast zu sein. »Laßt uns zuerst die Pferde tränken.« Er drückte seinem Tier die Schenkel in die Seiten und lenkte es so von der Straße herunter. Im Schrittempo ritten sie über den Pfad, der durch ein Weizenfeld zu dem Unterschlupf führte.
»Wartet!« Simeon zügelte sein Roß und hob warnend eine Hand.
»Was ist denn?« fragten Thaddeus und Joshua wie aus einem Munde.
»Reiter!« Der Anführer lauschte. »Wir wollen uns unter

den Bäumen verbergen und sie beobachten.« Er stieß seinem Pferd die Fersen in die Flanken und galoppierte zum Teich.
Von ihrem Versteck aus sahen sie zuerst nur zwei undeutliche Flecken, die sich beim Näherkommen als zwei Reiter entpuppten. Der größere von beiden saß auf einem ägyptischen Rappen, der kleinere ritt einen grauen Araber. Als sie die Stelle erreichten, an der der Pfad von der Fernstraße abbog, stieg die Sonne über die Hügelkette und beleuchtete das Gesicht des hinteren Reiters. Simeon erkannte ihn sofort wieder: »Das ist Zebulon«, teilte er seinen Genossen flüsternd mit. »Da sie nur zu zweit unterwegs sind, muß der andere Reuben sein. Dann befindet sich Zadok mit Barabbas, dem falschen Jesus, bestimmt auf dem Weg nach Jerusalem, während diese beiden den echten aufspüren sollen.«
Einen Moment später fing sein Herz an, schneller zu schlagen. Die Reiter zügelten ihre Pferde und bogen auf den Pfad ab.

»Sie jagen den Wind, der sich doch in ihrem Rücken befindet.« Diese Redewendung wollte mir nicht mehr aus dem Kopf, denn ihr Sinn kam mir zu schön vor, um wahr zu sein. Ich starrte auf das Gewebe von feinen Sonnenstrahlen, die alles waren, was das Laubwerk an den Olivenbaumästen über uns an Licht durchließ.
Jesus schienen ähnliche Gedanken zu bewegen. »Wie lange brauchen Männer, die darin erfahren sind, Menschen aufzuspüren, bis sie bemerken, daß der Wind, den sie jagen, sich in ihrem Rücken befindet?« fragte er unvermittelt.
»Diese Frage stelle ich mir auch schon seit einiger Zeit. Was schlägst du vor?«
»Daß wir den Hain schleunigst verlassen.«

Es kam nur selten vor, daß bedeutende Männer ohne Eskorte reisten. Sowohl in den großen Städten als auch draußen auf dem Land stellten Räuber, Banditen, Nomaden und anderes Gelichter eine ständige Bedrohung für Leben und Börse dar. Zahllos waren die Beispiele, da man Prinzen, Adlige oder reiche Kaufleute gefangengenommen und für sie ein Lösegeld gefordert hatte, um sie dann nach Erhalt der Summe als Leiche zurückzulassen.
Dies war einer der Gründe dafür, warum die Gesetze in diesem Land so hart waren. Wer etwas gestohlen hatte, dem hackte man die Hand ab. Wer eine Frau vergewaltigt hatte, der verlor sein Geschlechtsteil. Die Herrschaft von Herodes dem Großen war besonders grausam gewesen, und im Verein mit der Unnachgiebigkeit der Römer, die sich besonders der unmenschlichen Strafe der Kreuzigung bedienten, war es gelungen, in dieser Region Recht und Gesetz durchzusetzen. Prinz Zebulon wußte, daß es in der Ebene vor Tiberias relativ sicher war, andernfalls hätte er sich ohne Begleitschutz nicht hierhergewagt.
Fürst Reuben und er ritten gemächlich auf ihren guttrainierten Rössern über die im Dämmerlicht daliegende Straße. Der Prinz deutete auf die Stadt, die vor ihnen lag. Das erste Sonnenlicht spiegelte sich auf den braunen Basaltwänden wider, und vor dem Hintergrund der silbernen Platte des Sees Genezareth hoben sich die Umrisse klobiger, viereckiger Häuser ab. »Unser kleines Vögelchen ist nirgends zu entdecken, und wenn ich es recht bedenke, können sie auch unmöglich schon so weit gekommen sein.« Er nickte in Richtung eines Wäldchens, das rechts von ihnen hinter einem Weizenfeld lag. »Dort fließt ein Wasser. Laß uns unsere Pferde tränken und etwas zu uns nehmen.« Er klopfte auf seine Satteltasche, die Brot, Käse und Wein enthielt. »Danach kehren wir nach Nazareth zurück, wo wir

die Suche nach dem Knaben und dem Inder wieder aufnehmen werden. Sie dürften jetzt nicht mehr schwer zu finden sein.«

Sie bogen auf einen schmalen Pfad ab, Fürst Reuben voraus. Zebulon, der ihm folgte, bewunderte die Grazie, mit der sein Gefährte auf dem Pferd saß; immerhin hatte er in Ägypten das Reiten gelernt. Das Plätschern des Flüßchens, das über kleine Felsen und Steine schoß, wurde hörbar lauter, als sie die Tamarisken und Zypressen erreichten.

Reuben keuchte plötzlich, und dann galoppierte sein Roß, noch ehe der Prinz erfassen konnte, was geschehen war, davon. Reuben war im Sattel zusammengebrochen. Ein Speerschaft ragte aus seiner Seite.

Für einen winzigen Moment wurde Zebulon von Furcht erfaßt, doch dann siegte sein Überlebenswille. Statt sich zur Flucht zu wenden, stieß er die Fersen in die Flanken seines Rappen. Das Pferd machte einen Satz und rettete ihm damit das Leben. Die zwei Männer, die mit gezückten Dolchen aus den Bäumen sprangen, verfehlten ihr Ziel und rollten über den Boden.

Der Prinz beugte sich tief über den Pferdehals, stürmte vorwärts, und als er das sandige Ufer erreichte, wendete er scharf nach rechts, ohne auf die Schreie und Rufe hinter ihm zu achten. Er bekam aus den Augenwinkeln mit, wie der Araber wie von Sinnen durch das Wasser platschte und Reuben langsam aus dem Sattel rutschte.

Zebulon verspürte Bedauern, Furcht und blinde Wut, während sein Roß am Ufer entlangdonnerte. Mindestens drei Banditen hatten ihnen aufgelauert. Einer, der den Speer geschleudert hatte, und die zwei, die aus den Wipfeln gekommen waren. Eine geschickte Falle. Sie schienen nur einen Speer zu besitzen, andernfalls wäre der Prinz längst tot.

Zebulon riskierte einen Blick zurück und erschrak. Drei

Männer, die aufgrund der räumlichen Enge gezwungen waren, hintereinander zu reiten, tauchten gerade an der Stelle auf, an der der Pfad das Wasser erreichte. Sein Rappe machte einen Satz, und Zebulon blickte rasch wieder nach vorn. Das Flüßchen wand sich nach rechts, und das Ufer wurde stetig schmaler, und jenseits davon breiteten sich Weizenfelder aus.

Als er die Biegung erreichte, hielt er sein Pferd an, riß es hoch und brachte es dazu, sich auf den Hinterbeinen stehend umzudrehen. Dann trieb er sein Roß an und galoppierte mit ihm den Weg zurück, den er gekommen war. Den ersten Gegner konnte er jetzt gut erkennen, ein junger Bursche mit einem schmalen, angespannten Gesicht, der sein Schwert zum Schlag erhoben hielt. Das unerwartete Manöver des Prinzen schien ihn zu verwirren, denn er starrte dem Reiter mit großen Augen entgegen. In seinem Schrecken lenkte er sein Pferd ins Wasser und wurde abgeworfen. Einer weniger.

Nun tauchte der zweite Bandit auf, ein stämmiger Mann, der mit einem Kurzschwert bewaffnet war. Er hatte ein feistes Gesicht und trug einen rundgeschnittenen Bart, der ihm weit auf die breite Brust herabfiel. Zebulon lenkte seinen Araber direkt auf den Gegner zu und wich im letzten Moment nach links aus. Das Schwert des Mannes sauste nieder, aber sein Roß scheute zur Seite, so wie der Prinz es beabsichtigt hatte. Zebulon parierte den Hieb mit seiner Waffe und riß am Zügel. Eisen krachte gegen Eisen. Der Prinz holte weit aus und schlug in einer Seitwärtsbewegung zu. Die Klinge schnitt den Hals des Banditen bis auf die Knochen auf. Der Mann krächzte, hielt sich noch einen Moment aufrecht und kippte dann vornüber aus dem Sattel. Sein Pferd wieherte wild, brach nach hinten aus und hielt den letzten Gegner auf. Zebulon brummte zufrieden, als er sein blutbedecktes Schwert zurückzog. Der dritte Bandit erfaßte so-

fort die Lage. »Komm schon!« schrie er seinem Genossen zu, der sich gerade prustend aus dem Wasser erhob.
Ohnmächtiger Haß erfüllte den Prinzen. Wild brüllend versuchte er, an dem Pferd des zweiten Mannes vorbeizukommen. Doch dieses war vor Panik starr. Breitbeinig und mit gesenktem Haupt stand es da und bewegte sich keinen Fingerbreit. Tropfnaß stieg der erste Bandit ans Ufer. Er wischte sich Wasser aus den Augen, rannte zu seinem Kumpan und sprang hinter ihm auf das Pferd. Der Reiter wendete sein Roß und ritt davon.
»Feige Mörder!« schrie der Prinz ihnen hinterher. Er stand in den Steigbügeln und bebte vor hilflosem Zorn.

»Was geht denn hier vor?« Mariam war noch nie so glücklich gewesen, die tiefe Stimme ihres Mannes zu hören und seine vertraute große Gestalt in der Tür zu sehen. Das Licht, das von drinnen herausdrang, verblaßte unter den silbergrauen Vorboten des Tages.
Abner wandte sich abrupt an den Zimmermann. »Aha, bist du also doch noch erwacht, Bruder Yasuf.« Er zog die zu kurze Oberlippe zu einem spöttischen Lächeln zurück. Unter ihr zeigten sich vorstehende Zähne. »Ich hoffe, aus mehr als bloßem Schlaf. Die Zeiten sind vorbei, in denen du dich zum Hahnrei machen lassen mußtest. Der Herr hat uns geschickt, um dich endlich zu erretten.« Der Rabbi streckte einen Arm in Richtung Mariam aus, so daß er mit der herabhängenden Robe wie der Flügel eines Raubvogels aussah, und richtete anklagend den Zeigefinger auf die Frau. »Wir haben endlich die ehebrecherischen Schandtaten deines Weibes an Tageslicht gezerrt!«
»Was für ehebrecherische Schandtaten?« Ärger erfüllte Yasufs Stimme.
Abner wies auf die beiden Leichen. »Diese beiden Ungläu-

bigen hier waren die Buhlen deiner Frau. Sie haben sich in Eifersucht gegenseitig umgebracht, weil jeder von ihnen Mariams Gunst allein erlangen wollte.«
Trotz des fahlen Lichts konnte Mariam erkennen, daß der Zimmermann nur mit Mühe an sich halten konnte. Gerechter Zorn brannte in seinen Augen. Er hatte die Nasenlöcher aufgebläht, und seine Hände zitterten.
Abner mißverstand die Ursache seiner Empörung. »Du tust recht daran, ihr zu zürnen, Bruder Yasuf«, erklärte er mit Grabesstimme. »Doch solltest du darüber nicht vergessen, froh dafür zu sein, daß deine Zeit der Schande beendet ist.« Er hob das Kinn. »Am besten opferst du dem Herrn ein Lamm, um Ihm deine Dankbarkeit zu zeigen.«
»Du scheinst im Schlaf zu reden, Rabbi«, entgegnete Yasuf und schüttelte traurig den Kopf. »Das Blut der Unschuldigen soll über dein Haupt kommen, wenn du meinem Weib auch nur ein Haar krümmst.« Doch dann spielte kurz ein belustigtes Lächeln über seine Lippen, und Mariam wußte, daß er mit Abner spielen und ihn auflaufen lassen wollte. »Doch zuerst sag mir, ob ihr als ordentlich bestelltes Gericht hier erschienen seid.«
»Das sind wir«, bestätigte der Rabbi mit fester Stimme und wandte sich dann an Nathaniel. »Sind wir doch, oder?«
»Aber gewiß«, pflichtete der alte Mann ihm sofort bei. »Ich stehe dem Gericht vor, und ich habe meine Beisitzer mitgebracht.« Er deutete auf die sechs Männer, die sich hinter ihm drängten. »Und wir haben auch unseren Berater, den Rabbi, mitgebracht.«
»Wessen beschuldigt ihr mein Weib?«
»Des Ehebruchs oder wenigstens der gemeinen Absicht, ihn zu begehen«, donnerte Abner.
Die laute Stimme schien Stern zu erschrecken, denn er schrie laut, und wie ein Echo fiel Mond ein.

»Ich stelle fest, daß heute morgen allerlei Esel etwas zu bemerken haben«, sagte der Zimmermann trocken.
»Hüte deine Zunge, sonst ...« warnte ihn der Rabbi.
»Wo sind eure zwei Zeugen«, fiel Yasuf ihm ins Wort. »Das Gesetz verlangt mindestens zwei Zeugen.«
Nathaniel sah Abner an, dessen Blick über die sechs Männer hinter dem Dorfältesten wanderte, in der Hoffnung, daß zwei von ihnen vortreten und falsches Zeugnis ablegen würden. Doch als diese nur die Köpfe senkten, war der Rabbi für einen Moment sprachlos, ehe er herumfuhr und auf die beiden Toten zeigte. »Das sind meine zwei Zeugen!« rief er.
»Aber diese zwei sind tot und können nicht mehr aussagen«, mischte sich Thomas zum ersten Mal ein. Er trat vor und stellte sich zwischen Mariam und Abner. Sie segnete ihn im stillen für seinen Beistand. »Davon abgesehen sind die beiden, wenn man deinen Worten glauben will, ebenso schuldig, also hätte man sie, auch wenn sie noch am Leben wären, niemals als Zeugen benennen dürfen.« Er kratzte sich an der Brust. »Mir scheint es sinnvoller, wir hören erst einmal, was Yasuf und Mariam dazu zu sagen haben. Vielleicht können sie ja Licht in dieses Rätsel bringen.«
»Was denn für ein Rätsel?« entfuhr es dem Rabbi. »Wir haben es hier mit einer Ehebrecherin zu tun, die früher schon ein uneheliches Kind geboren hat!«
»Und dein Beweis?« rief der Zimmermann. Dann sah er den Anwesenden der Reihe nach ins Gesicht. »Wer von euch will Zeugnis ablegen? Nur zu, er möge vortreten.«
Niemand rührte sich vom Fleck.

KAPITEL 20

Als sie den Rand des Wäldchens erreichten, bog Simeon nach links ab und drang in den Schutz der Bäume ein. Thaddeus, immer noch tropfnaß, klammerte sich an ihn.

»Wo willst du hin?« erkundigte sich der Jüngling.

Sein erstes großes Unternehmen war kläglich gescheitert. Verärgert, erbittert und zutiefst bekümmert über Joshuas Tod, war der Anführer jetzt nicht in der Stimmung für lange Debatten. Er sagte sich, daß er in Jerusalem einen solchen Überfall gar nicht erst begonnen hätte. Und nun mußte er auch noch mit der Sorge leben, daß der Sanhedrin Nachforschungen anstellen würde. »Das wirst du schon sehen«, gab er ungewohnt barsch zurück.

Simeon vermutete, daß Zebulon es nicht auf eine Verfolgung ankommen lassen und nach Tiberias reiten würde. Und so schlich er mit dem Jüngling durch das Unterholz zurück zum Bach. Als sie den Wasserlauf erreichten, spähte er rasch nach links. Joshuas Brauner stand noch immer wie versteinert da, und neben ihm lag der massige Körper des ehemaligen Genossen. Wo aber war der Prinz? Das ferne Donnern von Hufen verschaffte ihm Aufklärung.

Simeon hielt sein Pferd neben Joshuas Roß an. »Rasch!« befahl er dem Jungen. »Wir müssen seinen Leichnam verschwinden lassen und den Braunen hier mitnehmen.«

Thaddeus glitt vom Pferderücken. »Warum geben wir ihm keine richtige Beerdigung?« wollte der Jüngling wissen, und in seinen kalten grauen Augen zeigte sich zum ersten Mal so etwas wie Gefühl.

»Was schwebt dir denn vor?« knurrte der Anführer. »Sollen wir ihn eine Woche lang beweinen? Und wo sollen wir

ihn bestatten, damit er zu seinen Vätern auffahren kann? Thaddeus, wir sind jetzt Aufrührer, gefährliche Verbrecher. In unserem Leben ist kein Platz mehr für Rührseligkeit.« Er stieg ab. »Komm, schaffen wir diesen Gaul fort. Du kannst auf ihm sitzen, und Joshuas Leiche packen wir auch noch drauf, damit wir uns seiner irgendwo, wo es uns günstig erscheint, entledigen können.«
Kalter Zorn flammte in den Augen des Knaben auf. Simeon wurde sich bewußt, daß er noch nie so zu seinem Geliebten gesprochen hatte. Er machte sich auf eine Auseinandersetzung gefaßt und starrte Thaddeus so lange in die Augen, bis dieser den Blick senkte. Der Junge wandte sich mit einem gemurmelten Fluch ab und begab sich zu dem Pferd. »Wie bringt man so einen verdammten Klepper denn dazu, sich wieder in Bewegung zu setzen?« fragte er mit finsterer Miene.
»Zuerst legen wir ihm den Toten auf den Rücken. Wenn er sich dann noch immer nicht rührt, spritzen wir ihm Wasser ins Gesicht, um ihn aus seiner Starre zu holen.«
Gemeinsam hoben sie Joshua hoch und wuchteten ihn auf das Roß. Dann stellte sich der Anführer neben den Braunen, strich ihm über die Stirn und redete beruhigend auf ihn ein. Bald kehrte Leben in die großen Augen zurück, und endlich löste sich die Verkrampfung in seinen Muskeln.
Wenig später ritten sie am Flüßchen entlang und entfernten sich von Tiberias. Simeon dankte im stillen dem Herrn dafür, daß diese Gegend so dünn besiedelt war. Thaddeus saß auf dem Braunen, und vor ihm auf dem Sattel lag Joshua.
Sie ritten durch Weizenfelder, und plötzlich stießen sie auf eine Grube. »Der Herr ist mit uns!« rief der Anführer und zeigte auf die Senke.
Sie stiegen ab, warfen Joshuas Leiche in das Loch und bedeckten ihn mit Laub und Reisig, ehe sie weiterritten und

nach einem weiten Bogen auf die Heerstraße zurückkehrten und dann in Richtung Nazareth galoppierten.
»Sobald wir diesen Jesus in unserer Gewalt haben«, rief Simeon Thaddeus zu, »ziehen wir uns in die Berge von Juda zurück. Dort haben sich schon die Makkabäer versammelt, um Beth-Horon, Emmaus und Beth-Zur einzunehmen, bevor sie gen Jerusalem marschierten.«
Der Jüngling starrte stur geradeaus und gab keine Antwort. Simeon wußte, daß er die harten Worte, mit denen er vorhin den Jüngling angefahren hatte, noch zutiefst bereuen würde.

Das Sonnenlicht wärmte ihm das Gesicht, und erster Schweiß bedeckte seine Haut. Zebulon ritt wirklich nach Tiberias, um dort den Überfall anzuzeigen. Sein Herz gefror, als er sich daran erinnerte, daß er es gewesen war, der vorgeschlagen hatte, zu dem kleinen Fluß zu reiten. Nun mußte er höchstpersönlich Reubens Familie aufsuchen und ihr die traurige Nachricht überbringen.

Sorge um Jesus erfüllte mich. »Gefahren zu begegnen gehört zu meinem Schicksal«, rief er impulsiv aus. »Aber du sollst nicht darunter leiden müssen. Es tut mir alles furchtbar leid, Herr.«
»Dies ist auch mein Schicksal«, entgegnete ich. »Doch nun, da wir gemeinsam in Gefahr schweben, muß ich mich auf deine Kenntnisse von Land und Leuten verlassen, um uns in Sicherheit zu bringen.«
Jesus hatte bereits mehr als nur einen ersten Eindruck von meinen sonderbaren Fähigkeiten erhalten, die ich von nun an Gaben nennen will. »Du vermagst bereits zu sehen, wohin wir gehen, nicht wahr, Herr?« entfuhr es ihm verwundert.

Ich nickte und lächelte leise.
Ohne darüber nachzudenken, sandte ich ihm mein Wissen.
»Ich besitze die Fähigkeit, deine Visionen zu empfangen!« rief er begeistert.
»Das liegt an meiner besonderen Gabe, zu senden, und an deiner, aufzunehmen. Beides gemeinsam führt zu einer geradezu perfekten Verständigung zwischen uns.«
»Nicht weit von hier erhebt sich ein altes Gemäuer, das die Nazarener einst als Wachturm nutzten, um früh genug gewarnt zu sein, wenn sich Räuber oder andere Banden näherten«, erklärte der Junge. »Von seiner Spitze kann man die Heerstraße viele Meilen weit überblicken. Er liegt verborgen, und wer ihn nicht kennt, wird ihn niemals finden. Außerdem sprudelt in seiner Nähe eine Quelle, und er bietet Schatten gegen die Sonnenglut.«
»Wann wollen wir dorthin?«
»Sofort, Rabbi.« Er sprang auf, nahm seinen Beutel und seinen Stab. Ich warf mir meine Tasche über die Schulter und ergriff meinen Wanderstab.
Zuerst suchten wir den Hain nach Anzeichen unseres Verweilens ab und verwischten unsere Fußspuren mit Zweigen. Jesus führte mich den Hügel hinauf. Wir bewegten uns unter den Bäumen und achteten auf unsere Schritte, um nicht Steine loszutreten, Äste zu knicken, Fußabdrücke oder sonstige Spuren zu hinterlassen.
Die Sonne brannte bereits erbarmungslos auf die Erde herab. Das Wäldchen speicherte die Hitze in seinem Unterholz und verwandelte sich langsam in einen Backofen. Während wir immer höher kamen, wurden die Geräusche der Besiedlung, wie das Bellen eines Hundes oder das Blöken einer Ziege, hinter uns immer leiser.
Endlich erreichten wir die Kuppe. Wir blieben stehen und blickten den Weg zurück, den wir gekommen waren. Na-

türlich verwehrte uns das dichte Laubwerk den Blick zwischen die Olivenbäume, doch wir sahen die dahinterliegenden Weizenfelder, durch die sich die Heerstraße wand, auf deren grauen Steinplatten sich das Sonnenlicht widerspiegelte, so daß sie wie ein grauer Fluß wirkte. Hinter uns stand die Sonne bereits über den Hügeln, und die Luft begann zu flimmern. Das einzige Geräusch, das die Stille hier oben störte, war das Schlagen einer Holzfälleraxt, das von irgendwo jenseits des Wäldchens erscholl.

»Zwei Männer auf Eseln, eine Frau, die Brennholz nach Hause trägt, und ein Wagen vollbeladen mit Gerste, aber kein Anzeichen von den drei berittenen Mördern«, stellte ich fest.

»Oder von den beiden Ratsmitgliedern«, ergänzte der Junge.

Wir setzten unseren Marsch fort, liefen den Hang hinab und gelangten in ein tiefes Tal. Als wir die Hälfte des jenseitigen Hügels bewältigt hatten, blieb Jesus stehen, schaute sich nach allen Seiten um und lief dann einen steilen und verborgenen Pfad hinauf, der sich zwischen Felsblöcken erstreckte. »Der Herr zeigte mir den Wachturm vor zwei Jahren, als ich allein hier herumlief. Sicher hat Er mich damals aus dem Grund zu ihm geführt, um mich heute Rettung finden zu lassen«, stellte der Knabe fest.

Wir erreichten schließlich eine enge Felsspalte. Diese stellte den Eingang zu einer kühlen dunklen Höhle dar, durch die man zum Wachturm gelangte. Oben angekommen, genossen wir den Ausblick. Die ganze Ebene, die sich nördlich von Nazareth erstreckt, breitete sich unter uns wie ein riesiger gelber Teppich aus, nur hier und da von grünen Weinbergen oder braunen Brachfeldern unterbrochen, die bereits abgeerntet waren. Und die wie verlassen daliegende Fernstraße schien das Land wie ein Band zu verschnüren. Weißer Rauch stieg von einem Feuer, in dem Abfall verbrannt wurde, in den wolkenlosen blauen Himmel. Die Hitze wirkte so bedrückend wie der Gestank von einem verfaulenden Tierkadaver.

Dann fiel uns eine Bewegung ins Auge und zog sofort unsere Aufmerksamkeit auf sich. Jesus keuchte, zupfte an meiner Robe und deutete auf die Straße: »Dort, Herr. Zwei Reiter. Das müssen die Ratsmitglieder sein!«

Ich studierte die beiden Gestalten. »Nein, unmöglich. Die Gangart der Pferde verrät, das diese Tiere keinem Gestüt entstammen und auch nie ausgebildet worden sind.«

Jetzt betrachtete auch Jesus die Reiter genauer. »Nun hast du mir schon wieder etwas Neues beigebracht. Daß man nämlich bei Pferden auf die Gangart achten muß. Wenn es aber nicht der Fürst und der Prinz sind, kann es sich bei den beiden nur um Simeon und den Jüngling Thaddeus handeln. Was aber ist mit dem Dritten im Bunde? Wo mag er sein?«

Ich wußte es.

Simeon und Thaddeus banden ihre Pferde abseits von der Heerstraße an den ersten Bäumen des Olivenhains fest, trennten sich und durchsuchten das Wäldchen zwei Stunden lang. Da sie sich nur auf das Spurenlesen in großen Städten verstanden, mußten sie die Mühe auf sich nehmen, jeden Fußbreit Boden, jeden Ast und jeden Strauch einer peinlich genauen Untersuchung zu unterziehen. Doch die einzigen Spuren, die sie fanden, führten nirgendwohin und hätten von jedermann stammen können.

Als sie sich zum dritten Mal über den Weg liefen und noch immer keinen Erfolg aufzuweisen hatten, zuckte Simeon schließlich die Achseln. »Sie sind fort«, erklärte er. »Falls sie wirklich hiergewesen sein sollten, können wir nicht mehr feststellen, wohin sie sich gewandt haben.« Im Bewußtsein der Lage, in der sie sich befanden, drängte er jetzt zur Eile. »Am besten verschwinden wir rasch von hier. Und um Nazareth machen wir einen weiten Bogen … für den Fall, daß Zebulon dort mit Soldaten auftaucht.«

»Gehen wir direkt in die Berge, oder machen wir noch einen Abstecher nach Jerusalem?« fragte der Jüngling.

»Ja, wir reiten nach Jerusalem, und zwar so schnell wir können.«

»Vielleicht sollten wir aus einer anderen Richtung kommen und durch das Südtor in die Stadt gelangen«, schlug Thaddeus vor.

»Ein guter Vorschlag.« Simeon stellte fest, daß sein Geliebter angefangen hatte, für sich selbst zu denken. Waren vielleicht die harten Worte vorhin der Auslöser dafür gewesen? »Sobald wir wieder auf den Rössern sitzen, reiten wir getrennt; denn die Soldaten werden nach zwei Berittenen Ausschau halten.« Er zog ein paar Silbermünzen aus seinem Gürtel. »Hier, die wirst du für Nahrung und Unterkunft für dich und dein Pferd brauchen.«

Thaddeus schob das Geld zwischen die Falten seines eigenen Gürtels. »Ich kehre nirgendwo ein«, verkündete er dann. »Und den Braunen hier tausche ich bei der erstbesten Gelegenheit gegen einen Eselskarren ein. Den geben wir dann in Jerusalem Japhet als Bezahlung. Er wird nicht glücklich darüber sein, daß wir ein Pferd verloren haben.«

»Mach dir keine Gedanken wegen Japhet«, sagte Simeon, »er gehört zu uns.«

»Vielleicht solltest du auch dein Pferd gegen einen Esel eintauschen.«

Simeon zog die Stirn kraus. Versuchte der Junge, ihn zu foppen? »Ich kann doch schlecht auf deinen Rücken steigen, Bruder«, entgegnete er.

»Gut gekontert«, sagte Thaddeus. »Aber benehmen wir alle uns nicht von Zeit zu Zeit wie Esel?«
Selbstverständlich. Simeon spürte, daß er jetzt etwas sagen mußte, um seine Autorität als Anführer wiederherzustellen. »Wir bleiben nur so lange in Jerusalem, bis ich mit meinen Oberen alle notwendigen Vorkehrungen getroffen habe. Dann verschwinden wir in die Berge.«

KAPITEL 21

Die Tage, in denen Prinz Zadok unterwegs gewesen war, waren für Herodias in ständiger innerer Anspannung vergangen. Doch nun war er zurück und hatte sich wie üblich auf der Couch in ihrem Empfangszimmer im hasmonäischen Palast niedergelassen. Ihre Neugier, endlich zu erfahren, was in Nazareth geschehen war, hatte bei seinem – wie stets beeindruckenden – Anblick keineswegs nachgelassen.
»Ich hoffe, dieses Wetter hat Euch die Reisen nicht beschwerlich gemacht, Herr.« Sie blickte zum Fenster.
Draußen platschte grauer Regen in das reichverzierte Bekken im Innenhof. Die silberne Morgensonne versuchte vergebens, durch die Wolkendecke zu dringen.
»Allein mein Fernsein von Eurer strahlenden Schönheit verfinsterte meine Stirn«, gab er galant zurück und sah ihr tief in die Augen. »Mir fehlte doch sehr das tiefe Blau des westlichen Meeres, wenn das Sonnenlicht darüberstreichelt.« Sein Blick war selbst wie eine streichelnde Liebkosung, und es gelang ihm immer wieder, sie erröten zu

lassen. Doch statt wie sonst kokett mit dem Fächer zu wedeln, fuhr sie sich jetzt mit den Fingerspitzen leicht über die erhitzte Wange.

»Ah, Euer Erröten ist mir der schönste Lohn«, murmelte er. »Wie die Kugel der Sonne, wenn sie langsam im Westen versinkt.« Dann kam er, wie sie es von ihm gewöhnt war, gleich zur Sache: »Meine Mission war ein Erfolg.«

Herodias' Herz schlug schneller. »Ihr habt den Jungen?« Größte Aufgeregtheit klang aus ihrer Stimme.

»Ja«, antwortete er ganz ruhig, und seine dunklen Augen glänzten.

»Endlich dürfen wir wieder hoffen«, flüsterte sie. »Nach so vielen Jahren des Wartens ... Nun, da der Knabe sich in Eurem Besitz befindet, was habt Ihr als nächstes vor?«

»Uns stehen zunächst weitere Jahre des Wartens bevor. Ich werde den Jungen im Sinne unserer orthodoxen Religion aufziehen und ihn Herrschertum und die Art der Könige lehren, damit er später die Rolle des Mannes erfüllen kann, nach dem sich das jüdische Volk so sehr sehnt, daß es sogar einem Esel folgen würde, wenn der ihm nur das Heil verspräche. Und um den Knaben mit allem Nötigen auszustatten und ihn bestens auf seine Aufgabe vorzubereiten, habe ich vor, mich zum Hohenpriester ernennen zu lassen.«

Sie hob verblüfft die Brauen. »Aber warum strebt es Euch denn gerade nach diesem Amt?«

»Weil der Hohepriester die wahre Macht in den Händen hält, sobald das jüdische Volk einmal frei ist.« Ein schelmisches Funkeln trat in seine Augen, und er verkündete: »Davon abgesehen bin ich es müde, immer nur Weiß mit Goldbesatz tragen zu dürfen. Ich brauche eine Entschuldigung, um mich etwas prächtiger kleiden zu können, und was sieht schon beeindruckender aus als der, äh, Ornat eines Hohenpriesters? Der turbanartige Hut und das prächtige

Gewand in feinstem Blau, das *ephod,* die Weste, reich mit Gold, Purpur, Dunkelrot und Blau bestickt, die goldene Tasche an der Brust, in die die zwölf Edelsteine eingelassen sind, die für die zwölf Stämme Israels stehen, obwohl seit der assyrischen Eroberung Samarias zehn davon aufgehört haben zu existieren, das alles würde mir doch gut stehen, oder?«

»Unbedingt!« Sie lachte und ließ sich von seiner Heiterkeit anstecken. »Wie werdet Ihr Euch dann nennen, edler Hoherpriester?«

»Kaiaphas.«

»Gibt es irgendeinen Grund für diesen Namen?«

»Nun ist mein richtiger Name Zadok ja nicht ohne historische Bedeutung. Unser erster Hoherpriester, eingesetzt von König David, hieß so. Aber ich finde, Kaiaphas hat einen ganz besonderen Klang.«

»Aufgrund der immerwährenden Unzufriedenheit Eures Volkes, bei der jeder Jude, der auf sich hält, es als sein Geburtsrecht erachtet, sich ständig an die Brust zu schlagen und laut überall die Ungerechtigkeiten zu lamentieren, die seit vielen tausend Jahren über die Israeliten gekommen sind, dürfte Euch Eure Aufgabe sicher leichter fallen, wenn Ihr erst einmal der Hohepriester seid. Erst recht, wenn Ihr einen so gewaltigen Namen wie Kaiaphas annehmt. Kaiaphas«, wiederholte sie. »Ein bedrohlicher Unterton schwingt in diesem Namen mit.«

Er lächelte breit. »Da ich selbst Jude bin, kann ich Euch durchaus versichern, daß wir für uns in Anspruch nehmen, allein von allen Plagen und Katastrophen heimgesucht worden zu sein, so als hätten andere Völker nie ein Leid erfahren müssen.«

»Ihr seid eben eine finster-unerbittliche Rasse, die nur im Unglück zufrieden ist, wenn Ihr mir diese Worte verzeiht.«

»Die Wahrheit bedarf nie einer Vergebung.« Seine gelöste Verfassung erfüllte sie mit neuem Mut. Herodias hatte bereits beschlossen, ihm nichts von der ruchlosen Tat ihres Gatten zu berichten, zwei Mörder zu Jesus zu schicken. Wenn Herodes seine eigenen Pläne verfolgte, würde sie das für sich auszunutzen wissen, wenn nötig auch ohne Prinz Zadok. Sie bewunderte den Mann, der vor ihr saß, sehr, vielleicht liebte sie ihn sogar. Aber noch mehr liebte sie sich selbst. »Erzählt mir alles, was sich in Nazareth zugetragen hat«, forderte sie Zadok auf.
Er berichtete ihr in allen Einzelheiten, wie seine Reise dorthin verlaufen war, und schloß mit der Erklärung, daß Jesus sich nun wohlbehalten in seinem Besitz befinde. »Prinz Zebulon und Fürst Reuben verfolgten einige der Mörder bis nach Tiberias«, fügte er dann noch hinzu. »Gestern nacht kehrte der Prinz nach Jerusalem zurück, ungefähr zur gleichen Zeit wie ich, denn ich war in aller Ruhe und Muße gereist, während er so rasch wie nur möglich in die Stadt ritt, um kundzutun, daß Fürst Reuben kurz vor Tiberias bei einem Banditenüberfall sein Leben verloren hatte.«
»O nein!« entfuhr es Herodias. Sie hatte kein Mitleid mit Reuben oder seiner Familie, sie fürchtete mehr um das Gelingen des Plans. »Wird das nicht einen gräßlichen Aufruhr entfachen?« fragte sie erregt. »Ich meine, wird dadurch nicht alles ans Tageslicht gelangen?«
Zadok lächelte grimmig. »Nicht, nachdem wir den Behörden und dem Volk unsere eigene Version der Geschehnisse mitgeteilt haben. Prinz Zebulon und Fürst Reuben waren in dringenden Geschäften nach Tiberias unterwegs. Sie machten in einem Waldstück Rast, als Banditen über sie gerade herfielen.«
»Und wie lange wird es dauern, bis Ihr dem Volk seinen Esel gebt?« fragte Herodias.

»Wir haben bereits zwölf Jahre vergeudet«, antwortete er. »Ich würde meinen, wir müssen uns noch einmal die Hälfte dieser Zeit gedulden, vielleicht aber auch nur fünf Jahre.«
»Ich nehme an, das hängt alles von der Eignung des jungen Jesus ab.«
»Nein, Herrin.« Er warf einen Blick auf den Dunst draußen, denn die Sonne hatte schließlich die Wolken durchbrochen, und ihr Licht glitzerte auf den nassen Steinen des Hofs und spiegelte sich funkelnd auf dem blauen Wasser im Becken wider. Der Geruch von trocknender Nässe drang bereits in den Raum. Zadok lächelte kalt. »Alles hängt von meinem Erfindungsreichtum und meinem Wagemut ab.«

Jesus und ich hatten zwei Nächte in der Höhle oben auf dem Berg verbracht, bis wir es für sicher genug hielten, unsere Reise fortzusetzen. Wir vertrieben uns die Zeit damit, uns gegenseitig unsere Lebensgeschichte zu erzählen, über philosophische Fragen zu diskutieren und uns in Meditation zu üben.
Am Morgen des dritten Tages war es dann soweit. In stiller Übereinstimmung warfen wir beide einen letzten Blick auf den Wachturm und die Höhle, die uns Frieden und Sicherheit gewährt hatten.
»Du wirst einst hierher zurückkehren«, erklärte ich ihm nach einer neuerlichen Vision, »denn an diesem Ort wirst du deinen Dienst beginnen.«
Ich folgte dem Jungen, einer schlanken, einsamen Gestalt in einem braunen Gewand, die Tasche an der Seite und den Stab in der Hand, den Hügel hinab, und ich wußte, daß er seine Wege immer in Einsamkeit gehen mußte.

KAPITEL 22

Drei Wochen später erreichten Jesus und ich Sippar. Den größten Teil des Wegs waren wir zu Fuß gelaufen, doch auf dem letzten Stück zur Stadt hatte uns ein Händler in seinem Wagen mitgenommen. Am Abend schlenderten wir am Euphratufer entlang, wo ich schon vor Jahren mit meinen königlichen Gefährten herumspazierte, und ließen uns an einer Stelle nieder. Die weiten Wasser strömten, vom Wüstensand und der untergehenden Sonne rotgold gefärbt, und in der Nähe lärmten ein paar Kinder. Erwachsene standen schweigend am Fluß und starrten in ihre Vergangenheit oder Zukunft. Die Gerüche schienen sich seit damals, als unsere Weihrauchträger uns das Atmen etwas erleichtert hatten, nicht verändert zu haben. Überhaupt machte hier alles den Eindruck, dem Wandel der Zeiten zu widerstehen.
»Hier also hat alles für uns begonnen«, bemerkte Jesus nachdenklich.
Meine Antwort erfolgte automatisch: »Und vielleicht endet hier auch alles.«

Prinz Zadok begrüßte die beiden Besucher, die an diesem Morgen in sein Arbeitszimmer traten, in seiner betont weltmännischen, freundlichen Art und ohne die Herablassung, die Personen von edlem Geblüt oft, sei es bewußt oder unbewußt, den Menschen niedrigerer Stände entgegenbrachten. »Guten Tag, meine Herren. Bitte nehmt Platz.« Er deutete auf die beiden Sitzbänke, die vor seinem Schreibtisch aus weißem Akazienholz aufgestellt waren.
Die zwei lassen sich nichts anmerken und noch weniger sich

aus der Ruhe bringen, dachte er, als Simeon ben Simeon und sein jugendlicher Begleiter Thaddeus sich auf die Bänke setzten, als würden sie jeden Tag in den Palast eines Mitglieds des gefürchteten Sanhedrin gerufen.

Der Prinz holte sofort zu einem der verbalen Hammerschläge aus, die er sich sorgfältig zurechtgelegt hatte: »Ihr zwei seid Mörder!« erklärte er in gar nicht einmal unfreundlichem Tonfall.

Der ältere der beiden reagierte nicht im mindesten darauf, doch der jüngere blinzelte kurz, und sein Adamsapfel hüpfte einmal auf und ab.

»Nun denn ...« Der Prinz legte eine Kunstpause ein. »Wir können das auf dem normalen Wege regeln, mit Anklage, Richter und feierlichen Schwüren, oder wir können uns gleich mit der Sache befassen, um derentwillen ich euch herbestellt habe. Wenn mir an der Durchsetzung der Gerechtigkeit gelegen wäre, hätte ich euch angezeigt, vor Gericht gestellt und hinrichten lassen. Mein Hauptinteresse liegt jedoch bei einer Angelegenheit, für die ich alles zu wagen bereit bin, sogar, das Gesetz zu beugen.«

Er hatte bewußt tonlos und mit ausdrucksloser Miene gesprochen. Nur die harte Erbarmungslosigkeit, die er in diesem Moment empfand, strömte aus seinem Blick. Die beiden Männer vor ihm besaßen eiserne Nerven und keine Moral. Hochtrabende Worte würden sie nicht im mindesten beeindrucken. Zadok warf Simeon einen amüsierten Blick zu.

Lange Momente vergingen, in denen beide Männer ein Duell des Schweigens austrugen, von dem sie wußten, daß der Verlierer als erster sprechen mußte. Zadok ließ sich gar nicht erst auf einen Wettstreit ein, wer den anderen niederstarren konnte, da er sich dann auf das Niveau dieses Verbrechers begeben hätte, sondern richtete seine Auf-

merksamkeit ganz auf zwei Spatzen, die draußen vor dem Fenster schimpften und flatterten.
»Darf ich fragen, Herr, von wem Ihr diese ungeheuerlichen Beschuldigungen gegen uns vernommen habt?« brach der Ältere schließlich das Schweigen, doch seine Stimme klang fest und ungerührt.
Ohne den Blick von den Vögeln zu nehmen, antwortete der Prinz: »Du darfst fragen, aber ich gebe dir keine Antwort darauf. Schurken, und ganz besonders Mörder, haben nämlich keine Fragen zu stellen, sondern nur zu beantworten, um ein ordentliches Verfahren zu gewährleisten und zu vermeiden, durch ihre Verstocktheit eine noch strengere Strafe zu erhalten. Doch will ich euch wenigstens verraten, wie ich hinter eure Schuld gekommen bin. Ich habe da nämlich meine Quellen.« Er drehte sich endlich zu Simeon um und starrte ihn ohne Mitgefühl an. »So habe ich erfahren, daß du, Simeon ben Simeon, der Anführer einer Zeloten-Zelle bist.«
»Würdet Ihr uns wenigstens mitteilen, welche Beweise für unsere angebliche Verwicklung in einen Mord vorliegen?« Er breitete in gespielter Hilflosigkeit die Arme aus und setzte ein treuherziges Lächeln auf. »Wir beide wissen nicht einmal, wen wir getötet haben sollen.«
Zu spät, dachte der Prinz triumphierend. Die Frage hättest du schon viel früher stellen müssen. Ihr beiden mögt in eurem Beruf unschlagbar sein, aber ihr habt keine Ahnung, wie man sich in der Arena zu bewegen hat, in der wir Edlen es zu Meisterschaft gebracht haben und in der es um Zweikämpfe in Willensstärke und politischer Durchsetzungskraft geht. Er starrte den Anführer so lange an, bis dieser den Blick abwandte.
»Wie Ihr vorhin erwähntet, habt Ihr uns aber nicht gleich den Behörden übergeben, sondern uns wegen einer Ange-

legenheit rufen lassen, die Ihr im Sinn habt«, sagte Simeon jetzt und senkte die Stimme: »Worum könnte es sich denn dabei handeln, Herr?«

»Im Moment tut das nichts zur Sache. Ich will, daß ihr bereitsteht, mir bei meinem Ziel zu helfen, unser Land vom römischen Joch zu befreien. Ganz gleich, aus welchen Motiven ihr euch den Zeloten angeschlossen habt, ich verfolge meine eigenen Ziele und wünschte, eure Talente der Freiheitsbewegung zukommen zu lassen«, er hob warnend eine Hand, »die den friedlichen Übergang der Macht von unseren römischen Herren sicherstellen soll.«

»Die armen Massen sollen das Joch der Römer gegen das des Prinzen Zadok eintauschen!« Thaddeus meldete sich zum ersten Mal zu Wort, und seine Stimme klang wie ein Fluch. Was für eine junge Wildkatze, dachte Zadok und betrachtete ihn voller Zweifel. »Die Massen haben stets ein Joch zu tragen«, erwiderte er. »Das ist ihre Bestimmung, ihr Schicksal. Schließlich legt man auch Eseln ein Geschirr um und läßt sie nicht wie Wildtiere herumlaufen. Und wer erlegt den Eseln das Joch auf? Ja, dazu erfordert es Wissen und Können.« Er schob den Unterkiefer vor und sah die beiden Mörder an. »Mein einziges Bestreben gilt der Freiheit meines Volkes.«

»Ein löbliches Bemühen.« War da nicht ein höhnischer Unterton in Simeons Stimme gewesen?

»Und um das sich zwei Mörder nicht zu scheren haben«, beschied ihm der Prinz kalt. »Steht ihr zu mir, oder soll ich die Wachen rufen?« Er bewegte die Hand zu der Schärpe, die in Griffweite neben seinem Stuhl hing.

»Ihr habt uns einiges erzählt, das ausreichen dürfte, Anklage gegen Euch zu erheben, für den Fall, daß die Römer uns befragen sollten«, stellte Simeon im Gefühl neuer Überlegenheit fest.

»Du enttäuschst mich«, entgegnete Zadok mit einem breiten Lächeln. »Da ihr beiden offenkundig nicht wißt, welche Wege die Gerechtigkeit zu beschreiten pflegt, will ich euren Geist erhellen.« Er räusperte sich. »Wenn ich meine Wachen rufe, töten sie euch noch hier in diesem Raum, und zwar weil ihr versucht habt, mich zu ermorden.«
»Und wenn wir Euch vorher umbringen, noch ehe Ihr diese Schärpe dort an Euch gebracht habt?« Thaddeus wandte sich an seinen Genossen: »Komm, greifen wir ihn uns!«
Der Prinz schüttelte traurig das Haupt. »Ihr braucht wirklich Lenkung und Leitung«, stellte er fest. »Bevor Ihr Zutritt zu diesem Raum erhieltet, hat man euch nach Waffen abgesucht.« Er zeigte auf seinen Schreibtisch. »Bevor ihr mich erreichen könnt, müßt ihr erst dieses Hindernis hier überwinden, während ich euch hiermit empfange!« Er sprang auf, und das lange Schwert, das wie stets in dem Fach unter der Schreibtischplatte gelegen hatte, funkelte in seiner Hand. Zadok richtete die Klingenspitze gegen den Jüngling. »Warum versuchst du es nicht? Dir ist sicher gerade klargeworden, daß ich mich auf das Schwert verstehe. Also, wer von euch beiden will als erster zur Hölle fahren?« Er bedachte sie mit einem höhnischen Grinsen.
»Ich habe ja nur gefragt«, murmelte Thaddeus und senkte den Blick.
»Ihr seid nicht nur Politiker, sondern auch Soldat«, erklärte Simeon rasch und nicht ohne Bewunderung in der Stimme. »Mit einem solchen Mann arbeiten wir gern zusammen.«
»Eine weise Entscheidung.« Der Prinz setzte sich wieder hin und legte das Schwert an seinen Platz zurück. »Da ihr nun einverstanden seid, euch meiner Sache anzuschließen, will ich auch aufdecken, wie ich euch auf die Spur gekommen bin, damit ihr lernt, von nun an keine verräterischen Anzeichen mehr zurückzulassen.« Er bemühte sich, nicht zu sehr

von oben herab zu klingen. »Es war alles nicht schwer. Prinz Zebulon berichtete mir, daß drei Männer ihn überfielen, von denen er einen, äh, erledigen konnte. Da ihr über Pferde verfügtet, konntet ihr nur von Jerusalem gekommen sein. Ich habe daraufhin in allen Mietställen der Stadt nachgeforscht, wer zur fraglichen Zeit drei Pferde geliehen hatte. Dabei tauchte dein Name auf, Simeon ben Simeon. Danach habe ich ohne größere Mühe Erkundigungen über dich eingezogen.« Er verschwieg den beiden allerdings seine fruchtlosen Bemühungen bezüglich des Verbleibs der drei Pferde und des Namens des getöteten Banditen.

Grimmiges Schweigen senkte sich über den Raum.

»Euer Tun konnte so von mir lückenlos aufgedeckt werden«, fuhr Zadok fort. »Ich erwarte nun, daß ihr euch meiner Sache rückhaltlos anschließt und jedem meiner Befehle gehorcht. Das gilt natürlich auch für eure Bruderschaft, insoweit ihr das bewerkstelligen könnt. Einverstanden?«

»Einverstanden, Herr«, antwortete Simeon leise.

»Und du, Thaddeus?«

»Ich gehe überall hin, wohin Simeon sich wendet«, entgegnete der Jüngling.

»Deine Treue ist löblich.« Der Prinz hielt es für an der Zeit, etwas Gift in den Geist des jungen Mannes zu träufeln. »Ich hoffe, ich kann sie mir eines Tages erwerben für Erledigungen, die Simeon noch nie von dir verlangt hat. Doch nun zu eurem ersten Auftrag.« Er erzählte ihnen soviel von Jesus, wie er für notwendig hielt, und betonte dabei besonders die Notwendigkeit, den Knaben bestmöglichst auf seine Rolle als Messias vorzubereiten. »Prinz Zebulon und Fürst Reuben waren in einer Angelegenheit des Hohen Rats nach Tiberias unterwegs«, schloß er. »Ihr habt Reuben also vollkommen umsonst getötet. Doch inzwischen wollen sich bestimmte Kräfte eines falschen Messias für ihre Zwecke bedienen. Dafür haben sie einen anderen Jungen aus Nazareth auserkoren, der sich gerade auf dem Weg nach Indien befindet. Ich erwarte eure Hilfe bei meinem Bemühen, diesen Knaben zu fangen.«

Die Mittagsstunde war schon vorüber, als Simeon und Thaddeus nach Hause zurückkehrten. Trotz der wenig angenehmen Eröffnungen durch den Prinzen war der Anführer in bester Stimmung. »Wir haben nun zwei Vorteile in die Hand bekommen«, teilte er dem Jüngling mit, als sie sich in der Sicherheit ihres Heims befanden. »Erstens ist unsere Schuld an der Ermordung Reubens zwar bekannt, aber wir müssen uns nun nicht länger verstecken, weil wir fortan unter dem Schutz des mächtigsten Mitglieds des Sanhedrin stehen. Und zweitens wissen wir, daß dieser Mann lügt. Er hat nur einen Ersatz-Jesus in seiner Gewalt, während der echte weit fort ist. Vermutlich verlangt er eines Tages von uns, den wahren Jesus zu ermorden, doch ich habe andere Pläne mit dem Jungen.«
»Welche denn?« wollte Thaddeus wissen.
»Die decke ich dir auf, wenn es dazu an der Zeit ist.«
Da Simeon Hunger verspürte, fing er an, den Teig zu kneten, den er für das Brot vorbereitet hatte, und wärmte gleichzeitig die Gemüsesuppe auf. Als das Essen fertig war, füllte er damit Schüsseln und stellte diese zusammen mit Ziegenmilch und einer Apfelsine für jeden von ihnen auf den Tisch. Er wartete, bis der Jüngling sich gesetzt hatte, und sprach dann das Thema an, das ihm, seit sie den Palast verlassen hatten, nicht mehr aus dem Kopf gegangen war.
»Nun, Bruder Thaddeus, was hältst du denn von unserem neuen Verbündeten?«
»Nichts«, antwortete der Jüngling unbekümmert.

Die Stimmen der Kinder, die gerade aus der Synagogenschule kamen, erfüllten den Raum. »Dann findest du dich in unsere neue Rolle ein?«
»Uns bleibt keine andere Wahl, oder?«
»Erfreut dich die jetzige Situation denn, oder erfüllt sie dich mit Sorge?«
Thaddeus senkte den Blick und dachte für einen Moment nach. »Ich bin darüber weder erfreut noch entsetzt. Die Zukunft wird erweisen, ob wir einen guten oder einen schlechten Handel abgeschlossen haben.« Er hob den Kopf und sah Simeon mit seinen kalten grauen Augen an. »Für den Augenblick erscheint mir persönlich am wichtigsten, eine ganz neue Welt kennengelernt zu haben. Kaum hatte ich meinen Fuß in diesen Palast gesetzt, kam ich mir wie in einem Traum vor, wie in einer Wirklichkeit, die ich mir bis dahin nie vorstellen konnte ...« Er schwieg abrupt.
»Dann beeindrucken dich also Pracht und Luxus?« Simeon hatte Mühe, darüber nicht zu ärgerlich zu klingen.
»Ich habe in meinem Leben zahllose Hochgeborene und Reiche gesehen, die in Wagen fuhren, sich in Sänften herumtragen ließen, auf den edelsten Pferden ritten und von Dienern und Wächtern begleitet wurden. Sie haben mich nie im mindesten beeindruckt. Sie sind lediglich Bestandteil der Welt. Doch heute im Palast war es anders; denn was ich dort zu sehen bekam, war durchdrungen von der Stärke und dem Reichtum eines wahrhaft mächtigen Mannes.«
»Du hast dich von dem blenden lassen, was er tun konnte, mit uns und für uns!« giftete Simeon voller Eifersucht. »Vielleicht möchtest du ja sogar mit ihm das Lager teilen!«
Eisgraues Feuer schoß aus Thaddeus' Augen. »Hüte deine Zunge!«
Der Anführer zeigte sich augenblicklich zerknirscht. »Ver-

zeih bitte, Bruder. Es ist nur so, daß ich dich liebe, und plötzlich überkam mich die Eifersucht.«

Das Feuer im Blick des Jünglings erlosch und machte der gewohnten gefühlsmäßigen Leere Platz. »Ich verstehe«, sagte Thaddeus. »Möchtest du, daß ich es dir zu erklären versuche?«

»Ja, bitte.«

»Die Macht, die ich dort verspürte, entstammte nicht dem Rang oder der Position des Mannes, sondern strömte aus seinem Geist und aus dem, was er vorhat.«

»Es freut dich also, daß wir uns endlich einer großen Sache anschließen können ...« Simeon schwieg für einen Moment und fügte dann listig hinzu: »Auch wenn es sich dabei um die Ziele eines anderen handelt.«

»Wir könnten sie doch zu den unseren machen. Für die Freiheit habe ich schon immer gekämpft, auch als ich noch zu klein war, als daß dieser Begriff bereits eine Bedeutung gehabt hätte; und auch bevor du mich auf der Straße aufgelesen und mir Geborgenheit gegeben hast, Bruder Simeon. Was der Prinz uns beschrieben hat, war eine neue Art von Freiheit, die mir besonders zusagt, weil ich in ihr einen Platz finden könnte ... weil für uns beide in einer neuen Ordnung der Dinge ein Platz sein könnte.«

»Eine ordentliche Arbeit, ganz gleich, auf welch noch so hohem Posten, würde dich langsam, aber sicher ersticken, Junge. Und eines Tages würdest du die Erregung vermissen, die dich befällt, wenn dein Messer durch Fleisch und Knorpel schneidet, ohne dem Knochen zu nahe zu kommen. Gar nicht erst zu reden vom herausspritzenden Blut oder dem Machtgefühl, das einen dabei überkommt.« Seine Stimme wurde leidenschaftlich. »Du redest von Macht, aber das, wovon ich gerade gesprochen habe, ist die wahre Macht. Die Macht über Leben und Tod, die in deinen

Händen liegt.« Er hob die Rechte und die Linke. »In diesen Händen!«
Thaddeus starrte Simeons Finger wie im Rausch an, doch der Anführer ahnte nicht, daß das Gespräch mit dem Prinzen bei dem Jüngling ein weiteres Mal bewirkt hatte, sich seine eigenen Gedanken zu machen – wie damals schon, als Simeon ihn angefahren hatte und Thaddeus sich in seinem Zorn und seiner Verletztheit im Geist von ihm abgewandt hatte. Jeder Mensch mußte sein eigenes Verständnis von Freiheit entwickeln. Der Junge würde über Simeon und Zadok hinausblicken müssen, um seine Freiheit zu finden.

Wir wanderten ohne übertriebene Eile und erreichten fünf Tage später Babylon. Als wir die Stadtmauern erblickten, die zusammen mit der Sonne am Horizont aufstiegen, hielt ich es für geboten, Jesu Wissen aufzufrischen.
»Das Land Mesopotamien trägt diesen Namen, weil es von zwei Strömen durchzogen wird, dem Euphrat und dem Tigris«, begann ich. »Du siehst vor dir eine scheinbar endlose Schwemmlandebene, die durch ein dichtes Netz von Kanälen fruchtbar gemacht wurde und wird.« Ich deutete auf ein silbernes Wasserband, das schnurgerade neben der Fernstraße herlief. »Im Norden und Osten wird dieses Land von hohen Bergen begrenzt, die auf der anderen Seite in eine grasbewachsene Hochebene auslaufen.«
Hufgetrappel unterbrach meine Ausführungen. Wir befanden uns längst nicht mehr auf römischem Gebiet, und so konnte es nicht weiter überraschen, hier auf der Heerstraße einer parthischen Reitereinheit zu begegnen, die auf Babylon zuritt und wohl aus der Hauptstadt Ktesiphon kam. Ich packte Jesus am Oberarm und zog ihn von der Straße. Zuerst erschien ein Trupp leichter Reiterei, Männer mit Bogen, Köcher und einem Schwert an der Seite, gekleidet in

Hemd und Pluderhose; dahinter die Panzerreiter, Soldaten, die von Kopf bis Fuß gerüstet waren mit Harnisch, spitz zulaufendem Helm, Kettenhemd und Lamellenpanzer an Armen, Beinen und Nacken – dies waren die Katafractari, die gefürchteten Feinde der Römer. Ihr Anblick bereitete mir Sorge. Schwere Reiterei zeigte sich nur dann auf der Straße, wenn bewaffnete Auseinandersetzungen anstanden. Die leichten Reiter waren häufiger zu sehen, führten sie doch auch Ordnungs- und Polizeidienste aus. Den anderen auf diesem Weg schienen ähnliche Gedanken durch den Kopf zu gehen: Alle, die zu Fuß oder mit einem Wagen unterwegs waren, machten den Herren dieses Teils der Erde bereitwillig Platz. Ich wartete, bis sie in der Ferne verschwunden waren. »Die ersten Bewohner dieses Landes waren die Sumerer«, fuhr ich dann mit meinem Geschichtsunterricht fort. »Sie lebten in Stadtstaaten, die aufgrund der künstlichen Wasserversorgung in ständiger Feindschaft miteinander lagen. Doch sie hatten eine heilige Stadt, Nippur, in der ihr oberster Gott Enlil verehrt wurde.«
»Dann haben sie also Baal angebetet?«
»Erst in späterer Zeit, als nicht mehr die Sumerer, sondern neue Herren hier das Sagen hatten. Doch die Juden bezeichnen ja jeden fremden Obergott als Baal, und somit magst du recht haben. Doch die Menschen dieser Region verehren heute tatsächlich Baal, obwohl jeder Landstrich darüber hinaus seine eigenen Gottheiten hat.«
»Ja«, erklärte er, »Baal ist auch das Oberhaupt der kanaanitischen Gottheiten. Auch sie haben ihre geringeren Gottheiten, von denen sie steinerne Abbilder schaffen und vor ihnen dann auf die Knie fallen. Doch Baal bedeutet für sie den Quell der Fruchtbarkeit und den Ursprung allen Lebens. Er gilt ihnen auch als oberster Kriegsgott und mächtigster Held.«

»Woher weißt du denn das alles?«
»Die Ältesten in den Synagogen berichten uns davon und warnen uns vor der teuflischen Baal-Verehrung, vor der wir uns hüten müssen.«
»Es gibt viele Formen der Baal-Verehrung«, erinnerte ich ihn, »darunter auch das orgiastische Baal-Peor.«
»Alles Teufelswerk!« Jesus schüttelte sich.
»Der akkadische König Scharrukin, den die Bibel Sargon nennt, schuf in Mesopotamien das erste Großreich«, wechselte ich rasch das Thema. »Kannst du dir vorstellen, daß das schon über zweitausenddreihundert Jahre her ist?«
»Das Böse zeichnet sich durch Langlebigkeit aus«, beharrte er.
Ich schwieg, weil mir klar wurde, daß etwas an der Seele des Knaben nagte. So liefen wir für eine Weile wortlos auf die Stadt zu. »Der König Hammurabi hat erstmals Babylon zur Hauptstadt gemacht, vor über siebzehnhundert Jahren«, fuhr ich dann fort. »Der Obergott seines Reichs hieß Marduk, für euch Juden auch ein Baal. Vor siebenhundert Jahren unterwarf der Assyrer Sanherib nicht nur Juda, sondern zerstörte auch Babylon. Ihr nennt ihn Sennacharib. Sein Nachfolger Asarhaddon ließ die Stadt allerdings wieder aufbauen. Zu wahrer Pracht führte sie jedoch hundert Jahre später der chaldäische König Nebukadnezar II., den die Bibel unter dem Namen Nebuchednezzar kennt. Er ließ die gewaltigen Mauern, die du dort siehst, mit bunten glasierten Kacheln zu einem wahren Wunderwerk verschönern.«
»Ja, sie strahlen Schönheit aus, doch so wie ein Dämon, der Menschen verleiten will.«
»In der Stadt wirst du den Prozessionsweg zu Gesicht bekommen, ein Meisterwerk der Baukunst, das an den Hängenden Gärten vorbei zum Ischtar-Tor führt. Sicher

hast du schon von den Hängenden Gärten gehört. Nebukadnezar ließ sie für seine Gattin Semiramis anlegen, obwohl manche behaupten, erst der spätere Perserkönig Xerxes habe sie geschaffen. Auf diesen Anblick kannst du dich wirklich freuen: Diese Gärten sehen tatsächlich so aus, als hingen sie in der Luft.«

Ich schwieg wieder, weil sich die Miene des Knaben immer mehr verfinsterte.

»Die Babylonier sind die Barbaren, die Jerusalem zerstört und mein Volk in die Gefangenschaft geführt haben«, brach er nach einer Weile sein Schweigen und zitierte dann:

»An den Wassern von Babylon
Saßen wir
Und weinten
Als wir uns Zions erinnerten.«

König Kaspar hatte mir diese Zeilen einmal vorgetragen, die wie kein zweites Lied das andauernde Leid eines Volkes auszudrücken verstehen. Als ich Jesus jetzt ansah, entdeckte ich Tränen in seinen Augen. »Ich fürchte diesen Ort, Rabbi. Das Böse wohnt in ihm und sinnt bis ans Ende aller Zeiten auf Zerstörung. Ich möchte diese Stadt wirklich nicht betreten.«

Monate später bewunderten wir eine andere Stadt, die wie ein Hufeisen geformt war. Das geschlossene Ende zeigte nach Osten zum Fluß. Dies war die Hauptstadt meines baktrischen Reichs. Früher hatte ich sie häufig gesehen und ihren Anblick geliebt, doch nichts regte sich mehr in mir, als ich jetzt mit Jesus auf den Hügeln hinter dem Palast stand. Wie ein silberner Speer stieß ein Kanal in die Seite des Flusses und färbte dessen Wasser dunkelrot, ein Lichtspiel

der untergehenden Sonne, das bewirkte, daß die Boote und Kähne so aussahen, als schwämmen sie auf Blut. Die ummauerte Stadt erhob sich auf den Kämmen der hufeisenförmig gebogenen Hügel. Die glänzenden Kuppeln in ihr gehörten zu dem Palast, in dem ich so viele Jahre verbracht hatte. Die kleineren Kuppeln erhoben sich auf den Tempeln, die heiligen Häuser der Hindus zeichneten sich durch Türme aus roten und gelben Ziegelsteinen aus. Ich stellte mir die Menschen auf den Straßen vor: gelbhäutig, mit funkelnden schwarzen Augen und mit großen Hakennasen, in ihrem Aussehen mir also nicht unähnlich. Die Erinnerung an die furchtbare Nacht, in der meine Eltern grausam mißhandelt und erschlagen worden waren, kehrte in mein Gedächtnis zurück und drohte mich zu ersticken. Bislang hatte ich geglaubt, daß ich solche Gefühle hinter mir hätte, doch jetzt standen die Ereignisse so klar vor meinem geistigen Auge, als seien sie erst gestern geschehen, zusätzlich verstärkt durch die Tiefe der Empfindungen eines ausgewachsenen Mannes.
»Hier gefällt es mir«, sagte Jesus in dem eindeutigen Versuch, mir den Kummer zu vertreiben, der ihm natürlich nicht entgangen war. »Alles ist so angenehm kühl und frisch.« Er deutete auf einen laut zwitschernden Schwarm Vögel, die sich wie schwarze Flecken am blassen Abendhimmel abzeichneten. »Dort liegt die wahre Wirklichkeit. Die Stadt ist nur eine Illusion.«
In diesem Moment war ich froh, daß wir Babylon nicht besichtigt und damit Zeit verloren hatten, denn so blieb uns hier in meiner baktrischen Heimat die Wahl. Entweder warteten wir hier auf den kommenden Frühling, um uns den kalten Winter in den Bergen und die schneebedeckten Pässe nach Indien zu ersparen, oder wir reisten rasch weiter, um Taxila noch zu erreichen, ehe Schnee und Eis einsetzten.

Ich für meinen Teil hatte ganz bestimmt nicht den Wunsch, allzu lange in Baktrien zu bleiben.
Wir waren in einem großen Meditationshaus untergekommen. Obwohl wir uns hier in meinem alten Königreich aufhielten, erkannte mich niemand wieder in meinem Mönchshabit. Jesus und ich wanderten jeden Abend zu den Hügeln hinauf, um die friedliche Stille hier oben zu genießen.
Jesus deutete auf meinen ehemaligen Palast. »Niemand scheint dich hier mehr zu erkennen. Machen denn nur die Krone und die prächtige Kleidung einen König aus?«
»An einer Krone und an prächtigen Gewändern kann man einen König erkennen, aber seine Qualitäten machen ihn erst als Herrscher aus. So mögen Pomp und Luxus verhüllen, daß der König in seinem Herzen nicht mehr als ein Latrinenwischer ist, und ein schlechter obendrein; wohingegen der nur mit einem Lendenschurz bekleidete Latrinenwischer von seiner Gesinnung her in Wahrheit ein König ist.«
Jesus dachte, wie ich es beabsichtigt hatte, lange über diese Worte nach.
»Baktrien war einst eine östliche Provinz des persischen Reichs«, unterbrach ich seine Überlegungen. »Aus diesem Grund folgen in meinem Land auch so viele Menschen den Lehren Zoroasters. Dieser war Perser, und die religiösen Schriften, die er niederlegte, waren in Altpersisch verfaßt, das eigenartigerweise eine große Ähnlichkeit zum Sanskrit aufweist.« Ich hatte Jesus bereits einiges über das Weddische und das Sanskrit, die klassischen indischen Sprachen, berichtet, die in meinen Augen weit fortgeschrittener waren als Latein oder auch Griechisch.
»Wie heißen seine Schriften denn? Ich nehme doch an, daß sie wie die Thora aufgebaut sind, das Gesetz des Moses, das

er im Pentateuch niederlegte: Genesis, Exodus, Levitikus, Numeri und Deuteronomium.«

»Im Prinzip, ja. Die zoroastrischen Schriften sind in der Avesta zusammengefaßt und unterteilt in *Yasna,* die Liturgie, *Gathas,* die Lieder, *Vispered,* eine Ergänzung zum *Yasna, Yashts,* die Hymnen und Lobgesänge, und *Viderdat,* die Gesetze der rituellen Reinigung. Diese Religion entstand als Ausdruck der friedlichen Orte in Nordpersien und richtete sich gegen die animistische Vielgötterei ihrer Feinde, der nomadischen Reiter. Zoroaster unterschied die Menschen in *Asha,* Rechtschaffene, und *Drug,* Lügner. Gemäß ihrer Herkunft beschäftigte sich diese Lehre vor allem mit Ernteseigerung und dem Schutz der Haustiere und des Viehs, die man mit Freundlichkeit behandeln sollte.« Ein Seufzer stieg in mir hoch, den ich nicht zurückhalten konnte.

»Aha, du seufzt!« rief er. »Ich vermute, weil sich nach dem Tod dieses Propheten doch wieder schlechte Praktiken eingeschlichen haben.«

»Ja, leider. Die Priester haben sich in den folgenden Jahren dieser Religion bemächtigt. Rituale entstanden, in denen das Rauschmittel *youma* bei Stieropferungen zum Einsatz kam und man eher Mithra, den niederen Gott, verehrte, statt dem wahren Gott Ahura Mazda zu huldigen, wie Zarathustra es verlangte. Und so wurde Zoroasters Gesetz der Guten Taten, das *Amesha Spenta,* vom Treiben der Bösen, der *Daevas,* befleckt.«

»Hat Zarathustra andere Götter abgelehnt?«

»Nein, er hat den alten Pantheon in seiner Vorstellung vom Einen Gott integriert. Allerdings hat er auch Verhaltensgebote aufgestellt, die natürlich unabhängig vom Achtfachen Weg des Herrn Buddha entstanden sind, diesem aber doch in vielem ähneln.«

»Die alten Götter beizubehalten war ein Zeichen der Schwäche, um Kontroversen aus dem Weg zu gehen und um Gunst zu buhlen«, entgegnete Jesus unbefangen. »Und das erachte ich als die wahre Lüge, die große Lüge, das Sakrileg; denn es gibt nur einen Gott. Nicht die, die nicht von Ihm wissen, sind verdammt, sondern die, die von Ihm wissen und trotzdem an altem Aberglauben und alten Mythen festhalten, weil es ihren Zwecken dienlich ist.«

»Da magst du recht haben«, gestand ich vorsichtig ein, weil ich mich zu alt fühlte, um mich auf ein so fanatisches Niveau zu begeben.

»Kein Wunder, daß diese Religion sich nicht ausgebreitet hat«, bemerkte er dann, und ich entschied mich dafür, ihm zu widersprechen: »Bei den Römern erfreut sich der Mithraskult großer Beliebtheit, und es hat ganz den Anschein, als hielte er sich auch noch eine Weile.«

»Ich meine aber, daß das menschliche Herz sich nur nach der Freiheit sehnt und allein in der Wahrheit seine Freiheit findet.«

»Freiheit existiert in den Herzen aller Menschen. Sie müssen sie nur zu ergreifen verstehen. Wenn sie sie aber nicht sehen, wird ihnen der Drang nach Freiheit zur Fessel.«

»Darüber muß ich erst nachdenken«, entgegnete er und verfiel für eine Weile in Schweigen. »Aber wenn ein Prophet die Wahrheit spricht, wird man sie unweigerlich verdrehen und in einen Bastard verwandeln«, er lächelte bei dem Wort Bastard auf eigenartige Weise. »Seine Gefolgsleute werden damit beginnen, und die Priester werden ein übriges tun.«

»Vor etwa hundert Jahren ...« begann ich, wurde aber von einem lange nicht mehr gehörten Geräusch unterbrochen, das ich sofort wiedererkannte. »Ein Elefant trompetet«, erklärte ich Jesus, der bei den Lauten zusammengefahren war.

»Oh!« Er riß die Brauen hoch, und seine Miene drückte Aufregung aus. »So ein Tier habe ich noch nie gesehen!« Er war wirklich noch ein Junge. »Morgen suchen wir ihn, und dann bitte ich den Mahut, dich unter dem Bauch des Elefanten durchkriechen zu lassen.«

»Warum denn das?« fragte er erstaunt.

»Weil die Inder glauben, daß ein Kind, das unter einem Elefanten durchkriecht, im späteren Leben alle Ängste überwinden wird.«

»Solch eine Gabe käme mir gelegen«, erklärte er rasch. »Doch nun fahr bitte mit dem fort, was du sagen wolltest, bevor du von diesem beeindruckenden Tier unterbrochen wurdest.«

»Vor etwa hundert Jahren fielen die Saken in Baktrien ein und eroberten das Land von den Griechen. Seitdem hat es nie wieder seine alte Größe erreicht oder seine Unabhängigkeit zurückerlangt. Die Saken herrschen hier zwar immer noch, aber das Gebiet untersteht zu einem Teil dem indischen und zum anderen dem parthischen Großkönig.«

»Bist du Sake?«

»Ja, aber nur ein halber: Meine Mutter war Sakin, mein Vater hingegen Parther.«

»Was ist mit deinen Eltern?«

»Sie sind beide schon seit langem tot.«

Er spürte meinen Kummer. »Wie kam es dazu?«

Ich erzählte ihm alles. Zum ersten Mal sprach ich mit einem Menschen über die schreckliche Nacht.

Tränen liefen ihm über die Wangen, als meine Geschichte endete. Auch ich vergoß die Tränen, die sich so lange in mir angesammelt hatten, und als ihre Ströme sich vermischten, waren wir eins im Leid. Und dieses gemeinsame Erlebnis reinigte mein Herz.

Am nächsten Morgen konnte Jesus auf dem großen Marktplatz der Hauptstadt seinen jungenhaften Wunsch erfüllen und unter einem Elefanten hindurchkriechen. Die Sonne schien von einem strahlendblauen Himmel. Um uns herum herrschte ein Meer von Farben, angefangen von den eher tristen braunen Westen und Röcken der Nomaden bis zu den fröhlichen Gewändern in Blau, Grün, Rot und Lila der Frauen – und dazwischen die, die ganz in Schwarz gekleidet waren. Hier drangen einem so viele verschiedene Sprachen ans Ohr, daß mag nicht umhinkonnte, sich zu fragen, wie die Händler sich mit ihren Kunden verständigten. Vielleicht gab es eine universelle Sprache des Feilschens, die sich nicht darum scherte, ob eine Stimme schrill, leise, laut oder dröhnend klang. Auch alle Arten von Kopfbedeckungen waren zu entdecken. Von den nach vorne gebogenen Mützen der Parther, über die konischen Kappen der Inder bis hin zu den turmähnlichen Hüten der Chinesen und den vielfarbigen Kopftüchern der Nomaden und Bergbewohner. Hier fand man hellhäutige Menschen, braune, schwarze und gelbe, und genauso unterschieden sich auch die Gesichtszüge voneinander: von Hakennasen über feingliedrige Züge bis hin zu runden, breiten Gesichtern. Und wie überall, wo größere Mengen zusammenkommen, breitete sich eine Wolke menschlicher Ausdünstungen aus. An diesem Ort wurde sie wenigstens durch die Düfte von Weihrauch, Früchten und Blumen abgemildert. Der Mensch verhält sich in der Masse anders als in seinem Heim. Auch die Reichen mit ihrer Dienerschaft und ihrer Wichtigtuerei bilden da keine Ausnahme.

Eine Karawane war auf der Straße aufgezogen, die am Marktplatz vorbeilief. Sie bestand aus einer langen Reihe von Wagen und Karren, die von Eseln, Maultieren, Kamelen oder Pferden gezogen wurden. Grimmig wirkende indische Reiter mit Schwertern, Bögen und Speeren, aber nur mit leichten Lederpanzern – Rüstungen wären im Gebirge nur hinderlich gewesen – und in der Mitte eingekerbten Schilden bildeten den Begleitschutz. Neben einem von einem Ochsengespann gezogenen Wagen wurden Tierhäute von einem Elefanten abgeladen – ein mächtiges Tier von mindestens zweieinhalb Metern Schulterhöhe. Er schien dem Kaufmann zu gehören, der die Arbeit überwachte. Jemand sagte, daß die Waren für Indien bestimmt seien.

Als die Ware verladen war, ging der Händler gern auf meine Bitte ein.

»Ich hoffe nur, Raja beschließt nicht gerade im entscheidenden Moment, Wasser zu lassen«, grinste er.

Mit leuchtenden Augen ging Jesus in die Hocke und kroch auf allen vieren unter das Tier.

Ich werde nie seine freudestrahlende Miene vergessen, als er auf der anderen Seite unter dem mächtigen und faltigen grauen Leib wieder auftauchte. »Ich habe es geschafft! Geschafft!« rief er und tanzte auf und ab. Wie gut für den zukünftigen Messias! Er lief dann zu dem Kaufmann und dem Tierlenker, dem Mahut, und dankte beiden, und er vergaß auch nicht, dem Elefanten freundschaftlich auf den Rüssel zu klopfen. Um uns herum hatte sich eine Zuschauermenge gebildet, von der anerkennendes Gemurmel zu vernehmen war. Schließlich drängten andere Kinder vor und bettelten, es Jesus gleichtun zu dürfen.

Doch da geschah etwas Eigenartiges: Der Elefant hob den Rüssel und trompetete in einer Lautstärke, daß meine Ohren zu klingeln begannen. Erschrocken liefen die Kinder davon, und auch etliche der Erwachsenen machten Miene, von hier zu verschwinden. Aber Jesus trat ganz ruhig zu dem Tier und legte ihm eine Hand auf eines der langen Ohren. »Siehst du, Bruder Elefant, ich habe keine Angst

mehr«, erklärte er ihm. »Du hast den Dämon der Furcht aus mir ausgetrieben.«
Die, die geblieben waren, sahen in betäubtem Schweigen zu und warteten darauf, daß es zum Schlimmsten kommen würde. Während ich noch daran dachte, daß man beim Trompeten eines Elefanten vorsichtig sein muß, weil man davon leicht einen lebenslangen Hörschaden davontragen kann, hob das Tier erneut den Rüssel und ließ wieder sämtliche Trommelfelle erbeben. Der Mahut eilte zu ihm, hielt ihm die Hakenstange vor die Augen und rief: »*Ha! Tha naya kapi!*« – was in der Elefantensprache soviel bedeutet wie, daß er sich sofort benehmen solle, weil er sonst von einer Schlange gebissen werde.
Das Tier senkte den Rüssel, und die Erleichterung der Anwesenden war fast körperlich spürbar. Doch der Elefant legte den Rüssel um Jesus und hob ihn hoch in die Luft. »Bei den Göttern, er will ihn auf dem Boden zerschmettern!« rief jemand aus der Menge. Während ich noch versuchte, Jesus mit meiner Willenskraft beizustehen, hob das Tier den Knaben über seinen Kopf und setzte ihn behutsam auf seinen Rücken. Die Menschen jubelten und waren voller Begeisterung für Jesu Mut, der strahlend auf dem breiten Rücken hockte, und für den Gruß, den das königliche Tier ihm entboten hatte.
Dieser Vorfall sprach sich herum, und so willigte der Führer der Karawane, die morgen nach Taxila weiterziehen wollte, sofort ein, uns mitzunehmen, und verlangte auch nichts dafür. Wir dankten und versicherten ihm, daß Jesus der Karawane von Nutzen sein konnte, da er bei seinem Vater, einem Zimmermann, in die Lehre gegangen sei. Oft blieb ein Wagen beschädigt liegen oder brach ein Rad, und besonders in der Enge der Paßstraßen kam es darauf an, die Panne rasch zu beheben, wollte der ganze Zug nicht lange in der

Kälte steckenbleiben. Zwar führte jede Karawane ihr eigenes Werkzeug mit, aber Handwerker waren immer willkommen, pflegten sie doch höchst selten ein Nomadenleben zu führen oder sich Handelszügen anzuschließen. Gleich am ersten Abend konnte der Junge seine Kunst unter Beweis stellen, indem er ein Rad richtete. So halfen uns ein Elefant und ein fahruntüchtiger Wagen, schneller voranzukommen.

War Babylon Jesu letzte Erinnerung an sein Volk gewesen, sollte er in Taxila erstmals eine völlig neue Welt erleben, wo sich ihm neue geistige Horizonte eröffnen würden. Und an diesem Ort verließen wir bei unseren Gesprächen die Ebene der philosophischen Betrachtung und vertieften uns in Streitgespräche. Jesus entging nicht, daß es in dieser Gegend vielen Männern nach jungen Knaben gelüstete. Diese Neigung ist auch in Baktrien weit verbreitet, wo man oft genug Nomadenhäuptlinge oder Stammeskrieger zu sehen bekommt, die die Begleitung von schlanken, hübschen Jünglingen an ihrer Seite der einer fetten, von Kopf bis Fuß verhüllten Frau vorziehen, die hinter ihnen herschlurft. Aus diesem Grund behielt ich Jesus des Nachts immer in meiner Nähe, wenn wir uns in eine Schlafecke zurückzogen und er sich in die Decke wickelte, die der Karawanenführer ihm zur Verfügung gestellt hatte. Ich selbst brauchte keine Decke, schützte mich doch meine eigene Körperwärme, die ich dank der Kunst des *tumo* kraft meines Willens erzeugen und steuern konnte.
Karawanen sind oft schwerbewaffnete Züge, und das nicht ohne Grund, denn selbst die persönlichen Vorräte der einzelnen Mitreisenden sind eine zu große Verlockung für die im Winter oft kurz vor dem Verhungern stehenden Bergvölker. Unsere Karawane kam aus Indien. Sie war von

Mathura in der Mitte der riesigen Halbinsel aufgebrochen und hatte Elfenbein, Baumwolle und Gewürze bis nach Babylon gebracht. Jetzt kehrte sie mit Waren aus dem Westen in die Heimat zurück. Güter mit hohem Tauschwert, wie Gold, Kupfer, Türkis, Lapislazuli und Teppiche, wurden eher auf Schiffen befördert, war die Gefahr, von Piraten überfallen zu werden, doch deutlich geringer als die, in einen Hinterhalt von Bergstämmen oder Räuberbanden zu geraten.
Nicht lange, nachdem wir meine alte baktrische Hauptstadt verlassen hatten, konnten wir die ersten Blicke auf die hohe Gebirgskette werfen, die seit Urzeiten Himalaja oder »Heimstatt des Schnees« heißt. So weit erstreckten sich die schneebedeckten Berggipfel, daß Jesus aus dem Staunen nicht mehr herauskam. Wir blieben am Wegesrand stehen, während die Karawane mit den üblichen Rufen, dem Knallen von Peitschen, dem Knarren von Rädern und dem Klappern von Hufen an uns vorüberzog.
»Ich würde gern König Kaspar kennenlernen«, sagte der Junge unvermittelt.
»Das wirst du schon noch, Lieber.«
Ich hatte, ohne nachzudenken, die Anrede gewählt, die die buddhistischen Mönche für alle Lebewesen benutzen.
Jesu Reaktion darauf war verblüffend. Er sah mich überrascht an, und sein Blick verschmolz mit dem meinen. In diesem Moment wurde mir bewußt, daß er nie zuvor von einem männlichen Mitglied seiner Familie oder einem seiner Freunde mit einem lieben Wort angesprochen worden war. Ob er überhaupt von seiner Mutter je ein freundliches Kosewort vernommen hatte? Ich erinnerte mich zwangsläufig an meine eigene freudlose Jugend, und die Gefühle, die ich für Jesus entwickelt hatte, brachen sich unter der Schicht meiner Yogi-Ausbildung Bahn.

Wir nickten einander zu, und er lächelte glücklich. Wortlos schlossen wir uns wieder dem Zug an. Ich, Alara, der gelehrte und erfahrene Yogi, dessen Liebe für alle Menschen sachlich und unpersönlich gewesen war, hatte mich der Liebe ergeben, die dieser so freundliche Junge mir schenkte. Er besaß die Macht, sie zu verströmen, und ich besaß immer noch die Fähigkeit, sie anzunehmen. Nur am Rande meines Bewußtseins wurde mir damals klar, daß meine Liebe zu ihm mein logisches Denkvermögen trüben und meine innere Sicht beeinträchtigen könnte, vor allem, was seine Person betraf.

Obwohl es steil hinaufging und der Pfad sich kurvenreich durch das Bergland, das sich sehr von den judäischen Ebenen und Hügelketten unterschied, vorbei an Hängen und tiefen Schluchten wand, bot der Weg doch ausreichend Platz für Mensch und Tier. Natürlich gab es auch Zeiten, in denen die Karawane nur schrittweise vorankam und die Wagenlenker und ihre Begleiter absteigen und den sich abplagenden Tieren beim Ziehen helfen mußten. Die erste Nacht in der »Heimstatt des Schnees« lagerten wir auf einem der Rastplätze, in einem kleinen Dorf aus reetgedeckten Lehmhütten auf einem kleinen, grasbewachsenen Plateau, das von blühenden Sträuchern und Kiefern gesäumt war.

Karawanen hatten im Lauf vieler Jahrhunderte eine gewisse Routine darin entwickelt, zur rechten Zeit die Lagerplätze zu erreichen und sich auf alle möglichen Dinge einzustellen. Sie wußten, wieviel Weg zurückgelegt werden mußte und wo man mit Gefahren oder sonstigen Vorkommnissen zu rechnen hatte. Wann immer wir abends Rast machten, wurden die Wagen rings um den Lagerplatz zusammengezogen. Dick verhüllt gegen die eisige Nachtkälte, patrouillierten bewaffnete Wächter außerhalb der Wagenburg. Die wertvollen Tiere – Pferde, Esel, Maultiere, Kamele und nicht zu vergessen die Ziegen, die als Schlachtvieh mitgeführt wurden – trieb man in den Innenkreis. Und damit erwies sich der doppelte Vorteil einer Wagenburg: Sie schützte uns nicht nur gegen Eindringlinge von außen, sondern hinderte auch die Tiere daran, davonzulaufen. Am ersten Lagerplatz fanden wir einen Gebirgsbach vor, und wir tauschten bei den Dorfbewohnern Lebensmittel gegen Waren oder Kupfermünzen ein.

An diesem Abend saßen Jesus und ich abseits der Lagerfeuer. Ich hatte ihm schon den ganzen Tag über angemerkt, daß ihm etwas schwer auf der Seele lag.
Zuerst schwiegen wir. Ich wollte ihn nicht bedrängen, sondern ihm die nötige Zeit lassen, von selbst damit herauszurücken.
»Wie wird es mir in Indien ergehen, Rabbi?« Er hielt den Blick zu Boden gesenkt. »Werde ich mich dort bewähren? Werde ich lernen, mich auf meine Mission vorzubereiten ... Glaubst du, daß ich es schaffen werde?«
Ich lächelte. »Alles liegt in Gottes Hand. So wie das Schilfrohr, das sich im Wind biegt, nicht weiß, ob es brechen wird, wissen auch wir nicht, wie du in Indien mit deinem Studium vorankommst.«
Er drehte sich sofort zu mir um, und seine Augen funkelten in der Dunkelheit. »Oh, du bist immer so überaus zurückhaltend, wenn es darum geht, ein Lob auszusprechen. Kannst du dich nicht wenigstens hin und wieder aus dem Panzer befreien, mit dem du dich umgeben hast?«
»Ich habe den Panzer abgelegt«, entgegnete ich sanft. »Wenn man sich außerhalb seiner selbst als Teil des Universums befindet, ist man sich solcher Dinge wie dem

Regen bewußt und kann sich dazu voller Freude, allerdings ohne Inbrunst äußern.«

»Gibt es denn nichts auf der Welt, das dich dazu veranlassen könnte, mit mehr als nur einer unpersönlichen Bemerkung darauf zu reagieren?«

»Doch, da gibt es etwas, aber nur das eine.«

»Und was könnte das sein?«

»Du.«

Oh, man muß das Lächeln gesehen haben, das er mir jetzt schenkte. Es entsprang direkt seinem Herzen, erhellte die Dunkelheit und vertrieb den Regen. Wieviel Liebe doch in diesem Knaben Jesus wohnte. In diesem Moment wurde mir eine tiefe Wahrheit offenbar, und ich ergriff seine Hand. »Wohin wir uns auch wenden mögen, Lieber, du wirst dort immer Gutes und Böses antreffen. Das Gute gehört zu der Liebe, die du für alle Menschen und Dinge empfindest. Dein *maitriya,* das liebende Mitgefühl, und dein *ahimsa,* Verständnis und Freundlichkeit, werden der neuen Welt, die du erblicken sollst, nicht fremd sein. Ich verstehe jetzt allerdings, warum du in dein Heimatland zurückkehren mußt, sobald du in Indien alles gesehen und gelernt hast.«

»Wieso muß ich zurück?« fragte er, und der Blick seiner Augen war genauso freundlich wie der Klang seiner Stimme. »Als ich sagte, ich müsse heimkehren, war das keine Willensäußerung, und die Gründe dafür waren mir ebenfalls nicht bewußt.«

Ich verstärkte meinen Druck auf seine Hand. »In deiner Weltgegend hängen die Völker Religionen an, die den unerbittlichen Glauben verbreiten, der Mensch könne nur in einer absolut reinen Rasse und nichtdurchmischten Gesellschaft überleben. Verstöße gegen die Gesetze von Rasse oder Gemeinschaft müssen unter allen Umständen verhindert werden und sind mit schweren Strafen wie Auge um Auge, Zahn um Zahn zu ahnden. Die jüdische Religion ist daher als Vehikel für das Überleben eines kleinen Volks inmitten feindlicher Nachbarn anzusehen. Die kanaanitischen Gottheiten und die von Babylon und den anderen Nachbarvölkern sind in ihren Strafen mindestens ebenso streng. Wenn das Unerbittliche und das Strenge aufeinanderprallen, entstehen die furchtbarsten Konflikte. Du hingegen verbreitest eine universelle Botschaft und bietest jedem Menschen Hoffnung und Erlösung. Doch die Menschen deines Landes davon zu überzeugen, das erfordert mehr Anstrengung und Zähigkeit, als je ein militärischer Eroberer aufbringen mußte.«

»Verstehe«, sagte er leise und starrte gedankenverloren in den Regen, ohne ihn wahrzunehmen.

Wie auf ein wortloses Zeichen hin lösten wir unsere Hände voneinander. »Erzähl mir von diesem Teil der Welt, Rabbi«, forderte er mich auf. »Die Menschen und ihre Gebräuche und Religionen werde ich selbst kennenlernen, also berichte mir von ihren Eroberern und Herrschern.«

»Wir erreichen bald Taxila, und dort verlassen wir die Karawane. Also fange ich am besten mit dieser Stadt an.«

Jesus wickelte sich fester in seine Decke ein, um sich vor der Kälte zu schützen, und sah aus wie ein Kind, das es sich kuschelig macht, um eine gute Geschichte genießen zu können.

»Taxila ist eine sehr alte Stadt und war lange Zeit die Hauptstadt des Gandhara-Reichs. Als Alexander der Große, den die Inder Sikander nennen, bis hierher kam, haben der König von Taxila und vor allem sein Sohn Ambhi sich ihm kampflos unterworfen. Als der Grieche in die Stadt einmarschierte, erhielt er von Ambhi Elefanten, Schafe und Stiere ...«

»Meine Mutter wollte aus mir immer einen zweiten Alexander machen«, unterbrach Jesus mich, und seine Augen wurden bei der Erinnerung an sein Zuhause traurig, »weil er später ... wegen der ungewöhnlichen Umstände meiner Geburt. Schließlich galt Alexander ja später auch als unehelich.«

Wie vorsichtig er sich ausdrückte, und es erfüllte mich mit Kummer, wenn ich daran dachte, was er und seine Mutter durchgemacht haben mußten. »Sikander gilt in Indien nicht in erster Linie als Eroberer oder Herrscher, sondern als Sinnbild für Tapferkeit, Wagemut und Ausdauer. Für jemand, der sich Ziele gesetzt und sie erreicht hat, dessen große Träume aber unerfüllt blieben. Daher kann jeder, ganz gleich, welcher Tätigkeit er nachgeht, zu einem zweiten Alexander werden.«

Er nickte langsam und starrte in die verglimmenden Scheite des Lagerfeuers.

»Die andere Seite der Wahrheit läßt sich am besten anhand einer Begebenheit veranschaulichen«, fuhr ich fort. »In Taxila lebte zu jener Zeit ein Philosoph namens Dandamos. Sikander forderte ihn auf, mit ihm nach Makedonien zu kommen, woraufhin der weise Mann antwortete: ›Ich bin genauso ein Kind der Schöpfung wie du. Ich will nichts von dir, denn was ich habe, reicht mir vollauf. Während deine Soldaten, die dir so weit über Land und Wasser gefolgt sind, nichts davon haben, versorgt Indien mich mit allem, was ich brauche. Jede Jahreszeit bietet mir ihre eigenen Früchte. Und wenn ich sterbe, bin ich endlich frei von diesem unpassenden Begleiter, meinem Körper, der mich mit seinen fortwährenden Bedürfnissen plagt.‹ Diese Worte klingen wie eine tiefe Wahrheit, doch enthalten sie nicht die absolute Wahrheit, sondern drücken nur einen bestimmten Standpunkt aus.« Danach erzählte ich ihm mehr über dieses

Land: Wie die baktrischen Griechen die indische Gandhara-Kultur übernommen und zu ihrer eigenen gemacht hatten, wie die Griechen schließlich untergingen, wie Aschoka vor zweihundertsiebzig Jahren das erste indische Großreich gründete, und wie immer neue Stämme in diese Region eingedrungen sind ...

Als ich geendet hatte, stellte der Junge mir eine ganz andere Frage, so wie er es oft zu tun pflegte, wenn etwas sein Interesse erweckt hatte oder ihm auf der Seele brannte: »Deine Bedürfnisse sind so gering, Rabbi. Ich brauche dich, doch brauchst du auch mich?«

Was für eine Frage! »Das muß ich wohl, sonst wäre ich nicht hier bei dir. Und es wäre müßig, zu sagen, ich bräuchte dich allein wegen dem, was du den Menschen oder der Nachwelt geben kannst, denn ich bedarf deiner Nähe auch weiterhin.«

Er sah mich herausfordernd an. »Aber braucht mich auch dein Herz?«

Meine eigene Antwort durchfuhr mich wie ein Schock: »Ja. Ich glaubte, ich hätte alle diese Bedürfnisse abgeschüttelt, aber ich muß eingestehen, daß mein Herz dich braucht.«

»Liebst du mich auch?«

»Ja, das tue ich. Und frage mich nicht, wie sehr ich dich liebe, denn das läßt sich nicht mit Worten ausdrücken. Meine Liebe zu dir ist aber so groß, daß ich um ihretwillen bereit bin, alle Ziele für meine persönliche Weiterbildung, für die ich sogar mein Königreich aufgegeben habe, hintanzustellen, um bei dir sein zu können.«

Er zeigte sein glückliches Lächeln, das in den Augen anfing und sich über sein Gesicht ausbreitete, bis es zu strahlen schien. »Das macht mich froh, Rabbi«, sagte er leise, »denn ich liebe dich auch sehr.«

Wieder fühlten wir uns eins, doch diesmal ging es tiefer, denn unsere Seelen verschmolzen.

KAPITEL 23

Die Karawane wälzte sich durch eine langgezogene Kurve, und als wir die hinter uns hatten, bekam Jesus zum ersten Mal Taxila zu sehen, das sich im goldenen Licht des frühen Abends unter uns ausbreitete. Acht Jahre hatte ich an diesem Ort verbracht. Von unserem erhöhten Standpunkt aus fielen uns zuerst die Nadelbäume ins Auge, die die Hänge hinaufzumarschieren schienen, und darüber der ewige Schnee auf den sich endlos erstreckenden Gipfeln des Himalaja. Nur der rosafarbene Himmel reichte noch höher. Ich zeigte auf die Stupas, auf deren Kuppeln sich das Sonnenlicht widerspiegelte, und auf die Tempeltürme der Hindus mit ihren komplizierten roten und gelben Mustern. Unter diesen erhoben sich braune Lehmziegelhäuser, von denen manche fünf Stockwerke hoch waren. Alles umschlossen die Stadtmauern, die ein Stück weit am Flußbogen entlang verliefen. Der viele Regen hatte das Wasser braun gefärbt. Auf der Fernstraße waren Ströme von Menschen, Tieren und Wagen auszumachen, die sich vor den Stadttoren verdichteten und dahinter verschwanden. Selbst aus dieser Entfernung konnten wir erkennen, was für ein Menschengewimmel in den Straßen der Stadt herrschte. Nur der Süden war frei davon: Hier befanden sich eingebettet in Grün die Paläste, auch der von Kaspar, und die Militärakademie. Während wir weiterzogen, zeigte ich mit meinem Eschenholzstab auf einen bestimmten Punkt: »Siehst du das granitene Bauwerk in den Gärten, dort unweit des Königspalastes?«

»Das mit dem steingedeckten Dach?«

»Ja. Das ist der Schrein des doppelköpfigen Adlers. Die

Griechen haben ihn errichtet, um allen nachfolgenden Generationen kundzutun, daß Alexander hier gewesen ist. Selbst Gundofarr, den du Kaspar nennst, liebt immer noch den griechischen Stil, den die Baktrier einst entwickelten. Dabei ist dieser König parthischer Abstammung.«
»Wir Juden lehnen die griechische Art entschieden ab.«
»Wie ich dir kürzlich in einer Nacht erklärt habe, glauben die Juden, daß die einzige Möglichkeit, die Identität ihres Volkes zu bewahren, darin besteht, möglichst streng an ihren Gebräuchen, Einrichtungen und Institutionen festzuhalten.«
»Glaubst du, das sei falsch, Rabbi?«
»Was ist schon richtig oder falsch, Lieber? Wir können nur für uns selbst entscheiden, was uns gut oder schlecht erscheint. Die Juden halten an der absoluten Reinheit ihres Volkes fest, dabei findet man die physisch stärksten Wesen aus kharmischer Substanz in den Mischlingen.« Ich dachte für einen Moment nach. »Verschiedene Menschen, die von einem gemeinsamen Geist, nicht notwendigerweise einer Religion, zusammengehalten werden, können in der Regel ihre Kultur am längsten bewahren. Sollten wir daher nicht im Geist und in der Seele des einzelnen, nicht aber eines Volkes, nach absoluter Reinheit suchen?«
»Du meinst also, ein Volk sollte nicht von seinem Territorium, seiner Sprache, seiner Religion oder seiner Kultur zusammengehalten werden, sondern von seinem gemeinsamen Geist? Und wenn jeder Mensch danach strebt, Gutes zu tun, könne dadurch das Volk eins werden, mehr noch, alle Völker, die dies vollbringen, könnten unter Gott eins werden?«
Ausgezeichnet in Worte gekleidet, besonders von einem so jungen Menschen, der außerdem auch noch aus einer besonders starren Religionsgemeinschaft kam.

Das Rattern der Räder, das Klappern der Hufe, das Knarren der Wagen und die Rufe der Fuhrmänner, die uns so lange tagtäglich begleitet hatten, verhallten plötzlich hinter uns und überließen uns einer Wirklichkeit, die sich aus Weiden mit weißen Schafen und schwarzweißen Bullen in einem Tal zusammensetzte. Fast hätte man meinen können, noch immer in Galiläa zu weilen. Eine Gruppe rotbrauner Affen turnte durch den Wald und schwang sich mit einer Leichtigkeit von Ast zu Ast, daß es fast so unwirklich erschien wie die Karawane, in der wir uns immer noch befanden.
»Viele Menschen in Indien glauben, Affen seien ungeheuer klug, und halten sie für die Ratgeber der Götter«, bemerkte ich mit einem Grinsen. »Affen sind tatsächlich so verspielt und putzig, daß die Götter, gleich welche, sie einfach lieben müssen.«
Ein Pferd schnaubte, ein Maultier schrie, und die ersten Geräusche aus Taxila drangen an unser Ohr. Die Glocke eines Tempels warf goldene Töne in die Abendluft. Aus der Nähe ertönte Gesang. Jesus sah sich um und entdeckte eine Gruppe weißbemalter Männer, die sich am Wegesrand versammelt hatten, um die Sonne anzubeten. »Die haben ja nichts an!« rief er schockiert und ungläubig.
»Das sind Jainiten, was soviel wie Sieger bedeutet. Sie folgen dem großen Lehrer Mahavira, den man auch als Vardhamana kennt und von dem ich dir bereits erzählt habe. Er hat seine Lehre gegen die in Ritualen erstickte Religion der Hindus und Aryaner, gegen die Strenge der Wedda und gegen jede Form von Opferkult entwickelt.«
»Wohl auch gegen Anstand und Sitte.« Jesus schien immer noch über die nackten Leiber empört zu sein, obwohl ich ihn bereits vorgewarnt hatte. »Ziehen sie denn nie Kleider an?«
»Nein, nie.«
»Nicht einmal zum Beten?«

»Sie beten ohne Unterlaß. Das gehört zu ihrem Gottesbewußtsein. Deswegen kennen sie keine besonderen Gebetszeiten.«

»Ich halte es Gott gegenüber für respektlos, sich ohne ordentliche Kleidung an ihn zu wenden. Wir Juden bedecken beim Beten sogar unser Haupt.«

»Niemand von uns ist mit Kleidern auf die Welt gekommen.«

»Wenn wir geboren werden, beten wir auch nicht. Gebet im Wort oder in Gedanken entsteht erst bei bewußter Wahrnehmung. Wenn wir uns also in vollem Bewußtsein an Gott wenden, gehört es sich einfach, Ihm in jeder Weise Respekt zu erweisen.«

Wir mußten nicht lange suchen, um einen Platz für die Nacht zu finden. Eines der buddhistischen Klöster der Stadt bot uns freie Unterkunft. Es lag nahe genug am Fluß, um einen Blick auf den Friedhof der Hindus werfen zu können, der sich auf der Kuppe eines die Befestigungsmauern überragenden Hügels befand.

Das Kloster setzte sich aus einem kuppelförmigen Stupa, einem Schrein, an dessen vier Ecken sich Reliquien und Altäre für Votivgaben befanden, von denen nichts mit Gautama Buddhas ursprünglicher Philosophie zu tun hatte –, den Zellen der *bhikkus*, der Mönche, und einem rechteckigen Tempelbau zusammen, der vielfältigen Zwecken diente wie Essen, Beten, Schlafen oder der gemeinsamen Befolgung der fünf, acht oder zehn Vorschriften. Letztere kamen vor allem bei Vollmond zum Tragen und fielen wohl nicht ohne Grund mit den Zyklen der Mondsüchtigen und anderer Wahnsinniger zusammen. Der Boden in dem ummauerten Komplex bestand aus hellbraunem Flußsand, auf dem indische Feigenbäume Schatten spendeten. Ein Pipul-

baum nahe des Stupa war den Gläubigen besonders heilig, denn unter einem solchen Baum hatte der Herr Buddha Erleuchtung erlangt.
Am Eingang zum Kloster drängten sich wie stets an solchen Orten Scharen von Bettlern. Die gelbgekleideten Mönche und ihre Schüler und Akkolyten lebten im Zentrum der Anlage, wo sich auch Arbeiter, die ihre Dienste ohne Lohn und in der Hoffnung anboten, etwas für ihr Kharma zu tun, Gläubige, Schaulustige und Durchreisende wie wir aufhielten. Das Kreischen von Fledermäusen, Papageien, Krähen und den anderen Vögeln, die in den Bäumen ihre Nester gebaut hatten, dazu das, was sie im Fliegen oder Sitzen fallen ließen, das Geruchsgemisch von menschlichen Ausdünstungen, Weihrauch, Nahrungsmitteln und Abfällen und nicht zu vergessen das Jaulen und Knurren der herrenlosen Hunde, die überall herumschlichen, trugen zu einem allgemeinen Chaos bei. Und doch gehorchte alles einer Ordnung, die in vielen Jahren gewachsen war.
Der Hindu-Friedhof von Taxila liegt auf einem grünen Hügel auf der anderen Flußseite, etwa eine halbe Meile östlich der Stadtmauer. Hindus und Buddhisten verbrennen ihre Toten, während die Farsi, die Anhänger des Zoroaster, sie auf hohen, nach oben hin offenen und in idyllische Gärten eingebetteten Türmen aufbahren, wo sie dann von den heiligen Geiern verspeist werden. Die Jainiten wiederum legen ihre Toten meist auf blumenbedeckte *ghats*, Flöße, und lassen diese den Fluß hinabtreiben, einem unsichereren Schicksal entgegen als das, das ihren toten Geist erwartet.
Wir erfuhren, daß ein reicher hinduistischer Landbesitzer von seinen Angehörigen im Kloster verbrannt werden sollte. Beerdigungszüge, denen normalerweise Musiker und Trommler voranmarschieren, die laute und traurige Melo-

dien spielen, sind für die Menschen ein genauso großes Schauspiel wie Hochzeiten, Gaukler, heftige Ehestreitigkeiten, öffentliche Hinrichtungen und sonstige Darbietungen unter freiem Himmel. Als Jesus und ich uns an diesem klaren Frühlingsmorgen der Menge anschlossen, die dem Zug folgte, sollten wir einem Ereignis der ganz besonderen Art beiwohnen.

Der große Scheiterhaufen bestand aus Hölzern, die man zu einem großen, etwa zehn Fuß hohen, rechtwinkligen Stapel aufgebaut hatte. Die schneebedeckten Berge des Himalaja bildeten in der Ferne einen majestätischen Hintergrund. Direkt neben dem Scheiterhaufen erhob sich eine kleine hölzerne Plattform, die mit Wimpeln und zusammengebundenen Blättern, zwischen die man frische Blumen gesteckt hatte, geschmückt war. Im Vordergrund zeigten sich die geschwärzten Holzreste früherer Feuer. Beim jüngsten glommen die Scheite noch.

Schaulustige und Angehörige, die meisten von ihnen in Weiß gekleidet, hatten sich bereits auf dem Rasen rings um den Holzstoß eingefunden, hielten aber genügend Abstand, um nicht von herumfliegenden Funken getroffen zu werden. Nachdem die religiösen Zeremonien beendet waren, trugen die nächsten Verwandten den Sarg dreimal um den Scheiterhaufen herum, bevor sie ihn in die Öffnung zwischen den Hölzern schoben. Dann begoß man das Gebilde mit Öl, und zwei Neffen des Verstorbenen hielten brennende Fackeln an das Holzgerüst. Während die Flammen langsam die Stämme hinaufleckten, erhob sich ein großes Wehklagen – von denen, die wirkliches Leid verspürten, aber auch von den bezahlten Klageweibern. Und ganz gewiß kam es zum Wettstreit zwischen den Freunden und Angehörigen des Toten, wer den Verblichenen am lautesten beweinte. Ihr vereintes Heulen stieg immer ungezügelter in den blauen Himmel.

»Sie klagen doppelt so laut wie die Juden«, flüsterte Jesus mir zu.
»Aber nur halb so überzeugend«, entgegnete ich.
Als die Flammen den Scheiterhaufen mit gewaltigem Krachen und Zischen eingeschlossen hatten, stieg schwarzer Rauch hinauf in den silbernen Himmel und schien nach den über uns kreisenden Geiern zu greifen.
Eine schlanke und verhüllte Gestalt bestieg die Leiter, die auf die Plattform führte, und war offenbar unempfindlich für die große Hitze, die das Feuer verbreitete.
Oben angekommen, hob sie die Hände zum Himmel und fing an zu beten.
Schweigen senkte sich über die Menge. Sogar das Tosen des Feuers wurde leiser, und die Erde selbst hielt den Atem an. Als das Gebet gesprochen war, nahm die Gestalt den Schleier ab, und darunter kam eine hellhäutige Frau von kaum dreißig Jahren zum Vorschein. Sie starrte mehrere Minuten lang ins Feuer, ehe sie ein letztes Mal den Blick in den Himmel richtete.
»Rama!« schrie sie schließlich, so laut sie konnte.
Dann sprang sie in die Flammen und wurde von ihnen verschlungen.
Ich hatte bewußt davon Abstand genommen, Jesus vorzuwarnen, daß er ein *suttee* erleben sollte, das hinduistische Ritual, bei dem sich Brahmanenfrauen in den Scheiterhaufen ihres verstorbenen Gatten stürzen; denn ich hielt es für besser, ihn unvorbereitet diesem schrecklichen Schauspiel auszusetzen. Ein merkwürdiges Stöhnen entrang sich jetzt seiner Kehle, und er starrte in völliger Fassungslosigkeit auf die Szene. Dann fing seine Unterlippe an zu zittern, und seine Gesichtszüge sanken herab. Jesus weinte.

KAPITEL 24

Es gab einen Pfad zu der Höhle, in der Simeon und er bei ihrer Flucht in die judäischen Hügel Unterschlupf gefunden hatten. Kaum hatte der Jüngling den Anführer erspäht, der gerade auf einer Wegbiegung daherkam, da wußte er schon, daß es wichtige Neuigkeiten gab. Die beiden hatten sich auf Anraten des Prinzen Zadok hierher zurückgezogen, denn er hielt es für besser, wenn sie für eine Weile von der Bildfläche verschwanden, damit Prinz Zebulon, der darauf aus war, Fürst Reubens Tod zu rächen, sie nicht als die Mörder identifizieren konnte. Simeon begab sich dennoch einmal in der Woche nach Jerusalem, um den Kontakt mit Zadok aufrechtzuerhalten und an ihrem Vorhaben zu arbeiten, den Jungen aufzuspüren und umzubringen, von dem der Prinz weiterhin verlangte, er solle aus Indien zurückgebracht und als falscher Messias gebrandmarkt werden.

Thaddeus verfolgte in großer Erregung, wie der Anführer durch die Abendschatten kletterte, die von den Eichen und dem Stechginster geworfen wurden. In den letzten Tagen hatte er sich ziemlich verändert. Er gewann immer mehr die Überzeugung, daß ihm eine große Veränderung bevorstand. Zwar wußte er noch nicht, wie diese aussehen würde, aber es war ihm klar, daß es bis dahin nicht mehr lange dauern konnte.

Als Simeon die Höhle erreichte, keuchte und schwitzte er vom anstrengenden Marsch durch die Hügel. Er umarmte den Jüngling, nahm dann auf dem Felsen Platz, den sie als Sitzgelegenheit benutzten, und ließ sich nicht lange bitten: »Ich weiß jetzt, wo Jesus sich aufhält.«

Ein Zittern überfiel Thaddeus. Seine Intuition hatte sich

bewahrheitet. »Wo steckt er?« fragte er und bemühte sich, sich seine Aufregung nicht zu deutlich anmerken zu lassen. »Der heilige Mann und er sind in Indien angelangt. Einer meiner Kontaktleute hat sie in Baktrien gesehen, wo sie mit einer Karawane nach Taxila, der Hauptstadt eines nordindischen Königreichs, zogen.« Er lächelte grimmig. »Ich lasse Zadok natürlich weiterhin in dem Glauben, er habe uns, was die Identität des Jungen angeht, hinters Licht geführt.«
Thaddeus wußte, daß Simeon gelegentlich auch ihm gegenüber Informationen zurückhielt. Obwohl sie sich immer noch körperlich liebten und einander treu waren, war das Rumoren in dem Jüngling stärker geworden, das nach den ersten harten Worten Simeons am Morgen von Joshuas Tod begonnen und durch die Begegnung mit dem Prinzen neue Nahrung erhalten hatte. Seit über einem Jahr hockten sie nun schon in den Hügeln, und da es hier nicht viel zu tun gab, blieb ihm genügend Zeit zum Grübeln und zum Nachdenken über seine Zukunft, ohne sich dabei allzusehr von der Vergangenheit ablenken zu lassen. Früher war er ein Dieb gewesen. Seit er mit Simeon zusammen war, hatte der Anführer ihn mit seiner dominierenden Art dazu gebracht, sich als Mörder und Aufrührer zu betätigen. Einst hatte er die wilde Freiheit genossen, sich alles genommen, wonach ihn verlangte, und sich nie dafür verantworten müssen. Nicht zu vergessen die Erregung, die ihn befiel und an die Simeon ihn mehrfach erinnert hatte, einem Mann ein Messer zwischen die Rippen zu stoßen. Doch im Alleinsein hier oben in der Höhle hatte er Langeweile erlebt und sich irgendwann die Frage gestellt, warum er noch nie eine Frau ermordet hatte. Ob er sich die Stimme seiner Mutter nur einbildete oder ob sie tatsächlich zu ihm sprach, jedenfalls glaubte er, sie gelegentlich beruhigend auf ihn einreden zu

hören, obwohl er sich noch nicht einmal an ihr Aussehen erinnern konnte.

Seine Zeit zu handeln war gekommen. »Du bist so klug, Bruder Simeon.« Eine Schmeichelei zu Anfang konnte nie schaden. »Wie, um alles in der Welt, ist es dir nur gelungen, an Informationen über Jesus zu gelangen?«

»Unsere Bruderschaft erstreckt sich auch auf die Auslandsjuden«, erklärte Simeon wichtigtuerisch, »und die dortigen Zellen arbeiten gelegentlich mit anderen Gruppen in der Umgegend zusammen. Wir haben einen geheimen Gruß, und immer mal wieder kommt jemand nach Jerusalem, der hier etwas gehört, dort etwas aufgeschnappt und da etwas gesehen hat. Und natürlich gibt es noch ein paar Dinge mehr, die ich als Leiter der Jerusalemer Gruppe niemals preisgeben darf, nicht einmal dir.«

»Das muß wirklich um viele Ecken gelaufen sein und war gewiß nicht einfach«, fuhr Thaddeus mit seiner Bewunderung fort. »Schließlich reisen Jesus und der Inder ja nicht wie Prinzen mit Leibwache, Gefolge und großem Zug.«

»Im Gegenteil, gerade das Fehlen dieser Attribute und ihre offenkundige Armut hat uns geholfen, sie zu entdecken«, entgegnete Simeon großspurig. Er kratzte sich das bärtige Kinn und ließ den Blick über den Himmel schweifen, der vor dem Rosarot der untergehenden Sonne immer grauer wurde. »In einer Karawane fallen Arme viel eher auf als Reiche.«

»Und was sollen wir nun deiner Meinung nach unternehmen, um den Jungen an uns zu bringen?« fragte Thaddeus und hielt den Atem an, um sich nicht zu verraten.

»Im Augenblick nichts.« Der Anführer streckte einen Fuß aus, um mit der Sandalensohle einen Käfer zu zerquetschen. Der Jüngling legte eine Hand auf den Arm seines Liebhabers. »Simeon, du bist immer so gut zu mir. Und seit wir

uns kennengelernt haben, hast du mir mindestens ein dutzendmal das Leben gerettet.«
Der Mann warf einen Blick auf die Hand auf seinem Arm und schaute Thaddeus in die Augen. »Ich habe mich gleich in dem Moment, in dem ich dich zum ersten Mal gesehen habe, ich dich verliebt«, sagte er mit heiserer Stimme.
»Mir erging es genauso«, log der Jüngling, »obwohl mir das an jenem Tag noch nicht bewußt gewesen ist.« Er legte eine kurze Pause ein und sah Simeon dann ernst an. »Laß mich allein losziehen, um Jesus zu finden«, bat er. »Zur Abwechslung könnte ich dann einmal etwas für dich tun.«
Simeon starrte ihn erstaunt an. »Du würdest für mich bis nach Indien ziehen?« fragte er fassungslos.
»Aber selbstverständlich.«
»Nein, nein und nochmals nein«, widersprach der Anführer. »Ich will mich gar nicht erst in Versuchung führen lassen. Dich brauche ich nämlich viel dringender hier. Seit dreizehn Jahren sind wir nun schon zusammen. Wie sollte ich denn ohne dich auskommen?«
Ein solches Zugeständnis war nur selten von Simeon zu hören. Thaddeus war ehrlich gerührt, aber sein Wunsch, sein Leben in die eigenen Hände zu nehmen, erwies sich als stärker. »Simeon, ich will etwas mehr in meinem Leben erreichen, als nur Menschen umzubringen«, erklärte er ernst. »Die einzige Möglichkeit dazu bietet sich mir durch deinen Erfolg, denn ohne dich bin ich nichts. So wie du Jesus brauchst, um dein Ziel zu erreichen, brauche ich deinen Triumph, um mein eigenes Vorankommen zu verwirklichen. Ich werde dich unendlich vermissen, aber ich muß es einfach tun.«
Lange Momente vergingen, in denen der Anführer auf den Boden starrte und Thaddeus das Gefühl hatte, sein ganzes Leben hinge in der Schwebe. »Was du sagst, klingt richtig«,

gab Simeon schließlich zu, »aber ich möchte, daß wir meinen Erfolg Seite an Seite teilen, daß wir ihn zusammen genießen, so wie wir immer alles gemeinsam getan haben.«
Herr im Himmel, nein! dachte Thaddeus, ich könnte deine Ablehnung nicht ertragen. Wenn du mir diesen Wunsch verweigerst, bringe ich dich um, nehme dein ganzes Geld an mich und ziehe nach Indien ... und was dann? Die schmerzliche Wahrheit traf den Jüngling mit voller Wucht. Allein auf sich gestellt, konnte er nie etwas erreichen. Allein bin ich nichts, nichts, nichts!
»Dennoch bist du der einzige Mensch, dem ich vertrauen kann und den ich für in der Lage halte, den Erlöser zurückzubringen«, sagte der Anführer. »Ich werde darüber nachdenken.«

Die tiefhängenden Wolken machten die Nacht so dunkel, daß selbst das Licht von den kleinen Öllampen, die rings um den Stupa aufgestellt waren, bei jedem Windzug wie gelbe Lider flatterten und die brennenden Dochte in den kleinen Messinglaternen an den vier Schreinecken nur die Schwärze betonten. Jesus wünschte, der Regen würde aufhören und bis zum Morgen nicht mehr fallen; denn das Unwohlsein, das er empfand, seit er die stark gewürzten, indischen Speisen zu sich nahm, war schlimmer geworden, und ihm gefiel die Vorstellung überhaupt nicht, durch den strömenden Regen zu einem der Häuschen am hinteren Ende des Klostergeländes zu laufen. Sein Rabbi hatte ihm beigebracht, wie man seinen Verstand auf die Körperzonen richtet, die die Probleme schaffen, sich auf den Schmerz konzentriert und ihn so erträglich macht; aber er beherrschte noch nicht die Fähigkeit, das zurückzuhalten, was unbedingt herauswollte. Als er neben Alara auf der Matte lag und das leise, gleichmäßige Atmen des heiligen Mannes

hörte, befiel ihn wieder die große Liebe, die er für alle Schöpfung empfand, ganz besonders aber für seinen Lehrer, dem er sich mit jedem neuen Tag näher fühlte, daß er sich nur mit Mühe davor bewahren konnte, seinen Gefährten mit der Hand zu berühren. Statt dessen schickte er dem Rabbi seine ganze Liebe, und zum Lohn dafür lächelte der Yogi im Schlaf.
Doch dann konnte Jesus den Tumult in seinem Bauch nicht länger unterdrücken. Widerwillig erhob er sich von seinem Mantel, legte ihn sich um und wickelte sich darin ein. Er konnte die Reihen der schlafenden Gestalten kaum ausmachen und trat deswegen vorsichtig auf. Plötzlich sah er sich um, weil er das Gefühl hatte, beobachtet zu werden. Die fremden Augen gehörten einem Schatten, der noch größer war als die anderen. Nach einem Moment erkannte der Junge in ihm den hünenhaften Pathanen wieder, der sich auf der Heimreise befand und hier die Nacht verbrachte. Der Mann hatte Jesus schon den ganzen Abend über so merkwürdig angesehen. Dem Jungen war es mulmig geworden, und er hatte an die Warnung des Rabbi vor den Männern denken müssen, die Knaben bevorzugten.
Hatte der Arier die Augen geöffnet? Jesus konnte es nicht feststellen. Sollte er lieber zu seiner Schlafmatte zurückkehren? Doch der Druck wurde immer stärker. Er mußte ins Häuschen. Davon abgesehen befand er sich hier in einem Kloster, wo niemand es wagen würde, ihn gegen seinen Willen zu belästigen.
Als er den Ausgang erreichte, rumorte es in seinem Bauch so heftig, daß er an nichts anderes mehr denken konnte. Zu seinem Glück hatte der Regen nachgelassen, und so schritt er rasch aus. Die Hunde, die unter dem Vordach lagen, hoben kurz den Kopf, sahen ihn an und schliefen dann weiter. Nur einer stieß ein warnendes Knurren aus. Ich

habe Dringenderes zu erledigen, als dich zu behelligen, dachte Jesus. Er lief am Stupa und an den Mönchszellen vorbei und mußte dann nur noch seiner Nase folgen, um die Reihen von Löchern zu finden, die mit dem Abflußsystem verbunden waren und über die man sich hocken mußte.
Erleichtert nach der Verrichtung und froh, daß sich hier außer ihm niemand aufhielt, wusch Jesus sich im Wassertrog und griff dann nach seinem Mantel. Wie aus dem Nichts tauchte ein Schatten vor ihm auf und versperrte ihm den Weg.

Simeon lag auf seiner Decke am Höhleneingang halb unter freiem Himmel und dachte über die neue Situation nach. Die Nacht war so frisch, daß er die Beine anzog und sich von Kopf bis Fuß zudeckte. Als ihm immer noch nicht warm wurde, erkannte er, daß die Kälte aus seinem Herzen kam, und die Ursache dafür lag neben ihm und schlief friedlich.
Warum wollte sein Liebster nach Indien? Wie konnte es ihm möglich sein, den Jüngling ziehen zu lassen? Nicht so sehr hinderten ihn diese Fragen am Einschlafen, sondern die Unwägbarkeiten und der Zwang, eine Entscheidung treffen zu müssen.
Das helle Piepsen einer Feldmaus riß ihn aus seinen Gedanken und in die Wirklichkeit zurück. Der Duft von gebratenem Lamm, der immer noch in der Luft hing, füllte seine Nase. Wenn man ein Leben als Ausgestoßener in der Wildnis führte, mußte man mit Feuer und allem, das Geruch verbreitete, äußerst vorsichtig sein. Dem Anführer kam in diesem Moment zu Bewußtsein, daß er bislang stets alle Welt mit Mißtrauen betrachtet hatte. Nur bei einem, bei Thaddeus, hatte er nie Argwohn verspürt. Dabei waren schon viele Mörder, Aufrührer und Anführer von jemandem ins Verderben gestürzt worden, dem sie sich nahe

gefühlt hatten, sei es die Ehefrau, die Freundin, der Geliebte, der Freund oder der Bundesgenosse, der zuvor Treue geschworen hatte.
Simeon warf einen Blick auf die schlafende Gestalt, so als würde er an der Silhouette die Wahrheit ablesen können. Doch genausogut hätte er in die Schwärze zwischen den Eichen draußen starren können. Und dann kam ihm die Erkenntnis. Thaddeus wollte Jesus fangen, aber nicht für ihn, sondern für jemanden mit Macht und Einfluß wie zum Beispiel Prinz Zadok.
Lag er damit richtig oder falsch? Der Anführer suchte fast schon verzweifelt nach einem Fehler in seiner Schlußfolgerung. Er liebte den Jüngling, sein ganzes Leben drehte sich nur noch um ihn. Aber sosehr er auch grübelte, seine Erkenntnis schien durch und durch stichhaltig zu sein. Thaddeus war der Agent eines anderen geworden. Nur Prinz Zadok würde einen Gewinn aus Thaddeus' Tat ziehen können, indem es ihm dann möglich sein würde, den falschen Jesus gegen den echten auszutauschen. Hatte der Jüngling vielleicht schon heimlich Kontakt mit dem Prinzen aufgenommen? War er womöglich sein Geliebter geworden? Immerhin hatte sich Zadok nie verheiratet. Bei der Vorstellung, Thaddeus könnte unter den Berührungen eines anderen stöhnen, drehte sich ihm der Magen um, und er hätte am liebsten laut geschrien. Doch er beruhigte sich wieder und sagte sich mit kaltem Verstand, daß er es nicht zulassen durfte, von jemandem betrogen und ins Verderben gestürzt zu werden.
Männer wie er kannten nur eine Antwort für die, die ihn hintergehen wollten, selbst wenn ihnen der Gedanke nur flüchtig gekommen war: den Tod. Thaddeus mußte sterben. Und zwar je eher, desto besser.
Simeon befreite sich leise von der Decke. Er war jetzt wieder

ganz der berufsmäßige Mörder und Tatmensch. Vorsichtig schlossen sich seine Finger um das lange Messer, das des Nachts immer an seiner Seite lag. Thaddeus hatte einen leichten Schlaf. Er mußte sehr auf der Hut sein, um den Jüngling nicht zu wecken. Seine Hand umschloß die Waffe. Das Heft war so kalt wie sein Entschluß. Er erhob sich geräuschlos und bewegte sich ganz normal, so daß der Jüngling, falls er erwachte, annehmen mußte, sein Liebhaber folge einem Ruf der Natur.

Mit dem Dolch in der Hand beugte sich Simeon über den Schlafenden. Thaddeus regte sich im Schlaf, und der Anführer erstarrte. Der Jüngling murmelte etwas Unverständliches und atmete dann wieder ganz normal. Simeon entspannte sich, und der vertraute Geruch von muffiger Kleidung und frischem Schweiß auf der warmen Haut des Jünglings drang in seine Nase, und er blähte die Nüstern. Wie oft waren er und Thaddeus Arm in Arm eingeschlafen, nachdem sie sich geliebt hatten und sich in ihrer Liebe wohl fühlten? Wie oft hatte er dieses dunkle Haar gestreichelt? Ein Brennen trat in seine Augen, aber nur für einen kurzen Moment. In dieser Welt, in der es nur ums Überleben ging, war kein Platz für Sentimentalitäten oder nostalgische Gefühle. Simeon sprach ein stilles Gebet für Thaddeus' schwarze Seele und hob dann das Messer.

Als Barabbas zu später Stunde in Zadoks Arbeitszimmer gerufen wurde, ahnte er, daß ihm Ärger bevorstand. Es mußte bereits nach Mitternacht sein, und die grimmige Miene des Prinzen unterstrich seine Befürchtungen.

»Setz dich!« befahl Zadok, kaum daß der Junge eingetreten war, vor ihm niederkniete und seine Hand küßte.

Barabbas rieb sich die Augen, um Schläfrigkeit vorzutäuschen und sich damit vielleicht einen Vorteil zu verschaffen.

»Du befindest dich mittlerweile seit einem Jahr in meiner Obhut«, begann der Prinz ernst. »Du erhältst in diesem wunderbaren Palast, den ich dir geöffnet habe, Nahrung, Kleidung, ein Nachtlager und mehr Schutz, als du ihn dir je erträumt hast. Sieh dich einmal um und sag mir, wie viele Menschen von sich behaupten können, in so viel Luxus aufzuwachsen?«
Barabbas ließ gehorsam den Blick schweifen, obwohl er bereits sooft zum Empfang einer Predigt oder einer Strafe in diesen Raum zitiert worden war, daß er sich hier so gut auskannte wie in seiner Kammer. Rote und grüne Teppiche aus Persien bedeckten den weißen Marmorboden und lagen unter Tischen, Couchen und Bänken aus Akazien- und Eschenholz. Die Einrichtung wurde vervollständigt durch goldene Vasen und bronzene Weihrauchbrenner, aus denen immerzu weiße Rauchfäden aufstiegen. »Dies ist ein guter Ort«, bemerkte er schließlich leise und senkte den Kopf gerade so tief, daß Zadoks Blick nicht seine Augen treffen konnte.
»Warum kannst du dich dann nicht eingewöhnen? Du weißt doch, daß alles seinen Preis hat. Bist du nicht bereit, für all diesen Luxus deine Pflichten zu erfüllen?«
Zadok sprach emotionslos, und Barabbas beschloß, darauf mit gespieltem Unbehagen zu reagieren. Bislang hatte er stets offene Rebellion an den Tag gelegt, die von dem Prinzen jedesmal mit kalter Erbarmungslosigkeit zerschmettert worden war. »Ich bin in dieses gute Leben gezwungen worden, edler Prinz. Ihr wart mir gegenüber so großzügig, daß ich sogar die orthodoxe jüdische Lebensweise auf mich genommen habe.« Er schüttelte den Kopf. »Für jeden anderen wäre das bestimmt wunderbar, aber nicht für mich.« Er hob hilflos die Arme. »Vom Moment des Erwachens am Morgen bis zu der Stunde, in der ich mich zur

Nacht zurückziehe, bin ich das heimliche Mündel des Prinzen, der zum führenden Kopf hinter den Kulissen des gefürchteten Sanhedrin geworden ist. Ich respektiere und ehre Euch sehr, edler Prinz, und ich würde nichts lieber werden als so wie Ihr, doch es gibt auch Zeiten, da werden mir alle Überwachung und die ewige Disziplin doch zuviel.«
Der Ansatz eines Lächelns umspielte die Mundwinkel Zadoks. »Wenn du wirklich so wie ich zu werden wünschst, solltest du mir auch auf meinem Pfad folgen.« Er zeigte in einer weiten Armbewegung durch den Raum. »Oder meinst du, das alles hier sei vom Himmel gefallen?«
Ermutigt durch den Umstand, daß anscheinend kein Zornesausbruch des Prinzen drohte, setzte der Junge ein keckes Lächeln auf. »Ist denn nicht dieser Palast aus dem Himmel Eurer Vorfahren gefallen, Herr?«
Zadoks Lachen löste die letzte Spannung im Raum. Eine der Kerzen in den goldenen Haltern an der Wand fing an zu flackern. »Ein Punkt für dich. Aber du hast nicht gesagt, du wolltest so werden wie dieser Palast hier, sondern wie ich.«
»Da habt Ihr vollkommen recht, edler Prinz«, entgegnete Barabbas und erhielt eine Eingebung: »Vielleicht liegt es ja daran, daß ich Fehler mache. Würdet Ihr mir die Freude und die Ehre erweisen, mir etwas von Eurem früheren Leben zu berichten, vielleicht aus der Zeit, als Ihr in meinem Alter wart?«
Zadok hob überrascht die buschigen schwarzen Brauen. Zum ersten Mal wandte er den Blick ab von Barabbas. Hab' ich dich endlich am Haken, dachte der Junge voll grimmiger innerer Freude. Ich lerne schnell. Zuerst muß man sein Gegenüber mit Schmeicheleien entwaffnen, die er gern hört, dann seine Schwachstellen erkunden. In einer weiteren plötzlichen Eingebung erkannte Barabbas, daß die meisten großen und mächtigen Männer das Ergebnis ihrer

Kindheit waren, deren verborgene Narben sie ihr Leben lang spürten.

»Meine Jugend verlief ungefähr so wie das, was ich dir angedeihen lasse«, begann Zadok leise und fing an, dem Jungen zu erzählen, unter welchen Bedingungen er aufgewachsen war. Er verschwieg ihm auch nicht die strenge Bestrafung, die gelegentlich zur Folter wurde, durch den tyrannischen Vater. »Wie du, so war auch ich ein Rebell«, schloß er. »Doch als meine Eltern starben, ließen sie mich als jemanden zurück, der sich selbst nicht kannte und nur das Ergebnis dessen war, zu dem sie ihn hatten formen wollen. So mußte ich mir mit meiner eigenen Willenskraft weiterhelfen, und das willst du ja auch eines Tages vollbringen. Die Art, wie wir auf Umstände reagieren, ändert sich wie die Kleidung, die wir wechseln. Der Kern unserer selbst, unsere innere Persönlichkeit bleibt aber immer dieselbe, ganz gleich, von welchen Kleidern sie verhüllt wird.«

Barabbas hatte fasziniert, jedoch in dem Bewußtsein zugehört, mit einfachen Mitteln und etwas List einen eindeutigen Sieg über diesen überaus intelligenten und mit allen Schlichen und Intrigen vertrauten Mann errungen zu haben. Er wollte jetzt feststellen, wie umfassend sein Sieg ausgefallen war: »Nun verstehe ich schon viel mehr, edler Prinz, und ich will in Zukunft mein Bestes geben, Euch zu erfreuen«, er holte zum entscheidenden Schlag aus, »doch dies aus Respekt vor Euch ... und nicht etwa, weil ich der Messias werden will.«

Der Blick in den harten dunklen Augen schien weicher zu werden, wenn auch nur für einen winzigen Moment. Zadok nickte zum Zeichen dafür, daß er das verstand, was Barabbas ihm vorgetragen hatte. Er schien nicht zu begreifen, daß der Junge ihm nur etwas vorgemacht hatte und in Wahrheit sein Feind war. »Du darfst dich jetzt zurückziehen«, erklärte

er etwas knurrig. »Sei in Zukunft ein artiger Junge. Und nun schlaf gut.«
Barabbas warf einen letzten Blick auf den Stock, der auf dem Schreibtisch lag. Eigentlich hätte der auf seinem Rücken tanzen sollen, doch der Junge hatte Prinz Zadok von seinem Vorhaben abgebracht, weil er ihm mit den Mitteln des Prinzen Zadok begegnet war.

Jesus erkannte sofort, wen er vor sich hatte: den Hünen. In der verzweifelten Hoffnung, sich in den Beweggründen des Mannes getäuscht zu haben, murmelte er: »Verzeih bitte«, und versuchte sich an ihm vorbeizuschieben. Das Herz schlug ihm bis zum Hals, und vor Furcht war ihm schlecht.
»Nein.« Der Riese versperrte ihm weiterhin den Weg und tat nun etwas Unerwartetes: Er streckte eine Hand aus und strich Jesus über die Wange. »Du bist so ein schöner Junge«, sagte er leicht keuchend.
Der Knabe bekam eine Gänsehaut. Sein Verstand mußte doch in der Lage sein, einen Ausweg zu finden. Er zwang sich zur Ruhe, um klarer denken zu können. Aber da er alle Konzentration benötigte, die Angst daran zu hindern, ihn zu lähmen, gelang es ihm nur, dem schlafenden Rabbi einen stummen Hilfeschrei zu senden. »Bitte, laß mich zu meiner Schlafmatte zurück«, sagte er flehend.
»Warum hast du dich denn so heimlich aus dem Saal geschlichen?« entgegnete der Mann. »Doch wohl nur, um mir damit ein Zeichen zu geben, daß ich dir folgen solle.«
Herr im Himmel, war der Riese wirklich dieser Ansicht? Zur Angst gesellte sich Verzweiflung. »Es tut mir leid, aber da hast du etwas falsch verstanden«, stammelte Jesus. »Ich bin nur nach draußen gegangen, um das Häuschen aufzusuchen.«
»Was?« fragte der Mann ungläubig, und in seiner Stimme

klang so viel Verärgerung mit, daß der Junge zu zittern anfing.
»Ich schwöre dir, das ist die Wahrheit.«
Der Riese geriet in Wut. »Dann willst du mich also nicht?«
»Ganz gewiß nicht, vielen Dank.«
»Aber ich will dich«, knurrte er und griff rasch zu.
Doch Jesus wich noch schneller zurück, und so bekam der Mann nur einen Zipfel seines Gewands zu fassen. Mit einem Wutschrei zerrte er an dem Kleidungsstück, um den Jungen in seine Arme zu zwingen. Jesu Verstand arbeitete jetzt wieder, und er schlüpfte behende aus seinem Gewand, so daß der Riese nur den Stoff in den Händen hielt.
»Friede sei mit euch, Brüder.« Jesus war nie so froh gewesen, diese geliebte Stimme zu vernehmen.
Der Mann fuhr herum. Für einen Moment sah es so aus, als wollte er sich auf Alara stürzen. Er starrte den heiligen Mann, der seinen Wanderstab in der Hand hielt, endlos lange an, dann warf er mit einer Verwünschung Jesu Gewand auf den Boden und verschwand.
Der Junge warf sich Alara in die Arme und hielt ihn fest.
»Danke, Rabbi, vielen Dank, daß du mich gerettet hast.«
»Beruhig dich wieder, Lieber, du warst ja drauf und dran, dich selbst zu retten.«
»Das wäre aber nicht so leicht und nicht so schnell gegangen. Doch bin ich froh, daß mir dies widerfahren ist, denn nun will ich vor Gott schwören, daß ich für den Rest meines Lebens *brachmacharya* bleiben will.«
»So ist es dir vorherbestimmt.«
Der Rabbi war so klug. Dem Jungen kam wie eine plötzliche Eingebung eine Frage in den Sinn: »Wie ist es möglich, daß du genau im entscheidenden Moment hier aufgetaucht bist? Ich meine, du hättest nicht später kommen dürfen. Mußtest du vielleicht auch das Häuschen aufsuchen?« Kaum hatte er

diese Worte ausgesprochen, wußte Jesus schon, wie dumm sie waren: Der heilige Mann hatte natürlich alle seine Körperfunktionen unter Kontrolle.
Alara legte ihm eine segnende und beruhigende Hand auf die Stirn. »Ich habe deinen Ruf gehört«, antwortete er nur.

Die Behauptung, Jesu Bitte um Hilfe hätte mich aus dem Schlaf gerissen, war allerdings nicht ganz richtig. Ich war von einem Gefühl der Unruhe erwacht und hatte die Matte neben mir leer vorgefunden. Da ich um seine Verdauungsbeschwerden wußte, erhob ich mich sofort und lief nach draußen.
Die vom Regen gewaschene Luft roch rein und war angenehm kühl. Ich blieb kurz stehen und warf einen Blick an den Himmel. Mit seiner Finsternis und den tiefliegenden Wolken wirkte er bedrückend. Während ich kurz über den Himmel meditierte und im Geist über die Unendlichkeit nachdachte, die jenseits der Wolkenbänke lag, kam mir die Erkenntnis, daß das Gefühl der Unruhe nicht vom verkorksten Magen des Jungen herrührte. Erst als ich auf die Außenhäuser zueilte, in denen sich die Aborte befanden, empfing ich Jesu Hilferufe.
Nun war die Gefahr vorüber, und alles hätte gut sein können, doch mich beschäftigte eine neue Eingebung: Das Gefühl, daß der Knabe sich in einer fast ausweglosen Situation befand, hatte mich nicht kraft meiner Meditationen erreicht, sondern dank der tiefen Liebe, die ich zu ihm gefaßt hatte. Damit verhielt es sich ungefähr so wie mit der Ahnung, die eine Mutter befällt, wenn ihr Kind in Gefahr schwebt. Daher hatte der Ruf mich nicht vermittels meiner erlernten Yogi-Fähigkeiten erreicht, sondern durch ein biologisches Attribut, ein Geschenk der Schöpfung, das denen zuteil wird, die einander von Herzen zugetan sind.

Würden meine Fähigkeiten eines Tages im Widerstreit mit den Gefühlen liegen, die ich zu dem Knaben gefaßt hatte? Würde die Gabe der inneren Sicht darunter leiden, die ich in vielen Jahren harter und strenger Lehre und Selbstdisziplin erworben hatte? Ich glaube, ich kannte die Antwort schon, und ich fragte mich, ob ich darauf vorbereitet war, einen Teil meiner erlernten Talente zugunsten der Akzeptanz und Pflege der Liebe zu Jesus aufzugeben. Die Antwort kam direkt und ohne Bedauern: Ja, ich war dazu bereit. Ich liebte den Jungen wirklich, und es gab nichts, das ich tun konnte oder wollte, um diese Gefühle zu schmälern. Sie waren ein fester Bestandteil von mir, jetzt und in der Zukunft.

Zum Unglück des Knaben erkannte ich, daß das eingetreten war, was ich bereits während der Reise nach Taxila vermutet hatte: Der Verlustprozeß hatte bereits eingesetzt, ich verlor meine innere Sicht. Mit gelang es nur noch, Jesu weitere Zukunft zu erkennen. Zwar konnte ich seine Sichten empfangen, aber alles, was in seiner näheren Zukunft lag, blieb mir verborgen.

Simeon wollte gerade kraftvoll mit dem Dolch zustoßen, als er sich plötzlich seiner Liebe zu dem Jüngling bewußt wurde und innehielt. Er mußte einfach noch einmal Thaddeus Antlitz sehen, seine lebende Miene, und sei es auch nur für einen winzigen Moment, bevor er den Stahl in sein Fleisch bohren würde. So verharrte er gebeugt über dem Liebsten und versuchte angestrengt, das Messer niederzuzwingen, doch die Dolchhand blieb in der Luft, als würde sie dort von einem unsichtbaren Schraubstock festgehalten. Während in ihm die Liebe zu Thaddeus und der Wille, um jeden Preis zu überleben, miteinander rangen, brach ihm der Schweiß aus. Seine Gefühle erzeugten in ihm einen Gedanken, und die

Liebe gewann schließlich die Oberhand. Was, wenn der Jüngling doch unschuldig war? Er atmete zitternd ein, erhob sich und stolperte aus der Höhle in die Nacht. Ihm kam nie in den Sinn, daß Thaddeus, der geborene Mörder, in dem Moment erwacht war, als der Anführer sich über ihn gebeugt hatte. Thaddeus hatte so getan, als würde er schlafen, doch insgeheim seinen Dolch ergriffen, um zuzustoßen, bevor Simeon auch nur die Chance dazu erhielt.

Als der Mann Stunden später und nach langem innerem Ringen in die Höhle zurückkehrte, brach draußen bereits die Dämmerung an. Obwohl er zu einer Entscheidung gefunden hatte, konnte das Gezwitscher der ersten Vögel ihm keinen Seelenfrieden schenken. Er fand Thaddeus immer noch schlafend vor.

»Wach auf, Liebster«, schüttelte er den Jüngling an der Schulter.

Thaddeus öffnete sofort die Augen und hielt den Dolch griffbereit. »Was gibt es denn, Bruder Simeon?«

»Ich habe lange über deinen Wunsch nachgedacht. Meine Liebe zu dir zwingt mich, dir ein oder zwei Jahre zu gewähren, in denen du dich selbst finden kannst. Du sollst Geld und alles andere, das du für die Reise brauchst, von mir erhalten. Am besten brichst du gleich mit der aufgehenden Sonne auf.«

KAPITEL 25

Die Karawane von Taxila reiste nur bis Sravasti. Von dort brachen andere Handelszüge nach Osten oder Süden auf. Jesus und ich übernachteten in dem Ort und machten uns am nächsten Morgen auf, um zu Fuß unser Ziel dann zu erreichen.

»Dieser Teil von Indien wirkt sehr fruchtbar«, bemerkte Jesus und deutete auf die weiten Hirse- und Reisfelder, die sich zu beiden Seiten der Straße erstreckten. Der Tau auf den Halmen glitzerte im ersten Tageslicht.

»Man könnte das Ganges-Tal durchaus als den fruchtbaren Halbmond dieses Landes bezeichnen«, entgegnete ich. »Da die zweimal jährlich niedergehenden Monsunregen vorüber sind, geht das Hochwasser des Stroms zurück und hinterläßt ein grünes und fruchtbares Land, auf dem in dieser warmen Luft alles prächtig gedeiht.«

»Die Menschen hier machen einen wohlgenährten Eindruck.« Seine Beobachtung traf ganz gewiß auf die Dörfler zu, die uns begegneten oder an denen wir vorbeikamen. Feldarbeiter, Reisende, Männer, Frauen und Kinder, ob zu Fuß, in Ochsenkarren oder mit Eseln unterwegs, wirkten tatsächlich nicht so, als würden sie Hunger leiden. Selbst die großen grauen Elefanten, die schwere Baumstämme zogen, sahen zufrieden aus.

»Überall in diesem Land, mit Ausnahme vielleicht der Wüsten, kann die Dorfbevölkerung von ihren Äckern und von ihrem Vieh leben. Dazu gibt es Nüsse, Früchte und Gemüse, und die Flüsse und Bäche bieten ein reiches Angebot an Fischen. Anders verhält es sich hingegen mit den Städtern, denn sie erhalten nicht immer genug Entgelt für ihre Arbeit, und oft gibt es nicht genügend zu tun, um ihren Lebensunterhalt zu sichern.«

»So ähnlich geht es auch in meinem Land zu«, erklärte er, »aber bei uns sind die Straßen eindeutig besser als hier.«

»Die Griechen, Römer oder Perser sind nie bis hierher gekommen«, entgegnete ich.

Darüber mußte er lachen. »Und wie halten die Könige in dieser Weltgegend Recht und Ordnung aufrecht?« erwiderte er. »Sind denn nicht gute Straßen eine der wesentlichen Voraussetzungen für eine funktionierende Regierung?«

»Schlechte Straßenverhältnisse haben auch ihre Vorteile«, antwortete ich, »hindern sie Eindringlinge doch an einem raschen Vorankommen. Aber Überschwemmungen und der Monsunregen sind in Nordindien für den miserablen Zustand der Überlandstraßen verantwortlich. Die Könige begegnen dem Mißstand der schlechten Verbindungen damit, daß sie einen Teil ihrer Autorität an die Dorfältesten und -räte delegieren.«

»Aber wie behalten sie die Kontrolle, wenn sie in Fällen von Untauglichkeit, Bestechlichkeit oder Aufruhr nicht sofort eingreifen können?«

Ich lächelte grimmig. »Ein großer indischer Philosoph, Kautilya, hat es unverblümt ausgedrückt. Er sagte, die Kunst des Regierens bestehe in der Bestrafung. Die Strafen, die die Könige in diesem Land aussprechen, sind so grausam und unmenschlich, daß sie als Abschreckung und Vergeltung zugleich dienen. Oft haben sie eine so heilsame Wirkung, daß der entsprechende Mißstand tatsächlich abgestellt wird, wenn auch nur bis zum nächsten Mal, aber das ist wohl überall dort, wo mehrere Menschen zusammenleben, unvermeidlich.« Meine eigenen Worte riefen mir nach all den Jahren die Erinnerung an meine Eltern ins Gedächtnis zurück, die ein furchtbares Schicksal hatten erleiden müs-

sen, und das, obwohl ihr einziges Verbrechen darin bestanden hatte, zum Herrschen geboren worden zu sein. Die Trauer und das Entsetzen über ihr gräßliches Ende wohnten immer noch in meinem Herzen.
Jesus spürte meinen Kummer und sah mich an. Seine Augen füllten sich mit Tränen.
Donnernde Trompeten und fröhliches Getrommel rissen mich in die Gegenwart zurück. Eine Gruppe von Jongleuren, Akrobaten und Stelzenläufern tauchte in der Ferne auf. Die Schausteller waren offenbar nach Sravasti unterwegs, um dort ihre Künste vorzuführen. Wir blieben stehen und beobachteten, wie sie vorbeizogen. Jesu Augen blitzten vor Begeisterung wie bei einem kleinen Kind.
In den Ländern Kosala und Magadha, die nebeneinander liegen, trifft man unzählige Yogis und Asketen. In der Gegend von Kapilavatthu liegen Lumbini, wo Gautama Buddha geboren wurde, Sarnath, wo er seine erste Predigt hielt, Gaya, wo er Erleuchtung erlangte, und Kusinara, wo er gestorben ist.
Der geheiligte Hain von Kapilavatthu beherbergt auch einen weithin bekannten Wildpark, in dem die Tiere, anders als bei dem in Sravasti, frei herumlaufen. In letzterem verschwand das Wild schon vor Jahrhunderten, um Menschen und ihren Hunden Platz zu machen. Kapilavatthu liegt südlich von dem Park. Obwohl dieser Ort einst die Hauptstadt der Sippe bildete, aus der Gautama Buddha entsprang, hatte sie sich im Lauf der Zeit ungeordnet ausgebreitet und war immer weiter am Westufer des Flusses entlang gewachsen. So bietet sich der Ort heute als unansehnliches Wirrwarr aus Holz- oder Lehmhäusern dar, von denen nicht wenige drei oder vier Stockwerke in den Himmel ragen und in ihrem Innern Läden, Wohnräume, Versammlungsplätze, Speiselokale und gelegentlich auch Gast-

höfe beherbergen. Die vornehmeren Wohnhäuser der Reichen stehen am Ostufer und sind von einer Palisade umgeben.
Das Wasser aus dem Fluß oder aus einer der vielen Quellen strömt aus öffentlichen Speiern und ist jedermann zugänglich. Das Abwassersystem hingegen ist so primitiv, daß der ihm entströmende Gestank uns schon begrüßte, als wir uns noch ein ganzes Stück von der Stadt entfernt befanden. Im Ort selbst findet man sich nur schwer zurecht, weil von der breiten Hauptstraße ein wahres Gewirr von verschlungenen, schmalen Gassen abgeht. Abgetrennte Bezirke enthalten die reichverzierten Hindu-Tempel mit ihren roten und gelben Ziegelmauern. Noch mehr fallen dem Besucher aber die in ihrer Einfachheit viel beeindruckenderen weißen und kuppelförmigen buddhistischen Dagoben ins Auge. Sie prägen das Bild dieser Landschaft, seit der große König Aschoka sich dem Buddhismus zuwandte und diese Lehre in seinem Reich förderte, das sich bis auf den Süden über ganz Indien erstreckte und im Norden an den Himalaja stieß. Das Gefängnis des Königs Bimbisara, der zur Zeit von Gautama Buddha in Magadha regierte und das Opfer des Ehrgeizes seines Sohnes wurde, überblickt die grünen und baumbestandenen Hügel, zwischen denen die rötlich-braunen Ebenen liegen, auf denen der Herr Buddha wandelte und predigte. Hier trifft man zahlreiche Felsinschriften an, durch die König Aschoka seine Edikte kundgetan hat.
Sowohl die Stadt als auch der Hain Kapilavatthu sind notwendigerweise von Palisaden umgeben, um die herumziehenden Tiere, vor allem die Tiger und wilden Elefanten, von Menschen und Vieh fernzuhalten. Solche Schutzmaßnahmen sind für heilige Männer unnötig, denn von ihnen geht eine solche Ruhe aus, daß alle Tiere in ihrer Gegenwart friedlich werden. Ich vermute, daß nicht einmal ein hungri-

ger Tiger sich dazu herablassen würde, über einen Sack Knochen wie mich herzufallen, der nach Sesamöl stinkt.

Es war schon fast Abend, als Jesus und ich endlich den Park erreichten. Das Plätschern des Flusses, der durch die Anlage strömte, entbot sich uns als einziger ständiger Begleiter in der Stille der heranrückenden Nacht. Das Summen und Lärmen der Stadt lag hinter uns, und über uns kehrten die Vögel in ihre Nester heim. Wir standen kurz davor, in das Spiel aus Licht und Schatten unter den Bäumen zu treten, als mir der Geruch von ausgelassener Butter in die Nase stieg, noch ehe ich den Mann erblickte, der sich uns in den Weg stellte.

In dem Moment, in dem ich erkannte, wie finster er Jesus anstarrte, erfüllte mich eine ungute Vorahnung, und es dauerte nicht lange, bis ich ihn wiedererkannte. Dies war der indische Sanyasi, der mir vor sechzehn Jahren in Sippar ewige Verdammnis angedroht hatte, als ich den beiden Sternen folgte, um zu dem Ort zu gelangen, an dem Jesus das Licht der Welt erblickt hatte. Die lange Zeit hatte ihm nicht viel anhaben können. Es konnte durchaus noch dieselbe orangefarbene Robe über dem großen, skelettartigen Körper und derselbe Stab wie damals sein. Und in seinem totenschädelähnlichen Gesicht stand noch der gleiche irre Ausdruck zu lesen. Die drei ineinander verschlungenen Schnüre, die er heute über der Brust trug, verrieten mir, daß er der Kriegerkaste angehörte. Das Band eines Priesters hätte aus Hanf, das eines Kaufmanns aus Wolle bestanden. Es kam mir eigenartig vor, daß ein Asket dieses Zeichen angelegt hatte.

»Wer bist du?« fuhr er Jesus an, und seine Worte schnitten wie eine Säge durch die Abendluft. Die Menschen, in denen die Milch der Menschlichkeit und Freundlichkeit längst geronnen ist, verfügen oftmals über rauhe Stimmen.

»Mein Name lautet Jesus, ehrwürdiger Herr«, antwortete der Junge respektvoll.
»Du bist ein Fremder. Wo kommst du her?« Der Mann hatte kein Recht, solche Fragen zu stellen, doch ich sagte mir, sollte Jesus doch versuchen, diese unnötige Unfreundlichkeit mit seiner Sanftmut zu brechen.
»Ich stamme aus Nazareth, das im Königreich Judäa liegt.«
»Aha!« Der Asket richtete anklagend einen Zeigefinger auf Jesus. »Dann bist du Jude.«
»Ja, Guru.« Der Junge kannte diese ehrenvolle Anrede bereits, aber den Ausdruck Rabbi hob er allein für mich auf. Der Zeigefinger fing an zu zittern. »Eine dreckige Rasse!« rief der Mann. »Die Juden sind so unrein, daß sie sich beschneiden lassen müssen.«
Ich entschied, daß es an der Zeit war, einzugreifen. »Ich heiße Alara«, erklärte ich und sah den Asketen freundlich an. »Darf ich mich mit allem nötigen Respekt erkundigen, wie Euer Name lautet, Guru?«
Für einen Moment glaubte ich, der Asket wollte mich mit seinem Stab niederstrecken, aber ich richtete so viel Liebe auf ihn, daß sich sein Arm nicht bewegte. Doch dafür haßte er mich um so mehr, denn gegen meine reine Liebe konnte er sich nicht zur Wehr setzen. »Ich bin Ramata und gehöre der Kriegerkaste an.« Er spielte mit einem Finger an seiner Schnur. »Jedermann hier kennt mich, bis auf Fremde natürlich, und erst recht nicht die verlausten Juden.«
»Mein Guru hier kommt aus Baktrien und gehört dort einem Königshaus an«, teilte Jesus ihm höflich mit. »Doch viel wichtiger noch ist, daß er der edelsten Gruppe von Menschen zuzuordnen ist, den sanften nämlich. Und was die Beschneidung angeht, so macht unser Klima sie zur Erhaltung der Reinlichkeit notwendig. Und ich möchte Euch respektvoll darauf hinweisen, daß nichts und niemand

schmutzig ist, weil alles zu Gottes Schöpfung gehört, selbst der Schmutz und der Dreck.« Er lächelte ihn entwaffnend an.
»So hat zum Beispiel auch die berühmte Königin Kleopatra von Ägypten sich Schlammpackungen aufgelegt, um ihre reine Haut zu erhalten«, warf ich ein.
»Schweigt!« donnerte Ramata und hob erneut drohend den Wanderstab.
»Alles, das erzwungen wird, vor allem, wenn rohe Gewalt dabei im Spiel ist, hat keinen Bestand«, erklärte ich ungerührt. »Und jetzt macht uns bitte Platz, Herr Ramata, denn wir würden uns gern im geheiligten Hain ein Nachtlager suchen. Wir sind nämlich sehr weit gereist, um an diesen Ort des *Friedens* zu gelangen.«
Doch da er nicht weichen wollte, liefen wir einfach um ihn herum und traten in den Wald ein. Er verfolgte uns mit seinem wirren, feindseligen Blick.
»Zum ersten Mal auf unserer langen Reise haben wir uns einen Feind geschaffen«, bemerkte Jesus traurig, während wir zwischen den Bäumen hindurchschritten.
»Ramatas Haß war nicht zu brechen. Er wird nicht nur unser Feind sein, sondern uns auch mit seiner unerbittlichen Rache verfolgen.«
»Was will einer wie er denn an diesem Ort?«
»Extreme Formen der Selbstkasteiung entstehen aus Selbsthaß«, erklärte ich dem Jungen. »Fortgesetzte Kasteiung schürt den Selbsthaß, und so nähren sich bald beide gegenseitig. Die Ursache des einen ist die Wirkung des anderen und umgekehrt, bis schlußendlich der Geist völlig verwirrt ist. Ramata reist durch die Welt und macht die Menschen und die Ereignisse für seinen großen Haß verantwortlich. Er ist mir früher schon einmal begegnet, scheint mich aber nicht wiedererkannt zu haben.«

Jesus hob ruckartig den Kopf. »Soll das heißen, er ist der Sanyasi, der dir damals in Sippar das Ende der Welt vorhergesagt hat?«

Der Junge und ich waren bereits so lange zusammen, daß wir beide mit der Lebensgeschichte des anderen ziemlich vertraut waren. Immerhin lagen drei Jahre seit der Nacht hinter uns, in der ich ihn im Haus seiner Eltern abgeholt hatte.

»Ich werde noch nicht einmal den Schatten eines Verdammten der unteren Kasten oder eines dreckigen Juden mein Essen besudeln lassen!« Sein Geschrei zerschmetterte die Stille des Hains, und alle, die sich in der Nähe befanden, drehten sich um. »Ich sorge dafür, daß man euch von diesem Ort verbannt und in die Leprakolonie steckt, wo ihr hingehört!«

Wenn das Gesetz der Ursache uns den unerwünschten Effekt Ramata eingebracht hatte, so hielt dieser an diesem Abend nicht lange an. Wenig später stieß Jesus nur noch Begeisterungsrufe über die schöne Anlage des Parks und die Friedlichkeit der Menschen aus, die hier lebten oder sich bei einem Spaziergang zwischen den Schatten, plätschernden Springbrunnen, lotosbesetzten Teichen am Flußufer erholen wollten. Zu dieser Stunde fanden sich hier stets viele Stadtbewohner ein, Jungen in Tuniken und engen Hosen und Mädchen in Pluderhosen und *kurthas* spielten auf den Lichtungen, an einigen Stellen waren Männer und Frauen zu Gesang und Tanz zusammengekommen, während ein Stück weiter Geschichtenerzähler ihre Zuhörer verzauberten, und noch etwas weiter faszinierten Schlangenbeschwörer die Schaulustigen, auch wenn den meisten der Umstand bekannt war, daß man den Kobras die gefährlichen Giftzähne gezogen hatte.

»Hier sieht alles so ganz anders aus, als ich es erwartet hatte«, rief der Junge, während wir zu dem Teil des Parks gelangten, an dem wir ein Nachtlager finden würden. Ich hegte die Hoffnung, wir könnten uns hier für die gesamte Dauer unseres Aufenthalts niederlassen. Ich merkte meinem Begleiter an, daß ihn das, was es hier zu sehen gab, begeisterte, aber auch enttäuschte. »Unsere heiligen Orte sind so ... so ...« Er ließ den Satz unvollendet, weil ihm kein Wort einfallen wollte, daß mich nicht enttäuschen würde.

»Ehrwürdig?« schlug ich vor.

»Ja, genau, sie sind ehrwürdig.«

»Du wirst auch in diesem Hain viel Ehrwürdiges finden«, erklärte ich ihm. »Der Ort verströmt nämlich Frieden und Heiligkeit von der Art, die denen bekannt ist, die in sich selbst ruhen und deswegen auch in einer Feuersbrunst, einer Flut oder einer Löwengrube ihr inneres Gleichgewicht nicht verlieren.« Ich lächelte, weil ich den Jungen an die Geschichte von Daniel in der Löwengrube erinnert hatte, die in seinem Volk natürlich wohlbekannt war.

Als wir am eigentlichen Hain anlangten, mußten wir nicht lange suchen, um einen perfekten Platz für unseren Aufenthalt zu finden. Bis heute morgen hatte hier ein Yogi gelebt, der weitergezogen war. Der kleine, strohgedeckte Unterschlupf lag im Schutz eines großen Banyanbaumes, unweit des wunderbaren Badebeckens, das König Bimbisara einst für Gautama Buddha hatte errichten lassen. Ein idyllischer Ort. Der Bambus rauschte wie Musik, wenn ihn eine Brise bewegte, und erzeugte damit einen angenehmen neuen Klang zum eintönigen Plätschern des Wassers. Weit genug entfernt von den Aborten und Latrinen war die Luft hier so rein, daß der Duft der Wasserlilien in seiner ganzen Ursprünglichkeit erhalten blieb. Hier blieben uns Besucher

erspart, denn nur wenige Menschen kamen je in diesen Teil des Parks, der allgemein als heilig galt.
Wir legten unsere Taschen ab, ließen uns auf den abgenutzten gelben Matten nieder, die die Vorbewohner zurückgelassen hatten, und genossen die Stille und den Frieden unseres neuen Domizils.
Jesus schloß die Augen. »Ah, wie gut das nach so vielen Tagen des Nomadenlebens tut …« Im nächsten Moment riß er die Augen weit auf: »Wohnen nicht Schlangen im Bambus?«
»In diesem Land werden Schlangen, ganz besonders Kobras, als heilige Geschöpfe angesehen. Manche verehren sie als die Wesen, die die Schätze der Götter bewachen. Wie die meisten wildlebenden Tiere werden sie nur gefährlich, wenn man sie erschreckt. Dann aber beißen sie sofort zu. Hier im Hain ist nur selten jemand an einem Schlangenbiß gestorben. Weitaus mehr Menschen gehen an Krankheiten zugrunde, erliegen einem Unfall oder sterben durch eigene Hand. Unter den ständigen Bewohnern des Hains herrscht soviel Friede und Sanftmut, daß ihre Ausstrahlung auf alle anderen Lebewesen hier abfärbt.«
»Sie sollen nicht verletzen oder vernichten die in meinem heiligen Berg, spricht der Herr.«
»Das ist schön gesagt. Aber eigentlich ist doch die ganze Welt Gottes heiliger Berg.«
»Nein, das stimmt nicht, Rabbi.«
»Wie meinst du das?« fragte ich verwirrt.
Er grinste jungenhaft: »Die gesamte Schöpfung ist Gottes heiliger Berg.«
»Wenn du nicht ein so lieber Junge wärst, würde ich dir dafür jetzt höchstpersönlich auf Gottes heiligem Berg eine Ohrfeige verabreichen.«
Er riß in gespieltem Entsetzen die Hände hoch. »Aber,

Rabbi, allein schon einen solchen Gedanken zu hegen! Schande über dich, der du dich doch Mann des Friedens nennst!«
Wir mußten beide lachen, doch dann wurde Jesus wieder ernst: »Leider gibt es da einen, der danach trachten wird, unseren Frieden zu zerstören, besonders wenn er erfährt, daß zwei Menschen aus einer niedrigen Kaste sich an einem der schönsten Plätze des heiligen Hains niedergelassen haben.«

Zu jener Zeit war ein Teil meiner Aufgabe erfüllt. Ich hatte Jesus durch verschiedene Länder geführt, ihn mit den verschiedenen Kulturen, Religionen und Herrschaftsauffassungen konfrontiert und ihn an diesen Ort gebracht, an dem er sein Denkvermögen und seine körperlichen Kräfte schulen und vielleicht Zugang zu seinen spirituellen Energien finden konnte.
Zu keinem Zeitpunkt hatte ich mich als sein Lehrer oder Mentor gefühlt. Ich hatte ihm lediglich so etwas wie Texte vorgelegt – oder anders ausgedrückt, ihm Türen geöffnet. Er warf auf alles einen Blick und entschied dann selbständig, ob er hindurchtreten sollte oder nicht. Bei Babylon zum Beispiel hatte er einen Besuch abgelehnt. Die letzte Wahl mußte immer bei ihm bleiben, denn schließlich war es sein Schicksal, dem wir beide uns zu stellen hatten.
Ich hatte bereits beschlossen, hier am Hain meinen Kurs beizubehalten. Jesus sollte allein aussuchen, welche Arten von Yoga er studieren und welche Fähigkeiten er erwerben wollte. Ich würde ihm lediglich die Yogin zeigen, die ihm die für ihn wichtigen Kräfte zugänglich machten.
An unserem ersten Abend in diesem Park saßen der Junge und ich uns im Lotossitz gegenüber, ließen das Wasserplätschern des Teichs beruhigend auf uns wirken und sprachen über unsere Zukunft.

»Ich möchte die Fähigkeit erlernen, den Körper zu kontrollieren, Rabbi«, erklärte Jesus. »Manche Menschen brauchen dafür länger als andere. Einige, wie zum Beispiel Gautama Buddha und du selbst, besitzen aber eine natürliche Veranlagung, diese Kräfte schneller zu erwerben, indem sie direkt mit ihrem Geist arbeiten und diesen nicht mehr durch die Bedürfnisse des Körpers fesseln lassen. Daher möchte ich meinen Körper absolut beherrschen. Außerdem möchte ich gern die Kunst des Heilens erlangen. Damit meine ich nicht das Wissen über Kräuter oder Arzneien, sondern die Heilung durch Geisteskraft.«

Ich nickte zum Zeichen, daß ich den Unterschied kannte. »Du wirst solche Yogis kennenlernen, die dich in den von dir gewünschten Fähigkeiten ausbilden können«, entgegnete ich. »Doch wie steht es mit der Gabe der gesegneten inneren Sicht? Möchtest du die nicht erwerben?«

»Überhaupt nicht, Rabbi«, antwortete er in aller Entschiedenheit.

»Und warum nicht?« fragte ich, obwohl ich die Antwort doch längst erraten hatte.

»Ich darf es einfach nicht zulassen, daß das Wissen um meine Zukunft oder das Schicksal anderer mein Urteilsvermögen beeinflußt. Gott hat einen Auftrag für mich und bei meiner Empfängnis Seinen Samen in mich eingepflanzt. Ich muß mich natürlich entwickeln, muß denken und handeln wie ein ganz normaler Mensch.«

Er hatte natürlich vollkommen recht, dennoch entrang sich meiner Brust ein Seufzer. »Ich verstehe dich ... Vielleicht ist auch das Gottes Wille, aber meine Gabe der inneren Sicht schwindet bereits.«

Der Junge runzelte ehrlich besorgt die Stirn. »Warum denn das?«

»Oh, fürchte nicht, daß ich die Fähigkeit völlig verliere«,

versicherte ich ihm. »Sie setzt nur da aus, wo es um dich geht.«
»Aber wieso?«
»Weil ich dich liebe.«
»Und du mußt vollkommen unbeeinflußt sein, damit deine Gabe wirksam wird, nicht wahr?«
»Ja. Doch diese Kraft wird in deinem Fall durch das Wahrnehmungsvermögen der Liebe ersetzt.«
Seine Augen strahlten. »Da bin ich aber froh. So soll es denn zwischen uns sein. Zum Wohl meiner Zukunft.« Weder er noch ich waren in der Lage, zu sehen, was ihm bevorstand. Wir mußten uns blind der weiteren Entwicklung stellen. Obwohl Hitze oder Kälte mir normalerweise nichts anhaben konnten, ließ mich der Abendwind jetzt doch frösteln.

Schon nach wenigen Monaten wäre Jesus aufgrund seiner Jugend und seiner raschen Auffassungsgabe zum Stadtgespräch von Kapilavatthu geworden, hätte er sich nicht so bescheiden und unauffällig verhalten. Dennoch wurden einige auf ihn aufmerksam, und von diesen bewunderten ihn viele.
Das Leben eines Yogi ist voller Härte und erfordert tagtäglich mehrere Stunden strenger Übung, nicht zu reden von der unabdingbaren Voraussetzung einer absolut disziplinierten Lebensweise. Die Tage verbrachten wir mit seiner Yogi-Ausbildung, und der Junge suchte ständig nach Wegen, seinen Mitmenschen zu helfen. Er dachte dabei überhaupt nicht an eine Belohnung oder den Erwerb von Reichtum. Auch übte er sich weiterhin als Zimmermann und erwarb darin eine solche Meisterschaft, daß man ihn bald mehr wegen seiner Fähigkeiten als Schreiner denn als Yogi schätzte.
Unsere Tage vergingen in Frieden, außer wenn Ramata

unserer ansichtig wurde und uns mit wütenden Blicken verfolgte. Ich entdeckte, daß er sich nach seiner fehlgeschlagenen Mission, das Ende der Welt zu verkünden, dem tantrischen Yoga verschrieben hatte. Bald scharte er eine große Gefolgschaft von Brahmanen um sich, die nach einem aktiveren Sexualleben strebten, sei es innerhalb der geheiligten Grenzen ihrer Ehen oder aus schierer Lust am Vergnügen. Nachsichtig wie ich nun einmal war, betrachtete ich ihn, und das durchaus nicht mit Mißfallen, als den großen Kuppler des Yoga.
Jesus und ich schliefen in jeder Nacht vier Stunden, bevor unsere Tagespflichten begannen. Jesus nahm zum Frühstück ein einfaches Mahl aus Weizenkuchen und zerdrückten Wurzeln in Ziegenmilch zu sich – dies wurde uns von freundlichen Menschen dargereicht, die uns die Speisen wohl hauptsächlich in der Hoffnung gaben, durch ihre Mildtätigkeit Seelenheil zu erlangen –, badete dann im Teich und verließ mich schließlich, um zu seinen Yoga-Lehrern zu gehen. Kurz vor der Mittagsstunde war er wieder da, und wir aßen gemeinsam, in der Regel *chappati*, Gemüse und Yoghurt. Danach blieben wir zusammen, und er übte sich unter meinem wachsamen Auge in dem, was er am Morgen gelernt hatte.
Jesus konnte sich auf alles, das er tat oder studierte, absolut konzentrieren. Als dann die Zeit der großen Monsunregen kam, beherrschte er bereits das *tumo*, die Technik, durch Willenskraft Körperwärme zu erzeugen und damit gegen Regen und Kälte immun zu werden. Dies vollbrachte er allerdings unter meiner Anleitung, und ich half ihm gern, hatte er sich doch für diese Fähigkeit brennend interessiert, seit er einmal einen nackten Yogi erblickt hatte, der zufrieden im Schnee auf einem Himalaja-Gipfel hockte.
Tumo ist wie ein unsichtbares Feuer, das alle Energie in die

kleinen *nadis*-Kanäle schickt, die Nerven, Venen und Adern. Man unterscheidet drei Grund-*tumo:* exoterisch, das spontan aus gewissen Geisteszuständen entsteht; mystisch, ein Stadium, das Wärme erzeugt; esoterisch, die Kunst, in der Jesus sich übte. Diese beginnt mit reinigenden Atemübungen, verbunden mit meditativer Konzentration, in der die mystischen Silben ausgesprochen und das innere Feuer entzündet werden. Danach stellt man sich in den beiden Handflächen, unter dem Nabel und an den Fußsohlen die Sonne vor. Wenn man dann die Hände und die Füße aneinanderreibt, flammt die Sonne unterhalb des Nabels auf und füllt den ganzen Körper mit Hitze.
Während Jesus sich im *tumo* perfektionierte, erlernte er von einem anderen Yogi die Kunst, sich in das Mittelstadium zwischen Leben und Tod zu begeben. Er ahnte bald, daß diese Fähigkeit für ihn einmal sehr wichtig sein sollte, mehr noch als das *tumo* oder die anderen Techniken, in denen er sich übte. In diesem Mittelstadium vermag es der Yogi, seine Atmung so zu verlangsamen, daß der Körper kalt und steif wird und wie tot wirkt. Ich hatte einmal von einem Fall gehört, in dem ein Yogi sich das Haupthaar und den Bart abrasieren ließ, bevor er sich in diesen Zustand versenkte. Man steckte ihn dann in eine luftdichte Kiste, und als man die nach vierzig Tagen wieder öffnete, waren der Schädel und das Kinn des Mannes immer noch glatt. Nicht ein Haar war ihm gesprossen.
»Wie man dich gelehrt hat, dient ein Teil der Technik dazu, die eingeatmete Luft im Körper und im Kopf einzuschließen«, erklärte ich dem Jungen. »Es würde dir bestimmt helfen, wenn du dir die Zunge im Mund losschneiden ließest, um mit ihr die Gaumenöffnung zur Nase zu schließen, wenn du bereit bist, deine Atmung einzustellen.«
»Es wäre mir lieber, das auf natürliche Weise durch den

Prozeß von Konzentration und Kontrolle zu erreichen«, entgegnete der Knabe.

»Dann solltest du aber bei deinem ersten Versuch sehr vorsichtig vorgehen«, riet ich ihm.

»Worauf muß ich denn besonders achten?«

»Wenn du die Augen schließt und sie wie auch die Höhlen der Ohren und der Nase mit den Fingern zuhältst, kann die natürliche Wärme deines Körpers die eingeschlossene Luft so ausdehnen, daß ihr Druck ausreicht, einige besonders empfindliche Organe, wie die Augen oder die Ohren, zu beschädigen.«

»Und wie kann ich dieser Gefahr entgehen, Rabbi?«

»Indem du dich zunächst darin übst, den Atem so lange wie möglich anzuhalten. Danach reinige deinen Körper durch mehrtägiges Fasten, währenddessen du nur gewöhnliche Milch zu dir nehmen darfst, Meditation und Waschungen. Wende auch die *Raj*-Technik an, das heißt, verschlucke langsam das Seil, um alles Fremde aus deinen Eingeweiden zu entfernen, und zieh es dann wieder heraus.«

»Ist denn letztere Maßnahme wirklich unbedingt vonnöten, Rabbi?«

Thaddeus hatte in seinem ganzen Leben noch nie einen solchen Wolkenbruch erlebt. Er mußte brüllen, um sich über dem fortwährenden Trommeln auf dem Dach des Gasthofs nahe Sravasti den drei Männern verständlich zu machen, mit denen er an einem Tisch saß und Lammbraten und Brot teilte. Selbst im trüben Licht der Öllampe erkannte er, daß es sich bei den dreien mit den grausamen Gesichtern um Mörder handelte. Genauso wie Thaddeus Berufskollegen auf Anhieb erkennen konnte, wußte er auch sofort zu sagen, welche sexuellen Vorlieben ihr Anführer pflegte, ein großer glattrasierter Mann namens Krischna mit olivfarbener Haut, der sich die dunklen Augen mit *khol* ummalt hatte. Unter anderen Umständen hätte der Jüngling sich vielleicht für eine Nacht mit seinem Gegenüber eingelassen, aber er hatte nicht nur eine lange Reise hinter sich, sondern auch einen Auftrag zu erfüllen. Er konnte keine Zeit mehr vertändeln. »Wie ich gerade gesagt habe, bin ich seit meinem Aufbruch aus Jerusalem zwei Jahre unterwegs, meine Brüder. Ihr wißt auch, welchen Auftrag ich habe. Wollt ihr mir dabei helfen?«

»Unser gemeinsamer Beruf macht uns zu Genossen«, antwortete der, den die anderen Murti nannten. Thaddeus war bereits klargeworden, daß es sich bei ihm um den Gefährlichsten des Trios handelte und man ihm nicht über den Weg trauen durfte. Seine Erfahrung sagte ihm, daß kleinen Männern mit spitzen Zügen, dünnen schwarzen Schnurrbärten und hellbraunen unbelebten Augen stets etwas Grausames und Tückisches innewohnte. »Aus diesem Grund haben wir dir ja auch unsere Hilfe angeboten, den Gesuchten ausfindig zu machen«, fuhr Murti fort, und seine Augen waren kalt wie Stein. »Doch anders als bei dir bewegen uns keine politischen Gründe dazu. Wir morden, entführen und tun überhaupt alles, wofür uns ein Auftraggeber bezahlt, der nicht mit dem Gesetz in Konflikt geraten will. Mit anderen Worten, wir arbeiten nur für Geld.« Er rieb mit dem Daumen über die Kuppe des Zeigefingers. »Und wir haben dir schon genug umsonst gegeben.«

»Da hat er recht«, mischte sich der dritte im Bunde ein, ein dunkler Riese namens Selvam. Mit seinen breiten, fleischigen Zügen und der platten Nase erinnerte er den Jüngling an die riesigen Nubier, die man gelegentlich in Judäa zu sehen bekam. Er besaß eine eigenartig sanfte Stimme, von der man sich leicht täuschen lassen konnte. »Wir haben dir als Genossen bereits alles gegeben, was von uns erwartet werden durfte. Alles, was du jetzt von uns verlangst, betrachten wir als geschäftliche Abmachung. Schließlich müssen wir auch von irgend etwas leben.«

»Meine Brüder in Judäa und ich danken euch auch für all das, was ihr für mich getan habt«, entgegnete Thaddeus freundlich. In den vergangenen zwei Jahren hatte er sich ziemlich verändert und vor allem gelernt, sich im Zaum zu halten. Das war ihm nicht schwergefallen, sobald er sich erst einmal gefühlsmäßig von Simeon gelöst hatte. Der Jüngling war nicht in übertriebener Hast nach Indien gereist, sondern hatte sich Zeit gelassen und unterwegs die Sprachen der Länder studiert, durch die er gezogen war, wie Persisch und Parthisch, Sakisch und jetzt Hindi. Er war sichtlich dabei aufgeblüht, so ganz sein eigener Herr zu sein und sich nicht mehr um die Rolle scheren zu müssen, die das Leben und die Umgebung, ganz besonders Simeon, einem aufdrängen wollten. Thaddeus erschlug einen Moskito, der sich auf seiner rechten Wange niedergelassen hatte, und freute sich über seine immer noch vorhandenen raschen Reflexe.

»Doch müßt ihr zugeben, Brüder, daß die Gesuchten euch eure Aufgabe auch nicht allzu schwer gemacht haben.«

»Wie meinst du das?« wollte Krischna wissen und legte den gerade abgenagten Lammknochen auf den Teller.

»Ein alter Asket in einer orangefarbenen Robe und ein jüdischer Junge, die, weil sie kein Geld besitzen, betteln müssen, von einer Karawane mitgenommen zu werden, fallen doch auf wie Vogelscheuchen auf einem Weizenfeld. Ihr und ich, wir wissen doch, daß einem vor allem die Menschen ins Auge springen, die entweder ganz oben oder ganz unten stehen – der gutgekleidete Reiche ebenso wie der Habenichts –, und die anderen dazwischen uns als gesichtslose Masse erscheinen.« Während seiner Reise hatte Thaddeus auch Verhandlungsgeschick erlernt. Richtiges

Verhandeln war ihm ein Buch mit sieben Siegeln gewesen, als Simeon ihn noch von allem ferngehalten und ihn nur im Umgang mit dem Dolch und dem Würgetuch unterwiesen hatte. »Also könntet ihr vielleicht in meinem Fall noch etwas drauflegen, denn ich muß gestehen, daß meine Mittel etwas knapp bemessen sind.« Es wäre alles andere als klug von ihm gewesen, diese drei Halsabschneider davon in Kenntnis zu setzen, daß der Gürtel, den er unter seinem blauen Gewand trug, voller Goldstücke war.

»Ohne Geld keine weitere Hilfe«, beschied Murti ihm grimmig und spuckte auf den Boden aus.

»Wir wissen, daß sich der gesuchte Jesus in Kapilavatthu aufhält«, erklärte Krischna. »Wir können dich dorthin führen, aber es kostet dich etwas, wenn du von uns verlangst, dir dabei zu helfen, ihn zu entführen. Immerhin kannst du dich dann mit dem Jungen aus dem Staub machen, während wir hierbleiben und uns der Verfolgung durch die Soldaten stellen müssen.«

Thaddeus warf den Kopf in den Nacken und lachte laut. »Das gehört doch zu den unabdingbaren Bestandteilen eures Lebens und eurer Arbeit, Brüder, und ich wette darauf, daß ihr euch sehr gut darauf versteht, unterzutauchen und die Behörden an der Nase herumzuführen.«

»Du brauchst uns aber, um den Knaben zum nächsten Karawanensammelpunkt zu befördern«, entgegnete Murti glatt. »Und das braucht Zeit und bedarf der Erfahrung.« Er grinste und entblößte dabei rotgefärbte Zähne, was auf den Genuß von Betelnüssen schließen ließ.

Murtis Einwand hatte es kräftig in sich, erinnerte er den Jüngling doch daran, daß er kaum einen Menschen entführen und ganz allein die vielen Meilen bis nach Judäa befördern konnte. Er mußte ihn zu einem Karawanensammelpunkt schaffen und dort dafür Sorge tragen, ihn unbemerkt

mitführen zu können. Und das kostete Geld, denn ein paar Münzen halfen stets, jemanden dazu zu bringen, im rechten Moment woanders hinzusehen. Es war an der Zeit, zu verhandeln. »Also gut, Brüder, dann nennt mir euren Preis. Aber habt Erbarmen mit mir, denn vielleicht braucht ihr eines Tages mich und meine Brüder in Judäa.«
Sie feilschten hart und lange. Als der Weinkrug geleert war, hatte der Regen aufgehört und der Plan zur Entführung und Fortschaffung des Knaben stand.
»Die Monsunregen sind längst vorbei«, bemerkte Krischna, als er und seine Kameraden sich erhoben. »Bei diesem Guß hat es sich nur um einen Nachschauer gehandelt. Wir können morgen unbesorgt nach Kapilavatthu aufbrechen, denn kein Wolkenbruch wird uns mehr behindern.« Er grinste. »Treib du Geld auf, und dann schließen wir uns der Karawane an, die in drei Tagen nach Taxila aufbricht und ohne ihr Wissen diesen Jesus geknebelt und in einer Kiste befördern wird.«

Thaddeus und seine neuen Brüder erreichten Kapilavatthu am Abend des folgenden Tages. Es war schon dunkel, als sie das Zimmer betraten, das ihnen ein Genosse Krischnas zur Verfügung gestellt hatte, der in einem dreistöckigen Holzhaus im Händlerviertel lebte. Das Haus stand an einem großen Platz, an dessen Ecken brennende Fackeln ein wenig Licht verbreiteten. Auf dem Platz selbst spielten bis spät in die Nacht Kinder, die einfach nicht müde werden wollten, Thaddeus empfand den Gestank von *ghee*, stark gewürztem Reis, Abfällen und Urin als unerträglich. Aber wenigstens war seit letzter Nacht kein Tropfen Regen mehr gefallen.
Der Jüngling hatte seine Reisetasche auf eine der gelben Schilfmatten geworfen, die als Schlafstatt dienten, und ließ seinen Blick durch den Raum wandern. Er enthielt lediglich

drei weitere Schlafmatten und ein paar Pflöcke an der Tür, an denen man seine Kleider aufhängen konnte.
Das Sandelholz, das in dem Gefäß auf dem Fensterbrett verbrannt wurde, roch zwar auch nicht sonderlich angenehm, überlagerte aber den anderen Gestank. In diesem Moment sehnte Thaddeus sich nach nichts mehr als der sauberen, klaren Luft in den judäischen Hügeln. Er fragte sich kurz, was Simeon wohl gerade tun mochte. Der Jüngling vermißte seinen ehemaligen Geliebten, auch wenn die Erinnerung an sein früheres Leben immer mehr verblaßte und die Blut- und Mordlust von ihm abfielen. Er war in den letzten Monaten zu dem Schluß gelangt, daß die Mordgier wie ein Parasit in ihm gesessen und sich von jeder neuen Tötung genährt hatte. Zu seiner Überraschung waren auch seine fleischlichen Gelüste fast vollständig vergangen. Während er Krischna, Murti und Selvam dabei beobachtete, wie sie sich entkleideten, legte er langsam seine eigene Robe ab. Das erschien ihm wie eine symbolische Handlung, so als entsage er damit seiner Vergangenheit und könne seine Zukunft selbst bestimmen. Hier in Indien vermochte er sein Leben in neue Bahnen zu lenken und zu dem werden, was er wollte. Die Vorstellung begeisterte ihn so sehr, daß er sich schon fragte, ob er den Plan, Jesus zu entführen, nicht aufgeben sollte, gehörte der doch eindeutig zu seinem alten Leben. Doch andererseits eröffnete es ihm sicher neue Möglichkeiten, wenn er Prinz Zadok den Knaben aushändigte, und daher war es angebracht, sich im Augenblick mit aller Kraft auf die bevorstehende Aufgabe zu konzentrieren.
Die vier verließen die Kammer, um in einem kleinen Lokal zu speisen. Hier schien der Geruch von *chuppati*, gebratenem Hammel mit gewürztem Gemüse, geradezu in die Wände eingebrannt zu sein. Hinzu kam das Geschrei der schwitzenden Inder – wann immer zwei oder drei Bewohner

dieses Landes zusammenkamen, fingen sie sofort an, sich mit der größten Lautstärke zu unterhalten.
Thaddeus gewöhnte sich langsam an das hiesige Essen. Er fragte sich sogar, ob er die Gewürze nicht vermissen würde, sobald er wieder in seiner Heimat angelangt war. Nachdem das Mahl beendet war, lehnte er sich auf seinen Kissen zurück und hob zum Zeichen, daß er zu sprechen wünsche, einen Zeigefinger. »Da der Mond heute nacht so hell und klar am Himmel steht, wäre das nicht der rechte Zeitpunkt, uns im Park umzusehen?«
»Eine gute Idee«, stimmte Krischna zu. »Murti, Selvam und ich kennen die Anlage recht gut, aber du solltest dich auch mit den dortigen Gegebenheiten vertraut machen. Übrigens haben wir bereits ausgekundschaftet, wo sich dein Jesus und sein älterer Begleiter in dem Hain niedergelassen haben.«
»Ehrlich?« Der Jüngling bemühte sich, nach außen hin begeistert zu klingen; doch in seinem Innern sagte er sich, daß man so etwas durchaus von erfahrenen Mördern erwarten durfte.
»Aber ja. Wir wollen keine Zeit vergeuden«, wandte Murti ein, »denn wenn wir zu einem festgesetzten Preis arbeiten sollen, wird die Zeit zu einem bestimmenden Faktor.«
»Worauf warten wir dann noch?« Krischna erhob sich und warf als Bezahlung für das Mahl ein paar Kupfermünzen auf den niedrigen Tisch.
Sie schoben sich durch das überfüllte Lokal nach draußen auf die Straße, wo es deutlich ruhiger zuging.
»Laßt uns erst noch die Stadt erkunden«, schlug Thaddeus aus einem Impuls heraus vor.
»Du hast recht, Bruder«, sagte Krischna. »Die meisten Yogis und Asketen schlafen nur wenige Stunden. Gegen Mitternacht wird der Hain von allen Besuchern verlassen sein.«

Doch als sie dort anlangten, gerieten sie in eine Menge von Städtern, die einem Trupp Soldaten, angeführt von einem Hauptmann, in den Park folgten.
»Was bei allen euren Göttern wollen denn die Bewaffneten hier?« fragte Thaddeus leise.
»Soweit ich das feststellen kann, wollen sie im Hain jemanden verhaften«, flüsterte Krischna zur Antwort.
»Ist das nicht ungewöhnlich? Ich meine, was kann ein heiliger Mann schon verbrochen haben?«
»Du wärst überrascht, wenn du wüßtest, was für ein Volk sich dort herumtreibt«, klärte Murti ihn auf. »Unter den heiligen Männern finden sich die größten Diebe, Betrüger und Kinderverführer.«

KAPITEL 26

Jesus und ich hatten uns gerade auf die erste Nachtwache eingerichtet, als wir Lärm hörten. Wir krochen aus unserer Hütte und entdeckten eine Menge mit Fackeln, die sich davor aufgebaut hatte. Vorne standen Soldaten. Ihr Offizier, ein gutaussehender, mittelgroßer Mann in einer rotweißen Uniform, stellte sich uns als Hauptmann Asoka vor: »Bist du Jesus aus Juda?« wollte er von dem Jungen wissen.
»Der bin ich, Herr«, antwortete der Knabe auf Hindi.
»Ich bin gekommen, um dich im Namen des Königs zu verhaften.«
Selbst ich, ein Yogi, war erschrocken, aber Jesus blieb ganz ruhig. »Was habe ich denn verbrochen, Herr?« fragte er

noch, bevor ich mir sagen konnte, daß ich hier besser die Verhandlungen führte.
»Darf ich mich erkundigen, was gegen den Jungen vorliegt?«
»Der König braucht keine Anklage zu erheben, um einen seiner Untertanen einzusperren«, erwiderte Asoka.
»Das ist mir bewußt, Hauptmann, doch die Herrschaft des Königs beruht auf dem in seinem Reich geltenden Gesetz. Und er ist so weise, seinen eigenen Willen diesen Gesetzen zu unterwerfen.«
Asokas Augen blitzten kurz auf, und ich wußte, daß ich seine Aufmerksamkeit erlangt hatte. »Wer bist du?« wollte er wissen, und sein Tonfall klang nicht mehr ganz so herrisch.
»Ich heiße Alara, und ich bin der Lehrer und Berater dieses jungen Mannes hier, und außerdem sein Freund.«
»Du siehst mir nicht wie ein Kinderverderber aus.«
Im ersten Moment konnte ich nicht glauben, richtig gehört zu haben. »Welches verdrehte Gehirn könnte denn so etwas behaupten?« Meine Worte klangen noch recht ruhig, obwohl ich zum ersten Mal seit vielen Jahren so etwas wie Zorn in mir fühlte.
»Nicht die Behauptung eines verdrehten Gehirns, sondern die Aussage eines Mannes, der sich den Respekt von ganz Kapilavatthu, des gesamten Königreichs und vieler weiterer Länder erworben hat.« Eine hagere, skelettartige Gestalt schob sich durch die Menge und trat schließlich in den Fackelschein. Ich erkannte Ramata sofort wieder. In diesem Moment wirkte der Mann nicht nur wie der Sendbote des Teufels, auch seine Miene vereinigte alles Böse in sich, und in seinen Augen brannten die Feuer der Hölle.
Jetzt überraschte mich nichts mehr. Ich strafte unseren Feind mit vornehmer Mißachtung und wandte mich direkt

an den Hauptmann: »Warum verhaftet Ihr nicht mich, der ich doch, falls an dieser Anklage etwas dran sein sollte, der eigentliche Missetäter wäre, und laßt diesen armen, unschuldigen und vollkommen verwirrten Junge in Ruhe?«
Asoka wirkte jetzt nicht mehr ganz so schneidig, sondern eher verlegen. »Ich habe von dir gehört«, entgegnete er. »Du warst für lange Zeit ein geschätztes Mitglied der heiligen Gemeinde. Deswegen hat mein Herr entschieden, dich nicht allein aufgrund einer Anzeige, die auf Hörensagen beruht, festzunehmen.«
Da ich wußte, welchen Gang die Dinge nun nehmen würden, half mir nicht einmal mehr das *tumo*, mein Blut aufzuwärmen. Sie würden Jesus in den Kerker werfen und ihn in der Erwartung foltern, daß er schließlich alles gestehen und die falschen Beschuldigungen gegen mich bestätigen würde. »Ich begleite mein Mündel, wohin er auch geht«, erklärte ich.
»Er will nur weiterhin mit ihm Unzucht treiben! Sogar noch im Kerker!« schrie Ramata.
»Schweig!« befahl ihm der Hauptmann, und ihm war deutlich anzuhören, wie sehr der Asket ihn anwiderte. Ich spürte, wie Asokas Sympathien immer mehr auf unsere Seite umschwenkten – wohl vor allem deswegen, weil wir so ruhig und gelassen auf das Geifern Ramatas reagierten. »Wessen wird Jesus noch beschuldigt?«
»Der Satansanbetung, der Beschneidung und der Besudelung des heiligen Hains mit seinen verwerflichen jüdischen Praktiken«, kreischte der Asket, und seine Stimme kippte über. Er richtete drohend seinen Stab auf uns.
Damit wußte ich, wo ich ihn packen konnte. »Kinderverführung ist ein Verbrechen gegen unsere hiesigen Gesetze«, erklärte ich Asoka. »Doch diese Anklage, über die Euer Herr, der Statthalter, zu befinden hat, ist, und das habt Ihr

selbst gesagt, noch nicht bewiesen. Teufelsanbetung, Beschneidung und fremde Praktiken betreffen andere Länder und andere Gesetze und fallen daher unter die Hoheit des Königs. Der Statthalter darf also bei diesen Anklagepunkten kein Recht sprechen. Jesus und ich verlangen daher, vor den König geführt zu werden, um uns der Härte oder Gnade seines Urteils zu stellen.«
Ich warf einen Blick auf die Menge hinter den Soldaten, die das Schauspiel offenbar genoß. »Und bis dahin sollen alle hier Anwesenden Zeuge sein, daß Jesus alle Anklagepunkt abstreitet. Er gibt lediglich zu, beschnitten zu sein, doch das verstößt nicht gegen das Gesetz des Königs. Ich werde Jesus begleiten, wohin er auch gelangt, und mich mit ihm gemeinsam der Gerechtigkeit des Königs unterwerfen.«

Man führte uns zum Gefängnis. Die Menge vergrößerte sich, als wir durch die Stadt zogen, sichtlich. Drei Dinge fielen mir bei dieser wenig erbaulichen Nachtreise auf. Zunächst, und sicher am wichtigsten für uns, hatte sich Asokas Meinung über uns vollkommen gewandelt. Er trat vor uns nicht mehr als Offizier auf, der autoritätsgewohnt zwei Missetäter abführt. Der Hauptmann stand jetzt so sehr auf unserer Seite, daß er Jesus nicht einmal Handfesseln anlegte, obwohl dies doch Brauch war. Da er vor uns auch nicht mehr auf der Hut war, konnte ich mit meinem Geist in seine Seele eindringen und feststellen, in welchem Zwiespalt der Mann sich befand. Das zweite Denkwürdige war Ramatas unfaßbarer Zorn. Die Übellaunigkeit des Mannes war mir natürlich nichts Neues, doch sein Ärger darüber, mit seinen Anschuldigungen nicht die gewünschte Wirkung erzielt zu haben, steigerte seine Wut ins Unermeßliche, und er lief durch die Menge, um von immer neuen Verbrechen, die wir angeblich begangen hätten, zu faseln

und immer grausamere Foltermethoden für uns auszumalen, denen wir unzweifelhaft im Gefängnis zum Opfer fallen würden. »Sie sollen durch Feuer gereinigt werden!« ereiferte er sich schließlich.
Das dritte Ereignis fiel mir nur ganz kurz auf und wäre meiner Aufmerksamkeit beinahe entgangen. Eine Gruppe von vier Männern versuchte, soviel von dem Geschehen wie möglich aufzuschnappen, ohne dabei aber als übermäßig neugierig zu erscheinen. Und auch sonst hielten die vier sich ziemlich im Hintergrund. Was hatten sie vor? Die Frage erschien mir anfangs nebensächlich, bis ich einen von ihnen Hindi mit einem ausländischen Akzent sprechen hörte. Wo war mir diese Stimme schon einmal ins Ohr gedrungen? Und wo hatte ich diese bleichen grauen Augen schon einmal gesehen? Doch das, was uns jetzt erwartete, nahm meine Aufmerksamkeit so sehr in Anspruch, daß ich nicht weiter darüber nachdenken konnte.

Das Gefängnis befand sich am Ostende der Stadt, direkt gegenüber dem Palast des Statthalters auf der anderen Seite des Flusses, so daß dieser Auspeitschungen oder Hinrichtungen zusehen konnte, ohne dafür die Annehmlichkeiten seines Quartiers verlassen zu müssen. Das Holztor ging knarrend auf, und der Hauptmann zeigte den Haftbefehl mit dem Siegel des Statthalters vor. Man ließ uns ein, und im Licht der Fackeln, die den verlassenen Innenhof beschienen, sahen wir, daß unser neuer Aufenthaltsort aus einem zweigeschossigen Holzhaus bestand, das von Palisaden mit Laufgang und Türmen umzäunt war. Wie in dieser Region üblich, kamen gewöhnliche Übeltäter in das untere Stockwerk, während das obere den Schwerverbrechern vorbehalten war. Ich vermutete, daß zu Zeiten von Hochwasser die Bewohner der unteren Ebene nach oben geschafft wurden.

Sicher befanden sich unterhalb des Gebäudes in die Erde gegrabene Kerker und Folterkammern.
Der Oberwärter war ein kräftiger Mann, der von Kopf bis Fuß in Schwarz gekleidet war. Eine Narbe, die wohl von einem Messer stammte und quer über seine rechte Wange lief, verlieh ihm zusätzlich ein finsteres Aussehen. Bevor Asoka verschwand, nahm er mich kurz beiseite. »Ich stehe in direkter Verbindung mit dem Königspalast«, teilte er mir leise mit. »König Gundofarr wird Kapilavatthu in drei Tagen einen Besuch abstatten. Ich versuche, dann für euch eine Audienz zu erwirken, aber ihr müßt wissen, daß Statthalter Ajatu mich vernichten wird, sollte er davon erfahren.« Er verabschiedete sich mit einem Gruß.
»Ihr müßt ja jemand ganz Besonderes sein«, brummte der Oberwärter, »auch wenn eure Kleidung nicht gerade dafür spricht. Ich heiße Sital. Verhaltet euch ruhig und befolgt alle Anweisungen, dann bekommt ihr auch keinen Ärger. Und jetzt folgt mir.«
Sital, wie auch die beiden Wächter, die uns nun in die Mitte nahmen, waren Sakiyas, deren Volk vor dem Eintreffen der Arier – sie kamen erst später in das nordöstliche Indien – in einer Adelsrepublik rings um die Hauptstadt Kapilavatthu lebte. Aus ihnen war auch der Herr Buddha hervorgegangen. Als der Oberwächter das Tor zum Holzhaus öffnete, drang uns gleich ein entsetzlicher Gestank entgegen, eine übelkeiterregende Mischung aus Kot, Urin, ungewaschenen Leibern, verschwitzten Kleidern, Abfällen und Ungeziefer. Wir traten ein und vernahmen die typischen Geräusche solcher Aufbewahrungsorte: hier und da ein Stöhnen, ein paar Hustenanfälle, sägendes Schnarchen und das Quieken einer Maus. Ich hatte angenommen, Sital würde uns die Holztreppe hinaufführen, doch statt dessen marschierte er an ihr vorbei. Wir folgten ihm zu einer Doppeltür, die mit

Eisen beschlagen und mit Riegeln gesichert war. Der Mann sperrte auf und bedeutete uns, hindurchzugehen. »Sucht euch eine Schlafstelle. Tassen und Schüsseln müßten dort auch zu finden sein. Die Aborte befinden sich an der jenseitigen Wand.« Sein Grinsen verriet, in welchem Zustand die Toiletten sein mußten. Dann trat er zurück und schloß hinter uns ab.

Der Anblick, der sich uns in dem großen Raum bot, in dem Fackeln in Wandhaltern ein trübes Licht warfen, war noch schlimmer als der Gestank und die Geräusche. Strohlager mit verschmutzten Decken waren in mehreren Reihen angeordnet. Zwischen ihnen war kaum eine Lücke zu erkennen, nur dort, wo sich die viereckigen, hölzernen Säulen erhoben, um die Decke abzustützen. Zerlumpte Gestalten hockten oder lagen auf dem Stroh, und nur ein paar von ihnen machten sich die Mühe, bei unserem Eintreten den Kopf zu heben. Ratten und Ungeziefer huschten über den Boden. Die Wände waren voller Dreck und Unrat, und von der gegenüberliegenden Wand schlug uns Uringestank entgegen. Da der Raum keine Fenster besaß, konnten die Gerüche auch nicht abziehen. Plötzlich durchfuhr ein Kreischen die stickige Luft. Niemand scherte sich wirklich darum, nur ein paar murrten, weil der schrille Laut sie aus ihrem, einer Betäubung ähnlichen Schlaf gerissen hatte. Dieser Ort erschien mir wie eine Nachbildung der hinduistischen Hölle, wo die Seelen der Verdammten in immerwährendem Stöhnen, Heulen, Husten, Schluchzen und Schreien verharrten.

»Dies ist nur eine Probe für mich«, flüsterte Jesus mir zu, »ob ich selbst in dieser Umgebung meine Sauberkeit, Gelassenheit und Ruhe aufrechterhalten kann.«

»Und auch deine geistige Gesundheit«, fügte ich mit einem Anflug von Betroffenheit hinzu – nicht für uns beide, sondern für die armen Teufel, die diesen Zuständen Tag für

Tag und Stunde für Stunde ausgesetzt waren und die mit jedem neuen Herzschlag ihre eigene Hoffnungslosigkeit bestätigt bekamen. Eine ganze Reihe von ihnen mochte unschuldig sein, und viele waren eine bessere Unterbringung gewöhnt.

»Waren die Gefängnisse bei dir in Baktrien auch so?« fragte der Junge leise.

Ich war ihm dankbar, daß er mich daran erinnerte, und höchstwahrscheinlich hatte er das mit seiner Frage auch beabsichtigt. »Das weiß ich nicht«, antwortete ich wahrheitsgemäß und fuhr mir traurig über die Stirn. »Natürlich hätte ich mich darüber informieren müssen, wie es in meinen Gefängnissen aussah, aber es ist mir einfach nie in den Sinn gekommen, einen solchen Ort zu besuchen. Eine schlimme Nachlässigkeit meinerseits«, seufzte ich. »Wie dem auch sei, ich kann es jetzt nicht wiedergutmachen, also laß uns zwei freie Schlafstellen suchen.«

»Damit wir unseren normalen Tagesablauf fortsetzen können.« Seine Haltung unter diesen menschenunwürdigen Bedingungen war bemerkenswert. »Und damit wir uns aus dem Gefängnis der Wirkungen dieser traurigen Ursachen befreien können, die das Schicksal über uns gebracht hat.«

Wir suchten uns unseren Weg zwischen den Schlafenden und denjenigen, die an die Decke stierten, und fanden schließlich zwei nebeneinander liegende, leere Strohlager. Ein besonderer Glücksfall war das nicht, denn diese beiden Stellen waren wegen ihrer unmittelbaren Nähe zu den Latrinen frei geblieben. Unser Nachbar zur Linken war ein starker Schnarcher, während der zu unserer Rechten den Gestank schwärender Wunden verbreitete. Leere Blicke folgten unserem Tun, und ich vermutete, daß etliche dieser elenden Gestalten zu geschwächt waren, um ein Gespräch mit uns beginnen zu können.

Die Lager waren klumpig, aber wir richteten sie einigermaßen wieder her und ließen uns dann im Lotossitz darauf nieder. »Wir werden die Übungen fortsetzen, in denen wir durch meine Verhaftung gestört wurden«, erklärte Jesus.
»Ja, das wollen wir tun.«

Thaddeus kam nun zu dem Schluß, daß er sein Geheimnis mit Krischna teilen durfte, der ihn sicher verstehen würde. »Ich werde dich jetzt in den geheimen Plan meiner Bruderschaft einweihen«, erklärte er diesem.
Der Anführer hockte sich mit einem zufriedenen Grunzen an die Wand. Seine dunklen Augen blickten den Jüngling intensiv an. »Wäre vielleicht eine Hilfe«, stellte er fest.
Rasch und in kurzen Sätzen erzählte Thaddeus ihm die ganze Geschichte, angefangen von dem Tag, an dem er Simeon kennengelernt hatte. Er verschwieg Krischna allerdings, daß er und der Zelotenführer sich in körperlicher Liebe zugetan gewesen waren.
Als er am Ende angelangt war, schwieg der Inder für eine längere Weile. »Du steckst wirklich in einer vertrackten Lage«, bemerkte er schließlich. »Jesus und sein Guru bleiben vermutlich sehr lange im Gefängnis. Und auch wenn der Junge je wieder das Licht der Freiheit sieht, wird er dann längst zu alt sein, um dir bei deinem Vorhaben nützen zu können. Ich schätze, er ist bereits jetzt viel zu reif für solche Spielchen. Selbst wenn ihr seiner früher habhaft geworden wäret, hätte er sich von nichts und niemandem für irgendwelche Zwecke mißbrauchen lassen, am allerwenigsten von einer politischen Partei. Jesus gehört zu den Menschen, die etwas bewirken, und nicht zu denen, die alles mit sich geschehen lassen.«
»Ich muß ihn an mich bringen, bevor es zu spät ist«, entgegnete Thaddeus und wunderte sich, warum er nicht

mehr mit ganzem Herzen dabei war. »Ich brauche eure Hilfe, um ihn aus dem Gefängnis zu befreien.«
»Wir haben keine ...« Krischna hielt inne und legte den Kopf schief. Seine Augen wurden groß: »Du willst ihn retten?«
»Warum nicht?«
»Aber das ist unmöglich, Bruder. Davon abgesehen ist das Risiko viel zu groß.« Aber der Anführer dachte darüber nach und sah den Jüngling eigenartig an. »Wenn ich dir einen Rat geben darf, solltest du Jesus und seinem Guru lieber folgen, als zu versuchen, sie zu mißbrauchen.«
Thaddeus starrte ihn verwundert an. Wußte Krischna mehr, als er preisgab? Warum zögerte er? Was ging in Krischna vor? Und wichtiger noch, was war mit ihm selbst los, mit Thaddeus, dem Meuchelmörder?
Grimmig verscheuchte er die Gefühle, die sich immer wieder in sein Bewußtsein drängten, seit er mitbekommen hatte, wie sanftmütig Jesus und der heilige Mann sich ihren Feinden gestellt hatten. Sie hatten sich in keinem Moment gewehrt und so frei gewirkt, selbst dann noch, als man sie ins Gefängnis geworfen hatte. »Du wirst die vereinbarte Summe erhalten, Bruder«, erklärte er rauh. »Vielleicht kommt es zu einer Verzögerung, aber dafür sollt ihr einen Ausgleich bekommen. Doch wo immer er auch stecken mag, und sei es auf dem Mond, wir werden ihn in unsere Gewalt bringen.«

Früh am dritten Morgen unseres Aufenthalts im Gefängnis, als wir gerade mit unseren Übungen beschäftigt waren, erschienen Sital und zwei seiner Wächter. Mit einem Respekt, den er Jesus und mir gegenüber vorher nicht an den Tag gelegt hatte, bat er uns, ihm zu folgen.
Man führte uns zu den Waschräumen, die sonst allein den

Wächtern vorbehalten waren. Nachdem wir uns gereinigt hatten, händigte man uns neue Gewänder und Sandalen aus und brachte uns in den Speiseraum Sitals, wo man uns Hähnchen, Ziegenmilch und Obst vorsetzte. Ich lehnte dankend ab, weil der Zeitpunkt für meine einzige Mahlzeit am Tag noch nicht gekommen war. Doch Jesus stärkte sich mit großem Appetit. In dem Moment, in dem ich vor den Waschräumen gestanden hatte, wußte ich, daß Hauptmann Asoka, entsetzt über die Behandlung, der man uns aussetzte, Wort gehalten hatte. König Gundofarr, mein alter Freund Kaspar, war in Kapilavatthu eingetroffen, und man stattete uns jetzt präsentabel aus, weil der König den Befehl erlassen hatte, wir sollten zu seiner Audienz erscheinen.
Ich hätte die Unterwürfigkeit, mit der Sital uns jetzt begegnete, für lachhaft empfunden, wenn ich nicht so erzürnt über die Zustände in seinem Gefängnis gewesen wäre. Knapp bemessene Rationen und spärlichste Einrichtung, dafür hätte ich Verständnis aufbringen könnten, aber nicht für diese Verwahrlosung. Ich fragte mich, wieviel von den Geldern, die für das Gefängnis bestimmt waren, der Statthalter in seine eigene Tasche abgezweigt hatte.
»Ich hoffe, du wirst beim König ein gutes Wort für mich einlegen«, flehte Sital mich geradezu an, als wir in den pferdegezogenen Wagen stiegen, den der Palast uns zusammen mit Hauptmann Asoka geschickt hatte.
Obwohl Straßen und Häuser in Kapilavatthu wie in vielen anderen indischen Städten aufs Geratewohl angelegt waren, ließ sich das vom Palast selbst nicht behaupten. Er war vor vielen hundert Jahren von den Sakyas errichtet worden, die hier geherrscht hatten, bis die Könige von Kosala in diesen Landstrich eingefallen waren. Die später einfallenden Arier hatten ein übriges getan. Ich erblickte den Palast zum ersten Mal. Er stand im Nordosten der Stadt, am Ostufer des

Flusses, wo auch die hochherrschaftlichen Häuser der Adligen und der reichen Landbesitzer zu finden waren. Das Palastgelände wurde von einer hölzernen Palisade mit Türmen und Wehrgängen geschützt. Davor erstreckte sich ein Burggraben, in den die Palastbewohner ihren Abfall kippten, der dann in den Fluß weiterfloß. Den meisten Burggräben entströmte aus diesem Grund ein wenig angenehmer Geruch, und der drang in unsere Nasen, lange bevor wir durch das große, eisenbeschlagene Tor fuhren.
Eine gepflasterte Allee führte durch einen großartigen Park, der sich zu beiden Seiten des Weges erstreckte und durch den Fasane und Pfauen spazierten. Wasserspiele und schattige Haine luden zum Verweilen ein. In den Bäumen nisteten große Papageien, die unsere Ohren mit ihrem Kreischen malträtierten. Als der fünfgeschossige Palast hinter einer weiteren hohen Mauer nebst Burggraben sichtbar wurde, duftete die Luft nach Eukalyptus.
Jesus hatte noch nie in seinem Leben einen Palast betreten. »Ich bin zwar schon bei mancherlei Gelegenheit am hasmonäischen Palast in Jerusalem vorbeigekommen«, sagte er, und seine dunklen Augen sahen sich staunend um. »Aber auch wenn dessen Räume auf das großzügigste und luxuriöseste eingerichtet sind, besitzt er dennoch nicht einen so großen und schönen Park.«
»In diesem Land legt man Paläste wie kleine Städte an«, erklärte ich. »Der Philosoph Kautilya, von dem ich dir schon erzählt habe, hat seinerzeit niedergelegt, wie Palaststädte auszusehen haben. Die alte Hauptstadt Pataliputra oder Patna, die ich einmal besucht habe, wurde nach seinen Entwürfen gebaut. Sie erhebt sich am Zusammenfluß der Ströme Ganga und Sona, und so dient das ankommende Wasser der Versorgung und das abfließende der Kanalisation. Der dortige Palast besitzt drei Wassergräben, die acht-

undvierzig, zweiundsiebzig und sechzig Fuß breit sind. Du wirst feststellen, daß die hiesigen Burggräben sich ebenfalls an diese Abmessungen halten. Dieser letzte Graben bietet Lotosblumen zur Ergötzung der Sinne, Fische zum Angeln, allerdings nur für die Prinzen, und Krokodile.«
»Krokodile?« Seine Augen wurden groß.
»Aber natürlich. Sie halten Feinde davon ab, den Graben zu durchschwimmen. Der Gegner kann also nur versuchen, durch die Tore vorzustoßen, doch dort haben die Soldaten des Königs hervorragende Verteidigungsanlagen erbaut. Betrachte auch die Türme«, forderte ich ihn auf und deutete darauf. »Sie sind so angelegt, daß den Bogenschützen, Schleuderern und Geschützen ein möglichst weites Schußfeld zur Verfügung steht.«
Er schüttelte verwundert den Kopf.
»Die Wälle vor dem Graben bestehen aus Lehm, über den Elefanten und Ochsen getrampelt sind, um ihm Festigkeit zu verleihen. Das Grün, das auf ihnen wächst, dient nicht der Erbauung der Betrachter, sondern stellt ebenfalls eine Verteidigungseinrichtung dar, setzt es sich doch aus Dornensträuchern und Giftpflanzen zusammen. Zwischen den Türmen erkennst du die Vorbauten und Schießscharten für die Bogenschützen. Die Wälle und Brustwehren sind durch Geheimgänge miteinander verbunden. Die Mauern enthalten auf der anderen Seite in regelmäßigen Abständen Räume, die als Arsenal für alle Arten von Waffen dienen: Bögen, Pfeile, Schwerter, Keulen, Geschosse, Katapulte, Bolzen, Speere und Bambusspitzen – daneben auch Werkzeuge wie Äxte und Schaufeln. Angrenzend ans Palastgebäude finden sich die Räumlichkeiten für den Lehrer des Königs, den Priester, die Kultzeremonien, das palasteigene Wasserreservoir, die Residenzen der Prinzen, Vornehmen, Minister und sonstigen Mitglieder des königlichen Gefolges

sowie schließlich die Regierungsgebäude wie die Schatzkammer, das Hauptquartier der Streitkräfte und die anderen der vorgeschriebenen achtundzwanzig Abteilungen der Staatsverwaltung. Und wenn du das ganze Palastgelände abschreitest, stößt du auch auf Gasthöfe, Lokale, Läden, Stallungen, Kornspeicher und die Tempel der Gottheiten der königlichen Dynastie – und alles wie üblich umlagert von Bettlern und Dirnen.«

Jesus grinste. »Ich glaube, die Huren stehen Gott näher als die Bettelmönche.«

»Sprich das niemals laut aus, nicht einmal vor einem so erleuchteten Herrscher wie König Gundofarr.«

»Ich werde trotzdem mit der Wahrheit nicht hinter dem Berg halten«, erklärte er und war damit wieder bei einem seiner Grundsätze angelangt, der Wahrheitsliebe.

»Alles zu seiner Zeit«, ermahnte ich ihn. »Du sagst einer alten reichen Witwe nicht, daß ihre Juwelen strahlen; auch wenn sie das tun mögen, mußt du dir bewußt sein, daß dir lediglich deine Wahrnehmung derselben das eingibt. Nein, du schmeichelst lieber ihrer reinen weißen Haut.«

»Aber alte reiche Witwen haben doch in der Regel eine schrumplige, faltige Haut!« widersprach er mit einem schelmischen Grinsen.

»Was haben Runzeln und Falten denn mit Weiße und Reinheit zu tun?«

Das erste, das uns beim Eintritt ins Auge fiel, waren die vergoldeten Säulen, die von goldenen Ranken umschlungen wurden, auf denen silberne Vögel hockten. Die Frauengemächer mußten sich, zusammen mit den Waschräumen und Toiletten, im hinteren Teil der Anlage befinden. Linker Hand lagen die Räumlichkeiten der Prinzen und zur Rechten die des Königs. Gleich vorn gelangte man in den großen

Audienzsaal, den Ratssaal und die Verwaltungsräume. Vor jedem Trakt hielten Soldaten Wache, vor dem Harem die Eunuchen und ansonsten die Leibwache des Herrschers selbst, die sich aus seinem engeren Gefolge rekrutierte. Der König zeigte sich in Begleitung seiner weiblichen Schwertträger. An diesem Morgen herrschte hier im Palast das gewohnte geschäftige Treiben. Höflinge und Diener eilten hin und her. Allein die Wächter in ihren langen Röcken und kurzärmeligen Oberteilen verhielten sich vollkommen reglos.

Hauptmann Asoka führte uns und unsere Eskorte durch eine weite Halle mit blaßgrünem Steinboden. An den Wänden reihten sich die Wächter mit ihren Lanzen und Schilden auf. An ihren Seiten hingen Langschwerter. Danach gelangten wir in den Vorraum, dessen Boden mit weißem Marmor ausgelegt war. Fresken verzierten die Wände und die hohe, gewölbte Decke. Obwohl draußen heller Sonnenschein herrschte, drang kein Tageslicht in diesen achteckigen Raum, der lediglich zwei Doppeltüren aufwies, die eine, durch die wir gerade gekommen waren, und die andere an der gegenüberliegenden Wand, die meiner Schätzung nach in den Audienzsaal führte. Hängelampen aus Silber und Fackeln in Wandhaltern verbreiteten hier Licht. Unter jeder der Fackeln war ein grimmig dreinblickender, schweigsamer und schwerbewaffneter Soldat postiert. Die Wächter blickten einen nie an, und doch entging ihnen, wie ich aus eigener Erfahrung wußte, nichts. Jeder, der zu einer Audienz zum König kam, wurde um der Sicherheit des Herrschers willen vorher sorgfältig in Augenschein genommen.

»Könige, die so riesige Länder regieren, müssen sich gegen Attentäter schützen«, flüsterte ich Jesus zu, weil mir aufgefallen war, daß er sich über die vielen Soldaten in diesem Palast wunderte. »Die Streitkräfte reichen dafür allein nicht aus, deshalb ist das ganze Reich auch noch mit einem dichten Netz von Spionen und Informanten überzogen.«

»Was für Lebensumstände«, entgegnete er ebenso leise. »Ich möchte lieber arm und frei sein und Gottes sonnendurchflutete Luft atmen, als wie ein Sklave in einer so riesigen Folterkammer, die sich Palast nennt, zu leben.«

»Vielleicht ist das einer der Gründe, warum ich meine Sklaverei aufgegeben habe«, antwortete ich.

»Du bist ein sehr weiser Guru, und ich kann mich glücklich preisen, daß es so gekommen ist.«

Er verstand es doch immer wieder, mir das Herz zu wärmen. Ich widerstand dem Wunsch, die Rechte auszustrecken und seine Hand zu drücken. Bei der Anklage, die gegen uns bestand, hätte das bestimmt keinen guten Eindruck gemacht.

Die Tür zum Audienzsaal öffnete und schloß sich viele Male, doch da wir in einer Ecke standen, konnten wir keinen Blick hineinwerfen. Über eine Stunde verharrten wir in der wartenden Menge und fingen bald an zu schwitzen, weil immer mehr Körper sich gegen uns schoben und in diesem Raum kaum ein Luftaustausch stattfand. Dann erschien eine hochgestellte Persönlichkeit, wie an den prachtvollen goldenen Gewändern sowie den edelsteinbesetzten Halsketten, die ihm bis auf die breite Brust hingen, unschwer zu erkennen war, und rief unsere Namen, die er von einer Schriftrolle ablas.

Asoka hob die Hand, um anzuzeigen, daß wir zugegen waren. »Folgt mir«, erklärte er uns, und wir schoben uns mit ihm durch die Menge.

Die Türen standen offen. Als der Hauptmann beiseite trat, konnte ich einen ersten Blick in den vom Licht der Hängelampen beleuchteten und nach verbranntem Sandelholz duftenden Saal werfen.

Der hallenartige Raum wurde von wunderbar geschnitzten

Holzsäulen gestützt, die sich wie Soldaten bei einer Parade ordentlich hintereinander aufreihten. Der Boden bestand aus dem gleichen grünen Stein wie in der Eingangshalle. Die hohe Decke war grün gestrichen, und die Stuckarbeiten hatte man vergoldet. Eine Plattform am anderen Ende des Saals war mit einem roten Teppich bedeckt, und auf diesem saß der König auf seinem goldenen Thron. Die Rückenlehne und die Armstützen waren mit Perlen besetzt, die Polsterungen mit roter Seide überzogen. Der Herrscher war ganz in Weiß gekleidet, bis auf die goldene Schärpe und die leuchtende Kopfbedeckung, ein goldenes Tuch, das von einer Edelsteinschnalle zusammengehalten wurde. Neben ihm stand eine Fußbank, und auf der ruhte der Herrscherstab. Hinter dem Thron befand sich der hochherrschaftliche Sonnenschirm, aus weißer Seide und mit Perlen bestickt. Man hatte ihn aufgespannt, um so dem König symbolisch Schatten zu spenden. Mir blieb gerade noch Zeit, einen Blick auf die Minister zu werfen, die sich am Fuß der Plattform aufgebaut hatten und von einem massigen Riesen in purpurrotem Gewand und goldenen Pantoffeln angeführt wurden, dann wurden wir auch schon angekündigt.

»Auf Befehl Eurer erhabenen Majestät erscheint nun Jesus von Nazareth, der der schwersten Verbrechen beschuldigt wird, darunter Zauberei, Anbetung falscher Gottheiten, judäischer Praktiken und Unzucht«, rief die hochgestellte Persönlichkeit mit lauter, donnernder Stimme. »Bei ihm befindet sich ein gewisser Alara, von dem kein weiterer Name bekannt ist und der auch über keinen festen Wohnsitz verfügt.«

Seine Worte lösten in mir ein Frösteln aus. Das mußte ein Vertrauter des Statthalters Ajatu sein. Was mochte uns bei dieser Audienz erwarten? Ich verbeugte mich tief, und Jesus

an meiner Seite tat es mir gleich, so wie ich es ihm vorher eingeschärft hatte.
»Tretet vor!« befahl König Gundofarr.
Wie es die Etikette verlangte, sah ich niemanden an, während ich auf die Plattform zuschritt. Mein Blick verharrte unterhalb der Augen des Herrschers, denn in einer Situation wie der unseren sollte man es lieber nicht wagen, einem König offen ins Gesicht zu schauen.
Kaspar hatte in den vergangenen siebzehn Jahren einiges an Gewicht verloren, war aber immer noch ein großer und stattlicher Mann und strahlte weiterhin königliche Würde aus. Beim Näherkommen entdeckte ich, daß sich auf seiner ungewöhnlich hellen Haut ein paar Sommersprossen zeigten, und zwar direkt neben seinen grünen Augen und unter dem langen rötlichen Haar, das bereits das erste Grau aufwies.
Und jetzt sah ich auch die große, hagere Gestalt in der orangefarbenen Robe, die am linken Rand der Plattform stand. Statthalter Ajatu hatte Ramata hierherbestellt, um unser Schicksal zu besiegeln. Und ich vermutete, daß es sich bei dem korpulenten Hünen bei den Ministern ebendiesen Statthalter handelte. Mein Magen verknotete sich. Der Yogi, den persönliche Gefühle schon seit langem nicht mehr angefochten hatten, erlebte sie mit aller Macht, wenn Jesus betroffen war.

KAPITEL 27

Während Jahr um Jahr ins Land zog, wurde Herodias immer unleidlicher und frustrierter. »Nie ereignet sich etwas in meinem Leben«, beschwerte sie sich bei ihrer Zofe Rahila, während sie sich vorbeugte, um sich im polierten Bronzespiegel zu betrachten, der aufgrund eines draußen niedergehenden, heftigen Regengusses leicht beschlagen war. »Siehst du, das einzige, was sich tut, ist die langsame Vermehrung der silbernen Fäden in meinem goldenen Haar!«

»Dafür werden die Abstände, in denen Prinz Zadok meiner Herrin die Aufwartung macht, immer größer, seit er der Hohepriester Kaiaphas geworden ist«, bemerkte die Zofe.

Für einen Moment war Herodias versucht, Rahila zu züchtigen, aber dann mußte sie sich eingestehen, daß die Frau recht hatte. Vergangen waren all ihre früheren Träume. Seit ihr Gatte, der Tetrarch Herodes, sich damit zufriedengab, unter der Aufsicht der Römer Herrschaft auszuüben, war es Prinz Zadok, der, seit er Hoherpriester geworden war und den Namen Kaiaphas angenommen hatte, direkten Einfluß auf die Juden ausübte. Herodias vermutete, daß sie nicht mehr als eine Steigbügelhalterin bei Zadoks Aufstieg zur Macht gewesen war, Manchmal gewann sie dabei das Gefühl, von ihm ausgenutzt worden zu sein, und dann entstanden in ihr die schlimmsten Rachegelüste. Doch stets überwand ihr praktischer Verstand solche Aufwallungen. Ihre einzige Sicherheit stellte jetzt Herodes dar, und, wer weiß, vielleicht kam ja einmal die Gelegenheit, den neuen Hohenpriester für ihre Zwecke einzuspannen.

Doch vor kurzem war dieser Mann Johannes aus irgendeinem obskuren Dorf in Judäa aufgetaucht und bedrohte mit seinen Reden die ihr verbliebene Säule der Sicherheit, ihre Ehe mit Herodes nämlich, indem er überall verkündete, es sei für einen Juden Ehebruch, die Frau seines Bruders zu heiraten, wenn dieser noch lebte. Aber sollte dieser Bursche aus der Wildnis doch sein Maul aufreißen, für sie war lediglich wichtig, was in den Palästen der Hauptstadt vor sich ging. Und da sorgte sie sich weit mehr, daß ihr Einfluß auf Herodes seit einiger Zeit abzunehmen schien.

Während sie ihr Spiegelbild musterte, entgingen ihr zu ihrem Leidwesen die zusammengepreßten Lippen und die leicht herabhängenden Mundwinkel nicht. Rahila, die mittlerweile vollständig ergraut war, machte sich nun daran, Locken in das Haar von Herodias zu drehen. »Euer Haar leuchtet immer noch wie das Licht der Sonne, Herrin«, sprach sie beruhigend auf sie ein, weil sie offenbar spürte, welch wenig erfreuliche Gedanken die Fürstin bewegten.

Herodias fragte sich, wie schon sooft, ob die Empfänglichkeit dieser alten Frau für all das, was in ihr vorging, ein Fluch oder ein Segen war. Natürlich blieb so etwas nicht aus, wenn man viele Jahre lang Tag für Tag miteinander zu tun hatte. Tag für Tag! Wie üblich schnürte ihr die Vorstellung ihrer ewig gleichen Tagesabläufe die Kehle zusammen. Sie schluckte, widerstand dem Drang, etwas Unhöfliches zu entgegnen, und schüttelte statt dessen nur verbittert den Kopf. »Immerwährendes Sonnenlicht«, murmelte sie. »Tag um Tag darf ich zuschauen, wie das Silber des Abends sich in das Gold des Morgens schleicht, es vergiftet und meine letzten Hoffnungen auf einen vollkommen goldenen Tag zerstört.« Sie blickte in ihre blauen Augen. Wie hatte Prinz Zadok doch in längst vergangenen Zeiten die Farbe ihrer Augen beschrieben? Wie das Blau des westlichen Meeres, wenn das Sonnenlicht darauf glitzert. So oder so ähnlich waren seine Worte gewesen. Sei's drum, das war lange her. Der Funke des Lebens mußte ihr innewohnen, um die Augen wieder zum Strahlen zu bringen. »Manchmal weiß ich am Morgen nicht, warum ich überhaupt aufstehen soll, Rahila.« All die Träume, die sie gehabt hatte, waren vergangen und zerbrochen.

»Ihr solltet Euch etwas schaffen, das Eurem Leben neuen Genuß gibt, Herrin«, entgegnete die Zofe, ohne sie dabei anzusehen.

»Was denn zum Beispiel? Mir einen Liebhaber suchen, der am Ende doch nur den Grundstein für meine Vernichtung legt?«

»Männer, die nicht kämpfen können, beziehen Genuß daraus, den Gladiatoren zuzusehen«, schlug sie kryptisch vor.

»Wie, du meinst, ich soll andere dazu bewegen, sich zu begatten, damit ich ihnen dabei zusehen und daraus Freude beziehen kann?«

»Jemanden zum Beiliegen zu bewegen ist nie Euer Problem gewesen, Herrin.«

»Was, um alles in der Welt, ist denn dann mein Problem?« Herodias stand wieder kurz davor, zu explodieren.

»Vergebt mir meine offenen Worte, aber Ihr fühltet Euch immer von der Macht angezogen. Und ich will ja auch nur dies sagen: Wenn Ihr schon selbst nicht die Quelle der Macht sein könnt, warum sucht Ihr Euch dann nicht jemanden, der eines Tages die Macht in Händen halten wird und den Ihr nach Euren Vorstellungen formen und kontrollieren könnt. Sozusagen Euren persönlichen Gladiator.«

»Welcher Mann käme denn dafür in Frage?«

»Kein Mann, sondern eine Frau. Immer schon sind es Frauen gewesen, die hinter den Mächtigen die wahre Quelle der Macht dargestellt haben. War das nicht auch Euer Ziel, bis sich die Umstände rings um Euch herum so sehr geändert haben? Wenn Ihr nun nicht mehr die Machtquelle sein könnt, aus welchen Gründen auch immer, dann sucht Euch eine andere, der dieser Weg noch offensteht.«

Herodias verengte die Augen. »Hast du da schon jemanden im Sinn?«

»Ja, Herrin, und ich glaube, Ihr wißt, wen ich meine. Statt gegen das anzukämpfen, was sich vor Euren Augen abspielt, und beide dafür zu hassen, warum ermutigt Ihr das Mädchen nicht und lehrt sie, mit der Macht umzugehen, die daraus entsteht, wenn man in einem Mann die größten Hoffnungen erweckt, ihm aber die Erfüllung versagt?«

Die blauen Augen im Spiegel wurden groß. Herodias wußte, daß sie ihre Tochter Salome dazu erzogen hatte, verführerisch auf Männer zu wirken, was besonders in ihrem Tanz zum Ausdruck kam. Irgend etwas mußte sie doch dazu bewogen haben. Und nun hatte die einzige Vertraute, die ihr in all den Jahren geblieben war, eine niedere Bedienstete, sie mit der Nase darauf gestoßen. »Du bist eine sehr kluge Frau, Rahila«, versicherte sie ihr leise, »und auch in allen Listen bewandert. Ich werde meiner Tochter Salome das wahre und größte Ziel aller Frauen lehren: Wie man die Männer heimlich beherrscht. Damit aus ihr mein verlängerter Arm wird.«

»Und sie trotzdem immer Euer gehorsames Kind bleibt.«

»Ja. Schon ruhen die Augen ihres Stiefvaters lüstern auf ihr. Er sieht in ihr kein Kind mehr und erhofft sich von ihr, sie möge seine Lust stillen. Doch dafür soll er einen hohen Preis entrichten.« Sie blickte weiterhin in den Spiegel, doch jetzt sah sie das Gesicht ihrer Tochter aus erster Ehe.

Die kleinen goldenen Glöckchen am Saum seines blauen Gewands waren Granatäpfeln nachgebildet. Ihr leises Läuten schien die Stille in seinem Arbeitszimmer nur zu verstärken und einen Kontrapunkt zum weichen Licht der Morgensonne zu setzen. Er betrachtete zufrieden das, was er im reich ornamentierten Spiegel zu sehen bekam, den er an der gegenüberliegenden Wand seines Raums im Palast in Jerusalem hatte anbringen lassen. Prinz Zadok, seit einiger Zeit der Hohepriester Kaiaphas, liebte die Vertrautheit dieses Zimmers, in dem es immerzu nach Weihrauch duftete. Als Hoherpriester gebot er über die Seelen der Menschen, und nun wollte er sich daran machen, auch ihren Geist und ihren Körper zu kontrollieren, ihre Lebensumstände von Grund auf beeinflussen. Simeon hatte ihm in der Vergangenheit wertvolle Dienste bei seinem Aufstieg zur Macht geleistet und all die, die ihm dabei im Wege standen, eingeschüchtert oder, wenn nötig, beseitigt. Heute konnte er die Macht fast schon schmecken. Sie symbolisierte sich in seiner westenartigen *ephod,* die mit goldenen, purpurfarbenen, blauen und roten Bändern verziert war, in der goldenen Brusttasche, in die zwölf Edelsteine eingelassen waren, die die zwölf Stämme repräsentierten, und die das *urim* und das *thummin* enthielt, die zeremoniellen Objekte, die er dazu gebrauchte, Gottes Willen zu erfüllen. Gottes Wille, den erfüllte er doch längst und stand kurz bevor, ihn zu vollenden. Dazu fehlte ihm nur noch der Messias. Wo mochte er sich aufhalten? Er dachte kurz an Barabbas und dann unwillkürlich an den Jungen, der ihm entwischt war. Die Erinnerung daran schmerzte ihn wie ein fauliger Zahn. Drei Jahre waren vergangen, und noch immer lag keine Nachricht von dem Jungen vor, den Simeon ihm nach Indien hinterhergeschickt hatte, mit dem Befehl, ihn zu ermorden. Kaiaphas hatte diese Jagd mit seinem großen Reichtum unterstützt und dafür auch alle seine Kontakte aktiviert. Jesus durfte unter gar keinen Umständen hierher zurückkehren. Zadok hatte auch so schon Schwierigkeiten genug, besonders mit der wachsenden Beliebtheit dieses Wilden, der sich Johannes der Täufer nannte. Zu gegebener Zeit würde er dafür Sorge tragen, daß dieser Unruhestifter vernichtet wurde, womit dann auch der letzte Rivale bei seinem Vorhaben aus dem Weg geräumt wäre.

In diesem Moment fiel ihm bei seinem Spiegelbild auf, daß er die Zähne zusammenbiß. Er zwang sich zur Ruhe, lächelte und kehrte hinter seinen Schreibtisch zurück. Seine Ledersandalen klatschten auf den Marmorboden. Er läutete mit der Glocke, um seinen Diener zu rufen. Der Stand der Sonne am Himmel zeigte ihm an, daß Barabbas sich wieder einmal verspätete. Kurz darauf klopfte es an seiner Tür.

»Herein!« rief er. Der Diener Ishmael hatte sich noch nicht wieder von seiner Verbeugung erhoben, da wußte Zadok schon, daß etwas nicht in Ordnung war. »Was gibt es?« verlangte er zu erfahren.

»Schlechte Neuigkeiten, Herr.« Sogar der weiße Bart des alten Mannes schien zu beben. »Prinz Barabbas ist aus dem Palast geflohen.«

»Du meinst, er ist ausgerückt?«

»Nein, geflohen, Herr.«

»Woher willst du das wissen?«

»Seine Kleider, sein Geld, sein Schmuck, all seine Besitztümer und sogar seine Tragetasche sind fort.«

Kaiaphas' Gedärme verkrampften sich. Warum sollte der Junge, für den er soviel getan hatte, den er liebte und dem er sogar vertraute, davongelaufen sein? Sollten alle seine Pläne jetzt, da ihm der Messias abhanden gekommen war, den er so lange aufgezogen und vorbereitet hatte, zunichte sein? Barabbas hatte alle Qualitäten aufgewiesen, die man von einem zukünftigen Messias erwarten durfte: Er war intelligent, wußte sich zu helfen, war in Waffen- und Kriegsführung ausgebildet und hatte sogar seit einiger Zeit

eifrig studiert, obwohl er sich in früheren Jahren immer mit Händen und Füßen dagegen gewehrt hatte. Und am wichtigsten von allem, er hatte Gehorsam zu ihm entwickelt, nachdem Zadok seine anfängliche Rebellion erstickt hatte.
Kaiaphas fühlte eine eigenartige Leere in sich. Auch wenn er das gern getan hätte, verbot es ihm sein Amt, jetzt aufzuspringen und in das Zimmer des jungen Mannes zu laufen. Wie stets reagierte er rasch: »Wann ist er von hier fort?«
»Vermutlich letzte Nacht, Herr. Der Granatapfelsaft, den er immer vor dem Einschlafen zu sich nimmt, stand noch auf dem Tischchen neben der Couch.«
Zadok warf einen kurzen Blick auf die nachgebildeten Granatäpfel am Saum seiner Robe. Welchen Durst wollte der Junge jetzt stillen? Wie hatte er sich nur so in Barabbas täuschen können? Er verstand, was die Leere ausgelöst hatte: Barabbas war sein Ersatz für das gewesen, das er bislang entschieden abgelehnt hatte: eine Familie. Schmerz, Enttäuschung und Einsamkeit würden der Leere folgen, wie der Prinz wußte, und danach würde sich kalter Zorn seiner bemächtigen. Doch bis dahin mußte er versuchen, mit der neuen Lage fertig zu werden. »Wer weiß sonst noch davon?«
»Nur Zaudit, Herr.«
»Der äthiopische Taubstumme?«
»Ja, Herr, der Diener, der die Schlafgemächer reinigt. Er war es auch, der entdeckte, daß Prinz Barabbas verschwunden ist. Das hat er mir dann gleich gemeldet.«
Kaiaphas spürte, wie seine innere Ruhe zurückkehrte. »Gut, dann teile ihm mit, daß der junge Prinz letzte Nacht aufgebrochen ist, um einen Auftrag von mir zu erledigen.« Er schwieg für einen Moment und sah Ishmael dabei streng an. »Es wäre besser für dich, wenn du dich selbst auch davon überzeugen könntest.« Zadok starrte ihn eindringlich wie

ein Adler an. »Es wäre wirklich besser für dich.« So leise, wie er sprach, klangen seine Worte noch viel gefährlicher.
»Selbstverständlich, Herr.« Ishmael zitterte am ganzen Leib.
»Dann begib dich auf der Stelle zum Tempel, und richte Simeon ben Simeon aus, daß er mich unverzüglich aufsuchen soll.«
Der Diener verbeugte sich tief und verließ den Raum. Als die Tür sich hinter ihm geschlossen hatte, sagte sich der Hohepriester, daß sich in dieser Angelegenheit vielleicht doch noch alles zum Guten wenden konnte. Wie klug von ihm, eine Verbindung mit den Zeloten herzustellen, statt Simeon und den Jüngling Thaddeus damals den Behörden auszuliefern. Nachdem er Hoherpriester geworden war, hatte er Simeon zu einem seiner Verwalter eingesetzt. Auf diese Weise konnte er den Meuchelmörder leichter im Auge behalten und sich mit ihm treffen, ohne dumme Fragen aufkommen zu lassen. Barabbas mußte gefunden und zurückgebracht werden. Ob er dann immer noch zum Messias ausgebildet werden sollte, würde Kaiaphas entscheiden, wenn er den Jüngling wieder in seiner Gewalt hatte. In diesem Moment fiel ihm dieser Galiläer wieder ein, der sich Johannes der Täufer nennen ließ. Der Mann hatte eine große Gefolgschaft um sich geschart, und viele nannten ihn bereits Messias. Ob dieser Johannes sich für seine Zwecke einspannen ließe? Nein, er war ein Wilder und taugte nicht zur Marionette. Deswegen mußte er sorgfältig überwacht und bei dem geringsten Anzeichen von Gefährlichkeit sofort beseitigt werden.

König Kaspar ließ sich nicht anmerken, ob er sich meiner erinnerte oder nicht. Er strahlte die Neutralität aus, die allen großen Richtern eigen ist. Mir war aber bewußt, daß er

rasch dahinterkommen würde, welch falsches Spiel Ramata betrieb. Gerechte Könige vermögen es wie weise Richter, die wahren Gefühle der Menschen zu erkennen, die im Audienz- oder Gerichtssaal vor sie treten.
»Wessen klagt man diese beiden an?« fragte Gundofarr den Statthalter und nickte dabei in unsere Richtung.
»Nicht alle beide, Erhabener, sondern nur den Jüngling«, antwortete Ajatu wichtigtuerisch.
»Nein, den anderen auch!« kreischte eine Stimme unangemessen heftig und schrill. »Und zwar der allerschlimmsten Unzucht!«
Der Statthalter lächelte selbstbewußt. Kaspar ignorierte den Einwurf. Die Beschuldigung Ramatas bereitete mir nicht die geringste Sorge, wußte ich doch, daß der Asket sich mit seinem unkontrollierten Ausbruch die letzte Gunst des Königs verscherzt hatte.
»Wie lauten die Anklagepunkte gegen den jungen Mann?« verlangte der König zu erfahren.
»Hexerei, Gotteslästerung, widerliche judäische Praktiken und Beschneidung!« wütete Ramata.
Es verwunderte mich, daß Ajatu seinen Verbündeten nicht zum Schweigen anhielt.
Gundofarr wandte sich zum ersten Mal dem Asketen zu. »Dann bringst du hier also die Beschuldigungen vor?« fragte er freundlich.
»Das tue ich gewiß.«
»Und wer bist du?«
»Wer ... ich ...« Der Wahnsinn verschwand für einen Moment aus seinen Augen, und er starrte den Herrscher fassungslos an. »Ihr wißt nicht, wer ich bin? Ihr, der König von Indien, kennt nicht den König der Yogis?«
»Uns weltlichen Herrschern ist wohl nicht die Allwissenheit gegeben, die unsere Brüder im Reich des Geistes zu

besitzen scheinen.« Daß Gundofarr sich dem Mann gegenüber so sehr zusammennahm, überraschte mich nicht. Als bedeutender Feldherr, der seine Kunst bei mancher Schlacht bewiesen hatte, hatte er schon früh gelernt, ruhig und gelassen zu bleiben. Und diese Eigenschaft hatte ich ja schon damals bei unserer Reise nach Beth Lahm an ihm bewundern können. »Welche Beweise kannst du denn für deine Anschuldigungen vorbringen?«
Ramata setzte zu einem Sermon von Schmähungen gegen uns an. Er brachte unter anderem vor, daß Jesus und ich seit unserer Ankunft bis zur Nacht unserer Verhaftung dasselbe Dach geteilt hätten. Den Vorwurf der Hexerei belegte er mit den ungewöhnlichen Fähigkeiten, die Jesus bei seinen Übungen in den Kräften eines Yogis an den Tag gelegt hatte. Zum Anklagepunkt der Gotteslästerung führte er an, daß Jesus sich öffentlich zu seinem jüdischen Glauben bekannt hatte. Und die widerwärtigen jüdischen Praktiken schließlich wollte er mit eigenen Augen gesehen haben. »Fordert ihn auf, abzustreiten, daß er über Wasser zu wandeln vermag. Wie kann jemand eine solche Fähigkeit vorführen, ohne sich nicht viele lange Jahre darin geübt zu haben?« Ramata kam jetzt zum Höhepunkt seiner Anwürfe und richtete den Zeigefinger auf Jesus. »Und wenn er abstreitet, Jude zu sein, so fordert ihn auf, seinen Unterleib zu entblößen. Dann könnt Ihr Euch mit eigenen Augen davon überzeugen, daß er beschnitten ist.« Endlich schwieg er und wischte sich mit dem Handrücken den Speichel aus den Mundwinkeln.
»War das alles?« fragte Gundofarr immer noch freundlich.
»Für den Augenblick ja.« Ramata glaubte offenbar, das Vertrauen des Königs errungen zu haben, und gab sich wohl der Überzeugung hin, ihn genauso in seinen Bann gezogen zu haben wie vorher den Statthalter.

Kaspar nickte. »Dann hast du doch sicher auch Zeugen für deine Beschuldigungen.«
»Ein Mann wie ich braucht sich nicht von anderen das Wort bestätigen zu lassen.«
Der Asket war hoffnungslos größenwahnsinnig, und ich betete darum, daß Gundofarr das erkennen möge. Dennoch war es ihm gelungen, aus Vermutungen, Verdächtigungen und Zufällen eine Anklage gegen uns zusammenzuweben, die sich nicht einfach so vom Tisch wischen ließ. Jesus war bei all dem ruhig und gelassen geblieben, besaß er doch noch den Glauben der Jugend an die eigene Unschuld. Unerfahren wie er war, wußte er noch nicht, daß in diesem Teil der Welt das Gefühl der Unschuld allein nicht ausreichte. Hier galt ein Angeklagter so lange als schuldig, bis er den Richter vom Gegenteil überzeugt hatte. Was aus mir wurde, kümmerte mich nicht. Aber ich sorgte mich um Jesus, weil ich ihn liebte und weil er sich mit Situationen wie dieser nicht auskannte. Tod oder Gefangenschaft hätte er vermutlich noch hingenommen, aber wie würde er auf Ungerechtigkeit reagieren, wenn man ihn all seiner Illusionen über die Menschheit beraubte, wenn er sich von diesem Gerichtssystem betrogen fühlen mußte? Ich beschloß, als sein Verteidiger aufzutreten.
Kaspar richtete seine Augen auf den Jungen. »Was hast du zu diesen Anklagen zu sagen?«
»Daß ich nichts Falsches getan habe, Herr.«
»Verzeiht, wenn ich das Wort ergreife, Erhabener«, erklärte ich jetzt. »Ich bitte um Eure Erlaubnis, für uns beide sprechen zu dürfen.«
»Seht Ihr? Seht Ihr!« ereiferte sich Ramata wieder. »Das beweist doch wohl, daß die beiden einander unzüchtig beigelegen haben!«
»Schweig!« befahl Kaspar nur, ohne ihn eines Blickes zu

würdigen. »Du hast vorgebracht, was du zu sagen hattest. Nun ist es an den Angeklagten, sich dazu zu äußern, sei es direkt oder durch ihren Sprecher. So verlangt es unser Gesetz. Wenn du die Würde dieses Gerichts noch ein einziges Mal mißachten solltest, lasse ich dich hinauswerfen.«
Ramata gab einen erstickten Laut der Fassungslosigkeit von sich, doch von nun an schwieg er und gab damit zu erkennen, daß sein Wahnsinn noch nicht so groß war, daß er einen Befehl des Herrschers mißachten würde.
Gundofarr wandte sich an mich: »Du darfst jetzt sprechen.«
Erfahren in Prozessen und anderen Gerichtsdingen, hob ich den Kopf, sah dem König aber nicht in die Augen. »Gebieter, Ihr seht Euch hier einer Ansammlung von boshaften Behauptungen, Verdrehungen und Mißverständnissen gegenüber, die allerdings zum Teil auf einigen nicht zu leugnenden Tatsachen beruhen«, begann ich. »Die Substanz der Erklärungen des ehrwürdigen Yogis sind richtig wiedergegeben, doch hat er daraus die falschen Schlußfolgerungen gezogen. Anders gesagt, bloß weil ein Stuhl ebenso wie ein Elefant vier Beine hat, bedeutet das noch lange nicht, daß Stuhl und Elefant gleich sind.«
Ich hatte Kaspars Aufmerksamkeit errungen, und das gab mir den Mut, rasch fortzufahren. »Erlaubt mir nun, zunächst die Beschuldigungen zu widerlegen, die daraus resultieren, daß Jesus Jude und beschnitten ist sowie sich in jüdischen Praktiken übt.« Ich legte eine kleine Pause ein und wertete das Schweigen des Königs als Zustimmung. »Erhabener, in Eurem Reich wohnen Menschen vieler verschiedener Völker und Religionen, denen allen die gleichen Rechte zugebilligt sind und denen die gleichen Pflichten abverlangt werden. Diese Gepflogenheit, die die Herrscher der großen Maurya-Dynastie eingeführt haben, ist im Edikt des bedeutenden Königs Aschoka niedergelegt und hat seit-

dem die bindende Kraft eines Gesetzes. Obwohl die Juden in anderen Ländern verfolgt und geschmäht werden, würdet Ihr, Gebieter, so etwas in Eurem Reich nie dulden, denn Eure Herrschaft ist ebenso erleuchtet wie die des großen Aschoka. Wart Ihr es nicht, Herr, der einst den Sternen folgte, die ihn zum Geburtsort des Messias führten? So frage ich Euch denn bei allem Respekt, ob die Konjunktion dieser Sterne nicht über dem Land Judäa, der Heimat der Juden, stattfand? Nun, die Sterne legten dabei keine Schmähung oder Verfolgung an den Tag.« Ich hielt inne und wartete auf seine Reaktion.

Das nun erwachende Verstehen im Geist Kaspars war nur für die sichtbar, die wie ich über die Gabe des inneren Erkennens verfügten. »Fahrt doch fort«, forderte Gundofarr mich ruhig auf.

»Wenn nun schon dem Himmel nicht nachgesagt werden kann, die Juden verächtlich machen zu wollen, da er doch den Erlöser im Land der Juden fand, wollt Ihr, Erhabener, dann dieses Volk wegen seiner Praktiken verfolgen?«

»Nein«, antwortete er sofort. »Unsere Politik gegen Benachteiligung und Zurücksetzung bestimmter Völker und Religionen wird allerdings nicht von den Gestirnen bestimmt.«

»Vielen Dank, Herr.« Ich spürte die Wut, die in Ramata wuchs, und die Unruhe, die sich im Statthalter ausbreitete, so deutlich, als hätten sie gerade ihren Gefühlen Luft gemacht, und so sprach ich rasch weiter: »Was bedeutet es nun, Jude zu sein? Wird man durch Geburt dazu? Oder durch Sitte und Tradition? Kann denn eine geheiligte Handlung, die ein Jude im Sinne seiner Religion begeht, überhaupt ein Sakrileg sein? Und wird bei ihnen die Beschneidung nicht vor allem deshalb durchgeführt, um im heißen, feuchten Klima ihres Landes einen bestimmten

Körperteil sauberzuhalten? Ist sie damit nicht der Gesundheit förderlich? Und mit welchem Recht kann man dann die Beschneidung als etwas Schmutziges oder Gotteslästerliches bezeichnen? Es sei denn, der Grund für die Beschneidung, die Reinlichkeit nämlich, stünde hier vor Gericht.«
Gundofarr lächelte. »Ein interessanter Gesichtspunkt«, bemerkte er. »Damit dürften die Beschuldigungen, die sich auf die Volks- und Religionszugehörigkeit des Angeklagten beziehen, wohl hinfällig geworden sein. Wie steht es aber mit dem viel schwerwiegenderen Vorwurf der Hexerei? Willst du etwa abstreiten, was nicht nur der Asket, sondern auch andere behaupten, daß dieser Jüngling Jesus in der Lage ist, Wunder zu vollbringen, wie sie Yogis normalerweise erst nach vielen, vielen Jahren der größten und konzentriertesten Anstrengungen vorzuführen in der Lage sind?«

»Nein, Gebieter. Wir wollen nichts davon abstreiten und sind im Gegenteil sogar froh, dies vor aller Welt eingestehen zu dürfen.«

»Dann sind die Fähigkeiten des Jünglings also nicht durch Hexerei oder Schwarze Magie erworben?«

»Herr, die Hexerei ist eine besondere Gabe des einzelnen und unterscheidet sich von der Schwarzen Magie. Bei letzterer übt man besondere Kräfte durch die Hilfe der Mächte des Bösen aus. Indem wir die Manifestationen der Hexerei zugeben, gleichzeitig aber beweisen, daß sie nichts mit Schwarzer Magie zu tun haben, sehen wir uns in der Lage, auch diese Anklage zu widerlegen.« Ich richtete meinen Blick wieder auf das Gesicht des Königs, ohne ihm aber in die Augen zu sehen; denn nur auf solche Weise sichert man sich die ungeteilte Aufmerksamkeit eines Herrschers. »Gebieter, Euch ist sicher bekannt, daß man bestimmte Fähigkeiten durch Übung und Ausbildung erwerben kann. In allen Berufen geht es nun so zu, daß manche weniger Ausbildung bedürfen als andere. Und der Beschuldigte, der hier vor Euch steht, hat es deutlich schneller gelernt, diese Fähigkeiten zu gebrauchen, als viele andere.«

»Von welchen Fähigkeiten sprichst du?« verlangte der König zu erfahren, obwohl er die Antwort längst kannte. Vermutlich sollte ich sie nur aufzählen, damit der Gerichtsschreiber sie niederlegen konnte.

»Zunächst *anima,* die Gabe, sich unsichtbar zwischen Menschen zu bewegen. Ich persönlich habe dem Angeklagten diese Fähigkeit schon in der Nacht seines Abschieds von Nazareth beigebracht. Dann *laghima,* mit deren Hilfe man seinen Körper so leicht machen kann, daß es möglich wird, sich in die Luft zu erheben oder aber über Wasser zu wandeln. *Prapati* wiederum ist die Lehre vom Wissen über alle Dinge. *Prakmaya* versetzt einen in die Lage, alle körperlichen Aktivitäten anzuhalten, so daß man seinen eigenen Tod vortäuschen und sich sogar für einen längeren Zeitraum beerdigen lassen kann. Und schlußendlich *ishitwam,* die Gabe der Wiederbelebung, darunter auch die Wiedererweckung kürzlich Verstorbener.«

»Du willst sagen, Jesus habe all diese Fähigkeiten erworben?« fragte Gundofarr ungläubig.

»Ja, Herr.«

»Aber er ist doch noch so jung.«

Nun war es an mir zu lächeln, denn ich hatte diesen Einwand schon erwartet. »Der große Sikander eroberte bereits in jungen Jahren ein Riesenreich, andere Kriegsherren begannen damit erst in wesentlich reiferem Alter.«

»Da hast du recht.« Kaspar war meinen Ausführungen so zugetan, daß niemand im Saal, nicht einmal Ramata, es wagte, mit einem Einspruch zu stören.

»Schwarze Magie vollzieht sich nach festgelegten Ritualen.

Ich habe den Ausführungen des ehrwürdigen Yogis nichts vernommen, das auch nur als Hinweis darauf zu werten wäre, Jesus habe sich solcher Rituale bedient. Insofern Ihr, Gebieter, dieser Feststellung zustimmt, kann man damit die Anklage der Schwarzen Magie von der Liste streichen.«
»Nichts von dem, was ich vernommen habe, stützt auch nur im entferntesten die Anschuldigung der Schwarzen Magie.« Gundofarr drehte sich auf seinem Thron, um Ramata streng anzusehen. »Hast du mit eigenen Augen gesehen, wie der Angeklagte Riten der Schwarzen Magie durchgeführt hat?«
»Woher soll ich wissen, welche Praktiken solche verderbten Menschen im geheimen ausüben? Sie haben einige Anstrengungen unternommen, ihr Treiben vor den Augen aller Menschen reinen Herzens verborgen zu halten.«
»Darf ich davon ausgehen, Erhabener, daß die Anschuldigung der Hexerei sich allein auf die enormen Fortschritte stützt, die der Angeklagte in seinem Yogi-Studium gemacht hat?« fragte ich.
»Das darfst du.«
»Nun, das beste Beispiel, das ich dafür anführen kann, wie einige wenige Menschen über außerordentliche Fähigkeiten verfügen, ist der Herr Buddha. Wie Euch sicher bekannt ist, vollbrachte er schon als Knabe, als er noch Prinz Siddharta hieß, Erstaunliches.« Ich erklärte Kaspar nun, wie die Yogi-Stadien sich durch das Medium des Geistes, wie ich es getan hatte, oder durch den Körper erlangen lassen, wie es die meisten Yogis versuchten.
»Wir möchten trotzdem einen Beweis dafür hören, daß der Beschuldigte über so außergewöhnliche Begabungen verfügt«, erklärte der Herrscher.
Ich war auf diese Frage vorbereitet, hatte ich den König doch geschickt zu ihr hingeführt, und so entgegnete ich jetzt: »Je-

sus ist der Säugling, der in Beth Lahm das Licht der Welt erblickte, und dem Ihr, König Yuen-Yen aus China und meine Wenigkeit einst unsere Aufwartung gemacht haben.«

Ein tief verborgenes Gift breitete sich in dem Moment in ihm aus, als er Simeon in seinem Arbeitszimmer empfing und ihm gebot, Platz zu nehmen. Auf seinem Schreibtisch türmten sich wie gewöhnlich Schriftrollen, in denen er jetzt wühlte. Barabbas hatte mit seiner Flucht gleich zwei Würdenträger betrogen und belogen, den Prinzen Zadok und den Hohenpriester Kaiaphas. Die Zeloten würden den Jüngling finden und zurückbringen. Er stellte sich voll innerer Wonne vor, welche Strafen er Barabbas auferlegen würde. Seine Finger spielten noch eine Weile mit einem Griffel, bevor er Simeon in die kalten braunen Augen blickte und dann gleich zur Sache kam: »Der Messias ist geflohen«, erklärte er unbewegt, so als teile er lediglich mit, einer der niedersten Tempelsklaven sei verschwunden.
Simeon zuckte nicht einmal mit den Lidern. »Ich wußte gleich, daß etwas Dringendes vorliegen müsse, als ich Euren Ruf erhielt«, entgegnete er, und augenblicklich fing sein Verstand an zu arbeiten. Wie konnte er die neue Lage zu seinem persönlichen Vorteil nutzen? Barabbas, der falsche Messias, war fort. Thaddeus würde bald mit dem echten Jesus zurückkehren und ihn ihm aushändigen – obwohl doch der Hohepriester angeordnet hatte, den Jungen nicht zurückzubringen, sondern zu ermorden. Barabbas' Verschwinden bedeutete auch, daß ein neuer Messias gesucht wurde. Simeon spürte, daß ihm das Schicksal endlich die Möglichkeiten bot, nach denen er immer gesucht hatte. Wenn er Barabbas aufspürte und wenn Thaddeus Jesus herbrachte, versetzte das die Zeloten sicher in die Lage, die Machtbasis für sich zu nutzen, die Prinz Zadok sich aufge-

baut hatte. Ein verrückter Plan, und voller Unwägbarkeiten, aber doch wenigstens einen Versuch wert. Er würde Thaddeus und dem Rest der Welt beweisen, daß sein Verstand mindestens ebensogut arbeitete wie der eines Prinzen. Doch nach außen hin wahrte er jetzt die Form und stellte keine Fragen, sondern wartete auf weitere Ausführungen des Kaiaphas.

»Es entzieht sich meiner Kenntnis, wann genau der Junge verschwunden ist«, erklärte der Hohepriester. »Vermutlich gestern am frühen Abend, denn seine Schlafstatt war heute morgen unbenutzt. Ein Diener suchte heute in der Frühe sein Gemach auf, um ihn zu wecken, und fand es leer vor. Der Messias hat seine Kleider und alles Gold und Silber in seinem Besitz, eine nicht unbeträchtliche Summe.« Er zog ein schiefes Lächeln und verbarg dahinter die Wut, die immer stärker in ihm wuchs bei dem Gedanken, wie der junge Schurke ihn hinters Licht geführt hatte, wie er ihm Zuneigung und Ehrerbietung vorgespielt und doch nie etwas anderes im Sinn gehabt hatte, als ihn, seinen väterlichen Herrn, zu hintergehen.

Simeon schwieg immer noch und sah ihn nur an. Zadok kam sich vor wie eine Kuh, die von einem erfahrenen Melker gemolken wurde. Dieser Zelot leerte das Euter seines Geistes bis auf die letzten Tropfen. »Ich muß gestehen, daß meine Zuneigung zu dem Jungen im Laufe der Jahre mein Urteilsvermögen getrübt hat. Doch seine Flucht ist kein allzu großer Verlust, denn wir bedürfen keines Messias mehr, um das jüdische Volk zur Einheit zu führen.«

Während Kaiaphas ihm einiges über Barabbas erzählte, spürte Simeon plötzlich, wie sehr seinem Gegenüber der Verlust des Jungen naheging. Ein Gefühl des Triumphes entstand im Geist des Zeloten. Endlich hatte er die Schwachstelle in dem nach außen hin so harten und unerbittlichen

Mann gefunden. Während Zadoks Verstand den Verlust eines potentiellen Messias bedauerte, jammerte sein Herz darüber, einen Jungen, der ihm wie ein Sohn geworden war, verloren zu haben.
Wie konnte er diese Schwäche verwerten? Beim Dolch des Beschützers aller Meuchelmörder, das war's! Er mußte dem Hohenpriester nicht zu einem neuen Messias, sondern zum Ersatz für den verlorenen Sohn verhelfen. Einen Knaben, auf den Simeon Einfluß ausüben konnte. Und schon fiel ihm ein, wer dafür in Frage kam. Endlich entwickelte sich alles so, wie er es immer hatte haben wollen. »Ihr habt die Welt glauben lassen, der Junge sei Euer Erbe«, begann Simeon zögernd. Er mußte jetzt mit der größten Umsicht vorgehen. »Und nun, da er fort ist, mögt Ihr es sicher für dienlich halten, einen anderen Knaben in Euer Haus aufzunehmen. Am besten jemanden im gleichen Alter.«
Der Hohepriester warf ihm einen scharfen Blick zu. »Warum sollte mir daran gelegen sein?«
»Alleinstehende Männer in höchsten Positionen sind mancherlei Gefahren ausgesetzt. Deshalb bestimmen Könige auch möglichst früh ihren Nachfolger. Damit schützen sie sich vor denen, die danach streben, ihnen ihren Thron, ihre Macht und ihren Reichtum zu entreißen.«
»Wer sollte so etwas versuchen ...« Zadok führte den Satz nicht zu Ende. Simeons Einwand brachte ihn ins Grübeln. Schließlich nickte er. »Du könntest recht haben. Davon abgesehen ...«
Du Sohn einer Sau, dachte Simeon verächtlich, du suchst nach einem Knaben für dein Nachtlager. Ich habe mich nicht so aufgeführt, als mein Liebster, Thaddeus, mich verließ, weil er die neuen Horizonte finden wollte, die du seinem Geist eingegeben hast. Laut sagte er: »Ich würde Euch bei allem nötigen Respekt vorschlagen, jemanden zu suchen,

der im gleichen Alter wie der Messias ist – er dürfte mittlerweile sechzehn sein, oder? –, aber eine strenge jüdische Erziehung genossen hat, so daß er bereitwillig auf Eure Sicht der Dinge reagiert und Euch damit eine Annehmlichkeit verschafft, die der alte Messias Euch nicht bieten konnte.«
»Und wer käme dafür in Frage?«
Du willst mich wohl auf die Probe stellen, dachte der Zelot.
»Vielleicht ein Essener. Jemand, dem Ihr vertrauen könnt ... ein Verwandter.« Würde der Hohepriester den Köder schlucken?
»Ich habe da einen Neffen zweiten Grades, der diesen Platz ausfüllen könnte«, erklärte Kaiaphas nachdenklich und legte die Stirn in Falten. »Er stammt aus Kerioth und ist Einzelkind und Waise. Kürzlich hat er seine Eltern bei einem Feuer verloren ... das ganze Haus ist abgebrannt. Wenn ich recht informiert bin, ist er hier in Jerusalem bei einem Buchhalter in die Lehre gegangen. Der Jüngling ist hübsch anzuschauen und nicht dumm.«
Simeon konnte sein Glück nicht fassen. Genau diesen Knaben, bei dem es sich um Judas von Kerioth handelte und der sein neuer Liebhaber war, hatte er dem Hohenpriester vorschlagen wollen! Er riß sich zusammen und täuschte dem Prinzen gegenüber Bewunderung und Interesse vor.
»Ja, natürlich.« Zadoks Stirn wurde wieder glatt, und er hieb mit einer Faust auf den Tisch. »Ganz klar, er ist es. Und damit erhält dieser Schakal die gerechte Strafe dafür, mich betrogen zu haben.«
»Könnte man Judas dazu bringen, der Messias zu werden?« fragte der Zelot vorsichtig.
»Bei der richtigen Aufzucht und Pflege kann man sogar einen Esel zum Messias machen«, schnaubte Kaiaphas. »Das Volk wartet so sehnsüchtig auf ihn, daß es ihm mehr als nur sein Äußeres nachsehen würde.«

Einen guten Herrscher erkennt man unter anderem daran, wie er auf unerwartete Eröffnungen reagiert. Gundofarr mußte sicher von meinem Thronverzicht und von meinem Aufenthalt in seinem Reich erfahren haben. Er hatte allerdings nicht nach mir suchen lassen, wohl weil er wußte, daß ich die Einsamkeit suchte, um mein Schicksal zu erfüllen. Wenn ich allerdings bei ihm um die Audienz nachgesucht hätte, hätte er mich sicherlich sofort empfangen.
Doch so, wie ich heute aussah, mit dem ärmlichen Gewand, den schmaler gewordenen Gesichtszügen, dem Bart und dem von vielen Silberfäden durchzogenen Haar, hatte er mich nicht gleich wiedererkannt.
»Deine Erklärung erscheint uns glaubwürdig genug und reicht als Beweis vollkommen«, unterbrach seine dunkle Stimme die Stille, die sich über den Saal gesenkt hatte. »Damit steht fest, daß die einzigartigen Fähigkeiten des Angeklagten nicht auf Schwarzer Magie, Teufelsanbetung oder Hexenkünsten beruhen, sondern Ausdruck des göttlichen Willens sind.«
Ramata wurde unruhig, und wir durften einen weiteren seiner Einwände erwarten. Doch ein strenger Blick des Herrschers ließ es ihm ratsam erscheinen, jetzt besser zu schweigen.
»Wir befinden den Angeklagten in allen Punkten für unschuldig«, verkündete König Gundofarr.
Ich richtete meine inneren Sinne auf Jesus. Er nahm das Urteil mit der gleichen Ruhe und Gelassenheit entgegen, die Kaspar während der Verhandlung an den Tag gelegt hatte. Wen von beiden konnte man wohl eher König nennen?
»Da Jesus aus dem Land Judäa falsch beschuldigt worden ist, erkläre ich hiermit, daß es ihm nun zusteht, sich des Rechts gemäß den Gesetzen in unserem Reich zu bedienen.« Kaspars Lächeln wirkte gefährlich. Ich spürte die Grausamkeit

in seinem Geist, die für einen Herrscher in diesem Teil der Welt unabdingbar ist. »Man hat Jesus übel mitgespielt, und so steht ihm zu, Auge um Auge und Zahn um Zahn zu fordern. Da er aufgrund von wissentlichen Falschaussagen ins Gefängnis geworfen wurde und der Kläger für ihn die Todesstrafe forderte, soll diesem nun Gleiches mit Gleichem vergolten werden.«

Alle hielten erschrocken den Atem an, und Ramata stieß einen erstickten Schrei aus.

Gundofarr wandte sich an den Jungen und erwartete von ihm, daß er jetzt die Todesstrafe für den Asketen einforderte.

»Darf ich sprechen, Herr?« fragte Jesus.

»Gewiß.«

»Bei allem schuldigen Respekt möchte ich erwähnen, daß in meinem Land das Gesetz eine Wiedergutmachung an der Person vorsieht, der Falsches angetan wurde.«

Kaspar ließ sich nichts von seinen Gefühlen anmerken. »Ich will darüber nachdenken, sobald dieser Fall hier restlos geklärt ist.« Er sah Ajatu an. »Du, mein ordentlich bestellter Statthalter, hast nicht nur die Autorität deines Amtes verletzt, indem du die Angeklagten ins Gefängnis geworfen und dann unter falschen Beschuldigungen vor mein Gericht geführt hast, sondern auch über Jahre deinen Pflichten gröblich zuwidergehandelt und damit den Namen des Königs mit Schande versehen. Offenkundiges Beispiel für deine Art von Pflichtvernachlässigung ist der Zustand des von dir verwalteten Gefängnisses.«

Ich spürte den Schock, der den großen Mann neben mir durchfuhr. »In welcher Weise könnte ich Euer Mißfallen erregt haben, Gebieter?« krächzte er.

»Vom Statthalter dieser Provinz wird wie von den Statthaltern aller anderen Provinzen erwartet, hier in meinem Namen so zu regieren, wie ich es tun würde, wenn ich hier wäre. Der Statthalter ist nichts weiter als der verlängerte Arm seines Oberherrn.« Kein Mitgefühl zeichnete sich auf Gundofarrs Miene ab, seine Stimme klang erbarmungslos, und seine Körperhaltung erinnerte an einen zum Sprung bereiten Löwen. »Mir liegen etliche Berichte über deine Verfehlungen vor, und ich habe jeden einzelnen davon überprüfen lassen. Gier, Bereicherung an Wohlhabenden und Armen, zügellose Ausschweifungen und Ungerechtigkeit jeglicher Art kennzeichnen deine Amtsführung.«

Mir war sofort klar, daß Hauptmann Asoka Wort gehalten hatte. Ein guter Mann, der ein weit höheres Amt verdient hätte.

»Ich entferne dich daher aus der Position des Statthalters und entziehe dir alle damit verbundenen Ränge«, verkündete der König und richtete seinen Blick dann auf Jesus. »Ich erkenne in diesem Fall den Rat und die Gesetze des Landes Judäa an und überlasse es dem fälschlich Beschuldigten, über euch beide das Urteil zu fällen.«

Ein Schluchzen von Ajatu sagte mir, daß der Mann kurz vor einem Zusammenbruch stand. Was Ramata anging, so hatte der zu einer tödlichen Ruhe gefunden. Vielleicht machte sich seine Yogi-Ausbildung jetzt doch noch bezahlt.

»Was soll mit diesen Männern geschehen, Jesus?« fragte Gundofarr.

»Mein ist die Rache, spricht Gott der Herr, Erhabener. Das Urteil Gottes gründet sich auf die unumstößlichen Gesetze von Ursache und Wirkung – und die Auswirkungen können ebenso unerbittlich wie ehrfurchtgebietend sein. Durch ihre eigenen Taten werden die Menschen belohnt oder bestraft. Bitte, Herr, vergebt ihnen beiden, so wie ich ihnen bereits vergeben habe, als sie ihre Missetaten begingen.«

KAPITEL 28

Nichts hatte sich in Simeons kleinem Haus verändert. In den Jahren, seit Thaddeus ihn verlassen hatte, waren einige Menschen in der Nachbarschaft gestorben und einige Jugendliche groß genug geworden, um auszuziehen und einen neuen Hausstand zu gründen. Doch die Familien selbst waren geblieben. Im Lauf der Zeit war die klaffende Wunde, die Thaddeus' Weggang in ihm aufgerissen hatte, kleiner geworden, und sein Sehnen nach dem Jüngling hatte nachgelassen und schwand endgültig, als der siebzehnjährige Judas von Kerioth in sein Leben getreten war.
Simeon betrachtete den Umstand, auf Judas gestoßen zu sein, bald als eine göttliche Fügung, als eine Bestätigung für das große Vorhaben seines Lebens. Judas war zum Verlieben schön, von schlanker Gestalt und sah Thaddeus mit seinen zarten, fast weiblichen Zügen sogar ein wenig ähnlich – doch fehlte seinen braunen Augen der Ausdruck eines Mörders. Er hatte eine helle Haut, und seine Körper war weicher und biegsamer als der von Thaddeus. Nach außen sanft und freundlich, trat die Grausamkeit in seinen Augen nur in den Momenten offen zutage, in denen man am wenigsten damit rechnete.
Simeon hatte sich auf Anhieb in den Jüngling verliebt, als der Zufall es gewollt hatte, daß sie sich eines Morgens im Tempel gegenüberstanden. Auch Judas schien sich zu ihm hingezogen gefühlt zu haben, denn er hatte sofort zugestimmt, als Simeon ihn zum Nachtmahl in sein Haus eingeladen hatte. Und als er vorhin erfahren hatte, daß dieser Judas zur Familie des Prinzen Zadok gehörte, ein Neffe zweiten Grades des Hohenpriesters und außerdem Essener

war, wuchs sein Interesse an dem Jüngling ins Grenzenlose. Schon in der ersten Nacht hatten sie sich geliebt, und bereits nach wenigen Wochen hatte er herausgefunden, daß Judas einen wachen Verstand sowie eine rasche Auffassungsgabe besaß und hervorragend mit Zahlen umgehen konnte.
Sein Instinkt, verbunden mit einer gehörigen Portion klaren Menschenverstands, hatte Simeon davon Abstand nehmen lassen, Judas aufzufordern, aus dem Haus seines Onkels, das am anderen Ende der Stadt lag, aus- und zu ihm zu ziehen. Heute hatte sich bestätigt, daß er damit gut beraten gewesen war. So würde der Hohepriester nie von der Verbindung zwischen seinem neuen Mündel und seinem zelotischen Mittelsmann erfahren.
Als Simeon an diesem Abend Judas umarmte, verdrängte der Geruch des kräftigen edomitischen Parfüms, das der Jüngling so gern auflegte, den Duft des Hammelbratens, den er für das Nachtmahl vorbereitet und bereits aufgetischt hatte. Der Geruch, verbunden mit der Berührung von Judas' weichem Fleisch, erregte Simeon. Ob sie sich zuerst lieben und dann erst speisen sollten? Nein, zuerst die Dinge, die besprochen werden mußten, vor allem, wenn es sich um eine so dringliche Angelegenheit handelte. Simeon hatte nämlich dem Prinzen versprochen, Judas für ihn aufzusuchen und ihn ihm vorzuführen.
Er ließ den Jüngling los. »Setz dich, Bruder«, deutete er auf die Kissen an der Wand.
Die braunen Augen, in denen schon Lust aufgeblitzt war, zeigten nun Enttäuschung.
»Ich muß etwas ziemlich Wichtiges mit dir bereden«, begann der Zelot.
Judas ließ sich graziös auf den Kissen nieder und lehnte sich an die Wand. »Oh, Hammelbraten. Mein Lieblingsessen. Ich bin wirklich sehr hungrig.«

Simeon ließ sich davon nicht blenden. Wenn Judas Nichtigkeiten von sich gab und gleichzeitig Simeons Blick auswich, fühlte er sich verletzt und kämpfte dagegen an. Simeons Geliebter war empfindlich wie ein Weib, dabei ständig eifersüchtig, war von jeder Form der Kritik sofort beleidigt und fühlte sich zurückgesetzt und zurückgewiesen. »Wenn du hörst, was ich zu sagen habe, wirst du verstehen, wie sehr ich dich liebe«, versuchte Simeon ihn zu beruhigen. Er ließ sich am Tisch nieder und füllte die Schüssel des Jungen mit Fleisch. Danach bediente er sich selbst und goß Wein in die beiden Becher. »Schalom, Bruder! Laß uns auf die Zukunft trinken, die sich dir heute aufgetan hat.«
Nachdem Judas getrunken hatte, hatte er sich wieder entspannt. »Welche Neuigkeit könnte denn so wichtig sein, daß sie uns davon abhält, einander in den Armen zu liegen?«
»Nicht unbedingt wichtiger als die Liebe, aber dringlicher.«
»Nun gut, was könnte denn dringlicher sein?«
»Iß nur, ich erzähle dir alles«, grinste Simeon. »Am allerdringlichsten scheint mir im Moment zu sein, daß der Braten nicht kalt wird, auf dessen Zubereitung ich soviel Mühe verwandt habe.« Er brach ein Stück Brot ab, tunkte es in die Bratensoße und schob es sich in den Mund. »Hm, auch wenn ich der Koch bin, überrascht es mich nicht, daß es sich hierbei um dein Lieblingsgericht handelt.«
Er wartete, bis Judas sich gestärkt hatte, bevor er ihm berichtete, was sich heute ereignet hatte: »Ich habe heute morgen mit deinem Onkel zweiten Grades über dich gesprochen. Im Tempel.« Nicht einmal der Jüngling sollte von seinen geheimen Verbindungen zu Kaiaphas erfahren.
»Ach, du meinst sicher Onkel Zadok«, entgegnete Judas, und sein Interesse war geweckt. »Was will er denn von mir, nachdem er meine Familie all die Jahre vernachlässigt hat,

bloß weil unser Zweig in Armut lebt und mehr Gottesfürchtigkeit als adliges Blut in den Adern hat?«
Simeon erschrak über Judas' bitteren Tonfall. Er hätte nie gedacht, daß der Junge zu solchen Gefühlen fähig war. Doch vermutlich hatte das Desinteresse und die Zurückweisung seitens Zadoks einiges zu der Empfindlichkeit des Jünglings beigetragen. »Er will dich adoptieren«, antwortete Simeon geradeheraus.
Judas hob erstaunt die sanften Brauen: »Wirklich?«
»Ja.«
Die Brauen senkten sich wieder, dafür legte sich die Stirn in Falten. »Nachdem er so viele Jahre meinen Zweig der Familie geflissentlich übersehen hat, beschließt seine Allmacht plötzlich, mich in sein Haus zu holen ... so als wäre ich ein Hund von der Straße.« Seine normalerweise weiche Stimme klang verbittert, und das in diesem Moment aufbrandende Geschrei der Kinder, die sich auf dem Hof zu streiten schienen, verstärkte diesen Eindruck noch. »Aus welchem Grund?«
»Offenbar deswegen, weil er dich braucht und ihm das jetzt erst bewußt geworden ist.«
»Und ich soll mit dem Schwanz wedeln und mich auf den Rücken legen, damit er mich am Bauch kraulen kann, oder was?«
»Nein, du darfst nach seiner Hand schnappen und ihn in die Waden beißen«, scherzte Simeon, um die Anspannung des Jungen zu lösen. »Sieh mal, Bruder, wir leben in einer Welt der Menschen, und so wie sich alles um uns herum verändert – das Wetter, die Elemente –, so wandeln sich auch die Menschen.« Ihm kam eine Inspiration. »Mit unserem Leben verhält es sich wie mit der Buchhaltung: Jede Veränderung bringt einen neuen Eintrag auf der Soll- oder der Habenseite.« Befriedigt stellte er fest, daß Judas sich von

diesem Bild angesprochen fühlte. »Die Kunst des Lebens besteht in Wahrheit in der richtigen Buchführung: Wir studieren bei allen, die uns umgeben, den Kontostand ihrer Existenz und überprüfen, wie diese Zahlen uns in unserem Lebenskampf weiterhelfen können.«

Der Jüngling dachte darüber nach und senkte den Blick. Schließlich nickte er, aber seine Augen waren jetzt hart wie Stein. »Du hast recht. Was genau erwartet der verehrungswürdige Prinz von mir?«

»Er möchte, daß du in seinen Palast ziehst, damit er dich eines Tages zu seinem Adoptivsohn machen kann.«

»Ist er einer von uns? Ich meine, will er meinen Körper?«

»Wenn dem so wäre«, lächelte Simeon, »würde ich dich dann zu ihm lassen?«

Judas' Miene hellte sich auf. »Das hätte ich auch nicht angenommen. Wenn du wüßtest, daß ihn fleischliche Gelüste bewegen, und du mich trotzdem zu ihm ließest, würde ich dir die Kehle aufschlitzen.« Er nickte, um seinen Worten Nachdruck zu verleihen. »Aber warum schickt der Hohepriester dich vor, um mich zu fragen? Warum hat er sich nicht direkt mit mir in Verbindung gesetzt?«

»In seiner Position erschien es ihm schicklicher, einen Mittelsmann vorzuschicken.«

»Woher weiß er denn, daß wir beide uns kennen?«

»Das weiß er nicht.« Er sah den Jüngling ernst an. »Er traut nur sehr wenigen Menschen. In meiner Eigenschaft als Tempelbediensteter gehöre ich dazu. Da Kaiaphas mich als jemanden kennt, der sein ganzes Leben in Jerusalem verbracht hat, nahm er wohl an, ich könnte dich aufspüren.«

»Weil du Zelot bist?«

»Davon hat er keine Ahnung«, log Simeon. »Oder denkst du, dann hätte er mich im Tempel angestellt?«

»Natürlich nicht.« Die Züge des Jungen verhärteten sich

wieder. »Sag meinem Onkel, daß er zu oft sein Fähnchen nach dem Wind gehängt hat und daß ich nichts mit ihm zu tun haben will. Heute ist er Hoherpriester und Pharisäer, dabei war er früher doch in Lebensart und Gebaren ein überzeugter Sadduzäer.«
»Die Mitglieder deiner Familie haben es doch ähnlich gehalten«, erinnerte Simeon ihn. »Heute sind sie Essener, doch früher hingen sie keiner Partei an, wandten sich dann den Pharisäern zu und endeten schließlich bei den Essenern.« Er legte eine kleine Pause ein, um diese Worte wirken zu lassen. »Ich habe dir doch gerade erklärt, daß sich alles wandelt. Hohepriester haben kein Vorrecht darauf.«
Während des Redens aßen sie, doch ihre Debatte setzte sich auch dann noch fort, als die Mahlzeit längst beendet war. Die Essensreste waren schon in den Schüsseln verkrustet, als Judas erregt erklärte: »Wenn ich zu Zadok in seinen Palast ziehe, verliere ich damit all die Freiheiten, die sich mir nach dem Tod meiner Eltern hier aufgetan haben.« Er streckte eine Hand aus und streichelte Simeons Rechte. »Davon abgesehen wäre es mir dann nicht mehr möglich, dich zu sehen, wann immer ich will.«
Der Zelot war gerührt. Judas wollte um seinetwillen das aufgeben, was ihm als Geburtsrecht zustand? Wie sehr der Junge sich doch von Thaddeus unterschied, der ihn verlassen hatte, um sich ein Geburtsrecht zu suchen. »Laß uns zusammen nach einer Möglichkeit suchen, wie wir beide aus dem dringenden Wunsch dieses alten Narren nach einer Familie und einem, der ihm nachfolgen kann, Gewinn ziehen können.«
Simeon schlug schließlich einen Kompromiß vor, von dem er wußte, daß er Kaiaphas dazu bringen konnte, ihn ebenfalls zu akzeptieren. Judas zierte sich noch eine Weile, stimmte dann aber zu, im Hause seines Onkels, des Buch-

halters, zu bleiben, um dort in den Morgenstunden seine Lehre zu beenden. Die Nachmittage wollte er dann im Palast des Hohenpriesters verbringen, um abends wieder heimzugehen, wodurch er in die Lage versetzt wäre, Simeon täglich zu sehen.

Wie gut es tat, wieder in den Park zurückzukehren. Die Erde roch wunderbar, und selbst der Gestank von Tierfell und dem toten Vogel, der in der Nähe verrottete, erschien uns nach den Gerüchen im Gefängnis wie eine Erholung. Wie relativ doch alles auf der Erde ist.

Unsere Hütte war noch leer. Wie ich später erfuhr, hatte Hauptmann Asoka eigens einen Soldaten hier abgestellt, der jeden, der hier einziehen wollte, mit der Erklärung abweisen sollte, daß dieser Platz bereits belegt sei.

In unserer ersten Nacht saßen Jesus und ich uns wieder im Lotossitz gegenüber, nachdem wir zur Mitternachtsstunde erwacht waren. Eine leise Brise, die viel zu tief blies, um die Decke von Schäfchenwolken über uns zu vertreiben, raschelte in den Bambusblättern und brachte sie dazu, ihre schönsten Lieder zum Rauschen des Wassers im Teich zu singen. Ich konnte nicht anders, als in diesem Moment die Tage im Gefängnis mit dem Leben hier zu vergleichen, und bald taten mir die armen Teufel leid, die in ihrem Loch nur Trauergesänge von sich geben konnten. Der Himmel war bedeckt, und nur ein einziger Stern funkelte von einer kleinen und freien blauen Stelle.

»König Kaspar wird dafür sorgen, daß sich die Verhältnisse im Gefängnis verbessern.«

»Ja, das wird er tun«, sagte ich.

»Seine Gerechtigkeit heute war voller Weisheit, und sein Gefühl für unsere Bedürfnisse kam mir geradezu unheimlich vor.«

»Auch darin stimme ich dir zu, aber warum sagst du das?«
»Er kannte sich in den Gesetzen bestens aus und hat mit ihrer Hilfe die Fakten, die ihm vorgelegt wurden, aufs beste interpretiert. Darüber hinaus kann gar kein Zweifel daran bestehen, daß er bereits vorher über das Treiben von Statthalter Ajatu und Ramata informiert war. Ich glaube, es war nicht Asokas Intervention allein, die ihn auf die Ausschweifungen des Statthalters und das Gebaren des Yogis aufmerksam werden ließ.«
Das gefiel mir. Weniger gebräuchliche Ausdrücke wie »Ausschweifungen« oder »Gebaren« waren für den damaligen wie den späteren Jesus typisch. »Das siehst du durchaus richtig. Ganz Indien ist voller Spione. Jeder hat seine eigenen: der König, die Statthalter, die Landstriche, die Städte und sogar die Dorfräte. Alle spähen sich gegenseitig und untereinander aus und berichten irgendeinem Vorgesetzten darüber. Hier finden sich sogar Spione, die Spione auskundschaften. Das Spionieren ist ein Wesenszug der Inder.«
»Und wie beim schlechten Tun ließen sich die Menschen hier mehr und mehr davon gefangennehmen und wurden stetig selbstgefälliger gegenüber den Gesetzen von Ursache und Wirkung, die sie unweigerlich vor ihren Richter führten.«
»Wohl gesprochen«, lobte ich ihn.
Er schenkte mir wieder sein unwiderstehliches Lächeln. »König Kaspar ist hier erschienen, um sein Urteil zu sprechen, was normalerweise eine langwierige Anhörung voller Gezeter und widerlichen Beschuldigungen erforderlich gemacht hätte. Um dem zu entgehen, hat er sich den Fall herausgesucht, in dem alle Missetaten ans Tageslicht kommen würden, und dann die Strafe verhängt, die er bereits vorher für die Strolche beschlossen hatte.«
Dieser Gedanke war mir noch gar nicht gekommen, und erneut mußte ich den Scharfsinn dieses Siebzehnjährigen

bewundern. »Da hast du unbedingt recht«, bestätigte ich. »Er hat verfügt, daß Ramata noch heute unter Bewachung ins ferne Kabul reisen und bis ans Ende seines Lebens im dortigen Kloster bleiben muß. Und den ehemaligen Statthalter Ajatu hat er zum Botschafter in Cathay bestellt. Schon in drei Tagen muß er dorthin aufbrechen. Beide Strafen kommen einer lebenslangen Verbannung gleich ... Soviel zur Gerechtigkeit des Königs. Doch wie verhält es sich mit seinem besonderen Gefühl?«

»Er hat sich nicht für einen Moment anmerken lassen, ob er einen von uns wiedererkannt hatte, bis du ihm aufgedeckt hast, wer wir sind. Und sobald er wußte, wer wir waren, hat er sich uns nicht aufgedrängt. Er lud uns lediglich zum *dana,* dem Vormittagsmahl ein, nahm dabei das gleiche zu sich wie wir und entließ uns dann in unser Leben, wobei er uns versprach, daß unsere Unterkunft im Park uns für die gesamte Dauer unseres Aufenthalts zur Verfügung stehen solle und wir jederzeit bei ihm um eine Audienz nachsuchen könnten.«

»Kaspar ist ein Mann von größter Sensibilität und Feinheit. Wir werden ihn bestimmt wiedersehen.« Da ich wußte, wann und zu welcher Gelegenheit das geschehen würde, befiel mich Traurigkeit. »Und währenddessen verbreitete sich die Nachricht von deinem *ahimsa,* der Nachsicht, und deiner *maitriya,* der Freundlichkeit, wie ein Lauffeuer durch den Palast und durch die Stadt, so daß man uns überall wie Helden empfing. Die Menschen waren der Ansicht, daß du auf einen Streich die Region, die Stadt und den Park von zwei seiner bösartigsten Elemente befreit hast.«

Ein tiefsitzender Instinkt warnte mich vor einer drohenden Gefahr. Alle meine Sinne waren gespannt, als ich ins Dunkel der Nacht spähte und die vier Gestalten entdeckte, die sich an uns heranschlichen.

Seit der Verhaftung von Jesus erlebte Thaddeus immer wieder die eigenartigsten Gefühle, die von den Zweifeln bezüglich seiner Zukunft genährt zu werden schienen. Er sah sich als Seemann, der Kurs auf einen bestimmten Hafen genommen hatte, von der Strömung aber zu einem anderen getrieben wurde, der ihm völlig fremd war. Und es gab für ihn keine Möglichkeit, das Schiff zu verlassen. Am Nachmittag des heutigen Tages hatten er und die drei indischen Meuchelmörder erfahren, daß Jesus von allen Beschuldigungen freigesprochen worden war und seinen Verfolgern vergeben hatte. Die vier mischten sich unter die Menge, die den Jüngling und seinen väterlichen Gefährten feierte. Einige Menschen warfen sich vor Jesus auf den Boden, und eine Frau küßte den Saum seines Gewands.
Thaddeus wurde es immer dringender, das Schiff seines Lebens zu verlassen. Eine Art Instinkt meldete sich in ihm zu Wort und drängte ihn, sich lieber Jesus anzuschließen, als ihn zu fangen und nach Judäa zu verschleppen. Hatte die Güte, die er bislang immer als eine Art Geschwür angesehen hatte, ihn, den kaltblütigen Mörder, bereits infiziert? Er durfte natürlich nicht zulassen, sich von dieser inneren Ruhe von seinem Kurs abbringen zu lassen, und so fand er sich in dieser Nacht neben Krischna, Selvam und Murthi neben einem Karren in einem Stall am Stadtrand wieder. Sie waren alle in Schwarz gekleidet und gingen noch einmal ihr Vorhaben durch. »Haben wir alles dabei, was wir brauchen werden?« fragte er die anderen.
»Du siehst doch, daß ich mit allem ausgestattet bin«, knurrte Selvam unwillig. »Es ist allerdings das erste Mal, daß ich mich mit einer Tragbahre an die Arbeit mache, pah!«
»Für deinen Beruf ist nur ein scharfer Dolch erforderlich, nicht wahr?« grinste Thaddeus. Die Mordlust strömte bereits wieder durch seine Adern und schwemmte alle Gedanken an Güte fort.

»Dolche sind was für dich, Zelot«, entgegnete Krischna. »Wir hier in Indien bevorzugen das Würgetuch. Ohne meines würde ich mich sozusagen nackt fühlen.«

»Ihr habt auch ein Seil dabei, vergeßt das nicht«, erinnerte Thaddeus ihn. »Ihr sollt Jesus damit binden und nicht erwürgen. Unsere Aufgabe besteht darin, ihn lebend zu fangen.«

»Wir könnten doch wenigstens den alten Mann kaltmachen«, wandte Selvam fast schon bittend ein.

»Natürlich bringen wir ihn um, aber das ist meine Aufgabe«, erklärte der Jüngling. Seine Finger schlossen sich nur leicht um das Heft seines Dolches, und schon stieg in ihm wieder die alte Erregung auf. »Er muß sterben, weil er uns sonst verraten könnte. Die Leute sollen glauben, Jesus und er hätten beschlossen, noch in der Nacht aufzubrechen und genauso überraschend zu verschwinden, wie sie gekommen sind. Wir wissen genau, wie und wo sie im Dunkeln sitzen. Schließlich ändern sie nie ihre Meditationsstellung. Hiermit betäuben wir den Jüngling«, er deutete auf ein steinbeschwertes Tuch an seinem Gürtel. »Danach töte ich den Alten, und wir werfen ihn in den Fluß.«

Die vier marschierten in Abständen zum Hain, Thaddeus an der Spitze, und für jeden zufällig des Wegs kommenden Spaziergänger sah es nicht so aus, als gehörten sie zusammen. Der junge Mörder war bereits zu dem Schluß gelangt, daß er es nicht dabei bewenden lassen wollte, sein Opfer nur zu entführen. Sobald sie Jesus gebunden und geknebelt auf den Karren geschafft und sich mit diesem einer großen Karawane angeschlossen hatten, würde er bestimmen, was mit dem Opfer anzufangen war. Prinz Zadok und Simeon konnten ihm den Buckel runterrutschen.

Zu dieser späten Stunde lag die Straße in den Park verlassen da. Ein leichter Wind fuhr durch das Blattwerk der Bäume an beiden Seiten des Wegs, die man nach dem friedliebenden Herrscher Aschoka nannte. Was für ein ironischer Begleitumstand für ihr Vorhaben heute nacht, dachte Thaddeus. Als er den Rand des Hains erreichte, blieb er stehen, damit die anderen zu ihm aufschließen konnten. Ein Hund bellte aufgeregt, ansonsten war hier alles still. Das Quartett schlich vorsichtig zu der Hütte, in der seine Opfer hockten.

Seit seiner ersten Begegnung mit Jesus hatte Asoka angefangen, sein bisheriges Leben einer kritischen Prüfung zu unterziehen. Er hatte schon länger von Ajatus Machtmißbrauch gewußt, doch erst jetzt machten ihn die Frevel des Statthalters richtig wütend, liefen sie doch allen Bemühungen König Gundofarrs, mit dem er weitläufig verwandt war, zuwider. Aber dies war nicht der einzige Grund gewesen, warum er den Herrscher gebeten hatte, Jesus und den Asketen Alara zu empfangen und persönlich über sie zu Gericht zu sitzen.

Der Hauptmann besaß keine Familie und hatte nie geheiratet, denn er spürte schon seit längerem in sich den Ruf, Mönch zu werden, und so hatte er sich in seiner Freizeit dem Studium der Lehren des Herrn Buddha verschrieben.

Nach den Ereignissen am heutigen Morgen, die darin gipfelten, daß Jesus seinen Feinden vergab, traf Asoka eine folgenschwere Entscheidung. Er würde sich von nun an von dem Jüngling und Alara leiten lassen. Statt im Heer Karriere zu machen, wollte er der heiligen Lehre, zum Segen seiner unsterblichen *atman*, folgen. Obwohl der Herr Buddha von der *anatta*, der Nicht-Seele, gesprochen und gelehrt hatte, daß die Wiedergeburten lediglich Manifestationen verschiedener kharmischer Substanzen seien, glaubte der Hauptmann immer noch an den fortdauernden Bewußtseinsstrom, als den er seine Seele ansah.

Asokas Wachdienst in dieser Nacht beschränkte sich nicht auf die Stadt, sondern schloß auch den Park und den heiligen Hain mit ein. So war er gerüstet und gegürtet, als er mit seinen Männern die Runde machte. Kurz vor dem Hain schickte er die Soldaten zurück in die Stadt und lief allein weiter zu der kleinen Hütte, in der, wie er wußte, Jesus und Alara nach Mitternacht mit ihren Übungen beginnen würden.
Das leise Rauschen des Wassers im Lotosteich beruhigte ihn, stimmte ihn sogar heiter, und er wartete auf das Trompetensignal vom Palast, das die Mitternachtsstunde anzeigte. Als er zu der Hütte abbiegen wollte, sagten ihm seine soldatischen Instinkte, daß er nicht allein dorthin unterwegs war. Er zog sein langes Schwert.

Ich wurde der Gestalten, die rasch und leise durch die Nacht huschten, im gleichen Moment wie Jesus gewahr. Sie waren zu viert und näherten sich uns von drei Seiten und von vorn. Ihre *akusala,* ihr böses Vorhaben, schwebte ihnen voran wie der Gestank aus einem fauligen Tümpel.
Ohne uns zu beraten, denn das war zwischen mir und dem Jüngling nicht notwendig, krochen wir auf allen vieren durch die Büsche hinter der Hütte, bis wir auf der anderen Seite den Springbrunnen erreichten.
Die Strolche stürmten in unsere Unterkunft. Zweimal rauschten Schwerter durch die Luft, dann folgten zwei unterdrückte Rufe der Überraschung. Mich fröstelte, als mir die Bedeutung dieser Geräusche bewußt wurde.
»Sie sind nicht hier!« flüsterte jemand.
Unwillkürlich mußte ich wieder an den Olivenhain bei Nazareth denken, in dem wir uns vor Jahren in einer ähnlichen Lage befunden hatten.
»Wo sind sie denn hin? Sie haben den Hain nicht verlassen, das kann ich beschwören.«

»Wahrscheinlich hocken sie am Lotosteich. Wir teilen uns auf und suchen die ganze Gegend ab.«

Jesus und ich beobachteten aus der Deckung eines Busches, wie die vier Gestalten sich trennten. Zwei blieben an der Hütte zurück, während die anderen sich auf den Weg zum Teich machten.

Da tauchte unbemerkt von ihnen rechts neben dem Teich ein Fünfter auf, der mit einem Langschwert bewaffnet war. Er schlich dem Mann hinterher, der ihm am nächsten war. Dieser schien plötzlich zu bemerken, daß er verfolgt wurde, zückte seinen Dolch und drehte sich blitzschnell um.

Der Fünfte stieß ihm das Schwert in die Brust. Der Strolch stieß einen erstickten Schrei aus und brach dann zusammen. Während jener noch seine Waffe aus dem Toten zog, war der andere Schurke, der unterwegs zum Teich war, aufmerksam geworden und rannte zu der Stelle. Der Schwertkämpfer bekam die Klinge frei, holte weit aus und schlug zur Seite aus. Der Mörder konnte aber gerade noch ausweichen, drehte sich um und suchte sein Heil in der Flucht. Unser Retter drehte sein Schwert und hieb ihm das Heft auf den Hinterkopf. Der Strolch fiel zu Boden und streckte alle viere von sich. Jetzt näherte sich einer der beiden Männer, die an der Hütte geblieben waren. Er erkannte rasch, was seinen beiden Kumpanen zugestoßen war, und machte kehrt. Ein Messer sauste durch die Luft und fand sein Ziel. Der Fliehende stöhnte, riß die Arme hoch und kippte wie ein gefällter Baum um.

Der letzte der Mörder hockte sich an den Wasserrand. Er wirbelte etwas über seinem Kopf und schleuderte es auf den Schwertkämpfer. Der Held wurde an der Schläfe getroffen, taumelte und ging in die Knie.

Mit einem Triumphschrei sprang der Schurke zu ihm. Der Mann stieß ihm von unten die Klinge in den Bauch.

»Aarrgh!« schrie der Mörder entsetzt und starrte auf den Stahl, der aus seinem Leib ragte. Seine Hände umklammerten die Klinge und versuchten vergeblich, sie herauszuziehen. Dann gaben seine Beine nach, und er fiel auf die Seite. Vier Männer in wenigen Momenten getötet. Unser Retter hielt das Schwert noch in der Hand, schien sich aber nicht länger aufrecht halten zu können.

Jesus und ich eilten zu ihm. Als wir ihn erreichten, schüttelte er den Kopf, um die Benommenheit aus ihm zu zwingen. In diesem Augenblick riß die Wolkendecke auf, und ich erkannte Hauptmann Asoka.

Jesus legte ihm die Hände auf, und ich untersuchte die Mörder. Die beiden, die das Schwert durchbohrt hatte, waren tot. Der dritte lag bewußtlos auf der Seite, aber sein Herz schlug kräftig; er würde bald wieder bei Sinnen sein. Und der vierte, dem ein Messer aus dem Rücken ragte, weilte ebenfalls nicht mehr unter den Lebenden.

Das bemerkenswerte an diesem geheiligten Hain ist, daß seine Bewohner sich des öfteren im Zustand der Trance oder in Meditation versunken befinden, was besonders für die Nachtstunden zutrifft. Diejenigen, die wach genug waren, die Todesschreie der Mörder zu vernehmen, dachten sich sicher nichts dabei, denn es kommt nicht selten vor, daß ein Yogi irgendwelche inneren Energien auf solche Weise los wird. So blieben wir ungestört am Wasser des Teichs, und Jesus heilte unseren Retter mit den Händen.

Obwohl wir natürlich froh waren, auf solche Weise dem Tode entronnen zu sein, stimmte Jesus doch in meinen Seufzer angesichts all dieser Gewalt und der Toten ein – und das vor allem an diesem Ort, an dem einst der Herr Buddha gewandelt war.

»Du besitzt die Gabe, durch Handauflegen zu heilen«, bemerkte Asoka, ohne darüber verwundert zu sein. »Dank sei den Göttern, daß ich gerade jetzt hier vorbeigekommen bin.« Er stand auf und begab sich zu dem noch bewußtlosen Mörder. Der Hauptmann betrachtete ihn eingehend und erklärte dann leise: »Dieser hier wird bald aufwachen. Dann können wir ihn befragen, wer ihn und seine Spießgesellen ausgesandt hat. Ich vermute, Ajatu und seine Freunde haben hier die Hand im Spiel.«

»Ich glaube eigentlich nicht, daß der ehemalige Statthalter es noch wagen wird, uns nach dem Leben zu trachten«, widersprach ich.

»Was hat dich überhaupt hierhergeführt?« fragte Jesus den Hauptmann.

Asoka, der neben dem Mörder kniete, hob den Kopf. »Ich war hier auf Streife unterwegs. Andernfalls hätte ich sicher nicht mein Schwert dabeigehabt. Seit der Nacht, in der ich dich verhaften mußte, hat mich die tiefe Ruhe und Klarheit deines Geistes bewegt. Seit Jahren schon sehne ich mich danach, selbst in einen solchen Zustand zu gelangen. Von Geburt bin ich zum Soldaten bestimmt, entstamme ich doch der *kshashtriya*-Kaste. Doch ich hatte immer schon das Gefühl, daß dies nicht das war, was ich erstrebe. Und nachdem du heute deine Liebe und dein Mitgefühl für deine Feinde bewiesen hast – Menschen, die dich zu Tode bringen wollten –, beschloß ich, dich zu einem Zeitpunkt aufzusuchen, an dem ich dich nicht in deinen Meditationen stören würde, und mit dir über meine Zukunft hier am heiligen Teich zu reden. Da ich heute nacht der diensthabende Offizier der königlichen Patrouillen bin, fiel es mir leicht, meine Schritte hierherzulenken.«

»Und, steht dein Entschluß immer noch?« erkundigte sich Jesus sanftmütig.

»Ja, ich will allen Besitz aufgeben und dir überallhin folgen, und sei es bis ans Ende der Welt.«

»Da meine Wege mich nach Judäa führen werden, sollst du

den Namen Thomas erhalten«, entgegnete Jesus mit seinem liebenswerten Lächeln. »Denn bei deiner Erziehung und bei deinem bisherigen Leben wirst du oft Zeiten des Zweifels erleben.«
In diesem Moment regte der Mörder sich. Er schüttelte den dunklen Kopf wie ein Hund, der naß geworden ist. Als sein Bewußtsein wiederkehrte, stöhnte er und betastete vorsichtig seinen Hinterkopf. Die Erinnerung setzte ein, und er richtete sich auf. Dann erkannte er uns, bekam große Augen und sprang ohne Zuhilfenahme der Hände auf die Füße. Ehe wir uns versahen, rannte er zwischen Jesus und mir davon.
Doch der gutausgebildete Soldat war schneller. Er streckte ein Bein aus, und der Mörder stolperte darüber. Im nächsten Moment hatte Asoka erneut sein Schwert gezogen. Er drohte, dem am Boden liegenden Strolch die Eingeweide zu durchbohren, doch da trat Jesus dazwischen und schützte den Mörder mit seinem Körper. »Laß ihn am Leben«, bat Jesus den Hauptmann.
»Warum denn das? Dieser Halunke ist ein gefährlicher Meuchelmörder.«
»Und doch wie wir alle ein Kind Gottes.«
»Meinst du denn, ich hätte die drei anderen nicht niederstrecken sollen?« fragte Asoka verwirrt.
»Was geschehen ist, ist geschehen«, entgegnete Jesus. »Doch bei diesem hier ist es noch nicht zu spät.«
Der Hauptmann schob das Schwert in die Scheide zurück, und der Jüngling wandte sich an den Mörder. »Du darfst nun gehen. Niemand wird dich aufhalten. Versuche dein armes hämmerndes Herz zu beruhigen, und ziehe hin in Frieden.«
Der Strolch erhob sich langsam und starrte Jesus verwundert an. »Bist du noch bei klarem Verstand?« fragte er

ungläubig. »Mein ganzes Leben lang habe ich nichts als Gewalt, Betrug und Hinterlist kennengelernt. Was willst du also von mir?«

Er sprach Aramäisch; denn es geschieht oft, daß Menschen in Stunden der Not oder Verwirrung in ihrer Muttersprache reden. Und in diesem Moment wußte ich, wen ich vor mir hatte. Dies war der Jüngling, der damals im Olivenhain bei Nazareth mit einem Speer nach uns gesucht hatte.

»Ich biete dir ewige Liebe an«, sagte Jesus.

Der junge Mann seufzte. »Ich habe einen langen Weg zurückgelegt, um zu diesem Moment zu gelangen. Und dabei wußte ich nie, daß er für mich kommen würde. Doch nun, da ich ihn gefunden habe, will ich ihn auch nie mehr loslassen. Ich heiße Thaddeus, und ich komme aus Jerusalem.« Er lächelte verlegen. »Nicht nur Bruder Thomas dort, nein, auch ich habe in der letzten Zeit viel über den Sinn meines bisherigen Lebens nachgedacht. Dabei hätte ich es nie für möglich gehalten, daß ein anderes Leben auf mich warten könnte, das mir auch noch Sicherheit und Geborgenheit zu bieten hat. Aber das, was ich in diesem Teil der Erde gesehen habe, und vor allem, wie du dich seit deiner Gefangennahme verhalten hast, hat mich zu der Überzeugung gebracht, daß dies andere Leben tatsächlich existiert. Als du mich eben mit deinem Körper geschützt hast, ist etwas in mir aufgebrochen, und ich fühle mich wie verwandelt.«

Thaddeus erzählte uns nun seine Geschichte, und wir lauschten ihm schweigend. Als er fertig war, kam ein kräftiger Wind auf und wehte die Wolkendecke davon, bis der blaue Himmel mit all seinen Sternen zu sehen war. Die Bambusblätter sangen noch lauter. Ein gräßlicher Schrei durchschnitt die Ruhe und erinnerte mich daran, welcher Irrsinn heilige Männer befallen kann. In diesem eigenarti-

gen Licht sah ich die Augen des Jünglings zum ersten Mal. Sie waren seltsam grau gefärbt, doch in ihnen regte sich Leben.
Eine Hyäne heulte in den Hügeln am anderen Ufer des Flusses, und der Geruch des verrottenden Vogels kehrte in meine Nase zurück. Das Leben im Hain war wieder normal.
»Du darfst jetzt gehen«, sagte Jesus.
»Ich will aber nicht fort«, erwiderte der Jüngling. »Statt dich zu einem bloßen Symbol zu machen, wie ich es ursprünglich vorhatte, will ich dir nun für den Rest meines Lebens folgen.«
Jesus nickte langsam. »Dann sei dir bewußt, daß ich mich noch einige Jahre in Kapilavatthu aufhalten werde, bevor ich nach Judäa zurückkehren will. Dort erwarten dich einige Gefahren, nicht nur von den dortigen Behörden, sondern auch von deinen ehemaligen Genossen, die dir deine Flucht und deinen Betrug an ihnen niemals verzeihen werden.«
»Mein Leben lang habe ich mit der Gefahr gelebt!« rief Thaddeus. »Und nun, da alles geklärt ist, sollten wir uns auf die naheliegenden Aufgaben besinnen. Hier liegen drei tote Männer. Niemand außer uns hat von dem Überfall etwas mitbekommen, und keiner braucht je davon zu erfahren. Krischna, Selvam und Murthi waren Einzelgänger. Sie mußten ständig damit rechnen, den Tod zu finden. Man wird sie nicht vermissen.« Er grinste den Hauptmann an. »Da man unseren beiden Heiligen hier eine so unschöne Aufgabe kaum zumuten darf, wollen wir beide ein letztes Mal eine unwürdige Tat vollbringen, bevor wir in einen heiligeren Stand gelangen.« Er grinste noch breiter, als er auf die Leichen zeigte. »Statt eines alten, allem Fleischlichen abholden Mannes, der ursprünglich in den Fluß geworfen werden sollte, übergeben wir der Flußgöttin nun drei, allen Versuchungen aufgeschlossene junge Männer.«

TEIL V

PRÄAMBEL

Jesus und ich teilten die Hütte mit unseren neuen Gefährten für sieben Jahre. In dieser Zeit erlernten Thomas und Thaddeus langsam die Wege des Yogin. So seltsam das auch klingen mag, Thaddeus empfand die Umwandlung vom Bösen zum Guten als bei weitem nicht so schwierig, wie er und einige andere das vermutet hatten. Wenn der Charakter eines Menschen auf etwas Extremem basiert, bedarf es für ihn nicht viel, sich mit Inbrunst auf ein anderes Ziel zu stürzen ...

Mir liegt es natürlich fern, hier zu behaupten, die Verwandlung des Thaddeus sei von einem Moment auf den anderen gekommen oder hätte sich sozusagen im Handumdrehen erledigt. Nein, so war es wirklich nicht. Im Gegenteil, er rebellierte recht häufig. Im ersten Jahr verließ er uns dreimal, und ebensooft brach die ihm innewohnende Gewaltbereitschaft hervor. Doch in seinem festen Bestreben, seinem Leben einen neuen Sinn zu verleihen, legte er genausoviel Härte und Entschlossenheit an den Tag wie in seinem früheren Dasein als Meuchelmörder. Der Jüngling benötigte drei Jahre in der friedlichen Umgebung des geheiligten Hains, um die erste Stufe des wahren Yogitums zu erreichen.

Auch Thomas fiel das alles nicht leicht, und er wurde häufig von Zweifeln geplagt. Er würde immer ein Zweifler bleiben, denn zu stark wohnte ihm die Art des Heeresoffiziers inne, alles in Frage zu stellen. Einmal sprach er zu Jesus: »Herr, du

hast viele Menschen allein mit dem Auflegen deiner Hände geheilt. Du vermagst es auch zu spüren, wenn Menschen, die für tot gehalten werden, noch am Leben sind, und erweckst sie aus ihrer Starre. Große Hitze oder Kälte scheinst du nicht zu spüren, und Gift kann dir offenbar nichts anhaben. Außerdem vermagst du deinen Körper so leicht zu machen, daß er sich in die Lüfte erhebt und du, sei es liegend, sitzend oder stehend, über dem Boden schwebst. Ja, dies verleiht dir sogar die Fähigkeit, über Wasser zu wandeln. Einmal hast du dich sogar für sieben Tage in einen Sarg sperren lassen. Um dies zu überstehen, hast du deinen Herzschlag so verlangsamt, daß er kaum noch wahrnehmbar war. Und andererseits kannst du deinen Herzschlag so beschleunigen, daß man schon annehmen muß, du erlittest eine Herzattacke. All dies vermag ich zu akzeptieren, habe ich es doch mit eigenen Augen gesehen. Aber könntest du auch eine tödliche Wunde empfangen und dennoch überleben?«
Dies versetzte Jesus in tiefe Nachdenklichkeit, und er gab ihm keine Antwort.

KAPITEL 29

Sieben Jahre sind vergangen.
Als wir an diesem Nachmittag die Einladung Gundofarrs erhielten, die uns ein hoher Offizier des neuen Statthalters überbrachte, uns in zwei Wochen in seinem Palast in Kapilavatthu einzufinden, weil König Yuen-Yen auf Besuch in Indien weilte, wußte ich, daß damit ein langer Abschnitt im

Leben Jesu zu Ende ging und ein neuer bevorstand. Der junge Mann schien das auch erkannt zu haben, denn er sah mich nachdenklich an und seufzte schließlich. »Dies ist das Zeichen, auf das ich gewartet habe. Meine Zeit ist gekommen.«

Ich nickte, und trotz meines Yogi-Trainings weinte mein Herz eine Träne. »Vor sechsundzwanzig Jahren reisten drei Könige nach Westen, um deine Ankunft zu begrüßen. Zwei von ihnen werden sich in wenigen Tagen von dir verabschieden.«

Er riß erschrocken die Brauen hoch. »Was soll das heißen? Kommst du nicht mit in den Palast?«

»Oh, doch, ich folge der Einladung, aber ich bin schon lange kein König mehr.«

»Du regierst mein Herz.« Die Worte kamen ihm so rasch über die Lippen, als habe er das dringend loswerden müssen. Ich sah die Angst in seinem Blick. »Wirst du mich nach Judäa begleiten?«

»Selbstverständlich. Doch von nun an werde ich keine lenkende Rolle mehr in deinem Leben spielen, sondern nur noch für dich dasein.« Da ich mir diesen wichtigen Moment in Gedanken schon oft vorgestellt hatte, war meine Entscheidung längst gefällt. »Mich hält hier nichts, deswegen kann ich bedenkenlos fortgehen.«

»Kommst du nur aus diesem Grunde mit?«

»Wie meinst du das?«

»Weil dich hier nichts festhält?«

Ich lachte, aber nicht bösartig oder spöttisch, sondern aus Liebe und echter Freude. Er war auch als Mann immer noch so sensibel und sentimental wie als Knabe. »Nein, ich begleite dich, weil du mir so sehr ans Herz gewachsen bist.« Doch auch ich hatte etwas auf dem Herzen: »In Judäa ist meine Rolle als dein Lehrer allerdings beendet.«

Bei Yuen-Yen verhielt es sich so wie bei vielen seines Volkes: Er schien einfach nicht älter zu werden. Wie er so auf dem Thron neben König Kaspar saß, zeigte seine goldfarbene Haut nicht eine Falte, das schwarze Haar, wie stets zu einem Zopf geflochten, wies kein Grau auf, und aus seinen dunklen Augen leuchtete immer noch das Feuer der Jugend. Da auch König Gundofarr, bis auf einige weiße Haare, durchaus noch jung wirkte, mußte ich mich mit meinem pfeffer-und-salz-farbenen Haupt- und Barthaar und den tiefen Falten im sonnenverbrannten Gesicht als der älteste von uns dreien fühlen, die einst nach Beth Lahm gezogen waren.

Kaspar hatte angeordnet, den Audienzsaal zu räumen, damit wir vier uns in aller Ruhe unterhalten konnten. Er ergriff als erster das Wort, wie es ihm hier in seinem Palast zustand, und der Chinese lächelte uns zur Begrüßung zu.

»Du bist hier mit deinen drei Patenonkeln vereint«, erklärte er Jesus und verbeugte sich dann vor Yuen-Yen. »Wir fühlen uns geehrt durch den Besuch unseres Bruders Yuen-Yen, dessen Grenzen an die unseren stoßen.«

Der Herrscher des westchinesischen Bergkönigreichs erwiderte die Ehrenbezeugung: »In meinem Land preisen wir die Weisheit unseres Bruders, dessen Großmut es zu verdanken ist, daß die Grenzen zwischen unseren beiden Reichen seit vielen Jahren sicher sind.«

Für einen Moment bedauerte ich es, daß ich nicht wie früher auch als König begrüßt wurde und mit mir ähnliche Höflichkeiten ausgetauscht wurden. Schicklichkeit und gegenseitiger Respekt sind im zivilisierten Umgang miteinander unabdingbar.

Gundofarr sah wieder den jungen Mann an meiner Seite an: »Ich habe gehört, du triffst bereits Vorbereitungen für die Heimreise nach Judäa.«

»Die Zeit des Abschieds ist für mich gekommen.«
Wir sprachen über Thomas, Kaspars ehemaligen Offizier, und über unsere Pläne im Westen. Gundofarr zeigte sich aufs beste informiert über die Fortschritte, die Jesus hier im geheiligten Hain gemacht hatte, und allem Anschein nach hatte er den Westchinesen bereits darüber in Kenntnis gesetzt.
»Wir wußten damals, daß du der verheißene Messias der Juden warst«, erklärte Yuen-Yen schließlich. »Aber bis heute hätte keiner von uns dreien erwartet, daß du nicht als militärischer Feldherr auftreten wirst.«
Nicht ganz, dachte ich bei mir, denn meine Gabe der inneren Sicht hatte mir bereits vor langer Zeit, als ich den zwölfjährigen Jungen von seinem Zuhause abgeholt und mitgenommen hatte, mitgeteilt, wie seine wahre Rolle aussehen sollte.
Jesus lächelte. »Ihr Herrscher werdet vielleicht nicht alles an meinem Auftrag gutheißen, den ich jetzt klar und deutlich vor mir sehe.«
»Und was verlangt dein Auftrag von dir?« wollte Gundofarr wissen.
»Allen Menschen zu verkünden, daß sie Kinder Gottes sind und die Fähigkeit besitzen, göttlich zu werden, gleichgültig, ob es sich bei ihnen um Reiche oder Arme, um einen König oder einen Bauern handelt. Ich soll den Menschen zeigen, daß ein jeder in den Augen Gottes den anderen gleich und genausoviel wert ist wie sie. Und ich will die Beladenen dazu bringen, mit Hilfe der Liebe gegen ihre Mühsal anzukämpfen und sie zu überwinden.«
Die beiden Könige schwiegen. Kaspars Finger trommelten auf der juwelenbesetzten Armlehne seines Throns. Yuen-Yens Augen dagegen waren undurchdringlich.
»Solch eine Philosophie wird bestimmt von Herrschern und

Reichen mit niederem Wert und ebensolcher Gesinnung als offener Aufruhr angesehen«, bemerkte der Inder schließlich. »Du könntest in große Gefahren geraten, sobald du die Grenzen meines Reichs hinter dir gelassen hast.«
Jesus sah ihn offen und furchtlos an. »Und wie denkt Ihr über meinen Auftrag?«
König Kaspar gab seine Antwort mit wohlüberlegten Worten: »Ich glaube, daß jeder und alles seinen festen Platz im Universum hat und daß das einzige, worauf wir uns verlassen können, der Wandel ist.« Er nickte langsam. »Wenn du einen Auftrag erfüllen mußt, der große soziale, politische und sonstige Veränderungen mit sich bringt, rate ich dir, dabei nicht zu radikal vorzugehen, sondern eher den Menschen aufzuzeigen, wie sie am besten von ihrer Position und innerhalb ihres sozialen Gefüges vorgehen können, daß sie ein Leben voller Selbstwertgefühl führen und dabei Befreiung von jeglicher Unterdrückung anstreben sollen. Auf diese Weise nutzt du der Menschheit am meisten. Wir, und da schließe ich meinen Bruder Yuen-Yen mit ein, hätten sicherlich keine Probleme, ein Reich zu regieren, in dem jeder Bürger, gleichgültig ob Kind, Bettler oder Adliger, in Selbstrespekt und in Gleichheit im Geiste lebt – was jedoch nur entstehen, kann, wenn jeder an seinem Platz das Seine leistet.« Der König lächelte. »Stimmt nicht das Gebot, daß jeder an seinem Platz sein Bestes zu geben hat, mit dem Gesetz des *dharma* überein? Und hat nicht der Herr Buddha selbst verkündet, daß ein Brahmane nicht allein durch Geburt zu einem solchen wird?«
»Ich will die Reichen und Mächtigen aufrufen, nicht zu unterdrücken, sondern zu lieben«, entgegnete der junge Mann. »Und die Armen will ich lehren, ihre Unterdrückung durch Liebe zu beenden.«
In diesem Moment, in dem Jesus zum ersten Mal die

Wahrheit über seine Mission bewußt wurde, befiel ihn doch so etwas wie Angst.
»Ein lobenswertes Unterfangen«, bemerkte der Chinese. »Auch wenn du damit nicht bis zur letzten Konsequenz Erfolg haben wirst. Doch wenn es dir gelingt, die Sklaven zu lehren, sich von ihrer geistigen Sklavenhaltung zu befreien, und du die Herrscher dazu bringst, sich von ihrer Gier und ihrem Drang nach Macht zu lösen, wird aus dir wahrhaftig das Licht der Welt werden. Wer immer dir folgt, wird niemals in der Finsternis des Nichtwissens wandeln, sondern das Licht des Lebens erblicken. Doch nur bei wenigen ist der Geist derart erleuchtet, und viele werden danach trachten, dein Licht zu löschen.«
Wir verließen den Palast mit dem Segen der beiden Könige. Wenige Tage später reisten Jesus, der nun sechsundzwanzig Jahre zählte, Thaddeus, Thomas und ich von Kapilavatthu ab und traten unsere lange Fahrt nach Judäa an.

Johannes, den man mittlerweile im ganzen Land den Täufer nannte, von Angesicht zu Angesicht gegenüberzutreten, machte Barabbas mehr als nur ein wenig nervös. Als er vor sechs Jahren aus dem Palast des Hohenpriesters geflohen war, hatte er sich zunächst nach Syrien begeben und dort einen falschen Namen angenommen und ein unauffälliges Leben geführt. Er legte das Geld seiner »Erbschaft«, wie er Zadoks finanzielle Zuwendungen zynisch nannte, geschickt an, lieh Geld an Kaufleute und Karawanen, trieb selbst Handel und brachte es bald zu einigem Wohlstand. Er hatte ein waches Auge und kaufte dort günstig ein, wo Überfluß den Preis drückte, lagerte diese Waren in seinen Lagerhäusern und verkaufte sie, wenn großer Bedarf oder gar Not an diesen Gütern auftrat. Und manchmal wurde er seine Bestände zu Schwarzmarktpreisen los. Barabbas lernte dabei zwei wichtige Dinge: Die Natur bestimmte durch jahreszeitliche Einflüsse, Regen oder Sonnenschein, ob es bei gewissen Gütern wie Wein, Olivenöl oder Getreide zu Überschuß oder Mangel kam, wohingegen die Nachfrage der Menschen die Angebotsmenge von gefertigten Waren regulierte. Zweitens vermochte es ein pfiffiger Beobachter, die Launen der Natur und die Bedürfnisse der Menschen vorauszuahnen, und konnte dadurch die Käufer manipulieren und daraus viel Kapital schlagen. Binnen fünf Jahren war Barabbas ein solcher Meister darin, Marktlücken und Überschüsse auszuspähen, daß er, ohne daß man es ihm ansah oder jemand das auch nur ahnte, zu einem der reichsten Kaufleute in ganz Syrien wurde.

Bis zu diesem Zeitpunkt verhielt er sich immer noch bescheiden und unauffällig, und niemand in seiner neuen Umgebung wußte, wer er früher einmal gewesen war. Da er stets als Einzelgänger gelebt hatte, fiel es ihm hier nicht schwer, sich von den Menschen fernzuhalten. Er lebte zurückgezogen in Damaskus, war zu klug, um zu heiraten oder sich auch nur mit einer ständigen Gefährtin zu umgeben, und befriedigte seine körperlichen Bedürfnisse, wenn sie ihn zu sehr plagten, bei denen, die sich dafür feilboten.

Doch diese Form der Existenz reichte ihm auf Dauer nicht. Während sich seine Erfolge mehrten, wurde aus dem Jüngling ein Mann. Der alte Wunsch, sich an denen zu rächen, die seine Eltern in den Untergang getrieben hatten, hatte ihn nie wirklich verlassen, und eines Tages kehrte er stärker denn je zuvor in seinen Geist zurück. Und so wuchs in ihm neben dem Streben nach Reichtum auch das nach Macht und Einfluß. Daher beschritt Barabbas schließlich den Pfad, den früher bereits sein Vater gegangen war, als er sich in seiner Vaterlandsliebe dem Aufrührer Judas dem Galiläer angeschlossen hatte. Er nahm Kontakt zu den revolutionären Bewegungen auf, die nie ganz ausgelöscht worden waren und sich hier und da noch als kleine Grüppchen hielten. Als die Anhängerschaft Johannes des Täufers immer weiter anwuchs, sagte sich Barabbas, daß er am ehesten zu der gewünschten Macht gelangte, wenn er diese Bewegung unterstützte. Und so suchte er bei dem Mann um eine Unterredung nach. Johannes bestellte ihn zu einem Hain mit Oliven und verkrüppelten Eichen in der Wildnis am Ufer des Jordan, unweit der Stelle, an der der Fluß ins Tote Meer strömte. Barabbas mußte warten, bis der Täufer sein Mahl aus ungesäuertem Brot, gebratenen Heuschrecken und wildem Honig beendet hatte, ehe man ihn zu ihm vorließ.

»Du wolltest mich sehen?« Johannes entfernte mit der Zungenspitze etwas, das sich zwischen seinen Zähnen festgesetzt hatte, und spuckte es aus. Von einem Moment auf den anderen waren für Barabbas die Menschenmengen, die am Flußbogen lagerten, nicht mehr vorhanden, so sehr nahmen ihn die Augen seines Gegenübers gefangen. Ein solch dunkles Braun hatte er noch nie gesehen, und er erkannte gleich, daß ihr Blick Lügen, Falschaussagen und Betrug sofort durchschauen würde. Diese Augen paßten zu der überwältigenden Persönlichkeit dieses Riesen, der auch sein verwildertes, ungepflegtes Äußeres nichts anhaben konnte. Die grauen Strähnen im langen, zotteligen Haar an Haupt und Bart des Hünen verfärbten sich im Sonnenlicht weißgolden. Ein grobes Gewand aus Kamelhaar wurde von einem braunen Ledergürtel zusammengehalten und ließ eine Schulter frei. Unter der gesund aussehenden, sonnenverbrannten Haut lagen mächtige Muskeln, aber am meisten beeindruckte Barabbas die aufrechte Haltung, die seine furchtlose und kompromißlose Natur verriet.

Wie hatten die beiden alten Leute, Zechariah und Elisa Beth, nur einen so vitalen Sohn zustande bringen können, fragte er sich.
Es dauerte ein paar Momente, bis Barabbas seine Sprache wiederfand. »Ja, Rabbi«, antwortete er. Eigentlich hatte er irgendeinen zerlumpten Fanatiker erwartet, aber nun, als er vor dieser wirklich ungeheuer dominanten Persönlichkeit stand, begriff er, daß er hier anders vorgehen mußte. Während er noch nachdachte, trat ein amüsiertes Funkeln in die dunklen Augen des Täufers.
Barabbas bekam sich wieder in den Griff. »Mein Vater gehörte zu den Gefolgsleuten des Judas von Galiläa. Er und meine Mutter wurden von den Römern erschlagen, als der Aufstand niedergemetzelt wurde. Ich war damals noch ein Knabe.«
»Viele haben für die Freiheit ihr Leben lassen müssen«, entgegnete Johannes. Seine Stimme klang tief und melodiös. »Diejenigen, die sich für den Märtyrertod entschieden haben, müssen von uns weder bedauert noch beweint werden; denn ihrer war die Freiheit der Wahl. Doch was hat das alles mit mir zu tun?«
Während Barabbas nach einer neuen Eröffnung suchte, kam er zu dem Schluß, daß bei diesem Mann nur schonungslose Offenheit weiterhalf: »Auch ich strebe nach Freiheit für mein Volk.« Er legte eine kleine Pause ein und sah dem Täufer ins Gesicht. »Und natürlich nach Rache für meine Eltern.«
»Was gehen mich deine persönlichen Ziele an?«
»Du hast eine große Gefolgschaft von Unterdrückten um dich geschart. Ich verfüge über die Mittel, diese Menschen zu bewaffnen, damit sie ihre Unterdrücker überwinden können.«
»Damit du selbst wieder andere unterdrücken kannst.« Eine

einfache Feststellung, aber keine Zurückweisung. Johannes nickte und dachte nach. »Solche Rede ist Hochverrat.«
»Du würdest mich nicht anzeigen.« Barabbas fiel etwas ein. »Am allerwenigsten beim Tetrarchen, der in Sünde mit dem Weib seines Bruders lebt und unsere alten Gebräuche und Traditionen verspottet.«
Zum ersten Mal war dem Gesicht des Täufers eine Reaktion anzumerken. »Ich habe Herodes und Herodias in aller Öffentlichkeit als Sünder gebrandmarkt. Dieses Weib sollte als Ehebrecherin gesteinigt werden.«
Hab' ich dich endlich, frohlockte Barabbas in Gedanken. »Zu solcher Gerechtigkeit wird es aber nicht kommen, solange wir, die wir des wahren Glaubens sind, uns nicht zusammentun, um die Sünder zu bestrafen.«
»Es gibt nur einen Weg, die Sünder zu vertilgen«, erwiderte Johannes.
»Und welchen?« fragte Barabbas hoffnungsvoll.
»Die Sünde auszumerzen.«
»Und wie willst du das bewirken?«
»Durch die neue Taufe«, antwortete Johannes. »Der allmächtige Herr hat in Seiner Weisheit beschlossen, daß dies mein Auftrag sein soll.« Er starrte sein Gegenüber durchdringend an. »Du und ich, wir haben in dieser Angelegenheit die unterschiedlichsten Auffassungen. Wie sagtest du noch, ist dein Name?«
»Barabbas.«
»Ja, Barabbas. Der Aufstand der Menschen kann nur aus ihrer Hinwendung zur Reinheit in ihrem Leben erfolgen, nicht aber, indem sie zu den Waffen greifen. Ich erteile ihnen die Taufe als äußeres Symbol ihrer Reinheit. Aber ich reinige sie nicht. Man kann die Sünde nicht mit Wasser abwaschen. Der Getaufte muß sich selbst durch sein Bestreben und seinen festen Willen reinigen«, seine Stimme

schwoll zu einem mächtigen Donnern an, und er riß beide Arme hoch, »frei von aller Sünde und Unreinheit zu werden.«
»Frei! Frei!« riefen die Menschen am Ufer froh, die die Ansprache des Täufers mitbekommen hatten. Für Barabbas klangen sie jedoch wie die Trompeten des Weltuntergangs, und er hätte sich am liebsten die Ohren zugehalten, um diesem Donnern zu entgehen, und all diese einfältigen Menschen in den Fluß geworfen, auf daß sie in ihm jämmerlich ersoffen.
Johannes drehte die immer noch erhobenen Hände und gebot so der Menge Schweigen. Die Rufe erstarben zu einem Flüstern, das nur vom Gurren der Tauben gestört wurde. »Tut Buße, denn das Königreich des Himmels ist nah!« verkündete der Täufer. »Ich habe euch mit Wasser getauft, doch der, der bald kommen wird, ist mächtiger als ich. Er wird euch mit dem Feuer taufen, das er in euren Herzen entfacht!«
Aha, er meint den Messias, dachte Barabbas. Habe ich womöglich eine große Chance versäumt, als ich vor sieben Jahren aus dem Palast des Hohenpriesters geflohen bin? Nein, überhaupt nicht, entgegnete eine Stimme in ihm mit aller Entschiedenheit. Als er sich zu Johannes umdrehte, starrte der ihn durchdringend an. Doch diesmal ließ Barabbas sich davon nicht abschrecken. »Jeder Mensch besitzt die Freiheit der Wahl, Rabbi. Tausende deiner Anhänger sind getauft und gereinigt. In der Geschichte war es immer der Geläuterte, der über die Kraft von zehn Männern verfügte. Du hast ebenso einen Auftrag wie ich. Du gibst den Menschen die Freiheit der Seele. Laß mich ihnen den Weg aufzeigen, auch ihren Körper zu befreien. Gemeinsam bereiten wir dann dem Messias den Weg.«
So etwas wie Bewunderung tauchte kurz im Blick der

braunen Augen auf. »Du bist noch listiger als alle Füchse«, entgegnete Johannes, dachte aber für einen Moment nach. »Ich werde nicht an deinem Feldzug teilnehmen, aber du sollst zu meinen Leuten sprechen dürfen, nachdem sie sich gereinigt haben.«
Barabbas konnte seinen unerwarteten Erfolg noch gar nicht fassen. »Ich danke dir, Rabbi.«
»Doch zuerst mußt auch du gereinigt werden.«

Herodias verfolgte die Szene durch das kleine Guckloch, das der Eunuch einer früheren hasmonäischen Königin einmal geschaffen hatte, damit sie ihren Gatten in den Frauenquartieren des Palastes beobachten und so ihre Neugier befriedigen konnte. Alle folgenden Königinnen hatten sich dieses Guckloches bedient und seine Existenz geheimgehalten.
Salome spielte ihre Rolle perfekt und genau so, wie ihre Mutter es sie gelehrt hatte, die eine Meisterin darin war, ihren ebenso fetten wie groben Gatten Herodes Antipas zu verführen. Die hochgewachsene junge Frau war bezaubernd schön und wirkte fast so betörend, wie Herodias es in ihrem Alter gewesen war. Allerdings besaß Salome eine schmalere Taille, festere und größere Brüste und eine milchweiße Haut, die noch hervorragender zu dem dunklen Haar paßte. Herodias spürte plötzlich den Stachel der Eifersucht. Wie demütigend es doch war, zusehen zu müssen, wie ihr Gemahl von einer anderen verführt wurde, dazu noch von der eigenen Tochter. Die wenig erfreuliche Erkenntnis, daß eine andere an ihre Stelle getreten und ihre große Zeit vorüber war, erfüllte sie mit Haß auf ihr eigenes Fleisch und Blut. Diese Szene hier hatte sie selbst geschaffen, um das absolute Ziel ihres Lebens, die vollkommene Sicherheit nämlich, zu erreichen, doch jetzt drohte sie der Anblick zu zerreißen. Allerdings liebte sie ihren Mann nicht, also konnte sie jetzt

nicht Eifersucht, sondern nur Neid und Widerwille beherrschen. Herodias redete sich grimmig ein, daß sie nie ihr großes Ziel vernachlässigen und es mit allen Mitteln, sei es Verführung oder selbst Mord, erreichen würde. Nach einer Weile beruhigte sie sich wieder. Salome stellte eine potentielle Gefahr dar, aber sie würde ihre Tochter eines Tages aus dem Weg räumen, um nicht selbst abgeschoben zu werden.

Dabei war Salome ein sehr gehorsames Kind und würde Herodes erst dann das gewähren, wonach er so sehr gierte, wenn ihre Mutter die Erlaubnis dazu gab. Und bis dahin oblag es Herodias, ihren Stolz aufrechtzuerhalten. Pah, Stolz! Dieser Wahnsinnige aus Galiläa hatte ihren Stolz zutiefst verletzt. Tausende scharten sich um ihn, und seine Stimme wurde mittlerweile auch höheren Orts gehört. Würde gar der Hohe Rat sich mit seiner Anschuldigung befassen, daß ihre Vermählung mit Antipas nach jüdischem Gesetz Ehebruch war? Sicherlich würde Prinz Zadok, der jetzt als der Hohepriester Kaiaphas den Vorsitz führte, sie vor Ungemach bewahren, oder? Nein, statt sich auf andere zu verlassen, sollte sie lieber dafür sorgen, diesem Johannes das Maul zu stopfen.

Die vertraute Lust in Herodes' vorquellenden Augen, als er den Blick über Salome wandern ließ, bereitete Herodias Übelkeit. Als sie verfolgte, wie ihre Tochter dem Mann eine reife Feige in den Mund schob, dachte sie zurück an die Jahre, in denen sie das bei ihm getan hatte. Sie kämpfte gegen den Brechreiz und den Zorn an, die in ihr hochstiegen.

»Herr, wie kannst du als Herrscher über Judäa es zulassen, daß dieses Tier aus der galiläischen Wildnis es wagt, dich und meine Mutter öffentlich zu beleidigen?« Herodias wurde hart wie Stein, als sie Salome die Worte sagen hörte, die sie ihr aufgetragen hatte. »Allein der Stolz auf meine Mut-

ter und der Respekt vor dir hindert mich daran, bittere Tränen über die Gemeinheiten zu vergießen, die dieses Ungeheuer ausstößt.« Sie sah ihn mit ihren strahlenden Augen bewundernd an.
Herodes ließ sich von ihrem Blick gefangennehmen. Er saugt meine Worte auf wie ein durstiges Kamel das Wasser, dachte Herodias.
»Ich empfinde so viel für dich, göttlicher Herr, daß ich diesen Schurken am liebsten mit meinen bloßen Händen erwürgen würde«, fuhr Salome fort.
»Würdest du das wirklich tun?« Der lüsterne Blick in seinen Augen bereitete Herodias neue Übelkeit. »Für deine Mutter? Ehrlich?« Der Tetrarch war bereits so betrunken, daß er nur noch lallen konnte.
»Du weißt doch, Herr, daß ich das allein für dich tun würde.«
»Nicht auch für deine Mutter?«
»Meine Mutter kümmert mich nicht«, log Salome und schob ihm lachend die nächste Feige in den Mund. »Warum läßt du diesen Mann nicht festnehmen?« Dieses Mädchen war wahrhaftig die geborene Verführerin.
Herodes wurde plötzlich ernst. Er legte den großen Kopf schief, und seinen vom Wein getrübten Augen war anzusehen, welche Mühe ihm das Nachdenken bereitete. »Aber wie kann ich jemanden verhaften lassen, dem ich kein Vergehen vorzuwerfen vermag?«
Salome tat so, als müsse sie darüber nachsinnen. »Oh, ich glaube, da habe ich eine Idee. Warum läßt du nicht den Hohenpriester dieses Schaf für dich scheren?«
»Hä! Hä! Hä!« kicherte Herodes, und seine losen Brüste wackelten unter dem offenen Umhang. »Das wäre aber nicht fein, alles an ihn zu verweisen, nachdem du mich doch so lieb gebeten hast.«

»Bitte sei ernst, Herr. Du ahnst ja nicht, wie wichtig mir dein guter Ruf ist.« Das war mehr, als sie ihrer Tochter beigebracht hatte!
»Also gut, was verlangst du von mir?« Er setzte den goldenen Kelch an die Lippen und trank einen tiefen Schluck.
»Nun, der Hohepriester könnte in unserem Sinne tätig werden. Wenn ich an deiner Stelle wäre, würde ich Kaiaphas auffordern, jemanden seines Vertrauens in Johannes' Gefolgschaft einzuschmuggeln, der natürlich vorgibt, einer seiner treuesten Anhänger zu sein. Natürlich erfordert das einige Zeit, aber am Ende liegt dir dann bestimmt etwas vor, das dir Grund gibt, diesen Johannes zu verhaften – oder doch zumindest genug, um daraus eine Anklage zurechtzuzimmern.«
Der Tetrarch wurde neugierig. »Hast du denn da schon jemand Bestimmten im Sinn?«
»Nun, mir ist gerade eingefallen, daß das Mündel des Hohenpriesters, ein gewisser Judas, diese Rolle spielen könnte. Man kann ihm vertrauen, und nur wenige wissen von seiner Verbindung mit Kaiaphas – schließlich lebt er nicht bei ihm im Palast.«
Herodes sah sie bewundernd an. »Du bist noch so jung an Jahren und doch schon so gescheit. Diese Weisheit hast du bestimmt von deiner Mutter geerbt.«

Prinz Zadok ließ sich nie anmerken, welche Gefühle ihn bewegten, aber heute mußte er all seine Selbstdisziplin aufbieten, um vor Judas seine schlechte Laune zu verbergen. Nach dem gemeinsam eingenommenen Mittagsmahl lud er den Jüngling in sein Arbeitszimmer ein. Heute schien einfach alles schiefzugehen, und zusätzlich wurde er von einer Erkältung geplagt, die seine Nase rot färbte. Normalerweise war die Nase eines Edlen dazu da, sie hochzuhalten.

»Pontius Pilatus, unser römischer Prokurator, und der Tetrarch Herodes haben mich heute morgen in den Palast gerufen, um mich, äh, an meine Pflichten als Oberhaupt des Sanhedrin zu erinnern«, begann er, nachdem sie zu beiden Seiten seines Schreibtischs Platz genommen hatten. In dem Raum war es stickig, und es dauerte nicht lange, bis ihm der Schweiß übers Gesicht lief. Das leise Klingeln der goldenen Granatäpfel, das bei jeder seiner Bewegungen ertönte, trug zusätzlich zu seiner Irritation bei. Er wischte sich mit einem blauen Leinentuch über die Stirn. »Sie glauben, daß der Zehnte, der an den Tempel entrichtet werden muß, im Vergleich zu den sonstigen Steuern zu hoch ist. Und sie machen sich große Sorgen um die riesige Gefolgschaft, die dieser Wahnsinnige, Johannes, um sich geschart hat. Sie befürchten, daraus könnte sich eine Widerstandsbewegung entwickeln. Daher wollen sie diesem Wilden eine Falle stellen, die ihn aber nicht zu einem Märtyrer machen darf.« Er rülpste und hielt sich eine Hand vor den Mund. »Verzeih bitte.« Der bittere Nachgeschmack des gebratenen Lamms war widerlich.

Judas' dunkelbraune Augen betrachteten ihn voller Mitgefühl. »Du tust mir leid, Herr. Immer warst du so gut zu mir. Ich wünschte, ich könnte etwas tun, dir zu helfen.«

»Das kannst du tatsächlich«, entgegnete Kaiaphas sofort. »Nachdem Pilatus gegangen war, schlug Herodes mir einen Weg vor, mit dem ich vielleicht Beweise gegen Johannes zusammentragen könnte.«

»Und wie soll das vonstatten gehen?«

»Indem ich jemanden meines Vertrauens, dessen Verbindung zu mir aber unbekannt ist, ins Gefolge dieses Täufers schicke, damit dieser sich dort alles anhört, was Johannes von sich gibt, und mir sofort Meldung erstattet, wenn etwas Verräterisches über seine Lippen kommt.«

»Das könnte aber eine Weile dauern. Nach allen vorliegenden Berichten predigt Johannes nur moralische Werte und fordert seine Anhänger zur Reinheit auf, äußert sich aber nie kritisch über die Römer oder die Herrschaft des Tetrarchen. Allerdings hat er wiederholt die Verbindung zwischen Herodes und Herodias als Ehebruch dargestellt, aber das kann man ihm nur schwerlich als Hochverrat auslegen.«

»Ja, so sehe ich die Sache ebenfalls«, bemerkte Zadok unzufrieden. »Ich vermute auch, daß Herodes Angst hat, ich könnte den Hohen Rat nicht davon zurückhalten, gegen diese offene Verletzung des jüdischen Rechts einzuschreiten. Natürlich habe ich vor ihm so getan, als sei sein Wunsch mir Befehl.«

»Du mußt seine Macht aber nicht fürchten, Herr.«

»Natürlich nicht, aber ich schulde dem Tetrarchen den einen oder anderen Gefallen, und auch in Zukunft werde ich sicher auf sein Wohlwollen angewiesen sein. Eine der Grundregeln in der Politik ist die Aufrechterhaltung gegenseitiger Beziehungen.«

Judas runzelte die Stirn. »Unabhängig von Recht und Gesetz?«

»Hm, ja, natürlich. Was ist Recht denn mehr als allgemein akzeptierte Praxis?«

»Und wer soll in Johannes' Bewegung eingeschleust werden?«

»Du.«

Der junge Mann riß Mund und Augen auf. »Ich soll Spion werden?« Es dauerte eine Weile, bis er seine Überraschung überwunden hatte. »Ich darf doch annehmen, daß mich eine angemessene Belohnung dafür erwartet, diese Rolle auf mich zu nehmen und den damit verbundenen Gefahren und Unannehmlichkeiten ins Auge zu sehen.«

»Natürlich. Du sollst sofortige und längerfristige Belohnungen erhalten. Und was die Unannehmlichkeiten angeht, so dürften es nicht allzu viele sein. Denn trotz dem, was Herodes gesagt hat, habe ich einen viel besseren Plan.« Er lächelte und fühlte sich angesichts seiner eigenen Schlauheit endlich etwas besser. »Ich möchte, daß du dich bei Johannes einschmeichelst und schließlich sein Buchhalter wirst.«

Judas riß verwundert eine Hand an seinen Mund. »Aber warum denn das, Herr?«

Grinsend weihte Kaiaphas ihn in seinen eigenen Plan ein.

TEIL VI

KAPITEL 30

Jesus war nun achtundzwanzig Jahre alt.

Wir brauchten fast zwei Jahre, um nach Judäa zu gelangen. Nachdem wir Kapilavatthu verlassen hatten, waren wir erst durch Indien gezogen und hatten dann noch einmal meine baktrische Heimat besucht. Wir zogen dann weiter durch das parthische Reich, ersparten uns das Zagros-Gebirge im Westen des Landes und wanderten nach Süden, um über die alte persische Hauptstadt Susa in die parthische Provinz Babylonien zu gelangen. Von dort ging es weiter den Euphrat hinauf, und an der Grenze zwischen dem parthischen und dem römischen Reich sahen wir uns zu einem längeren Aufenthalt gezwungen – anscheinend war es wieder zu Scharmützeln und Konflikten zwischen den beiden Mächten gekommen. Später traten wir nach Syrien über und erreichten endlich Kapernaum, im Norden Judäas und am See Genezareth gelegen.

Kaum waren wir in Jesu Heimat angelangt, fiel uns rasch auf, wieviel Armut und Unzufriedenheit hier herrschte. Die Menschen stöhnten über die hohen Steuern, und so mancher führte laut Klage darüber. Herodes der Große hatte den Menschen auch hohe Abgaben abverlangt, aber mit diesem Geld viele öffentliche Bauten errichten lassen und so der Region im Gegenzug Arbeit verschafft. Angesichts des jetzigen Tetrarchen sehnten sich viele nach seiner Herrschaft zurück, denn er hatte das Land streng, aber gerecht regiert

und für Ordnung gesorgt. Sein Nachfolger Herodes Antipas tat nichts dergleichen und wurde fast genausosehr gehaßt wie sein Vorgänger. Zwar hatte der römische Prokurator Pontius Pilatus in seinen Anfangsjahren angestrebt, Wasserleitungen und andere Bauten zu errichten, war damit aber am Widerstand des Hohen Rats gescheitert, der aufgrund dieser Vorhaben die Schmälerung seines Zehnten befürchtete.
Kurzum, überall im Lande gärte es, und besonders in Galiläa, wo die Menschen immer schon zur Rebellion geneigt hatten, bildete sich Widerstand.
Ein Mann, Johannes der Täufer, war in aller Munde. Hunderte scharten sich bereits um ihn und ließen sich im Fluß Jordan von ihm taufen und reinigen. Nicht wenige hielten ihn gar für den Messias. Wir erfuhren, wer seine Eltern gewesen waren, und stellten fest, daß es sich bei ihm um einen Vetter Jesu handelte.
Wir zogen durch Sepphoris und erreichten schließlich die Kreuzung, von der es in westlicher Richtung nach Nazareth ging. Hier trennten sich unsere Wege: Thaddeus, er hatte inzwischen den Namen Jessup angenommen, um seinen früheren Lebenswandel zu verbergen, und Thomas sollten nach Jerusalem weiterziehen, während Jesus und ich nach Nazareth wanderten, weil der junge Mann seine Familie wiedersehen wollte. Thaddeus/Jessup hatte sich äußerlich ziemlich verwandelt: Er war größer und breiter geworden und trug einen Bart. Wir hegten kaum die Befürchtung, daß seine früheren Genossen in Jerusalem ihn wiedererkennen würden. Wir waren übereingekommen, daß wir die beiden zwei Wochen später abends am Tor der Feste Antonia direkt am Tempel wiedertreffen wollten.
Die glutheiß herniederbrennende Sonne hatte ihren Zenit noch nicht erreicht, als wir beim Haus des Fahruk eintrafen.

Wir betraten den Innenhof, wo Jesus vor sechzehn Jahren dem fetten Kaufmann die Couch aus weißem Akazienholz geliefert hatte. Während wir mit unseren Bettlerschüsseln auf eine milde Gabe warteten, bemerkte der junge Mann leise: »Wer weiß, womöglich ist Fahruk schon tot.«
»Er ist gestorben«, antwortete ich mit dem Wissen meiner inneren Sicht.
»Ich erinnere mich noch gut, wie freundlich er mich behandelt hat. Wie traurig, daß diese vogelartigen hellen Schreie, die er bei Begeisterung ausstieß, für immer verstummt sind.« Es ist doch eigenartig, welche Merkmale seiner Mitmenschen man auch noch nach langer Zeit im Gedächtnis behält.
Man reichte uns Brot, Yoghurt, Honig und Gemüseeintopf. Die Bediensteten schienen uns angesehen zu haben, daß wir Vegetarier waren. Wir segneten sie für ihre Mildtätigkeit, zogen weiter und nahmen das Essen an einem plätschernden Bach zu uns. Danach wanderten wir zu dem Olivenhain und meditierten bis zum frühen Abend, der besten Zeit, eine Familie zu besuchen, deren Mitglieder ihrem Tagwerk nachgehen mußten und erst zum späten Mahl zusammenfanden.
Da die Oliven noch nicht reif waren, hielt sich niemand zwischen den Bäumen auf. Wir ließen uns unter dem Schatten eines breiten Wipfels nieder und nahmen die Lotosposition ein. Der Geruch von vertrockneter Erde und erwärmten Blättern wirkte wie ein Gruß aus längst vergangenen Zeiten. Nur selten störte das Rumpeln eines vorbeiziehenden Karrens oder die Schritte eines Wanderers die Ruhe des Nachmittags.
»Ich bin mir sicher, daß mein Vater Yasuf nicht mehr am Leben ist«, erklärte Jesus ruhig. Mir wurde erst nach einem Moment bewußt, daß aus ihm eine Sorge sprach, die bereits

in Indien, als er sich zur Heimkehr entschlossen hatte, anfing, auf seiner Seele zu brennen. »Und was meine Großeltern angeht, so muß ich wohl ebenfalls davon ausgehen, daß sie längst verschieden sind. Aber meine Mutter müßte noch leben, denn sie zählt erst zweiundvierzig Jahre. Ob sie sich sehr verändert hat, oder ob sie immer noch so aussieht, wie ich sie in Erinnerung behalten habe? Und wie mag es meinen Brüdern ergangen sein? Sind aus Jakob und Josef, die in der Nacht meines Abschieds im Haus meiner Großmutter weilten und von denen ich mich leider nicht verabschieden konnte, kräftige und gesunde junge Männer geworden? Womöglich haben sie längst geheiratet. Bin ich am Ende Onkel und habe Neffen und Nichten? Und wenn mein Vater, wie ich vermute, tot ist, führen sie dann seine Schreinerei fort?« Er hob den Kopf und sah mich an. »Was, wenn sie gar nicht mehr hier leben und fortgezogen sind?« Im Moment schien er sich für nichts mehr als für das Schicksal seiner Familie zu interessieren.

»Sie leben noch alle in Nazareth«, versicherte ich ihm.

»So viele Fragen habe ich mir gestellt«, bemerkte er, »doch jetzt, da ich kurz davor stehe, die Wahrheit zu erfahren, kommen sie mir in unendlicher Zahl in den Sinn.«

»Du wirst auf eine Menge Dinge stoßen, die sich kaum oder überhaupt nicht verändert haben.«

»Stell dir vor, ich habe inzwischen eine Schwester!« rief er in jugendlicher Aufregung. »Wäre das nicht wunderbar? Eine kleine Schwester?«

»Macht es dir viel aus, keine eigenen Kinder zu haben?« Diese Frage hatte ich ihm noch nie zu stellen gewagt.

»Aber nein.« Er dachte kurz nach und lächelte dann: »Immerhin bin ich das, was man in Indien *brachmacharya* nennt.«

»Aber du hast dieses Keuschheitsgelübde nie auf dich genommen«, erinnerte ich ihn mit einem verschmitzten Lächeln.

»Reicht es nicht vollkommen, daß ich wie ein *brachmacharya* lebe, Rabbi? Was ist schon ein Gelübde, wenn man freiwillig nach den entsprechenden Geboten lebt?«

Je näher wir Nazareth kamen, desto stärker spürte ich die wachsende Unruhe in Jesus. Die Sonne ging am Horizont unter und färbte die kühler werdende Luft rosarot. Die Hütten und Ställe wirkten wie dunkle Silhouetten, und in den Häusern am Ortsrand brannte bereits Licht. Alles war so wie früher, und ich erwartete schon fast, Job, den stummen Winzer, auf seinem Karren heranfahren zu sehen. Doch wir begegneten nur ein paar Feldarbeitern, die müde und verschwitzt und mit geschulterten Werkzeugen von den Feldern nach Hause eilten. »Schalom«, grüßten sie, als sie an uns vorüberliefen. Schafe weideten auf den Wiesen. Sie sahen genauso aus wie die, die wir einst zurückgelassen hatten. Doch es konnten unmöglich dieselben Tiere von damals sein, oder? Der Duft von gebratenem Lammfleisch gab mir die Antwort und lehrte mich einiges über die Sterblichkeit von Tieren in der Obhut von Menschen.

Die Hauptstraße Nazareths war leer. Als wir in die kleine Gasse einbogen, empfing mich sofort der alte Gestank von Urin und menschlichem Kot, und im Innenhof von Jesu altem Zuhause wurde eine *kinnor* geschlagen und eine näselnde Stimme sang dazu. Zwei angebundene Esel, einer von ihnen trug eine sternförmige Blesse auf der Stirn, fraßen schmatzend. Jesus war sichtlich angespannt. Selbst ich, der ich nie ein echtes Heim kennengelernt oder eine richtige Familie gehabt hatte, ahnte, welche Gefühle sich in ihm stritten.

An der allen Juden heiligen Schwelle lösten wir die Sandalen von unseren Füßen. Mir fiel der Kasten am Türpfosten auf, der die *Mesusah* enthielt. Jesus klopfte an. Ein junger Mann mit scharfgeschnittenen Gesichtszügen, der mich an Yasuf erinnerte, auch wenn sein Haar noch nicht grau war, öffnete uns. Von drinnen drangen Licht und der Geruch von verbranntem Öl, Eintopf und ofenfrischem Brot heraus.

»Schalom, Brüder«, grüßte er uns. »Was kann ich für euch tun?«

Jesus sah ihm ins Gesicht. Wenn er erwartet hatte, sofort wiedererkannt zu werden, wurde er enttäuscht, denn der junge Mann blickte ihn nur fragend an. »Wir sind gekommen, um die Frau des Hauses zu besuchen, die den Namen Mariam trägt«, antwortete mein Begleiter.

»Ich bin Jakob, Mariams ältester Sohn«, entgegnete der schwarzhaarige Mann. »Was wollen denn zwei Fremde, die offenkundig nicht von hier sind, noch zu so später Stunde von meiner Mutter?« Er nahm uns nun kritischer in Augenschein.

»Wer will mich sehen, Jakob?« Das war eindeutig Mariams Stimme.

»Zwei Weitgereiste«, antwortete ein Jüngling, der im Vorraum auf einem Schemel hockte.

»Ist es bei uns Brauch, Fremde an der Tür stehen zu lassen?« tadelte sie ihre Söhne.

»Tut mir leid, *em.*« Jakob machte Platz und bedeutete uns mit der Hand, einzutreten. »Bitte kommt herein und genießt die Gastfreundschaft unseres Hauses.«

Ich folgte Jesus in den Vorraum. Bis auf den Türrahmen aus Zedernholz und einen neuen Tisch war hier alles beim alten geblieben. Mariam erschien aus der Küche. Sie hatte ein mehrfach getragenes, weißes Gewand an. An der Hüfte zeigte sich ein Fettfleck. Seit ich sie das letzte Mal gesehen hatte, hatte sie eindeutig zugenommen, aber ihre Figur war noch gut proportioniert. Ihr Haar war grau geworden, und in ihrem ovalen Gesicht sowie am Hals zeigten sich erste Falten. Doch im trüben Schein der Ölfunzel waren ihre Augen noch so schön wie eh und je. Ihr Blick fiel sofort auf Jesus, und für einen Moment schien sie nicht so recht zu wissen, woher sie ihn kannte.

Jesus trat zu ihr, kniete vor ihr nieder und küßte ihre Hand. »Ich bin dein ältester Sohn, der endlich zurückgekehrt ist.« Als ich ihre ebenso schockierte wie ungläubige Miene sah, bestätigten sich meine schlimmsten Befürchtungen, und tiefe Trauer für Jesus erfaßte mich. Mariam hatte offenbar längst alle Hoffnung aufgegeben, ihren Erstgeborenen je wiederzusehen. Und wenn es doch eines Tages dazu kommen sollte, erwartete sie einen Prinzen oder General, der einem großen Gefolge voranritt. Dann fiel ihr Blick auf mich, und ich spürte ihren Widerwillen, Jesus in Begleitung eines alten Mannes in einer verschmutzten orangefarbenen Robe zu sehen. Ihr erster Sohn war nicht mit prächtig gewandeten Dienern zurückgekommen, sondern mit einem armen Bettelmönch.

Ein unbehagliches Schweigen breitete sich in dem Haus aus. Ich begriff, daß die ganze Familie damit gerechnet hatte, Jesus würde als mächtiger und bedeutender Mann und mit Reichtümern beladen wiederkehren, als der Messias, der sein Volk retten und seiner Mutter alle Schande nehmen sollte.

Jesus schien ebenfalls zu begreifen, was Mariam durch den Kopf ging. Er warf mir einen kurzen Blick über die Schulter zu, und ich sah ihm seine Sorge an. Erst in diesem Moment wurde mir so richtig bewußt, wie sehr er gehofft hatte, von seiner Familie mit offenen Armen empfangen zu werden, daß seine Mutter und seine Brüder ihn um seiner selbst willen und voller Liebe in die Arme schließen würden. Endlich verstand ich die leeren Stellen in seinem Herzen und seinem Leben. Warum hatte ich, dessen Hoffnungen schon in ganz jungen Jahren zerstört worden waren, als man vor meinen Augen meine Mutter zu Tode vergewaltigt und meinen Vater erschlagen und verstümmelt hatte, nie aus der Leere meines Kummers hinausgefunden und die Mühe auf mich genommen, diese schmerzlichen Lücken in Jesus zu erkennen?

Mit Ohren, die vor Trauer und Anteilnahme halb taub waren, hörte ich Jesus ruhig sagen: »Es tut mir leid, dich enttäuscht zu haben, *em.*« Er setzte sein liebenswürdigstes Lächeln auf: »Doch ich begrüße dich mit aller Liebe und allem Respekt.« Dann wandte er sich an die anderen: »Und auch euch, Brüder, entbiete ich meinen Gruß. Du bist nun nicht mehr der Familienälteste, Jakob. Und wie heißt du, junger Mann?«

»Simon. Ich bin der Jüngste in der Familie.«

»Ihr seid sicher müde und hungrig«, sagte Mariam ganz so, als ginge es hier nur darum, Gäste zu bewirten. »Wascht euch die Hände und die Füße, und dann nehmt an unserem Mahl teil.«

Ach, Mariam, ist es denn genug, mit deinem Sohn nur das Mahl zu teilen? Warum teilst du nicht dein Herz mit ihm?

»Der Herr hier nimmt nur einmal am Tag etwas zu sich, und zwar kurz vor der Mittagsstunde.«

»Ach ja, ich erinnere mich«, entgegnete sie tonlos.

»Und heute will ich sein Fasten mit ihm teilen«, fügte Jesus hinzu. »Aber wenn du gestattest, setzen wir uns zu euch, während ihr eßt.«

Mein armer großer Junge, nicht einmal ein gemeinsames Mahl steht dir an deinem ersten Abend zurück in Nazareth frei.

Jesus und ich lagen auf unseren braunen Umhängen und starrten in das dunkle Dach der Äste des Olivenbaums, die den Himmel teilweise verdeckten. Dank des *tumo* konnte uns die Kälte der Nacht nichts anhaben. Der rastlose Wind, der durch das Blattwerk rauschte, kam mir wie ein Echo auf mein Ringen vor, nach den Ereignissen dieses Abends Ruhe zu finden.

»Das war nicht das Willkommen, das du dir ersehnt hattest, nicht wahr?« fragte ich ihn. »Dennoch wirkst du so gelassen, während ich doch ein wenig empört bin.«

Ich spürte, wie er in der Dunkelheit lächelte. »Du kannst nicht *ein wenig* empört sein. Hast du mir nicht beigebracht, daß man entweder empört ist oder nicht?« Er legte eine kleine Pause ein und fuhr dann fort: »Ich glaube, daß es keinem von uns beiden zusteht, Groll zu hegen. Meine Mutter und meine Brüder haben eben auf ihre Art auf uns reagiert. Sie konnte nicht anders. Es ist allein unsere Schuld, wenn wir etwas anderes von ihnen erwartet haben.« Er seufzte. »Das gilt ganz besonders für mich, der seinen eigenen Wünschen und Hoffnungen zum Opfer gefallen ist. Denn es waren die des zwölfjährigen Jungen, als er seine Eltern zum letzten Mal gesehen hat, und nicht die eines inzwischen erwachsenen Mannes.«

Natürlich hatte er vollkommen recht. Trotzdem konnte ich mir die Frage nicht verkneifen: »Aber so, wie es heute gekommen ist, muß es dich doch verbittert und traurig gemacht haben, oder?«

»Natürlich bin ich sehr traurig, aber für Bitternis ist in mir kein Platz. Im Grunde genommen bin ich sogar froh, den Besuch getätigt zu haben, habe ich dadurch doch erfahren, wie es mittlerweile um meine Familie bestellt ist. Ich weiß jetzt, daß mein Vater und meine Großeltern tot sind und daß ich sechs Geschwister habe, vier Brüder – Jakob, Josef,

Juda und Simon, von denen sich noch keiner verehelicht hat – und zwei Schwester, die dieses Jahr geheiratet haben und fortgezogen sind. Ich bin sehr dankbar dafür, daß mein Vater noch so lange leben durfte, bis Jakob und Josef alt genug waren, seine Schreinerei zu übernehmen. So waren meine Mutter und meine anderen Geschwister wenigstens auch nach seinem Tod versorgt. Immerhin wäre das, da ich der erstgeborene Sohn bin, in meine Verantwortung gefallen.« Ein leiser Seufzer entrang sich ihm.
»Bedauerst du, daß es anders gekommen ist?«
»Nein, eigentlich nicht; denn ich bin ausgezogen, mich darauf vorzubereiten, eine viel größere Familie zu versorgen.« Er schüttelte den Kopf. »Familien bedeuten Kummer und Schmerz. Damit muß man sich abfinden, vor allem, wenn man sich um die viel größere Menschenfamilie kümmern will.«
»Ich spüre, daß du auch für andere Dinge, die sich heute abend ergeben haben, dankbar bist.«
Er drehte den Kopf und sah mich an. Ich konnte sein Gesicht kaum erkennen, wußte aber, in welch ernster Stimmung er sich befand: »Wahrlich, das bin ich; denn ich habe es mir mit meinen Erwartungen zu einfach gemacht. Ich dachte, ich würde bei meiner Heimkehr nach Nazareth sofort mit offenen Armen empfangen und jeder würde sich meiner Mission anschließen.« Er lachte kurz auf. »Der heutige Abend hat mir zu Bewußtsein gebracht, daß ich damit vollkommen falsch gelegen habe. Wenn ich meine Familie nicht dazu bewegen kann, mich zu unterstützen, wird mir das bei niemandem gelingen, weder hier im Ort noch im übrigen Land der Juden. Und dennoch bin ich zum rechten Zeitpunkt zurückgekehrt, beweisen die Ereignisse doch, daß ich sofort damit beginnen muß, meinen Auftrag zu erfüllen.«

Mariam ging, nachdem Jesus sich verabschiedet hatte, bald zu Bett. Als sie auf ihrer Schlafmatte lag, sagte sie sich traurig, daß es ihrem Ältesten bestimmt war, Kummer und Schande über sie und seine Familie zu bringen. Was wäre nur aus ihr in diesem grausamen Land geworden, in dem die Menschen so unnachgiebig wie die Schwärze der Nacht draußen waren, wenn Yasuf sie nicht zum Weibe genommen hätte.
Das Leben war ihr nicht leichtgefallen, nachdem bei Yasuf das Herz ausgesetzt hatte und er gestorben war. Sie mußte sich um drei Söhne und zwei Töchter kümmern, und fünf heranwachsende Kinder großzuziehen war ebenso teuer wie mühselig. Die beiden ältesten hatten die Schreinerei übernommen und waren ihr eine große Hilfe gewesen. Doch war es vormals Yasufs Geschick und Handwerkskunst zu verdanken gewesen, daß die Familie immer genug zu essen auf dem Tisch gehabt hatte. Um das Einkommen etwas aufzubessern, hatte Mariam angefangen, kleinere Arbeiten für die Nachbarn zu erledigen und sich mit dem wenigen bezahlen zu lassen, das sie besaßen. Mit aller Entschiedenheit hatte sie alle Angebote ihrer Verwandten abgelehnt, wenigstens die jüngeren Kinder bei sich aufzunehmen. Und dann waren da noch die schmerzliche Einsamkeit, seit Yasuf sie verlassen hatte, und der nimmermüde Haß des Rabbi Abner gewesen. Doch das alles hatte sie nicht unterkriegen können, sondern ihr neue Stärke verliehen.
Als die beiden ältesten Söhne größer geworden waren und mehr Geschick in ihrem Handwerk erworben hatten, besserte sich ihre wirtschaftliche Situation, und nach einer Weile hatte sie auch nicht mehr für die Nachbarn arbeiten müssen. Und nachdem die beiden Mädchen verheiratet waren, fehlten ihr zwar zwei Paar Hände, die im Haushalt mithelfen konnten, aber dafür waren auch zwei Mäuler weniger zu stopfen.

Wirklich aufrechterhalten, sagte sie sich, hatte sie die ganze Zeit über nur die Gewißheit, daß Jesus eines Tages in aller Pracht, vielleicht sogar an der Spitze eines großen Heeres, zurückkehren würde. Er würde in der Fremde sein Glück machen, zum Mann heranreifen, große Reichtümer und noch mehr Weisheit erwerben und dann im Triumph nach Nazareth zurückkehren, um sie, seine Mutter, an seine Seite zu erheben und all diejenigen, die sie bisher beschimpft hatten, in tiefe Scham zu stürzen.

KAPITEL 31

Judas durfte zu jeder Zeit das Arbeitszimmer Prinz Zadoks betreten, seit er sich vor zwei Jahren Johannes dem Täufer angeschlossen hatte und seitdem mit ihm herumzog. Mittlerweile war der Hohepriester fest davon überzeugt, daß Johannes ihm in der Frage, wer das jüdische Volk führen solle, offen die Stirn bot. Es gab nur einen Ausweg: Der Täufer mußte ausgeschaltet werden. Der junge Mann saß Kaiaphas jetzt gegenüber, und der Prinz spürte, wie aufgeregt Judas war. »Ungewöhnlich schlechtes Wetter für diese Jahreszeit«, bemerkte der Hohepriester und warf einen Blick nach draußen auf die zusammengeballten Wolken, die in großer Zahl über den Himmel flogen. »Ich hoffe, du bist nicht zu naß geworden.«
»Der Wind ist schlimmer als der Regen, Herr, und gegen den schützte mich mein Umhang.«
Der junge Mann besaß wirklich ein außergewöhnlich ge-

winnendes Lächeln, und dieses entsprach vollkommen seinem einnehmenden Wesen. Während der vergangenen Jahre waren die beiden sich in vielerlei Hinsicht nähergekommen.

»Der Himmel durchnäßt einen weniger als der Fluß Jordan, wenn dein Johannes in ihm wieder eine seiner Massentaufen durchführt«, bemerkte Kaiaphas. Da er heute noch einiges zu erledigen hatte und am Nachmittag zu einer Sitzung des Hohen Rats mußte, kam er nun gleich zur Sache: »Wir haben uns seit vier Wochen nicht mehr gesehen, oder? Nun, bringst du mir Neuigkeiten über Johannes?«

»Ich weiß nicht, inwieweit Euch das, was ich bringe, von Nutzen sein wird«, antwortete Judas zögernd. »Nun, ich habe mir die vollständigen Listen aller Gaben und Geschenke verschafft, die Johannes in den letzten beiden Jahren erhalten hat.« Er lächelte und zeigte seine geraden weißen Zähne.

»Wie ist dir das gelungen?« Der Hohepriester hatte Mühe, seine Freude zu verbergen.

»Daniel ist der Oberbuchhalter des Täufers. Er bewacht alle Listen und Aufstellungen eifersüchtig, um all die Wohltaten für sich und ein paar Auserwählte aus der Jüngerschaft des Johannes behalten zu können. Deswegen mußte ich die Unterlagen abschreiben, ohne daß Daniel etwas davon mitbekommen konnte.«

»Ausgezeichnet!« Kaiaphas schlug mit einer Hand auf den Tisch. »Also bestehlen sie ihren Anführer.«

»Meintet Ihr mit ›ausgezeichnet‹ meine Tat?«

»Das natürlich auch. Aber vornehmlich erfreut es mich, daß man sich an den Gaben der Gläubigen bereichert.«

»Nun, Johannes nimmt nichts davon für sich.«

Der Hohepriester runzelte die Stirn. »Das tut doch nichts

zur Sache. Die Geschenke wurden Johannes gegeben, und nicht Daniel oder den Jüngern des Täufers. Die Steuern und der Zehnte auf diese Güter sind schon von den Spendern entrichtet worden. Doch sobald die Gaben einer Verwendung zugeführt werden, dienen sie einem wirtschaftlichen Zweck und müssen daher von ihrem Empfänger versteuert werden.«
»Aber strenggenommen hat der Empfänger sie doch gar nicht verwendet.«
»In diesem Fall ist der Empfänger für seine Untergebenen verantwortlich«, entgegnete Zadok. »Davon abgesehen werden sich sicherlich Beweise finden lassen, daß Johannes heimlich ebenfalls von den Geschenken Gebrauch gemacht hat.« Sein Blick verriet, daß er Johannes jetzt, da er ihn am Haken zu haben glaubte, nicht mehr von der Angel lassen würde.
»Meint Ihr damit ...«
Der Prinz nickte langsam, und seine Augen wurden genauso hart wie sein Wille. »Du kannst es ruhig mir überlassen, diese Beweise zu beschaffen.«
»Ihr seid wirklich außerordentlich klug!« flüsterte der junge Mann ehrlich ergriffen. Dann schüttelte er langsam den Kopf: »Ich möchte wirklich nicht auf der Seite Eurer Feinde sein oder Euch auch nur im Wege stehen.«

Judas verabschiedete sich mit der Ausrede, daß er unbedingt zum Täufer zurückkehren müsse, begab sich statt dessen aber in Simeons Haus, um die Nacht bei seinem Liebhaber zu verbringen. Simeon wurde sofort der inneren Erregung gewahr, die sich seines Geliebten bemächtigt hatte. Er wußte, daß der junge Mann heute in Jerusalem weilte, und hatte daher seiner Hausdienerin den Abend freigegeben und selbst das Nachtmahl zubereitet. Da sie sich seit sechs

Wochen nicht mehr gesehen hatten, umarmten sie sich heftig und sättigten sich an den Düften der Speisen und aneinander.

Als sie ihren Gelüsten Genüge getan hatten, lagen sie nebeneinander auf der Matte, und der Schweiß ihrer Leiber vermischte sich ebenso wie die Gedanken in ihren Köpfen. Simeon strich zärtlich über das dunkelbraune Haupt, das auf seiner Brust ruhte, und paßte seine Atmung der des Geliebten an. Unsere Herzen werden im gemeinsamen Luftholen eins, dachte er und sagte leise: »Ich habe dich vermißt.«

»Ich dich auch. Bin ich nicht wie eine Brieftaube bei jeder sich bietenden Gelegenheit in deinen Verschlag zurückgekehrt?«

»Doch, das hast du getan, und dafür liebe ich dich nur noch mehr.«

»Bist du mir denn auch in der Zeit meiner Abwesenheit treu geblieben?«

»Aber natürlich«, log Simeon, wußte er doch, daß der junge Mann nicht nur das wichtigste, sondern auch der einzige im Leben des Menschen sein mußte, dem er sich hingab und anvertraute. Dabei trieben ihn nicht Eifersucht oder Stolz zu dieser Haltung, sondern ein geradezu verzweifeltes Bedürfnis nach Sicherheit und Geborgenheit.

»Wie konntest du mich nur fortlassen, wenn du mich wirklich brauchst?« fragte Judas, und sein Körper verkrampfte sich.

»Wie könnte ich dir mehr meine Liebe beweisen, als dich an einen Ort und zu einem Mann zu schicken, der die Zukunft deines Lebens bedeutet? Wenn ich dich statt dessen hierbehalten hätte, wäre ich selbstsüchtig und nur an meinem Vergnügen interessiert gewesen.« Simeon verschwieg ihm, daß er die Freiheit genoß, allein in seinem Haus zu leben.

Der junge Mann entspannte sich wieder. »Es wird nun nicht mehr lange dauern, bis ich mein früheres Leben erneut aufnehmen werde und wir uns wie vorher wieder jeden Tag sehen können.«
Alle Sinne Simeons waren gespannt. »Soll das etwa heißen ...« Er lachte. »Ich wußte schon in dem Moment, in dem du durch die Tür getreten bist, daß du wichtige Neuigkeiten mitbringst.«
Judas nickte langsam. »Die Informationen, mit denen ich meinen guten Vormund«, er grinste zynisch bei diesem Wort, »heute abend versorgen konnte, ließen ihn zu dem Schluß gelangen, sofort zuzuschlagen.«
»Wie bist du denn an diese Informationen gelangt?«
»Indem ich das Vertrauen von Daniel, dem Oberbuchhalter des Täufers, gewonnen habe und es mir dann möglich wurde, ohne sein Wissen die Listen und Aufstellungen zu überprüfen.« Er berichtete Simeon, was er herausgefunden und welchen Plan der Hohepriester daraufhin entwickelt hatte.
»Respekt!« rief Simeon. »Kaiaphas ist wirklich ein raffinierter Hund.«
Judas zog einen Schmollmund. »Ohne meine Hilfe könnte er nichts ausrichten.«
»Aber das bedarf doch keiner besonderen Erwähnung. Du bist der Klügere von euch beiden, denn du hast zwei Jahre lang im Verborgenen gewirkt, um dieses Ziel zu erreichen. Der Hohepriester ist nur raffiniert darin, das Gesetz auszulegen. Aber genau das wird schließlich von ihm erwartet.« Er sah dem jungen Mann in die Augen. »Du und der Prinz, ihr gebt ein ausgezeichnetes Gespann ab.«

Kaiaphas versuchte, seine früheren Auftritte als Prinz Zadok bei Herodias zu vergessen, als er ihr den Hof gemacht hatte, um sich die Unterstützung durch den hasmonäischen Palast zu sichern. Heute abend war eine der selten gewordenen Gelegenheiten, sie wiederzusehen, und wie er das stets tat, seit er das Amt des Hohenpriesters bekleidete, traf er sich mit ihr nur in Gegenwart ihres Gatten. Die zusätzliche Anwesenheit der jungen und ihrer Reize durchaus bewußten Salome erinnerte ihn daran, daß sie alle älter geworden waren und ihm nicht mehr allzuviel Zeit zur Erfüllung seiner Ziele blieb.

Während er einen Schluck roten Weins aus dem goldenen Kelch nahm, bemerkte er, daß auch der Speiseraum unverändert und nur älter geworden war. Das Wasser des Springbrunnens sprudelte immer noch in das Becken, das dem niedrigen Tisch gegenüberlag. Und wie eh und je hing das edomitische Parfüm schwer in der Luft. In diesem Raum schienen nur die goldenen Kissen und die nubischen Sklaven, die ihnen mit großen Fächern Luft zuwedelten, neu zu sein.

»Nun, mein teurer Hoherpriester, Ihr sagtet, Ihr hättet so wichtige Neuigkeiten, daß eine sofortige Unterredung unabdingbar sei«, erklärte der Tetrarch mit seiner hohen Stimme. Er kratzte sich gedankenverloren an der Brust und hatte nur Augen für Salome. »Und angesichts der Stunde, in der Euer Bote uns erreichte, habt Ihr Euch eigentlich selbst zu unserem Abendmahl eingeladen. Hä! Hä! Hä! Es muß Euch ja wirklich sehr dringend sein. Nun, da wir gespeist haben, würden wir gern erfahren, was es denn so Wichtiges gibt.«

Kaiaphas senkte seine Stimme, damit die Diener nicht mithören konnten, und berichtete Herodes, was Judas ihm heute am späten Nachmittag mitgeteilt hatte. »Und damit, edler Tetrarch, dürfte der Täufer endlich in Eurer Hand sein.«

»Dem Herrn sei Dank!« rief Herodias.
»Unserem geliebten Tetrarchen sei Dank«, warf Salome kokett ein.
Der Dank gebührt allein mir, dachte der Hohepriester und beobachtete, mit welch lüsternen Blicken Herodes die junge Frau taxierte. Kaiaphas blickte kurz in Richtung Herodias. Wie mochte sie dieses grausame Schauspiel aufnehmen. Er las in ihrer Miene Erleichterung, Triumph und Haß auf ihre Tochter. Der Hohepriester ahnte, daß er hier dem Beginn eines Dramas von biblischen Ausmaßen beiwohnte.
»Welche Beweise könnt Ihr uns vorlegen?« fragte der Tetrarch. Kaiaphas griff in sein blaues Übergewand, und die kleinen nachgebildeten Granatäpfel klingelten leise, als er die Schriftrollen herauszog, die Judas ihm überreicht hatte.

Herodias saß auf ihrem vergoldeten Stuhl, betrachtete sich im Spiegel und ließ sich von Rahila die langen Locken auskämmen. Daß ihre Zofe stärker gealtert war als sie und mittlerweile schlohweißes Haar und ein runzliges Gesicht hatte, war ihr nur ein schwacher Trost; denn ihr eigenes Erscheinungsbild bereitete ihr keine Befriedigung mehr. Das Silber im goldenen Haar ließ sich nicht mehr übersehen, genausowenig wie die Fältchen an den Augen oder die verlorene Spannkraft ihrer immer noch makellos weißen Haut. Manchmal hätte sie am liebsten mit einem Hammer in den Bronzespiegel geschlagen und ihn unbrauchbar gemacht, als könnte ihr das die verlorene Jugend zurückgeben.
Rahila war seit langem ihre einzige und engste Vertraute, und sie hatte ihr eben berichtet, was während des Abendessens besprochen worden war, ihr aber verschwiegen, daß Kaiaphas bloße Anwesenheit in ihr erneut den Groll auf ihn geweckt hatte.

»Meiner Herrin Gedanken scheinen sich heute abend mit anderen Dingen zu beschäftigen und sich nicht daran zu ergötzen, die schönste Frau der Welt zu sein.«
Herodias suchte im Spiegel den Blick der alten Frau, doch die Zofe sah nicht hinein und war mit dem Haar der Fürstin beschäftigt. »Ja!« zischte Herodias. »Wenn du mich so gut kennst, dann sag mir doch, welche Gedanken mich gerade bewegen.«
»Ihr werdet nie damit zufrieden sein, Johannes nur im Kerker zu sehen.«
»Bist du etwa der Ansicht, das wäre falsch von mir?« fuhr sie die alte Frau scharf an.
»Ich bin nur Eure Dienerin, Herrin. Der allmächtige Gott wird Euer Richter sein.«

Jesus war sehr daran gelegen, sich so bald wie möglich von Johannes taufen zu lassen. Eine solche Hast kannte ich gar nicht von ihm. So verließen wir früh am folgenden Morgen den Olivenhain und zogen nach Betanien. Es hatte die ganze Nacht hindurch geregnet, aber wir hatten Schutz in einer Höhle weiter oben am Hügel gefunden, und so waren unsere Kleider trocken geblieben, doch die ungepflasterten Straßen und Wege waren voller Pfützen und Matsch.
»Es liegt auf der Hand, daß Johannes, seit er angefangen hat, in Galiläa zu predigen, sich langsam auf Jerusalem zubewegt«, sagte Jesus, als wir die römische Heeresstraße erreichten. »Und darin liegt durchaus Sinn, denn hier kann er noch viel mehr Menschen erreichen.«
»Und damit wird er für die Mächtigen erst recht zum Störenfried«, bemerkte ich. Wir traten beiseite, um einen pferdegezogenen Karren vorbeizulassen. Seine Räder bespritzten uns mit schmutzigem Wasser.
»Was meinst du damit?« fragte Jesus, als wir weiterliefen.

Ich unterdrückte den Drang, mich unter der rechten Achselhöhle zu kratzen. »Obwohl Johannes nie als Revolutionär aufgetreten ist oder sonstwie die Massen zum Aufruhr bewegen wollte, kann doch kein Zweifel daran bestehen, daß er die wahre Ursache für die schlechten Lebensumstände des Volkes angreift: das sündhafte Leben der Herrscher und der Reichen. Wenn es ihm nicht gelingt, die moralischen Verfehlungen und besonders die Habgier auszumerzen, und zwar durch eine geistige Wiedergeburt in der jüdischen Religion, werden sich am Ende die Mächtigen und die Massen, die sich dank seiner Taufe dem Guten verschrieben haben, unversöhnlich gegenüberstehen.«
»Ich nehme an, seine vermehrten Angriffe gegen das Zusammenleben von Herodes Antipas und Herodias haben damit zu tun.«
»Das siehst du ganz richtig. Johannes geißelt das, was ihm gottlos erscheint, mit der ganzen Kraft seiner Worte.«
»Und du glaubst, deswegen werden sie sich an ihm rächen wollen?«

Betanien erwies sich als Dorf, das am Rand der judäischen Wüste am Osthang des Ölbergs lag. Jesus kannte den Ölberg noch aus seiner Kindheit, weil hier die Pilger lagerten, die zum Pessach-Fest gekommen waren und in Jerusalem keine Unterkunft gefunden hatten. Doch hatte er die Ostseite des Bergs nie erkundet, dessen Hang sich allmählich zum Flußtal des Kidron senkte, der in den Jordan einmündete, kurz bevor dieser das Tote Meer erreichte.
Da uns nur noch zwei Tage blieben, bis wir Thaddeus/Jessup und Thomas in Jerusalem treffen wollten, waren wir ohne Umwege nach Betanien gewandert. Spät am Abend erreichten wir den Ort und stellten bald fest, daß er sich nur wenig von anderen jüdischen Dörfern unterschied. Eine

Ansammlung von kleinen, flachdachigen Häusern, teils einzeln stehend, teils um Innenhöfe errichtet, zog sich an der einzigen Straße entlang. Nur waren hier die meisten Häuser aus Stein gebaut, was angesichts des felsigen Berghangs – die Natur hatte ihn bis hinunter zum Wadi terrassenförmig angelegt – nicht weiter verwundern konnte. Wie überall sonst im Lande auch, wohnten hier meist Bauern und Schafhirten, dazu ein paar Handwerker, so daß das Dorf sich ganz gut selbst versorgen konnte.

Wir verbrachten die Nacht im Stall eines Kleinbauern, und das gelegentliche Muhen des Viehs wiegte uns in den Schlaf. Eine andere Unterbringung war einfach nicht zu bekommen, selbst wenn wir dafür hätten bezahlen können, weil Menschen aus dem ganzen Land hierhergezogen waren, um Johannes predigen zu hören und sich von ihm taufen zu lassen.

Am frühen Morgen fanden wir uns mitten in einer mehrere hundert Köpfe zählenden Menge wieder, die sich am flachen Ufer des Kidron eingefunden hatte. Alle Stände und Berufe waren hier vertreten, aber nicht bunt durcheinandergemischt, sondern nach Schichten getrennt, was den Täufer sicher nicht erfreute. Abseits und näher am Jordan standen die Pharisäer und Schriftgelehrten, und die Gruppe der Reichen stach mit ihren prachtvollen und bunten Gewändern wie ein Pfau hervor. Sie befanden sich dem Wasser am nächsten und glaubten wohl, aufgrund ihrer Stellung als erste an die Reihe kommen zu müssen. Trotz ihrer Wichtigtuerei ließ sich nicht verleugnen, daß sich auch unter ihnen Dicke wie Dünne, Große und Kleine fanden, genauso wie beim gemeinen Volk auch. Jesus deutete auf einen Pharisäer in einem purpurroten Gewand. »Das dort drüben ist Prinz Ascher«, teilte er mir mit. »Er gehörte zu denen, die mich vor sechzehn Jahren im Tempel befragten.«

Die Pharisäer hatten natürlich Bedienstete, die sich um ihre Kinder kümmerten. Die Frauen aus den armen Schichten trugen ihre Kinder hingegen auf den Hüften oder hielten sie, wenn sie schon etwas größer waren, an der Hand. Wieder andere Kinder liefen herum und spielten Fangen. Ihre Schreie hoben sich hell von dem Gemurmel der Erwachsenen ab.
Eine eigene Gruppe bildeten auch die Kranken, Krüppel und Blinden. Sie warteten geduldig darauf, an die Reihe zu kommen. Ein Mann, der beide Beine verloren hatte, hockte auf dem Boden und war fröhlich wie ein Äffchen. Die Hirten und Landarbeiter in ihren braunen Gewändern hatten sich am weitesten vom Wasser entfernt aufgebaut, direkt vor der aufsteigenden Sonne, deren Strahlen den Wüstensand blutrot färbten. Etliche Reisende hatten die Nacht am Flußufer verbracht, und von überall strömte einem der Duft von gebackenem Brot, Geröstetem und Gesottenem entgegen. Darin mischte sich der Geruch von ungewaschenen Körpern und Kleidern, von Schweiß, gelegentlich von edomitischem Parfüm, und am schlimmsten war der Gestank von den Latrinen.
Johannes tauchte wie aus dem Nichts auf. Plötzlich erschien er auf einem flachen Felsen am Ufer, der wie eine natürliche Kanzel wirkte. Der Täufer war ein Riese. Sein Gewand wurde von einem Gürtel aus unbearbeitetem Leder zusammengehalten. Die bloßliegende Schulter verstärkte den Eindruck von Kraft. Seine Haut glänzte im zunehmenden Sonnenlicht. Er schien es nicht für nötig zu befinden, sich das sonnendurchflutete Haar und den Bart zu kämmen, doch die zottigen Locken betonten seine Gesichtszüge, die wie gemeißelt wirkten. Aber erst seine Augen! Ich stand mindestens fünfzig Ellen von ihm entfernt, aber selbst auf diese Distanz spürte ich ihre Kraft, mit der sie einen Granit-

felsen spalten konnten Und in ihnen blitzte ein wacher Verstand von hoher Intelligenz auf.
»Tut Buße, denn das himmlische Königreich ist nahe!« donnerte er mit einer tiefen, melodiösen Stimme. »Bereut eure Sünden und laßt euch taufen zum Zeichen eures Willens, euch zu reinigen. Und folgt den Wegen des Herrn, unseres Gottes. Der Herr wird euch eure Sünden nur vergeben, wenn ihr wahrhaft bereut.«
»Wer bist du?« Ich drehte mich nach demjenigen um, der Johannes so rüde unterbrochen hatte. Der Prinz Ascher schien den Täufer herausfordern zu wollen. »Bist du etwa der verheißene Messias?«
»Der bin ich nicht.« Johannes' knappe Antwort überraschte mich, denn ihm eilte der Ruf voraus, alle Opposition wortgewaltig niederzumachen.
»Bist du dann Elias?«
»Nein.«
»Vielleicht ein Prophet?« Ascher klang immer höhnischer, und seine Nüstern blähten sich bei jedem Atemzug, den sein fleischiger Körper tat.
»Nein, das bin ich nicht.«
»Wer bist du denn, daß du dich erkühnst, den Söhnen Abrahams zu befehlen, Buße zu tun? Und mit welchem Recht machst du dich zum Instrument Gottes, indem du vorgibst, die Menschen von ihren Freveltaten zu reinigen?« Der Mann drehte sich und blickte gebieterisch in die Runde, bevor er seine mit viel Schmuck behangene Hand hob und den Zeigefinger auf den Täufer richtete. »Dieser Mann ist ein Betrüger!«
Beifall und eifriges Getuschel ertönte von den Pharisäern, während die anderen teils betreten, teils erschrocken schwiegen.
»Ja, wer bist du wirklich?« rief ein Mann in einfacher

Hirtentracht. »Wir sind einen weiten Weg gekommen, um uns von dir taufen zu lassen, weil wir glaubten, du wärst der verheißene Messias.«
Johannes' Stimme klang noch gewaltiger, als er erwiderte: »Ich bin nicht der Messias, sondern der, der ausgesandt wurde, ihm den Weg zu bereiten. Hat nicht der Prophet Jesaja verkündet, daß meine Stimme aus der Wüste zu euch kommen werde? Ja, ich taufe euch, aber ich taufe euch mit Wasser, während der, der nach mir kommen wird, euch mit Feuer und dem Heiligen Geist taufen wird. Und ich bin nicht würdig, ihm auch nur die Bänder seiner Sandalen zu lösen.«
In der Menge erhob sich Gemurmel. Die einen waren für, die anderen gegen Johannes.
Der Täufer richtete seinen Blick auf den Prinzen, und in diesem Moment traf ein Sonnenstrahl seine Augen und ließ sie so aussehen, als würden sie Feuer aussenden. »Ihr Viperngezücht! Ich warne Euch, flieht vor dem Zorn, der da kommen wird. Ihr bildet Euch soviel darauf ein, von Abraham abzustammen, aber dieser Stolz ist falsch. Pah! Gott könnte aus den Steinen unter Euren Füßen Söhne Abrahams werden lassen!« Seine Stimme wurde noch lauter, und sein Körper bebte vor Leidenschaft. Alle schwiegen und waren von der machtvollen Ausstrahlung der Persönlichkeit Johannes' ergriffen. »Alle, die ihr hier seid, seid ihr Kinder Gottes.« Er streckte einen Arm aus und schloß in einer weit ausholenden Bewegung alle Versammelten ein. »Daher ist selbst der Niedrigste unter euch in den Augen des Herrn ein Kind Abrahams!«
In wenigen Momenten hatte Johannes mit seinen Worten, seiner Leidenschaft, seiner Ausstrahlung und seinen Augen allen Widerspruch erstickt.
»Was sollen wir denn tun?« fragte der Hirte furchtsam, der sich vorhin schon zu Wort gemeldet hatte.

»Teilt mit euren Landsleuten, was ihr habt, gleichgültig, ob er Schriftgelehrter, Pharisäer, Hausbesitzer oder Mieter, Fürst oder Tagelöhner sei. Wer zwei Mäntel besitzt, soll einen davon an den geben, der keinen hat. Und das gleiche sollt ihr mit den Nahrungsmitteln tun. Teilt euer Essen mit den Hungrigen.«
»Herr, ich habe gehört, du hast gegen die übertriebenen Steuern gepredigt, die höher seien als das, was die Römer, der Tempel und der Tetrarch festgesetzt haben«, rief ein kleiner Mann in einem schwarzen Gewand, der ganz allein dastand. »Nun, ich bin Steuereintreiber. Alles, was ich über die Steuersumme und den Zehnten hinaus einziehe, dient meinem Lebensunterhalt. Soll ich denn darauf verzichten und so meine Familie am Hungertuch nagen lassen?«
»Nein, das sollst du nicht. Treib du nur die Steuern ein, die festgesetzt sind, und den dir zustehenden zusätzlichen Anteil. Die schlimme Steuerlast meines Volkes kommt von denjenigen, die in ihrer Gier nicht genug herauspressen können.«
»Du sprichst Worte des Verrats, wenn du die rechtmäßigen Steuern kritisierst, die unsere Oberen bestimmt haben.« Prinz Ascher hatte endlich gefunden, was er suchte. »Dafür sollst du bezahlen.« So gesprochen, drehte er sich um und schob sich durch die Menge. Sein Gefolge eilte ihm hinterher.
»Ich habe nur gegen bestimmte Steuereintreiber gesprochen, nicht aber gegen die Oberen!« rief Johannes ihm nach. Keine Furcht vor den möglichen Folgen schien ihn zu plagen. Im Gegenteil, er lachte laut und zeigte auf den breiten Rücken des Prinzen. »Noch nicht einmal gegen die Steuerspitzel habe ich mich ausgesprochen!«
»Der Prinz ist gekommen, um ihm etwas anhängen zu können«, sagte Jesus leise.

»Sie hätten so oder so etwas gefunden«, antwortete ich.
»Für mich ist kein Preis zu hoch, wenn ich nur dem allmächtigen Gott dienen darf!« rief der Täufer. »Denn die Sünder werden es sein, von denen der Herr diesen Preis einziehen wird. Und mit seiner Worfschaufel wird er auf dem Dreschplatz aufräumen. Er wird dann den Weizen einsammeln und die Spreu im unlöschbaren Feuer verbrennen.« Sein stolzes Lachen verfolgte Ascher noch sehr weit.
»Ich bin Soldat«, rief ein standfester Mann mit Lederhelm vom Ostrand der Menge. »Was können wir Soldaten tun, um unsere Bußfertigkeit zu zeigen?«
»Gebt euch mit eurem Sold zufrieden. Raubt die Unterlegenen nicht aus, und bereichert euch nicht durch falsche Anschuldigungen.«
Johannes hatte die hier versammelten Menschen endgültig im Griff. Er predigte ihnen noch eine Weile seine Lehre von Buße und Reue. »Diejenigen unter euch, die an Gott glauben und in mir Sein Werkzeug sehen, sollen nun zum Fluß vortreten und sich symbolisch durch das Wasser reinigen lassen.« Seine Augen nahmen einen fanatischen Ausdruck an. »Doch nur die sollen kommen, in deren Herzen wahre Bereitschaft zur Buße ist.« Er deutete mit seinem Zeigefinger in die Menge. »Du! Du! Und du!« rief er, ohne damit jemand im besonderen zu meinen. »Kommt jetzt zu mir, wenn ihr euch dazu bereit fühlt!« Seine Stimme zitterte vor Ergriffenheit. »Denn Gott hat mir die Fähigkeit verliehen, in eure Herzen zu sehen und dort die Wahrheit zu erkennen.« Nach diesen Worten sprang er behende wie ein Berglöwe vom Fels und schritt zum Ufer.
Ich verspürte kein Bedürfnis, mich säubern, reinigen oder taufen zu lassen, also machte ich Jesus Platz und bedeutete ihm, vorzutreten und sich zu der langen Reihe zu begeben, die sich gerade bildete. Dann ging ich in Richtung der

Felskanzel, um einen besseren Blick auf das zu haben, was jetzt folgen sollte.

Barabbas beobachtete die Szene mit großer Befriedigung. Er war wieder in Jerusalem gewesen, weil er dort etwas zu erledigen hatte, und war danach zu dem Entschluß gelangt, einen Abstecher nach Betanien zu machen und sich unter die Menschen zu mischen, die sich taufen lassen wollten, um unter ihnen neue Anhänger für seine Bewegung anzuwerben. Die Auseinandersetzung zwischen Johannes und Prinz Ascher, den er einige Male im Palast des Kaiaphas gesehen hatte, der abrupte Abzug vieler Pharisäer und die nachfolgende Ansprache des Täufers, mit der er die verbliebenen Menschen in seinen Bann gezogen hatte, hatten die Art von Spaltung zwischen arm und reich, oben und unten bewirkt, die Barabbas' aufrührerischen Zielen am dienlichsten war. Während der vergangenen Jahre hatte er jede Gelegenheit ergriffen, in Kontakt mit den Unzufriedenen zu kommen und sie auf seine Seite zu ziehen. Er hatte überall im Land Zellen geschaffen, die sich aus Gruppen seiner heimlichen Gefolgsleute zusammensetzten. Sein enormer und immer noch wachsender Reichtum war ihm dabei in mehrfacher Hinsicht hilfreich gewesen: Zum ersten blieb ihm dadurch viel Zeit, mit der er anfangen konnte, was er wollte. Zum zweiten war er als Kaufmann ständig auf Reisen, so daß man ihn nicht überall sofort erkannte, er aber die Gelegenheit erhielt, seine Botschaft nah und fern zu verbreiten. Mittlerweile verfügte nahezu jeder Ort über eine seiner Zellen, mit Ausnahme Jerusalems, wo er sich lieber zurückhielt, um weder den Behörden aufzufallen noch sich den Zorn der Sikarier zuzuziehen. Und zum dritten konnte er mit seinem vielen Geld alle möglichen Vaterlandsliebenden, Söldner und Saboteure in seine Dienste stellen.

Während seine Bewegung wuchs, verstärkte sich in ihm noch der Drang, diejenigen mit seiner Rache zu überziehen, die seine Eltern ermordet und sein Heim verwüstet hatten. Ungehindert durch irgendwelche Familienbande, aber auch ohne konkretes Ziel, auf das er seine Rachegelüste konzentrieren konnte, hatte er begonnen, seine Aktivitäten gegen jegliche Form von Autorität zu richten. Kühl und planvoll entfesselte er hier einen kleinen Aufstand, ließ dort einen Kornspeicher der Regierung in Brand stecken und sogar einmal eine abgelegene Synagoge plündern, um den Zorn der Juden anzustacheln. Er war dabei sehr klug vorgegangen und hatte mal hier und mal dort zugeschlagen, so daß die offiziellen Stellen nicht auf die Idee kommen konnten, eine zentrale Bewegung stecke hinter diesen Anschlägen. Und so blieb er sowohl als politischer Führer wie auch als Kaufmann eine nebulöse Gestalt ohne festen Wohnsitz, ohne Familie und ohne größeren Landbesitz, der oder die ihn hätten verraten können.

Es wurde immer heißer hier am dichtbevölkerten Flußufer. Barabbas wurde zwischen einem finster dreinblickenden, schwarzbärtigen Schäfer, der nach altem Schweiß stank und ein schmutziges Fellgewand trug, und einem spindeldürren Handwerker in einer weißen Robe, der noch weniger von persönlicher Reinlichkeit hielt und elend stank, hin und her gestoßen. Erst als Johannes von der Felskanzel sprang und zum Flußufer schritt, ließen ihn die beiden stehen, um sich der Reihe der Taufwilligen anzuschließen.

Dankbar, von ihnen befreit zu sein, begab er sich zu dem steinigen Weg, der zum Fluß führte. Er hatte sich bereits bei einer früheren Gelegenheit taufen lassen und verspürte kein Bedürfnis, Johannes noch einmal gegenüberzutreten. Statt dessen wollte er hier auf diejenigen warten, die er schon vorhin ausgesucht hatte, um sie auf ihrem Rückweg von der Taufe anzusprechen.

Er trat auf einen niedrigen Fels und sah sich um. Über ihm stand ein schlanker junger Mann in einem staubigen weißen Gewand, der einen langen Stab in der Rechten hielt und dessen Aufmerksamkeit ganz auf einen Alten mit grauem Haar und Bart und einer orangefarbenen Robe gerichtet war. Der Alte kam ihm irgendwie bekannt vor. Sowohl das eigenartige Gewand als auch diese Augen hatte er schon einmal irgendwo gesehen. Aber wo? Im Tempel?
Barabbas richtete den Blick wieder auf den jungen Mann. Auch das ovale Gesicht, die dunklen Augen, die gerade Nase, das lange Haar und der Bart, beide nicht sonderlich gepflegt, aber keineswegs verfilzt, hatte er schon einmal gesehen. Doch auch bei diesem wollten Barabbas nicht Anlaß und Gelegenheit einfallen. Beide Männer strahlten eine so eigentümliche Ruhe aus, daß Barabbas beschloß, ein Gespräch mit ihnen zu suchen, solange er auf die Rückkehr der Getauften wartete. »Ihr kommt bestimmt von weit her?« fragte er höflich in Aramäisch.
»Ich stamme aus einem fernen Land«, antwortete der Alte.
»Du verfügst bestimmt über große Weisheit, wenn du gleich erkennst, daß zwei, die dir als Fremde erscheinen, deine Sprache sprechen«, bemerkte der jüngere Mann freundlich.
Diese Worte verwirrten Barabbas, und er konnte sich des Gefühls nicht erwehren, daß dies genau das Ziel seines Gegenübers gewesen war. Wo habe ich dich bloß schon einmal gesehen? lag es ihm auf der Zunge, aber er verbiß sich diese Frage lieber. Womöglich hätte ihn die Antwort in eine Situation gebracht, in der er seinerseits erklären mußte, wer und was er war.
»Hosianna! Hosianna!«
»Ich bekenne, ich bin ein armseliger Sünder, allmächtiger Herr ...«

»Ich bereue meine Sünden ...«
»Reinige mich, o Herr ...«
Die Rufe, die vom Fluß heraufdrangen, hinderten Barabbas daran, sich zu konzentrieren.
Ein Käuzchen rief von einer nahen Tamariske, eine Honigbiene kreiste um Barabbas' Kopf, und ein Skorpion huschte vor ihm über den Boden. Er hob einen sandalenbewehrten Fuß und zertrat das Tier.
»Du hättest dieses Leben nicht nehmen sollen, Bruder«, tadelte der jüngere Mann ihn sanft, aber ohne Vorwurf in der Stimme.
»Ihr seid wahrlich nicht von hier«, entgegnete Barabbas. »Das war ein Skorpion. Sein Stich ist tödlich.«
»Er sticht aber nur, wenn er sich fürchtet«, gab der junge Mann zurück. »Da er eines von Gottes Geschöpfen ist, äh, war, war er auch dein Bruder.« Sein Lächeln nahm seinen Worten jegliche Feindseligkeit.
Für Barabbas schien die Zeit stillzustehen. Dieser Satz führte ihn viele Jahre zurück. »Ich bin dein Bruder«, hatte der Mann, damals noch ein Knabe, zu ihm gesagt. Er starrte ihn fassungslos an, schüttelte dann den Kopf und betrachtete den Alten genauer.
Großer Gott, das konnte doch nicht wahr sein. Plötzlich befiel Barabbas Panik, und er stolperte davon, ohne den beiden einen Abschiedsgruß zu entbieten. Er war schon halb den Hang hinauf, als ihm klar wurde, daß die beiden sicher nicht ohne Grund hierhergekommen waren. Barabbas blieb stehen und drehte sich um. Der Jüngere bewegte sich mit der Reihe langsam zum Fluß, während der Ältere auf dem Felsen zurückblieb und seinem Gefährten zusah.

Ich war Barabbas nur kurz begegnet, und so erkannte Jesus seinen »Bruder« viel eher wieder als ich. Das letzte, was wir von ihm gehört hatten, stammte von Thaddeus. Dieser hatte uns berichtet, Prinz Zadok habe ihn als Ersatz für den echten Jesus bei sich aufgenommen, um aus ihm einen Messias zu machen. Da Thaddeus uns auch mitgeteilt hatte, daß Zadok sich vom Sadduzäer zum Pharisäer gewandelt hatte, offensichtlich mit dem Ziel, aufgrund seines Familiennamens zum Hohenpriester ernannt zu werden, wunderte es uns nicht, bei unserer Rückkehr in dieses Land zu erfahren, daß sich hinter dem Hohenpriester Kaiaphas der ehemalige Prinz Zadok verbarg.

»Ich frage mich, was Barabbas hier wollte«, sagte Jesus. »Offensichtlich ist er nicht in der Absicht gekommen, sich taufen zu lassen.«

»Da er uns wiedererkannt hat, zumindest dich, und sich daraufhin hastig zurückzog, können seine Absichten nicht unbedingt gut gewesen sein«, antwortete ich. »Vielleicht ist er ein Spitzel des Hohenpriesters.«

»Könnte sein.« Jesus verfolgte, wie ein neuer Kopf unter Wasser getaucht und wieder hochgerissen wurde. »Sieh nur, die Reihe wird kürzer. Ich will mich nun taufen lassen.«

Ich sah ihm zu, wie er über den steinigen Weg zum Fluß hinablief. Voller Würde bewegte er sich zwischen den tropfnassen Männern, Frauen und Kindern hindurch, die inzwischen getauft aus dem Fluß traten. Ich bewunderte die Ordnung und den gegenseitigen Respekt, den hier jedermann an den Tag zu legen schien. Die Gläubigen bewegten sich an einer Stelle in den Fluß und kamen ein Stück weiter in einer langen Reihe wieder heraus, ohne daß sich beide Gruppen irgendwie in die Quere geraten wären. Nur die Schreie und Rufe erfolgten spontan und ohne Ordnung, doch diese kamen schließlich aus dem Herzen. Dies war das Gebäude des Täufers, und überall, wohin er kam, brachte er seinen Tempel mit.

Jesus blieb am Wasserrand stehen. Er kehrte mir den Rükken zu, aber ich wußte, daß er betete. Ich richtete meinen Blick auf Johannes, der bis zum Bauch im Wasser stand. Sein durchnäßtes Haar und seine bloße Schulter glänzten im Sonnenlicht wie poliertes Holz. Er ragte aus der Menge heraus, und das nicht nur dank seiner enormen Größe, sondern auch aufgrund der Dominanz seiner Persönlichkeit, die sogar die eines alten, erhabenen Flusses übertraf.
In diesem Moment hob Johannes seinen an ein Löwenhaupt gemahnenden Kopf, und sein Blick fand Jesus. Er erstarrte und tauschte mit Jesus einen langen Blick aus.
Dies war ein ganz besonderer Moment, und jeder der Anwesenden schien das zu wissen. Alle verfielen in Schweigen. Nur ein Säugling fing an zu schreien. Jesus und Johannes, schien das Wasser zu murmeln. Die beiden wirkten wie aus Stein gehauene Monumente.
Schließlich hob Johannes beide Hände in die Höhe. »Schweigt!« gebot er seinen Anhängern, obwohl die doch keinen Laut von sich gaben. Seine Augen waren immer noch auf Jesus gerichtet, als er mit ausgestrecktem Zeigefinger auf ihn deutete. »Dies ist der, über den ich gesagt habe: Nach mir wird kommen der Mann, dem den Weg zu ebnen Gott mich ausgesandt hat. Ich wußte nicht, wer er sein würde, und habe euch mit Wasser getauft, damit ich für ihn Zeugnis vor Israel ablegen konnte. Und nun ist er zu meiner Taufe erschienen. Denn er ist es, der mich taufen soll.« Er legte eine kurze Pause ein, bevor er donnernder denn je fortfuhr: »Hört, dies ist der Messias, der eingeborene Sohn Gottes!«
Das, was nun folgte, soll von anderen der Nachwelt berichtet werden. Die Ereignisse waren für mich zu jüdisch, als daß ich darüber sprechen könnte. So mag es hier reichen, zu erwähnen, daß Jesus von Johannes getauft wurde. Sicher-

lich ist den vielen Menschen, die voller Ehrfurcht Zeuge dieser Handlung wurden, nicht entgangen, daß Johannes nicht von Jesus das verlangte, was bei allen anderen unabdingbar gewesen war – nämlich, daß sie vor der Taufe öffentlich kundtaten, ihre Sünden zu bereuen.
Als die Taufe geschehen war, sprachen weder Jesus noch Johannes ein Wort. Sie hatten sich mit einem Blick gefunden, und sie verabschiedeten sich mit einem langen letzten Blick voneinander.
Jesus erhob nur einmal die Stimme, als er wieder am Ufer stand und die Menge Miene machte, von nun an mit ihm zu ziehen. Er hob eine Hand, um die Menschen zu segnen, und rief: »Folgt nicht mir, denn meine Zeit ist noch nicht gekommen.«

Wir reisten nach Jerusalem und trafen am Antonia-Tor Thaddeus und Thomas an, obwohl wir einen Tag zu früh erschienen waren. Thaddeus/Jessup teilte uns mit, daß die Soldaten des Tetrarchen am Nachmittag Johannes den Täufer verhaftet hätten und man ihn des Steuerbetrugs und der Verschwörung gegen den Staat beschuldigte.
»Sie haben ihn in Ketten abgeführt«, erklärte Jessup. »Es heißt, er soll in der Burg Machaerus auf der anderen Seite des Toten Meeres eingekerkert werden, wo ihn seine Jünger und Anhänger nicht befreien können. Keine Straßen führen zu der Burg, nur schmale, unwegbare Pfade, die aus dem Jordantal in die desolaten Moabberge hinaufsteigen. Die einzigen Menschen in dieser Gegend sind ein paar Beduinensippen, die mit ihren Schaf- und Ziegenherden über die spärlichen Grasflächen in den Wadis wandern.«
Jesus nickte traurig. »Damit ist eine Lücke aufgetreten, die ich schleunigst ausfüllen muß.«

TEIL VII

KAPITEL 32

Selbst die Kanaaniter, die glaubten, daß ihr Gott Baal Ordnung in die Welt gebracht hatte, hielten das endlose Chaos, das dem vorangegangen war, für einen grenzenlosen Ozean. Mit dem Chaos tauchten auch das Land, der Raum und die unendliche Vielfalt des Universums auf. Viele Zeitalter später habe Gott seine Flut gesandt, um die sündhaften Landbewohner mit einem Vorgeschmack des Chaos zu bestrafen. Diese Sintflutlegende findet sich bei den Kanaanitern, den Israeliten und vielen anderen alten Völkern dieser Region, stammt aber ursprünglich von den Sumerern. Der jeweilige Gott sparte einen oder einige wenige auf, um aus ihnen ein neues Menschengeschlecht entstehen zu lassen. Beim jüdischen Gott war dies Noah, dem Gott auftrug, eine Arche zu bauen, um über das Wasser fahren zu können. Darin sollte er von allen Tieren und auch Pflanzen ein Paar aufnehmen, womit die Erde wieder bevölkert werden sollte, sobald die Flut zurückgegangen war. Und als der Sintflutregen aufhörte, strandete die Arche auf einem Berggipfel.

Der frühe Ozean verfügte über unterirdische Kanäle, und als das Wasser zurückging, rannen die Kanäle aus und bildeten die tiefen Schluchten zwischen den Bergen und Hügeln, und auf diesen breiteten sich Wildtiere aus: der Leopard, der Löwe und die Hyäne. Der Wolf, der Behemoth (eine irrtümliche monströse Vorstellung von einem Nilpferd), der Affe und der Bär bevölkerten hingegen die weiten Ebenen. Als die gnadenlose Hitze alles Wasser in den unterirdischen Kanälen verbrannt hatte, entstanden die Höhlen, in die die alten Hügelvölker und gelegentlich auch die Beduinen einzogen. Spätere, zivilisiertere Völker nutzten sie dann als Grabkammern.

Die Höhle, die Jesus sich für sein Reinigungsfasten und als Vorbereitung für seinen Auftrag ausgesucht hatte, befand sich in der Wildnis der hohen, menschenfeindlichen Klippen westlich des Jordan. In dieser Gegend, von der aus man die Heerstraße von Sepphoris bis Nazareth überblicken kann, hatten Jesus und ich vor sechzehn Jahren vor Simeon Zuflucht gefunden.

Wir saßen in der Lotosposition im Eingang der hohen Höhle. Er wollte bald mit seinem Fasten beginnen, und ich betrachtete die Menschen, Tiere und Wagen auf der Fernstraße, und in diesem Moment überkam mich die Erkenntnis der unmeßbaren Entfernungen zwischen den Zielen der Menschen. Die Römer hatten diese Straße einst ausgebaut, um ihre Legionen rascher von einem Ort zum anderen und vor allem an die Grenze zum Partherreich bewegen zu können. Jesus hingegen bereitete sich darauf vor, den Geist von Legionen zu erobern und sie zu Gott zu führen.

Die Klippen direkt unter uns setzten sich aus einer Reihe gigantischer, von Sprüngen übersäter Terrassen zusammen, eine braune Fläche, die mit gelben und roten Streifen durchzogen war. Da hier bis auf vereinzelte dunkelgrüne Krüppeleichen oder knorrige Wildsträucher nichts wuchs, hörten wir nichts außer einem heißen Wind, der über die Klippen rauschte und für diesen Monat, den Ijjar, recht ungewöhnlich war. Er trug den Geruch von muffigem Tierfell mit sich. Die Stille um uns herum wurde plötzlich vom Schrei einer Hyäne unterbrochen, die sich weiter oben in den Hügeln aufhalten mußte.

Jesus lächelte, als er das Geräusch vernahm, und sah mich an: »Morgen, Rabbi Alara, werde ich nichts mehr sehen, hören oder riechen. Wenn ich mein Fasten beginne, werde ich mich in den gleichen Trancezustand versetzen wie die Yogis im Himalaja.« Sein Blick trübte sich, und ich wußte, daß seine Gedanken zurück in die Zeit wanderten, als wir nach Indien gezogen waren. Dann sah er sich kurz in der Höhle um. »Allerdings werden in dieser Höhle weder grüne Schößlinge zwischen meinen gekreuzten Beinen wachsen, noch Spinnweben meinen Bart zieren.«

Sorge befiel mich. »Ich werde dich hier die meiste Zeit allein lassen müssen. Die Trance läßt dich für die Schlangen und Skorpione bloß als unbewegliches Objekt erscheinen, aber wer weiß schon, wer oder was sonst hier auftauchen mag?«

Jesus verstand meine Sorge. »Du weißt doch, daß mein Körper dann nicht genug Wärme ausstrahlt und sich auch zu wenig rührt, um ein Raubtier anlocken zu können. Außerdem wirst du mich ja täglich besuchen, so wie wir es besprochen haben – zu deiner Beruhigung, nicht zu meiner.«

»Wie lange hast du denn vor, zu fasten?«

»Das weiß ich noch nicht. Gott wird mir ein Zeichen geben, wenn mein Körper und mein Geist endgültig und vollständig gereinigt sind.« Hörte ich da etwa Jainismus heraus? »Aber meine innere Uhr sagt mir, daß es kaum länger als vierzig Tage andauern wird.«

Jesus schien sich schon auf sein Vorhaben zu freuen, ja, es kaum erwarten zu können. Doch der Prozeß des Fastens, in dem einem alle Freuden des Körpers, darunter auch die Nahrungsaufnahme, versagt sind, verlangt eine ungeheure Konzentration und einen eisernen Willen, weil sonst der

Leib an Hunger und Durst zugrunde geht. »Ich bin froh, daß du dir eine Frist gesetzt hast, doch meine Hauptsorge besteht nicht darin, daß du nichts essen oder trinken darfst, sondern daß man dabei leicht den Tod finden kann.«
Er lächelte wieder. »Ich will noch nicht sterben, und deswegen werde ich mich vor die Höhle unter den Felsvorsprung setzen, der mich vor der Glut der Sonne schützen wird. Gleichzeitig treffen mich dort die Regengüsse, die der Herr sicher senden wird, damit die Tropfen durch die Poren in meine Haut eindringen und sie davor bewahren, auszutrocknen.«
Ich wußte aus eigener Erfahrung, daß der erste Tag einer der schwersten werden würde, wenn Jesus langsam seine Atmung und seinen Herzschlag immer weiter senken würde, bis er die Stufe erreichte, die für das Weiterleben des Körpers absolut notwendig war. Und sein inneres Bewußtsein würde sich auf den Moment ausrichten, von dem aus eine Rückkehr aus dem Trancezustand dringend geboten ist, wenn der Körper nicht alle Funktionen einstellen und sterben soll. Das ist so ähnlich, wie wenn man seinen Geist darauf konzentriert, einen zu einer bestimmten Zeit aus dem Schlaf zu erwecken. Wenn man die korrekte Methode einhält, besteht eigentlich keine Gefahr.
Der zweite Tag bringt seine eigenen Schwierigkeiten, wenn der Körper heftigst nach Nahrung und Wasser verlangt.
Der dritte Tag erfordert eine Konzentration auf das Unterbewußtsein, in das sich der Geist nun zurückgezogen hat, um den Körper und alle damit verbundenen Funktionen auf den neuen Zustand einzustellen und die viele Tage später erfolgende Rückkehr aus der Fastentrance zu sichern.
Am vierten Tag würde Jesu Geist beginnen, sich von ihm zu lösen und, allerdings unter seiner Kontrolle, davonzuschweben …

Er las meine Gedanken. »Mich beschäftigt nur der fünfte Tag«, erklärte er. »Anders als beim Fasten der Yogis, werde ich Halluzinationen von Satan erhalten; denn er will mich natürlich bekämpfen und davon abhalten, meine Reise zu Gott zu vollenden. Und dieser Zeitpunkt ist gut gewählt, denn an diesem Tag ist mein Körper aufgrund der eingeleiteten Ermattung am schwächsten. Da der Satan verschlagen ist, wird er mir Alpträume und wunderbare Illusionen aus meinem vergangenen Leben eingeben, die meinen befreiten Geist von der Reise zu Gott abbringen sollen.«

Ich glaubte nicht an Satan, aber darauf kam es hier nun wirklich nicht an. »Und was, glaubst du, wird nach deinem Sieg über Satan geschehen?«

»Dann wird alles vor dem strahlenden Geist des Herrn leer werden. Ich erwarte eine unbeschreibliche Erfahrung. Mein Geist ist dann wie ein Säugling über die unzerstörbare Nabelschnur Seiner Liebe für mich, der ich Sein Sohn bin, und meiner Liebe für Ihn, der mein Vater ist, mit der Ewigkeit, der Endlosigkeit und dem allmächtigen Schöpfer verbunden. Aber erst, wenn das erste Trompetensignal ertönt und mich in mein Selbst zurückruft, fangen die wahren Schmerzen an. Und ich meine damit nicht unbedingt die im Körper, sondern die in meiner Seele, weil sie doch den qualvollen Weg zurück in dieses Leben antreten muß, nachdem ich mit Gott selbst eins gewesen bin.«

Ich schwieg, grübelte mein Verstand doch über die Möglichkeit, daß sein Geist vielleicht das erste Trompetensignal überhören und er nie wieder zu den Lebenden zurückkehren würde.

Wieder schien Jesus genau zu wissen, was in mir vorging. »Wenn ich die Trompeten nicht höre, Rabbi, bin ich zwar zu Gott zurückgekehrt, habe aber meinen Auftrag nicht erfüllt, und diese Vorstellung erfüllt mich mit Schrecken. Weißt

du, ich erfülle Gottes Willen auf Erden, tue dies aber in vollkommen menschlicher Gestalt, so daß jeder meinem Beispiel zu folgen vermag. Was nun, wenn mein Fasten schiefgeht und sich als Irrtum meines begrenzten menschlichen Verstands erweist? Als Idee, die mir während meines sechzehnjährigen Aufenthalts in Kapilavatthu entstanden, mir jedoch nicht aus dem Gebot meines Auftrags erwachsen ist? Wenn ich nun während des Fastens verdurste oder verhungere? Natürlich bin ich als Mensch fähig, menschliche Fehler zu begehen, die ich dennoch vor Gott zu verantworten habe.« Nun stand auch in seinen Augen die Sorge. »Ich befinde mich auf einer göttlichen Mission, für die mir jedoch nur die Mittel eines Sterblichen zur Verfügung stehen.«
Ich wußte, daß die Angst vor dem Versagen tief in seinem Geist verwurzelt war, denn es war ihm anzusehen, als er in den orangeglühenden Ball am Horizont starrte, der unerbittlich auf die Erde niederbrannte.
Nun folgt das, was meine innere Sicht mir mitteilte; besser gesagt, was ich mit Jesus durchlebte und durchlitt, weil meine Liebe zu ihm so groß geworden war. Man möge es mir nachsehen, wenn dies alles nicht mehr als das Produkt meiner Einbildungskraft ist.

Zweiter Tag:
Ich bin zeitlos, so daß ich meinen eigenen Geist sehen kann. Er erscheint mir wie ein verhungerndes Kind mit eingefallenen Wangen, aufgesprungenen Lippen, flehenden Augen, die tief in den Höhlen liegen, und Rippen, über die sich die Haut spannt. Der Körper ähnelt ausgetrocknetem Pergament und wirkt so zerbrechlich, als würde ein einziger Atemzug genügen, ihn zu Staub zerfallen zu lassen. Ausgedörrte Arme strecken sich nach mir aus, und skelettartige Hände betteln nach Essen und Trinken.

Mein eigener Mund ist ausgetrocknet. Mein Atem kommt stoßweise aus welken Lungen. Mein leerer Magen dreht sich, brennt und erfüllt mich mit unsäglichen Schmerzen, während er mangels Nahrungszufuhr immer mehr zusammenschrumpft. Doch da ich in der Lage bin, meine Körperabläufe zu kontrollieren, hindere ich die Hungerzellen daran, sich in ihrer Not gegenseitig aufzufressen.

Dritter Tag:
Die Sonne dreht sich so rasch vor mir, daß mir schwindlig wird. Es muß Abend sein. Ich höre in meinen Ohren, die vom Pochen des Blutstroms befreit sind, das Tosen einer großen Leere. Nun kann ich in mich hineinsehen: die sich verkleinernden Organe, die erschlafften Adern und Venen und die erlahmten Muskeln und Sehnen. Ich rieche Verfall. Ist diese leere, passive Hülle noch als Mensch anzusehen? Aber mein Geist arbeitet noch.

Fünfter Tag:
Ah, da ist meine em, *meine Mutter. Wie wunderbar sie aussieht, so rein und weiß wie ihre Kleidung mit dem goldenen Saum. Ihr Haar glänzt wie Seide, ihre Haut ist milchweißer Alabaster. Ja, milchweiß! Sie kommt, um mich an ihrer Brust saugen zu lassen, weil ich Hunger und Durst leide.*

Die Morgensonne überzog die Ebene unter uns mit weißem Gold und streichelte die grünen Felder und dunkleren Wipfel mit Licht und Schatten. Seine erste bewußte Wahrnehmung war die von unvorstellbarem Frieden und völliger Reinheit, die der vollkommenen Schwäche seines Körpers entsprangen, der immer noch in der Lotosposition dahockte. Eigenartig, wie geistige Stärke aus körperlicher Schwäche entsteht. Eine Brise strich über seinen Oberkörper, der so leicht wie ein Blatt hin und her schwankte. Den Schwarm Sandhühner, der nach Osten flog, konnten seine Augen durch den Nebel, der vor ihnen hing, noch nicht recht erkennen, und so sah er sie mehr aus der Erinnerung.

Eine mächtige Woge der Erleichterung durchflutete ihn. Sein Geist und sein Körper hatten auf das erste Trompetensignal reagiert und waren ins Leben zurückgekehrt. Im Verlauf des Tages beschleunigten sich allmählich sein Herzschlag und seine Atmung, bis sie ihren gewohnten Takt wiedergefunden hatten. Während seine Atemzüge tiefer und häufiger wurden, nahm auch sein Puls an Tempo zu. Und später plagte ihn die Folter seines geschwächten Körpers, der nicht in der Lage war, das, was zu seiner vollständigen Wiederherstellung erforderlich war, zu beschaffen. Und als ihm sein strenger Geruch bewußt wurde, schämte er sich.

Die Rückkehr erwies sich tatsächlich als weitaus qualvoller als der Eintritt in die Reise des Geistes. Es erforderte seine gesamte verbliebene Willenskraft, um die Trance nicht sofort zu verlassen und sich an Speisen und Wasser zu stärken. Hätte er dies getan, wären die Folgen verheerend gewesen. Und so mußte er darum kämpfen, Schritt für Schritt vorzugehen und die leidenden Teile seines Körpers daran zu hindern, sich gegenseitig zu fressen.

Endlich war es vollbracht. Jesus fühlte sich schwach wie ein neugeborenes Lamm, war aber wach und hatte sich im Griff. Langsam beugte er sich vor, und sein Körper zitterte unter dieser Anstrengung. Seine aufgesprungenen, ausgedörrten Lippen erreichten die Tonschüssel voller Wasser, die Alara ihm hingestellt hatte. Die Kühle des Nasses und sein gesegneter Geschmack kamen ihm vor wie Manna vom Himmel, doch er befeuchtete nur seine Lippen.

Ich danke Dir, Herr, daß Du mich durch diese Prüfung geleitet hast.
Er hatte hier in der Höhle Wasser, aber nichts zu essen. Wo steckte der Rabbi? Sicher würde er bald mit Nahrung hier eintreffen. Schon eine Ecke Brot würde ihm köstlich vorkommen. Sein Blick fiel auf die flachen Steine, die Alara neben ihm aufgereiht hatte – einen für jeden Tag seines Fastens. Jesu Lider waren schwer wie Blei. Unter größter Anstrengung und mit halbgeöffneten Augen fing er an zu zählen. Er hatte vierzig Tage und Nächte gefastet.
Die flachen Steine erschienen ihm plötzlich wie Brotlaibe.
Warum soll ich auf das Essen warten, das der gute Rabbi mir bringt oder auch nicht? Warum stille ich meinen Hunger nicht, indem ich einen dieser Steine in ein Brot verwandle? Und wenn Alara kommt, kann ich ihn losschicken, die Mengen herbeizuführen, um vor ihnen ein Wunder zu vollbringen und auch die anderen neununddreißig Steine vor ihren Augen in Brot zu verwandeln.
So vermag ich ihnen auf der Stelle zu beweisen, daß ich wahrhaftig der Sohn Gottes bin. Und ich kann sie aus der Finsternis ins Licht Seiner heiligen Wege führen.
Er wußte, daß Satan versuchte, ihn zu verführen, und so widerstand seine Reinheit seiner Macht.
Der Mensch soll nicht vom Brot allein leben, sondern von jedem einzelnen Wort aus dem Munde des Herrn.
Erleichtert, der Versuchung Satans widerstanden zu haben, stellte er sich die römische Heerstraße vor, den Olivenhain, die aus Lehm und Basalt gebauten Häuser der Bauern und das Dorf Nazareth. Er würde seine göttlichen Fähigkeiten seiner Mutter offenbaren und auch all denen im Ort, die sie geschmäht hatten. Gab es dafür eine bessere Methode, als seine *iddihi*-Kraft einzusetzen und in Nazareth einzuschweben? Nein, besser noch, er flog zum Tempel in Jeru-

salem und überzeugte so das ganze Volk. Die weite Plattform, die sich rings um den von Herodes dem Großen wiederaufgebauten Tempel erstreckte, war das Zentrum aller Juden. Hier drängten sich ständig Menschenmassen, Reiche und Arme, Bauern und Vornehme, Kranke und Gesunde. Das Meer der erwartungsvollen Gesichter, mit Bart oder noch ohne, von Frauen mit Kopftüchern, die Säuglinge im Arm oder kleine Kinder an der Hand hielten, ihrer aller Blicke würden nach oben zur höchsten Stelle des Tempels gleiten.

Sie alle warten auf den Sendboten Gottes, auf den Messias. Wenn ich glänzend auf dem Dach des Tempels erscheine, werde ich ihr Keuchen vernehmen. Dann stürze ich mich vom Dach und lande dank meiner Fähigkeiten sanft auf dem Boden. Und so werden die Anwesenden und alle Welt wissen, daß ich wahrhaftig der eingeborene Sohn Gottes bin, und glauben, der Herr habe seine Engel ausgesandt, um mich vom Dach zu tragen, auf daß ich nicht am Boden zerschmettere.

Und dann werden alle Menschen mir bereitwillig aus der Finsternis ihrer Sünden ins Licht von Gottes heiligen Wegen folgen.

Ja, das wäre sicher einfach. Und ganz sicher stand es ihm zu, dies zu tun, denn jeder Mensch konnte solche Fähigkeiten erwerben, wie er sie hier vorgeführt hatte.

Erneut widerstand seine Reinheit der Versuchung der Macht.

Du bist nicht ein Sendbote des Herrn, sondern der Satan, der ein zweites Mal zu mir gekommen ist, mich zu verführen. Dabei steht geschrieben, daß du nicht den Herrn, deinen Gott, in Versuchung führen sollst.

Bis ins Mark erschöpft von diesen beiden Kämpfen, richtete Jesus sich taumelnd auf. Sofort überfiel ihn ein Schwindelgefühl. Er mußte sich mit einer Hand an der Höhlenwand abstützen. Alles drehte sich vor seinen Augen. Mit einer gewaltigen Willensanstrengung beschleunigte er seinen Herzschlag und verscheuchte so die Schwärze, die ihn zu verschlingen drohte. Das zusätzliche Blut, das in sein Gehirn strömte, half ihm, sein Bewußtsein wieder klar werden zu lassen.

Wo blieb Alara?

Der Abend kam. Vor seinem wieder gefestigten Blick breitete sich das Königreich Israel aus, gebadet in Sonnenlicht und an den Rändern ins Dunkel der Dämmerung getaucht. Die grünen Weiden und die Kornfelder überzogen sich langsam mit den Schatten des Zwielichts. Die Felsterrassen unmittelbar unter ihm boten im Licht der untergehenden Sonne ein einmaliges Farbschauspiel. Auf der Fernstraße tummelten sich Menschen und Wagen, die alle zu ihrem Heim oder ihrer Unterkunft für die Nacht unterwegs waren. Ein leichter Rauchgeruch von einem Feuer, das Nomaden auf einem Nachbarhügel angezündet hatten, wehte heran. Die Abendluft war kühl, aber Jesus wußte, daß nur sein geschwächter Körper das so empfand.

All dies, was sich vor ihm ausbreitete, konnte binnen weniger Stunden ihm gehören. Er drehte sich um. Ja, er wollte die Steine in Brote verwandeln und dann ins Tal hinabschweben, wo alle Menschen sehen konnten, wie er durch die Luft flog.

Diesmal widerstand seine Göttlichkeit dem Drang nach irdischer Macht.

Satan, der du in mir bist, du bietest mir eine leichte Eroberung, nach der ich doch nur dich anbeten würde. Weiche von mir, denn du bist es, der den Herrn, deinen Gott, anbeten soll. Weiche von mir, Satan, und kehre niemals zurück.

Von der Anstrengung der dritten Kraftprobe am ganzen Leib zitternd, kehrte Jesus ins Halbdunkel der Höhle zurück. Und plötzlich erfüllte sie sich mit weißer Helligkeit, die seinen geschwächten Augen jedoch keine Schmerzen bereitete. Ein leises Summen hob an, in das sich der reine Duft von Lilien mischte, und aus beiden erwuchs auf wundersame Weise das Schlagen von Harfen, die Düfte und Klänge des Himmels.
Jesus sank auf die Knie, bebte und war angefüllt von Glück. Die Stimme, die sonst die Himmel erbeben ließ, sprach leise und sanft zu ihm: »Du bist wahrlich mein geliebter Sohn, an dem ich meine Freude habe.«
Waren diese Visionen Wirklichkeit gewesen, oder hatten ihm nur sein ausgehungerter Körper und sein gemarterter Geist etwas vorgegaukelt?

Nach dem Fasten brauchte Jesus sechs Tage, während derer er die Höhle nicht verließ, bis sein Körper zu seiner alten Form zurückgefunden hatte. Selbst danach wirkte er noch ausgemergelt, und sein Gesicht blieb noch lange eingefallen und angespannt. Doch in seinen Augen brannte das innere Licht stärker als je zuvor, und die langen Wimpern trugen dazu bei, es zu intensivieren. Ich brachte ihm täglich das zu essen, was mildtätige Menschen mir gegeben hatten. Meist Brot, Eintopf und Ziegenkäse. An einem Tag waren sogar Honigküchlein dabei. Wasser stand uns dank einer kleinen Quelle in der Höhle mehr als ausreichend zur Verfügung. Ich habe später oft an diese Periode der Wiederherstellung seines Körpers denken müssen, erinnerte sie mich doch an die jüdische Genesis, nach der Gott ebenfalls in sechs Tagen die Welt erschaffen habe. Und nachdem Jesus große Mühen und Anstrengungen auf sich genommen hatte, ruhte er am siebenten Tag, der,

wenn ich richtig gerechnet habe, der dritte Sabbat des Monats Tammus war.
Wir hockten in unserer gewohnten Lotosposition unter dem breiten Felsvorsprung vor der Höhle und richteten unsere Blicke nach Westen. Der Vollmond, der sich zur Zeit hinter einer Wolkenbank verbarg, warf einen silbrigen Schimmer über die Landschaft unter uns, verwandelte die Haine und Wäldchen in schwarze Massen sowie die Brachfelder in Mosaike von Licht und Schatten – und mittendrin leuchtete matt das Band der Heerstraße, die nach Nazareth führte. Die Nachtluft war kühl, und da der Wind ausblieb, war sie angefüllt mit dem vertrauten Geruch von Tieren und Fell. Das Knurren einer Wildkatze von weiter oben schien aus einer anderen Welt zu kommen.
Jesus und ich hatten nie über seine Zukunft gesprochen. Obwohl ich mir sicher war, daß er seine Entscheidung längst getroffen hatte, hielt ich erst diese Zeit für angebracht, ihn danach zu fragen. »Was hast du morgen vor?«
»Ich reise nach Kapernaum, und dort will ich meinen Auftrag beginnen. Der Ort liegt weit genug entfernt von Jerusalem und seinen Gruppen der Feinde der Rechtschaffenheit. Ich will mir zunächst ohne Störung von außen eine Basis schaffen. Während meines Fastens habe ich einige Dinge gesehen. Vor allem muß ich vermeiden, daß die herrschenden Schichten gleich zu Anfang beschließen, mich zu unterdrücken und zu vernichten. Ich brauche Zeit, um mir eine Armee zu schaffen, die sich Gewaltlosigkeit zum Ziel gesetzt hat, und bis es soweit ist, darf es zu keinen Konfrontationen kommen. Der Fehler von Johannes dem Täufer bestand darin, daß seine Gefolgschaft weder organisiert noch darauf eingeschworen war, ihn gegen die Angriffe der Mächtigen zu schützen.«
Sein Vorhaben erschien mir einleuchtend. »Du hast recht«,

stimmte ich ihm zu. »Man sollte sich nie auf einen Kampf einlassen, wenn man sich in einer Position der Schwäche befindet, sondern damit warten, bis man stark genug ist. Ich glaube auch, daß eine vieltausendköpfige Armee, die sich in Gewaltlosigkeit übt und deren einzige Waffe die Liebe ist, sich zu einer Macht entwickeln kann, mit der man rechnen muß. Ein ausgezeichneter Schlachtplan.«
»Immerhin bin ich Gottes General auf Erden«, entgegnete er.

Wir hatten mit Thaddeus, wie wir ihn unter uns immer noch nannten, und Thomas, dem ehemaligen indischen Hauptmann Asoka, verabredet, uns in Sepphoris zu treffen. Der Ort liegt im Zentrum des Flachsanbaus und ist ein blühendes Gemeinwesen, wo man vor allem Leinweber antrifft. Sepphoris hebt sich damit von Jerusalem ab, wo eher Wollkämmer und Wollweber arbeiten. Wir trafen uns dort mit den beiden, wie besprochen, am Eingang der Synagoge, die sich an der Straße der Händler befindet.
Da Thomas und Thaddeus nicht wissen konnten, wie lange Jesu Fasten andauern würde, hatten sie sich hier die Zeit mit kleineren Gelegenheitsarbeiten vertrieben und waren jeden Tag zur Synagoge gegangen, um festzustellen, ob wir schon eingetroffen waren.
»Dem Himmel sei Dank, daß ihr endlich da seid!« freute sich Thaddeus. »Thomas und ich haben uns schon Sorgen gemacht, als Tag um Tag verstrich und nichts von euch zu sehen war.«
»Ich habe vierzig Tage und Nächte gefastet«, klärte Jesus ihn auf. »Und dann dauerte es noch einmal sechs Tage, bis mein Körper wieder zu seiner alten Form zurückgefunden hatte.«
»Äußerlich wirkst du immer noch dürr, aber aus deinem Innern strömt eine neue Stärke«, stellte Thomas fest.

»Gott hat die Welt in sechs Tagen geschaffen und am siebten geruht«, bemerkte Thaddeus mit einem schelmischen Lächeln, »und seitdem hat er keinen Moment der Ruhe mehr gehabt.«
»Genausowenig wie seine Gefolgschaft«, entgegnete Jesus.

Zwei Tage später erreichten wir Kapernaum. Ich hatte den Ort zum ersten Mal vor achtundzwanzig Jahren zusammen mit den Königen Yuen-Yen und Kaspar besucht. Weder damals, noch zwölf Jahre später, noch vor kurzem, als Jesus und ich nach Nazareth zogen, wäre mir auch nur für einen Moment in den Sinn gekommen, daß dieses verschlafene Fischernest einmal der Ausgangspunkt für Jesu Mission werden sollte.
Kapernaum liegt, umrahmt von Eukalyptusbäumen, nicht weit von der Stelle, wo die schnellen Fluten des Jordan sich in den See Genezareth ergießen, in einer Bucht am Nordwestrand des Gewässers. Die große Heeresstraße, die von Damaskus, der Hauptstadt der Provinz Syrien, über Jerusalem bis nach Ägypten verläuft, streift den Westrand des Dorfs. Eingebettet in grüne, fruchtbare Täler, lebt hier eine vielfach miteinander verschwägerte Gemeinschaft von Fischern, Bauern und kleinen Kaufleuten. Außerdem steht hier eine römische Garnison, die von dem Centurio Jairus befehligt wird. Derselbe Offizier, der einen Preis ausgesetzt hatte, wenn Jesus es vermöchte, Hosea, den jugendlichen Schläger von Nazareth, zu bezwingen.
Wir erbaten in der Karawanserei Unterkunft, in der schon Yuen-Yen, Kaspar und ich auf unserer Reise nach Beth Lahm eingekehrt waren. Was für ein Unterschied zu heute, hatten wir damals doch mit unseren Zelten und unserem Gefolge den ganzen Hof eingenommen.
Mit seinem ersten Blick versuchte der schwarzhaarige, fette Wirt – ein Syrer, wie leicht an seinem farbenfrohen, mit Fran-

sen versehenen Gewand festzustellen war – zu entscheiden, ob wir Geld hatten. Mit dem zweiten wollte er überprüfen, ob es sich bei uns um Banditen oder Diebe handelte. Da weder das eine noch das andere der Fall zu sein schien, drückte sein dritter Blick Zweifel aus, und er zuckte die Achseln. »Ihr könnt für eine Nacht bleiben«, teilte er uns dann mit. »Wie ihr leicht feststellen könnt, ist der Hof zur Zeit nicht belegt. Aber ich erwarte morgen eine Karawane aus Syrien, deshalb müßt ihr euch bis zur Mittagsstunde verzogen haben.« Er wandte uns seinen breiten Rücken zu. »Im Trog findet ihr Wasser, aber vergeudet es nicht. Wenn es regnen sollte, könnt ihr euch in einen der Ställe begeben.«

Da Jesus und ich unsere einzige Tagesmahlzeit bereits zu uns genommen hatten, erbaten wir beide von dem Wirt kein Essen. Thomas und Thaddeus/Jessup beschlossen, auf das Abendessen zu verzichten, um sich auf den morgigen Tag vorzubereiten, wenn Jesus zum ersten Mal öffentlich in der Synagoge auftreten wollte. Uns allen verlieh dieses Vorhaben großen Auftrieb, besonders dem Prediger selbst. So viele Jahre hatte er auf diese Stunde hingearbeitet.

Nachdem das mäßige Treiben in der Karawanserei sich gelegt hatte, hockten wir vier uns in einem Kreis auf dem gepflasterten Hof zusammen. Nur eine einzelne Laterne, die über dem Eingang zum Gasthof hing, verbreitete etwas Licht. Der strenge Geruch von feuchtem und fauligem Stroh, Wein und getrocknetem Pferdedung, der in der Luft hing, stand in scharfem Kontrast zum reinen schwarzen Himmelszelt, auf dem Abertausende von Sternen wie Tautropfen funkelten. Von draußen von der Straße drang kein Geräusch über die hohen Mauern, die den Hof umgrenzten. Nur aus einem Raum neben den Stallungen drang das näselnde Lied eines Betrunkenen.

»Du hast also vor, morgen in die Synagoge zu gehen«,

begann ich das Gespräch. »Ich bin noch nie in einem solchen Haus gewesen.«

»Das stimmt«, lächelte er. »Obwohl du die Tempel der verschiedensten Religionen aufgesucht hast, darunter auch den meines Volkes in Jerusalem, hast du doch nie eine Synagoge von innen gesehen.«

»Das geht mir auch so«, bemerkte Thomas, der ehemalige indische Offizier.

»Dann bin zur Abwechslung jetzt wohl ich an der Reihe, dich mit Hintergrundinformationen zu versorgen«, scherzte Jesus und stieß mich in die Rippen. »Der Begriff stammt vom Griechischen *synagain,* was soviel wie ›zusammenbringen‹ bedeutet. Die meisten Juden glauben, daß Synagogen ihren Ursprung in den Privathäusern haben, die nach der Zerstörung des salomonischen Tempels vor über fünfhundert Jahren für einige Zeit zur Verehrung und religiösen Unterweisung genutzt wurden. Drei hebräische Worte versinnbildlichen am besten die Funktion der Synagoge: *bet-ha-tefilla,* Haus des Gebets, *bet-ha-kneset,* Haus der Versammlung, und *bet-ha-midrash,* Haus des Lernens.« Er schwieg für einen Moment, um diese Ausdrücke bei uns wirken zu lassen.

»Euch ist sicher aufgefallen, daß alle drei Begriffe mit *bet* beginnen, was ›Haus‹ bedeutet«, erklärte uns Thaddeus. »Und das ist insofern wichtig, als es sich bei einer Synagoge nicht um einen Tempel, sondern um ein Haus handelt.«

»Da hat unser Bruder recht«, fuhr Jesus fort. »Die Natur einer solchen Einrichtung kommt natürlich besonders zum Tragen, wenn der Priester einer Gemeinde nicht zugegen ist, wie zum Beispiel während der zweiwöchigen religiösen Opferungen in Jerusalem. Täglich werden in einer Synagoge morgens, nachmittags und abends Versammlungen oder religiöse Zeremonien abgehalten. Am Sabbat und an den religiösen Feiertagen gibt es zusätzlich besondere Veranstaltungen. Da weder für die normalen noch die besonderen Liturgien Opferungen vorgesehen sind, ist auch kein Priester vonnöten. Jede Gemeinde hat ihre eigene Synagoge errichtet und verwaltet sie auch unabhängig von Rabbis, Priestern oder anderen heiligen Männern. Somit ist sie tatsächlich für die Laien eingerichtet, die durch Gebet und geheiligte Studien Gott suchen.« Er drehte sich zu Thaddeus um. »Du hast die hiesige Synagoge doch schon aufgesucht, nicht wahr, Bruder?«

»Ja, heute.«

»Dann bist du jetzt an der Reihe. Erzähl dem heiligen Mann und Bruder Thomas, wie es dort aussieht und zugeht.«

»Nun, die Synagoge besteht zuerst einmal aus einem Hauptraum. In diesem steht die Lade, in der die Gesetzesrollen aufbewahrt werden. Vor dieser brennen zwei ewige Lichter. Vor der *bema,* dem Podium, auf dem jeder, der des rechten Glaubens ist, aus den Schriften vorlesen darf, sind Bänke für die Gemeindemitglieder aufgestellt. Ach ja, die hiesige Synagoge verfügt auch über ein *Mikwe,* das rituelle Bad, das sich an einer Seite der Halle befindet.« Er nickte Jesus zu, zum Zeichen, daß er alles gesagt hatte.

»Unsere Religion wird, wie die Griechen es nennen würden, demokratisch praktiziert«, fügte Jesus hinzu, »obwohl wir auch religiöse Autoritäten wie den Sanhedrin, den Hohen Rat in Jerusalem, die Tempelpriester und die Rabbis haben. Denn so hat auch schon Abraham unsere Religion betrieben, nachdem er vom Herrn die entsprechenden Gebote erhalten hatte.«

Obwohl Jesus in den vergangenen Jahren, vor allem in Indien, alles durch die Augen der Religion seines Volkes gesehen hatte, bemühte er sich jetzt, diese so objektiv wie möglich darzustellen. Seit wir nach Judäa zurückgekehrt waren, hatte er sich immer mehr zum Fürsprecher des Judaismus gemacht. Ich fragte mich, ob er sich vorsätzlich

verstärkt Formen, Gebräuche und Aspekte seiner Religion zu eigen machte, um so seinen Auftrag zu einem größeren Erfolg zu führen. Juden neigten dazu, einem religiösen Glaubensgenossen am aufmerksamsten zuzuhören. War er deswegen in seine Heimat zurückgekehrt, weil er hier eher seine neue Botschaft verbreiten konnte als in Indien, wo man ihn nur für einen von denjenigen halten würde, die sich den Lehren des Herrn Buddha unterworfen hatten? Hatte am Ende Gott selbst beschlossen, Jesus seine Lehren an einem Ort verbreiten zu lassen, wo sie am ehesten auf fruchtbaren Boden fallen würden und sich von dort aus über die ganze Welt verbreiten konnten? Andererseits war es natürlich auch möglich, daß die Rückkehr in die altvertraute Umgebung diesen Wandel in Jesus hervorgerufen hatte.
»Da ihr nicht unserem Glauben angehört, können weder Thomas noch du morgen mit mir in die Synagoge kommen«, unterbrach seine sanfte Stimme meine Gedanken.
Mir kam es so vor, als würden sich hier unsere Wege trennen.

KAPITEL 33

Am nächsten Morgen teilte Jesus uns mit, daß er beschlossen habe, noch die fünf Tage bis zum nächsten Sabbat zu warten, bevor er in der Synagoge zu Kapernaum predigen wollte. Damit würde er nicht nur eine größere Zuhörerschaft erreichen, sondern auch denjenigen, vor denen er sprechen wollte, kein Fremder mehr sein; anders gesagt, sie würden ihn nicht mehr als Auswärtigen ansehen, wenn er das Podium betrat. Also besuchten er und Thaddeus dreimal täglich die Synagoge, während Thomas und ich in der Karawanserei blieben. Die Ankunft der Karawane aus Syrien hatte sich verzögert, und so erlaubte uns der Wirt, noch länger bei ihm zu bleiben, allerdings unter der Bedingung, daß wir vier für ihn gewisse Dienste verrichteten, wie zum Beispiel den Hof zu fegen und die kleinen Gästezimmer aufzuräumen.

Kapernaum, das an der Handelsroute zwischen Damaskus und Alexandria lag, besaß nicht nur eine große Karawanserei, sondern auch eine eigene Zollstation. Wie alle Gasthöfe in diesem Landstrich war sie von einer hohen Mauer aus dem Gestein der Region umgeben und wies an der Vorderseite einen weiten gepflasterten Innenhof mit einem eher schmalen Eingangstor auf. Der Hof verfügte über einen eigenen Brunnen, aus dem Reisende ihre Tiere tränken und ihre Wasserschläuche für die nächste Etappe ihres Zugs füllen konnten. Das L-förmige Gebäude besaß ein flaches Dach, das man mit Reet und Lehm gedeckt hatte. Die beiden rückwärtigen Wände des Komplexes gingen in die Mauer über. Das Erdgeschoß setzte sich aus einer Reihe von Bögen zusammen, wo sich bei schlechtem Wetter die Tiere und die ärmeren Reisenden, die sonst mit dem offenen Hof vorlieb nehmen mußten, unterstellen konnten. Zwei enge, steile und offene Steintreppen, die außen am Gebäude angebracht waren, führten ins Obergeschoß, das sich aus kleinen, nahezu leeren Räumen zusammensetzte, in die sich diejenigen zur Nacht zurückzogen, die den Preis dafür entrichten konnten und dafür als Draufgabe die ungebetene Gesellschaft von Wanzen, Flöhen und anderem Ungeziefer erhielten. Abgeschirmt durch Decken oder Matten, die man vor die Fenster hängen konnte, boten diese Räume denen, die

danach suchten und es sich erlauben konnten, tatsächlich einige Abgeschiedenheit fern vom Getrappel, Herumgerenne und Gestank auf dem Hof.
Wir waren froh und dankbar dafür, daß zur Zeit in dieser Karawanserei so wenig los und alles relativ sauber war. Wenn die Karawane erst einmal eingetroffen war, würde es hier von Reisenden, Treibern und Soldaten nur so wimmeln. Dazu von Menschen, die alle unterschiedlich angezogen waren und von denen kaum zwei dieselbe Sprache sprachen, aber jeder viel zu sagen hatte; und überall würde das Wiehern der Pferde, das Schreien der Maultiere und das Schnauben der Kamele ertönen.
»Der Wirt wird zweifelsohne den Reisenden aus Syrien unsere Säuberungsbemühungen auf die Rechnung setzen«, grinste Thomas. »Es würde sich also für ihn lohnen, uns auch dann noch hierzubehalten, wenn die Karawane eingetroffen ist.«

Die Synagoge von Kapernaum war typisch für die Bet- und Versammlungshäuser in dieser Gegend, fiel aber deutlich größer aus als die meisten, die uns bislang zu Gesicht gekommen waren. Immerhin lebten hier – weniger in dem Ort als vielmehr um ihn herum – etwa sechstausend Juden. Angesichts der Lage, unweit des Sees von Genezareth, hatte man bei ihrer Errichtung an nichts gespart, und so durfte man die Synagoge von Kapernaum als Monument jüdischer Architektur und Bauweise ansehen. Die Fassade endete in einem außergewöhnlich hohen Satteldach, um an den Seiten des Hauptraums entsprechend große Galerien unterbringen zu können. Drei Eingängen unter kunstvoll verzierten Steinbögen näherte man sich über einen weiten Vorplatz. Das Dach wurde von mächtigen viereckigen Säulen getragen, von denen man jenen an den Ecken eine

herzartige Form verliehen hatte. Diese Säulenreihen zogen sich über die gesamte Länge der Saalseiten hin. Der Hauptraum verfügte über Fenster, so daß man bei Tageslicht aus der Thora vorlesen konnte. An beiden Enden der Halle befanden sich Anbauten. In der einen war die Schule, in der anderen die Verwaltung untergebracht.
Die Schriftgelehrten der Synagogen sahen sich selbst als Nachfahren der *Sofrim,* der jüdischen Gelehrten, die dreihundert Jahre lang die jüdischen Gesetze und ethischen Vorschriften gelehrt und interpretiert hatten. Diese Bewegung hatte sich bis vor zweihundert Jahren gehalten. Der erste von ihnen war der Prophet Esra gewesen, der mit seinen Jüngern eine Tradition der rabbinischen Lehre ins Leben gerufen hatte, die sich bis auf den heutigen Tag hielt, auch wenn ihre Funktionen mittlerweile von den Pharisäern ausgeübt wurden. Bei den Sofrim handelte es sich vornehmlich um Männer, die die Schriften abschrieben und interpretierten, und das in dem Vorhaben, die Reinheit der gesammelten Traditionen der jüdischen religiösen Gesetze zu bewahren, die als Talmud bekannt sind. Zu ihnen gehörten weiterhin Schriftkundige wie Joshua, der Gefolgsmann Simeons, der durch Zebulons Schwert gefallen war, und die Tempelschreiber.

Am folgenden Abend saßen Thomas und ich gerade im Schatten eines Stalls, über dem die Sonne wie ein orangefarbener Glutball brannte, als Jesus und Jessup in die Karawanserei zurückkehrten. Thaddeus, wie wir ihn unter uns immer noch nannten, strahlte höchste Erregung aus. Ohne auf die Händler zu achten, die in Erwartung der Karawane – sie sollte morgen eintreffen – mit Feuerholz, Säcken voller Mehl oder Linsen und Kisten voller Obst und Gemüse erschienen waren, platzte er gleich heraus: »Es hat begonnen! Alles, was ich in meinen frühen Jahren vermißt, und alles, was ich mir in den vergangenen Jahren erträumt habe, ist mir offenbart worden!«

»Was faselt er denn da?« fragte ich Jesus.

»Das mußt du ihn schon selbst fragen«, entgegnete er mit seinem stets freundlichen Lächeln.

Erst jetzt fiel mir die große Menschenmenge auf, die sich vor dem Tor eingefunden hatte. Die Menschen warfen immer wieder ehrfürchtige Blicke auf Jesus. »Legt die Menge da draußen Zeugnis für Jessups Irrsinn oder für deine Zurechnungsfähigkeit ab?« erkundigte ich mich in gespielter Unschuld.

»Weder, noch«, entgegnete Thaddeus mit einiger Ungeduld.

»Wofür dann?« wollte Thomas wissen.

»Für die Göttlichkeit Jesu!« rief Thaddeus. »Denn er hat nicht nur die Schrift ausgelegt, wie das kein *sofrim* oder Pharisäer je zuvor in einer Synagoge vermochte, er hat auch ein Wunder bewirkt.« Der junge Mann hielt kurz inne, weil er zu Atem kommen mußte. »Kaum hatte Jesus, nachdem er aus den Schriften vorgelesen hatte, die *bema* wieder verlassen, als ein junger Mann, ganz in Lumpen gekleidet, auf das Podium sprang und anfing, wirres Zeug zu reden. Er hieß Samuel und war ein starker, gewalttätiger Bursche, so daß niemand es wagte, ihn zurückzuhalten.« Thaddeus schüttelte heftig den Kopf.

»Warum sollten sie auch?« lächelte Jesus. »Immerhin steht eine Synagoge allen offen, und manche, die verrückt genannt werden, können von größerer geistiger Gesundheit sein als die Verrückten, die wir für vernünftig halten.«

»Aber warum hast du dann überhaupt den Teufel aus diesem Samuel ausgetrieben?« wollte Thaddeus wissen. »Wäre es nicht viel demokratischer gewesen, diesem sogenannten Irrsinnigen sein Recht zu lassen, sich vor der Gemeinde zu verbreiten?«

»Die Synagoge ist für uns Juden ein Ort des gegenseitigen Austausches«, antwortete Jesus. »Und Samuels Ausführungen waren für das Verständnis der anderen Anwesenden etwas zu schwierig.«

»Was hat Jesus denn nun getan?« wollte Thomas erfahren.

»Er erhob sich von seiner Bank und hat Samuel angesehen. Jesus stand nur schweigend da, und aus seinen Augen strömten die Liebe und die Freundlichkeit des ganzen Universums. Ihr wißt doch, wie hypnotisch er dreinschauen kann. Und so vermochte er es schließlich, Samuels Aufmerksamkeit auf sich zu lenken. Dem Verrückten blieb plötzlich der Mund offenstehen, und er verstummte mitten in seinem Gebrabbel. Jesus hob nun seine Rechte und hielt Samuel die Handfläche entgegen. Langsam senkten sich seine Finger, und der Besessene folgte mit seinen blutunterlaufenen Augen dieser Bewegung wie ein Vogel vor einer Schlange. Als die Hand sich parallel zum Boden befand und der Ärmel gerade vom Unterarm hing, hielt Jesus inne. Der Mann aber starrte immer noch auf die Rechte. Lange Momente vergingen, in denen die beiden sich nicht regten, so wie Schauspieler in einer Pantomime. Man konnte die Stille in der Halle förmlich riechen. Kaum nahm man das Flackern der Kerzen wahr. Da winkte Jesus Samuel mit den Fingern zu. ›Ich befehle dir, komm heraus‹, sagte er. Kein Teufel, und erst recht kein Mensch kann dieser Stimme widerstehen. Die Worte hallten wider und wider durch den Saal, und jedes Mal bewegte Jesus die Finger. Während der Befehl an Wucht zunahm, schlossen sich die Finger um die Handfläche. ›Ich habe dich hier in meiner Rechten‹, sagte Jesus leise. Der Besessene stieß einen schrillen Schrei aus. ›Du erstickst mich!‹ kreischte er. Dann entfuhr ihm ein unmenschliches Heulen. Schaum trat vor seinen Mund, und er röchelte, so als würde er tatsächlich erwürgt. Im nächsten Moment schwieg er, und der Wahnsinn verließ seine Augen. Samuel blinzelte, zuerst, um seine Sicht zu klären, dann, um die Tränen zurückzukämpfen, und er schüttelte heftig den Kopf. Sein Körper erbebte unter den Schluchzern, die ihm entfuhren. Dann sah er Jesus an: ›Ich danke dir, Herr‹, erklärte er und wirkte völlig bei Sinnen. Damit sank er auf die Knie und weinte hemmungslos.«

»Ich muß zwei Dinge in Jessups Geschichte klarstellen«, bemerkte Jesus dazu. »Er hat mich vorhin göttlich genannt. Nun, ich bin göttlich, aber nur in dem Maße, in dem alle Menschen göttlich sind. Zum anderen war das, was ich getan habe, allein deswegen ein Wunder, weil nur wenige in der Lage sind, Ähnliches zu vollbringen. Das Heilen an sich ist keine Wundertätigkeit, sondern lediglich ein Ausdruck dessen, was man durch eifriges Studium erlernen und erwerben kann.«

Sie ließ zehn Wochen vergehen, ehe sie beschloß, daß Salome jetzt bereit war, vor Herodes zu tanzen. Diese Frist hatte ihr auch genügend Zeit verschafft, ihre anderen Pläne in die Wege zu leiten.

Da Herodias selbst keine ausgebildete Tänzerin war, hatte sie die alte Tanzlehrerin Nadja damit beauftragt, mit Salome den von ihr entwickelten Tanz der sieben Schleier einzustudieren. Ihre Tochter mußte sich täglich acht Stunden darin üben, und das allein, um die Bewegungsabläufe zu beherrschen. Jede Pose, jede Bewegung und jede einzelne Körperhaltung wurde wieder und wieder geprobt, bis Salome sie perfekt beherrschte. Erst danach durfte sie sich an ihre Interpretation des Tanzes machen. Am Ende beherrschte die junge Frau den Hüftschwung und die dazu nötigen Bewegungen der Hände, Arme und Beine. Während der ersten Tage fühlte sich Salome oft am Ende ihrer

Kräfte und hätte am liebsten aufgegeben, doch jetzt, nach acht Wochen, tanzte sie so gekonnt und leichtfüßig, als hätte sie ihr Leben lang nichts anderes getan.
»Sie besitzt die idealen Körpermaße zum Tanz«, erklärte Nadja schließlich zufrieden. »Solche Brüste, solch schmale Taille und solch ausladende Hüften habe selbst ich in meinen besten Zeiten nie gehabt. Und darüber hinaus muß sie nicht erst einstudieren, beim Tanz verführerisch zu wirken. Sie strahlt von Natur aus die Verführung so stark aus, als wäre sie die Göttin selbst.«
Heute nacht sollte es soweit sein.
»Löse mein Haar«, befahl Herodias ihrer Magd Rahila, als sie wieder auf dem vergoldeten Stuhl vor dem Spiegel saß. »Entflechte die Zöpfe, und kämm dann das Haar aus. Heute abend muß ich keinen Eindruck machen, denn mein Herr wird nicht an meiner Seite schlafen. Nachdem Salome den Preis für meine Rache entrichtet hat, wird sie die Beweise vorlegen, die ich zusammengetragen habe.« Sie lächelte gehässig. »Und die beziehen sich auf die beabsichtigte Flucht des Täufers. Meine Spione haben vor dem Gefängnis in Machaerus zwei von Johannes' Jüngern aufgespürt. Den einen haben sie freigelassen, den anderen aber gefangengenommen, und der hat unter der Folter gestanden, daß sie sich dazu verschworen haben, ihren Meister zu befreien.«
»Da ich Euch schon lange kenne, Herrin, nehme ich an, daß Ihr noch mehr Beweise als nur die Wahrheit in der Hand haltet«, bemerkte Rahila dazu.
»Oh, du bist manchmal so überaus gescheit, daß es mich in Raserei versetzt!« explodierte Herodias, drehte sich ruckartig um und starrte ihre Dienerin an. »Ich sollte dir ins Gesicht schlagen und dich in den Kerker werfen lassen!«
»Wartet damit wenigstens, bis ich mit Eurem wunderbaren Haar fertig bin«, lächelte Rahila unbeeindruckt. »Wenn Ihr

wütend seid, seht Ihr noch hinreißender aus, so wie ein Blitz, der einen sturmumwölkten Himmel spaltet.«

»Ach du!« Besänftigt drehte Herodias sich wieder zum Spiegel um.

Rahila bürstete ihr das lange Haar aus. »Allerdings hast du recht«, gab die Herrin nach einer Weile zu. Insgeheim gefiel es ihr doch sehr, wenn ihre Klugheit bewundert wurde. »Ich habe viel mehr herausgefunden, als auf den ersten Blick sichtbar wurde. Dieses Galiläa ist wirklich ein Skorpionennest. Zertrittst du einen, taucht gleich der nächste auf. Nun redet alle Welt von einem neuen Mann, einem gewissen Jesus, der in Kapernaum anscheinend in die Fußstapfen des Täufers getreten ist. Jedenfalls fordert auch er die Menschen auf, ihre Sünden zu bereuen. Was für ein Unsinn! Zu sündigen bereitet doch viel mehr Vergnügen, als immer nur gut zu sein. Das ist doch langweilig und die pure Zeitverschwendung. Dieser Jesus heilt angeblich die Kranken, treibt Teufel aus und bewirkt Wunder. Natürlich zieht er mit so etwas die Massen an. Obwohl er es bislang noch nicht gewagt hat, mich öffentlich anzugreifen, habe ich den Hohenpriester bereits gebeten, ihn aus dem Weg zu räumen.«

Wieviel wußte Rahila eigentlich von ihr? Zu viel? Sollte sie vielleicht ihre Zofe beseitigen, sobald die Angelegenheit mit Johannes erledigt war? Nein, entschied sich Herodias, niemand konnte so gut ihr Haar richten.

Die Nachrichten darüber, wie Jesus die jüdischen Lehren auszulegen verstand, und von den Wundern, die er bewirkte, verbreiteten sich wie ein Sandsturm im ganzen Land. In nur zehn Wochen hatten alle von ihm gehört, nicht nur in Kapernaum, sondern auch in Galiläa, im benachbarten Dekapolis, in Jerusalem und sogar östlich des Jordan – ja, er war mittlerweile bekannter als der Hohepriester Kaiaphas oder Johannes der Täufer. Der Wirt hatte uns daher nicht nur gebeten, sondern uns geradezu angefleht, bei ihm zu bleiben, denn etwas von dem Ruhm fiel natürlich auch auf ihn und seine Karawanserei ab. Der brave Mann erließ uns sogar die Putzarbeiten. Das hatte für uns den Vorteil, abends und nachts unter uns sein zu können, zumindest solange keine Karawane eingetroffen war. Und Neugierige, die hier nichts zu schaffen hatten, erhielten keinen Zutritt.

Wir vier saßen eines Abends wieder auf dem Hof zusammen, als sich uns ein Bote des Täufers näherte. Die Karawane aus Babylonien war am Morgen weitergezogen, und so gehörte der Hof wieder einmal nur uns. Im trüben Licht der Laterne über dem Eingang erblickten wir einen großen und hageren Mann, der ein härenes Gewand trug. Mit seiner dunklen, olivfarbenen Haut, den intensiv dreinblickenden Augen und dem zotteligen Haar sah er beinahe so fanatisch aus wie Johannes selbst. Er stellte sich als Jeremias vor.

Wir hießen ihn willkommen, und er hockte sich vor Jesus hin. Jeremias berichtete uns, daß er Johannes im Gefängnis besucht habe. Auf unsere Nachfragen nach seinem Gesundheitszustand und Befinden hin versicherte er uns, daß der Geist des Täufers ungebrochen sei.

»Wann wird man ihn denn vor Gericht bringen?« wollte Jesus wissen.

Jeremias schien zum ersten Mal zu lächeln, doch bei näherem Hinsehen entpuppte sich diese Grimasse als zynisches Verziehen der Mundwinkel. »Nie!« rief er düster. »Sie wagen es nicht einmal, ihn öffentlich anzuklagen, so sehr fürchten sie seine Macht. Nein, sie wollen ihn im Gefängnis verrotten lassen, bis seine Beliebtheit abgeklungen ist. Ich habe eben erfahren, daß der eine seiner Jünger, der ihn nach mir im Gefängnis besucht hat, von den Wächtern ergriffen

worden ist. Nur Gott allein weiß, welche Lügen und falschen Behauptungen er unter der Folter gestehen wird.«
»Planen seine Anhänger denn, ihn gewaltsam aus dem Gefängnis zu befreien?« fragte Thomas.
»Ihr wißt doch, wie die Menschen sind«, antwortete Jeremias bekümmert. »Sie rühren nie eine Hand gegen Ungerechtigkeiten, die andere betreffen, solange nicht jemand den Funken der Verzweiflung in ihnen entzündet. Davon abgesehen haben die Massen längst einen neuen Abgott gefunden, dem sie nachlaufen können.« Er verzog verbittert das Gesicht. »Nämlich dich.« Sein Zeigefinger deutete auf Jesus.
Doch dieser ging auf den Vorwurf nicht ein, sondern sagte: »Ich nehme an, du bringst mir eine Nachricht vom Täufer.«
»Ja. Allerdings nur eine einfache Frage: Bist du der Messias?«
Ich sah Jesus an, wie sehr ihn das beunruhigte.
»Wenn ich behaupten würde, der Messias zu sein, würden die Menschen der Behauptung folgen, nicht aber meinem Beispiel oder meinem Wort«, erklärte Jesus. »Die Antwort auf Johannes' Frage kann daher nicht von mir erfolgen, sondern von den Menschen Israels, von den Königreichen, die noch kommen werden, von der gesamten Welt und von den zahllosen Generationen, die sie bevölkern werden. Die Antwort liegt in den tiefsten Winkeln ihrer Herzen, zu denen nur Gott Zugang hat.«

Seit der Festnahme des Täufers hatte Judas mehr Zeit in Jerusalem verbringen können. Er erzählte dem Schatzmeister Daniel und den anderen Jüngern des Johannes, daß er seine Kontakte in der Hauptstadt dazu nutzen wollte, zum Tetrarchen vorzudringen und dort die Freilassung des Täufers zu erbitten. Und somit waren es alle zufrieden. Sowohl die Anhänger des Johannes, besaßen sie doch neue Hoffnung, als auch Kaiaphas, der mehr von seinem Mündel und noch nicht offiziell deklarierten Erben zu sehen bekam, wie auch Simeon, der mehr Nächte mit seinem Geliebten verbringen konnte.

Die Fackeln im Palast waren bereits entzündet, als Judas auf den Ruf des Hohenpriesters hin bei ihm erschien. Wie stets bot der Prinz ihm den gewohnten Sitzplatz gegenüber dem Schreibtisch an, und heute wie auch sonst klingelten bei jeder seiner Bewegungen leise die Granatäpfel am Saum. Die beiden Männer hätten äußerlich nicht unterschiedlicher sein können: Hier der massige Hohepriester in seinem bunten und reichverzierten Gewand, und dort der schlanke junge Mann in der traditionell schlichten weißen Tracht der Essener, über der er heute abend, weil die Nächte kühler wurden, einen weißen Mantel aus Schaffell trug.

Zadok kam wie üblich gleich zur Sache: »Was weißt du über einen Mann namens Jesus, der in Galiläa angefangen hat zu predigen und zu taufen?« Judas hatte natürlich keine Ahnung, daß der Hohepriester damit vor allem Herodias' Sorge Ausdruck verlieh.

»Nichts Genaues, Herr. Aber ich höre überall, was die Menschen sich über seine klare Auslegung der heiligen Schriften und Gesetze erzählen. Er soll Menschen geheilt, Teufel ausgetrieben und sogar Leprakranke von ihrem Leiden befreit haben.«

»Hat er diese Leprakranken auch zu Priestern geschickt, damit diese untersuchen, ob die Betreffenden auch wirklich von ihren Geschwüren gereinigt waren, und sie den Vorschriften unterzogen, die im Leviticus festgelegt sind, um ihre Freiheit von dem Ausschlag zu bestätigen?« wollte der Hohepriester wissen.

»Darüber ist mir persönlich nichts bekannt, Herr, aber die Menschen erklären, er habe dies getan.«

»Was hast du sonst über ihn erfahren?«
»Er soll einen Lahmen geheilt und zwei Tote zum Leben erweckt haben ...«
»Pah! Das übliche Geschwätz der Fischer vom See Genezareth.« Der Prinz dachte aber über das Gehörte nach. »Dieser Jesus scheint über mehr Macht zu verfügen als Johannes der Täufer! Und damit ist er weitaus gefährlicher.« Plötzlich kam ihm etwas in den Sinn. »Wie alt soll er sein?«
Judas zuckte die Achseln. »Noch nicht sehr alt. Ende Zwanzig oder Anfang Dreißig.«
Das schien ins Bild zu passen. Allerdings war der Name Jesus nicht eben selten.
»Behauptet er denn, der Messias zu sein?«
»Soweit mir bekannt ist, nimmt er das nicht für sich in Anspruch. Aber Ihr wißt ja, wie die Menschen sind. Es wird nicht lange dauern, da ...«
»Die Menschen werden einem Esel folgen, wenn sein Schreien sich für sie wie der Ruf des Messias anhört!« schnaubte Kaiaphas. Das hatte er schon einmal gesagt, damals vor undenklichen Zeiten, als er noch Prinz Zadok gewesen war, oder? Vielleicht hatte auch Prinz Ascher diese Bemerkung fallenlassen.
Judas warf den Kopf in den Nacken und lachte laut. Kaiaphas liebte das Lachen des jungen Mannes.
Der Hohepriester traf eine rasche Entscheidung. »Ich möchte, daß du gleich morgen nach Galiläa aufbrichst und so viel wie möglich über diesen Jesus in Erfahrung bringst. Nähere dich ihm, sprich mit ihm und berichte mir in vier Wochen.«

Sie hielt den Atem an, als sie durch das Guckloch spähte. Der Speiseraum sah zwar aus wie immer, doch Herodias kam es so vor, als blicke sie in eine andere Welt. Weder Eunuchen noch Diener, noch nubische Sklaven mit Fächern hielten sich dort auf. Der Raum war leer bis auf ihren fetten Gemahl, Herodes Antipas, der sein purpurrotes Gewand angezogen hatte und an seinem gewohnten Platz an der Tafel auf den goldenen Kissen ruhte. Das sanfte Licht von den dicken Kerzen auf den Messingständern auf beiden Seiten des Springbrunnens ließ ihn nicht ganz so abstoßend und fleischig erscheinen. Ein geisterhafter Schimmer lag über dem Wasserbecken und dem niedrigen Tisch, von dem alles bis auf einen goldenen Weinkelch mit geschwungenem Griff und einem goldenen Pokal abgeräumt war. Das sinnlichste Parfüm ganz Edoms, das Herodias selbst ausgesucht und im Speiseraum hatte versprühen lassen, drang ihr jetzt in die Nase. Sie hatte alles perfekt vorbereitet, auch die lange Wartezeit, die Herodes' Verlangen bis ins Unerträgliche steigern sollte ...

Das Gurgeln des Springbrunnens wurde von einem Trommelschlag unterbrochen, und dem folgte das Klingeln eines Tamburins. Danach kehrte wieder Ruhe ein, dann ein weiterer Trommelschlag. Angespannt wartete Herodias darauf, daß das Schauspiel begann.

Salome glitt langsam in den Raum. Sie blieb stehen, erhob sich auf die Zehenspitzen und streckte die Arme aus. Die durchscheinenden Ärmel ihres Gewands umgaben sie wie eine Aurora. Eine große Tiara hielt die Schleier vor ihrem Gesicht fest, und ihr Haar war mit den weißen Saphiren an dem Schmuckstück verwoben. Obwohl ihr Gesicht im Schatten lag, leuchteten ihre Augen geheimnisvoll und magisch unter den Schleiern. Das dünne Gewand ließ sie größer erscheinen und betonte ihre Kurven, ihre vollen Brüste, ihre schmale Taille und ihre sehr weiblichen Hüften. Sie wirkte wie die fleischgewordene Verheißung, ohne jedoch etwas zu gewähren.

Die Arme bewegten sich kreisförmig, und sie fing an zu

tanzen. Jede Bewegung erfolgte langsam und mit Bedacht. Die Füße tanzten zu einem Rhythmus, der nur in ihrem Kopf war, und in ihren Augen standen die nackten Begierden der Erde selbst.

Die Trommel fiel ein und machte sich Salomes Rhythmus zu eigen. Herodias vermochte kaum den Blick von ihrer Tochter zu wenden, um nach ihrem Gemahl zu sehen. Als sie ihn doch einmal kurz betrachtete, genügte ihr das, was sie dort zu sehen bekam, vollauf. Herodes war vollkommen hingerissen. Sie ahnte, daß er die Nüstern gebläht hatte und seine Brust sich immer schneller hob und senkte.

Der Bann wurde kurz gebrochen, als der erste Schleier gelöst und Herodes zugeworfen wurde. Er schwebte durch die Luft und landete vor dem Tisch. So wird mein Körper auf dich zutreiben, lautete die Botschaft des ersten Schleiers.

Der Rhythmus veränderte sich. Eine Zimbel wurde leise angeschlagen, aber nur einmal, und das Ausbleiben ihrer weiteren Töne erregte das Fleisch und die Sinne. Salome tanzte schlängelnde Bewegungen, und unvermittelt ließ die Zimbel sich wieder vernehmen und erweckte damit die letzten sinnlichen Gefühle.

Der zweite Schleier landete zu Herodes' Füßen. Diesmal atmete er scharf ein. Der alte Narr versank ganz in Salomes Kunst, und er wußte nicht, wem er diesen Genuß zu verdanken hatte.

Nun wurde Salome von einer Trompete begleitet, und sie trennte sich vom dritten Schleier. Als eine Leier einfiel, war der vierte an der Reihe.

Salomes Bewegungen wurden noch verführerischer, und eine größere Leier mit tieferen Tönen untermalte ihre Bewegungen. Ihre Brüste hoben und senkten sich, und ihre Taille wurde zur Achse für die immer ausladenderen Schwünge der Hüften. Der fünfte Schleier besaß eine eige-

ne Bedeutung, und Salome betonte sie, indem sie den Unterleib wieder und wieder vor und zurück stieß.
Der sechste Schleier fiel, und nun begleitete sie ein ganzes Orchester aus Trompeten, Flöten, Leiern, Zimbeln und Trommeln. Ihr Rhythmus war eins mit Salomes Tanz und Herodes' Pulsschlag. Die junge Frau war nicht nur perfekte Bewegung, sondern auch ungezügelte Leidenschaft und makellose Grazie. Sie bot sich ihm mit ihren Schritten ganz und gar an.
Dann sank auch der siebte Schleier.
Salome blieb stehen, die Füße nebeneinander und die Hände zusammengefaltet. Sie bot sich an, genommen zu werden.
Herodias starrte wie hypnotisiert auf das entblößte Gesicht ihrer Tochter, bis die Kerzen wie durch Zauberhand gelöscht wurden. Sie hörte in der völligen Finsternis das schwere Luftholen ihres Gemahls und das leichtere Atmen ihrer Tochter. Beide Geräusche verschmolzen mit dem Plätschern des Wassers.
Dann flammte Licht auf und teilte die Schatten. Zwölf barbrüstige nubische Sklaven trugen Kerzen herein. Salome stand noch so da wie vorhin. Herodes war kaum in der Lage, sich zu rühren. Die Sklaven stellten die Kerzen auf und verschwanden dann wieder.
Salome und Herodes waren allein.
»Habe ich meinem Herrn gefallen?« fragte Salome mit der allerverführerischsten rauchigen Stimme.
»Beim Herrn des Himmels, du hast mehr getan, als mir nur zu gefallen. Alle Götter haben sich an deinem Tanz erfreut. Du bist wahrhaft göttlich.« Er klang wie ein Betrunkener, doch dafür war weniger der Wein als vielmehr seine Lust verantwortlich.
»Was wünscht mein Herr jetzt von mir?«
»Daß du deinen nackten Leib an meinen preßt und an meinen

Lenden weitertanzt. Für den heute dargebotenen Tanz darfst du meine gesamte Schatzkammer verlangen. Und für den Tanz unter mir sollst du alles erhalten, was du begehrst.«
»Ich will deine Lenden gern zum Tanzen bringen, Herr, und ich verlange nichts dafür. Die Ehre, Eure Lust befriedigen zu dürfen, ist mir Lohn genug, denn auch ich verspüre ein starkes Verlangen nach Euch. Da Ihr mir jedoch in Eurer grenzenlosen Großzügigkeit soviel angeboten habt, will ich eine kleine Bitte auf ein Stück Papyrus schreiben und Euch diesen reichen, bevor wir einander beiliegen. Ihr könnt dann Euer Siegel darunter setzen, bevor der göttliche Moment kommt, in dem wir uns vereinen.«
»Ich will dir die Bitte gewähren. Das schwöre ich dir bei meiner heiligen Ehre. Alles, was du verlangst, du göttliche Jungfer, du Stern meiner Seele, denn schon so lange habe ich mich nach dir verzehrt.«
»So wie ich mich nach Euch, Herr.«
Herodias taumelte zurück in ihr Gemach, erreichte die Waschschüssel, beugte sich darüber und übergab sich.

KAPITEL 34

Als sie endlich einschlief, kamen die Alpträume. Erst als der Himmel vom Licht der Dämmerung etwas heller wurde, fiel Herodias in einen betäubungsähnlichen Schlaf. Sie erwachte mit einem Ruck und entdeckte, daß durch die hohen, vergitterten Fenster silbriges Tageslicht in ihr Gemach fiel. Sofort wurde sie von einem Gefühl befallen, daß etwas

Unangenehmes geschehen war, und als sie sich der Ursache bewußt wurde, bekam sie einen bitteren Geschmack im Mund.

Natürlich war ihr Herodes' Untreue längst nichts Neues mehr, aber letzte Nacht hatte er ihrer Tochter beigelegen, und das auch noch in dem Gemach, das sonst den beiden Eheleuten vorbehalten war. Natürlich hatte sie das Vorhaben geplant, aber welche Schande und Erniedrigung damit verbunden waren! Man hatte sie von ihrem Platz im hasmonäischen Palast verdrängt. Und was für eine Demütigung, das alles selbst in die Wege geleitet zu haben. Gar nicht erst zu reden davon, daß Salome mit ihrer Darbietung in der vergangenen Nacht bewiesen hatte, wieviel Talent sie besaß, wieviel Verlockung und Verschlagenheit ihr innewohnte – und damit war sie eine ernst zu nehmende Bedrohung für ihre in die Jahre gekommene Mutter.

Der Haß auf Salome und Herodes wuchs in ihr so übermächtig, daß sie am ganzen Leib zitterte, und sie schwor sich, daß beide dafür hart bestraft werden sollten.

Das leise Klopfen an ihrer Tür ließ sie die Beherrschung über sich zurückgewinnen. Sie strich sich rasch über das blonde Haar, richtete sich auf der Couch auf und rief: »Herein!«

Rahila watschelte herein und trug wie jeden Morgen einen Kelch mit rosafarbenem Melonensaft auf einem goldenen Tablett herein. »Ich wünsche einen schönen Tag, Herrin«, grüßte sie gut gelaunt.

»Du wirst immer fetter, Rahila«, entgegnete Herodias gallenbitter. »Und was soll am heutigen Tag schon schön sein. Wenn überhaupt, ist er noch schlechter als der gestrige.«

Die Zofe lächelte nachsichtig, hielt ihrer Herrin das Tablett hin, wartete, bis sie den Kelch genommen hatte, und zog sich dann vorsichtig ein paar Schritte zurück, ehe sie ent-

gegnete: »Aber, aber, ich sehe nur, daß Ihr heute noch schöner und anmutiger ausseht als gestern.« Sie hob eine Hand. »Das meine ich durchaus ernst, Herrin. Ihr wirkt besonders schön, wenn Ihr schlechte Laune habt, und da das eigentlich immerzu der Fall ist, erstrahlt Eure Schönheit unentwegt.« Sie drehte sich um und suchte aus der Kleidertruhe ein paar Sachen für den heutigen Tag heraus.
Für Herodias war es noch zu früh am Tag, um sich in diesem Labyrinth von Worten zurechtzufinden. »Du weißt genausogut wie ich, wovon ich rede. Ich kann nur hoffen, daß der beschämende Vorfall, zu dem es nach Salomes Tanz gekommen ist, wenigstens noch etwas Gutes zeitigen wird. Schließlich stammt die ganze Idee ursprünglich von dir.«
»Oh, das hätte ich ja beinahe vergessen.« Rahila trat zur Couch und zog eine kleine Schriftrolle aus den Falten ihres Gewandes. »Prinzessin Salome hat mir das hier zukommen lassen, bevor sie sich in ihr eigenes Gemach zurückzog. Das war kurz bevor ich mich zu Euch begeben habe.«
Herodias entriß Rahila den Papyrus. »Da bekommst du so etwas Wichtiges, und dann vergißt du es auch noch ...« Sie starrte auf das Siegel des Tetrarchen und stellte dann fest, daß das Schriftstück an den Verwalter des Gefängnisses in Machaerus gerichtet war. Am liebsten hätte sie das Siegel sofort erbrochen und das Dokument gelesen, aber damit machte sie womöglich ihren ganzen schönen Plan zunichte. Ein Befehl mit erbrochenem Siegel warf bestimmt Fragen auf. Aber was konnte sie tun, um den Inhalt zu erfahren? Sie schlug sich mehrere Male leicht mit der Schriftrolle an die Lippen.
Rahila erlöste sie aus ihrem Dilemma. »Eure Tochter, die Prinzessin Salome, kam mir vor wie in Trance, wie eine verlorene Seele, als ich ihr auf dem Flur begegnete. Sie verlangte ganz dringend von mir, Euch dies mitzuteilen: ›Das Doku-

ment beinhaltet die Anordnung des Tetrarchen, die er mir gewährte, kurz bevor er mich nahm. Er befiehlt dem Verwalter des Gefängnisses in Machaerus, Johannes den Täufer unmittelbar nach der Lektüre des Schriftstückes zu enthaupten.‹ Die Prinzessin schlich daraufhin in ihr Gemach. Ja wirklich, sie kam mir vor wie ein wandelnder Leichnam.«

Kaiaphas hatte an diesem Abend noch lange gearbeitet und wollte gerade seinen Schreibtisch im Tempel verlassen, als ein Diener ihm die schriftliche Nachricht Simeons brachte, daß dieser ihn dringend zu sehen wünsche. Es war die Stunde vor Mitternacht. Bald würden die Hähne krähen, und dann fand bei den Römern die Wachablösung statt. Die Abendandachten waren lange vorüber, und im Tempelkomplex war Nachtruhe eingekehrt.
Nie zuvor hatte Simeon zu so später Stunde um ein Treffen beten. Es konnte sich also nur um einen Notfall handeln, denn er hatte vor zwei Stunden mit den anderen Verwaltungsbediensteten das Haus verlassen. Was mochte sich in der Zwischenzeit ereignet haben?
Kaiaphas' Schreibtisch befand sich in dem Raum, der sich an den Versammlungssaal des Hohen Rats anschloß, und dieser verlief über die gesamte Nordseite des Tempels gegenüber der Feste Antonia. Sein Arbeitsplatz war mit geschnitzten Balken aus Zedernholz, goldenen Friesen und Marmorstatuen in den Ecken ausgestattet. Goldenen Kohlepfannen, die vor den Säulen standen, entströmte der weißgraue Duft von Weihrauch. Kaiaphas hatte ihn neu einrichten lassen, und zwar ganz spartanisch mit lediglich einem Schreibtisch aus Zedernholz, Stühlen und einer Couch, um vor aller Welt zu demonstrieren, daß er in seinem Herzen ein einfacher Mann geblieben und ihm sein Ruhm nicht zu Kopf gestiegen war.

Der weißhaarige Oberdiener führte den späten Besucher in den Raum und schloß hinter ihm die Tür. Simeon verbeugte sich tief und nahm auf dem Stuhl Platz, auf den der Hohepriester wies. Kaiaphas studierte ihn sorgfältig, um an seiner Miene ablesen zu können, was dieses ungewöhnliche Treffen veranlaßt hatte. Er hätte sich jedoch denken können, daß diesem Mann nie auch nur der kleinste Hinweis anzumerken war.
Er beschloß, genauso gelassen zu bleiben wie sein Besucher. »Morgen bekommen wir wohl einen Sturm.« Er nickte in Richtung des von dicken schwarzen Wolken überzogenen Himmels. »Wird sicher wieder eine Menge Sand in die Stadt wehen.«
»Im Leben kommt es immer wieder zu Stürmen, Herr.« Simeons Augen blitzten belustigt auf.
Also wollte der Mann nicht mit unnützem Geschwätz Zeit vergeuden. »Das trifft ganz besonders für die Massen zu«, entgegnete der Hohepriester hochnäsig. »Der Tetrarch hat entschieden, daß die Arbeiten am Tempel noch in diesem Jahr ihren Abschluß finden sollen. Wenn nötig, soll dazu die Zwangsarbeit wieder eingeführt werden.«
Simeon war deutlich anzumerken, wie sehr ihn das verärgerte. »Das sollte er lieber nicht wagen. Die Menschen stöhnen schon genug unter den Lasten, die ihnen aufgebürdet werden.« Plötzlich schien ihm ein neuer Gedanke zu kommen: »Das könnte natürlich eine willkommene Gelegenheit für Euch sein, Euch der Unterstützung der Massen zu versichern, wenn Ihr Euch zu ihrem Fürsprecher und Befreier macht, oder?«
»Ich habe diese Möglichkeit bereits erwogen, aber ich muß diesen Kurs vorsichtig verfolgen, um den Tetrarchen nicht gegen mich aufzubringen.« Er zuckte vielsagend die Achseln, und die kleinen Granatäpfel schienen ihm mit ihrem

Klingeln Beifall zu spenden. »Die Römer scheren unsere hohen Steuern und der Tempelzehnte nicht, solange sie nur den Anteil erhalten, der ihrer Schatulle zusteht. Ich könnte natürlich eine symbolische Kürzung des Zehnten bekanntgeben, um so einerseits dem Tetrarchen zu zeigen, daß ich mit ihm zusammenarbeite, und andererseits die Herzen der Menschen zu gewinnen.«
Simeon gab sich keine Mühe, die widerwillige Bewunderung in seinem Blick zurückzuhalten. »Ihr seid fürwahr ein scharfsinniger Politiker.«
»Deswegen hast du ja auch deinen Wagen an mein Pferd gehängt, wie man so schön sagt.« Er schwieg für einen Moment und sah sein Gegenüber direkt an. »Beim gegenwärtigen bedauernswerten Stand der Dinge habe ich womöglich bald einen wichtigen Auftrag für dich.«
»Ich soll für Unruhen sorgen?«
»Wenn du es unbedingt so ausdrücken mußt.«
Kaiaphas spürte die Irritation des Mannes wegen seiner überheblichen Bemerkung.
»Vielleicht müßt Ihr Eure Pläne auf einen späteren Zeitpunkt verschieben oder neue schmieden«, bemerkte Simeon mit einem bösartigen Unterton.
Aha, jetzt kommt er zur Sache, dachte der Hohepriester. Er nahm einen Griffel in die Hand, spielte damit auf der Schreibtischplatte und bediente sich eines seiner Lieblingstricks, nämlich sein Gegenüber mit Schweigen zu verunsichern.
»Teufelswerk ist geschehen«, fuhr der Zelot fort. »Vor zwei Tagen wurde Johannes der Täufer im Gefängnis in Machaerus auf schriftlichen Befehl des Tetrarchen enthauptet.«
Kaiaphas mußte all seine Selbstbeherrschung aufbieten, um nicht laut »Was?« zu rufen. Statt dessen starrte er auf den Griffel, rollte ihn zwischen den Fingern und fragte dann

ruhig: »Für welches Verbrechen? Ich hoffe doch, es hat eine ordentliche Gerichtsverhandlung gegeben ...«

»Nein, es gab keine Verhandlung. Der Mann wurde allein aus dem Grund hingerichtet, Johannes der Täufer zu sein.«

Der Hohepriester roch förmlich die Wut, die das in Simeon auslöste. Warum ärgerte es einen Aufrührer und Meuchelmörder so sehr, wenn einem Prediger der Kopf abgeschlagen worden war? Und plötzlich traf ihn die Antwort wie ein Sonnenstrahl, der durch die Wolkendecke bricht. Natürlich, der Zelot empörte sich über den Machtmißbrauch des Tetrarchen. Also habe ich doch endlich eine Schwachstelle an dir entdeckt, was? Jeder, der dazu fähig war, sich zu empören, würde über kurz oder lang unweigerlich einen Fehler begehen. »Der Tetrarch verfügt unter gewissen Umständen über eine solche Macht«, erklärte er bedächtig, »aber dann muß er seinen römischen Herren darüber Rechenschaft ablegen.«

»Es heißt, man hätte Johannes Verrat zum Vorwurf gemacht.«

»Der Täufer hat sich doch nie gegen die Staatsmacht verschworen.«

»Und er hat auch nie wirklich Steuern zurückgehalten, Herr«, entgegnete Simeon mit herausforderndem Blick.

»Aber dieser Vorfall wird unseren Plänen eher dienlich sein, als sie zu behindern«, murmelte Kaiaphas, ohne auf den Einwurf einzugehen. »Der Zorn der Massen und die Empörung der Gefolgschaft des Täufers werden sich allein gegen den Tetrarchen richten.«

»Nicht wenn man die Sache so hinstellt, wie der Palast es getan hat, Herr.«

»Was willst du damit sagen?« Sein eiskalter Blick verbarg alle Zweifel und Befürchtungen.

»Der Tetrarch hat durch seine Männer in der Stadt verbreiten lassen, daß Ihr die Verantwortung für die Hinrichtung tragt.«

Wiederum hatte Herodias fast die ganze Nacht kein Auge zugetan. Normalerweise war ihr Schlaf tief und fest, doch diesmal hatte sie den Hahnenschrei kurz vor Mitternacht und den vier Stunden später gehört. Eine sonderbare, angespannte Stille in der Luft deutete auf einen anstehenden Sturm hin. Die Kissen und Decken auf ihrem Lager drohten sie zu ersticken, während sie abwechselnd schwitzte und fror.

Doch diesmal hielt Herodias nicht der Umstand wach, daß Salome die vierte Nacht in Folge bei ihrem Gemahl Herodes verbrachte, sondern das Warten auf das Klopfen an ihrer Tür.

Ein leises Geräusch riß sie aus dem Nebel des Schlummers, der sich endlich über sie gesenkt hatte. Herodias erhob sich, streifte sich den blauen Umhang über, entdeckte bei einem Blick durch das kleine Fenster, daß der Himmel sich kupferrot verfärbt hatte, und eilte zur Tür. »Wer ist da?«

»Ich bin es, Herrin.« Die Stimme, im Alter rauh und heiser geworden, gehörte ihrem Obereunuchen Aram. »Alles ist vollbracht.«

Sie brauchte die Tür nicht zu öffnen. »Ich danke dir, Aram. Du sollst die versprochene Belohnung erhalten.«

Herodias lief in ihrem Gemach auf und ab. Ihr Herz schlug schneller, und ihr Mund war trocken. Eine Ewigkeit und mehr schien zu vergehen, bis sie das Geräusch von Salomes Gemachtür vernahm. Sie preßte rasch ein Ohr an die Wand, die ihre beiden Kammern voneinander trennte.

Als der erste Schrei ertönte, erschrak Herodias nicht, sondern war begeistert. Salome hörte nicht auf zu schreien, und ihre Stimme klang stetig schriller und mehr dem Wahnsinn nahe. Herodias wartete ruhig die Zeit ab, die sie normalerweise dazu benötigt hätte, aus dem Schlaf zu erwachen, sich den Umhang überzuwerfen und hinaus auf den Flur zu eilen, um festzustellen, von woher der Lärm kam. Dann stürmte sie ins Zimmer ihrer Tochter.

Salome, gekleidet in eine weiße Robe, stand wie gelähmt vor der Schlafcouch und starrte darauf. Sie wußte wahrscheinlich nicht, welche Töne sie ausstieß.

Rufe und donnernde Schritte vom Flur verkündeten, daß Soldaten und Dienerinnen herbeieilten.

Herodias' Blick fiel auf die Couch. Da lag er, wie sie es befohlen hatte, mit weit aufgerissenen Augen. Ausnahmsweise waren sein Haar und sein Bart gekämmt, und man mußte ihm auch im Tode noch zugestehen, daß er ein gutaussehender Mann gewesen war. Etwas getrocknetes Blut war vom abgetrennten Hals auf das weiße Kissen gelangt, auf dem das Haupt ruhte.

Du hast Herodes auf meinen Wunsch hin um den Kopf von Johannes dem Täufer gebeten. Ich habe ihn dir gebracht, meine Tochter. Nur Aram weiß, wie das Haupt hierhergelangt ist, und der wird bald seinen angemessenen Lohn erhalten. Natürlich nicht den, den er sich erhofft, sondern den Tod durch die Hand eines Mörders, damit er als der Schuldige dasteht.

Und die Verantwortung für die Hinrichtung des Täufers ist bereits an den Hohenpriester abgegeben worden. Somit habe ich mich an beiden gerächt. Und was Herodes Antipas angeht, so wird er zu mir zurückkehren und sich nach seiner einst wunderschönen Salome verzehren, die ich unrettbar in den Wahnsinn getrieben habe.

KAPITEL 35

Bettelmönche führen ein Leben, das den Vorteil bietet, frei von Besitz zu sein. Als Simon uns ein paar Monate später vorschlug, daß wir in sein Haus kommen sollten, stimmte Jesus sofort zu. In der Karawanserei, wo wir umsonst hatten wohnen dürfen, war es uns zwar nicht schlecht ergangen, aber Ruhe und innere Einkehr hatten wir hier nur selten gefunden.

Der syrische Wirt war nicht eben glücklich darüber, uns ziehen zu sehen. Jesus war landauf, landab bekannt, und täglich strömten viele Menschen zu der Karawanserei, um einen Blick auf ihn zu erhaschen. Jesus heilte hier auch etliche Reisende, und da er selbst keinen Lohn annehmen wollte, erwiesen sie wohl dem Wirt ihre Dankbarkeit. Als wir uns von ihm verabschiedeten, um mit Simon und seinem Bruder Johannes zu gehen, die inzwischen zu Anhängern Jesu geworden waren, versicherte der Syrer uns mit Tränen in den Augen, daß wir jederzeit in seinem Gasthof willkommen wären.

Simons Haus lag unweit der Synagoge. Wir waren schon einige Male daran vorbeigekommen, wenn wir Lust auf einen Spaziergang am Strand des See Genezareth verspürt hatten. Mit dem Stab in der Hand und dem Bündel auf dem Rücken näherten wir uns der Hütte nun zum ersten Mal von der Landseite her. Wir hatten uns mittlerweile an die Menge gewöhnt, die uns auf Schritt und Tritt folgte. Zu dieser Tageszeit war sie jedoch nicht groß und setzte sich lediglich aus denjenigen zusammen, die darauf hofften, Zeuge eines neuen Wunders zu werden, damit sie sofort nach Hause laufen und dort das Ereignis in den grellsten Farben ausmalen konnten.

Wir liefen über einen sandigen Pfad vorbei an Zypressen, aus deren Wipfeln uns das Gurren von Tauben begleitete. Hin und wieder tat sich eine Lücke zwischen den Bäumen auf, und dort boten sich unseren Blicken rotweiße Mosaike aus Blumen und Ginstersträuchern. Die Häuser am Ufer standen in Gruppen zusammen, und zwischen den Blöcken konnten wir das endlose Wasser des See Genezareth sehen. Die hereinbrechende Dämmerung färbte seine blauen Wellen schiefergrau.

»Unsere neue Unterkunft ist idyllisch gelegen«, bemerkte Jesus.

»Ja, wenn man vom Fischgestank absieht. Hier riecht es, als würde etwas verfaulen«, hielt Thomas dagegen und verzog die Nase vor dem Hünen Peter.

»Das gehört nun einmal zu den Merkmalen eines Fischerdorfs«, entgegnete ich. »Auf Stränden verrotten Fische und menschliche Ausscheidungen. In den Städten wird Abfall aller Art auf die Straße gekippt. So erhält jeder Ort seine eigene Duftnote.«

»Uns fällt der Geruch gar nicht mehr auf«, warf Simon mit einem freundlichen Grinsen ein. Er war überhaupt ein gutmütiger Mensch, auch wenn seine hünenhafte Gestalt, das bis zu den Schultern herabhängende, ungekämmte schwarze Haar und der lange Bart auf den ersten Blick furchteinflößend wirkten. »Ich lebe mit dem Gestank, seit ich auf die Welt gekommen bin. Er gehört so sehr zu der Luft, die ich tagtäglich einatme, daß mir andernorts sicher etwas fehlen würde.«

Ich konnte nicht anders, als an die Zeit in meinem Palast in Baktrien zurückzudenken, wo alles sauber, ordentlich und voller unaufdringlicher Wohlgerüche gewesen war.

Thomas sagte nichts mehr. Ein kurzer Blick auf ihn belehrte mich, daß ihn etwas sehr zu beschäftigen schien. Ich beschloß, ihn später darauf anzusprechen.

Die Häuser, die sich vor uns erstreckten, waren gleichförmig aus Steinblöcken errichtet, die man mit Mörtel verfugt hatte. Die Wände waren mit Lehm verputzt und mit Kalk geweißt. Die Dächer hatte man mit Reet gedeckt und darauf eine Schicht Lehm gelegt. Trotz des Drecks, der sich in den Ecken und Ritzen angesammelt hatte, und des überall rieselnden Erdstaubs wirkten diese Hütten vor dem hellrosa gefärbten Himmel und über dem ständigen Plätschern der weißen Wellen recht hübsch.
Simon bewohnte ein Eckhaus. Er führte uns durch ein Holztor auf den Innenhof, sperrte aber die Schar der Neugierigen aus. Seine Eltern weilten zur Zeit bei der kranken Großmutter. So stand sein Haus für eine Weile leer, und er hatte Platz genug, uns bei sich aufzunehmen. Rechter Hand befanden sich eine Feuerstelle und ein Backofen. Die Wand dahinter war rußgeschwärzt. Der Duft von gebackenem Brot und bratendem Fisch hing in der Luft. Simons Bruder Johannes hatte das Essen für uns vorbereitet.
Eine Tür direkt links neben dem Tor führte in den Wohn-, Eß- und Schlafbereich. Die Räume waren ähnlich einfach ausgestattet wie in Jesu Heim in Nazareth. Sitz- und Schlafmatten lagen zusammengerollt an den gekälkten Wänden.
Wir gelangten auf einen weiteren Hof, in dem zwei graue Esel, sechs weiße Schafe und vier schwarzbraune Ziegen angebunden waren. Zusätzlich liefen ein paar rotbraune Hühner in einem Geviert herum, das man mit einem Fischernetz abgetrennt hatte.
Ein Esel begrüßte uns mit einem lauten »I-ah!«, und eine der Ziegen fiel meckernd ein.
Über der Mauerkrone ragten die Masten der an Land gezogenen Boote auf, die wie eine Fortsetzung der in den offenen Räumen an der Mauer gelagerten Segel, Anker und sonstigen Zubehörteilen wirkten. Die hiesigen Bewohner

schienen sich mit allem, außer mit Gemüse, selbst zu versorgen.

»Durch die Tür, die ihr rechts seht, gelangt ihr in eine Fischhandlung«, erklärte Simon. »Sie besitzt auch einen Zugang direkt von der Hauptstraße aus, und der befindet sich neben dem Tor. Wir verkaufen dort unseren Tagesfang, und dazu müssen die Kunden nicht eigens ins Haus kommen.«

Wir legten unsere Bündel in einer Dachkammer über dem Schlafraum ab. Während Simon sich daran machte, das Nachtmahl vorzubereiten, und Jesus hinaus auf die Straße trat, um zu den Menschen zu sprechen, die ihn dort sehnsüchtig erwarteten, nutzte ich die Gelegenheit und lud Thomas zu einem Strandspaziergang ein.

Möwen kreischten über uns, und einige Fischer beluden bereits ihre Schiffe, um zur Nacht auszufahren. Thomas und ich schlenderten nach Norden. Ich streifte meine Sandalen ab, um den nassen Sand unter meinen Füßen zu spüren und die Zehen darin zu versenken. Da Baktrien sich tief im Inneren des Landes befindet und zu keinem Meer Zugang hat, haben mich Ozeane mit ihrem endlosen Wellengang stets fasziniert, stellen sie doch eine Manifestation der Kraft des Lebens dar, die unserem Atmen nicht unähnlich ist. Als rhythmische Bewegungen, wenn auch zu einem unterschiedlichen Takt, gehören beide zum großen Orchester der Schöpfung.

»Du hast meine innere Unrast vorhin gespürt, nicht wahr?« begann Thomas und drehte sich zu mir um. Da er zu meiner Linken lief, fielen ihm die letzten Strahlen der untergehenden Sonne direkt ins Gesicht und betonten seine feingeschnittenen Züge.

Dieser ehemalige indische Hauptmann war wirklich gut aussehend.

»Ja«, antwortete ich nur, sah ihn aber nicht an, sondern schob mit meinem Stab einen angeschwemmten Stock beiseite.

»Dir entgeht nicht viel, oder?«

»In diesem Fall schon, es sei denn, du würdest deine Sorge mit mir teilen«, lächelte ich.

Er dachte eine Weile nach, während unsere Schritte weiter über den Sand knirschten. »Ich glaube, ich kann offen mit dir reden, stammen wir beide doch aus derselben Region«, sagte er schließlich. »Es fällt mir nicht leicht, darüber zu sprechen, und ich will es auch nur über die Lippen bringen, weil du Jesus so viel besser kennst als wir anderen.«

Thomas sah mich besorgt an, so als wisse er noch nicht, ob er mir seine Ängste wirklich anvertrauen könne. Wenn er mich noch nicht besser kannte, wollte ich ihn jetzt auch nicht durch einen auffordernden Blick ermutigen.

»Jesus besitzt meine ungeteilte Treue, meine Verehrung und mein Vertrauen«, fuhr er schließlich fort und runzelte die Stirn. »Aber mir kommen in der letzten Zeit Zweifel, ob der Kurs, den er eingeschlagen hat, auch wirklich der richtige ist.«

»Dann sind deine Treue, deine Verehrung und dein Vertrauen doch nicht so ganz ungeteilt«, entgegnete ich und sah ihn an. Warum nur hatten seine Worte in mir eine ähnliche Saite zum Klingen gebracht? »Rede ruhig weiter«, drängte ich ihn. »Es kann Jesus nicht schaden, einen zweifelnden Thomas an seiner Seite zu haben. Erzähl mir alles.«

Er schüttelte den Kopf und sagte unglücklich: »Es hat eigentlich alles zu dem Zeitpunkt begonnen, als Jesus vom Tod des Johannes erfuhr.« Thomas starrte auf den Sand. »Seitdem hat er sich verändert, so als habe ihn eine neue Dringlichkeit befallen, als greife er nach der neuen Lage, um sein Ziel schneller zu erreichen.«

»Schalom«, rief uns ein bärtiger Fischer zu, als wir an seinem Boot vorbeikamen.
Wir grüßten zurück.
»Und nachdem er sein Fasten hinter sich gebracht hatte, verwandelte er sich immer mehr von einem Yogi in einen Rabbi ... so kommt es mir jedenfalls vor.«
»Seinen Auftrag muß er hier in diesem Land erfüllen«, erwiderte ich. »Und es bleibt allein ihm überlassen, den Weg auszusuchen, der ihn am raschesten zu seinem Ziel führt.«
»Sein Auftrag sollte sich allein an der Wahrheit ausrichten«, erklärte Thomas. Er kritisierte Jesus nicht, aus ihm sprach nur ein besorgtes Herz. Außerdem besaß er jedes Recht, Fragen zu stellen, war doch sein ganzes weiteres Leben auf Jesus ausgerichtet.
»Sein Auftrag besteht darin, die Wahrheit aufzudecken«, hielt ich dagegen. »Seine Art, dies zu tun, muß nicht unbedingt der Wahrheit widersprechen.«
»Aber bedarf es nicht zur Aufdeckung der Wahrheit einer gewissen Integrität?« Da Thomas jetzt ausgesprochen hatte, was ihn bedrückte, stellte ich mich vor ihn hin, damit er mich ansehen mußte.
»Plötzlich beschäftigt sich Jesus nur noch mit praktischen Dingen, mit weltlichen und taktischen.« Einmal angefangen, ließ er jetzt alles heraus. »Er plant, in die Fußstapfen des Täufers zu treten, um möglichst rasch an eine große Gefolgschaft zu gelangen. Er findet es plötzlich richtig, seine erlernten und erworbenen Fähigkeiten als Heiler dazu zu benutzen, Wunder zu tun – dabei hat er das früher strikt abgelehnt, weil er nicht wollte, daß sein Ruhm sich zu rasch verbreiten und die Menschen ihm nur noch wegen seiner Wundertätigkeit folgen würden. Und er verwandelt sich von Tag zu Tag mehr in einen Juden zurück.«

»Aber wie sonst sollte er denn die Menschen in diesem Teil der Welt für sich gewinnen, wenn nicht durch jüdische Art und Sitte«, erwiderte ich. »Und du darfst nicht vergessen, daß er immer Jude geblieben ist, auch in Indien. Und allein aus dem Grund, weil er am geschützten Ort des geheiligten Hains seinen Auftrag nicht erfüllen und die Menschen nicht erreichen konnte, ist er hierher zurückgekehrt.«
Thomas schloß die Augen. »Er benimmt sich, als stünde er unter einem gewaltigen Zeitdruck. Und deswegen strebt er rasch nach Ruhm, auch wenn die Wahrheit dafür geopfert werden muß.«
»Wenn überall bekannt zu sein, Ruhm bedeutet, dann liegt dieser in den Herzen und Köpfen der Menschen, die ihn bewundern. Jesus strebt nicht nach Ruhm. Er will nur, daß möglichst viele von ihm erfahren. Und ich habe auch den Eindruck, daß er unter Zeitdruck steht.«
»Wie meinst du das?«
Ich hatte nicht vor, ihn in alle meine Befürchtungen einzuweihen, und antwortete daher sanft, aber entschieden: »Keiner von uns lebt ewig. Wir Yogis verstehen uns auf Langlebigkeit, und Jesus könnte hundert Jahre alt werden, wenn er nach Kapilavatthu zurückkehrt. Doch, mein Lieber, wir befinden uns hier in Judäa; will sagen, wir halten uns hier nicht in der Ruhe und Abgeschiedenheit des geheiligten Hains auf, sondern wir sind hier in dem besonderen Auftrag unterwegs, ein Volk für uns zu gewinnen, wenn nicht gar die ganze Welt. Als wir in Indien mit den Mächtigen aneinandergerieten, hätten wir leicht in dem gräßlichen Gefängnis in Kapilavatthu verrotten können; allein du hast uns mit deinem Eingreifen davor bewahrt. Ich frage dich, wie sonst könnte Jesus in diesem harten, erbarmungslosen Land mit seinen habgierigen, unerbittlichen Herrschern Fortschritte erzielen? Die einzige Möglichkeit für die

Wahrheit der reinen Güte, sich hier festzusetzen, besteht darin, daß die Kräfte des Guten, repräsentiert durch Jesus, denen des Bösen die Stirn bieten und sie bezwingen. Und die einzige Unterstützung, die uns zur Verfügung steht, ist die den Menschen innewohnende Güte. Und um die zu erreichen, ist Jesus jedes Mittel geboten.«

Er starrte mich mit großen Augen an. Vieles von dem, was ich gesagt hatte, leuchtete ihm ein, und dennoch blieben Zweifel in ihm zurück. »Wird sich Jesus bei diesem Kampf nicht selbst zerstören? Ich meine, müssen all die Jahre der Lehre nicht zugunsten der neuen Persönlichkeit aufgegeben werden, zu der er sich entwickelt?«

»Nur Gott allein weiß, wer oder was Jesus wirklich ist. Was immer er auch tut und unternimmt, der Yogi in ihm wird stets in seinem Herzen bleiben. Also bleibt er der Alte, der sich lediglich, um ein Bild zu gebrauchen, neue Kleider angelegt hat, um die Menschen sowohl als Sendbote Gottes wie auch als Yogi führen zu können.«

»Das beschäftigt mich ja gerade so sehr«, erklärte Thomas. »Die jüdischen Stämme haben immer danach gestrebt, sich von Fremdherrschaft zu befreien. Und Menschen, die unter den Steuern und ihren Herrschern leiden, neigen dazu, in einem neuen Heilsbringer bald einen militärischen Führer zu sehen, der einen Aufstand anzettelt und sie aus der Knechtschaft befreit. Kommt es also zu einer neuen Massenbewegung, erweckt das rasch die Furcht der Mächtigen. Ich glaube, daß Johannes der Täufer nicht wegen dem hingerichtet wurde, was er war, sondern aufgrund dessen, was das jüdische Volk in ihm gesehen hat. Und wenn Jesus seinen jetzigen Kurs weiterverfolgt und eine große Anhängerschaft um sich schart, setzt er sich der gleichen Gefahr aus ... Wir haben nie wirklich mit ihm über seine Ziele diskutiert. Wie sehen die denn eigentlich aus?«

Ich wollte sie nicht kennen, es sei denn, auf einer rein philosophischen Basis. Selbst ich hatte nie mit Jesus darüber geredet, wie er seinen Auftrag erfüllen wollte. Ich wußte nur, daß er sein Ziel durch Beispiele und Lehre erreichen wollte. Thomas' Befürchtungen ließen mich jetzt zum ersten Mal begreifen, daß Jesus tatsächlich beabsichtigte, in kurzer Zeit die größtmögliche Anhängerschaft um sich zu scharen und aus dieser eine Macht zu schmieden, mit der er die Mächtigen durch die Kraft der Überzeugung dazu zwingen wollte, die Last zu erleichtern, die auf dem Volk ruhte.

»Die endgültige Rolle Jesu hat gerade erst begonnen«, teilte ich Thomas nun mit. »Ganz gleich, wie unsere Ängste und Zweifel aussehen mögen, er braucht jetzt unsere uneingeschränkte Treue und Unterstützung. Wenn nötig, müssen wir ihm blindlings folgen, damit er sein Schicksal erfüllen kann.«

Als wir umkehrten, wußte ich, mit welchen Problemen Jesus konfrontiert war. Er hatte den drei Versuchungen am Ende seiner Fastenzeit widerstanden, denn er wollte die Menschen nicht dazu bewegen, gut zu werden, weil ihnen Güte durch einen gepredigt wurden, den sie als übermenschliches Wesen ansahen. Er beabsichtigte vielmehr, die Juden durch die Lehren und Beispiele seiner eigenen Güte für sich zu gewinnen. Seine Botschaft lautete Liebe. Und dies war auch der Grund, warum ich, soweit es ihn anging, meine innere Sicht verloren hatte; denn ich liebte ihn aus ganzem Herzen.

An welchem Punkt würde Jesus die Grenzlinie zwischen menschlichen Fähigkeiten und dem überschreiten, was andere als Wunder ansahen? Schon glaubten Tausende von Menschen, daß seine Heilungen Wunder gewesen seien. Leider gab es für Jesus keine andere Möglichkeit, sie zu überzeugen. Die Menschen, die im Kerker ihres eigenen geringen Selbstwertgefühls gefangen waren, gleichgültig, wie die Gründe dafür aussahen, brauchten Wunder, um sich selbst zu erhöhen, und Wundertäter, um ihnen Hoffnung zu geben. Bereits zu diesem Zeitpunkt verbreiteten sich maßlos übertriebene Berichte von Jesu Taten durch das ganze Land.

Wir liefen in Schweigen und im Halbdunkel der Dämmerung zum Haus von Simon zurück. Das einzige, was wir zu hören bekamen, war das unaufhörliche Anrollen der Wellen am Strand. Ich machte mir klar, daß ich aufgrund meiner Liebe zu Jesus einen wichtigen Teil meiner inneren Sicht verloren hatte und daß aus dieser eine persönliche Treue zu ihm erwachsen war, die die Klarheit meiner Wahrnehmungen und meiner Gedanken beeinträchtigte. Sollte ich dagegen ankämpfen?

Ich beschloß, dies nicht zu tun. Jesus wollte, daß wir ihm durch die Gezeiten und Stürme folgten, während er unser Boot steuerte.

KAPITEL 36

Als Jesus sich von seinem Fasten erholt hatte, war er von einem tiefen Frieden erfüllt gewesen. Anders als an jenem Tag, an dem er im Alter von zwölf Jahren mit den Priestern und Schriftgelehrten im Tempel diskutiert hatte, hatte er sein Leben größtenteils allein und nur mit dem Studium, der Meditation und dem Warten auf einen Hinweis Gottes über die Art seines Auftrags und die richtige Vorgehens-

weise verbracht. In Kapernaum nun geriet er zum ersten Mal in direkten Kontakt mit den Menschen, Und die Konfrontation mit ihrem Leiden, seien sie nun krank, gebrechlich, voller Kummer oder bedürftig, erfüllte seinen Geist. Ihm wurde klar, daß er etwas für die Menschheit tun mußte. Aber womit wäre ihr am meisten geholfen?
Um eine Antwort auf diese Frage zu finden, wandte er sich mehr dem Gebet als der Meditation zu, denn das Gebet hatte er aufgrund seiner Abstammung und Erziehung geradezu mit der Muttermilch aufgesogen. Die Meditation hatte ihn bislang geleitet, doch jetzt, als er sich in seinen Gedanken damit abquälte, welchen Kurs er einschlagen sollte, wandelte er selbst seine innere Einkehr in Gebete um.
Ihm war bewußt geworden, daß die Menschen Wunder brauchten, um wieder Hoffnung schöpfen zu können. War es da richtig, ihnen Wunder zu versagen, bloß weil er am Ende seiner vierzigtägigen Fastenzeit den drei Versuchungen widerstanden hatte? Immerhin hielten die Menschen seine Heilungen für Mirakel, obwohl er die doch allein kraft seiner erworbenen Fähigkeiten durchgeführt hatte. Sie würden nicht davon ablassen, mochte er ihnen auch noch so sehr widersprechen. Und verlangte die Erfüllung seines Auftrags nicht, all seine menschlichen Fähigkeiten und Talente bis zum letzten auszuschöpfen?
Wenn er die Juden nach Kapilavatthu führen würde, könnten sie sich dort mit eigenen Augen davon überzeugen, wie Yogis erstaunliche, ja unfaßbare Wunder bewirkten. Konnte er seinen Anhängern verweigern, ihn mit dem Titel eines Wundertäters zu belegen? Wie dem auch sei, er fühlte sich nicht in der Lage, den Menschen seine Hilfe zu versagen.
Die Nachricht von der Enthauptung des Johannes hatte ihn tief getroffen, doch gleichzeitig sah er darin Gottes Botschaft an ihn, welches Schicksal Erneuerer und Heilsbringer

in diesem grausamen Land erwartete. Johannes hatte den Menschen Buße und Umkehr gepredigt, doch seine Botschaft sollte eine ganz andere sein: Hoffnung für alle Menschen. Gleichzeitig durfte er die Ausbeutung der Massen nicht übersehen. Daher mußte seine Botschaft alle Mächtigen im Lande erreichen: die Oberen, damit sie den Druck erleichterten, die Pharisäer und Schriftgelehrten, damit sie mehr Demut und Verständnis an den Tag legten, die Reichen, damit sie mehr Großzügigkeit bewiesen, und die Mächtigen, damit sie mehr Gerechtigkeit walten ließen. Jesus mußte alles zugleich sein: ein religiöser, sozialer und wirtschaftlicher Erneuerer. Damit würde er sich alle Mächtigen zum Feind machen und ihnen ein noch größeres Ziel bieten, als Johannes der Täufer es gewesen war.
Wenn seine Gegner zuschlugen, würden sie es rasch tun. Deswegen beschloß er, beim Aufbau einer Massenbewegung nicht zu säumen. Johannes' Hinrichtung war ein Fingerzeig Gottes gewesen, der ihn sowohl warnen als auch zur Eile antreiben sollte. Da ihm also nicht viel Zeit zur Verfügung stand, entschied er, dem Beispiel des Täufers zu folgen und sich mit Jüngern zu umgeben.
Binnen weniger Tage ernannte er zehn seiner Gefolgsleute zu Jüngern, darunter Simon, seinen Bruder Johannes, Thaddeus und Thomas. Sobald er sie auf ihre zukünftige Rolle vorbereitet hatte, würden sie hinaus in die Welt ziehen und überall seine Botschaft verbreiten.
Die Menge, die ihm am Sabbat folgte, war so gewaltig, daß es in ganz Kapernaum keinen Ort gab, an dem er zu ihnen allen hätte sprechen können. Der Strand bot Platz genug, doch der stete Wind würde hier seine Stimme davontragen, bevor sie die hinteren Reihen der vielhundertköpfigen Schar erreicht hatten. Daher wählte er einen Hügel, der sich westlich der kleinen Stadt erhob.

Nachdem er am Morgen die Synagoge besucht hatte, zog er zu dem Hügel, und die Menschen, die ihre besten Sabbatgewänder trugen, folgten ihm dorthin. Oben auf der Kuppe war der Hügel flach. Von dort hatte man einen unbegrenzten Ausblick auf den See Genezareth, und von hier konnte er auch zu den Menschen sprechen, die sich am Fuß der Erhebung versammelten. Die zehn, die jetzt seine Jünger waren, folgten ihm nach oben. Yogi Alara zog es vor, unten zu bleiben und sich unter die Menge zu mischen. Er wollte ihre Reaktionen beobachten und gleichzeitig kein unnötiges Aufsehen erregen. Hätte er in seinem safrangelben Gewand oben bei Jesus gestanden, wären von den strenggläubigen Juden bestimmt kritische Fragen gekommen.
Jesus hatte sich ein einfaches braunes Gewand mit Kapuze angelegt, um so auch äußerlich seinen Landsleuten zu gleichen, wollte er es ihnen doch leichter machen, sich mit ihm zu identifizieren. Wie er so auf der Kuppe stand, wirkte er beeindruckend, und doch hatte man nicht das Gefühl, daß ihm die Nähe zum Volk abhanden gekommen war.
Seine Jünger traten zu ihm, und er begann zu reden und lehrte sie: »Selig, die arm sind vor Gott; denn ihnen gehört das Himmelreich. Selig die Trauernden; denn sie werden getröstet werden. Selig, die keine Gewalt anwenden; denn sie werden das Land erben. Selig die Barmherzigen; denn sie werden Erbarmen finden ...«
Die Menschen unten am Berg waren still geworden, während Jesus mit seinen Seligpreisungen fortfuhr.
»Ihr seid das Salz der Erde. Ihr seid das Licht der Welt. So soll euer Licht vor den Menschen leuchten, damit sie eure guten Werke sehen und euren Vater im Himmel preisen ...«
Die Menge lauschte gebannt, und ein inneres Feuer schien von Jesus auszugehen.

»Ihr habt gehört, daß gesagt worden ist: Auge um Auge, Zahn um Zahn. Ich aber sage euch: Leistet dem, der euch etwas Böses antut, keinen Widerstand. Wenn dich einer auf die rechte Wange schlägt, dann halte ihm auch die linke hin ...«
Jesus zog die Menschen in seinen Bann. Unzufriedene Gesichter machten nur die Schriftgelehrten und Pharisäer.
»Ich aber sage euch: Liebet eure Feinde und betet für die, die euch verfolgen.«
Auch Jesus schien die kleine Schar der Murrenden bemerkt zu haben: »Hütet euch, eure Gerechtigkeit vor den Menschen zur Schau zu stellen; sonst habt ihr keinen Lohn von eurem Vater im Himmel zu erwarten. Denn wahrlich, ich sage euch, wenn eure Rechtschaffenheit nicht größer ist als die Rechtschaffenheit der Schriftgelehrten und Pharisäer, werdet ihr keinen Eingang ins Himmelreich finden.«
Damit hatte er es ausgesprochen. Er bemerkte einige Männer mit harten Gesichtern und schwarzen Bärten, die den Hügel verließen, und erinnerte sich an den Vorfall bei der Predigt des Täufers. Furcht breitete sich in ihm aus, aber er machte sich Mut, um sie zu überwinden.
Die verbliebenen Juden waren von seinen Worten fasziniert. Das begeisterte Jesus und spornte ihn an. Doch zwei Geier, die langsam von Süden heranflogen und sich wie finstere Silhouetten am strahlendblauen Himmel abzeichneten, riefen ihm die dunkelgekleideten Männer ins Gedächtnis zurück, die eben gegangen waren.

Obwohl die Öllampen in Simons Haus in der Dämmerung am Abend dieses Tages nur wenig Licht verbreiteten, bemerkte ich bei dem jungen Mann etwas Unbestimmtes, das mich mit Unruhe erfüllte.
»Ich heiße Judas«, stellte er sich vor, als er am Eingangstor

stand, »und ich stamme aus Kerioth in Judäa.« Er besaß eine angenehme, leicht rauchige Stimme, war mit seinen klaren, zarten Zügen und dem langen, lockigen Haar durchaus hübsch zu nennen und besaß die Augen eines Rehs. Was störte mich also an ihm?

In den letzten Wochen war eine gewisse Regelmäßigkeit in unser Leben eingekehrt, die sich natürlich ganz an Jesus ausrichtete. Die Menschen, die ihm immer noch folgten, respektierten mittlerweile seinen Wunsch nach Ruhe und Zurückgezogenheit. Selbst seine Gefolgsleute blieben zurück, wenn er seine Kammer aufsuchte. Doch wie jeder gute Heiler wurde auch er gelegentlich mitten in der Nacht herausgerufen, um jemandem in Not zu helfen, und er wies niemals einen Leidenden zurück.

Die Predigt, die Jesus heute auf dem Hügel gehalten hatte, hatte mich tief bewegt. Gleichzeitig bereiteten seine Worte mir auch große Sorge, denn die Racheschwüre derjenigen, die den Ort vorzeitig und voller Ärger verlassen hatten, klangen mir noch im Ohr.

Der junge Mann hatte sich uns genähert, als wir gerade Simons Haus betreten wollten. Seine Aufmachung verriet ihn als Essener, und so hatte Jesus Judas sofort in unser Quartier eingeladen.

Simon, Johannes, Thaddeus und Thomas waren bei uns geblieben – die anderen Jünger hatten sich verabschiedet und sich in ihre Unterkünfte zurückgezogen. Simon und sein Bruder machten sich daran, im Hof das Abendessen zuzubereiten, und Thomas und Thaddeus erklärten, daß sie zu einem Spaziergang an den Strand wollten. So saßen Jesus und ich schließlich allein mit unserem Gast auf den Matten.

»Du hältst dich hier ziemlich weit entfernt von deiner Heimat auf«, begann Jesus mit seinem freundlichen Lächeln. »Was kann ich für dich tun?«

»Ich bin tatsächlich fern der Heimat, Rabbi, und doch ist es gerade eine Heimat, die ich suche.« Der junge Mann wirkte sehr ernst. Er hob die Hände und fuhr fort: »Darf ich zuerst etwas über mich erzählen, Rabbi?«

»Aber gern. Uns bleibt noch einige Zeit, bis das Essen fertig ist.« Er sog genießerisch den Duft von gebratenem Fisch und Gewürzen ein, der ins Haus drang. Von der Nachbartür ließ sich der Gesang einer hohen Knabenstimme vernehmen. Dann kicherte ein Mädchen, und zwei Kinder fingen an, sich zu streiten.

»Meine Eltern kamen vor einigen Jahren ums Leben, und der Bruder meines Vaters, ein in Jerusalem ziemlich bekannter Buchhalter, lud mich in sein Haus ein, damit ich bei ihm leben und seinen Beruf erlernen sollte. Ich bin zu ihm gezogen.« Judas lächelte traurig. »Mir blieb schließlich keine andere Wahl. Doch ich erwies mich als guter Lehrling, und so dauerte es nicht lange, bis mein Onkel mir genug vertraute, um mich selbständig Bücher prüfen zu lassen. Auch wenn ich Freude daran hatte, mich als geschickter Rechner zu erweisen, konnte diese Tätigkeit doch nicht meinen Geist befriedigen. Denn jenseits der Bücher und Tabellen sah ich nur den Verfall und den Niedergang des Lebens in der Stadt.« Seine Stimme zitterte leicht, so wichtig war ihm das, was er zu sagen hatte. »Den Armen steht nicht einmal ein Dach über dem Kopf zur Verfügung, unter dem sie ein gottgefälliges Leben nach den heiligen Gesetzen führen können. Und die meisten Menschen geben nur Lippenbekenntnisse ab, wenn es um die Religion unserer Vorväter geht. Als Essener hat mich das natürlich am meisten empört.«

Jesus schwieg dazu, und diesmal konnte ich seine Gedanken nicht lesen. »Sehr löblich«, bemerkte ich nur eher förmlich, »besonders für einen so jungen Menschen.«

»Als ich von Johannes dem Täufer erfuhr, spürte ich in mir neue Hoffnung für mein Leben.« Judas beugte sich vor. »Die Vorstellung einer rituellen Reinigung als Symbol für eine vollkommene Rückkehr zu den Idealen, Sitten und Werten unserer Vorväter sprach besonders den Essener in mir an. So bat ich meinen Onkel darum, Johannes aufsuchen zu dürfen, der in jener Zeit in Galiläa weilte. Ich blieb bei ihm und erhielt bald die Taufe. Und ich weihte mein Leben seiner Sache, denn er schien mir eine religiöse Revolution bewirken zu wollen.« Er war so ergriffen, daß er schlucken mußte.
»Und du hast ihm die Bücher geführt?« fragte Jesus leise. Er war nämlich allem Weltlichen längst nicht so abgekehrt, wie viele bei ihm vermuteten.
»Nein, Rabbi. Sein Buchhalter war ... oder ist, ich weiß nicht, was aus ihm geworden ist, ein Mann mit Namen Daniel.«
»Derselbe, der Johannes in die Löwengrube warf, in der er dann verschlungen wurde.« Deutlicher Zorn klang in Jesu Worten mit.
»Das stimmt!« rief Judas grimmig. »Daniel hat den Täufer auf die schändlichste Weise betrogen und damit uns alle hintergangen.«
»Am meisten hat er jedoch sich selbst betrogen«, fühlte ich mich verpflichtet zu sagen.
Judas warf mir einen fragenden Blick zu, und ich antwortete ihm: »Wenn einer betrogen wird, so ist die Last, die er aufgrund des Betrugs erleidet, gering zu nennen gegenüber der Last der riesigen Schuld, die der Betrüger auf sich geladen hat.«
Der junge Mann errötete leicht. »Du bist sehr weise, Meister.« Natürlich wußte er nichts von meiner Herkunft und hatte noch nie etwas von den Lehren des Herrn Buddha

gehört. Aber er schien über genug Klugheit zu verfügen, um die Wahrheit meiner Worte zu erfassen. »Wie dem auch sei, ich habe mich von Daniel entfernt, nachdem ich erfahren hatte, was er getan hat. Und während Johannes im Kerker schmachtete, fühlte ich mich wie ein Schaf ohne Hirte. So kehrte ich unglücklich zu meinem Onkel zurück, und dort hörte ich dann von dir.« Seine Augen strahlten Jesus an. Wer konnte einem solchen Blick widerstehen?

Jesus nickte. Der Zorn von eben schien verflogen zu sein. »Und jetzt bist du zu mir gekommen?«

»Nein, Rabbi. Ich folge dir schon seit einigen Wochen. Doch vermutlich hast du mich nie bemerkt; denn erst heute, nach deiner wirklich begeisternden Predigt auf dem Hügel, habe ich mich entschlossen, mich dir zu nähern.« Seine Augen leuchteten noch stärker. »Du hattest dir schon einen bedeutenden Ruf als Heiler erworben, bevor ich nach Galiläa kam. Dein Ruhm breitet sich im ganzen Land aus. Ich selbst habe mit eigenen Augen gesehen, wie du Kranke geheilt, Dämonen ausgetrieben, Blinde sehend gemacht und andere Wunder bewirkt hast. Doch dies alles gab mir noch nicht den entscheidenden Anstoß, dich anzusprechen. Das geschah erst nach deiner Predigt heute morgen.«

»Was suchst du bei mir?« wollte Jesus wissen.

»Meine Seele dürstet nach dem Messias.« Seine leise gesprochenen Worte klangen sehr überzeugend.

»Und was stellst du dir unter dem Messias vor?« fragte ich.

Ein unerwartetes Feuer loderte in seinen Augen auf: »Der Messias wird unser Volk zur Freiheit und zur Wiedergeburt von Geist und Seele führen, und als Folge davon werden wir das Joch jeglicher Herrschaft abschütteln, sei es uns nun von den Römern, den Idumäern, den Landbesitzern, den Fürsten oder den Kaufleuten auferlegt.«

»Und wie soll diese Freiheit erlangt werden?« Ich war jetzt

auf der Hut, denn solche Rede konnte, wenn sie an die falschen Ohren drang, leicht als Verrat ausgelegt werden. Aber Judas lächelte nur glücklich. »Das muß allein der Messias entscheiden. Und er wird den richtigen Weg finden, daran hege ich nicht den geringsten Zweifel. Die Menschen, die so lange in Finsternis gelebt haben, werden ein großes Licht sehen.«

»Und was bringt dich zu dem Schluß, daß dieser Rabbi hier, der nichts besitzt und dem keine Armeen zur Verfügung stehen, das jüdische Volk ins Licht führen kann?« bohrte ich weiter.

»Er wird den Geist der Menschen befreien, und unter seiner Führung werden sie dann furchtlos ihre Ziele verfolgen.« Judas wandte sich wieder an Jesus. »Deine Predigt heute hat mich endgültig davon überzeugt, daß du mehr bist als nur ein göttlicher oder begnadeter Heiler, du bist auch ein geistiger Führer. Ganz besonders hat mich beeindruckt, wie furchtlos du zu den Pharisäern und Schriftgelehrten gesprochen hast. Pah! Was für Heuchler. Du hast sie zu Recht als die Feinde unseres geistigen Lebens gebrandmarkt und ihnen das in aller Offenheit entgegengeschleudert.« Er sah Jesus direkt ins Gesicht, und sein Stimme klang kühn. »Ich glaube fest daran, daß du die soziale Revolution beenden kannst, die Johannes begonnen hat. Die Menschen werden nicht nur ihren Geist läutern, sondern sich auch unter deiner Führerschaft zusammenschließen; um sich vom Joch unserer sogenannten Herren zu befreien – und dies nicht etwa, indem sie diese gewaltsam beseitigen und ihren Besitz unter sich aufteilen, sondern indem sie die Herren mit ihrer Liebe überwältigen, die ihren Herzen innewohnt und die sie für ihre Familien und ihre Kinder empfinden.«

»So etwas könnte mir leicht den Vorwurf des Hochverrats einbringen«, entgegnete Jesus milde, doch in seinen Augen stand ein leises Funkeln, und das sagte mir, wie sehr er sich darüber freute, daß dieser junge Essener den Sinn und Zweck seiner Mission verstand. »Da du gewillt bist, dich uns anzuschließen, was würdest du davon halten, uns die Bücher zu führen?«

»Ich würde mich sehr geehrt fühlen, denn auf diesem Gebiet kenne ich mich sehr gut aus.«

»Und muß ich das gleiche Schicksal wie Johannes befürchten, der wegen angeblicher Steuerhinterziehung in den Kerker geworfen wurde?« Jesus sprach mit seiner gewohnten leisen Sanftmut, und kein Vorwurf lag in seiner Frage. Judas fühlte sich auch nicht im mindesten angegriffen, als er voller Stolz antwortete: »Wer, Herr, könnte dich besser vor den Fehlern bewahren, die in seinen Büchern aufgetaucht sind und ihm sein unziemliches Ende beschert haben?«

Jesus dachte für eine Weile nach. »Das klingt überzeugend«, erklärte er schließlich und entschied: »Meine engere Gefolgschaft beläuft sich auf einhundert Menschen. Ich habe zehn Jünger. Einen weiteren habe ich bereits ins Auge gefaßt. Möchtest du gern mein zwölfter Jünger werden?«

»Ja, sehr gern.«

»Dann hol das, was du brauchst, und kehre heute nacht hier bei uns ein, um dich uns anzuschließen.«

So war es geschehen, und so erschien es richtig. Warum nur fühlte ich bei Judas immer noch diese Unruhe?

KAPITEL 37

Als Judas sich an diesem Abend anmeldete, ließ der Hohepriester ihn sofort in sein Arbeitszimmer führen. Der junge Mann war seit sechs Monaten nicht mehr bei ihm erschienen, und das einzige, was Kaiaphas während dieser Zeit von Judas gehört hatte, war die Nachricht gewesen, die eine der sechs Brieftauben, die er mitgenommen hatte, ihm überbrachte: »Die Taube hat einen neuen Schlag gefunden.« Das war vor vier Monaten gewesen, und seitdem wartete der Hohepriester ungeduldig.

Der junge Mann, der jetzt vor ihm niederkniete und ihm die Hand küßte, hatte sich ziemlich verändert. Statt der weißen Essenertracht trug er ein grobes braunes Gewand, und es lag nicht nur am Licht der Öllampen, daß sein Gesicht und seine braunen Augen viel sanfter wirkten. Und mehr noch, die Ausstrahlung des Judas verriet, daß er seine innere Unrast verloren hatte. Zwar hatte seine Arbeit ihn, wie es unter Buchhaltern üblich war, nie übermäßig besorgt oder beschäftigt, aber ihm war stets eine Angespanntheit anzumerken gewesen, die sich nun gelöst zu haben schien.

»Ich wußte, daß du heute kommen würdest«, log Kaiaphas. »Deine Aufmachung verrät mir, daß du dich Jesus angeschlossen hast.«

Judas lauschte der monotonen Musik, die aus dem Tempel ertönte. »Eure Musikanten hier in Jerusalem verstehen sich viel besser auf ihre Kunst als die in Galiläa.« Spätestens diese Bemerkung verriet, daß der junge Mann deutlich ruhiger geworden war. »Eure Beobachtungsgabe ist wirklich beeindruckend. Ja, Ihr habt recht, ich habe mich tatsächlich Jesus angeschlossen. Und mehr noch, ich bin einer seiner Jünger und sein Schatzmeister geworden.«

»Sehr gut.« Der Hohepriester nickte befriedigt. »Uns liegen einige zweifellos maßlos übertriebene Berichte über angebliche Wunder vor, die Jesus bewirkt haben soll. Du kannst mir jetzt sicher erklären, was es damit wirklich auf sich hat.«

»Alles, was Euch über ihn zu Ohren gekommen ist, entspricht vermutlich der Wahrheit, Herr«, antwortete Judas ernst. »Nie hat es in diesem Land einen Heiler wie Jesus gegeben. Er braucht dazu keine Arznei, sondern setzt lediglich die Kraft seiner Worte ein, und hin und wieder legt er auch seine Hand auf. Ich war persönlich zugegen, als er Kranke heilte, Dämonen austrieb, einen Leprakranken reinigte und einen Gelähmten wieder gehen ließ.«

»Unfug!« rief Kaiaphas, bevor er seinen Ärger zügeln konnte. »Er bedient sich nur einiger Tricks.«

»Wie auch immer, Herr, die Menschen nehmen das für bare Münze, was sie mit eigenen Augen gesehen zu haben glauben.«

Der Hohepriester lehnte sich zurück und legte die Hände auf den Schreibtisch. »Also können wir uns rühmen, einen neuen großartigen Heilkundigen in unserem Land zu wissen. Was aber soll das alles mit Wundern zu tun haben?«

»Seine Taten gehen über das bloße Heilen hinaus«, entgegnete Judas mit einer Spur Trotz in der Stimme. »Menschen, die dabeigewesen sind, schwören, er habe bei einer Hochzeit in Kanaan Wasser in Wein verwandelt, als die Vorräte dort zur Neige gingen.«

»Das beweist doch nur, daß die Menschen nicht mehr wissen, was man ihnen vorsetzt, sobald sie einen über den Durst getrunken haben.«

»Das mag sein, Herr, aber ich selbst habe einem ähnlichen

Wunder beigewohnt. Jesus speiste mehrere hundert Menschen mit nur ein paar Broten und einigen Fischen.«
Kaiaphas dachte diesmal nach, bevor er entgegnete: »Es könnte doch sein, daß anfangs tatsächlich nur ein paar Brote und Fische zur Verfügung standen, dann aber Nachbarn und Freunde ihre Vorräte herbeitrugen, und zwar freiwillig und ohne zu wissen, daß andere es ihnen gleich taten. Und nicht einmal ihr Jünger habt das bemerkt, oder?« Als Judas dazu nichts sagte, fuhr der Hohepriester fort: »Jedes dieser sogenannten Wunder muß eine logische, natürliche Erklärung haben.«
»Dann kommen Wunder also nicht vom Allmächtigen?«
»Der Herr wirkt durch die Natur oder durch Menschen. Nichts davon ist übernatürlich.« Kaiaphas zog die Lippen zurück, doch nicht zu einem Lächeln, sondern als Ausdruck seiner Verachtung für alles Übernatürliche. »Wenn es aufgrund menschlichen Tuns zu einem unerklärlichen Vorfall kommt, den die meisten Sterblichen nicht begreifen können, nennen sie das Wunder, weil es ihnen unerwartet oder sogar einzigartig erscheint.«
Die braunen Rehaugen sahen ihn unbeeindruckt an. »Ich erkenne die Wahrheit in Euren Worten«, sagte Judas schließlich, »aber verliert unser Leben damit nicht viel von seinen Geheimnissen?«
»Nein, es beraubt die normalen Menschen ihrer Narretei, auf die Tricks eines begabten Zauberers hereinzufallen. Das wahre Geheimnis des Lebens besteht in der Natur, wie der Allmächtige sie zusammengesetzt hat.«
»Aber ich habe wirklich gesehen, wie Jesus vom Strand aus über das Wasser des Sees von Genezareth lief, um Simon und Johannes zu retten, deren Schiff in einen Sturm geraten war.«
Es verärgerte den Hohepriester sehr, erkennen zu müssen,

daß der junge Mann diesen Vorfall bis zum Schluß aufgehoben hatte, um Jesu außergewöhnliche Fähigkeiten zu belegen. »Davon habe ich auch gehört. Vermutlich kannte er die Sandbank, auf der das Schiff der beiden auf Grund gelaufen war, und ist auf ihr entlangspaziert. In einer dunklen Nacht, in der die Wellen hochschlugen und ein heftiger Wind geweht hat, mag es tatsächlich so ausgesehen haben, als sei er über das Wasser gelaufen.«

»Thomas und Alara, die beide aus Indien kommen, sagen, daß die Yogis in ihrem Teil der Welt Kranke heilen, Tote ins Leben zurückholen, über Wasser laufen, in der Luft schweben, sich über mehrere Tage totstellen und ...«

»Und wo bleiben da deine Wunder, mein teurer Judas?« unterbrach Kaiaphas ihn, hob die Hände und ließ sie schwer auf den Schreibtisch krachen.

Der junge Mann starrte ihn verwirrt an. Die kalte Logik im Verein mit der liebenswürdigen Anrede hatten ihn vollkommen aus der Fassung gebracht. Es gefällt dir also, wenn ich dir Zuneigung erweise, dachte der Hohepriester. Gut, die sollst du von mir erhalten, wenn ich dafür deine Loyalität erhalte und du von deiner jugendlichen Schwärmerei abläßt, die dich dazu verführt hat, an diesen Jesus zu glauben.

»Aber er hat den See beruhigt, als an einem anderen Tag ein Sturm wütete«, rief Judas.

»Eine bloße zeitliche Übereinstimmung.« Doch Kaiaphas dachte einen Moment nach. »Auf der anderen Seite wird jemand, der sein Leben lang im Freien verbracht hat, sich mit Wind und Wetter auskennen und wissen, wann es zu einem Wechsel kommt.«

»Ihr wollt einfach nicht daran glauben, oder, Herr?«

»Ich glaube nur an das, was wahr ist. Du hingegen glaubst das, was du gern glauben möchtest.« Ihm kam eine Inspiration. »Du und die anderen, die Jesus noch näherstehen.«

Judas erstarrte. »Ich stehe Jesus so nahe wie jeder andere auch.«
»Aber du stehst ihm nicht am nächsten.«
Der junge Mann senkte den Blick. »Nein.«
»Wer darf sich dann seiner größten Wertschätzung rühmen?«
Judas schwieg für einen Moment, ehe er leise und mit Ablehnung in der Stimme antwortete: »Johannes.«
»Also ist Johannes sein Favorit.« Kaiaphas hatte eine neue Waffe gefunden, die er gegen den jungen Mann einsetzen konnte, und er genoß es, den Dolch tiefer in Judas' Wunde zu bohren. Da der Jüngling sich von Grund auf sehr unsicher fühlte, brauchte er stets das Gefühl, von den Menschen, die sein Leben ausmachten, ganz besonders geliebt zu werden. Tief in seinem Innern führte er Buch über den Wert, die die Personen, die ihm wichtig waren, ihm zumaßen, und wehe, er war ihnen nicht das Wertvollste auf der Welt. Dies wußte der Hohepriester, und ihm war auch bekannt, zu welcher übertriebenen Raserei solche schwachen Menschen in ihrer Eifersucht fähig waren. »Einmal abgesehen von Jesu Fähigkeiten, wie sieht es denn mit seinen Verbindlichkeiten aus?«
»Wie meint Ihr das, Herr?«
»Du hast doch bestimmt Belege für die Gaben und Geschenke gesammelt, die Jesus erhalten hat, oder?«
»Jesus nimmt keine Gaben oder Geschenke an. Er verweigert sich Geld und läßt alle anderen Gaben, außer denen, die wir für unseren Lebenserhalt benötigen, an die Armen verteilen.«
Dieser Rückschlag verblüffte Kaiaphas. »Worin besteht denn dann deine Tätigkeit als Schatzmeister?«
»Ich verzeichne die Gaben und liste die Personen auf, an die sie weitergegeben wurden.«

»Und ihr hebt nie etwas auf oder behaltet etwas für euch?«
»Nie, Herr. Auch besitzen wir keine Lagerhäuser, wie Daniel sie damals für Johannes angemietet hatte, freilich ohne daß der Täufer etwas davon erfuhr.«
»Hm ... wirklich ein listiger Bursche, dieser Jesus.«
»Ich halte ihn für genauso ehrlich wie Johannes, aber er ist eindeutig weiser.«
»Natürlich ... natürlich.« Der Hohepriester spürte, daß er eine andere Route einschlagen mußte. »Dann berichte mir, was Jesus gesagt oder getan hat, wodurch sich die Juden beleidigt fühlen.«
»Wenn schon kein anderer Grund vorliegt, sind wir Juden doch schon beleidigt, wenn man uns ignoriert.«
»Das weiß ich alles«, winkte Kaiaphas ab. »Was hat Jesus, nun, da er seine Rolle vom Heiler zum Prediger und gar Führer erweitert hat, getan, wodurch sich die Juden, sei es zu Recht oder zu Unrecht, beleidigt fühlen könnten?«
»Er hat Matthäus, einen Steuereintreiber, zu seinem zwölften Jünger gemacht.« Judas nannte ihm die elf anderen Jünger, unter denen sich auch sein Name befand. »Und einmal hat er Nahrung und Wasser von einer Samariterin angenommen, etwas, was jeden rechtschaffenen Juden in Zorn versetzt. Und bei seiner ersten großen Predigt hat er die Pharisäer und die Schriftgelehrten auf das schwerste beleidigt.«
»Inwiefern?«
Judas berichtete ihm ausführlich von der Predigt und schloß mit den Worten: »Manche halten ihn für einen Gesetzgeber, andere sehen in ihm den Messias, weil er sich für die Gedemütigten und Geknechteten stark macht und ihnen neuen Mut gibt. Das hat natürlich bei den Oberen für einige Unruhe gesorgt.«
»Das ist mir bekannt.«

»Außerdem hält er die Gebräuche und Gebote unserer Vorväter beim Sabbat nicht ein.«
»Oh! Und auf welche Art und Weise bricht er die Sabbat-Vorschriften?«
»Nun, eigentlich bricht er sie nicht, vielmehr befolgt er sie nicht buchstabengetreu. So hat er zum Beispiel erklärt, daß Gott den Sabbat für den Menschen und nicht den Menschen für den Sabbat geschaffen habe. Jesus begründete dies damit, daß wir nicht wissen, was Gott genau getan hat, als Er nach der Erschaffung der Welt am siebten Tag ruhte.«
»Eine interessante Theorie, wenn auch Blendwerk, selbstsüchtig und eine direkte Verletzung unserer Sabbatgebote.«
Kaiaphas sprach diese Vorwürfe ohne innere Überzeugung aus. Insgeheim hegte er bereits leise Bewunderung für die Ausführungen des Nazareners, auch wenn der Mann eine potentielle Bedrohung für seine eigenen Ambitionen darstellte. Nach kurzer Abwägung kam er zu dem harten Schluß, daß Jesus aus dem Weg geräumt werden mußte, und zwar je eher, desto besser. »Also hat er sich bereits viele Feinde gemacht?«
»Ganz ohne Frage.«
»Und sicher auch erbitterte Feinde, so wie ich unsere Frömmler in den kleinen Städten und Gemeinden kenne.«
»O ja. Wir rechnen mit größeren Protesten, wenn wir nächsten Monat zum ersten Mal seine Heimatstadt Nazareth besuchen.«
Der Allmächtige oder meinetwegen auch die Götter der Kanaaniter stehen doch auf unserer Seite, dachte der Hohepriester und fragte: »Wann genau wollt ihr denn dorthin ziehen?«
»Ich schätze, so etwa in sieben Wochen.«
»Kannst du Einfluß auf den Termin nehmen?«
»Kaum ... aber ich will es versuchen. Warum, Herr?«

»Das werde ich dir zur gegebenen Zeit mitteilen. Bis dahin sorge dafür, daß ihr nicht aufbrecht, ehe du neue Nachricht von mir erhalten hast.«

Simeon war verärgert, als er die Botschaft erhielt, sich am Abend im Palast des Hohenpriesters einzufinden. Das paßte ihm nicht, hatte er doch schon Vorbereitungen für Judas' Besuch getroffen. Als er nach der Besprechung nach Hause eilte, hatte der junge Mann bereits die Öllampen entzündet und wirkte ungehalten. »Tut mir leid«, entschuldigte Simeon sich sofort, »aber ich wurde unerwartet zu Kaiaphas gerufen.« Er löste sich aus Judas' Umarmung, legte ihm eine Hand auf den Arm und sah ihm in die braunen Augen. »Du rätst nie, wen ich morgen im Arbeitszimmer des Hohenpriesters treffen werde.«
»Wen denn?« fragte der junge Mann verwundert.
»Rate doch.«
»Sicher jemand Wichtigen ... den Tetrarchen?«
»Falsch.«
»Einen Esel, wenn Kaiaphas dir seinen Spiegel vorhält?«
»Dafür sollte ich dich züchtigen.«
»Aber nur, wenn du das richtige Werkzeug dafür benutzt.«
»Du kleiner Lüstling. Jetzt rate weiter.«
»Ich gebe auf.«
»Dich.«
»Mich?«
Simeon grinste von einem Ohr zum anderen, als er die Verwirrung in Judas' Gesicht sah. »Richtig.«
»Aber warum denn mich?«
»Weil du mein Kontaktmann sein sollst, wenn Jesus nach Nazareth geht.«
»Allmächtiger!«
»Ja, da muß wirklich der Herr Seine Hand im Spiel gehabt

haben. Unser Hoherpriester ist ein listenreicher Mann. Er weiß und hört alles, nur nicht, daß wir beide uns kennen. Morgen will er uns in seinem Arbeitszimmer miteinander bekannt machen und es dann uns überlassen, wie wir weiter vorgehen wollen. Auf diese Weise bleibt er außen vor, und man kann ihm nichts anhängen.«
»Was sollen wir tun?«
Simeon erklärte es ihm.

In der Nacht sagte sich Kaiaphas jedoch, daß er sich besser nicht dem Risiko aussetzte, Simeon und Judas vor aller Augen in seinem Palast oder im Tempel zu empfangen. So ließ er beiden mitteilen, daß sie sich zu einem festgesetzten Zeitpunkt auf dem Marktplatz treffen sollten. Er beschrieb sie einander und gab ihnen als Losungswort »Nazareth« (was er für eine pfiffige Idee hielt).
Der Zelot wirkte übernächtigt, als er am nächsten Tag vor dem Verwaltungsbereich des Tempels erschien, um dem Hohenpriester Bericht zu erstatten. »Oh, komm herein«, grüßte Kaiaphas ihn, »gut, daß du hier bist. Wir müssen uns dringend über die Preise unterhalten, die wir für diese Waren bezahlt haben.« Er hielt eine Schriftrolle hoch, damit der Diener sie sehen konnte. Der Mann verstand, verließ das Arbeitszimmer und schloß hinter sich die Tür. »Nimm Platz«, forderte der Hohepriester den Zeloten auf.
»Danke«, Simeon ließ sich auf der kleinen Couch nieder.
»Du siehst heute morgen ziemlich mitgenommen aus. Fehlt dir etwas?« Er verspürte nicht das geringste Mitgefühl mit dem Mann – Kaiaphas hatte für niemanden etwas übrig –, aber solche Nettigkeiten hatten sich bisher stets als Mittel bewährt, sein Ansehen zu steigern. Mittel, was für ein Ausdruck! Als wenn er es nötig hatte, sich beim Volk Respekt und Autorität zu erkaufen. Aber sei's drum.

»Ich habe letzte Nacht nicht gut geschlafen. Es war so kalt, und es wollte mir einfach nicht warm werden.«
Simeon machte dabei ein eigenartiges Gesicht, und der Hohepriester wußte, daß der Zelot log. Wahrscheinlich hatte der Mann in der vergangenen Nacht mehr als genug Wärme erhalten, und zwar von einem Knaben – soviel hatten ihm seine Spione nämlich gemeldet. »Ja, uns scheint ein strenger Winter bevorzustehen«, entgegnete er. »Hast du die Nazareth-Verbindung herstellen können?« Er lobte sich in Gedanken wieder für sein brillantes Wortspiel.
»Ja, das habe ich. Alles ist vorbereitet.«
»Fein, fein. Und jetzt habe ich eine Neuigkeit für dich.«
»Aha.« Der Zelot hob die Brauen.
»Ich habe Barabbas ausfindig gemacht!«
Simeon verriet weder durch einen Ausruf noch durch seine Miene, daß ihn diese Nachricht überraschte. »Ist ja interessant«, bemerkte er nur.
»Nicht nur interessant, sondern von enormer Wichtigkeit.«
»Natürlich, für eure Rache, Herr.«
»Ja, so könnte man auch sagen.« Der Hohepriester spielte wieder mit dem Griffel und stach sich mit der Spitze in den Daumen. »Aber noch viel mehr für meine, ah, unsere Pläne.« Kaiaphas war nicht gewillt, mehr preiszugeben.
Simeon spürte die Zurückhaltung von Kaiaphas und fragte: »Wo steckt er denn, Herr?«
»Das teile ich dir mit, wenn es an der Zeit ist, daß du Kontakt mit ihm aufnimmst.« Der Hohepriester hielt es für klüger, nicht hinzuzufügen, daß er endlich herausgefunden hatte, was sein ehemaliges Mündel getrieben hatte, seit es vor vielen Jahren aus seinem Palast geflohen war.

Nachdem der Eunuch, der Salome mit dem Kopf des Täufers eine so grausame Überraschung bereitet hatte, tot war, brauchte Herodias von keiner Seite mehr zu befürchten, daß ihre Tat aufgedeckt würde. Erst letzten Monat hatte ihre Tochter sich in dem Palast, den Herodes ihr zugewiesen hatte, das Leben genommen. Sie hatte sich, wohl als symbolische Sühne für die Enthauptung des Johannes, mit einem Dolch die Kehle von einem Ohr zum anderen aufgeschlitzt. Nur Herodias verstand die Zusammenhänge, und natürlich war sie es gewesen, die Salome das Messer hatte zukommen lassen.

Seit Herodes' starkes Interesse an ihrer Tochter erwacht war, hatte er all seine Ambitionen und allen Antrieb verloren. Der viele Wein und der häufige Beischlaf mit der jungen Frau hatten seinen Verstand zerrüttet. Als er dann von Salomes Wahnsinn und Selbstmord erfahren mußte, hatte er sich wieder Herodias zugewandt, um bei ihr Trost zu finden. Ihm schien wieder einzufallen, daß er eine ältere, innerlich gefestigte und reife Frau an seiner Seite hatte, die seine Gelüste und Bedürfnisse stets auf das Trefflichste zu befriedigen verstanden hatte und auf die er sich immer verlassen konnte. Dummerweise fing er in dieser Zeit an, sie *em* zu nennen, was sie empörte; doch sie ließ sich darauf ein, brachte ihr das doch auch die Sicherheit ein, die sie so dringend brauchte. Und wenn ihr Gemahl Lust verspürte, seiner »Mutter« beizuliegen, würde sie sich nicht dagegen wehren. Und so war es Herodias bald gelungen, wieder ihren alten Einfluß auf Herodes Antipas auszuüben.

»So sind die Männer eben«, erklärte sie Rahila, die gerade, während sie Herodias das Haar richtete, eine Bemerkung darüber gemacht hatte, daß die Herrin ihre alte Stellung zurückgewonnen habe.

»Die Männer haben ein kurzes Gedächtnis, Herrin, während die Rache eines Weibes nie schläft«, entgegnete die Zofe nur.

Herodias hatte jedoch Grund, sich über eine neue Bedrohung Gedanken zu machen, als sie an diesem Abend mit ihrem Mann speiste. Er fraß immer noch wie ein Schwein. Die Lüsternheit in seinem Blick, wenn er die halbnackten nubischen Sklavinnen betrachtete, die ihnen mit großen Fächern Luft zuwedelten, war immer noch nicht vergangen. Er war noch fetter geworden und hatte vor kurzem wieder damit begonnen, von der Dattelpalme zu sprechen, um ihr auf diese Weise seine fleischlichen Wünsche kundzutun. Dabei war Herodias der Ansicht, daß seine »Palme« nach allem, was er angestellt hatte, längst in der Hölle schmoren müsse, »Dieser Jesus, dieser sogenannte Wundertäter aus Galiläa, wird von manchen als der Messias verehrt«, bemerkte sie unvermittelt.

Herodes rülpste laut und strahlte. »Ah, das bringt den Geschmack des köstlichen Mahls auf meine Zunge zurück. Ein Rülpser nach dem Essen ist Gottes Art, uns das Vergnügen zurückzugeben, ohne daß wir Gefahr laufen, uns vollzustopfen.«

Er schien sie nicht gehört zu haben, doch Herodias wußte, daß er nur auf solche Ablenkungsmanöver verfiel, um Zeit zum Nachdenken zu gewinnen. »Dieser Mann könnte zu einer starken Bedrohung für dich erwachsen. Zu einer noch größeren, als Johannes der Täufer sie je dargestellt hat«, fügte sie daher noch hinzu.

»Aber anders als der Täufer hat Jesus uns nicht angegriffen.« Herodes tätschelte den Hintern eines Knaben, der ihm gerade Wein nachschenkte. Seine Worte gingen halb in einem Platschen des Springbrunnens und der Musik des Orchesters unter, das gerade zu spielen begann.

»Noch nicht, Herr«, murmelte Herodias. »Aber wie ich zu sagen pflege, besser das Skorpionennest gleich zerstören, bevor die Jungen herangewachsen sind.«

»Wollt Ihr damit andeuten, ich solle den Mann verhaften lassen?«

»Aber nein, Herr. Ihr in Eurer unvergleichlichen Weisheit würdet diese Angelegenheit ganz anders handhaben.«

Er strahlte über dieses Kompliment und warf ihr mit seinen fettverschmierten Lippen eine Kußhand zu. »Und wie, glaubt Ihr, würde ich in diesem Fall vorgehen?« Der verschlagene Blick, den sie so gut kannte, war wieder in seine Augen getreten. »Sagt mir doch, ob Ihr es erraten könnt.«

Herodias tat so, als würde sie angestrengt nachdenken, sah ihn fragend an, schaute weg und starrte ihm in die Augen, so als wollte sie seine Gedanken erahnen. »Ich glaube … nun, ich denke, Ihr würdet Pontius Pilatus die Warnung zukommen lassen, daß dieser Jesus einen Aufstand im Schilde führte und damit die Macht Roms selbst herausfordert.«

Herodes sah sie ungläubig an, aber nur für einen kurzen Moment. Sie wußte, daß dieser Blick von seiner Bewunderung für die Klugheit ihres Vorschlags herrührte, tat aber so, als freue sie sich, seinen Plan erraten zu haben. »Ihr seid wirklich eine bemerkenswerte Frau«, lobte er sie. »Ebenso gescheit wie schön.« Er nannte sie nicht wie früher die schönste Frau der Welt.

»Ich danke Euch, Herr, nicht nur für Eure Wertschätzung, die das Blut in den Adern meines Seins ist, sondern auch für Eure eigene Weisheit, die Euch zu der Erkenntnis brachte, daß ein Aufstand des jüdischen Volkes gegen seine fremden Herrscher geführt werden wird, zuerst gegen uns, ihre idumäischen Nachbarn, und dann gegen die römischen Eroberer.«

»Dafür sollt Ihr eine Belohnung erhalten!« rief er, und ihr sank das Herz, denn er hatte eine Dattel in die Hände genommen. »Ihr erhaltet aus meiner persönlichen Schatz-

kammer einhundert Bronzemünzen. Sozusagen als Symbol für Eure Klugheit, zu erkennen, daß wir es ihm überlassen müssen, dieses Kamel aus dem Treibsand zu ziehen.«
Herodias atmete erleichtert aus und klatschte zum Ausdruck ihrer Freude in die Hände. Sie liebte Gold, Geld und Geschmeide jeder Art und hatte bereits einigen Reichtum zusammengetragen, darunter auch Einkünfte aus dem Handel, den die Eunuchen in ihrem Auftrag führten. Von all dem hatte ihr Gemahl natürlich keine Ahnung.
»Und als zusätzliche Anerkennung«, grinste er sie lüstern an, »bekommt Ihr heute abend wieder die geliebte Dattelpalme.«

KAPITEL 38

Das Klopfen am Tor von Simons Haus klang so entschieden und fordernd, daß wir einander voller Sorge ansahen. Jesus, Simon, Johannes (nicht dessen Bruder), Judas und ich hatten uns in seinem Wohnquartier eingefunden, um beim Abendessen die Ereignisse des Tages zu besprechen. Die anderen Jünger waren in ihre Unterkünfte zurückgekehrt, und Simons Eltern weilten immer noch bei der Großmutter.
»Wer kann das sein?« Judas, unser zwölfter Jünger, wirkte, als sei er einer Panik nahe.
»Hört sich an wie Männer des Tetrarchen!« zischte Johannes, einer der zwei Söhne des Zebedäus, die beide zu Jesu Jüngern geworden waren. Johannes war noch bei uns geblieben, als sein Bruder nach Hause aufbrach, denn er stand Jesus mittlerweile am nächsten.

Wieder hämmerte jemand an das Tor, diesmal jedoch noch fordernder.
»Da scheint wirklich jemand in offizieller Mission gekommen zu sein«, murmelte Judas. Trotz des trüben Lichts erkannte ich, daß ihm die Farbe aus dem Gesicht gewichen war. In den Monaten, die er jetzt bei uns war, hatte er sich als guter Schatzmeister erwiesen. Er gab einige der Nahrungsspenden, die wir erhielten, Simon und den Jüngern, die in der Stadt wohnten, und verteilte den Rest unter die Armen. Ich hatte einen Blick in seine Bücher geworfen und festgestellt, daß er sie sauber und peinlich genau führte.
»Vor zweitausend Jahren versammelten sich die ägyptischen Philosophen, um allein durch einen Disput die Antwort auf eine einzelne Frage zu finden«, begann ich und konnte einen Anflug von Belustigung auf meiner Miene nicht verbergen. »In einem Jahr entschieden sie sich für eine besonders esoterische Frage: Wie viele Zähne hat ein Pferd? Nach Tagen fruchtloser Debatte schlug ein junger Denker, den das Scheitern ihrer bisherigen Bemühungen frustrierte, allein durch Logik eine Antwort auf diese Frage zu finden, vor, doch einfach nach draußen zu gehen, ein Pferd zu suchen und diesem ins Maul zu schauen. Nach dieser Zumutung hat man ihn nie wieder zu den Treffen eingeladen.« Ich lächelte und erhob mich. »Ich gehe jetzt zum Tor und sehe nach, wie viele Zähne der Gaul hat.«
Als ich die Tür erreichte, hatten die auf der anderen Seite sie schon fast aus den Angeln gerissen. »Aufmachen!« brüllte jemand auf Latein.
Ich spähte durch das Astloch, erkannte, wer da Einlaß begehrte, und öffnete rasch. Während ich den schweren Riegel zurückschob und die Bolzen zurückzog, drang mir der Rauch von brennenden Fackeln in die Nase. Als die Tür

offen war, standen zwölf römische Legionäre in Doppelreihe vor mir. Sie trugen Kettenhemd und Helm und waren mit Schild, Speer und Kurzschwert ausstaffiert. Zwei Sklaven, die sich vor ihnen befanden, hielten Fackeln hoch. In ihren Schein trat nun ein junger Centurio mit glattrasierten Zügen.

Mir fiel natürlich sofort die Nacht wieder ein, in der man Jesus und mich im Park von Kapilavatthu verhaftet hatte. Warum wollten die Römer uns festnehmen? Wir hatten kein einziges Wort gegen sie oder die Obrigkeit gerichtet.

»Was kann ich für Euch tun, Herr?« fragte ich höflich.

Der Centurio betrachtete meine Robe abschätzig. »Bist du der Heiler namens Jesus?« verlangte er zu erfahren.

Ich habe mich stets bemüht, allen Menschen gerecht zu werden, aber deswegen muß ich mir noch lange keinen Mangel an Umgangsformen bieten lassen. »Nein, der bin ich nicht. Wie Ihr leicht sehen könnt, stamme ich aus einem fernen Land. Aber Ihr seid bestimmt der Sohn des Kaisers Augustus, der in diesem Land schon lange erwartet wird, oder?« Ich schenkte ihm einen so unschuldigen Blick, daß er glauben mußte, ich sei ein einfältiger Fremdling. Ich bemerkte jedoch, wie einige seiner Männer hinter vorgehaltener Hand kicherten.

»Ich bin Centurio Romulus von der hiesigen Garnison, stationiert in Kapernaum.« Na bitte, das hörte sich für einen Soldaten doch schon recht höflich an.

»Wenn man Eure Art, Eure Erscheinung und Euer gutes Aussehen in Betracht zieht, müßt Ihr in direkter Linie vom Gründungsvater Eurer großen Rasse abstammen«, gab ich zurück, ohne in Gelächter auszubrechen.

Das machte ihn tatsächlich verlegen. »Äh ... nein«, stammelte er, bevor er sich wieder im Griff hatte. »Ich komme in dringendem Auftrag und kann meine Zeit nicht mit müßigem Geschwätz vertändeln. Mein Vorgesetzter, Tribun Jairus, der unsere in Kapernaum stationierte Abteilung befehligt, hat mich geschickt, den Arzt in die Garnison zu führen. Wo steckt er?«

»Ich bin Jesus.« Die kräftige, gleichwohl sanfte Stimme ertönte direkt hinter mir. »Was kann ich für Euren Tribun tun?«

»Wir bringen dir seine Einladung.«

»Und dazu schickt er mir eine ganze Streitmacht?« Jesus nickte in Richtung der Doppelreihe.

»In der Nacht brauchen wir eine starke Bedeckung«, antwortete der Centurio wie selbstverständlich. »Die Tochter unseres Tribuns, sein einziges Kind, liegt im Sterben, und er bittet dich, zu ihm zu kommen, um ihr Leben zu retten.« Er drehte sich um und zeigte auf die Straße. »Wir führen zu deiner Bequemlichkeit eine Sänfte mit.« Dann fügte er leise hinzu: »Jairus ist ein Neffe des Kaisers Tiberias. Aber selbst der Kaiser kann ihm in dieser Lage nicht mehr helfen – nur du.«

Ich konnte nun die Umrisse der Sänfte erkennen, neben der vier stämmige Träger standen.

»Ich kann auch laufen«, erklärte Jesus.

»So wäre es aber sicherer«, beharrte Romulus. »Meine Männer könnten die Sänfte ringsum abschirmen. Bitte, es ist wirklich sehr dringend.«

»Ich werde nicht auf dem Rücken von Menschen sitzen«, erklärte Jesus mit solcher Festigkeit, daß kein Widerspruch möglich war.

Das schien der Centurio nicht erwartet zu haben. »A-a-aber ...« begann er.

»Ich hole nur rasch meinen Stab, dann komme ich mit Euch«, unterbrach Jesus ihn und kehrte ins Haus zurück.

»Und ich begleite ihn«, ließ sich Simon vernehmen.

»Ich auch!« rief Johannes, der jetzt neben dem Riesen auftauchte.
Als Jesus zurückkehrte, schloß ich mich der Gesellschaft an.

Das römische Fort erhob sich an einer strategisch günstigen Stelle auf einem Hügel an der Landzunge, die im Nordwesten in den See Genezareth hineinragte. An der einen Seite durch die Stadtmauer geschützt, war es an den drei anderen von Klippen und Wasser umgeben. Die Festung überblickte die Fernstraße von Damaskus nach Ägypten und kam mir uneinnehmbar vor.
Im Innern der Anlage ging es wie in einem Militärlager zu. Als wir an den zweiräumigen Wohnquartieren vorbeikamen, wurden wir mit neugierigen Blicken von Frauen und Kindern bedacht. Der Tribun bewohnte ein Landhaus, das inmitten eines Zypressenwäldchens stand. Die weißen Säulen und das rote Giebeldach hatten wir schon einige Male vom Ort aus gesehen.
Die Villa war von einer hohen Mauer umgeben, und als wir das Haus betraten, verbeugten sich in weiße Tuniken gekleidete Diener vor uns. Überall im Lager waren Fackeln angebracht, und in ihrem Schein erkannten wir schmucke kleine Häuser mit kunstvoll angelegten Gärten dazwischen. Und hier und da sprudelte ein Springbrunnen. Ein beschauliches Bild.
Aber im Herzen des Tribuns wohnte weder Beschaulichkeit noch Ruhe, als er uns im Empfangsraum vor den Frauengemächern begrüßte. Er war ein gutaussehender Mann in den mittleren Jahren, nach Art der Römer glattrasiert und mit erstem Silber im schwarzen Haar. Jairus trug nur eine weiße Toga. Seine Haltung drückte Vornehmheit aus, und ihm wäre nichts von seinem Kummer anzumerken gewesen, wenn ich davon nicht in seinem Geist gelesen hätte.

Lautes Jammern aus den Räumlichkeiten der Frauen verriet mir zudem, daß das Schlimmste eingetroffen sein mußte.
»Ihr seid zu spät gekommen«, erklärte der Tribun. »Meine Tochter ist soeben von uns gegangen.«
»Ihr habt Euch viel Zeit damit gelassen, mich zu rufen«, entgegnete Jesus freundlich. »Aber es ist nie zu spät.« Er sprach mit einer Festigkeit, die selbst mich überraschte. »Führt mich zu ihr.«
Jairus starrte ihn an, als hätte er nicht verstanden. Er schien noch unter Schock zu stehen.
»Bringt mich zu ihr. Ich sage Euch, sie schläft nur.«
Jesus hatte leise gesprochen, doch seine Worte ließen den Tribun zusammenfahren. »Dann folge mir«, murmelte er und setzte sich in Bewegung.
»Ihr bleibt hier.« Jesus sah der Reihe nach Simon, Johannes und mich an. »Ich will mich allein um das Mädchen kümmern.« Er folgte Jairus, und ihre Schritte verloren sich nach einiger Zeit im leeren Flur.
Wir waren allein. Vermutlich hielten sich alle Diener, die nicht gerade mit dringenden Aufgaben beschäftigt waren, am Totenbett auf. Die Zeit wurde uns lang. Ich verlor mich so in meiner Konzentration, Jesu Kräfte durch die meinen zu verstärken, daß ich nichts von den Düften in diesen Räumen bemerkte, nichts mehr vom Klagen der Frauen hörte und nicht einmal die Motte wahrnahm, die mich umschwirrte. Keiner von uns regte sich. Man hätte uns für Statuen halten können, die jemand hier in diesem Vorraum zwischen den Couchen und Alabasterverzierungen aufgestellt hatte.
Als ich Schritte vernahm, kehrte mein Bewußtsein in die Außenwelt zurück. Zwei Männer bewegten sich da. Der eine mit schwerem Schritt, der andere langsam, aber fröhlich. Obwohl Jesus sich nichts anmerken ließ, sah ich ihm sofort an, wie sehr er sich verausgabt hatte.

»Er hat es vollbracht! Er hat es getan!« rief Jairus, noch bevor er uns erreicht hatte. »Zuerst befahl er, daß alle die Kammer meiner Tochter verlassen sollten. Dann beugte er sich über sie, befühlte ihre Hand und hielt sein Ohr an ihre Nase. Endlich erhob er sich wieder und erklärte: ›Sie schläft nur.‹ Damit stellte er sich neben ihr Bett, fing an, leise zu beten, und starrte sie mit mehr Konzentration und Intensität an, als ich das je bei einem Menschen gesehen habe. Und schließlich befahl er ihr, aufzuwachen.«
»Und, ist sie erwacht, Herr?« fragte Simon leise.
»Bei den neun Göttern der Tarquinier, beim großen Jupiter und allen Göttern Roms, sie schlug die Augen auf! Ich habe die drei Meere befahren und manches Wunder gesehen, aber noch nie etwas wie dies!« Er sah uns der Reihe nach an, fuchtelte mit den Händen durch die Luft und fuhr dann im Flüsterton fort: »Vernehmt die unfaßliche Geschichte. Während ich den starren Leib meiner Tochter ansah und dabei nicht zu atmen wagte, flatterten ihre Lider. Mein Herz machte einen Satz. Dann wurden sie wieder reglos, und mir wurde das Herz erneut schwer. ›Erhebe dich!‹ befahl der Wundertäter leise. Ihre Lider bewegten sich wieder. ›Erwache!‹ Dann schlug sie plötzlich die Augen auf. Mich schwindelte, und ich mußte mich festhalten. Als ich wieder bei Atem war, saß meine Tochter aufrecht im Bett. ›Pater, Vater‹, murmelte sie. Und der Rest ist zu heilig, um ihn öffentlich kundzutun. Sie ist fünfzehn und wird weiterleben, um mir viele Enkel zu schenken.«
Nun konnte Jairus nicht mehr an sich halten. Alle Würde und Vornehmheit fielen von ihm ab. Er riß die Arme hoch und schrie: »Der Wundertäter besitzt die Macht, Tote zum Leben zu erwecken.« Er wandte sich an Jesus. »Wer seid Ihr? Ein Sendbote des Himmels? Ein Gott?«
Jesus lächelte nur. »Ein kleiner jüdischer Junge aus Naza-

reth, dem Ihr einst Naschwerk angeboten habt, wenn er gegen einen viel größeren Jungen antrete.«
Im ersten Moment wirkte der Tribun verwirrt, doch langsam setzte die Erinnerung wieder ein. Er hob den Zeigefinger. »Ich war damals noch Centurio ... und Ihr ein kleiner Junge.«
»Das stimmt.«
»Aber Ihr habt den Kampf verloren«, lachte er.
»Nein, da hat man Euch falsch unterrichtet. Ich habe meinen Gegner auf den Rücken gezwungen. Hosea betrog mich jedoch um den Preis.«
Jairus runzelte die Stirn. »Ehrlich? Was für ein kleiner Taugenichts ... Dann schulde ich Euch zwei Belohnungen, aber Euch etwas anderes als meine Liebe und Dankbarkeit anzubieten, würde uns beiden nicht gerecht werden. Eines Tages werde ich meine Schuld bei Euch bezahlen, und sollte mein Leben davon abhängen.«
Warum nur lief mir bei diesen Worten ein Frösteln über den Rücken? Weil Jesus die unsichtbare Trennlinie überschritten hatte, die eigentlich nicht wirklich, sondern nur in den Köpfen der Menschen existierte, als er nicht mehr nur geheilt, sondern im Angesicht eines hohen römischen Offiziers ein Wunder vollbracht hatte? Oder weil die Gefahren, denen Jesus sich aussetzte, mit dem Vorfall heute nacht ihren Höhepunkt erreichten? Oder vielleicht, weil die Worte des Centurios mir einen vagen Blick in die Zukunft gewährt hatten?
In diesem Moment fühlte der Yogi sich unvollständig und wünschte sich nichts mehr als die vollständige Herstellung seiner Gabe der gesegneten inneren Sicht. Denn mittlerweile vermochte mein Geist in bezug auf Jesu Zukunft so gut wie gar nichts mehr wahrzunehmen.

KAPITEL 39

Die Nachricht von einem Wundertäter und Prediger namens Jesus, der in Galiläa Kranke geheilt habe, hatte sich bereits im ganzen Land verbreitet und auch Nazareth erreicht. Doch da dieser Name nicht eben selten war, kam Mariam nicht im Traum darauf, daß sich dahinter ihr Sohn verbergen könnte. Als aber die Menschen sich auch zu erzählen begannen, wie der Mann aussah, begriff sie, daß es sich dabei um ihren Jesus handeln mußte, und neue Hoffnung keimte in ihr auf. Je länger sie darüber nachdachte, desto mehr war sie davon überzeugt, daß ihr Sohn auf diese Weise vorhatte, als Messias in Erscheinung zu treten. Damit stand für sie fest, daß ihr Glaube an ihn und ihr gemeinsames Schicksal richtig gewesen war.

Und nun befand sich Jesus auf dem Weg nach Nazareth, um in der hiesigen Synagoge zu sprechen. Die beste Gelegenheit für sie, die Verbindung mit ihm wiederherzustellen.

Neugier und Stolz, zusammen mit der Liebe zu ihm, die immer tief in ihr gewohnt hatte, verleiteten sie dazu, mit ihren beiden Söhnen Jakobus und Simon die Synagoge aufzusuchen. Dort wollte sie mit Jesus sprechen und Bestandteil seines Lebens werden. Er brauchte doch jemanden, der sich um ihn kümmerte, und wer war dafür besser geeignet als seine Mutter? Ihre so oft enttäuschten Hoffnungen erhielten neue Nahrung.

In der Stadt wimmelte es von Menschen. Die Bauern der umliegenden Gehöfte und Dörfer waren nach Nazareth geströmt, um am Sabbat das Fest der Tabernakel zu feiern, und brachten ihr Olivenöl für die »Lampe, die ewig vor dem Tabernakel brennt«, mit.

Als Mariam mit ihren Söhnen den Platz vor der Synagoge erreichte, war dort schon fast kein Durchkommen mehr. Jakobus übernahm die Spitze und schob und drängte sich durch die Menge. Mariam fiel auf, daß die Menschen eine Stelle auf dem Vorplatz frei gelassen hatten. Sie stellte sich auf die Zehenspitzen und entdeckte dort Jesus, der sich mit den Umstehenden unterhielt. Alara, der Fremde aus Indien, stand direkt hinter ihm, und ihn umringten zwölf Männer – das mußten die zwölf Jünger ihres Sohnes sein.
Mariam folgte ihrem Jakobus, doch irgendwann blieb er stehen, weil er nicht mehr weiterkam, ohne sich auf eine Rangelei einzulassen. »Bruder Ephraim, würdest du bitte durchgeben, daß Jesu Mutter und Brüder erschienen sind, um mit ihm zu sprechen?« fragte Jakobus einen großen, jungen Mann, dem die schwarze *pillon* wie angewachsen auf dem Kopf saß.
»Was?« Ephraim drehte sich zu ihm um. »Jesus, der Wundertäter, ist dein Bruder?«
»Sogar mein älterer Bruder«, lächelte Jakobus.
»Ich dachte immer, Mariams Ältester sei tot.«
»Das dachten wir auch, nachdem er in ferne Länder aufgebrochen war und wir viele Jahre lang nichts von ihm hörten.«
Jetzt lächelte auch Ephraim. »Du kannst dich glücklich schätzen, einen solchen Bruder zu haben.« Dann entdeckte er auch die Mutter und nickte ihr freundlich zu. »Schalom, Mariam.«
»Schalom, Ephraim«, keuchte Mariam, da sie vom Schieben durch die Menge noch ganz atemlos war.
»Gesegnet sei der Leib, der eine solche Frucht gebiert«, sagte der junge Mann. »Ich werde die Nachricht weitergeben.« Er schob sich mit seinem mächtigen Körper durch die Reihen der Umstehenden, erreichte die freie Stelle und wartete, bis Jesus seinen Satz beendet hatte.

Der Wundertäter bemerkte ihn und sprach ihn an: »Was wünschst du, Bruder?«
»Meister, Rabbi, deine Mutter und deine Brüder sind gekommen und möchten mit dir sprechen.«
Obwohl Mariam ein ganzes Stück von ihrem Sohn entfernt war, hörte sie doch seine abschlägige Antwort. »Wer ist meine Mutter?« entgegnete Jesus mit gleichbleibend freundlicher Miene. »Und wer sind meine Brüder?« Er drehte sich zu dem Inder und den zwölf Jüngern um. »Seht her, meine Mutter und meine Brüder, denn diese hier erfüllen die Wünsche unseres himmlischen Vaters.« Jesus wandte sich wieder an Ephraim: »Ein jeder, der den Willen Gottes erfüllt, ist meine Mutter und mein Bruder.«
Jakobus keuchte entsetzt, und Simon schluchzte. Mariam aber verhüllte mit dem Schleier ihr Gesicht.

Simeon hatte diesen Vorfall mehr oder weniger unbeteiligt verfolgt. Vor zwei Tagen war er in Nazareth eingetroffen und hatte sogleich Kontakt zu dem hiesigen Rabbi, einem Mann namens Abner, aufgenommen, der erklärte, seit nahezu vierzig Jahren der Rabbi dieses Ortes zu sein. Simeon hatte zu seiner großen Verblüffung von ihm erfahren, daß es sich bei dem Wundertäter um niemand anderen als den unehelichen Sohn der Mariam handelte, für die er immer noch nur Abscheu empfand. Als strenggläubigen Juden erzürnte es Abner über alle Maßen, daß so viele Menschen, die er wiederholt Heuchler und Vipern nannte, zu Jesus strömten. Und als er vor zwei Wochen am Sabbat angekündigt hatte, daß zum Tabernakel-Fest der Wundertäter Jesus das Gebet sprechen werde, hatte er gleich im Anschluß daran dafür gesorgt, daß eine Gruppe von gleichgesinnten Gemeindeältesten den Wanderprediger zu einem öffentlichen Disput zwingen würden. »Dieser Mann ist kein Wun-

dertäter«, schäumte er vor Simeon. Seine mageren Wangen zitterten, und die Augen, die tief in den Höhlen lagen, waren starr. »Dieser Jesus ist nichts als ein Gotteslästerer, der alles, was uns heilig ist, in den Schmutz ziehen will!«
Erfreut, so rasch einen Verbündeten zu finden, und dazu auch noch einen mit Macht und Einfluß in Nazareth, hatte er Abner in seinen Plan eingeweiht, freilich ohne ihm seine wahre Identität aufzudecken. Zu diesem Punkt hatte er lediglich erklärt: »Ich bin nicht mehr als der Sendbote mächtiger Gruppen in Jerusalem, die den jungen Skorpion zertreten wollen, bevor ihm ein langer Schwanz gewachsen ist.«

Sobald der *Chasan*, der Festleiter, das Zeichen zum Beginn gegeben hatte, betrat Jesus mit Thaddeus die Synagoge, während Alara und die elf anderen Jünger draußen im Sonnenlicht blieben.
Die Männer, Frauen und Kinder hatten bereits auf den Bänken Platz genommen, die an dreien der Steinwände aufgestellt waren, oder hockten in ordentlichen Reihen auf dem Boden, wobei sie allerdings zwei Gassen bildeten, durch die man zur Plattform gelangen konnte. Thaddeus wartete am Eingang, während Jesus nach vorn schritt. Diese vierte Wand war nach Osten ausgerichtet. Auf dem siebenarmigen Leuchter flackerten die Kerzen und verbreiteten Licht auf das Lesepult, das sich auf der niedrigen Plattform erhob.
Ein rundlicher Mann mit rötlicher Gesichtsfarbe hatte die Rolle des *Chasan* übernommen und leitete die Gebete: »Gepriesen sei der Herr. Lobet den allmächtigen Gott, der von Ewigkeit zu Ewigkeit herrscht und der den geheiligten Bund mit unseren Vorvätern Abraham, Isaak und Jakob geschlossen hat.«
»Amen, Amen, Amen«, sangen die Gemeindemitglieder.

Thaddeus fühlte sich von dieser Versammlung merkwürdig ergriffen. Er war nie ein religiöser Mensch gewesen, auch in seiner Zeit in Jerusalem nicht, und seine politischen Aktivitäten fußten nicht auf einem tiefen Glauben. Er war irgendwann zu dem Schluß gelangt, daß sein Volk seinen Gott nur aus Zwecken des Überlebens und der Erhaltung seiner rassischen Identität erfunden hatte. Und er fragte sich, ob ein Gott wirklich ein Volk bewahren wollte, das verzweifelt nach göttlichem Rat suchte, um sich als Sein auserwähltes Volk zu sehen und sich allen anderen Völkern überlegen zu dünken.

»Der allmächtige Herr hat uns einen Erretter geschickt, der unser Leben reinigen, uns von aller fremden Herrschaft befreien und unsere Seelen erlösen wird, damit sie ins Paradies aufsteigen können.«

»Amen, Amen, Amen.«

Thaddeus hielt Jesus für diesen Erretter. Aber wie konnte dieser Erretter, wie Thomas es einmal angedeutet hatte, die gesamte Menschheit erlösen, wenn er die Fesseln des Glaubens seiner Vorväter nicht abstreifte?

»Höre, o Israel, der Herr, unser Gott, ist unser Herr!« Die Worte hallten aus vielen Kehlen durch den Saal wider, und die Inbrunst der Gläubigen war körperlich zu spüren.

Danach senkte sich Stille über die Versammlung. Alle schwiegen ergriffen, als der *Chasan* die hölzerne Lade nach vorn brachte und auf den dafür vorgesehenen Ständer stellte. Er öffnete sie und entnahm ihr die Thorarolle, die von feinem Leinen umhüllt war. Dann wickelt er sie aus, legte sie auf das Pult und rollte sie auf. Schließlich hob er den Papyrus, damit alle die kräftigen schwarzen Buchstabenreihen sehen konnten. »Diese Schrift enthält eine Abschrift der Gesetze, die Moses von Gott gegeben wurden.«

Die Menge seufzte.

Der *Chasan* legte die Rolle wieder aufs Pult. »O Herr von Israel, wir danken Dir für die Gabe der geheiligten Thora an Dein Volk.«
»Amen, Amen, Amen.«
»Ich rufe jetzt unseren Bruder Jesus aus Galiläa, damit er vortrete und aus den heiligen Schriften aus dem Buch des Propheten Jesaja vorliest.«
Als Jesus sich auf die Plattform zubewegte, folgten ihm alle Augen, und wieder wagte keiner, auch nur einen Laut von sich zu geben. Dank der Unterstützung durch den Geist des Yogis spürte Thaddeus böse Kräfte in diesem Saal, und er suchte die Gesichter der Anwesenden ab. Sein Blick fiel auf eine kleine Gruppe von Schriftgelehrten und Pharisäern, die rund um einen weißhaarigen Mann in der ersten Reihe saßen. Dieser Alte strahlte nur Haß aus, und seine Augen glühten vor Fanatismus. Er hätte der Zwillingsbruder von Ramata sein können, der einst in Indien alles daran gesetzt hatte, Jesus zu vernichten.
Jesus trug mit tiefer, volltönender Stimme das in Hebräisch niedergeschriebene Gebet vor und übersetzte es ins Aramäische:

»Der Geist des Herrn schwebt über mir,
Denn er hat mich gesalbt,
Um den Armen die Frohe Botschaft zu verkünden.
Er hat mich ausgesandt,
Den Geknechteten die Freiheit zu verheißen,
Die Blinden wieder sehend zu machen,
Den Unterdrückten die Freiheit zu geben,
Und das Jahr des Herrn zu verkünden.«

Jesus schloß die Rolle und reichte sie dem *Chasan* zurück, der neben ihm stand und sie ehrfurchtsvoll in Empfang nahm.

»Heute hat sich die Schrift für euch erfüllt«, erklärte Jesus nun. »Denn ihr seid wahrlich gesegnet worden.«
Freudiges Murmeln ertönte von den Bänken und breitete sich wie ein leichter Wind, der über ein Getreidefeld streicht, im ganzen Saal aus. Doch da erhob sich der Rabbi, streckte einen Arm aus und zeigte mit dem Finger auf Jesus. »Bist du nicht der Sohn der Mariam, die in unserer Gemeinde lebt?«
»Der bin ich«, antwortete der Angesprochene freundlich. Doch er schien zu wissen, worauf der Rabbi hinauswollte, und fügte deshalb gleich hinzu: »Und auch der des verstorbenen Zimmermanns Yasuf.«
»Letzteres ist stark in Zweifel zu ziehen!« hielt der Mann wütend dagegen. »Ich, Abner, seit beinahe vierzig Jahren der Rabbi von Nazareth, schwöre, daß diese Zweifel berechtigt sind!«
»Gott allein kennt die Wahrheit, die die Sterblichen beschwören«, lächelte Jesus. »Kein Prophet gilt etwas in seinem eigenen Land. Warum sagst du mir nicht: ›Tu hier in Nazareth, deiner Geburtsstadt, all die Wunder, von denen es heißt, daß du sie in Kapernaum bewirkt hast und auch an vielen anderen Orten unseres Landes und sogar darüber hinaus‹? Warum wagst du nicht, mich dazu aufzufordern, auf daß ich an meinem Geburtsort Ehre finden kann?«
»Worte, nichts als Worte!« Abner schwenkte den immer noch ausgestreckten Arm hin und her, und in seinen Augen brannte der Wahnsinn. »Was beweisen sie schon?«
Einige im Saal, die anfingen zu murmeln, ärgerten sich sicher über den Rabbi, aber Thaddeus kam es so vor, als hätten sich die anderen von den Zweifeln anstecken lassen. Und die Männer, die rings um Abner saßen, gaben anderen im Saal Zeichen. Thaddeus begriff sofort, daß von gewissen Kreisen beabsichtigt war, den Wundertäter zu stören.

Jesus hob beide Hände, um sich Ruhe zu verschaffen. »In den Tagen des Propheten Elias gab es in Israel viele Witwen, denn Gott hatte eine dreieinhalbjährige Dürre gesandt, und im Land herrschte eine Hungersnot. Aber Gott schickte den Propheten nicht zu all den Witwen, sondern nur zu einer, die in Sidon wohnte. Warum hat Er nicht Propheten zu allen Witwen des auserwählten Volkes gesandt? Fragt euch auch, warum es zur Zeit des Propheten Elias viele Leprakranke in Israel gab, er sie aber nicht heilte, sondern nur einen, Naaman den Syrer?« Er erteilte den Anwesenden seinen Segen.

»Du bist ein Scharlatan«, zeterte Abner. »Du versuchst lediglich, uns mit deinem Netz aus Worten, Beispielen, Halbwahrheiten und Falschheiten zu umgarnen. Wie kannst du es wagen, im Haus des Herrn Lästerliches zu tun?«

»Jesus hat Dämonen ausgetrieben«, wandte der *Chasan* ein und stellte sich damit eindeutig auf die Seite des Predigers. »Sogar hier, unweit von Nazareth.«

»Ha!« triumphierte der Rabbi und richtete den ausgestreckten Zeigefinger auf den Mann. »Damit hast du meine Argumente bestätigt.« Er senkte seine Stimme, um jeden im Saal zu zwingen, ihm zuzuhören. »Wer besitzt die Macht, Teufel auszutreiben?«

Schockiertes Schweigen senkte sich über die Menge. Nur einer kämpfte gegen einen Hustenanfall an.

»Baal Zebub, der Prinz der Hölle!« beantwortete Abner brüllend seine eigene Frage und zeigte dann auf den Ausgang. »Ergreift diesen in Sünde geborenen Sohn eines losen Weibes, und werft ihn aus dem Hause des Herrn!«

Die Männer in seiner Umgebung erhoben sich und schrien: »Werft ihn hinaus! Jagt ihn aus der Stadt! Treibt ihn in die Wildnis, in die Kolonie der Leprakranken!«

Thaddeus drehte sich zur Tür um und erstarrte. Die Stimme des Esau! Die Stimme des Esau! hämmerte es in seinem Gehirn. Abner sprach mit der Stimme Esaus. Furcht breitete sich in seinen Eingeweiden aus, denn er hatte Esau entdeckt ...
Vor ihm lehnte Simeon am Türrahmen.

Während der vergangenen siebzehn Jahre hatte Herodias fünfmal die Einrichtung ihres Vorraums verändert – nicht unbedingt, weil sie den Wechsel liebte, sondern eher, um sich die Langeweile zu vertreiben. Das vergangene Jahr und ganz besonders die letzten Monate hatten neue Aufregung in ihr Leben gebracht, und so stellte die Rückkehr zur ursprünglichen Einrichtung, in der alles in Weiß und Gold gehalten war, ein stillschweigendes Eingeständnis an sich selbst dar, daß sie ihr Leben wieder in die von ihr gewünschte Richtung steuern konnte.
Ihr neuer Obereunuch war ein ehemaliger karthagischer Sklave und ein verteufelt gutaussehender junger Mann mit heller Haut, dunklen Augen und glänzendem schwarzem Haar. Er war klug und verstand es, mit Worten umzugehen, besaß aber nicht die Tücke und Verschlagenheit, die man normalerweise bei Eunuchen antraf. Der junge Mann verabscheute prächtige Gewänder und kleidete sich lieber in eine einfache weiße römische Tunika mit Goldbesatz. Die darunter sichtbaren Beine, einst muskulös, hatten Fett angesetzt. Jammerschade eigentlich, genau wie der Umstand, daß er watschelte und seine Stimme immer heller wurde. Der Ärmste hat bestimmt eine Gänsehaut an den unbehaarten Beinen, dachte sie, während sie nach draußen auf den Innenhof schaute, wo der Schnee unter der silbrigen Vormittagssonne zu schmelzen begann.
»Ihr seid das wunderschönste Geschöpf auf der ganzen

Welt, Herrin.« Sie wedelte ihm mit dem Fächer zu, wußte sie doch, daß der Eunuch es ehrlich meinte und ihr nicht nur schmeicheln wollte. »Eure Haut wird sich mit dem Schnee draußen vergleichen können, wenn die Abendröte ihn mit feinem Rosa überzieht. Und die Farbe Eures Gewands wird durch das Strahlen Eurer Augen beschämt, genauso wie sich ein Segel im Leuchten eines Meeres verliert, auf dem sich der Sonnenschein widerspiegelt.«

Der Eunuch war ein Poet, der sich durchaus mit dem jungen Prinzen Zadok messen konnte, und besaß darüber hinaus den Vorzug, ihr all dies nicht aus reinem Selbstzweck oder um eines Vorteils willen zu sagen. »Du verstehst dich meisterlich auf Worte, Hadrumet.«

»Ich war einst ein Dichter, Herrin.«

»Oh, dann hättest du die Herzen der Frauen sicher im Sturm erobert, wenn nicht ...«

Er zuckte die Achseln. »Das ist Vergangenheit, Herrin, und ich habe mich mit meinem Schicksal abgefunden. Doch bin ich Euch höchst dankbar dafür, mich hier in aller Freiheit ausdrücken zu dürfen, und auch dafür, mich und meine Gedanken ständig zu inspirieren.«

Sie nickte. »Ich weiß, wie respektvoll und ehrlich du bist.«

»Habt Ihr schon davon gehört, Herrin, daß der *Eruv*, der die ganze Stadt umschließt, vom Sturm an fünf Stellen durchbrochen wurde?«

»Nein, das ist mir neu.« Herodias' Lachen erfüllte die kalte Luft im Vorraum. »Das wird den Juden am heutigen Sabbat einiges Kopfzerbrechen bereiten, was?«

»Gewiß, Herrin. Der *Eruv* verbindet in ihren Augen die ganze Stadt zu einem einzigen Haus, aber jetzt, da er voller Löcher ist ...«

»Ein schamloser Versuch, ihren Gott Jahwe zu betrügen, nicht wahr?«

»Solche kleinen Heucheleien erhalten in allen Religionen den Priestern die Macht.« Dieser Eunuch erinnerte sie manchmal wirklich sehr an den früheren Prinzen. »Die Menschen lehnen sich nie gegen die Glaubensgrundsätze auf, die ihnen die Luft zum Atmen nehmen, obwohl sie sich doch ursprünglich gerade aus dem Grund der Religion zugewandt haben, um nicht an den Fährnissen des Lebens zu ersticken.«

»Du bist ein solcher Zyniker, Hadrumet, daß man dich fast für einen Griechen halten könnte.« Sie betrachtete zwei Spatzen, die draußen über den Schnee hüpften und nach etwas Eßbarem suchten. »Und doch hast du recht. Wir sind wie diese Vögel da unten, die nach Würmern suchen, wo es keine gibt.« Herodias dachte einen Moment darüber nach und brach dann in Lachen aus. »Das geschieht diesen von sich selbst so eingenommenen Juden recht. Mit den Löchern im *Eruv* wird es ihnen heute am Sabbat nicht gestattet sein, etwas aus ihren Häusern zu tragen, nicht einmal den Eltern etwas zu essen zu bringen oder mit ihrer Brut die Großeltern besuchen zu gehen.«

»Das ist Jahwes Rache«, lächelte Hadrumet. »Auch die Selbstgerechtigkeit erhält ihren Lohn.«

»Das erinnert mich an diesen Wundertäter aus Galiläa. Hast du etwas Neues von ihm gehört? Wie war doch gleich sein Name?« Natürlich wußte sie, wie der Mann hieß, aber sollte der Eunuch ihn ihr ruhig sagen, damit er nicht auf die Idee kam, die Angelegenheit sei von größerer Bedeutung.

»Jesus, Herrin. Und er ist auch der Grund, warum ich um eine Unterredung mit Euch gebeten habe.«

»Du brauchst aber lange, um zur Sache zu kommen.«

»Die Schönheit meiner Herrin blendete mich. Könnt Ihr mir daraus einen Vorwurf machen?«

Sie schlug spielerisch mit dem Fächer nach ihm. »Immer das rechte Wort zur rechten Zeit, was? Aber nun berichte mir endlich über diesen Jesus.«

»Die Menschen in Galiläa preisen ihn bereits als den Messias.«

»Aber er hat sich doch als Heiler hervorgetan.«

»Sie sagen, er heile ihre Seelen.«

»Und gibt es irgendwelche Beweise dafür, daß er einen Aufruhr anzetteln will?«

»Nicht den geringsten, Herrin. Im Gegenteil, Gewaltanwendung würde seiner Lehre absolut widersprechen. Zum ersten Mal in unserem Teil der Welt predigt jemand Liebe, Freundlichkeit und Mitgefühl und wendet sich gegen Gewalt. Jesus verweist auf einen Gott der Liebe und nicht einen Gott der Strafe und Vergeltung.«

»Aber alle Reiche wurden auf Grausamkeit und harten Strafen aufgebaut, und stets handelten die Herrscher nach dem Grundsatz, zwei Augen für ein Auge und alle Zähne für einen. Warum sollte das Reich dieses Gottes das anders handhaben wollen?«

»Ich möchte dazu bei allem gebotenen Respekt bemerken, Herrin, daß es gerade die von Euch aufgeführten Merkmale sind, die ein Reich nach dem anderen in den Untergang geführt haben.«

»Aber Liebe, Freundlichkeit und Mitgefühl entmannen eine Rasse!« entfuhr es ihr, ehe sie erkannte, wie grausam ihre Worte in den Ohren des Eunuchen klingen mußten.

»Mir macht mein Gebrechen nichts mehr aus, Herrin«, erklärte er, so als habe er ihre Gedanken erraten. »Doch wenn Liebe, Freundlichkeit und Mitgefühl eine Rasse zerstören, so stärken sie doch den einzelnen.« Er sah ihr direkt ins Gesicht. »Jesus von Galiläa versucht, im Gegensatz zu Judas von Galiläa, gerade nicht, einen militärischen Aufstand vom Zaun zu brechen, sondern eine soziale Umwälzung herbeizuführen. Er spricht besonders die Armen und Unterdrückten an, weil er ihnen eine Erlösung durch den mitfühlenden, liebenden Gott anbietet, so daß sie wenigstens ihren Geist befreien können, auch wenn ihr Fleisch weiterhin die Bürden tragen muß.«

»Du sprichst von ihm, als seist du längst einer seiner Anhänger geworden«, bemerkte Herodias scharf. Doch dies war nur ein Vorwand, denn in Wahrheit hatte ihr kluger Verstand längst die Schwachstelle in der Argumentation des Wundertäters entdeckt: Sein Gott war ein anderer als der Jahwe der Juden, und so würden die strenggläubigen Juden seine Worte als Gotteslästerung ansehen.

»Wenn ich mich ihm angeschlossen hätte, wäre ich wohl kaum mit diesen Neuigkeiten zu Euch gekommen«, entgegnete der Eunuch. »Und vor allem hätte ich Euch nicht von meiner Schlußfolgerung in Kenntnis gesetzt: Dieser Jesus stellt eine Bedrohung dar, und zwar indem er eine gewaltlose Massenbewegung ins Leben ruft, die die Grundfesten der Herrschaft des Tetrarchen, des Römischen Reichs und vielleicht sogar der Zukunft der Welt erschüttern wird.«

Das beunruhigte Herodias sehr. »Dann muß er sofort aufgehalten und vernichtet werden. Wir müssen unverzüglich zuschlagen.«

»Andere Kräfte, die das gleiche Ziel verfolgen, sind längst dabei, wenn meine Spi–, meine Gewährsmänner mich recht unterrichtet haben. Allerdings ist noch nichts Genaues bekannt. Deshalb bitte ich Euch eindringlich, im Augenblick noch nichts zu unternehmen. Gebt dem Mann genug Seil, und er wird sich selbst daran aufhängen.«

Herodias verzog nachdenklich das Gesicht. »Soviel ich weiß, hat er zwölf Jünger und einhundert Vertraute um sich geschart. Gar nicht erst zu reden von den Tausenden seiner Anhänger. Wir dürfen es nicht zulassen, daß dieses Skorpionennest noch mehr Nachwuchs gebiert.«

»Warum sich gegen hundert wenden, Herrin? Warum nicht zum rechten Zeitpunkt die Quelle allen Übels allein vernichten?«

Herodias zwang sich zur Ruhe. »Was schlägst du also vor?«

»Mit dieser Bedrohung werden die Römer am besten fertig. Wir müssen sie nur dazu bringen, sie als solche zu erkennen. Euer Gemahl, Herodes Antipas, soll den Pontius Pilatus von Jesus und seiner Bewegung in Kenntnis setzen, ihn vor den Folgen warnen und ihm zuraten, im geeigneten Moment zuzuschlagen.«

»Und wann ist der gekommen?« Sie verschwieg Hadrumet natürlich, daß sie diese Saat bereits in die Gedanken ihres Gemahls eingepflanzt hatte.

»Jesus kann nur in Jerusalem erkennen, welche Früchte seine Bemühungen tragen, Herrin. Also sollte man ihn dazu bewegen, mit seinen Tausenden von Gewaltlosen auf diese Stadt zuzumarschieren. Damit stellt er eine ausreichend große Bedrohung dar, um den Statthalter sofort einschreiten zu lassen.«

Barabbas hatte es unwiderstehlich nach Nazareth gezogen. Nachdem er Jesus in Betanien erlebt hatte, sagte ihm sein Instinkt, daß er von nun an lieber diesen Mann als weiterhin Johannes den Täufer unterstützen sollte. Um seinen Schluß zu überprüfen, beobachtete er, ob es Jesus gelingen würde, eine größere Anhängerschaft um sich zu scharen. Als er dies vermochte – und zur gleichen Zeit Johannes der Täufer festgenommen und etwas später hingerichtet wurde –, sagte sich Barabbas, daß es jetzt geboten war, Kontakt mit dem Wundertäter aufzunehmen. Und bot sich eine bessere

Gelegenheit dazu als in Nazareth, wo er als Knabe Jesus erstmals begegnet war?

So stand Barabbas nun schwitzend unter der heißen Sonne am Eingang der Synagoge. Zu seiner Erleichterung schob und drängte die Menge nicht mehr, doch dafür fand er sich eingekeilt zwischen einem Riesen in einem schwarzen Gewand, der sich seit längerem nicht mehr gewaschen zu haben schien, und einem Krüppel mit schwarzen Zahnstümpfen, der entsetzlich aus dem Mund stank.

Barabbas hatte die Szene vorhin zwischen Jesus und seiner Mutter und seinen Brüdern mitbekommen. Der Anblick der Frau ließ ihn mit Wehmut an den Tag zurückdenken, an dem er in ihr Haus eingeladen worden war, und ihn dauerte, daß Jesus sie so hart abgefertigt hatte.

Trotz der großen Menschenansammlung wurden Ruhe und Frieden des Sabbats bewahrt. Doch dann hörten die, die draußen standen, die erregten Stimmen aus der Synagoge. Sofort schwiegen alle, weil jeder, Barabbas eingeschlossen, hören wollte, worum es ging. Er verstand kaum die Hälfte der ausgetauschten Worte, doch der Zorn, der von der einen Seite kam, war nicht zu überhören.

»Was geht denn da vor?« wollte der Riese neben ihm wissen, ohne jemanden im besonderen anzusprechen. »Wie können sie es wagen, eine Synagoge mit ihrem Gelärme zu entweihen?«

»Bei dem Schreier handelt es sich um unseren Rabbi Abner«, belehrte ihn der Krüppel.

»Selbst ein Rabbi muß sich an die Gebote des Sabbats und der Höflichkeit halten«, schimpfte der Hüne.

»Es sei denn, er hat einen Frevler ausgemacht«, entgegnete einer von hinten.

Barabbas suchte den Eingang der Synagoge in der Hoffnung ab, dort mehr zu erfahren. Dabei fiel ihm ein Mann mit

glattrasiertem Gesicht und angespannten Gesichtszügen ins Auge, der gerade das Gebäude verließ. Irgendwo hatte er dieses Antlitz schon einmal gesehen, und auch die Haltung und die Bewegungen des Mannes, die an einen Berglöwen erinnerten, kamen ihm bekannt vor. Ja, er war ihm vor einigen Jahren im Palast des Prinzen Zadok begegnet. Wie lautete noch sein Name? Dann schnippte er in Gedanken mit den Fingern. Simeon, ganz richtig. Simeon ben Simeon. Einige Zeit, nachdem Barabbas aus dem Palast seines Gönners geflohen war, hatte er bei einem seiner seltenen Tempelbesuche den Mann wiedergesehen, und man hatte ihm mitgeteilt, er sei einer der Verwalter des Hohenpriesters. Was suchte ein Vertrauter des Hohenpriesters hier in Nazareth? War er hinter Jesus her? Und wenn dem so war, warum verließ er dann die Synagoge in dem Moment, in dem der Streit im Innern seinen Höhepunkt erreichte?
Barabbas schob sich nach hinten und löste sich aus der Menge.

Obwohl die Antwort ihres Sohnes sie zutiefst verletzt hatte, beschloß Mariam, noch zu warten, bis Jesus in der Synagoge seine Predigt gehalten hatte, und ihn dann direkt auf den Vorfall anzusprechen.
»Warum sollen wir uns die Mühe machen?« hatte Jakobus protestiert. »Wenn er uns nicht haben will, kann er von mir aus zur Hölle fahren!«
»Hüte deine Zunge!« tadelte Mariam ihn. »Jesus ist immer noch mein Sohn und dein älterer Bruder. Davon abgesehen haben wir ihn nicht gerade mit offenen Armen empfangen, als er uns nach seiner Rückkehr besuchte.«
»Wovon ist er denn zurückgekehrt, *em?*« widersprach Simon. »Als er uns verließ, hofften wir, er würde mit Reichtümern beladen zurückkommen. Doch er trat wie ein Bett-

ler vor unsere Tür. Warum sollten wir uns ihm gegenüber als mildtätig erweisen? Wir arbeiten hart, um uns über Wasser zu halten. Wir zahlen unsere Steuern und den Zehnten, und von dem wenigen, das uns bleibt, geben wir den Bedürftigen. Aber ich sehe nicht ein, daß wir auch noch einen gesunden, kräftigen Mann unterstützen sollen, der sich weigert, mit den Händen, die Gott ihm gegeben hat, zu arbeiten.«

»Gott gibt den Menschen nicht nur Hände«, entgegnete Mariam entschieden, »sondern auch Köpfe und Herzen. Mich allein trifft die Schuld an dem kalten Empfang, den wir ihm bei seiner Rückkehr bereitet haben. Und als Mutter vermag ich immer noch allerlei zu spüren, soweit es mein Fleisch und Blut betrifft. Und ich spüre, daß euer Bruder einmal der Führer der Juden, ein König unter den Menschen sein wird, wenn auch auf eine andere Art und Weise, als ich es mir ursprünglich vorgestellt habe. Mag er wie ein Bettler daherkommen, er ist immer noch mein Sohn, und ich liebe ihn.«

»Aber Mutter ...« begann Jakobus.

»Schluß damit!« Mariam hob warnend eine Hand. »Wir warten, bis Jesus in der Synagoge das getan hat, was er sich vorgenommen hat«, sie lächelte ihre Söhne an, »auch wenn er das nicht mit seiner Hände Arbeit bewirkt. Und dann laden wir ihn ein, mit uns das Sabbat-Mahl einzunehmen.«

»Und ohne Zweifel kommt uns dann auch noch dieser alte Spinner ins Haus«, murrte Jakobus voller Verachtung.

»Gar nicht erst zu reden von den zwölf Jüngern, die uns Haus und Scheuer leerfressen werden«, ergänzte Simon ähnlich abfällig.

Doch gegen den Willen ihrer Mutter ließ sich nichts durchsetzen, und so warteten sie geduldig am Rand der Menge darauf, daß die Versammlung ihr Ende finden würde. Einen

Hinweis darauf, daß Ärger anstand, erhielten sie erst, als die Menschen am Eingang der Synagoge sich wie Erdreich teilten, durch das ein Pflug fährt.
»Was ist denn dort los?« fragte jemand.
Jakobus, der größere der beiden Söhne, stellte sich auf die Zehenspitzen. »Eine Gruppe um Rabbi Abner führt Jesus ab!«
Mariam wurde das Herz schwer. Als Mutter wußte sie sofort, daß ihr Sohn in Schwierigkeiten steckte.

Simeons Anwesenheit in dieser Synagoge warnte Thaddeus, daß Ärger anstand, und seine alten Mörderinstinkte meldeten sich zurück. Er überlegte rasch jede Möglichkeit und kam zu dem Schluß, daß Simeon Jesus sicher nichts Gutes wollte. Thaddeus verfolgte angespannt, wie die Schreier anfingen, Jesus aus der Synagoge zu drängen. Aber sein Meister lächelte immer noch und strahlte weiterhin seine stille Würde aus. Thaddeus wußte jetzt, daß er nicht eingreifen mußte.
Simeon schien ihn noch nicht bemerkt zu haben. Er hatte nur Augen für Jesus. Du wirst nachlässig, Bruder Simeon, dachte Thaddeus. Du fühlst dich hier zu sicher, glaubst, daß deine Anonymität hier gewahrt ist.
Doch Simeon blieb stehen und machte keine Anstalten, sich Jesus zu nähern. Erst als die Gruppe um Rabbi Abner an ihm vorbei war, schloß er sich der Menge der aufgebrachten Gläubigen an, die hinter ihnen ins Freie strömten.
Thaddeus folgte dem Zeloten, hielt aber einen gewissen Abstand ein. Als er nach draußen trat, traf ihn das Sonnenlicht mit erbarmungsloser Wucht. Die Menschen auf dem Vorplatz bildeten rasch eine Gasse, um den Rabbi und Jesus durchzulassen.
»Was ist geschehen?« wollte eine Frau von Abner wissen.
»Dieser Mann ist ein gotteslästerlicher Sünder, und wir

jagen ihn aus der Stadt!« schrie der Rabbi, damit nicht nur die Frau ihn hören konnte.
»Das stimmt nicht!« widersprach die Frau. »Er ist ein Wundertäter und besitzt die Macht Gottes. Wie könnt ihr es wagen, ihn so zu behandeln?«
»Ja, genau!« fiel ein Mann ein. »Er hat meinen Bruder von der Gicht geheilt.«
»Er benutzt dazu die Macht des Teufels, und ich als euer Rabbi werde Nazareth von ihm reinigen.« Abner bedachte die Menschen mit einem finsteren Blick. »Habt acht, ihr alle, auf daß ihr nicht dazu verdammt werdet, auf ewig in der Hölle zu schmoren, weil ihr euch der rechtmäßigen Autorität der Propheten widersetzt habt!«
Mariam eilte hinter dem Zug her, und Jakobus und Simon blieb nichts anderes übrig, als ihr zu folgen.
»Warum laufen wir hinter ihnen her, *em?*« wollte Jakobus wissen. »Jesus hat uns zugunsten anderer als seine Mutter und seine Brüder zurückgewiesen, und nun jagen diese anderen ihn aus der Stadt. Das geschieht ihm doch recht, oder?«
»Weil wir von einem Blut sind. Das haben wir einmal mißachtet, und ich werde nicht zulassen, daß wir es ein zweites Mal vergessen, besonders nicht jetzt, da Jesus uns dringend braucht.«
Simon wollte widersprechen, doch Jakobus gebot ihm mit einem Zeichen zu schweigen.
Die Menge stellte lautstark Fragen.
»Warum tun sie ihm das an?«
»Will man uns in dieser Stadt die Kräfte des Heilers verwehren?«
»Wenn unser Rabbi ihn zu einem Werkzeug des Baal Zebub erklärt hat, dann wird das wohl seine Richtigkeit haben. Ich für meinen Teil möchte lieber sterben, als mich von so einem heilen zu lassen und danach auf ewig verdammt sein.«

»Es ist so typisch für unser Volk, daß diejenigen, die sich für besonders rechtschaffen halten, keinen Finger rühren, um der Gerechtigkeit Genüge zu tun«, bemerkte Mariam.
Ein knochiger Mann mit fanatischem Blick hatte ihre Worte gehört. »Ist deiner nicht der Leib, der diesen Auswurf der Hölle geboren hat?«
Mariam war nicht gewillt, sich in Scham und Schande zu verkriechen. Sie blieb stehen und sah dem Hageren ins Gesicht. »Es braucht schon einen Teufel, um einen zu erkennen«, erklärte sie. »Teufel zeigen sich nämlich oft in der Verkleidung von solchen Menschen, die für sich in Anspruch nehmen, dem Gesetz und den Propheten zu folgen.«
»Wie kannst du es wagen ...« begann der Mann zornbebend und wischte sich mit dem Handrücken Speichel aus den Mundwinkeln.
»Halt den Mund, du Lügenbold, sonst schließe ich ihn dir!« fuhr Jakobus ihn an.
Mariam freute sich über dieses Beispiel von Familienzusammenhalt und beobachtete befriedigt, wie der Mann rasch in der Menge verschwand und noch einen ängstlichen Blick auf Jakobus warf.
Erst als sie an ihrem ehemaligen Heim vorbeikamen, das nun ihrem ältesten Bruder gehörte, und den Stadtrand erreichten, breitete sich Angst in ihrem Innern aus. Die Männer um den Rabbi drängten Jesus weiter. Was hatten sie vor? Dann bemerkte sie, daß der Fremde, Alara, sich zu ihrem Sohn gesellt hatte. Beide Männer schritten ruhig und in Würde aus und schienen nichts von den Schreien, Verhöhnungen und Drohungen mitzubekommen, die ihre Verfolger ausstießen und sich dabei immer mehr in grenzenlosen Haß hineinsteigerten. Mariam wußte plötzlich, was der Mob beabsichtigte, und sie erkannte, daß das Leben in

Kreisen verlief. So konnte es sie nicht überraschen, als Abner und seine Spießgesellen die Klippe über dem Hain anstrebten und dort den schmalen Pfad betraten, der zu der Höhle führte, in der sie Jesus empfangen hatte.

Jesus und ich befanden uns im Zustand der inneren Harmonie, während die Menge uns weiter vorwärts drängte. Obwohl mich der Gang der Ereignisse beunruhigte und ich eine Vorahnung von bösen Geschehnissen hatte, ließ ich mich doch von seiner ruhiger Ausstrahlung anstecken.
»Wir lassen uns von ihnen zur Stadt hinaus begleiten«, teilte er mir leise mit, »und dann setzen wir meine Mission an einem anderen Ort fort. Wie ich bereits in der Synagoge zum Ausdruck brachte, gilt der Prophet im eigenen Lande nichts.« Er lächelte schief. »Zumindest erweist man mir in Nazareth die Ehre einer Eskorte.«
Ich blieb gelassen, bis wir die Ortsgrenze hinter uns gelassen hatten und uns von der offenen Heerstraße in den Schatten der Olivenbäume begaben, wo der Weg schließlich steil einen Hügel hinaufführte. Dort angekommen, befiel mich dann doch Entsetzen.
Auch Jesu Miene verdüsterte sich. Ich las die unausgesprochene Botschaft in seinem Blick: Warten wir erst einmal ab, wohin die Reise geht.
Wir erhielten die Antwort, als wir die Klippe bestiegen hatten und einen breiten Felsvorsprung erreichten, von wo aus man einen weiten Ausblick über die Fernstraße, die braunen Äcker und das Mosaik der grünen Weinstöcke hatte, auf die die Sonne erbarmungslos niederbrannte.
Der Mann fiel uns beiden gleichzeitig auf. Ein braunes Gewand bedeckte seinen großen, hageren, aber muskulösen Körper. Ein roter Bart umrahmte die untere Hälfte eines schmalen Gesichts, und die kastanienbraune Mähne war

mit Grau durchzogen. Seine Augen waren leblos wie Kieselsteine. Er trat auf uns zu, als sei er unser Henker ...
»*Jhana.*« Jesus sprach so leise, daß ich das Wort fast nicht mitbekommen hätte.
Das war unsere einzige Rettung. Aber hatten wir damit nicht zu lange gewartet?
Wie aus dem Nichts tauchte plötzlich Thaddeus neben uns auf. »Das ist Bruder Simeon!« rief er uns zu, und meine Gedanken durcheilten mit der Geschwindigkeit eines Kometen die zurückliegenden Jahre. Simeon, der Meuchelmörder!
Die Zeit verrann uns zwischen den Fingern. Ich schloß die Augen, versenkte mich in eine intensive Konzentration und stellte mir vor, durch die Menge zu schweben.
»Wo sind sie?«
»Eben waren sie doch noch da!«
»Das ist das Werk des Teufels!«
Ich hörte die verwunderten Rufe und Abners Wutgeschrei kaum, als Jesus und ich aus der bewußten Wahrnehmung der Menschen entschwanden.

KAPITEL 40

Erst als die Menge dem Felsvorsprung zustrebte, erkannte Barabbas, was hier los war. Er besaß keine Liebe für Jesus, aber er brauchte ihn für seine Pläne. Doch hier einzuschreiten wäre für ihn Selbstmord gewesen.
Barabbas entdeckte einen jungen Mann in einem staubigen Gewand, der auf Simeon verwies, und dieser schien darüber

erschrocken zu sein. Die Aufmerksamkeit aller wandte sich von Jesus ab und den beiden Männern zu, denn zwischen ihnen schien eine Auseinandersetzung anzustehen.
Als Barabbas wenig später wieder nach Jesus sah, war von dem Wundertäter nichts mehr zu sehen. Auch sein Begleiter schien sich in Luft aufgelöst zu haben. Vielleicht hatten die beiden die Ablenkung genutzt und waren in der Menge untergetaucht. Barabbas suchte die Reihen ab, entdeckte sie jedoch nirgends. Jesus und der Inder waren wie vom Erdboden verschluckt.
Barabbas kam zu dem Schluß, daß der Graugewandete die Ablenkung bewußt hervorgerufen hatte, um Jesus und dem anderen die Flucht zu ermöglichen. Eigenartig war nur, daß man sie so rein gar nicht mehr sehen konnte.
In diesem Moment ahnte Barabbas, daß der Wundertäter tatsächlich über göttliche Kräfte verfügen mußte. Kräfte von Gott oder eher vom Teufel, wie der Rabbi argwöhnte? Wie dem auch sei, Barabbas spürte mehr denn je, daß er mit diesem Mann Kontakt aufnehmen mußte. Und schon kam ihm die Einsicht. Er wußte, wo Jesus zu finden war.

Als Thaddeus begriff, was der Mob mit Jesus vorhatte, war sein erster Gedanke, der Gewaltlosigkeit abzuschwören und etwas zur Befreiung seines Meisters zu unternehmen. Simeon, der namenlose Fremde, würde Jesus über den Klippenrand stoßen und dann unerkannt entkommen. Die Bürger von Nazareth traf keine Schuld, denn sie hatten den Wundertäter lediglich auf den Felsvorsprung getrieben, und das allein war noch kein Verbrechen. Was den Mörder anging, so war er hier noch nie gesehen worden, geschweige denn, daß jemand ihn beim Namen kannte.
Als Thaddeus Simeon fixierte, spürte er, daß der alte Mörderausdruck wieder in seine Augen getreten war. Sein

früherer Genosse erkannte ihn sofort wieder und war für einen Moment verwirrt.
»Tu es nicht!« befahl der junge Mann dem Zeloten leise. »Wenn du Jesus umbringst, zeige ich dich wegen Mordes an!«
Simeon starrte ihn böswillig an. »Du Betrüger!« zischte er.
»Wo ist er ... Wer hat ihn fortgeführt?« kreischte Abner mitten in die verwirrten Rufe der anderen, und die beiden ehemaligen Liebhaber ließen sich davon ablenken.
»Er ist fort ...«
»Und sein väterlicher Freund mit ihm ...«
»Ein Wunder. Jesus ist ein von Gott für uns gesandter Engel ...«
»Nein, nein und nochmals nein, du Gotteslästerer!« Schaum stand dem Rabbi vor dem Mund. »Ich habe euch allen doch gesagt, daß er ein Agent des Baal Zebub ist!«
Höchste Zeit, sich rasch zu verdrücken. »Leb wohl, Bruder Simeon.« Nachdem die unmittelbare Krise vorüber war, fand Thaddeus seine Ruhe wieder. »Ich liebe dich immer noch, doch auf eine so wundersame Weise, wie du sie nie verstehen wirst.«

Jesus fing gerade an, sich von der Ebene der Wahrnehmungslosigkeit zu lösen, als das Knacken eines Zweigs ihn abrupt in die Wirklichkeit zurückriß. Er bemerkte, daß Alara auch erwacht war und das Geräusch ebenfalls gehört hatte, denn der Baktrier blickte in die Richtung, aus der es ertönt war. Während Thaddeus für Ablenkung gesorgt hatte, waren Jesus und sein Gefährte aus der Wahrnehmung der Menge verschwunden und hatten sich in den Olivenhain begeben, wo sie sich schweigend niederließen und sich einer tiefen Meditation hingaben.
Jesus bedauerte die Vorfälle in Nazareth. Überall im Land

und sogar über die Grenzen hinaus, lauschten ihm Tausende, folgten ihm nach, scharten sich um ihn und erkannten ihn als ihren Meister an. Nicht wenige priesen ihn sogar als den Messias. Doch in seiner Heimatstadt hatte man ihn nicht nur abgelehnt, sondern auch aus dem Ort gejagt und sogar umzubringen versucht. Ja, man hatte ihn in eine sorgfältig vorbereitete Falle laufen lassen. Jesus kannte den Fremden nicht, der Miene gemacht hatte, ihn und den Yogi über den Klippenrand zu stoßen, er wußte nur, daß es sich bei ihm nicht um einen Nazarener gehandelt hatte. Ob am Ende Rabbi Abner ihn angeheuert hatte, diese schändliche Tat für ihn zu erledigen? Jesus verspürte keinen Zorn, sondern nur tiefe Trauer darüber, einen Teil seiner Herkunft verloren zu haben. Er versuchte sich mit dem Gedanken zu trösten, daß er der ganzen Welt das Heil bringen wollte. Dennoch hielt sich in ihm die Überzeugung, daß er diesen Auftrag nur in Judäa und bei den Juden erfüllen konnte.

In Kapilavatthu war alles so einfach gewesen. Er hatte meditiert, gelernt, sich im Yoga geübt und sich zu keiner Stunde mit sozialen oder politischen Mächten konfrontiert gesehen. Selbst der Yogi Ramata hatte nur einen persönlichen Groll gegen ihn gehegt. Doch die Kräfte, mit denen er es heute zu tun hatte, seien sie nun für oder gegen ihn, lösten Verwirrung in ihm aus. Er begriff, daß er eine andere Haltung als die eines weltentrückten Yogi einnehmen mußte, um mit ihnen fertig zu werden.

Schon länger war ihm klargewesen, daß er seine Vorgehensweise ändern mußte, wenn er in diesem Land seine Mission zum Erfolg führen wollte. Die Ereignisse des heutigen Tages ließen einen solchen Wandel dringend geboten erscheinen. Gott würde ihm sicher bald zeigen, wohin der Weg führen sollte.

Er spähte durch den Wechsel von Licht und Schatten zwischen den Olivenzweigen in die Richtung, aus der das Geräusch ertönt war. Ein Mann in einem schwarzen Gewand war dort aufgetaucht. Er stand mit dem Rücken zur Sonne, und sein Gesicht lag im Schatten verborgen. Jetzt formte er mit den Händen einen Trichter vor seinem Mund: »Ist da jemand?« Die Stimme kam ihm irgendwie vertraut vor.

Doch es konnte sich bei diesem Mann auch um einen seiner Feinde handeln. Jesus machte sich unsichtbar. Der Mann lief ein paar Schritte und blieb dann wieder stehen. »Hallo, ist da wer?« rief er. »Jesus, wenn du dich hier aufhältst, dann antworte mir bitte. Ich bin Barabbas, dein Bruder aus fernen Kindertagen.«

Jesus sah den Yogi fragend an, und dieser nickte leicht.

»Gesell dich zu uns, Barabbas«, antwortete Jesus. »Wir befinden uns direkt über dir auf der Wiese.«

Wenige Momente später stand der Mann vor ihnen und küßte ihre Hände.

»Setz dich«, forderte Jesus ihn auf, so als handele es sich hier um seinen Empfangsraum.

Barabbas hockte sich zu ihnen, setzte sich aber so hin, daß er die Heerstraße im Auge behalten konnte. Wenn man von dem ordentlich gestutzten Bart absieht, könnte er immer noch mein Zwillingsbruder sein, dachte Jesus. Allerdings ist er deutlich reifer geworden und hat nichts mehr von dem nervösen Knaben an sich, der mich einst in diesem Hain überfallen wollte.

»Viel Zeit ist vergangen«, begann Jesus, »und du hast dich nicht sehr verändert.« Er unterließ es, darauf hinzuweisen, daß sie sich unlängst in Betanien begegnet waren. »Außer daß es dir heute besserzugehen scheint als damals, als du unseren Esel Stern rauben wolltest.« Ein amüsiertes Funkeln trat in seine Augen. »Oder irre ich mich, und du bist wieder hinter einem Esel her?«

Barabbas warf den Kopf in den Nacken und lachte. »Dein Humor hat sich auch nicht verändert, Jesus.« Doch dann wurde er wieder ernst. »Ist es nicht eigenartig, daß wir uns nach so vielen Jahren ausgerechnet hier, am Ort unserer ersten Begegnung, wiedertreffen?« Auch er ging mit keiner Silbe darauf ein, daß sie sich bereits in Betanien über den Weg gelaufen waren.

»Was verschafft mir denn die Ehre deines Besuchs?« fragte Jesus.

»Noch immer direkt, was?« entgegnete Barabbas. »Bist du denn nicht neugierig, zu erfahren, woher ich wußte, daß ich dich hier finden würde?«

»Nein«, antwortete Jesus nur und schüttelte den Kopf.

Barabbas war für einen Moment sprachlos. Dann schluckte er und fragte: »Willst du dich nicht einmal nach dem Grund erkundigen, der mich hierhergeführt hat?«

»Warum sollte ich, wenn du mich doch aus einem bestimmten Grund gesucht und gefunden hast und mir diesen gleich verraten wirst.«

Barabbas schüttelte ungläubig den Kopf. »Es gelingt dir immer wieder, mich aus der Fassung zu bringen. Wer dich festnageln will, kann genausogut mit dem Hammer in die Luft schlagen.« Er dachte für einen Moment angestrengt nach und fand dann zu einer Entscheidung. »Also gut, ich will euch beiden mein Geheimnis aufdecken, denn ich vertraue euch.«

Jesus sagte nichts dazu und wartete in höflichem Schweigen auf Barabbas' weitere Ausführungen. Die Stille wurde nur von einem Wagen unterbrochen, der unten auf der Straße vorbeirumpelte.

»Am besten erzähle ich alles von Anfang an«, begann er.

»Als ihr beiden vor siebzehn Jahren Nazareth mitten in der Nacht verlassen habt, erhielt deine Familie noch dreimal Besuch. Beim ersten handelte es sich um zwei gedungene Mörder, die dich umbringen, vielleicht aber auch nur entführen sollten. Ihnen folgte eine zweite Gruppe, die ähnliche Pläne verfolgte und die beiden ersten tötete. Doch diese Männer kamen nicht dazu, ihr Vorhaben in die Tat umzusetzen, weil plötzlich drei Mitglieder des Hohen Rats erschienen.« Er berichtete ihnen weiter, wie Prinz Zadok ihn bei sich aufgenommen und welche Gründe ihn dazu bewogen hatten, wie er schließlich aus dem Palast seines Gönners geflohen war, wie er unerkannt von Ort zu Ort gezogen war, im Handel großen Reichtum erworben hatte und insgeheim darangegangen war, eine Armee auszurüsten, die einen Aufstand entfachen sollte.
Jesus hörte sich das alles ruhig an und verkniff sich den Hinweis, daß er eine Menge davon bereits von Thaddeus erfahren hatte.
Doch als Barabbas von seinen geheimen Aktivitäten sprach, erwachte Jesu Interesse, denn davon hatte er nichts gewußt. »Und warum hast du dies alles getan? Wie sehen überhaupt deine Ziele aus?« wollte er schließlich wissen, als Barabbas am Ende seines Berichts angelangt war.
Barabbas sah ihn offen an und nickte langsam. »Früher hatte ich ganz bestimmte Ziele, doch die verfolge ich mittlerweile nicht mehr. Es geht mir nicht länger darum, mich an denen zu rächen, die meine Eltern umgebracht und mich hilf- und mittellos zurückgelassen haben. Immerhin habe ich es ihnen zu verdanken, es zu dem gebracht zu haben, was ich heute bin. Auch drängt es mich nicht mehr, mich zum Führer meines Volks aufzuschwingen. Allerdings sehe ich durchaus noch die Not und die Unzufriedenheit der Juden. Sie werden von habgierigen Landbesitzern und den

anderen Reichen ausgebeutet. Und die Steuern und der Zehnte, die sie ihren Herrschern, den Rabbis und dem Tempel entrichten müssen, pressen den letzten Blutstropfen aus ihnen heraus. Doch bis auf die Essener befolgt die Mehrheit der Juden nur äußerlich die traditionellen Gebote und gibt lediglich Lippenbekenntnisse über die Weisheit der Propheten ab. Unser Volk muß daher geläutert werden, wenn es zu seiner Seele zurückfinden soll.«

»Und wie, glaubst du, kann das bewerkstelligt werden?« fragte Jesus ernst.

»Früher einmal wollte ich die Regierung durch überall im Lande begangene Sabotageakte schwächen, um dann an die Öffentlichkeit zu treten und das Banner des bewaffneten Aufruhrs zu schwingen. Zu diesem Zweck habe ich in einer Vielzahl von Verstecken Waffen gehortet und auch Kämpfer ausgebildet.« Er schwieg und beobachtete, wie Sonnenstrahlen und Schatten zum Rhythmus einer leichtem Brise über den Boden tanzten. »Zusammen mit Johannes dem Täufer und seiner Gefolgschaft wäre mir das sicher gelungen, denn er war der geeignete Mann dafür, die Herzen der Juden zu läutern. Damals sagte er mir seine Unterstützung zu.« Er lächelte verlegen. »Aber mittlerweile ist der Täufer tot, und ich bin erwachsen geworden.«

»Und was willst du nun von mir?« fragte Jesus freundlich. Ein Hoffnungsfunke glomm in ihm.

»Deine Lehre hat mich überzeugt, daß es auch andere Wege gibt, um dieselben Ziele zu erreichen.«

»Und welche Wege meinst du?«

»Die Macht des Volkes, die nicht nach ihren Waffen, sondern nach ihren Köpfen gezählt wird. Ich höre seit einiger Zeit das, was du predigst, und mir ist schon früh bewußt geworden, daß du niemals eine militärische Rebellion im Sinn hattest.« Er sah Jesus mit aller ihm innewohnenden

Intensität an. »Aber wärst du auch bereit, einen sozialen Aufruhr zu beginnen, um unser Volk von seinen Ketten zu befreien?«

»Und was stellst du dir darunter vor?« Jesus ließ sich nicht anmerken, daß ihn die Sache inzwischen brennend interessierte.

»Du besitzt ein einzigartiges Mitgefühl für deine Landsleute. Du willst nicht nur ihre Seelen läutern, sondern auch ihre Not lindern. Bislang hast du deine Aktivitäten auf den Norden des Landes bis hinein nach Syrien beschränkt, aber du wirst nie etwas von Wert für die Juden erreichen, solange du nicht Jerusalem für dich gewonnen hast.« Er sah Jesus aufmerksam an, um keine seiner Reaktionen zu übersehen.

Jesus nickte langsam. »Mir war stets bewußt, daß ich in Jerusalem predigen muß, um die, die in diesem Land die Macht besitzen, zu zwingen, mir zuzuhören.«

»Das hatte auch schon Johannes im Sinn, als er nach Betanien zog, um dort zu taufen. Nun denn, ich will dir etwas vorschlagen, das sich für dich als sehr nützlich und förderlich erweisen könnte. Etwas, das sofort Ergebnisse zeitigt.«

Genau das brauchte Jesus jetzt, wußte er doch, daß seine Zeit knapp bemessen war. Und hatte er nicht zu Gott gebetet, ihm ein Zeichen zu senden?

»Du mußt deinen Auftrag erfüllen, indem du das Volk anführst und mit ihm nach Jerusalem ziehst, und zwar in einem Friedensmarsch«, drängte Barabbas und spürte, daß er den Mann auf seine Seite gezogen hatte. »Ich werde dafür sorgen, daß sich Tausende deinem Zug anschließen. Das wird eine Demonstration der gewaltlosen Volksmacht, wie die Welt sie noch nie gesehen hat!«

»Ein triumphaler Einzug in Jerusalem«, flüsterte Jesus. Ja, Gott hatte ihm endlich den Weg gezeigt, den er zu beschreiten hatte!

KAPITEL 41

Kaiaphas hätte für niemand anderen sein Krankenlager verlassen, so schlimm war der Anfall von Verdauungsstörungen, der ihn seit gestern nacht plagte. Aber er wollte unbedingt erfahren, wie die Sache in Nazareth ausgegangen war, und so stand er auf, als man ihm Simeons Ankunft meldete.

Da ihm heute morgen der Sinn nicht nach dem Austausch von Höflichkeiten stand, fragte er den Besucher sofort: »Und, hast du ihn erledigt?«

»Nein.«

Heute schien einer dieser Tage zu sein, an denen sich alles gegen ihn verschworen hatte: Ein schweres Gewitter hatte nicht ausgereicht, die stickig-schwüle Luft zu vertreiben; die Medizin, die der Arzt ihm verabreicht hatte, war widerlich und hinterließ einen ekelhaften Nachgeschmack; die gestrigen Tempeleinnahmen, deren Aufstellung er im Bett studiert hatte, waren bestürzend niedrig gewesen; und wegen der Bauchkrämpfe fiel es dem Hohenpriester sichtlich schwer, sich wie üblich zu beherrschen. »Was ist denn schiefgegangen?« fragte er ungehalten.

»Etwas sehr Merkwürdiges ist passiert: Jesus und sein alter Begleiter sind einfach verschwunden.«

»Was soll das heißen, einfach verschwunden?«

»Nun ja, sie waren von einem Moment auf den anderen nicht mehr da. Eben standen sie noch auf dem Felsvorsprung, wohin die Menge sie getrieben hatte, und als ich sie in eine bessere Welt befördern wollte, war der Platz vor mir leer.«

»Unsinn! Menschen lösen sich nicht einfach in Luft auf!«

»Die zwei aber schon.« Aus Simeons Mund klang diese

Entgegnung so selbstverständlich, daß der Hohepriester ihn nur ungläubig anstarren konnte. »Ich habe so etwas in meinem ganzen Leben noch nicht gesehen.«

»Ist vielleicht irgend etwas vorgefallen, das dich abgelenkt hat?«

»Nein, nichts.«

Kaiaphas las ihm an den Augen ab, daß er nicht die ganze Wahrheit gesagt hatte. Aber da der Hohepriester den Zeloten lange genug kannte, wußte er, daß es keinen Zweck hatte, jetzt zu versuchen, ihn in die Enge zu treiben. Statt dessen wollte er den Mann demütigen und provozieren. »Also hast du versagt.«

So kurz tauchten zwei rote Feuerpunkte in den grauen Augen Simeons auf, daß der Hohepriester sich danach nicht mehr sicher war, ob er sie tatsächlich gesehen hatte. »Eine verlorene Schlacht bedeutet noch nicht das Ende des Krieges«, entgegnete der Zelot gefährlich ruhig.

»Wie haben die Nazarener denn darauf reagiert?« Die Beseitigung Jesu schien eine echte Herausforderung zu sein.

»Der Rabbi Abner beschuldigte Jesus, seine Wunder mit Hilfe des Teufels zu bewirken. Und er schrie, das Verschwinden beweise, wie recht er damit habe.«

»Haben die Nazarener sich von diesen Anschuldigungen überzeugen lassen?«

»Nur die, die ohnehin gegen Jesus voreingenommen waren. Die meisten sehen in ihm aber immer noch den Wundertäter, den der Herr ihnen geschickt habe, um sie zu erlösen. Und natürlich schmeichelt es vielen, daß der Messias aus ihrem Ort stammen soll.«

»Dann darf ich wohl annehmen, daß du weitere Schlachten schlagen willst, um diesen Mann auszuschalten, oder?«

»Ich gebe niemals auf. Ich werde diesen Mann finden und töten.«

Der Hohepriester spürte, daß dies nicht der richtige Weg sein konnte. Und als ihm die Erkenntnis kam, mit welchem Mittel sie mehr Erfolg haben würden, lachte er leise. »So verfahren wir nicht mit Jesus«, erklärte er. »Es wird keinen weiteren Versuch geben, ihn umzubringen.« Wieder plagte ihn ein Krampf, und es kostete ihn große Mühe, sich nichts davon anmerken zu lassen. »Statt dessen bedienen wir uns der Taktik der Bergrebellen.«

Simeon legte die Stirn in Falten. »Was meint Ihr damit? Sprecht Ihr etwa von diesen Unruhestiftern und Aufrührern? Die pflegen doch ...« Seine Stirn glättete sich, und kurz blitzte Bewunderung in seinen Augen auf. »Diese Bergrebellen locken ihren Feind doch gerne an einen Ort, wo sie ihm leicht auflauern können.«

»Ganz recht«, nickte Kaiaphas. »Dieser Jesus will etwas erreichen, und zwar etwas Großes. Dafür muß er das ganze Volk in seinen Griff bekommen. Und wo schlägt das Herz unseres Volks? In Jerusalem. Früher oder später wird Jesus hierherziehen. Und dann kommt er bestimmt mit einer riesigen Anhängerschar.«

»Und Jerusalem ist der perfekte Ort für ein Attentat – viel geeigneter als eine Kleinstadt«, bestätigte der Zelot.

»Richtig«, stimmte der Hohepriester zu, obwohl er für Jesus etwas anderes vorgesehen hatte, etwas viel Grausameres. Dieser sogenannte Wundertäter war zur größten Herausforderung seines Lebens geworden. Und es gab bessere Methoden, einen Mann zu vernichten, als ihm lediglich einen Dolch in den Rücken zu stoßen.

Herodias hatte den Bericht über den Mordversuch an Jesus studiert, und ihr wurde klar, daß dieser Mann nach der Beseitigung des Johannes zur größten Bedrohung ihrer Sicherheit erwachsen war. »Ihr seht Euch einer neuen Opposition in Galiläa gegenüber, Herr«, teilte sie ihrem Gemahl beim Essen mit. »Und zwar in Gestalt dieses Jesus von Nazareth, den die Menschen im Lande den Wundertäter nennen.«

»Aber er hat doch nie Gemeinheiten über uns verbreitet, oder, meine Honigwaffel?« Seine weiteren Worte gingen in einem Hustenanfall unter. »Davon abgesehen habe ich mir schon Hoffnungen gemacht, er könne mich von meinem Leiden befreien.« Herodes wies alle Anzeichen der Krankheit auf, der schon sein Vater erlegen war: Juckreiz verbunden mit Ausschlag, ständiger Durst, Blasenreizung und stark nachlassender sexueller Appetit.

»Nein, im Moment haben wir nichts gegen ihn in der Hand«, Herodias tippte sich leicht mit dem Fächer an die Lippen, »und dennoch ...«

»Was dennoch?«

»Jesus ist womöglich doch nicht so beliebt, wie ich schon befürchtet hatte. Vor vier Tagen hat jemand versucht, ihn umzubringen.«

»Wer würde denn schon einen Wundertäter ermorden wollen?« fragte Herodes schnaubend.

»Nach den mir vorliegenden Berichten war es jemand aus seiner Gemeinde. Jesus stammt nämlich aus Nazareth.«

»Und warum wollen sie sich dort eines Heilers entledigen?«

»Weil er nicht nur Heiler, sondern auch Prediger ist, und als solcher hat er wiederholt die Schriftgelehrten, die Pharisäer und die strenggläubigen Juden gegen sich aufgebracht. Er nannte sie Heuchler und Männer, die allein den Buchstaben des Gesetzes folgten, deren Inhalt und Bedeutung aber nie verstanden hätten.«

»Aber damit hat er doch vollkommen recht, oder etwa nicht?«

»Natürlich. Doch solche Wahrheiten auszusprechen, das führt immer zu Konflikten. Als er am letzten Sabbat in der örtlichen Synagoge gesprochen hat, mußte er sich starkem Widerstand stellen, der vom dortigen Rabbi, einem gewissen Abner, angeführt wurde.« Sie schwieg für einen Moment und tat so, als würde sie nachdenken. »Man könnte den Eindruck gewinnen, der Mordanschlag auf Jesus sei sorgfältig geplant gewesen.«

»Was bringt dich denn darauf?« Herodes hatte schon wieder so viel getrunken, daß seine vorquellenden Augen kaum noch etwas fixieren konnten. Herodias war vor einiger Zeit dazu übergegangen, ihn zum Trinken zu ermutigen, damit er auf seinen Kissen einschlief und es ihr erspart blieb, von ihm mit seiner »Dattelpalme« belohnt zu werden.

»Die Schriftgelehrten und Pharisäer mit Abner an der Spitze haben ihn aus der Synagoge vertrieben«, antwortete sie, und ihre Augen verengten sich. »Normalerweise hätte das vollkommen ausgereicht. Aber sie haben sich damit keineswegs zufriedengegeben. Die Männer haben ihn aus der Stadt und weiter getrieben, doch nicht bis zur Fernstraße, sondern einen schmalen Pfad hinauf, der vor einer tiefen Klippenwand endete. Offensichtlich hatten sie vor, ihn über den Felsrand zu stoßen.«

»Das wäre aber Mord gewesen, und dann hätten wir einschreiten müssen.« Da ihm kaum noch Freuden offenstanden, berauschte er sich nur noch an seiner Macht und an seinen Befugnissen. Und dieses Bewußtsein verließ ihn selbst im Zustand der Trunkenheit nicht.

»Zweifellos, und deshalb war auch kein Nazarener bereit, sich einer solchen Anklage auszusetzen. So haben sie dann einen Meuchelmörder mit der Tat beauftragt, der sich in ihrer Mitte aufhielt.«

»In Kleinstädten wie Nazareth gibt es so etwas wie Meu-

chelmörder doch gar nicht. Solche Männer findet man nur in Jerusalem.«
Seine Worte erleuchteten die Finsternis ihrer Ungewißheit wie ein Blitz. Vergangenheit und Gegenwart vermischten sich, und sie wußte, daß nur ein Mann die Schläue und Härte besaß, einen solchen Plan zu schmieden und durchzuführen: Obwohl er mittlerweile der Hohepriester Kaiaphas war, hatte sich Prinz Zadoks Charakter nicht im mindesten gewandelt.

TEIL VIII

KAPITEL 42

Ein Jahr verging, in dem Jesus seinen Marsch auf Jerusalem immer wieder hinauszögerte. Während dieser Zeit besuchte er Nazareth ein weiteres Mal, aber nur, um sich mit seiner Mutter und seinen Brüdern zu versöhnen, und so waren sie wieder zu einer Familie zusammengewachsen.

Doch nun rückte das Pessach-Fest näher, die Zeit, in der die Juden alljährlich nach Jerusalem pilgerten.

Ich werde nie den frühen Morgen im Haus des Simon in Kapernaum vergessen. Jesus und ich befanden uns allein im Haus, denn die Fischer waren noch auf dem See.

Jesus hatte seine Schlafgewohnheiten geändert, um sich besser auf seine Auftritte vorbereiten zu können, und so führte ich allein meine Übungen durch. Dennoch erwachte er wie üblich beim zweiten Hahnenschrei. Er richtete sich auf, rieb sich den Schlaf aus den Augen und beobachtete mich, wie ich in der Lotosposition auf der Matte hockte.

»Es wird Zeit, deine Meditationen zu beenden, Guru«, sagte er. Jesus nannte mich schon lange nicht mehr Rabbi, denn das kam ihm mittlerweile unpassend vor. Außerdem sprachen ihn bereits etliche Juden mit diesem Titel an.

»Ja, du hast recht.«

»Hättest du Lust, mit mir am Strand spazierenzugehen?«

»Ja, sehr gern, aber nur, wenn wir uns vorher das Gesicht waschen und die Haare kämmen, damit wir die aufgehende

Sonne und den werdenden Morgen angemessen begrüßen können.«

Wir reinigten uns mit dem Wasser aus dem Eimer, der neben dem Brunnen stand, ordneten unser Haar und nahmen unsere Wanderstäbe. Die Seeluft war kalt und feucht. Eine Brise aus Südwesten wühlte das Wasser auf und verschaffte den Wellen, die in endloser Folge auf uns zu strömten, weiße Häubchen. Zischend liefen sie am Strand aus. Wir wandten uns nach Norden und wichen dem Tang und dem sonstigen Strandgut aus.

»Dir ist sicher aufgefallen, daß ich mich seit längerem nicht mehr mit Barabbas getroffen habe«, begann er. »Wir haben beim Abschied verabredet, daß ich ihm eine Nachricht sende, sobald ich meinen Marsch auf Jerusalem beginne.« Er sah mir in die Augen. »Ich glaube, die Zeit dazu ist gekommen.«

»Die Wahl liegt allein bei dir«, entgegnete ich, und bei dem Gedanken an sein Vorhaben überfiel mich ein Schaudern.

»Barabbas will dafür sorgen, daß einige hundert Menschen den Marsch mit uns hier in Kapernaum beginnen, und unterwegs sollen sich weitere anschließen. Mehrere tausend halten sich bereits anläßlich des Pessach-Festes in Jerusalem auf. Mit einer solchen Macht sind wir bestimmt in der Lage, die religiösen und politischen Führer von unserer Gewaltlosigkeit zu überzeugen und sie zu zwingen, uns anzuhören.«

»Du weißt sicher noch, daß wir in Indien ein solches Vorgehen *satya graha* nennen. Doch bislang wurden solche Märsche nur von einzelnen Männern unternommen, nie aber von großen Menschengruppen Aber welches Ergebnis hast du dir zum Ziel gesetzt? Wen willst du treffen, mit wem sprechen? Und welche Veränderungen willst du erreichen?«

»Ich will vor allem demonstrieren, daß ein Wandel in unseren Herzen notwendig ist. Sobald mir das gelungen ist, werden die Führer, allen voran der Tetrarch und der Hohepriester, sich Gedanken darüber machen müssen, wie sie das Los der Massen verbessern können. Darüber hinaus will ich die allgemeine Aufmerksamkeit auf die Notwendigkeit religiöser Reformen lenken, und dazu werde ich im Tempel predigen.«
»Damit wirst du vor allem bestimmten Kreisen als Führer der Massen und Unruhestifter auffallen.«
»Ich will ja gerade ihre Aufmerksamkeit und Sorge. Und meine Lehre, daß man auch die andere Wange hinhalten soll, wenn man geschlagen wurde, wird ihnen beweisen, daß es mir nicht um einen gewaltsamen Umsturz geht. Schließlich kannte man ein solches Verhalten in diesem Teil der Welt bislang nicht.« Er lachte, und das Weiß seiner Zähne bot im ersten Licht des Morgens einen beeindruckenden Anblick.
Wie konnte ich ihm beibringen, daß er sich ausgesprochen naiv verhielt, was davon herrührte, daß er sich mit den Gesetzmäßigkeiten der Politik nicht auskannte. Obwohl Thaddeus uns darüber aufgeklärt hatte, um wen es sich bei Simeon handelte, war Jesus immer noch der Ansicht, daß dem Attentatsversuch vor einem Jahr wenig Bedeutung zuzumessen sei, weil dahinter nur ein paar eifersüchtige Kleinstadtgrößen gesteckt hätten.
Er schien zu spüren, was mir durch den Kopf ging. »Natürlich wird die Sache nicht ungefährlich sein, Guru, aber Gefahren lauern überall, und man kann sich nicht vor ihnen schützen.«

Die Organisation, die Barabbas über die Jahre aufgebaut hatte, erwies sich als durchaus brauchbar. Als wir dreißig

Tage vor dem großen Fest Kapernaum in Richtung Jerusalem verließen, zogen einige hundert Menschen mit uns. Während unserer Wanderung über die Fernstraße schlossen sich uns Männer, Frauen und Kinder aus allen Ortschaften an, an denen wir vorbeikamen. Menschen aller Schichten und Altersgruppen begleiteten uns zu Fuß, beritten oder auf Wagen. Nicht lange nach unserem Aufbruch war unser Zug schon über eine Meile lang. Jesus bildete die Spitze, und ich hielt mich an seiner Seite. Die zwölf Jünger folgten uns, und an die siebzig Unterführer hielten die Kolonne zusammen.

Es war ein heiliger Marsch. Der Gesang der Menschen übertönte das Hufgeklapper und das Knarren der Wagen. Bald war es uns unmöglich, zu sagen, wie viele von ihnen aus freien Stücken mitgekommen waren und wie viele Barabbas uns geschickt hatte. Nicht einmal eine römische Abteilung hätte sich geordneter und sinnerfüllter bewegen können. Obwohl wir so lange unterwegs waren, trafen wir nicht einmal auf einen Soldaten oder eine Autoritätsperson, und das brachte mich zu dem Schluß, daß der Tetrarch, der Sanhedrin und der römische Landpfleger Order gegeben hatten, sich uns nicht in den Weg zu stellen oder uns sonstwie zu behindern.

Jesus war natürlich das Zentrum des allgemeinen Interesses, doch die Menschen fanden auch genügend anderen Gesprächsstoff. So sorgte ein gewisser Lazarus für Aufregung, den Jesus von den Toten wiedererweckt hatte, und später zwei Blinde, denen er die Sicht zurückgegeben hatte. Die Wanderer strömten zu uns nach vorn, um Lazarus zu bestaunen und zu berühren, und der ließ sich nicht lange bitten und beteuerte ihnen immer wieder, über welch ungeheure Kräfte Jesus verfüge.

Erst als wir den Ort Bethphage am Fuß des Ölbergs erreichten, kamen mir die ersten Zweifel. Jesus fühlte sich von der ungeheuren Menge, die ihm mittlerweile folgte, zutiefst bewegt und inspiriert, und das stand ihm ja auch zu. Doch ich glaubte, noch mehr in ihm zu erkennen, nämlich daß die Sache allmählich die Oberhand über seine Person zu gewinnen begann. Während die Menschen ihn entweder als Propheten oder als Messias oder als Erlöser priesen, veränderte sich sein Geist immer mehr, was sich vor allem im Leuchten seiner Augen und in seiner königlichen Haltung offenbarte. Jesus war nicht mehr der Heiler und Prediger, der Türen öffnete, durch die die Menschen zu ihrer Seelenrettung gelangen konnten. Er war jetzt zu einem Führer geworden, der die Massen bewegte.

Als wir unser Lager außerhalb des Ortes aufgeschlagen hatten, war es Nacht geworden. Es überraschte mich wenig, als sich Thomas mir nach dem Abendbrot näherte und bat, mich unter vier Augen sprechen zu dürfen. Wir liefen einen kleinen Hügel hinauf, der mit Zypressen bestanden war. Unter uns duckten sich die schwarzen Flecken der Häuser, aus denen Licht drang, unter der Kälte, dem silbernen Mond und dem sternenbestandenen wolkenlosen Himmel. Die leichte Brise, die durch die Zweige rauschte, brachte den Gestank von menschlichen Ausscheidungen mit sich. Viele Wagen standen vor dem Ort, und dazwischen huschten Menschen hin und her, die sich vor dem Schein der Lagerfeuer als vage Schatten abzeichneten. Der Wind trug manchmal leises Stimmengewirr heran, doch das Dorf lag im Schlaf, und von dort war nichts zu hören.

»Ein angenehmer Ort voller Ruhe und Frieden, in dem die Armee der Rechtschaffenen eingefallen ist«, begann Thomas leise, weil er die Stille nicht allzusehr stören wollte.

»Ja, aber auch eine Armee, die in friedlicher Absicht gekommen ist, um zum ersten Mal in der Geschichte dieses Landes

den Mächtigen zu zeigen, was geeinte Gewaltlosigkeit bewirken kann.«
»Armee bleibt Armee, Guru«, beharrte er und schwieg dann für einen Moment, so als überlege er, ob er mit dem herausrücken solle, was ihm auf dem Herzen lag. »Dies ist nicht unsere Art«, erklärte er schließlich. »Die Umwandlung zur Rechtschaffenheit muß von der Seele des einzelnen vollzogen werden. Sie wird nicht durch die Erzeugung von Furcht oder durch religiöse Inbrunst erreicht, wie die Hindu-Priester in unserer Heimat es versuchen. Und ganz gewiß kann so etwas nicht durch einen Massenaufmarsch erzeugt werden.« Er drehte sich zu mir um und sah mich an. »Was wollen wir eigentlich in Jerusalem bewirken? Etwa die Errettung der gequälten Seelen oder die Beseitigung der sozialen und wirtschaftlichen Mißstände eines gepeinigten Volkes?«
»Was bringt dich dazu, solche Fragen zu stellen?« wollte ich von ihm wissen, obwohl er mit seinen Worten doch meine geheimsten Sorgen ausgesprochen hatte.
»Weil das Heil der Juden nicht in Jerusalem liegt, sondern im Herzen eines jeden Menschen. Aber wir marschieren auf die Hauptstadt der Juden zu, und uns folgt eine Armee, die sich unter dem Banner der Gewaltlosigkeit zusammengefunden hat. Gewalt bleibt aber Gewalt, Guru, ob sie nun mit Waffen oder mit moralischen Ansprüchen streitet. Haben wir denn nicht vor, den Mächtigen unseren Willen aufzuzwingen? Versuchen wir nicht eigentlich, sie zu erpressen?«
»Wie sollte Jesus seine Mission denn sonst erfüllen da er doch spürt, daß seine Tage auf dieser Erde gezählt sind?«
Im Mondlicht sah ich, wie seine Miene sehr ernst wurde. »Die Zeit sollte nicht die Qualität unseres Tuns diktieren. Jesus selbst hat in einem seiner Gleichnisse von dem Schäfer gesprochen, der seine Herde allein läßt, um ein verlorenes

Lamm zu suchen. Wäre es nicht besser, wir würden ein paar Herzen durch Überzeugung gewinnen, als das ganze Volk durch einen Massenmarsch in Erstaunen zu versetzen ... wo die meisten Juden bislang nicht einmal mit seiner Lehre in Berührung gekommen sind? Johannes der Täufer hat es mit seiner Forderung nach Umkehr und Buße besser angefangen.«

»Trotzdem muß unsere Loyalität zu der Sache, für die wir uns entschieden haben, absolut sein. Wir werden Jesus blind vertrauen.« Während ich die Worte wiederholte, die ich so oder so ähnlich schon einmal am See Genezareth ausgesprochen hatte, wurde mir bewußt, daß ich nicht sehr überzeugt von ihnen war.

»Natürlich hast du vollkommen recht, Guru. Aber wofür haben wir uns entschieden, wofür treten wir ein – für den Mann oder für die Wahrheit? Sollen wir die Wahrheit so vollkommen mit dem Mann verknüpfen, daß wir darüber unsere von Gott gegebenen Fähigkeiten der Begründung und Erkenntnis verlieren?« An der Erregung in seiner Stimme bemerkte ich, wie sehr diese Fragen ihn quälten.

»Besteht nicht die wirkliche Loyalität, uns und Jesus gegenüber, darin, ihm den Geist für die Wahrheit in seinem Herzen zu öffnen, da er sie doch außerhalb seiner Person sucht und sie dabei wie durch bemaltes Glas sieht?«

»Woher wollen wir denn wissen, daß die Wahrheit in seinem Herzen liegt?« fragte ich hart.

Thomas lachte. »Du kannst ja noch so etwas wie Ärger verspüren, Guru. Erkennst du nun, wie sehr wir selbst unseren Geist eingenebelt haben? Du, ein Yogi, der immer unabhängig zu handeln und zu denken verstand, hast dich Jesu Sache emotional verschrieben. Aber unsere Liebe für ihn und unser Glaube an ihn darf nicht die Wahrheit überdecken. Wir dienen Jesus sicher besser, wenn wir als die sanften Wachhunde über sein *kharma,* über sein Handeln und seine Reaktionen auftreten und dabei stets die Frage überdenken, *was* ist recht, und nicht, *wer* hat recht.«

Seine Worte, die so kalt wie die Nachtluft in mein Ohr drangen, verscheuchten die Aufwallung von Ärger in mir.

»Warum hast du gerade heute abend beschlossen, über diese Angelegenheit mit mir zu reden?«

Er nickte heftig. »Nun, da du wieder der weise Guru bist, kann ich es dir auch sagen. Vor wenigen Stunden hat Jesus Simon und Johannes beauftragt, ins Dorf zu gehen, wo sie eine Eselin finden würden, die zusammen mit ihrem Fohlen angebunden sei. Sie sollten die Tiere losbinden und zu ihm bringen.«

»Warum denn das?« fragte ich leicht verwirrt.

»Das hat Simon ihn auch gefragt.«

»Und was hat Jesus geantwortet?«

»Daß sie jedem, der sie fragen würde, erklären sollten, der Herr brauche die Esel, und daß der Besitzer sie ihnen freiwillig aushändigen werde.«

»Wirklich?«

Thomas nickte.

»Aber wozu braucht er die Tiere?«

»Damit sich die Prophezeiung erfüllt. Im Buch des Zacharias wird nämlich die Ankunft des Messias so beschrieben: ›Jauchze, Tochter Zion! Jauchze, Tochter Jerusalem. Siehe, dein König kommt zu dir. Er ist der triumphierende Sieger und doch demütig. Er reitet auf einem Esel, auf einem Fohlen, dem Jungen einer Eselin.‹«

Seine Worte tosten wie ein eisiger Himalajawind durch meinen Geist. Die Omen, die Zeichen und die Prophezeiungen über die Geburt meines geliebten Jesus hatten sich samt und sonders erfüllt, ohne daß mir das jemals so recht bewußt geworden war. Doch jetzt versuchte er selbst, sich nach den Weissagungen der Propheten zu richten, sie zu erfüllen, um vor sich selbst beweisen zu können, daß er der Messias war. Warum? Was war aus dem bescheidenen Yogi Jesus geworden, der in der Wüste den Versuchungen widerstanden hatte? Übernahm der Wagen die Kontrolle über die angeschirrten Pferde und den Mann auf dem Kutschbock? Wohin sollte das noch führen? Ich konnte der letzten Frage nicht mehr lange ausweichen, und nur meine übergroße Liebe zu Jesus hinderte mich daran, die Antwort zu erahnen.

»Und glaubst du etwa, die Tausende, die sich ihm angeschlossen haben, empfinden irgendeine Loyalität zu ihm?« Thomas' Worte erreichten mich wie aus weiter Ferne. »Glaub mir, ich habe schon viele Männer in die Schlacht geführt und weiß daher, daß diejenigen, die sich aus einer Laune heraus hinter einem Banner versammeln, meist sofort Fersengeld geben, wenn die Trompeten des Feindes zum ersten Mal erschallen.«

Jesus ritt am nächsten Morgen von Osten her durch das Goldene Tor, dem Weg zum Tempelberg, in Jerusalem ein. Der Empfang, den man ihm bereitete, übertraf alle unsere Erwartungen. Nie zuvor war ein siegreicher Feldherr mit solch einem tumultartigen Jubel begrüßt worden, und das, wo er auf einer Eselin mit einem Füllen an seiner Seite in die Stadt kam. Tausende und Abertausende säumten die Straßen, und ein jeder hielt einen frisch abgeschnittenen Palmzweig in der Hand. Viele legten ihre Gewänder auf die Straße und bereiteten Jesus so einen vielfarbigen Teppich.

»Hosianna!« riefen sie, und: »Gesegnet sei der, der da erscheint im Namen des Herrn!« oder: »Gepriesen sei das Königreich unseres Vaters David, das nicht mehr fern ist!« Wir zogen geradewegs zum Tempel. Ich blieb mit Thomas, der als einziger der Jünger kein Jude war, davor zurück. »Wie viele von diesen Menschen scheinen wirklich zu wissen, was sie von ihrem Messias erwarten?« fragte er mich.

»Darin liegt ja die Gefahr«, entgegnete ich düster. »Wir werden gerade Zeuge einer Vielzahl von Nöten. Einige sind den Menschen sehr deutlich bewußt, andere ahnen sie nur vage. Kein Mensch, nicht einmal ein Gott, könnte all ihre Wünsche befriedigen. Diese Menschen eint ja nicht einmal eine gemeinsame Überzeugung.«

»Wie wird das hier wohl ausgehen?« Sorge sprach aus seiner Stimme. »Jesus ist auf so etwas doch noch gar nicht vorbereitet.«

»Er hat sich eben zu sehr von seiner Eile drängen lassen. Unglücklicherweise erwarten die Menschen immer sofortige Hilfe für ihre Leiden, und wenn die auf sich warten läßt, wenden sie sich gegen den, von dem sie diese erhofft haben.«

»Das stimmt leider.« Dunkle Vorahnungen überfielen ihn.

»Es wird so ausgehen, so sicher wie die Sonne heute abend untergeht und der Nacht Platz macht. In der ganzen Geschichte der Menschheit ist es nie anders gewesen. Nur die Herrscher, die mit brutaler und erbarmungsloser Militärgewalt regierten, konnten das laute Rufen der Massen nach raschen Ergebnissen überleben.«

»Wie mag es Jesus ergehen?«

»Die Mächtigen werden sich seiner annehmen, und dann hebt keiner von den Jublern auch nur einen Finger, um ihm zu helfen.«

»Großer Brahma!« seufzte er.

»Aber alles liegt in Gottes Hand.« Mir kam eine neue Idee, und ich starrte auf den Tempeleingang. »Doch ich glaube, Jesus hat einen bestimmten Plan.«

»Ehrlich?« Erleichterung zeigte sich auf seiner Miene. »Wie sieht der aus?«
Ich zuckte die Achseln und klopfte mit meinem Stab auf den gepflasterten Boden. »Den kennt nur er, und ich bezweifle, daß er uns davon erzählen wird.«
Erst später am Abend kehrte Jesus aus dem Tempel zurück, und ich muß gestehen, daß ich schon angefangen hatte, mir Sorgen um ihn zu machen. Als er erschien, strömte stiller, aber heftiger Ärger aus ihm, wie ich ihn bei ihm nicht kannte. »Dies ist kein heiliger Tempel mehr«, sagte er, als wir nach Betanien zurückkehrten, wo er die Nacht verbringen wollte, »sondern ein Marktplatz, auf dem die Händler lautstark ihre Waren feilbieten, die Geldwechsler die Menschen ausnehmen und die Tempelverwalter jedem eine Erlaubnis erteilen, im Tempel einen Stand zu betreiben, solange sie nur ihren Anteil erhalten.« Der Jude in Jesus hatte endgültig den Yogi in ihm verdrängt, und aus dem Mann der Ruhe und Ausgeglichenheit war ein Mann der Tat geworden.
Ich konnte nichts dazu sagen. Nicht einmal meine Yogi-Ausbildung konnte das bittere Gefühl mindern, daß Jesus all seine Fähigkeiten abgestreift hatte, um seinem Geburtsrecht als Jude zu folgen.
»Ich werde meine Arbeit in Betanien beginnen, wo die Mission des Täufers so unvermittelt beendet wurde«, erklärte Jesus grimmig.

Die Versammlung des Hohen Rats, zu der alle Mitglieder erschienen waren, hatte sich in einer endlosen Debatte über die Ereignisse des Tages verloren. Daß schließlich doch noch ein Beschluß gefaßt wurde, war allein der geschickten Steuerung der Sitzung durch Kaiaphas zu verdanken. Und er konnte mit dem Ergebnis zufrieden sein, überließ der

Sanhedrin es doch allein ihm, die notwendigen Schritte gegen Jesus in die Wege zu leiten.
Der rundliche Prinz Ascher und der hagere Prinz Zebulon blieben bei ihm, während sich die achtundsechzig anderen Ratsmitglieder auf den Heimweg machten. Die Diener erschienen und löschten alle Lichter bis auf die am Kopfende des Tisches, wo die drei Männer sich jetzt niederließen. Der Geruch von verbranntem Wachs mischte sich in den des Weihrauchs.
»Eine außergewöhnliche Situation«, bemerkte Prinz Zebulon.
»Und wir haben nichts in der Hand«, schnaufte der dicke Ascher. »Der Mann hat kein Verbrechen begangen, und dennoch wird vor unseren Augen eine neue Waffe geschmiedet, zeigt sich uns die Volksmacht in ihrer ganzen Kraft. Wir müssen uns baldmöglichst mit den politischen, sozialen und wirtschaftlichen Folgen dieser Entwicklung auseinandersetzen.«
»Das Volk wird bald seine Forderungen stellen«, sagte der Hohepriester.
»Mit der Säuberung des Tempels ist die soziale Revolution auch religiös sanktioniert worden«, erklärte Zebulon.
Ascher zuckte die Achseln. »Nun, da die Angelegenheit in Eure bewährten Hände gelegt wurde, edler Hoherpriester, was habt Ihr vor?«
»Nichts«, antwortete Kaiaphas.
»Was soll das heißen?« riefen beide Prinzen wie aus einem Munde.
»Das heißt, daß ich offiziell nichts unternehmen werde.« Er legte eine Kunstpause ein. »Und für den Augenblick lasse ich auch sonst die Hände im Schoß ruhen. Ich habe diesen Punkt heute allein aus dem Grund auf die Tagesordnung gesetzt, um eine fruchtlose Diskussion endlich zu beenden und alle Autorität in meiner Person zu vereinen.«

»Wie schlau«, erklärte Ascher anerkennend. »Und fürs erste wollt Ihr die Dinge auf sich beruhen lassen?«
»Genau. Ich werde Jesus ausreichend Zeit und Gelegenheit geben, sich selbst zu überschätzen. Menschen, die den Umgang mit der Macht nicht gewohnt sind, neigen, sobald sie in den Besitz derselben gelangt sind, früher oder später zur Selbstüberschätzung. Schon in dieser Stunde wird Jesus sich an seiner neugewonnenen Macht berauschen. Und wenig später wird es ihn jucken, diese an uns und den anderen offiziellen Stellen auszuprobieren. Und währenddessen muß er seinen Anhängern zum Erhalt ihrer Loyalität Demonstrationen seiner Furchtlosigkeit und seiner Macht geben. Und, nicht zu vergessen, ihnen Ergebnisse präsentieren. Keine Sorge, meine Herren, ich werde bereit sein, wenn er seinen Eröffnungszug macht.« Er weihte sie dann in seine weitergehenden Pläne ein und erklärte ihnen, wie sie ihn dabei unterstützen konnten.

Im hasmonäischen Palast brodelte es. Überall standen Prinzen und Adlige, Höflinge und Gefolgsleute, Diener und Beamte zusammen und unterhielten sich erregt über den triumphalen Einzug des Jesus in Jerusalem. Und ständig trafen Boten mit neuen Meldungen ein. Der besorgte Tetrarch hatte kurzfristig ein offizielles Bankett abgesagt und sich mit einem plötzlichen Unwohlsein entschuldigt. In Wahrheit wollte er lieber allein mit Herodias speisen und sich mit ihr beraten.
Zum ersten Mal seit langem war er beim Abendmahl nüchtern. Er schickte sogar die Sklavinnen mit den Fächern fort und konnte es kaum abwarten, bis die Diener die Speisen aufgetragen und sich zurückgezogen hatten. »Licht meines Lebens«, begann er, »was haltet Ihr denn von diesem Einzug des Nazareners in die Stadt?«

»Ich halte seinen Aufmarsch für eine Revolution, natürlich keine im üblichen Sinne«, antwortete Herodias und bemühte sich, ihre eigene Sorge und Angst zu verbergen. »Und Ihr solltet Eure gewohnte Entschlossenheit an den Tag legen und sofort zu Gegenmaßnahmen greifen.«

»Ihr meint also, ich sollte Jesus ergreifen und einsperren lassen?« Er schüttelte das massige Haupt. »Ohne Grund geht das leider nicht. Dem Sanhedrin obliegt die Verantwortung für alle religiösen Angelegenheiten, wir sind allein für die zivile Ordnung und Gerichtsbarkeit zuständig. Die Grenzen sind fein gezogen und dürfen nicht überschritten werden.«

»Die Anstiftung einer Revolution würde aber in Eure Verantwortlichkeit fallen«, entgegnete sie.

»Selbst wenn es sich um eine solche Tat handeln würde, wofür uns keine Beweise vorliegen, wäre das ein politisches Verbrechen, und dafür sind die Römer zuständig. Soll Pontius Pilatus sich um die Angelegenheit kümmern.«

»Ihr wißt doch, wie er ist. Ohne Anstoß wird er nicht aktiv.«

»Ihr schlagt also vor, ihm einen Anstoß zu geben?«

»Ihr seid so weise und entschlußfreudig, Herr. Ich errate, daß Ihr vorhabt, den Pontius Pilatus schon morgen aufzusuchen und ihn zu drängen, Jesus verhaften zu lassen, bevor seine Bewegung unkontrollierbar angewachsen ist.«

Simeon wurde am Morgen ins Büro des Hohenpriesters im Tempel gerufen und erhielt dort neue Instruktionen. Wieder einmal verblüffte ihn der Scharfsinn des Kaiaphas, und er war mehr denn je entschlossen, in diesem Mann seinen wahren Führer zu sehen. Der Hohepriester besaß eine bemerkenswerte Kenntnis der menschlichen Natur, die ihn in die Lage versetzte, den Hohen Rat nach seiner Pfeife tanzen zu lassen. Darüber hinaus verfügte er auch über die

Fähigkeit, den geeigneten Moment zum Zuschlagen zu erkennen; besser gesagt, darauf hinzusteuern, daß dieser Moment kam, wenn er für ihn bereit war.

Simeon traf sich am Abend mit Judas und unterrichtete ihn über den neuesten Stand der Dinge. »Es wäre vielleicht günstiger gewesen, wenn du ins Haus des Hohenpriesters zurückgekehrt wärst«, bemerkte er dann.

Judas ließ die Hand mit dem Stück Brot sinken, das er gerade in den Eintopf getunkt hatte, und sah seinen Liebhaber mit großen Augen an. »Warum sagst du so etwas, Bruder Simeon?«

»Weil dieser Mann durch Geburt ein Prinz und durch Finesse Hoherpriester ist – und damit würdig wie kein zweiter, das jüdische Volk zu führen. Wenn er dich offiziell zu seinem Mündel gemacht hätte, wärst du eines Tages sein Erbe geworden.« Judas schob sich das Stück Brot in den Mund und kaute langsam darauf herum. »Du hast dich mit dem Mahl heute wieder einmal selbst übertroffen«, sagte er, womit es ihm durchaus ernst war, und trank einen Schluck Wein. »Ich habe die Zeit gefunden, über mein Leben im letzten Jahr nachzudenken. Es ist eigenartig, wie das Zusammensein mit Jesus und seinen Gefährten mein ganzes Denken verändert hat. Nimm zum Beispiel nur diesen Guru Alara. Dieser Mann hat seinen inneren Frieden gefunden, indem er auf seinen Thron und sein Reich verzichtet hat. Ich wünsche nicht länger, als Buchhalter oder Schatzmeister tätig zu sein oder gar das Mündel des Hohenpriesters zu werden. Heute möchte ich nur noch das Stück Land zurückkaufen, das meine Familie in Kerioth besessen hat, und mich dort ganz der friedlichen Feldarbeit hingeben.«

»Was?« Dieser Wandel kam in der Tat überraschend. In Simeons Kopf rasten die Gedanken. Hieß das, daß Judas aussteigen wollte?

»Mach dir keine Sorgen, was dich betrifft«, sagte der junge Mann jetzt, als habe er Simeons Gedanken erraten. »Du bist immer mein wahrer Freund und aufrichtiger Liebhaber gewesen.« Nun ja, nicht ganz, dachte der Zelot, aber das tut jetzt nichts zur Sache. »Du liebst mich und nur mich allein. Mit dir an meiner Seite fürchte ich mich vor nichts und niemandem.« Sein Blick trübte sich. »Sicher, ich empfinde eine große Zuneigung zu Jesus, aber er ist auch noch für so viele andere da.« Ein Funkeln trat in seine Augen. »Besonders für Johannes, einen seiner Jünger, den er mehr liebt als alle anderen.«

Simeon griff sofort nach der Gelegenheit, die sich ihm hier bot: »Gerüchten zufolge sollen die beiden sich mehr als nur mit dem Herzen lieben und etwas miteinander haben«, log er in dem Bestreben, die offensichtliche Eifersucht des Judas zu vergrößern.

Der junge Mann lächelte nur matt. »Wenn die beiden ein Paar wären, hätte ich sicher etwas davon bemerkt. Johannes teilt das Lager Jesu genausowenig wie Maria Magdalena es tut, die ehemalige Dirne, die sich jetzt ständig in seiner Nähe aufhält. Nein, Jesus hat, dem Beispiel seines Lehrers Alara folgend, ein Keuschheitsgelübde geleistet. So etwas ist bei den weisen Männern Indiens weit verbreitet.«

»Soll das heißen, sie geben sich in keiner Form fleischlichen Gelüsten hin?«

»Sie denken nicht einmal daran. Jesus und Alara halten sich strikt an den Enthaltsamkeitsschwur, und das kostet sie nicht einmal große Anstrengung. Sie sind so ähnlich wie Blinde, die es gelernt haben, auch ohne Sicht ein ganz normales Leben zu führen.« Er sah den Zeloten mit großen Augen an. »Wenn es nur um das Beiliegen gegangen wäre, hätte ich das Verhältnis vielleicht noch akzeptieren können. Aber Jesus liebt den Johannes mit dem Herzen und dem

Geist. Die Liebe zwischen ihnen steht auf ehernen Füßen, und ich fühle mich davon ausgegrenzt und zurückgewiesen.«

Simeon lauschte diesen Ausführungen mit grimmiger Zufriedenheit. Sein Liebhaber offenbarte eine verwundbare Stelle, die man zu gegebener Zeit ausnutzen konnte. Als der Zelot jetzt sprach, verlieh er seinen Augen den Ausdruck der Liebe und seiner Stimme vollkommene Zärtlichkeit: »Willst du damit sagen, daß du alles tun würdest, um deinen Traum vom Landleben in Kerioth wahr werden zu lassen?«

»Ja, ich will zurück ins Land meiner Väter. Ich möchte das Geld dafür bekommen und auch noch einen Sklaven, der mir bei der Arbeit hilft.«

»Wie groß müßte die Summe denn sein?«

»Etwa dreißig Silberlinge.«

KAPITEL 43

Wir nächtigten in einer Scheune in Betanien, unweit der Stelle, wo wir bereits die Nacht vor dem Tag verbracht hatten, an dem Jesus von Johannes getauft worden war. Wir spazierten noch ein wenig herum, bevor wir uns hinlegten. Jesus war so tief in Gedanken versunken, daß er das Muhen der Kühe auf den Weiden und das Blöken der Ziegen nicht hörte. »Was soll ich nur als nächstes in meinem Ringen für das Volk unternehmen?« brachte er seine Sorgen schließlich zum Ausdruck. »Nach einem Tag in Jerusalem sieht es schon so aus, als habe unsere Bewegung ihre Schwungkraft verloren. Haben die Menschen denn wirklich erwartet, ich würde sie anführen, um den Tempel und die Paläste zu stürmen?«

Ich sah ihn an. »Wenn du Tausende in die Hauptstadt des Landes führst, muß damit ein Ziel verbunden sein; und dieses erschöpft sich nicht in einer Machtdemonstration. Deine Anhänger wollen und müssen wissen, wohin sie mit dir an der Spitze gelangen.«

Jesus blieb stehen und blickte mir ins Gesicht. »Du hast von Anfang an gewußt, daß es so ausgehen würde, nicht wahr?«

»Nein, aber es hat mich schon gewundert, daß du dir so wenig Gedanken über die weitere Vorgehensweise gemacht hast.«

»Du hast den Marsch nie gutgeheißen, nicht wahr?«

»Obwohl ich ihn zu einem früheren Zeitpunkt für keine schlechte Idee gehalten habe, lag es nicht an mir, ihn zu befürworten oder abzulehnen. Doch als wir dann unterwegs waren, kamen mir Zweifel, und ich befürchtete, daß der Marsch nicht die gewünschten Folgen haben würde. Man unternimmt kein größeres Manöver, ohne über ein Ziel zu verfügen.«

»Unser Ziel war Jerusalem«, erwiderte Jesus.

»Tut mir leid, das war der Zielpunkt unseres Marsches, aber nicht schon das Ziel, das wir erreichen wollten. Als die Menschen zu uns stießen, viele von ihnen dank der Unterstützung des Barabbas, nahmen sie an, daß du genau wüßtest, was bei unserer Demonstration herauskommen sollte. Da sich aber im Grunde genommen nichts getan hat, sind jetzt viele von ihnen verwirrt, manche sogar enttäuscht.«

»Warum hast du mich nicht gewarnt?«

»Weil mir das nicht zustand«, lächelte ich traurig und sah ihn dann sanft herausfordernd an: »Außerdem, wenn ich

dich gewarnt hätte, hättest du mir dann überhaupt zugehört?«
Er ließ die Schultern hängen und seufzte. »Du hast natürlich recht. Ich habe mich von der großen Chance blenden lassen, ein bedeutendes Symbol zu schaffen. Doch dabei ist nur eine Geste herausgekommen, und wie du schon sagtest, genügen Gesten nicht.« Ich hatte Jesus mit der Wahrheit konfrontiert. Er hatte weder ein Programm formuliert, noch besaß er einen Maßnahmenplan. Der Zorn, den er über die Entweihung des Tempels durch die Händler und die korrupten Tempeldiener verspürt hatte, war hauptsächlich deswegen entstanden, weil er kein Ziel besaß, auf das er sein Tun hätte ausrichten können. »Ich habe meine Basis auf dem Land verlassen, um in eine fremde Festung einzufallen. Wenn ich meine Anhängerschaft nicht verlieren will, unsere einzige Macht gegen die Herrschenden in diesem Lande, werde ich morgen etwas unternehmen müssen. Andernfalls werden sie sich wie Pilger benehmen, die zum Pessach-Fest nach Jerusalem gezogen sind, und die soziale Revolution vergessen. Ich wette, die meisten sitzen jetzt an einem der Lagerfeuer und bereden, was sie tun sollen.« Er sah mich plötzlich erschrocken an. »Wenn ich nicht aufpasse, lacht noch das ganze Land über mich.«

Vor dem Morgengrauen hatte Jesus seinen Entschluß gefaßt. Er teilte uns mit, daß wir sofort zum Tempel aufbrechen würden. Dann wusch und kämmte er sich, nahm seinen Stab und marschierte ohne Frühstück los. Elf der Jünger – Judas weilte in der Stadt, um seinen Onkel zu besuchen – und ich folgten ihm rasch und hatten Mühe, mit ihm Schritt zu halten. Ich bemerkte, daß alle Schwermut von ihm abgefallen war. Auch dieser Yogi war nicht vor Gefühlsausbrüchen gefeit, sagte ich mir und erinnerte mich

mit einem schiefen Lächeln daran, wie leicht unseresgleichen so etwas zustoßen konnte.
Die aufgehende Sonne bestrahlte bald Felsen und Sträucher, und der rosafarbene Osthimmel warf lange Schatten. Rebhühner liefen schimpfend auseinander, da sie sich von uns bei ihrer Mahlzeit gestört fühlten. Der Geruch von Myrte hing in der Luft.
Plötzlich blieb Jesus stehen und hob eine Hand. »Ein Feigenbaum«, verkündete er und zeigte nach rechts. »Nun können wir uns stärken. Ich weiß nicht, wie es euch ergeht, aber ich habe großen Hunger.« Und schon schritt er auf den Baum zu. Simon und Johannes folgten ihm. Jesus blieb vor ihm stehen und suchte vergeblich nach reifen Früchten. War nicht sein ganzes Leben die Suche nach der Nahrung gewesen, mit der er seinen inneren Hunger stillen konnte? Jetzt zeigte sich, daß seine Frustration doch nicht vollkommen überwunden war, und aus dieser entwickelte sich Ärger. Der Baum war verdorrt und trug keine Früchte. Voller Zorn hob Jesus den Stab und richtete ihn auf das Gewächs: »Ich verfluche dich, verwünschter, verdorrter Baum!«
Ohne unser schockiertes Schweigen zu beachten, drehte er sich abrupt um und kehrte auf die Straße nach Jerusalem zurück.

Als Simeon an diesem Morgen den Arbeitsraum des Hohenpriesters aufsuchte, drehte Kaiaphas nur die Augen in Richtung Tür, ohne dabei den Kopf zu heben. Er hatte sich diese Geste bei allen unangemeldeten Besuchern angewöhnt. Simeon ließ sich davon verwirren und blieb stehen.
»Ja?« fragte Kaiaphas herrisch.
»Habt Ihr etwas Zeit, Herr, oder soll ich später noch einmal wiederkommen?«
Der Mann schien etwas Wichtiges mitzuteilen zu haben.

»Komm schon herein und mach die Tür hinter dir zu.« Als der Zelot sich niedergelassen hatte, studierte der Hohepriester weiter angelegentlich den Bericht, der vor ihm lag.
»Es ist so gekommen, wie Ihr es vorausgesagt habt, Herr«, begann Simeon.
»Tatsächlich?« Obwohl sein Pulsschlag sich beschleunigte, tat er noch immer so, als gäbe es im Moment nichts Wichtigeres als das Schriftstück.
»Jesus hat sich endlich zu einer Tat hinreißen lassen, die Euch etwas gegen ihn in die Hand gibt.«
»Wie das?« Kaiaphas hob kurz eine Braue.
»Ihr habt wie immer recht behalten, Herr.« Zum ersten Mal klang so etwas wie Bewunderung aus Simeons Worten. »Ich hatte gerade mit meinem Tagwerk begonnen, als Jesus den Tempel betrat. Zuerst betete er, dann begab er sich auf den Hof und herrschte die Händler und Geldwechsler an, sofort diesen heiligen Grund zu verlassen. ›Wer bist du, daß du uns Befehle erteilen willst?‹ gab ein Taubenverkäufer höhnisch zurück und erhob sich. Die anderen Händler und die Geldwechsler johlten. Ohne ein weiteres Wort schritt Jesus zu den Taubenkäfigen, die der Mann auf einem niedrigen Tisch aufgebaut hatte, und wischte sie mit einer kräftigen Handbewegung zu Boden. Die Vögel schrien, und ihr Besitzer keifte und zeterte. Dann raste Jesus wie von Sinnen. Er stieß die Tische der Geldwechsler um, besorgte sich von irgendwoher eine Peitsche und gab sie jedem zu schmecken, der sich ihm in den Weg stellte.«
Dem Hohenpriester war natürlich bekannt, daß seine Untergebenen von den Händlern Abgaben einstrichen. »Was haben denn die Priester unternommen?«
»Sie standen nur hilflos herum.«
»Und warum?« fragte Kaiaphas, obwohl er die Antwort bereits ahnte.

»Weil die Menge, die Jesus und seinen Jüngern gefolgt war, laut Beifall spendete und ihn dann in seinem Tun unterstützte.«

»Hat Jesus sonst noch etwas gesagt?«

»O ja. Er hob mittendrin beide Hände und rief: ›So steht es geschrieben: Mein Haus soll für alle Gläubigen ein Haus des Gebets sein. Ihr aber habt es in eine Räuberhöhle verwandelt!‹«

Warum waren die Priester nicht zu ihm geeilt, um ihm davon zu berichten? Er kannte den Grund: Sie hatten sich genauso schuldig gemacht wie die Händler und Geldwechsler. »Hat er denn nichts gesagt, was man ihm zur Last legen könnte?«

Der Zelot dachte nach. »Einer der Schreiber hat Jesus die Frage gestellt, ob wir Juden dem Kaiser Tribut entrichten sollen.«

»Und was hat er geantwortet?« Kaiaphas konnte nur mit Mühe seine Erregung im Zaum halten.

»Er verlangte, eine der Münzen zu sehen, mit der wir den Römern die Steuern entrichten. Der Schreiber war so klug, ihm einen Silberdenar zu zeigen, eine von den Münzen, die in Gallien geprägt werden und auf denen Kaiser Tiberias zu sehen ist. ›Wer ist hier abgebildet?‹ fragte Jesus. ›Der Kaiser‹, antwortete der Schreiber. ›Dann gebt dem Kaiser, was des Kaisers ist‹, erklärte Jesus, ›und Gott, was Gottes ist.‹«

Alle Hoffnungen des Hohenpriesters waren mit einem Schlag zerschmettert. Simeon spürte die Enttäuschung des Mannes. »Aber jetzt habt Ihr ihn doch endlich erwischt«, sagte der Zelot leise.

»Ja, ja ...« Kaiaphas blieb äußerlich ruhig, »aber nur insoweit, als er auf den Druck reagiert hat, wie ich es von ihm erwartet habe. Du hast gute Arbeit geleistet, als du Verwirrung in die Reihen seiner Anhänger getragen hast, indem

du sie aufstacheltest, daß ihr Marsch ohne Sinn und Ziel sei.«
»Das war ja auch ein hervorragender Einfall von Euch, Herr. Wollt Ihr ihn denn nun endlich festnehmen lassen?«
»Aufgrund welcher Anschuldigung?«
»Nun, er hat doch ein Sakrileg begangen.«
»Nein, hat er nicht«, erwiderte der Hohepriester. »Im Gegenteil, er hat den Tempel gesäubert. Eine symbolische Handlung, die er tun mußte, um seine Anhängerschar bei der Stange zu halten. Und vielleicht hat er sogar gehofft, daß ich darauf reagieren würde. Aber ich werde ihm gewiß nicht den Gefallen tun und ihn zum Märtyrer machen.«
Simeon machte ein verwundertes Gesicht. »Aber der Mann hat doch den Frieden des Tempels gestört und Privatbesitz vernichtet.«
»Das fällt in die zivile Gerichtsbarkeit und wird vermutlich nicht einmal als großes Verbrechen angesehen. Wie dem auch sei, die Angelegenheit fällt nicht in meine Zuständigkeit.« Tief in seinem Innern fühlte er eine große Befriedigung darüber, daß sich alles so entwickelte, wie sein scharfer Verstand es ihm vorhergesagt hatte. »Davon abgesehen käme Jesus, wenn überhaupt, mit einer geringfügigen Strafe davon. Mein Ziel lautet aber, diesen Mann ganz und gar zu zerstören.«
»Soll das heißen, daß Ihr jetzt nichts unternehmen wollt?«
»Da ich davon ausgehe, das jüdische Volk bald anzuführen, werde ich die Arena nicht schon wie ein gewöhnlicher Gladiator bei der ersten Herausforderung betreten.« Er erhob sich und zeigte sich in seiner vollen Größe. Simeon stand ebenfalls auf. Die beiden Männer lächelten sich kalt und zynisch an. »Allerdings gibt es in unserem Lande Gladiatoren, die nicht über soviel Selbstdisziplin verfügen und sich Jesu jetzt annehmen werden.«

Der Tetrarch stürmte sofort in ihr Gemach, kaum daß er von Jesu Gewalttätigkeit im Tempel gehört hatte. Herodias begeisterte sich an diesen Neuigkeiten. Nun lag das Problem beim Hohenpriester, und sie wußte, daß er entschieden und hart zuschlagen würde.
Sie richtete sich auf ihrer Couch auf und strich sich über das Haar. Das Gold war mittlerweile von reichlich Silber durchzogen, aber Herodias war längst zu dem Schluß gelangt, daß es nicht auf das Äußere eines Kopfes ankam, sondern auf das, was in ihm steckte.
»Da hat dieser Emporkömmling aus Nazareth sich doch tatsächlich aus seinem Loch gewagt und im Tempel Schaden über Mensch und Besitz gebracht!« schäumte Herodes.
»Und warum hat man ihn nicht auf der Stelle verhaftet, Herr?«
»Das habe ich mich auch schon gefragt.« Herodes schob verärgert die Unterlippe vor. »Die größte Schwierigkeit bestand wohl darin, daß die Menge ihn in seinem Wüten unterstützt hat und die Wachen es nicht wagten, einzugreifen. Dieser Nazarener scheint sich einer gewaltigen Anhängerschaft zu erfreuen.«
»Dann müssen wir ihn daran hindern, mit dem Volk in Kontakt zu gelangen. War das nicht genau Euer Plan, Herr?«
»Natürlich«, log Herodes gereizt. »Aber wie läßt sich so etwas bewerkstelligen, ohne gleich einen öffentlichen Aufruhr zu entfesseln?«
Wie das anzufangen war? Die Antwort war so einfach, daß Herodias ihn am liebsten ausgelacht hätte. »Laßt doch einen anderen für Euch die Kohlen aus dem Feuer holen.«
»Und wen?«
»Ihr habt doch eben erzählt, daß ein Schreiber den Nazarener fragte, ob die Juden den Römern Tribut entrichten sollten.«

»Ja, ich erinnere mich. Jesus hat eine geschickte Antwort gegeben, aus der sich ihm kein Strick drehen läßt.«
»Nun, man könnte dem Pontius Pilatus diesen Vorfall doch in leicht veränderter Form zutragen.«
»Du meinst ...«
Sie nickte und zeigte mit ihrem Fächer auf ihn. »Ihr seid so weise, Herr. Wie kann es da verwundern, daß ich Euch so sehr verehre?«
Er stützte das fleischige Kinn in eine Hand, und die alte Verschlagenheit kehrte in seinen Blick zurück. »Ja wirklich, so könnte es gehen. Da haben wir also einen Mann, dem viele tausend Menschen nachlaufen und in den sie all ihre Hoffnungen setzen. Natürlich erwarten sie auch von ihm, sie von der römischen Herrschaft zu befreien. Angefangen hat er als Wundertäter, als Mann des Friedens, der mit seinen Händen heilte. Doch nun hat er sich der Gewalttätigkeit zugewendet.«
»Man sollte auch darauf hinweisen, daß dieser Jesus aus Galiläa stammt, einem Landstrich, der schon manchen Aufruhr hervorgebracht hat.«
»Natürlich, aber ja.« Er runzelte nachdenklich die Stirn. »Habe ich Euch eigentlich schon von meinen Spionen erzählt, die mir berichtet haben, daß für die vielen Sabotageakte der vergangenen Jahre im Norden eine Gruppe verantwortlich war, die von einem Mann namens Barabbas angeführt wird? Und wie der Zufall so spielt, stammt auch er aus Galiläa.«
»Nein, davon habt Ihr mir noch nichts erzählt.«
Natürlich waren es ihre eigenen Spione gewesen, die das herausgefunden hatten, und sie hatte ihrem Gemahl davon berichtet. Doch sie war es gewöhnt, daß er es mit der Wahrheit nicht immer sehr genau nahm. »Wenn es etwas gibt, Herr, das ich bei einem Mann noch mehr bewundere

als Körperkraft und Verstand, dann ist es seine Macht, verbunden mit seiner Fähigkeit, sie mit Härte und Geschick einzusetzen.«

Herodes strahlte sie an. »Vor allem muß man wissen, wie man sich mit solcher Stärke die schönste Frau der Welt untertan macht.«

»Aber diese Macht habt Ihr doch schon immer besessen, Herr. Und nun werdet Ihr sie dazu einsetzen, Jesus ausschalten zu lassen, indem Ihr dem Pontius Pilatus berichtet, daß dieser galiläische Rebell einen Aufruhr im Tempel entfesselt und das jüdische Volk aufgefordert habe, den Römern keine Steuern mehr zu entrichten.«

KAPITEL 44

Jesus predigte am selben Abend am Fluß in Betanien, als die römischen Soldaten kamen, um ihn abzuführen. Zehn grimmig dreinblickende Soldaten marschierten, angeführt von einem grauhaarigen Centurio, in geschlossener Formation heran. Auf ihren Eisenhelmen, Kettenhemden und großen Schilden spiegelte sich die Sonne wider. Ihr Erscheinen stand in scharfem Kontrast zu der friedlichen Szene, die noch vom Plätschern des Wassers und dem rosaroten Himmel verstärkt wurde.

Die Menge, die Jesus folgte, war von einigen tausend auf ein paar hundert zusammengeschrumpft. Doch diejenigen, die jetzt noch dabei waren, sogen jedes seiner Worte auf. Aber nun, als die Legionäre kamen, wichen sie vor ihnen zurück wie feuchtes Erdreich unter dem Druck einer Pflugschar. Der Trupp blieb direkt vor uns stehen. Der Centurio zog sein Schwert, hielt die Spitze aber nach unten. »Bist du Jesus von Nazareth?« Er besaß eine tiefe Stimme, die vom vielen Wein, wofür auch die roten Adern auf seiner dicken Nase sprachen, heiser klang.

»Ja, der bin ich«, antwortete Jesus.

»Dann stehst du unter Arrest.«

Ich widerstand der Versuchung, mich einzumischen, wie ich es schon einmal getan hatte, damals im Park von Kapilavatthu – wie lange war das her, hundert Jahre? Schließlich war Jesus heute ein ausgewachsener Mann, der hier in seinem Vaterland gut auf sich selbst aufpassen konnte. »Wessen beschuldigt man mich, wenn ich fragen darf?« Seine Stimme war in der Stille, die sich über die Menge gesenkt hatte, klar und deutlich zu verstehen.

»Widerstand gegen die Herrschaft Roms, indem du seine Untertanen zu einem gewalttätigen Aufstand aufgestachelt hast, in Tateinheit mit Schmähung des Standbilds von Kaiser Augustus.«

»Welche Beweise liegen Euch für diese Anschuldigungen vor?«

»Die wird Euch gewiß Seine Exzellenz, der Prokurator Pontius Pilatus, vorlegen«, antwortete der Hauptmann ungerührt und ohne den Blick von Jesus zu wenden. »Meine Befehle lauten lediglich, dich ihm vorzuführen.«

Jesus hob die Hände und segnete die Schar seiner Anhänger. »Ich bin der Sendbote Gottes, der euch die Gewaltlosigkeit bringt, und ich werde dem Hauptmann und seinen Männern friedlich und allein folgen. Versucht nicht, mir zu folgen, sondern zieht euch zurück und feiert das Fest; denn ich bin ohne Schuld und werde bald freigesprochen von allen Vorwürfen und zu euch zurückkehren.« Ich las in

seinem Herzen, daß er sich darauf freute, endlich vor einem öffentlichen Forum auftreten zu können.
Die Legionäre nahmen Jesus in die Mitte und marschierten ab. Ich ignorierte seine Anweisung und folgte dem Trupp.

Als Herodes der Große gestorben war, hatte man das Land unter seine vier Söhne aufgeteilt. Nach einigen Querelen unter ihnen hatten die Römer schließlich einen Prokurator oder Landpfleger eingesetzt, der seitdem im neuen Palast residierte, den Herodes für sich im exklusiven Westteil der Oberstadt von Jerusalem erbaut hatte. Seine Nachbarschaft bestand aus jüdischen Prinzen und Adligen. Pontius Pilatus wohnte dort, seit er vor einigen Jahren zum Landpfleger bestellt worden war. Herodes Antipas, dem Tetrarchen dieses Landes, war der hasmonäische Palast überlassen worden, den einst die Nachfolger des Judas Makkabäus errichtet hatten. Seine offizielle Residenz befand sich jedoch in der alten Stadt Sepphoris.
Ich folgte dem Centurio und seiner Abteilung in den Vorraum des Palasts. Herodes' Einrichtung nach römischem und hellenistischem Vorbild war kaum verändert worden. Vor dreißig Jahren war ich zusammen mit König Kaspar und dem westchinesischen Herrscher schon einmal hier gewesen, und ich erinnerte mich an unseren damaligen Besuch. Die einzige größere Veränderung bestand darin, daß hier keine idumäischen Soldaten mehr Wache standen, sondern römische Legionäre in Kettenhemd, Lederrock und Eisenhelm, die mit Lanze und Schild bewaffnet waren und ein Kurzschwert an der Seite hängen hatten. Und natürlich trugen die Diener jetzt keine Gewänder mehr, sondern weiße Tuniken. Aufgrund der späten Stunde befand sich so gut wie niemand im Vorraum – die Römer hielten nämlich nur in den Morgenstunden Audienzen ab.

Als die großen weißen Zedernholztüren aufgestoßen wurden und »der Gefangene Jesus von Nazareth« angekündigt wurde, trat der Centurio beiseite und machte keine Einwände, als ich Jesus in den Saal folgte – was sicher darauf zurückzuführen war, daß ich mich für ihn unsichtbar gemacht hatte.
Ich sah mich rasch um. Reichverzierte Couchen aus weißem Akazienholz und mit brauner Polsterung versehen standen rings um die kreisrunden, mit einem marmorierten Anstrich versehenen Säulen auf dem rosafarbenen Marmorboden, in den man mit rotem Quarz ein Mosaik eingelegt hatte. Die Wandteppiche, die Herodes' Großtaten zeigten, waren abgehängt und durch Wandmalereien ersetzt worden, auf denen römische Triumphe zu sehen waren. Das Ganze wirkte nicht mehr so bunt, da die Römer gedecktere Farbtöne bevorzugten. Ich wußte nicht zu sagen, ob auch einige von den Marmorbüsten römischer Würdenträger auf den schwarzen Marmorpodesten, die immer noch die Kolonnaden an den Seiten zierten, zwischenzeitlich ausgetauscht worden waren. Und auch der Duft, der in grauen Wölkchen den Kohlepfannen entstieg, war mir unbekannt. Aber die vollkommene Stille, die jetzt hier herrschte, war mir noch aus den Tagen des Herodes vertraut.
Mein Blick glitt zum anderen Ende des Saals. Die halbrunde Stirnwand war in Rot mit Goldbesatz verkleidet, die bevorzugten Farben der römischen Herrscher. Die große Marmorbüste des Kaisers Augustus war gegen eine andere ersetzt worden, die unzweifelhaft den neuen Kaiser Tiberias darstellte. *O tempora, o mores,* hieß es bei den Römern, und das schien sich nicht nur auf die Sitten, sondern auch auf die Treue zum Herrscher zu beziehen.
Viel beeindruckender als der steinerne Tiberias war jedoch die nachdenkliche Gestalt des Pontius Pilatus, der dort auf

dem Podest in einem Sessel mit hoher Rückenlehne saß. Offenbar war auch der Thron des Herodes ausgemustert worden. Der Landpfleger war von großer Gestalt und besaß eine imposante Ausstrahlung. Die rührte nicht so sehr von seiner knochigen Gestalt in der makellos reinen weißen Toga und erst recht nicht von dem lachhaften Blumenkranz auf seinem kurzgeschnittenen grauen Haar, sondern von seinen faltigen Gesichtszügen, die von einer großen Hakennase, einer Narbe, die über die gesamte linke Wange verlief, und den dunklen Augen mit dem durchbohrenden Blick beherrscht wurden. Er besaß nicht die Majestät des Herodes, dafür aber den Stolz und die Arroganz eines Feldherrn, der seine Männer schon in manche Schlacht geführt hatte. Nach der Verhaftung Jesu hatte mich tiefste Verzweiflung befallen, aber beim Anblick dieses Prokurators keimte in mir wieder Hoffnung auf. Dieser Mann würde meinem Freund vielleicht einen fairen Prozeß gewähren; außerdem sagte man ihm eine gewisse Überheblichkeit gegenüber jüdischen Führern nach.

»Man beschuldigt dich des Aufruhrs und der Anstiftung zur Rebellion.« Pontius Pilatus besaß eine kräftige Stimme, die zu seiner Ausstrahlung paßte und jedem Herrscher gut zu Gesicht gestanden hätte. Außerdem sprach er fließend Aramäisch. »Bekennst du dich schuldig oder nicht?«

»Nicht schuldig, Herr«, antwortete Jesus und hielt den Kopf hoch.

»Ich habe nichts anderes erwartet. Doch zuerst sage mir, welche Gründe dich bewogen haben, mit einer Gefolgschaft von tausenden Rebellen nach Jerusalem zu ziehen?«

»Bei diesen Tausenden handelte es sich nicht um Rebellen, Herr, sondern um hart arbeitende Menschen aus allen Schichten. Von diesen wären ohnehin viele zur Feier des Pessach-Festes nach Jerusalem gezogen.«

»Dann eben potentielle Rebellen«, entgegnete der Landpfleger grimmig, »und dich beschuldigt man, sie angeführt zu haben.«
»Ich habe sie nicht angeführt, Herr. Sie sind mir einfach gefolgt. Unter ihnen befand sich nicht einer, den ich dazu eingeladen oder dem ich gar befohlen hätte, mit mir zu kommen.«
»Gleichwohl bist du an der Spitze dieses Zuges marschiert.«
Jesus lächelte. »Herr, ich bin nicht marschiert, sondern auf einem Esel geritten.«
»Du hättest meinetwegen auch auf einem Schwein reiten können, Nazarener, aber die Tatsache bleibt bestehen, daß du an der Spitze einer Gruppe potentieller Rebellen gezogen bist.«
»Sind wir nicht alle potentielle Rebellen?« entgegnete Jesus freundlich. »Wir kommen als Säuglinge auf die Welt und und entfachen sofort einen Aufruhr, indem wir aus Leibeskräften schreien. Wenn wir älter werden, lernen wir, dieses Geschrei zu dämpfen oder zurückzuhalten. Säuglinge müssen lernen, zu gehen, zu reden, ihren Körper zu bewegen und ihren Verstand zu gebrauchen. Die Tausende, die mir gefolgt sind, waren harmlos wie Säuglinge und versuchten zu lernen, wie ihre Seele sie erlösen kann.«
»Und du bietest ihnen diese Erlösung an?« Pilatus sah ihn nachdenklich an. Sein Gesicht erinnerte mich in diesem Moment an das des römischen Adlers auf dem Feldzeichen, das neben dem Sessel in einem Ständer ruhte.
»Ich biete keine Erlösung an, ich weise ihnen nur den Weg zu Gott, der allein in der Lage ist, sie zu erlösen. Ganz gewiß stachele ich niemanden zu irgendeiner Tat an, im Gegenteil, ich gebe den Menschen vermittels der Lehren der Gewaltlosigkeit Frieden, und das macht sie kaum zu geeigneten Kämpfern für einen Aufstand.«

Ich sah dem Landpfleger an, daß diese Worte nicht ohne Wirkung auf ihn blieben, doch er hatte noch weitere Pfeile in seinem Köcher. »Deine Rede klingt gut, und ich würde deine Argumente sogar gelten lassen, wenn wir nicht den militärischen Führer deiner Bewegung identifiziert hätten.«
Jesus hob die Brauen. »Ich habe keinen militärischen Führer, Herr«, antwortete er erhobenen Hauptes. »Mir stehen zwölf Jünger und einhundert engere Gefolgsleute zur Seite, und die haben sich alle der Gewaltlosigkeit verpflichtet.«
»Und wie steht es mit dem Mann, der Barabbas gerufen wird und der Anführer einer Geheimgruppe von Aufrührern und Unruhestiftern ist?«
Mir wurde das Herz schwer. Woher hatten die Behörden von unserer, wenn auch nicht tiefen Verbindung mit Barabbas erfahren?
»Dieser Mann ist mir zweimal in meinem Leben begegnet, Herr«, antwortete Jesus offen. »Zum ersten Mal vor achtzehn Jahren, als ich noch ein Knabe war. Und zum zweiten Mal vor kurzem, als ich in Nazareth weilte und dort beinahe ermordet worden wäre. Barabbas gehört genausowenig zu meinen Anhängern wie ich zu seiner Gruppe. Jeder, der etwas anderes behauptet, kann das nicht beweisen.«
»Viele Bündnisse zwischen Gruppen, die den Umsturz planen, werden in aller Heimlichkeit geschlossen.«
»Das römische Rechtssystem verlangt, daß alle Beschuldigungen bewiesen werden. Auf der anderen Seite gibt es ausreichend Zeugen, die bestätigen können, daß ich stets Gewaltlosigkeit gepredigt habe. Eine meiner Lehren lautet: ›Wenn jemand dich auf die rechte Wange schlägt, dann halte ihm auch die linke hin.‹«
Pilatus war offensichtlich beeindruckt von der kühnen Art, mit der Jesus für seine Sache eintrat. »Diese Lehre scheint mir aber nicht zu den Gewalthandlungen zu passen, die du

heute im Tempel dargeboten hast«, beharrte der Landpfleger dennoch. »Jeder, der mit einer Peitsche auf andere einschlägt, besitzt nicht nur das Potential zur Gewalttätigkeit, sondern ist auch als Nährboden für Unruhe und Aufruhr anzusehen.«

»Meine Taten im Tempel entstanden aus meinem tiefen Respekt vor den jüdischen Einrichtungen. Das jüdische Gesetz weist Eltern an, Kinder, die sich versündigt haben, mit dem Stock zu züchtigen. Zorn über ein Sakrileg zu verspüren und diesem in gebührender Form Ausdruck zu geben, gehört zu den heiligen Pflichten eines jeden Menschen.«

Pilatus runzelte die Stirn. »Ein merkwürdiger Grundsatz, über den ich noch nachdenken muß.«

»Ich habe die Menschen ermahnt, sich bewußtzumachen, daß sich ihre gewalttätigen Handlungen nie gegen ihre Nachbarn richten, sondern allein gegen ihre Instinkte und Grundbedürfnisse. Sich selbst zu besiegen kann nur durch die Liebe von allen Mitmenschen und allen Dingen bewirkt werden, darunter auch denjenigen, die sich irren.«

Der Landpfleger nickte langsam, während er über Jesu Worte nachdachte. »Du bist tatsächlich die Verkörperung all des Guten, das ich von dir gehört habe«, erklärte er schließlich. »Daher will ich deiner Aussage Glauben schenken.« Er sah ihn durchdringend an. »Dennoch hast du heute im Tempel einiges Unheil angerichtet und fremdes Eigentum zerstört. Und dafür mußt du bestraft werden.«

»Bei allem gebotenen Respekt vor Eurer Autorität, Herr, möchte ich auf zwei Aspekte meiner heutigen Tat hinweisen, die Ihr freundlichst berücksichtigen mögt.«

»Und worauf willst du mich hinweisen?«

»Erstens war alles Eigentum, das ich zerstört habe, Privatbesitz, gehörte also weder dem Tempel, noch der Regierung,

noch einer anderen Institution. Ein privatrechtliches Vergehen verlangt sowohl nach römischem wie nach jüdischem Recht eine Wiedergutmachung, die der Geschädigte persönlich von mir einfordern muß.«
Trotz der Yogi-Ausbildung bemächtigte sich meiner eine grimmige Freude. Jesus hatte absolut den Punkt getroffen. Dessen war sich auch Pilatus bewußt. »Damit bleibt aber noch das Vergehen der Gewaltanwendung gegen unsere Untertanen bestehen«, erklärte der Prokurator.
»Das ist die zweite Sache, auf die ich zu sprechen kommen wollte, und hier berühren wir eine höchst delikate Frage der Rechtsprechung.« Er schwieg kurz, um diese Worte wirken zu lassen, blieb aber freundlich. »Seit die Römer dieses Land erobert haben, streben die Juden nach Autonomie für ihre Religion, und ihre weiseren Führer haben ihnen diese auch gewährt. Der Tempel ist der Körper, der Geist und die Seele des Judentums. Wie bei einer ausländischen Botschaft in Rom handelt es sich beim Tempel, natürlich nur innerhalb seiner Grenzen, um exterritoriales und von den Juden selbstverwaltetes Gebiet. Ganz sicher wünschen die römischen Herrscher nicht die religiösen Rechte und Funktionen des jüdischen Volkes zu unterdrücken.« Jesus lächelte jetzt wieder auf seine unwiderstehliche Art. »Und warum sollte der römische Landpfleger sich dazu hinreißen lassen, für die jüdischen Behörden die Kohlen aus dem Feuer zu holen?«
Pilatus ließ für einen kurzen Moment den Mund offenstehen. Dann wurde ihm bewußt, welche Falle diejenigen für ihn aufgebaut hatten, die ihn bedrängt hatten, diesen Mann in den Kerker zu werfen. Zorn flammte in seinen Augen auf. »Ich kann nichts entdecken, wofür dieser Jesus von Nazareth zu bestrafen wäre«, verkündete er und wandte sich an den Hauptmann: »Der Mann ist unverzüglich freizulassen.«

KAPITEL 45

Ohne daß wir etwas davon ahnten, hatte sich die Nachricht von Jesu Verhaftung wie ein Lauffeuer durch die Stadt verbreitet, und so drängten sich wahre Massen vor den Toren des Landpflegerpalastes. Als wir auf den Hof traten, entdeckten wir einen rötlichen Schein am Himmel über den Mauern, der von Hunderten von Fackeln herrühren mußte. Während ich mich noch fragte, was das zu bedeuten habe, fiel mir auf, daß überall die Wachen verstärkt worden waren und ein Trupp Reiter zum großen, mit Eisen beschlagenen Holztor unterwegs war. Der Fackelschein beleuchtete die grimmigen Gesichter der Soldaten. Wir liefen über den Weg, der durch die Becken, Springbrunnen und Kräutergärten zum Ausgang führte. Ein Stück vor uns hatten sich Legionäre in Doppelreihe aufgebaut, und ein Centurio ritt auf seinem schwarzen Streitroß vor ihnen auf und ab. Die Reiter gingen hinter der Infanterie in Stellung.

Der Offizier, der uns begleitete, salutierte vor dem Centurio, woraufhin dieser zum militärischen Gruß den Arm ausstreckte. »Der Gefangene Jesus von Nazareth ist vom Prokurator in allen Anklagepunkten für unschuldig befunden worden und darf gehen«, meldete der Offizier.

Der Centurio wendete sein Pferd und befahl: »Öffnet die Tore, aber nur so weit, daß dieser Mann hindurchgelangen kann. Danach schließt die Tore sofort wieder!«

Geräuschvoll wurden die Bolzen zurückgezogen.

»Du da!« rief der Centurio zu Jesus, denn ich war für ihn ja immer noch unsichtbar. »Geh rasch hinaus, und zeige dich dem Volk.« Er klang ruhig und erwies sich damit als Offizier eines Volkes, das ein Weltreich geschaffen hatte.

Jesus trat als erster nach draußen, und ich folgte ihm dichtauf. Der Offizier, der uns eskortiert hatte, salutierte zum Abschied vor ihm.
Im Licht der zahllosen Fackeln zeigte sich eine unübersehbare Menge, die die Straßen rings um den Palast besetzt hielt. Simon, der wie ein Turm herausragte, führte sie mit zehn weiteren Jüngern an. Der zwölfte allerdings, Judas, fehlte. Warum war er schon wieder nicht anwesend? Ein vager, gleichwohl schlimmer Verdacht entstand in mir, wurde aber verdrängt, als man hinter uns das Tor schloß und die Menschen laut jubelnd auf uns zu stürmten. In dem Lärm konnte man kaum wahrnehmen, wie Bolzen und Riegel vorgeschoben wurden.
Die Freude und die Erleichterung war den Gesichtern der Menschen deutlich anzumerken, und es konnte kein Zweifel bestehen, wen sie liebten und verehrten.
Rufe wie »Hosianna!«, »Der Messias ist frei!« oder »Der Wundertäter hat über die Römer obsiegt!« zerrissen die Nacht. Und dann erreichte mich der strenge Geruch ihrer ungewaschenen Kleider und verschwitzten Körper.
»Der Statthalter hat mich für unschuldig befunden und als freien Mann entlassen!« schrie Jesus, und seine Stimme schallte bis in die hintersten Reihen. Er war in Hochstimmung. Die Gefangennahme und die Freilassung hatten ihn endlich wieder an die Spitze seiner Bewegung gestellt.
Wieder brach die Menge in Beifall aus. Die Jünger fielen vor Jesus auf die Knie. Männer und Frauen traten zwischen sie und versuchten, den Saum seines weißen Gewands zu küssen. Jesus nahm die Verehrung der Menschen mit einem sanften Lächeln entgegen, aber seine dunklen Augen zeigten sich umwölkt, weil er in seinem Innern tief bewegt war. Endlich hob er die Hände, um sich Gehör zu verschaffen, und langsam beruhigte sich die Menge.

»Ihr alle seid als Menschen hierhergekommen, die an die Wahrheit Gottes glauben, der ich eure Herzen geöffnet habe. Wisset, die Wahrheit lebt. Sie bedarf keiner Gewalt, um sich durchzusetzen oder zu festigen. Ich bete für die ganze Welt, aber ganz besonders für euch, denn ihr steht auf meiner Seite. Alle, die auf meiner Seite stehen, gehören zu Gott, und ich bin stolz auf euch. Ich bete auch darum, daß ihr immerdar mit Gott eins sein werdet, so wie ich immerdar mit Gott eins bin. Ihr seid mir von Gott gegeben, und ich bin auch während meiner Verhaftung auf eurer Seite geblieben, weil ihr zu mir gehalten habt. Ihr seid gerettet, und nur die Söhne der ewigen Verdammnis sind verloren. Diejenigen auf dieser Welt, die nicht an meine Worte glauben, hassen meine Worte, denn sie sind nicht Worte von dieser Welt, sondern von Gott. So wie Gott mich durch Seine Wahrheit gesegnet hat, bete ich darum, daß Gott auch jeden einzelnen von euch segnen wird, der an Seine Wahrheit glaubt, denn ich bin von Gott gesandt und Sein Sohn, so wie auch ihr alle Kinder Gottes seid.«
Die Menschen hatten ihm in ergriffenem Schweigen zugehört. Doch nun rief ein großer Mann in einem dunklen Gewand, dem glühende Leidenschaft in den Augen stand: »Wohin wenden wir uns jetzt, Herr?«
Ich hatte mit meinen Überlegungen richtig gelegen. Die Menschen erwarteten von Jesus eine praktische Mission.
»Wohin immer man geht, wenn man die Wahrheit erfahren hat«, antwortete Jesus lächelnd. »Sobald ihr Gott erfahren habt, seid ihr am Ziel. Dann ist euer Weg zu Ende. Und nun laßt die Liebe Gottes durch mich in eure Herzen einziehen, denn ich habe zu Ihm darum gebetet, daß Er all Seine Liebe für mich auch auf euch ausdehnen möge.« Jesus schwieg und bedachte sie alle mit seinem unwiderstehlichen Lächeln.

»Du bist der Herr der Welt!« rief der Mann. »Und daher auch der König der Juden!«
»Und nun wird der König der Juden sich ins Haus des Simon zurückziehen, der an der Lepra erkrankt war, bis ich ihn geheilt habe. Ich werde die Nacht in seinem Palast verbringen. Und euch bitte ich, euch in eure Unterkünfte zurückzuziehen und in der Gewißheit einzuschlafen, daß ihr über den Sohn Gottes gewacht habt.« Er hob wieder die Hände, doch diesmal, um die Menge zu segnen. »Möge Gottes Gnade über euch alle kommen.«
Jesus war wieder obenauf. Er hatte Zeit geschenkt bekommen, die er nun dazu nutzen mußte, sein Programm auszuarbeiten.

Einer seiner Spione im Palast des römischen Prokurators hatte dem Hohenpriester berichtet, daß Jesus festgenommen und wenig später wieder freigelassen worden sei. Die ganze Nacht über lief Kaiaphas in seinem Arbeitszimmer auf und ab und fand in seiner großen Verärgerung keine Ruhe. Der Wundertäter hatte seine Pläne schon wieder durchkreuzt. War ihm denn mit überhaupt nichts beizukommen? Eine Entführung, ein Mordversuch und eine Verhaftung durch die Römer hatten ihm nichts anhaben können, so als sei er unverwundbar. War dieser Mann am Ende wirklich der Messias? Zorn und Haß, wie Kaiaphas sie noch nie verspürt hatte, begannen in ihm zu brodeln. Und erst, als er zu einer Entscheidung gefunden hatte, kehrte in seinem Innern wieder Ruhe ein. Kein Mensch war unbesiegbar. Und nicht einmal ein selbsternannter Messias würde ihm im Weg stehen. Dafür war er bei der Erreichung seiner Ziele schon zu weit vorangekommen. Die Festnahme war zu einem ungünstigen Zeitpunkt erfolgt. Vermutlich hatte der trunksüchtige Herodes sie überstürzt in die Wege geleitet, höchstwahrscheinlich angetrieben von seinem ewig ränkeschmiedenden Weib Herodias. Die Verhaftung war genau zu dem Zeitpunkt erfolgt, an dem Jesu Anhängerschaft stark geschmolzen war. Kaiaphas wußte, daß er jetzt schnell handeln mußte, ehe Jesus sich überall als Opfer der Römer und Idumäer hinstellen und wieder die Massen hinter sich bringen konnte.

Im Palast herrschte zu so später Stunde eine solche Stille, daß er das Flattern einer Motte um die Kerze als Störung empfand. Wo hatte er einen Fehler begangen? Erst lang nach Mitternacht fiel ihm die Antwort urplötzlich ein: Statt zu führen, hatte er sein Leben damit verbracht, andere dahingehend zu manipulieren, ihn seinen Zielen näher zu bringen. Ja, alle, ob Herodias, Antipas, Prinz Ascher, Prinz Zebulon, den toten Prinzen Reuben, den Sanhedrin oder Simeon. Selbst gestern noch hatte er versucht, den Pontius Pilatus zu überreden, etwas zu unternehmen. Es wurde höchste Zeit, daß er selbst aktiv wurde.

Und er wußte bereits, was er zu tun hatte. Wie der Zufall es wollte, würde Judas am Morgen zu ihm kommen. Und kurz vor der Dämmerung würde er einen Boten zu Simeon schicken. Endlich zufrieden, zog er sich in sein Bettgemach zurück und schlief tief und fest.

Judas hatte am Morgen gerade sein Arbeitszimmer betreten und sich auf der Couch niedergelassen, als ein Diener Simeon ankündigte. Die beiden begrüßten sich kurz und oberflächlich, und der Hohepriester hegte nicht den geringsten Verdacht, daß die beiden seit Jahren ein Liebespaar waren und sich erst letzte Nacht in den Armen gelegen hatten.

Kaiaphas kam gleich zur Sache: »Ich habe euch beide zu mir gebeten, weil der Zeitpunkt zum Zuschlagen gekommen ist«, begann er. »Ihr habt sicher schon gehört, daß der

Statthalter Jesus letzte Nacht wieder freigelassen hat.« Beide nickten. »Allem Anschein nach können wir die Römer nicht dazu bewegen, etwas gegen diesen Mann zu unternehmen, der alles bedroht, was uns lieb und teuer ist. Deswegen habe ich beschlossen, selbst die Initiative zu ergreifen.«

»Aber was könnt Ihr tun, Herr?« fragte Simeon. »Eure Autorität erstreckt sich nicht auf weltliche Angelegenheiten.«

»Der Vorfall im Tempelvorhof fällt in meine Jurisdiktion als Hoherpriester«, entgegnete Kaiaphas grimmig. »Und natürlich in die des Hohen Rats. Pontius Pilatus hat das bei der Vernehmung des Beschuldigten letzte Nacht selbst zur Sprache gebracht.«

»Und was ist mit dem Tetrarchen?« wollte Judas wissen. »Sicher fallen die Schandtaten eines jüdischen Bürgers in die Verantwortung seiner Rechtsprechung, ganz gleich, ob jemand sich eines weltlichen oder religiösen Vergehens schuldig gemacht hat, oder?«

»Da er bloß eine Kreatur Roms ist, wird er ganz gewiß nicht einschreiten, wenn der Prokurator sich schon unwillig gezeigt hat, den Nazarener in den Kerker zu werfen.«

»Aber der Hohe Rat könnte doch bei Herodes vorstellig werden und ihn dazu zwingen, etwas zu unternehmen«, beharrte Judas.

»Ich habe einen Plan entwickelt, der ihn in der Tat dazu zwingen wird, etwas zu tun«, lächelte der Hohepriester grimmig. »Noch heute sorge ich dafür, daß der Sanhedrin den einstimmigen Beschluß faßt, Jesus in Haft nehmen zu lassen.«

»Aber aufgrund welcher Anklage, Herr?« fragte der Zelot.

»Du solltest doch am besten wissen, daß man kein Verbrechen begehen muß, um eingesperrt zu werden.«

»Aber er hat sich keines einzigen Vergehens schuldig gemacht«, protestierte der Jüngling. »Sein Betragen ist vorbildlich, und wie Ihr wißt, ist es mir noch nicht einmal gelungen, bei ihm Beweise für einen Steuerbetrug zu finden.«

»Deswegen habe ich ja auch dich zu dieser Besprechung gebeten.«

»Was wollt Ihr damit sagen, Herr?« Judas war erschrocken und verwirrt.

»Bist du nicht einer der Jünger des Nazareners?«

»Ja, aber ...«

»Und bist du als solcher nicht privilegiert, das aus seinem Mund zu hören, was er zu sagen hat, wenn er nicht vor einer Menge predigt? Und könnte darunter nicht auch etwas Verräterisches gewesen sein ...«

Judas' Augen wurden groß. »Wollt Ihr etwa ...«

Kaiaphas nickte langsam und blickte dem jungen Mann ins Gesicht. »Du wirst beim Hohen Rat offiziell Beschwerde gegen Jesus führen – keine Sorge, ich schreibe dir alles auf – und ihn der Gotteslästerung und der falschen Lehre beschuldigen. Des weiteren verkehre er mit Huren, Samaritern und Steuereintreibern, mißachte die Sabbatgesetze und trete als Messias sowie als König der Juden auf.« Er hob eine Hand, um Judas' Einwände abzuwehren. »Laß mich zu Ende reden.« Sein Blick wurde stählern. »Du hast mein Ehrenwort, daß dein Name niemals bekannt werden wird. Der Hohe Rat hat noch nie seine Quellen preisgegeben, das hat er nicht nötig.«

»Aber ... aber ... wie könnte ich so etwas jemals tun, Herr?«

»Bei der Verhaftung von Johannes dem Täufer hattest du doch auch deine Hand im Spiel.« Keine Gnade und kein Erbarmen standen in den Augen des Kaiaphas zu lesen.

»Oder möchtest du, daß das öffentlich bekannt wird?«

Judas erbleichte vor Entsetzen. »Das möchte ich nicht, Herr. Und ganz gewiß würdet Ihr mir das nicht antun wollen, Herr, weil mich sonst die verbliebenen Anhänger des Täufers in Stücke reißen würden.«

»Wenn du davor Angst hast, gibt es eine einfache Lösung: Verrate auch Jesus.«

»Warum eigentlich nicht, Bruder Judas«, meldete sich jetzt Simeon zu Wort, der zu wissen schien, mit wem er sich gut zu stellen hatte. »Es ist doch nur eine Kleinigkeit im Angesicht der großen Aufgabe, das jüdische Volk zu retten. Und du als Essener kannst doch gewiß keinen Gefallen am Lebenswandel des Jesus finden.«

»Aber ich ... ich empfinde Respekt vor diesem Mann«, protestierte Judas.

»Und respektiert er dich auch?« fragte der Zelot spitzfindig.

»Ich habe gehört, daß er dem Jünger Johannes sehr zugetan sein soll, daß dieser sein Liebling sei«, fügte Kaiaphas listig hinzu und beobachtete mit Befriedigung, wie sehr diese Worte den jungen Mann trafen. Der Hohepriester wußte, daß es von der Eifersucht nur ein winziger Schritt bis zum Verrat war. »Du schuldest Jesus keine Loyalität«, fügte er hinzu, »denn deine Treue hat zuerst dem jüdischen Glauben und dann dem jüdischen Volk zu gelten. Darin stimmst du mir doch zu, oder?«

»Ja«, antwortete Judas tonlos.

»Und drittens dir selbst«, versicherte Kaiaphas ihm. »Nun vernimm mein Angebot: Das verlorene Land deiner Vorfahren in Kerioth, für das du dich dein ganzes Arbeitsleben abgerackert hast, soll dir gehören. Außerdem will ich veranlassen, daß der Hohe Rat dir dreißig Silberlinge aushändigt, mit denen du einen Sklaven kaufen und ein neues Leben beginnen kannst. Und sobald Jesus tot ist, werde ich dich zu meinem Mündel und Erben erklären.«

In wenigen Momenten war aus dem selbstbewußten Judas, der glaubte, sich in der Welt auszukennen, ein ängstlicher, unsicherer Jüngling geworden. »Was werdet Ihr mit Jesus anfangen, Herr?« fragte er zögernd.
»Das wirst du noch früh genug erfahren. Und bis dahin tust du das, was ich dir aufgetragen habe.«

Die beiden Männer blieben nach der Besprechung kurz am Ausgang des Hofs im Palast des Hohenpriesters stehen. Bis auf die Wachen und zwei Gärtner, die sich um die Blumenbeete kümmerten, hielt sich hier niemand auf. Goldweißes Sonnenlicht brannte vom wolkenlosen Himmel auf die Steinfliesen herab und verhieß einen glühendheißen Tag.
»Du machst einen beglückten Eindruck, Bruder Simeon«, bemerkte Judas traurig. »Begeistert dich die Aussicht so sehr, daß es endlich losgeht?«
Der Zelot ließ rasch den Blick über das Gelände wandern, um festzustellen, ob jemand in Hörweite war. »Dies ist der Tag, auf den ich lange gewartet habe«, flüsterte er dann. »Jesus hat mir immer wieder einen Strich durch die Rechnung gemacht, und das seit der Nacht vor achtzehn Jahren, in der ich versuchte, ihn zu entführen. Selbst vor kurzem in Nazareth ist er mir entwischt.« Er schwieg für einen Moment und starrte gedankenverloren in die Ferne. »Mein ganzes Leben wäre anders verlaufen, wenn ich ihn damals, als er noch ein Knabe war, zu fassen bekommen hätte.« Simeon schüttelte den Kopf. »Man stelle sich nur einmal vor, ich hätte den Messias in meinen Händen gehabt ... Dieser Mann hat mein ganzes Dasein zerstört!« platzte es jetzt aus ihm heraus. Er verschwieg allerdings die anderen Fehlschläge in seinem Leben, darunter vor allem der Verrat, den Thaddeus an ihm begangen hatte.
»Was willst du tun?«

»Ich habe bereits alles in die Wege geleitet. Sobald ich erfahren hatte, daß Jesus wieder in Jerusalem weilte, habe ich meine Genossen zusammengerufen und ihnen befohlen, ihm einen besonders warmen Empfang zu bereiten.«
»Was meinst du damit?«
Simeon setzte ein teuflisches Grinsen auf. »Das wirst du noch sehen, aber soviel kann ich dir jetzt schon versichern: Wir werden an mehreren Stellen zuschlagen. Unsere erste Aktion findet schon heute zur Mittagsstunde vor dem hasmonäischen Palast statt!« Er nickte begeistert, und seine braunen Augen hatten angefangen zu leuchten. »Endlich bin ich wieder in meinem Element, Bruder.«
Eine Wolke schien über Judas' Miene zu schweben. Simeon blickte ihm in die Augen, doch der Jüngling schien mit seinen Gedanken ganz woanders zu sein. Wie oft hatte er sich schon in den Tiefen dieser Augen verloren, fragte sich der Zelot. »Was ist mit dir, Bruder Judas?«
»Nichts ... gar nichts.« Der junge Mann schüttelte heftig den Kopf.
»Du kannst mir alles sagen, wirklich alles, ganz gleich, was es ist.«
Die braunen Augen blickten ihn herzzerreißend an. »Es ist nur so, daß ... daß jeder von euch irgendeiner Gruppe oder Bruderschaft angehört ... während ich ... ich ...«
»Was denn, mein liebster Bruder?«
»Ich fühle mich so allein. Ich bin oft mit vielen Menschen zusammen ...« Er schluchzte und konnte einen Moment nicht weitersprechen. »Ich bin nur mit ihnen zusammen, gehöre aber nicht zu ihnen.« Tränen quollen ihm aus den Augen. »Mein ganzes Leben lang ist es so gewesen, immer war ich allein.«
Simeon atmete tief ein. Er kannte dieses Gefühl der Einsamkeit sehr gut. »Manchmal wird einem das sehr deutlich

bewußt, nicht wahr? Zuweilen schon dann, wenn man das fröhliche Geplapper von Freunden hört. Vor allem aber in der Nacht, wenn man allein auf seiner Matte liegt und mit dem Schlaf ringt. Oder auch, wenn man früh am Morgen aufwacht und der Platz neben einem leer ist. Die Einsamkeit ist noch weitaus schlimmer als das Alleinsein.«
Judas sah ihn erstaunt an. »Ja, du weißt Bescheid«, flüsterte er. »Du kennst dich damit aus.«
Simeon beschloß, die Gelegenheit zu nutzen, ehe der Jüngling es sich wieder anders überlegte: »Deine größte Einsamkeit wurde von Jesus verursacht. Du liebst ihn wie einen Bruder. Dabei möchtest du für ihn der Liebste sein, doch er zieht den Johannes dir vor.« Seine Stimme wurde grimmig: »Er hat dich zurückgewiesen. Der Hohepriester verhilft dir nun zu der Möglichkeit, deinerseits Jesus zurückzuweisen und danach ein zufriedenes Leben zu führen.«

Herodias starrte ihren Gemahl ungläubig an. »Da habt Ihr es mit einem Mann zu tun, der als Sohn Gottes und König der Juden auftritt, und alles, was Ihr zu unternehmen gedenkt, ist, ihn hierherbringen zu lassen, damit er Euch von Eurem Leiden heilt?« Sie warf dem Hohenpriester, der auf der Couch saß, auf der er sich damals immer niedergelassen hatte, einen bezeichnenden Blick zu.
Die Zusammenkunft in ihrem Empfangsraum war in aller Eile einberufen worden, nachdem Prinz Zadok – Herodias nannte ihn in Gedanken immer noch so – durch einen Boten darum gebeten hatte. Das goldene Licht der Morgensonne, das Plätschern des Springbrunnens im Innenhof und das Gezwitscher der Spatzen im Garten irritierten sie plötzlich sehr.
»Warum denn nicht?« erwiderte Herodes nörglerisch. »Unglücklicherweise habe ich von meinem Vater nicht den

gewünschten Thron, sondern nur seine Krankheit geerbt! Dunkle Flecken auf der Haut«, er hob eines seiner fetten Beine, das über der goldenen Sandale nackt war, und zeigte auf die Male über dem Knöchel, »unkontrollierbares Wasserlassen, Wunden, die nicht heilen wollen, und andere Plagen, die kein Arzt heilen kann. Ich wünsche nicht, mich ihren endlosen Folterungen zu unterziehen, wie mein Vater sie zu erleiden hatte. Der Wundertäter hingegen könnte mich durch bloßes Handauflegen von allem erlösen!«

Herodias sah den Prinzen hilfesuchend an. »Die Situation ist viel zu ernst, als daß wir auf persönliche Umstände Rücksicht nehmen könnten, mögen die auch noch so schwerwiegend sein«, erklärte der Hohepriester ernst. »Immerhin haben wir es hier mit einem Gotteslästerer zu tun, der sich als Sohn Gottes ausgibt.«

»Das fällt doch allein in Eure Verantwortung«, entgegnete Herodes ärgerlich.

»Er behauptet auch, der König der Juden zu sein, und das geht Euch ganz gewiß etwas an«, sagte Kaiaphas streng und fügte mit einem Seitenblick auf Herodias hinzu: »Damit stellte er für Euch und die Herrin eine Bedrohung dar.«

Herodias wurde es angst und bange. Alles, nach dem sie gestrebt, für das sie Ränke geschmiedet und Morde angestiftet hatte, sollte von einem dahergelaufenen Wanderprediger, dem Sohn eines Zimmermanns aus irgendeinem Dorf, zunichte gemacht werden? Niemals! »Wie will dieser Mann denn seinen Herrschaftsanspruch durchsetzen?« fragte sie den Hohenpriester erregt.

»Ja, wie will er das anfangen?« wollte auch Herodes wissen, nur daß es aus seinem Munde herausfordernder klang.

»Er hat bereits damit begonnen«, antwortete Kaiaphas. »Überall auf den Straßen kommt es zu Zusammenstößen zwischen den Anhängern des Nazareners und den Menschen, denen der Erhalt der Ordnung, das Gesetz und die Propheten heilig sind.«

»Es heißt aber doch, daß dieser Mann die Gewaltlosigkeit predigt«, wandte der Tetrarch ein.

»Er predigt eben das eine und tut das andere«, entgegnete der Prinz zornig. »Gewiß habt Ihr doch von den gestrigen Unruhen im heiligen Tempel gehört.« Er legte eine Kunstpause ein. »Die Römer mag das ja nicht weiter stören, aber jedem Juden wahren Glaubens muß ein solches Sakrileg als Ungeheuerlichkeit erscheinen. Ja, ich werde mich selbst um diese Angelegenheit kümmern, aber ich erbitte, nein, ich verlange von Euch, dem Herrscher über dieses Land, die Ordnung auf den Straßen wiederherzustellen.«

»Was verlangt Ihr denn von uns?« erwiderte der Tetrarch irritiert. »Soll ich Soldaten losschicken und die Unruhen blutig niederschlagen lassen?«

»Wenn Ihr nicht bald etwas unternehmt, Herr, randalieren die Massen über kurz oder lang vor den Toren Eures Palastes.«

»Nach unseren Berichten hat sich die Menge, die sich letzte Nacht vor dem Palast des Statthalters versammelte, friedlich verhalten«, entgegnete Herodes.

»Das waren ja auch die treuesten Gefolgsleute des Jesus. Ihnen lag daran, ihren Meister wiederzubekommen, und deswegen haben sie nichts unternommen, was ihn gefährden könnte. Aber heute habt Ihr es mit anderen Juden zu tun, mit Menschen, die vor Wut außer sich sind und vor nichts mehr zurückschrecken – nicht einmal davor, die Palasttore zu stürmen. Doch auch wenn es Euch gelingt, sie mit Euren Soldaten auseinanderzujagen, was wollt Ihr Rom berichten?«

Damit hatte der Prinz den wunden Punkt des Herodes getroffen. Der Tetrarch drehte den Kopf zur Seite, hustete und spuckte Auswurf in eine Bronzeschale. »Die Juden haben keinen Anlaß, vor meinen Palast zu ziehen«, brummte er.

»Jeder gottesfürchtige Jude in der Stadt wird vor Eurem Tor erscheinen und von Euch verlangen, diesen Nazarener in seine Schranken zu weisen und seine Bewegung aufzulösen.«

Herodias gefiel die höhnische Art, mit der er das Wort »Nazarener« aussprach.

»Was schlagt Ihr vor?« fragte Herodes jetzt kleinlaut.

»Die Lösung liegt doch auf der Hand.« Kaiaphas lächelte leicht. »Beseitigt die Ursache des Problems, und daraufhin wird sich das Problem in Luft auflösen. Wenn Ihr Jesus festnehmen laßt, wird seine Gefolgschaft ohne Führer dastehen. Die Zusammenstöße auf den Straßen finden dann rasch ihr Ende, und niemand hat mehr einen Grund, vor Euren Palast zu ziehen.«

Klingt ebenso logisch wie schlüssig, dachte Herodias. Ihr seid wirklich immer noch ein Genie, Zadok. Meine Spione haben mir berichtet, daß die Unruhen auf den Straßen von Kriminellen und Meuchelmördern angestiftet worden sind. Sie haben gezielt Anhänger des angeblichen Wundertäters überfallen und jagen sie, wo sie auf einen treffen. Ich wette, Ihr habt das alles inszeniert.

»Aber wenn ich ihn verhaften lasse, wird er doch in den Augen seiner Anhänger zum Märtyrer«, widersprach der Tetrarch lahm.

»Nicht, wenn Ihr so mit ihm verfahrt wie mit Johannes dem Täufer«, entgegnete der Hohepriester hart. »Ein rascher Prozeß wegen Verbrechen gegen den Staat, in dem er für schuldig befunden wird. Und dann könnt Ihr beim Prokurator die Todesstrafe gegen ihn beantragen, die ja ärgerlicherweise allein die Römer durchführen dürfen. Jesu wahre

Stärke liegt auf dem Land und nicht in der Stadt. Sobald man ihn vom Leben zum Tod befördert hat, werden seine Anhänger, die größtenteils Bauern sind, wieder in ihre Dörfer zurückkehren.«

Alle schwiegen, bis plötzlich heftig an die Tür geklopft wurde. Herodes warf seiner Gattin einen raschen Blick zu und befahl ihr: »Seht nach.«

»Tritt ein!« rief Herodias.

Ein junger Eunuch zeigte sich in der Tür. Er verbeugte sich tief und wirkte aufgeregt.

»Was gibt es?« fuhr Herodes ihn an.

»Edler Tetrarch, ich bedaure, Euch mitteilen zu müssen, daß eine größere Menschenmenge vor den Palasttoren zusammengeströmt ist.«

»Was wollen die Leute denn?«

»Sie verlangen, daß Jesus von Nazareth unverzüglich wegen seiner Verstöße gegen den wahren Glauben festgenommen und zum Tode verurteilt wird.«

KAPITEL 46

Spät am Abend lagerten wir in einem Garten am Fuße des Ölbergs, dicht am Ufer des Baches Cedrom, der später in den Jordan mündet, als zwei Brüder aus Galiläa, die zu den treuesten Anhängern Jesu gehörten, uns die Nachricht von den Unruhen in Jerusalem brachten. Ironischerweise wurden ihre Worte vom friedlichen Gurren der Tauben in den Zypressen und einem Schwarm Lerchen begleitet, die nach

Hause flogen. Die Kühle der Nacht durchdrang gerade erst die Luft, und der Westhimmel brannte so rot, wie man das nur in Wüstenregionen zu sehen bekam.

Jesus saß umringt von elf seiner Jünger da – Judas war noch nicht zu uns zurückgekehrt. Seit seiner Freilassung am vergangenen Abend hatte der Meister sich in Hochstimmung befunden. Doch als er jetzt dem Bericht der Brüder lauschte, verhärtete sich seine Miene zusehends. »Ist dabei jemand zu Schaden gekommen?« fragte er schließlich.

»Ich habe einige von den unseren gesehen, die von Steinen getroffen worden waren und bluteten«, antwortete Samuel, der ältere der Brüder. Er hatte ein offenes Gesicht und die warmherzigen Augen eines Bauern. Doch jetzt ballte er die Hände zu Fäusten. »Und ich habe gehört, daß man andere auf dem Marktplatz und sogar vor dem Tempel zusammengeschlagen hat. Stell dir das einmal vor, Meister, ein Jude wird im Angesicht des Tempels von einem anderen Juden mißhandelt!« Seine Augen funkelten voller Zorn.

»Jede Art von Gewalt stimmt mich traurig«, erklärte Jesus. »Ganz gleich, wo und gegen wen sie verübt wird.« Er dachte einen Moment nach. »Haben sich welche von den unseren gewehrt oder gar die Angreifer bedrängt?«

»Davon ist mir nichts bekannt, Herr«, antwortete Eliazer, der jüngere der beiden.

»Sehr gut. Wir müssen uns vor jeder Form von Gewaltanwendung zurückhalten.« Jesus blickte in die Ferne, und mein Geist, der jetzt mit ihm eins war, teilte seine Sorgen und Ängste. Uns beiden war klar, daß er die Pflicht hatte, seine Anhänger zu schützen. Aber wie sollte er das anfangen? Er suchte am Himmel eine Antwort und erhielt doch keine.

»Meister«, sagte Simon, »ich rate dir weiterzuziehen, um einer Begegnung mit diesen Männern zu entgehen, bei

denen es sich offensichtlich um bezahlte Unruhestifter handelt.«
»Ich sorge mich nicht um meine eigene Sicherheit«, entgegnete Jesus, »sondern um die meiner Herde.«
Plötzlich wurde mir alles klar. »Dies ist das Werk deiner Feinde«, warnte ich ihn. »Sie stellen dich vor die Entscheidung, dich ihnen entweder zu stellen oder davonzulaufen. Die Unruhen sind organisiert worden. Ich kenne diese Strategie sehr gut. Diese Männer werden auf den Straßen Barrikaden errichten, deine Anhänger überfallen und wahrscheinlich sogar totschlagen, überall Geschrei anstimmen und auf den Marktplatz und vor den Palast ziehen, um dort ihre Forderungen zu brüllen. Andere unter ihnen werden überall Verwirrung und Chaos stiften. Selbst Unbeteiligte und Unschuldige sind vor ihnen nicht sicher. Die aber, die diese Unruhen bestellt haben, werden die Schuld an alledem dir in die Schuhe schieben, und dann kommen bald die Soldaten, um dich wieder zu verhaften. Dir bleibt nur eines: Du mußt weiterziehen, denn noch einmal wirst du bestimmt nicht freigesprochen, dafür werden deine Feinde schon sorgen.«
Seine dunklen Augen blitzten auf. »Du, Guru, der du mich so gut kennst, glaubst du auch nur für einen Moment, daß ich mich verkrieche oder davonlaufe? Würde ich jemals die im Stich lassen, die ihr Vertrauen in mich gesetzt haben?«
»Nie würde ich das von dir annehmen«, versicherte ich ihm. »Du würdest dich nur zurückziehen, um einer Verhaftung zu entgehen, die deine Anhänger in heiligen Zorn versetzen und zu unüberlegten Taten verleiten würde.«
Seine Augen wurden groß: »Du glaubst wirklich, daß Gewalt, Blutvergießen, womöglich sogar ein Bürgerkrieg die Folge sein würden?« Er schien endlich die ganze Tragweite der Ereignisse begriffen zu haben, die jetzt in Jerusalem

einen ersten Höhepunkt erreicht hatten. Jesus hatte Kräfte entfesselt, über die er keine Gewalt mehr besaß.

Vom ersten Tag seiner Amtseinsetzung als Hoherpriester an hatte Kaiaphas damit begonnen, seine Netze im Tempel zu spinnen und durch sie vollkommene Kontrolle über diese Institution zu erlangen. Mittlerweile gehorchten die Priester bereits seinem leisesten Fingerzeig. Er sah sich gern als wohlwollenden Diktator, der stets ein offenes Ohr und Auge für die Nöte seiner Untergebenen hatte. Und weil er sich so gut in seine neue Rolle gefügt hatte, wurde er auch bald der Liebling seines Vorgängers und Onkels Hannas. Aufgrund seiner beeindruckenden Persönlichkeit und durch eine Vielzahl von Geschenken und Gefallen an die einzelnen Mitglieder, fraß ihm seit längerem auch der Sanhedrin aus der Hand, von dessen Mitgliedern alle bis auf zwei zum Pessach-Fest in Jerusalem weilten. Die Sondersitzung, die er für den Abend einberufen hatte, war daher gut besucht.

Der korpulente Prinz Ascher saß wie gewöhnlich zu seiner Rechten, und neben ihm Prinz Zebulon. Kaiaphas erinnerte sich an die Nacht, in der er noch Prinz Zadok gewesen war und mit Ascher, Zebulon und dem inzwischen verstorbenen Fürsten Reuben seinen Plan besprochen hatte, den Knaben Jesus zu entführen. Der bedeutsamste Wandel seitdem hatte sich in seinem Aufstieg zum Hohenpriester gezeigt.

Er ließ den Blick über die Männer wandern, die zu beiden Seiten des Tisches auf Couchen Platz genommen hatten. Im ersten Moment erschienen sie ihm nur wie eine Ansammlung von Bärten: braune, weiße, graue, schwarze und auch ein paar dunkelrote. Dann fiel ihm der große, junge und gutaussehende Prinz Jonathan ins Auge. Er gehörte zu seiner Familie und hatte die hohe, vornehme Nase, die angenehm zu seinem sonnengebräunten Gesicht kontrastierte. Jonathan würde heute abend für ihn stimmen, weil er sich bereits Hoffnungen machte, einmal sein Nachfolger zu werden.

Als die Diener die Türen geschlossen hatte, klopfte der Hohepriester mit einem kleinen Holzhammer auf den Tisch. Das allgemeine Gemurmel verstummte sofort, und nur Prinz Phares rülpste noch einmal.

»Wir haben uns heute abend hier versammelt, um die wichtigste Entscheidung zu treffen, die je von dieser erlauchten Runde gefällt worden ist«, begann Kaiaphas. »Ihr alle habt von den gestrigen Vorfällen im Tempel gehört, deshalb kann ich es mir ersparen, näher darauf einzugehen. Außerdem stellt sich die Situation in der Stadt viel dringlicher dar.« Er legte eine der von ihm geschätzten Kunstpausen ein. »Meine Herren, das jüdische Volk steht am Rande eines Bürgerkrieges!« Er machte eine besorgte Miene.

»Diese Lage ist auch aufgrund der Untätigkeit unserer römischen Herren und des idumäischen Tetrarchen entstanden«, wandte Fürst Kaleb mit seiner schrillen Stimme ein. Er war ein hagerer Mann, der die Nüstern blähte und in gerechter Empörung die Zähne fletschte.

»Allerdings auch durch unsere eigene Tatenlosigkeit gegenüber den Provokationen des Nazareners Jesus, als dieser gestern das Gesetz, die Ordnung und die Heiligkeit des Tempels entweihte«, hielt Prinz Phares dagegen, dessen Geschäftsbeziehungen zu den Händlern im Tempel wohlbekannt waren.

Kaiaphas verspürte nach diesem Einwurf einen kurzen Anflug von Irritation. »Unser Vorgehen gegen Übeltäter muß im Einklang mit den dafür verantwortlichen Stellen erfolgen«, erklärte er. »Und gerade weil diese verantwortlichen Stellen sich als nicht in der Lage erwiesen haben, die nötigen

Schritte einzuleiten, habe ich diese Versammlung heute einberufen.«

»Und was habt Ihr vorzuschlagen?« wollte Fürst Phares wissen.

»Wir ergreifen den Unruhestifter und führen ihn vor den Landpfleger oder den Tetrarchen, damit er dort abgeurteilt und bestraft wird.«

»Aber der Prokurator hat ihn doch bereits von allen Beschuldigungen freigesprochen«, wandte Prinz Joseph ein. Er war ein kleiner, älterer Mann mit einem weißen Bart, stammte aus Arimathea und hatte seinen Sitz im Hohen Rat geerbt. »Werden wir durch seine erneute Festnahme nicht einen Bürgerkrieg auslösen?«

»Wohl kaum«, schnaufte Prinz Ascher. »Selbst als Johannes der Täufer enthauptet wurde, ist es nicht zu einem Bürgerkrieg gekommen, dabei gehörten zu seinen Anhängern doch die kriegerischen Galiläer.«

»Ganz zu schweigen davon, daß der Nazarener die Gewaltlosigkeit predigt«, bemerkte Prinz Zebulon.

»Wie er gestern morgen auf dem Tempelhof eindrucksvoll demonstriert hat«, wandte Prinz Phares sarkastisch ein.

Der Hohepriester sagte sich, daß es an der Zeit war, die Versammlung wieder auf den Kurs zurückzubringen, den er abgesteckt hatte. »Wollen wir uns doch einmal die Tatsachen vor Augen halten«, begann er. »Wir haben sie zu verschiedenen Gelegenheiten unter uns diskutiert, und seit gestern morgen sind sie wohl unser Hauptgesprächsstoff. Deswegen will ich sie hier auch nur kurz anschneiden: Der Nazarener tauchte vor drei Jahren nach einer langen Lehrreise in der Fremde in Israel auf und verstand es rasch, sich im Land einen Namen zu machen, zuerst als Heiler, den die Menschen Wundertäter nannten, und später als Prediger. Er scharte bald eine große Anhängerschaft um sich,

die nach der Hinrichtung des Täufers sprunghaft anwuchs.«
»Das bedeutet dann ja wohl auch, daß sich in seiner Bewegung Männer finden, die zur Gewalttätigkeit bereit sind«, bemerkte Fürst Kaleb, schlug dabei mit der Faust auf den Tisch und sah sich anschließend beifallheischend um.
Der Hohepriester zügelte mit Mühe seine Ungeduld. »Der Mann predigt die Gewaltlosigkeit«, fuhr er fort, »und ich bin davon überzeugt, daß es ihm schwerfällt, die gestrige Tat seinen Anhängern begreiflich zu machen oder sie in Einklang mit seiner Lehre zu bringen, daß man, wenn man auf die rechte Wange geschlagen wird, auch die linke hinhalten soll. Es wird daher in seinem Gefolge zu Differenzen und Verwirrung über das weitere Vorgehen kommen. Aus diesem Grunde müssen wir rasch zuschlagen, um die Konfusion in seinen Reihen noch zu vergrößern.«
Zustimmendes Gemurmel folgte seinen Worten.
»Jesus hat Verbrechen begangen, die im römischen Strafkatalog nicht vorgesehen sind«, erklärte Kaiaphas nun. »Indem er sich als Messias hinstellt«, er lachte höhnisch, »hat dieser Zimmermannssohn aus Nazareth und Bettelmönch aus Indien jeden strenggläubigen Juden beleidigt.« Er ließ den Blick über die Runde schweifen, damit sich jedes einzelne Mitglied der Ungeheuerlichkeit von Jesu Vergehen bewußt wurde. »Wollen wir, Männer aus den angesehensten und vornehmsten Familien, die Führer des auserwählten Volkes der Juden, diesen Kerl als unseren Messias annehmen?« Die ganze Verachtung, die er für diesen Wundertäter verspürte, schwang in seiner Stimme mit, und er dankte dem Himmel dafür, daß nur die Prinzen Ascher und Zebulon von seiner früheren Bemühung wußten, den Knaben Jesus zu ergreifen und zum Messias zu machen. Aber den beiden hatte er ein Schweigegelübde abgenommen.

»Besteht nicht auch eine Verbindung zwischen Jesus und diesem Barabbas, der erst kürzlich als der Anführer der Bewegung der Unruhestifter in Galiläa enttarnt wurde?« fragte Prinz Ascher.

Wiederum wußten nur die Prinzen Ascher und Zebulon, daß es sich bei Barabbas um denselben handelte, den er einst in sein Haus aufgenommen hatte, um ihn zum Messias auszubilden. Aber auch das unterlag ihrem Schweigegelübde.

»Kurz bevor ich zu dieser Versammlung aufbrach«, sagte Prinz Jonathan, »erhielt ich die Meldung, daß die Römer den Verbrecher Barabbas ergriffen, in Ketten gelegt und unter starker Bewachung in die Stadt gebracht haben.«

Begeisterung durchströmte den Hohenpriester. Der Allmächtige hatte ihm die beiden Männer, die er am meisten haßte, in die Hand gegeben. »Ah, das sind wahrhaftig wunderbare Neuigkeiten. Wir können nun die ganze Angelegenheit zu einem friedlichen Ende bringen, wenn wir Jesus sofort festnehmen lassen. Ich verlese Euch jetzt die eidlich beschworene Aussage eines Mannes, den ich sehr gut kenne und dem ich versprochen habe, seine Identität nicht aufzudecken.« Er zog eine Schriftrolle aus den Falten seines Gewands, rollte sie auf und trug die falschen Anschuldigungen des Judas vor. Als er fertig war, rollte er sie wieder zusammen und steckte sie in seine Robe zurück. Dann sah er sich machtbewußt um: »Ich erwarte nun Eure Zustimmung, edle Herren, diesen Jesus von den Tempelwachen ergreifen, binden und vor die Verantwortlichen führen zu lassen, damit er sich dort für seine Vergehen rechtfertigt.«

Beim zweiten Hahnenschrei schien er sich zu einem Entschluß durchgerungen zu haben. Er erhob sich und trat an den Bach, dessen Wasser im silberweißen Licht des Mondes floß, um seine Waschungen durchzuführen. Der Nachttau war schon auf Dornen, Gräsern und Blättern erschienen und hatte die Nachtluft gereinigt, so daß sie jetzt nach Grün roch. Nur hin und wieder ließ ein Vogel seinen Ruf vernehmen. Die Natur ruhte in Frieden, während Jesus mit der Unruhe von Mensch und Stadt zu ringen hatte. Und dennoch wirkte er äußerlich so gelassen wie eh und je.

Als er seine Waschung beendet hatte, regten sich bereits die Jünger unter ihren Umhängen. Ich saß wie stets zu so früher Stunde in der Lotosposition auf dem Boden und meditierte für ihn. Jesus blieb kurz vor mir stehen und lächelte mich an. »Ich sehe, daß du bereit bist, aus deiner höheren Ebene herabzusteigen und in unsere Welt zurückzukehren.«

»Gibt es eine höhere Ebene als die deiner Gesellschaft?« fragte ich zurück.

Seine Augen lächelten. »Wortgewandt wie immer«, entgegnete er, bevor er ernst wurde. »Ich hoffe, daß du deinen Wortwitz auch in den Stunden der Drangsal, die vor uns liegen, nicht verlieren wirst.«

»Dann hast du also beschlossen, wieder nach Jerusalem zu gehen?«

»Ja, ich darf es nicht zulassen, daß auch nur einem durch mich ein Leid zugefügt wird. Und noch weniger darf ich es darauf ankommen lassen, daß mein Volk sich in einem Bürgerkrieg entzweit. Ich werde mich daher selbst denen als Opfer anbieten, die in mir einen Feind sehen, weil ihr Ärger und ihre Ungerechtigkeit mit Liebe erwidert werden.« Dies war der wahre Jesus, der lebende Born der Güte.

Ich nickte. »Dann willst du dich also preisgeben. Aber wem und wann?«

»Eins nach dem anderen, Guru. Zuerst feiern wir das Pessach-Fest und nehmen gemeinsam das Abendmahl zu uns.

Ich will mir nicht auch noch nachsagen lassen, ein solches Ritual mißachtet zu haben.« Er lächelte leicht. »Davon abgesehen bezweifle ich, daß die Juden die Waffen gegeneinander erheben werden, bevor das Fest zu Ende ist. Um sicherzustellen, nicht gegen weitere Gesetze und Gebote zu verstoßen, werde ich mich von meiner Anhängerschaft zurückziehen und nur dich und die Jünger bei mir belassen. Wir wandern umher, bis der rechte Zeitpunkt für mich gekommen ist.«

»Was, glaubst du, werden deine Feinde unternehmen?«

»Mich verhören, mich verspotten, mich verleumden und mich dann auf die schmerzvollste Weise zu Tode bringen.«

Er sagte dies in einer Ruhe, als habe er sich längst mit einem solchen Schicksal abgefunden.

»Du meinst, sie werden dich kreuzigen?« platzte es entsetzt aus mir heraus.

Er nickte langsam und sah mir beruhigend in die Augen. In diesem Moment überkam uns beide die Erkenntnis, wie sehr ich ihn liebte, hatte ich doch um seinetwillen die Freiheit von allen Gefühlen aufgegeben, die ich einst als meinen größten Schatz betrachtet hatte.

»Der Schmerz ... das Leid ...« begann ich.

»Die Kreuzigung ist ganz gewiß nicht die Todesart, die ich mir gewünscht habe«, erklärte er mir. »Aber sorg dich nicht, denn ich werde sie mit der gleichen Würde und Liebe durchstehen, wie ich sie auch bei anderen Gelegenheiten zeige. Wir beide wissen schließlich, wie man sich gegen Schmerzen unempfindlich macht.«

»Aber bei einer Kreuzigung geht es erheblich anders zu«, protestierte ich. »Womöglich leidest du drei Tage am Kreuz, ehe dich der Tod endlich erlöst.«

»Andere werden in der Zukunft in meinem Namen noch viel mehr Leid erdulden müssen«, entgegnete er sanftmütig. »Doch hab keine Angst, denn ich werde weder sterben noch so lange am Kreuz hängen.«

Simon und Johannes erhoben sich am Morgen als erste von den Jüngern. Sie näherten sich uns mit müden Augen. Irgendwo in der Ferne fing ein Hahn an zu krähen, hörte aber mittendrin auf, so als sei ihm bewußt geworden, daß er sich in der Zeit geirrt hatte.
»Ich bin so hungrig, ich könnte diesen Hahn verspeisen!« rief Simon und rieb sich die Augen.
»Wahrscheinlich ist der Vogel so zäh, daß du dir daran den Magen verrenkst«, entgegnete Jesus und lächelte Johannes so liebevoll an, als gäbe es für ihn sonst nichts auf der Welt. »Dein Hunger wirft die Frage auf, was wir heute abend zu uns nehmen wollen. Da dies der Tag des ungesäuerten Brotes und des geschlachteten Lamms ist, möchte ich, daß ihr das Pessach-Mahl für uns und die anderen Jünger vorbereitet.«
»Aber wo wollen wir es zu uns nehmen, Meister?« fragte Johannes und grinste. »In diesem Teil des Landes besitzen wir keine feste Unterkunft.«
»Ich hatte eine Vision«, antwortete Jesus. »Begebt euch, sobald ihr euch gewaschen habt, in die Stadt. Auf dem Marktplatz folgt ihr dem ersten Mann, der zum Brunnen kommt, um seinen Krug mit Wasser zu füllen. Wenn ihr sein Haus erreicht, sagt ihm, daß euer Meister sein Gästezimmer erbittet, um mit seinen Jüngern das Pessach-Mahl zu sich nehmen zu können.«
»Da du mittlerweile in der ganzen Stadt bekannt bist, Meister«, wandte Simon ein, »zeigt sich dieser Mann vielleicht unwillig, uns sein Gästezimmer zur Verfügung zu stellen.«
»Er wird euch bestimmt nicht abschlägig bescheiden, doch

vergeßt nicht, ihm zu sagen, daß wir für das Zimmer bezahlen werden. Bruder Judas wird uns das nötige Geld zur Verfügung stellen.«
»Bruder Judas hat die Nacht in der Stadt verbracht«, entgegnete Simon. »Wir könnten ihn ja nicht nur um das Geld für das Zimmer, sondern auch um das für das Essen bitten.« Er grinste. »Ein leeres Zimmer, und sei es auch noch so prächtig eingerichtet, reicht nur selten aus, einem Mann den Bauch zu füllen.«

Simeon wußte, daß Jesus den Judas zum Pessach-Mahl mit den Jüngern erwarten würde, deshalb schlug er seinem Geliebten vor, mit ihm zusammen die Feier schon mittags in seinem Haus abzuhalten. Er reichte ungesäuertes Brot, Lammauflauf, Ziegenkäse und Obst. Der Mittag war heiß und schwül, und so saßen sie sich schwitzend am niedrigen Tisch gegenüber. Da an einem so hohen Feiertag schulfrei war, lärmten und lachten die Kinder draußen auf dem Hof lauter als gewöhnlich.
»Alles entwickelt sich so, wie ich es geplant habe, Bruder«, sagte Simeon. »Die Dinge sind ins Rollen geraten und laufen in die richtige Richtung.«
»Dieses Pessach-Fest ist nicht das friedlichste, das Jerusalem erlebt hat«, bemerkte Judas düster.
Der Zelot wußte, was seinen jugendlichen Freund bedrückte. »Das nächste Pessach-Fest sieht dich friedlich in Kerioth sitzen, wo du deinen Sklaven für dich arbeiten läßt und dich am wiedergewonnenen Familienbesitz erfreust.«
»Ich bin mir nicht sicher, ob ich den Preis dafür entrichten will«, entgegnete der junge Mann grüblerisch. »Jesus ist immer gut zu mir gewesen, und in den Monaten mit ihm und seinen Jüngern habe ich viel Freundlichkeit und Kameradschaft erfahren. Sie alle haben mir vertraut. Wie kann

ich sie da hintergehen? Wie könnte ich da je wieder inneren Frieden finden? Nicht einmal in meiner Heimat würde er mir gewährt. Wohin ich mich auch wende, werde ich allein sein.«

»Wirst du denn je deinen Frieden finden, wenn du nicht die Anordnungen des Hohenpriesters befolgst?« entgegnete Simeon hart. »Vergiß nicht, daß du in Jesu Herz nur einen Platz am Rand besitzt.«

Der Jüngling errötete, und Zorn flammte in seinen Augen auf. »Du hast recht, mich daran zu erinnern, Bruder. Wie gut du doch mich und meine Bedürfnisse kennst, und immerzu liegt dir mein Wohlergehen am Herzen.« Judas schwieg und nahm gedankenverloren eine Melonenscheibe aus der Schüssel. Er biß hinein und wischte sich mit dem Handrücken den Saft von Kinn und Mundwinkel.

»Der Höhepunkt steht kurz bevor«, lachte der Zelot grimmig. »Die ganze Stadt ist in Aufruhr, und die römischen Soldaten und die des Herodes greifen nur halbherzig ein.« Er nickte triumphierend. »Inzwischen wird bereits ein Trupp der Tempelwache zusammengestellt. Doch sie soll Jesus erst heute nacht nach dem Fest verhaften.« Er lächelte zynisch. »Um den Frieden des Pessach zu wahren ... Pah! Was für eine Heuchelei!«

»Dann wird es also heute nacht unumstößlich soweit sein?«

»Ja. Der Zeitpunkt hätte nicht besser gewählt werden können. Die meisten Anhänger des Nazareners werden dann noch feiern oder bereits schlafen. Und diejenigen unter ihnen, die sich nicht aus Verwirrung oder Angst entfernt haben, werden sich in einer falschen Sicherheit wiegen, denn am frühen Abend werden alle meine Genossen zurückgezogen. Aber sie kehren später zurück, keine Bange! Bis dahin sind die Tempelsoldaten zu Jesus vorgedrungen und haben ihn verhaftet.«

»Dich zeichnen wirklich Verstand und Wagemut aus«, bemerkte Judas brummig.
Der Zelot runzelte die Stirn. »Unsere einzige Schwierigkeit besteht darin, Jesus aufzuspüren.«
»Warum?«
»Weil ich erfahren habe, daß er den ganzen Tag über von einem Ort zum anderen zieht – offensichtlich in der Absicht, uns im unklaren zu lassen. Wir wissen nicht einmal, wo er sich zur Zeit aufhält.«
»Und ich darf wohl annehmen, daß du von mir erwartest, euch zu ihm zu führen.« Judas klang jetzt richtiggehend verzagt.
»Nur, wenn es sich als notwendig erweisen sollte«, log Simeon. »Du wirst mit Jesus das Abendmahl einnehmen, aber sobald die Feier vorüber ist, sollst du mich im Büro des Hohenpriesters im Tempel treffen.«
»Mir bleibt keine Wahl, oder?«
»Nein. Du wirst uns dabei helfen, daß dieses Pessach-Fest für Jesus das letzte ist. Und wenn du das nächste Mal zum Fest nach Jerusalem kommst, wirst du aus Kerioth heranziehen.«
Die Miene des Jünglings verzerrte sich, und er schlug mehrere Male mit der schmalen Faust so fest auf den Tisch, daß die Schüsseln klirrten und klapperten. »Ich kann es nicht, Bruder!« rief er. »Ich bringe es einfach nicht fertig!«
Der Zelot starrte ihn fassungslos an. »Was hast du gesagt?« Seine Stimme bebte vor unterdrückter Wut.
Soviel Zorn ängstigte den jungen Mann, und er wiederholte mit zitternden Lippen: »Ich stehe diesen Betrug einfach nicht durch.«
Simeon beruhigte sich, aber kalte Entschlossenheit verknotete ihm den Magen, und er wußte, daß er den Jüngling jetzt hart anpacken mußte, um nicht alles aufs Spiel zu setzen.

»Ich habe mich nicht so lange abgerackert, damit du mich jetzt im Stich läßt«, zischte er.
Die großen Rehaugen versuchten vergeblich, den Ausdruck im Gesicht seines Liebhabers wiederzufinden, der eben noch dagewesen war. Judas schluchzte unwillkürlich und hielt sich die Hand vor den Mund. Ungläubig schüttelte er den Kopf. Endlich war ihm die Wahrheit über Simeon offenbar geworden. »Ich habe dich nie wirklich gekannt«, murmelte er. »Selbst mit dir bin ich immer nur allein gewesen.«
»Du kannst Jesus nicht betrügen, aber mich«, erklärte der Zelot langsam in dem Versuch, dem jungen Mann seinen Ärger begreiflich zu machen. »Ich habe dich nicht wirklich gekannt, deswegen hast du dich allein gefühlt.«
»Nein, nein, bitte sag das nicht, gib mir nicht die Schuld an meinem Leid.«
»Die Tatsache bleibt bestehen, ganz gleich, in welche Worte man sie faßt. Da ich jetzt endlich weiß, wie du wirklich bist, werde ich wohl anders mit dir umspringen müssen.« Er schwieg einen Moment und sah Judas ernst und kalt an. »Wenn du uns heute nacht Jesus nicht auslieferst, werde ich dich töten.«

Simon und Johannes hatten Jesu Bitte erfüllt und einen Raum im ersten Stock eines Hauses in der Straße der Bäcker angemietet. Und Matthäus, der ehemalige Steuereintreiber, hatte ein Lamm für unser Fest aufgetrieben.
»Beim Schlachten eines Opfertiers handelt es sich um einen wesentlichen Bestandteil der jüdischen Religion«, erklärte Jesus mir, als wir uns auf den Weg zu dem Haus machten. Wir hatten bislang nicht über dieses Thema gesprochen, aber ich hatte mich bereits über einige jüdische Rituale informiert. »Im Tempel führt eine Gruppe von Priestern diese Opferungen durch. Jeder von ihnen hat eine bestimm-

te Aufgabe zu erfüllen. Da gibt es den Schlächter, denjenigen, der das Blut sprenkelt, und den, der die Asche entfernt. Es genügt für den, der das Opfer darbringt, eine Hand auf das Tier zu legen und den Grund für dieses Opfer zu verkünden. Dann führt ein Levit das Tier zu einer Stelle an der Nordseite des Hochaltars, wo ein Priester es dann schlachtet.«

»Für mich hört sich das nach einer ziemlich feinfühligen Regelung an«, entgegnete ich. »Derjenige, der das Tier opfert, braucht sich hernach nicht mit Schuldgefühlen herumzuplagen.« Ich wollte ihn in dieser Stunde nicht mit meinen Ansichten über die Opferung von Tieren behelligen. Opferungen jeglicher Art waren allem, was er in Kapilavatthu gelernt und erlebt hatte, nicht nur fremd, sondern liefen dem geradezu zuwider.

Er sah mich an und hob die Brauen. Wir hatten uns die Kapuzen über die Köpfe gezogen, um nicht sofort von jedem auf der Straße wiedererkannt zu werden. »Das könnte natürlich sein«, gab er zu. »Unsere Priester mögen durchaus besondere Rituale zur Schlachtung entwickelt und etabliert haben, die vor allem dem Zweck dienten, sie in ihrer eigenen Position zu festigen. Tatsache ist allerdings, daß die täglichen Brandopfer im Namen der Gemeinde durchgeführt werden und damit buchstabengetreu dem jüdischen Gesetz folgen. An jedem Tag der Pessach-Woche werden zwei junge Ochsen, ein Widder, eine Ziege und sieben Lämmer auf dem Altar geschlachtet. Das vielleicht wichtigste Opfer unter diesen Opferungen wird am Nachmittag vor dem *seder,* dem eigentlichen Fest, durchgeführt. Dabei findet eine Gruppenopferung von Pessach-Lämmern statt, und diese werden dann von den vielen tausend Juden, die sich zu dieser Zeit in Jerusalem aufhalten, gemeinsam verspeist.«

»Einer der vielen Akte, die das Volk der Juden zusammenschweißen«, bemerkte ich trocken, »in diesem Fall eine Art Fleisch- und Blutsbrüderschaft.«

Wir hatten vorher verabredet, nicht alle gemeinsam zu dem Haus in der Straße der Bäcker zu ziehen, sondern uns in getrennten Gruppen zu bewegen, um kein Aufsehen zu erregen. Simon und Johannes waren als letzte vor uns aufgebrochen, und wir beide bildeten den Abschluß.

Wie liefen durch eine enge Gasse neben einem offenen Rinnstein her, der den Innenhof des Hauskomplexes mit der Kanalisation verband. In ihm türmte sich der Unrat, und der Gestank verschlug einem den Atem.

Das Haus unseres Wirts drängte sich mit einigen anderen um einen der üblichen, furchtbar riechenden Innenhöfe. Doch zur Abwechslung wurden wir hier einmal nicht vom Gestank menschlicher und tierischer Ausscheidungen empfangen, sondern vom Duft frischgebackenen Brotes und eines Lamms, das über einem offenen Feuer gebraten wurde. Rauch stieg von ihm auf und verdrängte den Geruch von den Latrinen an der gegenüberliegenden Hofwand (trotzdem durfte man diesen nicht zu nahe kommen). Eine Schar Kinder, die alle ihre bunteste und beste Kleidung trugen, lärmte und tobte über den Hof, und ihr Geschrei übertönte das Gackern der Hühner im Gehege und das Blöken einer Ziege. Wenn man in Betracht zog, daß sich auf diesem Hof auch noch Holzschuppen, Strohmieten und andere Vorratskammern befanden, kann man sich leicht vorstellen, daß wir uns buchstäblich durchkämpfen mußten, um zum Haus vorzustoßen.

Man erreichte das erste Stockwerk über eine Außentreppe. Jemand hatte oben am Absatz eine Schüssel mit Wasser für die rituellen Waschungen aufgestellt. Der ranzige und fettige Gestank der Öllampen, die in jedem Zimmer brannten,

drang in meine Nase, und in diesem Moment sehnte ich mich nach dem sauberen Park in Kapilavatthu zurück.
Der Raum, den man uns zugewiesen hatte, besaß keine Fenster, und so war die Luft in ihm entsprechend heiß und stickig. Die Einrichtung ließ darauf schließen, daß er häufiger an Gesellschaften vermietet wurde. Die weißgekalkten Wände waren mit farbenfrohen Fresken verziert, die Legenden aus der jüdischen Geschichte zeigten. Auf einem war ein barbrüstiger Joshua zu sehen, wie er in ein Horn blies, um die Mauern von Jericho zum Einsturz zu bringen. Unter den Jüngern, die sich bereits allesamt eingefunden hatten, herrschte eine lautstarke, wenn auch für meinen Geschmack gezwungene Fröhlichkeit. Allein Judas saß ganz still da und hielt sich aus allem heraus. Wir nahmen auf roten Kissen am niedrigen Tisch Platz, auf dem etliche Schüsseln mit Lammfleisch, Zwiebeln, Gurken und verschiedene Arten von Nüssen standen. Zwei Früchtekörbe mit Melonen und blauen Weintrauben verliehen der Tafel zusätzlich Farbe. Und das ungesäuerte Gerstenbrot und die große Flasche Rotwein machten das Mahl komplett.
Da ich mich auch in diesem Land strikt an meine eingeschränkte Nahrungsaufnahme hielt, hockte ich mich an eine Wand, damit meine Abstinenz nicht das Fest der anderen störte.
Jesus saß in der Mitte, Simon zu seiner Linken und der geliebte Johannes zu seiner Rechten, Judas ihm genau gegenüber. Bevor sie mit dem Mahl begannen, erhob sich Jesus und begab sich zu der Wasserschüssel. Das Tuch zum Abtrocknen, das daneben lag, band er sich um. Dann wandte er sich an seine Jünger und lächelte so offen und freundlich wie selten zuvor. »Ich möchte, daß ihr nacheinander zu mir kommt, damit ich euch die Füße waschen kann«, forderte er sie voller Sanftheit auf.

Alle schwiegen ergriffen. Simon fand als erster seine Sprache wieder: »Du willst uns die Füße waschen?« Das Erstaunen auf seiner Miene war nicht zu übersehen. »Du, unser Herr und Meister, willst uns, deinen Jüngern, die Füße waschen?« fragte er noch einmal.
»Ja, das habe ich vor«, antwortete Jesus. »Bei der vielen Arbeit, der endlosen Aufregung und den Ereignissen der letzten Tage vergißt man leicht einen der wichtigsten unserer Charakterzüge – die Demut.« Er sprach fröhlich, doch ich bemerkte durchaus den traurigen Unterton in seiner Stimme. »Eine gemeinsame Demut ist von größter Bedeutung, um uns zu einer wahren Bruderschaft des Glaubens zusammenzuschmieden. Die Menschen, die wirklich stark sind und ihre Grenzen kennen, wissen stets um den Wert der Demut. Wenn ich, euer Herr und Meister, wie ihr mich zu nennen beliebt, euch nun die Füße wasche, werdet auch ihr einander die Füße und auch die der Welt waschen, die der Armen wie die der Reichen, und zwar nicht nur mit euren Händen, sondern auch mit eurem Geist. Der Zeitpunkt nähert sich rasch, an dem ihr jedes Band benötigen werdet, um eure Gemeinschaft aufrechtzuerhalten.«
Ich schien der einzige zu sein, dem aufgefallen war, daß er zum Schluß nur noch »ihr«, aber nicht mehr »wir« gesagt hatte.
Als Jesus allen die Füße gewaschen hatte und jeder wieder an seinem Platz saß, stellte sich die Fröhlichkeit wieder ein, die von Anfang an diese Runde bestimmt hatte. Doch auch jetzt kam sie mir gezwungen vor, und ich bemerkte bei den Jüngern eine gewisse Verwirrung. Jeder hier schien zu spüren, daß sich größere Ereignisse ankündigten. Nur Jesus wirkte gelassen und wußte sehr gut, die Angst vor dem, was ihn erwartete, zu verbergen. Er nahm nun ein Brot in die Hand und hielt es hoch. »Wir danken Dir, Gott unserer

Väter, für dieses kostbare Brot, das unseren Körper erhält.« Er brach den Fladen und reichte Simon die eine und Johannes die andere Hälfte mit den Worten: »Dieses Brot ist mein Leib.« Er schwieg kurz und sah die Jünger der Reihe nach an, um festzustellen, ob sie ihn alle verstanden hatten. »Reicht es weiter. Jeder soll ein Stück davon für sich abbrechen, damit ihr euch in der Gemeinschaft durch meinen Körper wiederfindet.«
Stille senkte sich über den Raum, aber die Jünger taten, wie ihnen geheißen.
Nun hob Jesus einen Becher Wein. »Wir danken Dir, o Herr, für diesen köstlichen Wein, der unseren Geist und unsere Seele erhält.« Er reichte den Becher an Johannes weiter. »Dieser Wein ist mein Blut, das für euch vergossen werden wird. Und so soll mein Blut euren Geist und eure Seele erhalten. Trinkt aus dem Becher, und schließt so einen Bund mit mir, der für euch und alle, die euch folgen, gelten soll. Einen Bund des Friedens, so wie Gott ihn am Berg Sinai mit unserem Volk geschlossen hat. Damit ich, wenn ich nicht mehr bin, doch auf immer bei euch und allen, die euch folgen werden, bleibe und ihr so bis ans Ende eurer Tage an mich glauben könnt.«
Alle nahmen den Becher in schweigender Verwunderung. Simon machte ein trauriges Gesicht, und Judas verzog sein Gesicht, als müsse er Gift trinken.
Der Becher kehrte zu Jesus zurück. »Wahrlich, ich sage euch, ich werde das Blut des Weins nicht wieder trinken, bis ich im Königreich des Herrn angelangt bin.«
Was bis eben noch eine heitere Runde gewesen war, verwandelte sich nun in eine Art Leichenfeier.

Die Nacht war bereits hereingebrochen, als das Mahl seinem Ende zuging. Die langen Schatten, die die Öllampen warfen, verliehen dem Raum etwas Unwirkliches. Schließlich seufzte Johannes. »Was siehst du voraus, Herr, wenn du davon sprichst, nicht mehr lange bei uns zu sein?« Damit sprach er die Frage aus, die ihnen allen schwer auf dem Herzen lag.

»Heute nacht werden meine Feinde mich ergreifen und binden«, antwortete Jesus.

Er hatte also seine innere Sicht wiedergefunden. Ich freute mich für ihn, auch wenn ich mir wünschte, daß das unter anderen Umständen geschehen wäre.

»Nicht schon wieder!« schimpfte Simon. »Du bist bereits der höchsten Stelle, dem römischen Statthalter, vorgeführt worden, Meister, und der hat dich in allen Anklagen für unschuldig erklärt!«

»Der römische Statthalter gehört nicht zu meinen Feinden«, entgegnete Jesus.

»Aber wie wollen sie dich ergreifen, wenn sie doch nicht einmal wissen, wo du dich gerade aufhältst?« wollte Matthäus wissen.

Jesus blickte mit ruhigen Augen auf Judas, der ihm gegenübersaß. »Die innere Sicht sagt mir, daß einer unter euch meine Feinde zu mir führen wird. Ich lasse ihn hiermit wissen, daß ich mich nach unserem Fest in den Garten Gethsemane am Fuße des Ölbergs zurückziehen werde, um dort zu meditieren.«

»Wer ist es, Herr?«

»Doch sicher nicht ich ...«

»Keiner von uns würde so etwas tun ...«

Die Protestrufe erfüllten den Raum und schienen von den Wänden zurückzuprallen und Jesus zu treffen, der davon jedoch unbewegt blieb. Nur Judas schwieg, aber er errötete, und seine Wangen zuckten. Plötzlich hob er den Kopf und starrte Johannes voller Grimm an.

Doch Jesus ließ ihn nicht zu Wort kommen. »Ich bitte dich nur, das, was du tun mußt, rasch zu tun.«
Mit einer gemurmelten Verwünschung schob Judas sich vom Tisch zurück, sprang auf und rannte aus dem Raum. Laut krachend fiel die Tür hinter ihm zu.
»Wird Judas deine Feinde zu dir führen, Herr?« fragte Simon ungläubig. »Aber warum? Und wie?« Er schüttelte verwirrt den Kopf. »Und woher wußtest du, daß er es sein würde?«
»Genügt es nicht, daß ich es wußte?« entgegnete Jesus nur.
»Doch, du hast natürlich recht«, sagte Simon niedergeschlagen.
»Ich hatte immer das Gefühl, daß Judas etwas vor uns verbirgt«, bemerkte der sonst so wortkarge Bartholomäus.
»Aber als Schatzmeister hat er hervorragende Arbeit geleistet«, stellte Matthäus fest. »Auf diesem Gebiet kennt er sich geradezu bewundernswert aus.« Als ehemaliger Steuereintreiber verstand er etwas von Buchführung.
Simon hob eine geballte Faust. »Du brauchst dir keine Sorgen zu machen, Herr«, erklärte er Jesus. »Wir werden dich beschützen.«
Jesus sah ihn ernst an.
Simon spürte den Zweifel seines Meisters und beeilte sich, ihm zu versichern: »Ich gestehe, daß ich Maßnahmen zu deinem Schutz ergriffen habe, denen du vielleicht nicht unbedingt zustimmst.« Er sah sich am Tisch um, wie die anderen auf seine Ankündigung reagierten.
»Und welche Maßnahmen hast du ergriffen?« fragte Jesus ruhig.
Wieder hob Simon die Faust, doch diesmal, um anzuzeigen, daß er für jeden Feind ein ernst zu nehmender Gegner sei. »Da ich vermutete, daß Bewaffnete kommen würden, dich zu ergreifen, habe ich ein Schwert gekauft, mit dem ich dich

verteidigen will.« Er richtete den Blick auf Thomas, den ehemaligen indischen Hauptmann, und auf Thaddeus, den früheren Meuchelmörder. »Und unter uns befinden sich noch andere, die in der Lage sind, dich mit ihrem Leben zu verteidigen.«

Jesus nickte langsam und strich sich über den Bart. »Das glaube ich dir, Simon, und ich weiß auch, daß deine Absichten ehrenvoll sind. Doch ich sage dir, daß deine Integrität wieder und wieder geprüft werden wird, wenn ich nicht mehr bei euch bin. Jeder Mann erlebt seine Momente der Schwäche. Ich werde ihnen in wenigen Stunden gegenüberstehen. Und auch du wirst heute nacht einer Probe unterzogen – und sie nicht bestehen. Bevor der Hahn zum zweiten Mal kräht, wirst du mich dreimal verleugnet haben.«

In diesem Moment spürte ich vermutlich als einziger im Raum die ungeheure Einsamkeit und Verzweiflung, die in Jesu Geist wohnten.

KAPITEL 47

Die Nacht erwies sich als sehr kühl. Graue Wolken zogen über den Himmel, und in der Ferne ließ sich Donnergrollen vernehmen. Kalte, feuchte Luft wehte vom Gipfel des Ölbergs gegen die dunklen Zweige der Olivenbäume, unter denen die elf Jünger, betrübt und verwirrt von Jesu Worten, lagerten. Nach dem Abendmahl hatten wir uns alle in den Garten Gethsemane begeben. Der Weg führte uns den steilen Pfad des Berges Zion hinab, hinaus aus der Stadt und durch das Tal Kidron. Jesus wußte, daß der Garten zu dieser Stunde verlassen sein würde. Er empfand großes Mitgefühl für seine engsten Gefolgsleute, als er sah, wie sie sich müde und ängstlich an den Felsen niederließen, sich fester in ihre Umhänge wickelten und aneinander Trost suchten.

Jesus lief ein Stück weiter und rief dann Simon zu sich und erklärte ihm: »So, wie ich es dir schon einmal angedeutet habe, will ich es nun wiederholen und bestätigen, um meine Nachfolge zu regeln. Denn siehe, das Ende für mich ist nah. Und auch wenn du mich heute nacht verleugnen wirst, bist du der Fels, auf den ich meine Kirche aufbauen will, und die Mächte der Unterwelt werden sie nicht überwältigen. Von nun an sollst du nach dem griechischen Wort für Fels Petrus heißen, und ich will dir den Schlüssel des Himmelreichs geben. Was du auf Erden binden wirst, das wird auch im Himmel gebunden sein, und was du auf Erden lösen wirst, das wird auch im Himmel gelöst sein. So soll es sein, und so wird es immer sein. Und nun kehre zu den anderen zurück, denn ich will meditieren.«

Simon Petrus fehlten die Worte. Ergriffen stolperte er zu den Felsen zurück und teilte den anderen Jüngern mit, was Jesus ihm verkündet hatte.

Jesus entfernte sich weiter von der Gruppe. Schließlich kniete er auf dem toten Laub nieder, das den dunklen Boden bedeckte, und senkte das Haupt zum Gebet. Obwohl er seine Entscheidung gefällt hatte, befand sich sein Geist doch in großer Unordnung, da viele Fragen und Ängste seine Gedanken bewegten. Vor kurzem hatte er noch ganz oben wie auf einer Wellenkrone gestanden, nur um jetzt tief unten im Wellental gelandet zu sein. Mit seinen verbliebenen Anhängern sollte er eigentlich aus Jerusalem fliehen und in die Dörfer Galiläas zurückkehren, wo er am ehesten

Unterstützung fand, um eines Tages wieder nach oben getragen zu werden. Da der Prokurator ihn für unschuldig erklärt hatte, brauchte er den Tetrarchen oder den Hohen Rat nicht mehr zu fürchten, sobald er sich weit genug von Jerusalem entfernt hatte.

Die Schande, die in der Stadt über ihn kommen würde, traf ihn tief. Man würde den Messias wie einen gemeinen Verbrecher in Ketten durch die Straßen führen. Er hegte nicht den geringsten Zweifel daran, daß die Aufmärsche und Unruhen in Jerusalem vom Hohenpriester und den Pharisäern geschürt worden waren. Warum sollte er nicht vor ihnen davonlaufen und bis nach Syrien fliehen? Aber wenn er das tat, was wurde dann aus seinem Auftrag? Er konnte nicht Gott oder seine Mitmenschen im Stich lassen. Und selbst wenn er heil aus dieser Krise herausfinden sollte, so fehlte es ihm immer noch an Lösungen, mit denen die leidenden Massen zufriedengestellt werden konnten. Das Wissen in ihm legte sich wie eine eiserne Faust um sein Herz. Gott hatte ihn beauftragt, den menschlichen Geist individuell zu erleuchten, so daß jeder Mensch über alle Widrigkeiten in seinem Leben triumphieren konnte. Er konnte nicht mit einer neuen sozialen Ordnung oder einer neuen Regierung aufwarten. Und die, die in diesem Land die Macht besaßen, konnte er nicht erreichen.

Er fühlte sich als Versager. Und die Erkenntnis, daß die Ausbildung in seinem Leben eigentlich einem anderen Ziel gedient hatte, versetzte ihn in große Furcht. »Vater, wenn es Dein Wille ist, so bitte ich Dich, laß diesen Kelch an mir vorübergehen.«

Gott antwortete ihm ohne Zögern: »Diesen Kurs hast du selbst gewählt. Da du deine Mitmenschen nicht durch dein Leben zur Umkehr bewegen kannst, mußt du versuchen, das durch deinen Tod zu bewirken, oder aber deine Mission vergessen und sofort und genauso heimlich wie beim ersten Mal nach Kapilavatthu aufbrechen. Dein getreuer Guru wird dich bestimmt begleiten. Es liegt keine Schande darin, sein Vorhaben aufzugeben, wenn man damit das Leben Hunderter Menschen, die sich in Gefahr befinden, retten kann.«

»Aber, Vater, ist dies auch Dein Wille?« fragte er mit bangem Herzen.

»Du hast dich doch schon vor langer Zeit für deinen Willen entschieden«, entgegnete Gott. »Du kannst nun vor den Folgen davonlaufen oder dich ihnen stellen und sie durchstehen.«

Panik vor dem, was er vielleicht tun mußte, befiel Jesus. Er senkte den Kopf, bis dieser fast den kalten Boden berührte. Schweiß bildete auf seinem weißen Gewand Flecken und fiel in dicken Tropfen aus seinem Gesicht. In der Finsternis der Nacht sahen sie aus wie Blut.

Er spürte meine Anwesenheit, noch bevor er den Kopf wieder hob. Dann blickte er mit leeren Augen in mein altes Gesicht und erinnerte sich der Nacht im Kloster zu Taxila. Mein Mitgefühl und meine Liebe erreichten ihn. »Der Sendbote Gottes«, flüsterte er und wußte jetzt, was er zu tun hatte, und seine alte Entschlossenheit kehrte zurück. Er lächelte mich liebenswürdig an. »Du bist der Engel des Herrn, der mir in der Stunde Stärke verleihen soll, in der ich dem Untergang geweiht bin.«

Ohne nachzudenken, antwortete ich: »Nein, ich bin nicht der Engel des Herrn, aber ich bin gleichwohl ein Sendbote und der Zeuge deines Sieges.« Endlich konnte auch ich wieder die Zukunft in aller Klarheit vor mir sehen.

Zusammen kehrten wir zu den Felsen zurück, an denen die Jünger lagerten. Sie hatten in den Schlaf gefunden, und Petrus schnarchte. »Sie sind erschöpft«, sagte Jesus leise. »Sorge, Furcht und Unsicherheit rauben selbst dem Stärksten die Kräfte.« Er schüttelte den Kopf, als ihm bewußt wurde, daß er damit sein eigenes Leiden zum Ausdruck gebracht hatte. »Doch wir haben gemeinsam soviel erlebt und durchgestanden und manch schlaflose Nacht verbracht, als die Zeiten für uns gut aussahen und wir große Hoffnungen hegen durften. Sie hätten doch wenigstens noch diese Nacht für mich wach bleiben können ...« Er schwieg abrupt. »Ich weiß, es ist sehr viel verlangt«, seine Stimme senkte sich zu einem kaum wahrnehmbaren Flüstern, »aber sie schlafend vorzufinden, gibt mir das Gefühl, vollkommen allein zu sein.«

Nicht lange, nachdem die Hähne zur Mitternacht gekräht hatten, drangen die Bewaffneten in den Garten ein. Ihre Fackeln färbten das Dunkel rot. Judas führte sie an. Er ließ den Blick über unsere Gruppe wandern, trat dann zu Jesus, kniete vor ihm nieder und küßte seine Hand. Jesus schüttelte traurig den Kopf. »Betrügst du mich mit diesem Kuß?«
Petrus bückte sich und nahm das Schwert in die Hand, das er neben sich auf den Boden gelegt hatte. »Kämpfen wir uns den Weg frei!« Und schon stürmte er auf den ersten Bewaffneten zu, einen Tempelwächter, der es an Größe leicht mit ihm aufnehmen konnte.
»Halt!« rief Jesus, doch es war schon zu spät.
Das Schwert fuhr hinab, und der Bewaffnete drehte rasch den Kopf weg, um dem Hieb zu entgehen. Im nächsten Moment schrie er auf. Die Klinge hatte ihn am rechten Ohr getroffen.
Zwei grimmig aussehende Tempelwächter traten mit gezückten Schwertern vor, Jesus stellte sich zwischen sie und Simon Petrus. »Die Waffen nieder«, befahl er. »Es soll keine weitere Gewalttat geben.«

Der erste Bewaffnete preßte sich die Hand an das blutende Ohr, als habe er eine tödliche Verwundung erlitten. Jesus zog die Hand sanft fort. »Ich werde dich heilen«, versprach er und legte seine Finger an die Wunde.

Judas entfernte sich leise und verschwand in der Dunkelheit.

Wir warteten in angespannter Stimmung, während Jesus seine Finger an das Ohr des Mannes drückte. Einige Momente vergingen, die uns endlos vorkamen. Dann zog er die Hand zurück und wischte sich die Finger an seinem Gewand ab. Die Blutung hatte aufgehört. Er sah die Wachen an. Die Männer wirkten verwirrt und unschlüssig.

»Ich erkenne unter euch Offiziere der Tempelwache und auch einige Tempelälteste«, sagte Jesus. »Was tut ihr hier mit Schwertern und Knüppeln, als wolltet ihr einen gemeinen Dieb überwältigen? Kennt ihr mich denn nicht? Ich bin Jesus von Nazareth. Ihr habt mich schon an manchen Tagen im Tempel gesehen, es dort aber nicht für nötig befunden, eine Hand gegen mich zu erheben. Liegt es an der Dunkelheit der Nacht, daß ihr nun mit Waffen gegen mich vorgehen wollt?« Er streckte ihnen seine Hände entgegen. »Nehmt mich allein. Legt nicht Hand an einen meiner Jünger oder an einen anderen meiner Anhänger, und ich komme freiwillig mit euch.«

Die Ereignisse folgten nun sehr rasch aufeinander, und so wurde mir schon bald klar, daß alles vorbereitet war. Nur ein Mann besaß so viel Verstand und so viel Haß auf Jesus, daß er das alles organisieren konnte: der Hohepriester Kaiaphas.

Jesus wurde zum Haus des Hannas abgeführt, der vor Kaiaphas der Hohepriester gewesen war. Er wohnte in einer großen Villa in dem Reichenviertel, das den Namen Berg

Zion trägt. Er war vor über zwanzig Jahren vom römischen Legaten in Syrien als Hoherpriester eingesetzt worden und entstammte nicht dem alten zadokidischen Geschlecht, das in früheren Jahrhunderten traditionell den Hohenpriester gestellt hatte. Vor fünfzehn Jahren war Hannas vom damaligen römischen Prokurator Valerius Gratus abgesetzt worden. Doch nach ihm nahmen mehrere seiner fünf Söhne das Amt des Hohenpriesters ein, konnten sich allerdings nie lange darin halten.

Die kleine Menge, die sich hinter unserem Zug, bestehend aus Jesus, der Eskorte, den elf Jüngern und mir, angesammelt hatte, wurde wie wir anderen am Tor abgewiesen. Lediglich mir gelang es, dank meiner Fähigkeit, mich nahezu unsichtbar zu machen, hineinzuschlüpfen. Wenn ich überhaupt einem der Torwächter aufgefallen sein sollte, dann hatte er keinen zweiten Gedanken an mich verschwendet.

Hannas erwartete uns im Empfangsraum, über dem eine hohe, von Balken getragene Decke thronte. Der Boden bestand aus schwarzem Marmor, und die Wände waren weiß gekalkt und nackt. Ein schwerer und viel zu süßlicher Weihrauchduft entströmte der Kohlepfanne im hinteren Teil des Raums.

Der ehemalige Hohepriester war groß und weißhaarig. Seine runzlige Haut spannte sich straff über den Gesichtsknochen. Die vorstehende Nase und die hochmütige Miene wiesen ihn eindeutig als Mitglied einer der vornehmsten und ältesten Familien des Landes aus. Er saß hinter einem Tisch auf einem Sessel aus Akazienholz, und seine frostkalten Augen schienen Jesus mit ihrem Blick durchbohren zu wollen.

»Der Angeklagte, Jesus von Nazareth, trete vor.« Die Stimme klang vom Alter heiser, aber dank des ungebeugten Willens des Mannes auch kräftig und stark.

Wer mochte veranlaßt haben, Jesus vor Hannas zu führen, der doch überhaupt keine offizielle Position mehr innehatte? Jesus verschob die Handfesseln, damit seine Handgelenke nicht so sehr schmerzten, und trat, begleitet von zwei Bewaffneten, die ihn an den Armen festhielten, vor den Tisch des Hannas.
»Stell dich zu meiner Rechten hin, damit du die Anklage gegen dich vernehmen kannst«, befahl der ehemalige Hohepriester. Das Zischen in seiner Stimme verriet, daß er kaum noch Zähne besaß.
»Warum hat man mich zu Euch geführt, Herr?« fragte Jesus respektvoll. »Beschuldigt man mich Verbrechen gegen den jüdischen Glauben? Wenn dem so ist, sollte man mich dann nicht eher vor ein Priestergericht stellen?«
Die Bewaffneten verstärkten ihren Griff an seinen Armen.
»Es steht einem Beschuldigten nicht zu, die Autorität des Richters in Frage zu stellen, vor den man ihn führt«, entgegnete Hannas kalt und ohne einen Blick an Jesus zu verschwenden. »Bringt ihn an meine Seite«, befahl er den Soldaten barsch.
Sie führten ihn rasch neben den Untersuchungsrichter.
»Die Zeugen sollen vortreten.«
Wie auf ein Signal hin marschierten fünf Männer, einer hinter dem anderen, zum Tisch. Bei ihnen handelte es sich offensichtlich um Bewohner Jerusalems, und um ihren Aussagen mehr Glaubwürdigkeit zu verleihen, hatte man sie aus verschiedenen Schichten des Volks zusammengesucht. Ich merkte mir ihre Namen nicht, nahm sie nicht näher in Augenschein und achtete auch nicht auf den Klang ihrer Stimmen. Bei allen handelte es sich um bärtige Juden, gekleidet in schwarze oder braune Gewänder und mit einem *pillon* auf dem Kopf. Der erste, ein stämmiger Bursche, gab an, Fischer in Galiläa zu sein. Der nächste, ein bis auf die Knochen abge-

magerter Mann mit einem tückischen Blick, erklärte, als Zimmermann in Nazareth tätig zu sein. Der dritte, ein Hüne, behauptete, in Betanien Land zu bestellen, und die beiden letzten, an denen nichts Auffälliges war, stellten sich als Händler vor. Ihre Aussagen waren Gewebe aus Lügen und Falschheiten, und in ihrer Gesamtheit ergaben sie eine rundum abgeschlossene Aussage gegen Jesus, in der nichts vergessen worden war. Demnach habe der Angeklagte das jüdische Gesetz gebrochen, sich mit liederlichen Frauen eingelassen, sich der Schwarzen Magie bedient, sich als Messias und König der Juden hingestellt und sich als solcher das Recht angemaßt, im Tempel gewalttätig zu werden.

Hannas rief keine weiteren Zeugen auf und erklärte nach den Aussagen: »Es scheint mir, als hätten wir mit dir einen Wolf im Schafspelz vor uns. Man beschuldigt dich des Sakrilegs, der Irrlehre, der Gewalttätigkeit, des Betrugs und der Falschdarstellung. Dabei trittst du als Wundertäter, Prediger und Mann auf, der sich der Gewaltlosigkeit verschrieben hat – fürwahr die perfekte Tarnung für jemand, der einen gewaltsamen Umsturz plant.«

Sein Blick bohrte sich in Jesus. »Nun, was hast du zu deiner Verteidigung vorzubringen?«

»Gewiß bedarf es keiner Verteidigung, wenn die Anschuldigungen nicht bewiesen wurden«, antwortete Jesus. »In Wahrheit verbirgt sich hinter den Aussagen, die wir gerade gehört haben, doch nur, daß ich den Armen und mit Mühsal Beladenen Hoffnung gegeben, die Reichen zum Teilen ihres Besitzes mit anderen aufgefordert und die Gleichheit aller Menschen gepredigt habe.« Er lächelte und schüttelte leicht den Kopf. »Da müssen schon mehr Beweise her, um mich all dieser angeblichen Verbrechen für schuldig zu befinden; und erst recht reichen sie nicht aus, mich als jemanden abzuurteilen, der einen gewaltsamen Umsturz plant.«

»Du hast dich nachweislich mit mindestens einem Aufrührer eingelassen«, entgegnete der ehemalige Hohepriester. »Aber das kann für den Augenblick warten. Zunächst geht es darum, daß der Same des Aufstands im geheimen gesät wird, und zwar in den Herzen der Menschen. Du hast eben selbst eingestanden, gepredigt zu haben, daß alle Menschen gleich seien. Nun setzt sich unsere Gesellschaft aus vielen Schichten zusammen, die sich voneinander unterscheiden und nicht gleich sind. So ist es auch der Wille des allmächtigen Herrn. Und wer etwas Gegenteiliges behauptet, widerspricht damit unseren Glaubensvorschriften.«

»Ich möchte bei allem gebotenen Respekt dagegenhalten, daß in unseren Vorschriften nirgendwo aufgeführt ist, die Menschen seien nicht gleich vor Gott, nur weil sie in verschiedenen Ländern und Schichten zur Welt gekommen sind.«

»Deine Aussage ist nicht mehr als eine bloße Negation, der es an jedem Beweis dafür mangelt, daß der mächtige Gott gesagt haben soll, alle Menschen seien gleich. Oder nimmst du für dich in Anspruch, den Willen des Herrn zu kennen? Wenn dem so sein sollte, dann führe Ihn uns doch als Zeugen vor.«

»Gottes Wille offenbart sich im Herzen der Menschen, und daher kann ein jeder sich vor Gott als allen anderen gleich ansehen.«

»Ich kann nur wiederholen, daß der Same des Aufstands heimlich in die Herzen der Menschen gepflanzt wird. Und mit deiner eigenen Aussage hast du dich gerade der Ketzerei überführt.« Dieser Hannas verstand sich ebensogut darauf, einem die Worte im Mund zu verdrehen, wie er dieses Verfahren manipulierte.

Aber in Jesus hatte er einen ebenbürtigen Gegner gefunden.

»Ich habe bei einer anderen Gelegenheit auch erklärt, daß

nicht ein Spatz tot zu Boden fällt, ohne daß unser Vater im Himmel davon erfährt. Bedeutet dies schon, daß ich die Saat des Aufruhrs auch in die Herzen von Spatzen gepflanzt hätte?«
Der Wächter zu seiner Linken versetzte ihm einen Faustschlag ins Gesicht und fuhr ihn an: »Erweise dem Herrn mehr Respekt!«
Jesus taumelte unter dem Schlag, rieb sich aber nicht die Wange. »So hat es also begonnen«, sagte er leise. »Das, was die Römer *argumentum ad baculum* nennen, das Argument der Gewalt.« Dennoch schenkte er dem Soldaten einen freundlichen und liebenden Blick.
Hannas' Züge verhärteten sich noch mehr. Er war ein alter und gewiefter Politiker, der sich auch in dem auskannte, was die Griechen Dialektik nannten. Und es bereitete ihm das größte Vergnügen, einen Gegner mit Worten und Argumenten zu vernichten. So versetzte es ihn natürlich in großen Zorn, hier jemanden vor sich zu haben, dazu noch einen einfachen Zimmermannssohn aus Nazareth, der ihm mit einer natürlichen Logik Paroli bieten konnte.
Und so flogen die Worte und Argumente noch eine Weile hin und her, bis Jesus schließlich erklärte: »Es will mir so scheinen, als beschuldige man mich der Ketzerei oder des Hochverrats, vielleicht aber auch beider. Gewiß gibt es Gerichte, die sich rechtmäßig mit solchen Anklagen befassen. So verlange ich mit allem gehörigen Respekt und ohne die Autorität Eurer Person schmälern zu wollen, wegen der religiösen Fragen vor dem Hohen Rat und wegen des Vorwurfs des Hochverrats vor den Tetrarchen oder den römischen Prokurator geführt zu werden.«
Hannas' weißer Bart und Schnurrbart zitterten vor unterdrückter Wut, aber er hatte sich in der Gewalt. Er nickte grimmig und erklärte leise, aber bestimmt: »So soll es

geschehen.« Dann starrte er Jesus an und wiederholte bösartig: »Ja, so soll es geschehen.«
»Dann verlange ich, daß die, die meinen Predigten gelauscht haben und daher wissen, was ich wirklich gesagt habe, gerufen werden, um für mich auszusagen, statt sich allein auf die Halbwahrheiten und offenen Lügen zu verlassen, die wir eben hören durften.«
»Mit diesem Begehren solltest du dich aber an die wenden, die du vorhin als rechtmäßige Gerichte angeführt hast, oder etwa nicht?« Hannas hatte die Lippen zu einem höhnischen Grinsen zurückgezogen, weil er sich schlußendlich doch noch als Sieger in dieser Schlacht der Dialektik wähnte.
Unter allen Anwesenden wußte ich allein, was Jesus wirklich beabsichtigte. Endlich würde er vor die höchsten Stellen im Lande treten und konnte dort seine Lehren vortragen, womit er sich in die Lage versetzt sah, das Ziel seines Plans zu erreichen und den endgültigen Sieg seiner Mission sicherzustellen.

KAPITEL 48

Die Jünger erwarteten uns draußen vor dem Eingang. Als wir Jesus und den Wächtern durch die dunklen Straßen zum Palast des Hohenpriesters folgten, berichtete ich ihnen, was sich bei Hannas zugetragen hatte.
»Das Ganze kommt mir vor wie eine Karawanenreise«, bemerkte ich zu dem trübsinnig dreinblickenden Thaddeus, der direkt hinter mir ging, »deren Stationen und Ziel von

einem sehr erfahrenen Karawanenführer festgelegt worden sind. Der einzige Unterschied besteht darin, daß diese Reise nur eine Nacht währen soll.«

»Ja, dein Bild trifft es«, sagte Thaddeus. »Aber warum haben es unsere Feinde so eilig?«

»Weil der Karawanenführer und seine Spießgesellen es nicht wagen, noch einen oder zwei Tage länger zu warten – und das aus Furcht davor, unsere Kräfte könnten sich sammeln und wieder zu einer mächtigen Bewegung anwachsen.«

»Wir haben uns doch der Gewaltlosigkeit verschworen«, widersprach Thaddeus, begriff dann aber, was ich meinte, und nickte verstehend. »Tausende unbewaffneter Menschen auf den Straßen, die die Schläge der Soldaten und Tempelwächter entgegennehmen, ohne sich zu wehren oder zu weichen – so etwas hat die Welt noch nie gesehen. Ein solcher Aufmarsch würde auch den römischen Statthalter nicht unbeeindruckt lassen. Und er müßte etwas unternehmen, wenn er sich nicht den peinlichen Fragen seiner Herren in Rom aussetzen wollte.« Seine Augen wurden groß. »Ist es das, was unser Meister plant? Und wollen die, die ihn zu vernichten suchen, deswegen alles in einer Nacht erledigen?«

»Ich glaube, ja.«

»Wie will ihnen denn unser Meister die Suppe versalzen?«

»Das weiß ich nicht. Wir können nur auf seinen nächsten Zug warten.«

»Und bis dahin legen wir die Hände in den Schoß?« Der alte Meuchelmörder in ihm wehrte sich natürlich auf das heftigste dagegen, nichts tun zu können, wie ich deutlich in seinem Blick las. Früher einmal waren diese Augen leer und wie tot gewesen, erinnerte ich mich, aber Jesus hatte ihnen das Leben zurückgegeben.

»Ja, denn wir dürfen uns nicht in das einmischen, was er geplant hat.«
Am Palast ließ man alles Volk durch das große Holztor eintreten, doch auf dem Hof hielt man die Neugierigen und die Jünger auf. Mehrere glimmende Scheite zeigten hier die Feuer an, die die Wachen entzündet hatten, um sich in der kühlen Nachtluft zu wärmen. Leicht mischte sich der Duft der Myrtenbüsche in den Rauch. Der Himmel war immer noch bewölkt, und kein Windhauch bewegte die Äste der Zypressen, die an der Hofmauer standen. Die Wachen senkten ihre Stimmen, als sie uns erkannten, und so mancher unter ihnen warf Jesus einen feindseligen Blick zu.
Auch hier gelang es mir, mich nahezu unsichtbar zu machen und so ungesehen hinter den Soldaten, die Jesus bewachten, in den eigentlichen Palast zu gelangen. Nur die Tempelbediensteten folgten uns. Wir liefen durch eine riesige Eingangshalle, deren Boden mit weißem Marmor ausgelegt war, und gelangten in den Empfangsraum, der ebenfalls enorme Ausmaße besaß. Bronzene Hängelampen verbreiteten hier Licht, und von den Kohlepfannen an den Wänden entströmte der Duft von Weihrauch. Ich nahm die hohen Sessel vor den Säulen, die in einer Imitation von Marmor schwarz und weiß gestrichen waren, kaum wahr, denn meine ganze Aufmerksamkeit wurde von der Gruppe im hinteren Teil des Raums gefangengenommen. Über fünfzig Männer im weißen Ornat saßen dort, und in ihrer Mitte thronte der Hohepriester, prachtvoll anzusehen in seinem blauen Gewand, das reich mit Gold bestickt und an den Säumen mit kleinen Granatapfelnachbildungen behangen war. Nahezu der gesamte Sanhedrin hatte sich hier eingefunden. Furcht beschlich mein Herz.
Kaiaphas ragte allein schon durch seine Ausstrahlung heraus, die von seinem weißdurchwirkten Bart- und Haupthaar

nur noch unterstrichen wurde. Die grimmigen Mienen und das schwarze Tuch auf dem Tisch, an dem die Ratsmitglieder saßen, wirkten wie bestellt, um Furcht vor dem mächtigen und erbarmungslosen Richter Sanhedrin zu erzeugen.
Und als Jesus, über den das Urteil eigentlich schon gefällt war, seinem wahren Feind, dem ehemaligen Prinzen Zadok und jetzigen Hohepriester Kaiaphas entgegentrat, erkannte ich den Mann wieder, der zur Rechten des Ratsvorsitzenden saß. Das war Prinz Ascher, der an dem Fluß bei Betanien Johannes mit seinen Fragen herausgefordert hatte, und zwar am Morgen jenes Tages, in dessen Verlauf der Täufer verhaftet wurde.

Kaiaphas hatte Jesus bei einigen Gelegenheiten im Tempel gesehen. Und jedesmal hatten ihn bei seinem Anblick Haß und Widerwille erfüllt, war dies doch der Mann, der immer wieder seine Pläne durchkreuzt und sich als Haupthindernis in der Verfolgung seiner Ziele erwiesen hatte. Und am meisten verdroß ihn, daß ihm, einem Prinzen und Hohepriester, ein schlichter Zimmermannssohn als Feind gegenüberstand. Dieses Wissen demütigte Kaiaphas, und diese Wunde schmerzte noch mehr, wenn er sehen mußte, daß dieser Mann mit ebensolcher Würde wie ein Prinz aufzutreten verstand. Nach achtzehn langen Jahren bist du endlich in meiner Hand, dachte er hämisch und wurde sich bewußt, daß er diesen Mann geistig niederzwingen mußte. Er empfing Jesus mit einem kalten und strengen Blick, der dazu angelegt war, den Beschuldigten zusammenzucken und ihn, wenn möglich, um Gnade winseln zu lassen. Doch als er entdeckte, wie ruhig ihn der Zimmermannssohn anblickte, wurde ihm klar, daß er es hier nicht mit einem gewöhnlichen Angeklagten zu tun hatte. Trotz der in Ketten gelegten Hände, der Fesseln, mit denen man ihm die Arme an die

Brust gebunden hatte, des verschmutzten weißen Gewandes und der geschwollenen dunklen Stelle auf seiner Wange, stand der Mann erhobenen Hauptes und ungebeugt vor ihm. Mochte seine Erscheinung ungepflegt und sein Haar zerzaust aussehen, dieser Jesus strahlte immer noch große Würde aus. Der Hohepriester schnaufte frustriert.

Lange Momente vergingen, in denen er den Angeklagten mit seinem Blick niederzustarren versuchte und in denen die Stille sich wie eine schwere Last auf alle legte, aber seine Bemühungen blieben vergeblich. Und im gleichen Maß wie seine Niederlage wuchs sein Verlangen, Jesus zu beschämen, zu demütigen und vor ihm kriechen zu lassen.

Schließlich kam ihm die Erkenntnis, daß das mächtige Schwert des Schweigens diesmal stumpf blieb, und so eröffnete er die Verhandlung. »Bist du ein gewisser Jesus?« fragte er leise, finster und in der Art, mit der er für gewöhnlich gemeine Verbrecher ansprach. Zu spät wurde ihm bewußt, daß die Vorladung des Nazareners vor den Hohen Rat, und das auch noch zu mitternächtlicher Stunde und in seinem Palast, kaum der Behandlung entsprach, die man einem gewöhnlichen Straftäter angedeihen ließ. Hatte er einen Fehler begangen? Sei's drum, ihm blieb keine andere Wahl, als auf diese Weise zu verfahren.

»Ja, man nennt mich Jesus«, antwortete er lächelnd, »aber auch andere Dinge.«

Kaiaphas fiel auf den Köder herein: »Welche?«

»Das kommt darauf an, ob mir ein Freund oder ein Feind gegenübersteht.«

Der Hohepriester unterdrückte nur mit Mühe den Drang, über den Tisch zu springen und dem Mann ins Gesicht zu schlagen. »Es steht dir nicht zu, vor diesem Gericht leichtfertig zu reden.« Er bedauerte seine Worte bereits, kaum daß er sie ausgesprochen hatte.

Ich muß wieder zum Prinzen Zadok werden, ermahnte er sich, *denn nur so kann ich diesen Hundesohn besiegen oder ihn zumindest in seine Schranken weisen.*
»Ich wollte nicht ungehörig erscheinen, Herr, sondern habe mich lediglich bemüht, Eure Frage wahrheitsgemäß zu beantworten.«
»Du stammst aus Nazareth?«
»Ich wurde dort geboren, ja, aber ich lebe überall und an jedem Ort.«
»Du bist der Sohn eines inzwischen verstorbenen Zimmermanns aus Nazareth namens Yasuf?«
»Ja, Herr.«
Hatte der Angeklagte da nicht gezuckt? Kaiaphas beschloß, diesen Punkt weiterzuverfolgen. »Und Sohn seines Weibes Mariam, die dich unehelich und in Schande empfangen hat?« Die Worte klangen kaum wie eine Frage, sondern mehr wie eine Feststellung.
Jesus sah ihn mitleidsvoll an. »Dazu kann ich nichts sagen, Herr. Wir leben in einer Welt, in der Mutterschaft sich eindeutig nachweisen läßt, die Vaterschaft hingegen eine Sache der Meinung bleiben muß. Davon abgesehen kann ich mich an die Umstände meiner Empfängnis beim besten Willen nicht mehr erinnern.«
Der Hohepriester ballte unter dem Tisch die Fäuste, und es gelang ihm nur unter Aufbietung seines ganzen Willens, nicht die Beherrschung zu verlieren.
»Wie kannst du es dann wagen, dich als König der Juden hinzustellen?« fragte Prinz Ascher polternd und schnaufend.
»Wenn Ihr mit dieser Frage meint, wie es angehen kann, daß ein Bastard König wird, so möchte ich Euch auf das Beispiel Alexanders des Großen verweisen«, lächelte Jesus freundlich. »Immerhin war er der größte Bastard aller

Zeiten.« Er legte eine kleine Pause ein. »Wenn Ihr aber mit Eurer Frage zum Ausdruck bringen wolltet, daß der Sohn eines Zimmermanns, also jemand aus den unteren Schichten, niemals König werden kann, so möchte ich Euch bei allem Respekt die Herkunft einiger unserer bedeutendsten Könige ins Gedächtnis zurückrufen.«
Kaiaphas glaubte, endlich bei Jesus eine Schwachstelle gefunden zu haben: »Dann behauptest du also, trotz deiner obskuren, niederen Herkunft, der König zu sein?«
»Habe ich das auch nur mit einem Wort gesagt?« entgegnete der Angeklagte voller Unschuld.
Der Hohepriester knirschte mit den Zähnen. Wie gelang es diesem Zimmermannssohn immer wieder, ihn ins Leere laufen zu lassen und aus der Fassung zu bringen? »Dazu werden wir später noch die Zeugen hören.«

Petrus und Johannes hockten an einem der Feuer im Palasthof und wärmten sich die Hände.
Wie Simon mir später gestand, war er in diesem Moment von großer Furcht und düsteren Ahnungen erfüllt, nicht nur was Jesus anging, sondern auch was seine eigene Person betraf.
»Dieser Betrüger Jesus wird gekreuzigt«, hörte er einen der Wächter neben sich sagen.
»Soll das heißen, der Ausgang der Verhandlung steht bereits fest?« fragte Petrus ihn.
»Das weiß hier im Palast doch jeder«, antwortete der Soldat und sah Simon plötzlich eigentümlich an. Petrus erbleichte. Er hatte sich im Garten Gethsemane durch seine unbedachte Tat als Gefolgsmann des Jesus zu erkennen gegeben. Was, wenn man ihn nun auch festnahm und vor Gericht zerrte? Eine schwere Strafe oder gar eine Hinrichtung konnte er vielleicht auf sich nehmen, aber ganz gewiß keine

Kreuzigung. Schon bei dem bloßen Gedanken an diese qualvolle, langwierige Todesart fühlte er sich elend. Was tat er eigentlich hier, wo er doch nur ein einfacher Fischer aus Kapernaum war?

Der Wächter beäugte ihn immer mißtrauischer. »Habe ich dich nicht zusammen mit dem Angeklagten im Tempel gesehen?«

»Nein, gewiß nicht«, antwortete Petrus rasch. »Ich bin zum ersten Mal in dieser Stadt und stamme aus Judäa.« Er faßte Johannes am Arm. »Da drüben an dem Feuer reicht eine Frau Wein. Laß uns dorthin gehen, damit wir auch von dem Wein bekommen.«

Die beiden erhoben sich. »Wenn du uns entschuldigen möchtest«, sagte Petrus zu dem Soldaten.

»Aber nur, wenn du der Frau aufträgst, mit ihrem Krug auch hierherzukommen.«

»Gern.«

Das war knapp, dachte Petrus und wischte sich auf dem Weg zu dem Feuer den Schweiß von der Stirn. Er war noch so erregt, daß er den Hahnenschrei, der jetzt aus der Ferne ertönte, kaum vernahm.

Sie traten zu der drallen jungen Frau. »Können wir auch einen Schluck Wein bekommen?« fragte Petrus.

»Natür–« begann sie, brach mitten im Wort ab und starrte Simon ungläubig an. »Gehörst du nicht zu ihm?« fragte sie und deutete in Richtung Palast.

In Petrus' Bauch zog sich alles zusammen. »Meinst du etwa den Verbrecher Jesus?«

»Ja, genau den.«

»Nein, wir kommen aus Judäa und wissen nichts über ihn.«

»Ich könnte schwören, ich hätte dich mit ihm zusammen im Tempel gesehen«, beharrte die junge Frau.

»Da mußt du mich mit jemandem verwechseln.«

Sie sah ihn von oben bis unten an. »Jemand wie dich kann man kaum verwechseln«, sagte sie, zuckte dann aber die Achseln. »Sei's drum, was geht es mich an?« Die Frau reichte ihm den Krug. »Nimm einen Schluck. Der Wein ist gut gegen die Kälte. Er stammt aus dem Weinberg meines Herrn. Dein hübscher Freund soll sich auch bedienen.«

»Danke.« Petrus war für einen Moment erleichtert, sagte sich dann aber, daß er hier viel zu bekannt war. Auf seinem Grund hätte er sich gegen jeden zur Wehr gesetzt, aber hier befand er sich auf feindlichem Territorium. Seine Ängste wurden immer größer, und er beschloß, das Palastgelände zu verlassen. Es gelang ihm, sich äußerlich nichts anmerken zu lassen, als er auf das Feuer zeigte, an dem er vorhin gesessen hatte, und der Frau erklärte: »Könntest du mit deinem Krug auch dort drüben hingehen? Ich glaube, der Wächter, den du da siehst, hat sehr großen Durst.«

»Aber gern.« Die Frau machte sich sofort auf den Weg, aber nicht, ohne noch einen Blick auf die beiden Männer zu werfen, die ihr offensichtlich gefielen.

»Ich habe gehört, was die Weinmagd gesagt hat«, meldete sich ein klapperdürrer und kleiner alter Mann mit eingefallenen Gesichtszügen und nur wenigen verbliebenen weißen Haaren zu Wort. »Und ich bin mir sicher, daß sie recht hatte; denn auch ich habe dich im Tempel zusammen mit dem Verderber Jesus gesehen.«

Petrus nahm seinen ganzen Mut zusammen. »Dann hast du bestimmt auch meine Antwort vernommen«, entgegnete er und sah den Alten grimmig an. »Vielleicht hielt ich mich ja zur gleichen Zeit wie Jesus im Tempel auf, aber das haben Hunderte anderer auch getan, denn wir haben das Pessach-Fest gefeiert. Und was diesen Angeklagten angeht, so kenne ich ihn nicht.« Er hielt dem kleinen Mann seine Faust unter die Nase. »Hör mir gut zu. Wir Judäer sind stolze Männer,

und wir mögen es gar nicht, fälschlich beschuldigt zu werden. Hast du sonst noch etwas zu sagen?«
»Nein, Herr, bestimmt nicht. Verzeiht, es war ein Versehen.« Er humpelte sofort und ohne sich noch einmal umzudrehen davon.
»Verdammtes Schwein!« schimpfte Petrus.
»Die Hähne haben noch nicht zum zweiten Mal gekräht«, teilte Johannes ihm traurig mit.
Petrus starrte ihn an. »Beim Allmächtigen, was habe ich getan?« flüsterte er zutiefst beschämt.
»Du hast das getan, was jeder andere Sterbliche an deiner Stelle auch getan hätte«, entgegnete Johannes sanft. »Und mehr hat unser Meister auch nicht von dir erwartet.« Er blickte gedankenverloren in die Dunkelheit. »Ich glaube, daß auch das der Wille Gottes war, der sich in unserem Herrn ausdrückt. Sicher sollte dir das helfen, dich auf deine Aufgabe vorzubereiten.«
Die Scham beherrschte Petrus vollkommen, und heiße Tränen rannen über seine Wangen.

KAPITEL 49

Der Hohepriester befahl, daß die Zeugen hereingerufen wurden. Dieselben Männer, die schon vor Hannas aufgetreten waren, wurden einzeln in den Raum geführt und machten die gleiche Falschaussage wie vor wenigen Stunden.
Als der letzte von ihnen fertig war, blickte Kaiaphas in die Runde und sagte belustigt zu seinen Ratskollegen: »Nichts

von dem, was wir zu hören bekommen haben, läßt sich als direkter Beweis verwerten. Kann es denn sein, daß man uns für nichts und wieder nichts zu später Stunde aus unseren Häusern geholt und hierherbestellt hat?«

Prinz Ascher hob seine fleischigen Schultern und kicherte: »Ich glaube, draußen warten noch zwei weitere, äh, Zeugen.«

Im ersten Moment hatte ich geglaubt, das Verfahren sei zu Ende und sie müßten Jesus freilassen. Aber ich hatte wohl die Grausamkeit und die Verschlagenheit unterschätzt, die Kaiaphas innewohnte. Und jetzt wurde mir auch bewußt, wie abgrundtief sein Haß auf Jesus sein mußte.

»Dann führt sie herein!« befahl der Hohepriester gutgelaunt dem Hauptmann der Tempelwache, der an der Tür stand.

Ein Mann trat in den Saal, der so gewöhnlich und normal aussah, daß er nirgendwo auffiel. Ich nahm ihn rasch in Augenschein und bemerkte die herabhängenden Mundwinkel. Dieser Mann mußte ein bezahlter Spitzel sein, der für Geld ohne Zögern alles aussagen und auf seinen Eid nehmen würde. Er trat an den Tisch und senkte respektvoll das Haupt.

»Schwörst du, die Wahrheit und nichts als die Wahrheit zu sagen?« Zum ersten Mal verlangte der Hohepriester einen Eid, und damit wurde klar, wie abgekartet die ganze Angelegenheit war. Die Zeugen vorhin waren nur eine Art Vorspiel gewesen, wichtig war erst dieser Mann.

»Wie lautet dein Name?«

»Aaron, Herr.«

»Und du entstammst auch dem Hause Aaron?«

»Ja, Herr.«

»Ein sehr angesehenes Geschlecht.«

»Ihr ehrt mich, Herr.«

»Welchem Beruf gehst du nach?«
»Ich stelle Nachforschungen an.«
»Und für wen?«
»Für jeden, der mich bezahlt.«
»Und wer hat dich aufgefordert, in der Sache Nachforschungen anzustellen, die hier zur Verhandlung steht und zu der du aussagen sollst?«
»Niemand, Herr.«
»Niemand?« fragte Kaiaphas gedehnt. »Aus welchem Grund bist du dann hier erschienen?«
»Um meiner Bürgerpflicht nachzukommen und als gläubiger Jude meine Aussage zu machen. Die Angelegenheit ist nämlich von größter Wichtigkeit für das Schicksal unseres Volkes, und ich habe von einer Sache Kenntnis, über die ich hier aussagen will.« Ich vermutete, daß nichts von alledem wahr war, aber immerhin log der Mann mit einigem Geschick.
»Das ist recht von dir getan. Ich darf also annehmen, daß du als besorgter Jude, dem am Schicksal seines Volkes gelegen ist, hier erschienen bist.«
»Ja, Herr.« Damit war Aarons Glaubwürdigkeit offiziell festgestellt.
Nach ein paar weiteren Fragen, die harmlos klangen, aber darauf zielten, Jesus zu verunsichern und mit ihm zu spielen, kam Kaiaphas endlich auf das eigentliche Thema zu sprechen: »Kennst du den Beschuldigten?«
»Ja, Herr, ich kenne ihn.«
»Und wie lautet sein Name?«
»Jesus von Nazareth.«
»Wie hast du ihn kennengelernt?«
»Ich war einer seiner Anhänger, und zwar von dem Moment an, in dem er öffentlich aufgetreten ist und unser Leben zu verändern suchte.«

»Du sagst, du warst einer seiner Anhänger. Bist du das denn etwa nicht mehr?«
»Ich habe ihn bewundert, als er heilte und predigte. Wir haben ihn den Wundertäter genannt. Doch vor ungefähr einem Jahr fing er an, sich zu verändern. Ich gelangte zu dem Schluß, daß er, nachdem seine Gefolgschaft nach dem Tod des Täufers deutlich anschwoll, von blindem Ehrgeiz überkommen wurde.«
»Und was hat deinen Sinn endgültig gewandelt und es dir wichtig erscheinen lassen, hier freiwillig gegen ihn auszusagen?«
»Nun, vor zwei Tagen bewaffnete er sich mit einer Peitsche und traktierte damit die Händler und Geldwechsler im Tempel. Dazu stieß er auch noch ihre Tische um und zerstörte ihren Besitz. Das hat mich, offen gesagt, entsetzt. Der Mann, dem ich blindlings wegen seiner Lehre der Liebe und Gewaltlosigkeit gefolgt war, der sogar erklärte, man solle seine Feinde lieben, ließ sich zu solcher Zerstörungswut hinreißen. Mit der Peitsche in der Hand beging er ein schweres Verbrechen, und in seinen Augen stand der Wahnsinn geschrieben.« Er schüttelte traurig den Kopf. »Da sah ich ihn in einem vollkommen anderen Licht.«
Aarons Auftritt hätte sogar mich, der ich doch die Wahrheit kannte, beinahe überzeugt.
»Fahr fort«, drängte der Hohepriester.
»Ich habe ihn gefragt: ›Wie kannst du so etwas Menschen antun, mögen sie auch schlecht sein? Und was hat dich dazu verleitet, den heiligen Tempel zu entweihen?‹«
Kaiaphas' Züge verhärteten sich. »Und was hat er darauf geantwortet?«
»Er ... er sagte: ›Ich kann diesen Tempel zerstören und in drei Tagen wiederaufbauen.‹ Und damit ließ er mich stehen und zog seiner Wege.«

Unruhe erfaßte die Reihen der Ratsmitglieder, und einer hieb sogar wütend die Faust auf den Tisch. Prinz Zebulon stieß leise eine Verwünschung aus. Ich erinnerte mich an diese Worte, denn Jesus hatte sie tatsächlich einmal ausgesprochen, wenn auch zu einer anderen Gelegenheit und in einem ganz anderen Zusammenhang. Mir lief es eiskalt den Rücken hinunter. Jesus hatte damals nicht gemeint, den Tempel im wortwörtlichen Sinn zu zerstören, sondern ihn von aller Verderbtheit binnen drei Tagen zu reinigen und ihn danach in neuem Glanz und neuer Heiligkeit dastehen zu lassen.

Aaron brauchte seiner Aussage nicht mehr viel hinzuzufügen. »Wir sind Prinz Ascher zu großem Dank verpflichtet, diesen Zeugen gefunden zu haben«, bemerkte der Hohepriester, nachdem der Spitzel den Saal verlassen hatte. Ascher bedankte sich für dieses Lob mit einem schrillen Kichern.

Der zweite Zeuge, der nun hereingerufen wurde, hätte Aarons Zwillingsbruder sein können. Er nannte sich Hosea und bestätigte im wesentlichen die Aussage seines Vorgängers. Und dieser Mann log noch geschickter, so daß es bald so aussah, als habe Kaiaphas endlich das, was er wollte.

Als Hosea gegangen war, wandte der Hohepriester sich an Jesus und sah ihn mit tückischen Augen an. »Der Angeklagte hat die Aussagen der beiden letzten Zeugen vernommen. Will er abstreiten, diese Worte je fallengelassen zu haben?«

»Ich habe diese Worte gesagt, Herr, nur ...«

Doch Kaiaphas ließ ihn nicht ausreden. Zu sehr glaubte er, den endgültigen Sieg errungen zu haben, und es war ihm deutlich anzumerken, daß er sich diesen Triumph nicht im letzten Moment nehmen lassen wollte. Schließlich war er selbst Zeuge von Jesu Beredsamkeit geworden und wußte, daß es diesem Nazarener womöglich gelingen würde, sich aus dieser Sache herauszuwinden. Gar nicht erst zu reden davon, daß es schon weit nach Mitternacht war und man keine Zeit mehr verlieren durfte. Ganz klar, der Hohepriester wollte die Angelegenheit jetzt zum Abschluß bringen. Jesus hingegen schwieg. Ich ahnte, daß er zur nächsten Stelle gebracht werden wollte, um dort seine Sache zu vertreten. Immerhin war Kaiaphas nur eine Etappe auf seinem Weg zum Ziel. Ich bewunderte ihn im stillen dafür, die Falschaussagen, Schmähungen und Drohungen so gelassen entgegenzunehmen.

Der Hohepriester war inzwischen aufgesprungen und hatte die Miene eines Mannes aufgesetzt, der den Zorn des Gerechten verspürt. Und unter anderen Umständen hätte ich ihm vielleicht sogar recht gegeben. Für die Juden gab es kein schlimmeres Verbrechen, als ihren Tempel zu entweihen oder ihn gar zerstören zu wollen ...

Kaiaphas richtete den Zeigefinger auf Jesus und bebte so sehr vor Zorn, daß seine goldenen Granatäpfel klingelten. »Du, Jesus von Nazareth, bist der Verbrechen der Ketzerei und der Gotteslästerung angeklagt. Ist es nicht verwunderlich, daß jemand wie du, der sich doch augenscheinlich einer so großen Beliebtheit erfreut und für sich selbst die höchsten Stellungen in Anspruch nimmt, keinen Zeugen aufbieten kann, der für dich aussagt? Kommt es nicht auch dir eigenartig vor, daß niemand den Anschuldigungen gegen deine Person widerspricht? Du hast beschlossen, deinem eigenen Stern zu folgen, und nun stehst du vollkommen allein da. Wie ein Ausgestoßener, der von einer Lepra der Moral befallen ist. Du bist allein, ganz allein!«

Mir wurde das Herz schwer. Jesus stand tatsächlich ganz allein vor seinen Richtern. Nicht einmal die Liebe und der Trost, die ich ihm sandte, konnten ihm jetzt noch behilflich sein.

»Deine Vergehen wiegen schwer, und deshalb mußt du auch auf das härteste bestraft werden.« Kaiaphas genoß seinen Auftritt, erfüllte er ihn doch mit Wonne. »Als Beispiel für alle Menschen muß man deine Seele reinigen. Doch uns vom Hohen Rat steht es nicht zu, die Bestrafung, die du verdient hast, durchzuführen.« Er schwieg einen Moment und ließ dann den Blick über seine Ratskollegen schweifen. »Ich beantrage, daß diese ehrwürdige Einrichtung ihr Urteil über diesen Gotteslästerer fällt.«

Nur einer stimmte nicht zu. »Ich würde es vorziehen, kein persönliches Urteil über diesen Mann zu fällen«, erklärte der weißhaarige Prinz Joseph.

»Die Mehrheit entscheidet«, erklärte der Hohepriester und starrte Jesus voller Triumph und Bosheit an. »Der Sanhedrin befindet dich hiermit für schuldig der Ketzerei und der Gotteslästerung. Wir befinden dich weiterhin schuldig des Aufruhrs, der Sachbeschädigung und der Verschwörung zum Umsturz der politischen und religiösen Strukturen unseres jüdischen Volkes.« Er schwieg für einen Moment, um die Worte bei den Anwesenden wirken zu lassen, aber auch, um Jesus damit zu quälen, ihn noch ein wenig länger warten zu lassen. Oh, wie dieser Mann es genoß, endlich seine langgehegten Rachegelüste befriedigen zu können. »Wir haben dich also für schuldig befunden, fällen aber kein Urteil über dich.«

Was für ein teuflischer Mann! Jeder einzelne Moment dieses Verfahrens schien ihn aufleben zu lassen. Möge deine Seele in der Hölle schmoren, dachte ich voller Ingrimm und erschrak über mich selbst, weil meine Liebe zu Jesus in mir soviel Böses ausgelöst hatte.

»Wir werden dich vor den Tetrarchen und vor den Prokurator zerren, und zwar noch in dieser Nacht, damit sie das gerechte Urteil über dich sprechen.« Er schwieg wieder kurz, um für seine nächsten Worte die größtmögliche Wirkung zu erzielen: »Und für deine Verbrechen gibt es nur eine Strafe: die Kreuzigung!«

Ich war noch nie im hasmonäischen Palast in Jerusalem gewesen. Doch mittlerweile war mein Herz so voller Kummer, daß ich kaum etwas von der Einrichtung mitbekam, während ich Jesus und den Soldaten in die große Halle folgte, in der Herodes Antipas, der Tetrarch, uns bereits erwartete. Diesmal mußte ich mich nicht unsichtbar machen, denn diesmal verlangten alle, die mitgezogen und Jesus feindlich gesonnen waren, lautstark Einlaß, der ihnen dann schließlich auch gewährt wurde. Erst später sollte ich erfahren, daß Herodias, die Frau des Tetrarchen, dies geplant und sich dazu mit Kaiaphas besprochen hatte. Sie hoffte nämlich, mit der Unterstützung der Menge Herodes dazu zu zwingen, im Sinne des Hohen Rats zu entscheiden. Zu meiner Überraschung ließ sie es sich nicht nehmen, selbst der Verhandlung beizuwohnen. Schön wie die Sünde und mit wunderbaren Augen, die im Licht der Fackeln und Öllampen vollendet erstrahlten, saß sie auf einem Stuhl zu Füßen des Throns, der sich auf einer Plattform am hinteren Ende des Saals erhob. Und noch mehr verblüffte mich, daß sogar Kaiaphas mitgekommen war. Offensichtlich war ihm kein Weg zu weit, wenn er nur das Schicksal seines meistgehaßten Feindes besiegeln konnte.
Den Herodes hatte ich noch nie gesehen. Wie sehr sich dieser fettleibige Mann mit den schmalen Lippen, den hervorquellenden Augen und den fleischigen Nasenflügeln doch von seinem Vater, Herodes dem Großen, unterschied. Trunksucht, Lasterhaftigkeit und Ausschweifungen aller Art hatten ihren Tribut von seinem aufgeschwemmten Leib eingefordert. Schwarze Flecken auf seiner Haut verrieten

mir, daß er wie schon sein Vater an der Durstkrankheit leiden mußte.
Kaum hatte Jesus die Plattform erreicht, fragte der Tetrarch ihn schon mit einem freundlichen Lächeln: »Bist du der Wundertäter?«
»So nennen mich viele Menschen, Herr.«
»Willst du uns dann ein Wunder vorführen?« War dieser Mann schwachsinnig oder nur betrunken? Sein Aufstieg zur Macht und sein Vermögen, sich auf dem Thron zu halten, seine römischen Herren zu erfreuen und die Juden nicht unnötig gegen sich aufzubringen, kündeten hingegen von einem scharfen Verstand. Also schloß ich, daß er dem Wein mehr zugesprochen hatte, als für seine Sinnenschärfe gut war.
Jesus sah ihn offen an. »Ich führe keine Wunder vor, Herr, und ich bin auch nicht im Besitz geheimnisvoller Kräfte. Die Menschen betrachten einige meiner Taten als Wunder, weil sie nicht in der Lage sind, solche Taten selbst zuwege zu bringen. In Gottes Schöpfung findet sich nämlich nichts Wunderhaftes.«
»Wenn du aber ein so bedeutender Heiler bist, könntest du mich doch von der Durstkrankheit erlösen, oder?« Der Tetrarch zeigte mit einem dicken Finger auf die dunklen Stellen in seinem Gesicht. »Entferne diese unansehnlichen Male, und stille meinen endlosen Durst.« Er kicherte und fuhr dann leise fort: »Hilf mir, daß ich nicht mehr ständig pissen muß und wieder einer Frau im Bett beiliegen kann.«
Herodias verzog das Gesicht und warf dem Hohenpriester einen raschen Blick zu. Dieser trat vor und erklärte streng: »Wir sind in einer Angelegenheit hier erschienen, Herr, die von höchster Dringlichkeit für das Schicksal unseres Volkes ist. Der Mann, der vor Euch steht, ist weder ein Wundertä-

ter noch ein Wunderheiler, sondern schlicht und ergreifend ein Verbrecher, der für seine schlimmen Missetaten vom Hohen Rat schuldig befunden wurde.«
»Ist er vielleicht der wiedergeborene Johannes?« wollte der Tetrarch wissen. Der Tod des Täufers schien noch immer schwer auf seinem Gewissen zu lasten.
»Ganz gewiß nicht!« gab der Hohepriester barsch zurück. »Es handelt sich bei ihm um einen ganz gewöhnlichen Verbrecher, der der Ketzerei, des Sakrilegs und der Aufstachelung zum Aufruhr für schuldig befunden wurde.«
»Warum führt Ihr ihn dann vor mich, und das auch noch zu so später Stunde?« fragte Herodes unwirsch.
Herodias beugte sich zu ihm und flüsterte ihm etwas ins Ohr. Ihr Gemahl nickte heftig.
»Was verlangt Ihr denn von mir?« fragte der Tetrarch danach deutlich zugänglicher.
Kaiaphas drehte sich kurz zu den Leuten um, die mitgezogen waren, und als wäre das ein Signal, begannen etliche unter ihnen zu rufen: »Die Todesstrafe! Die Todesstrafe! Die Todesstrafe!« Der Hohepriester hatte diese Farce bis ins letzte inszeniert.
Herodes machte ein verwirrtes Gesicht. Er hob schließlich eine Hand und donnerte: »Schweigt!« und bewies damit, daß er doch so etwas wie Majestät besaß. Die Rufe kamen langsam zum Verstummen. »Bei weiteren Störungen lasse ich durch die Wache den Saal räumen«, drohte er, erhob sich und wandte sich an Jesus. »Was hast du zu diesen Vorwürfen zu sagen?« fragte er ihn nicht unfreundlich.
»Er hat nichts zu sagen, Herr!« mischte sich Kaiaphas sogleich ein. »Schon vor dem Hohen Rat hat er die Gelegenheit erhalten, sich zu den Anschuldigungen zu äußern, und dort ist er auch schuldig gesprochen worden.« Er deutete abrupt auf Jesus.

»Was wollt Ihr denn dann noch von mir?« fragte der Tetrarch noch einmal und klang erneut verstimmt.
»Wir haben den Beschuldigten zum Tode verurteilt, doch dem Sanhedrin steht das Recht nicht zu, eine Hinrichtung durchzuführen. Nur Ihr besitzt diese Macht.« Kaiaphas richtete sich zu voller Größe auf und starrte Herodes mit funkelnden Augen an. »Wir verlangen für diesen Mann den Tod durch Kreuzigung.«
Ein listiges Funkeln trat in die Augen des Tetrarchen. »Aha, die Kreuzigung verlangt Ihr also!« rief er. »Tatsächlich?« Er fing an, laut und schrill zu lachen. »Wirklich die Kreuzigung?«
Ich konnte nicht glauben, daß Herodes etwas Belustigendes in der grausamen Strafe sehen konnte, die diese Männer für Jesus verlangten.
Doch dann hörte ich den Tetrarchen sagen: »Mir steht das Recht zu, die Todesstrafe zu verhängen, aber nicht die Kreuzigung.«
Er lächelte immer noch, und Erleichterung zeigte sich auf seiner Miene. »Nur der römische Prokurator darf eine Kreuzigung befehlen.«

Also wanderte der ganze Zug wieder den Hügel hinauf. Mittlerweile war die Stunde vor der Dämmerung angebrochen, und der Himmel zeigte sich immer noch bewölkt. In Kürze würde der dritte Hahnenschrei ertönen. Ich fragte mich, ob Jesu Voraussage eingetroffen war und Petrus ihn dreimal verleugnet hatte. Die Jünger mußten sich am Rand der feindseligen Menge aufhalten, denn keiner von ihnen war zu sehen. Ich konnte ihnen andererseits auch keinen Vorwurf daraus machen, so unauffällig wie möglich bleiben zu wollen. Einerseits befürchteten sie, selbst verhaftet zu werden, und zum anderen errieten sie wohl, daß Jesus in

dieser tragischen Stunde allein bleiben wollte, um sein Vorhaben bis zum letzten durchführen zu können.
Die römischen Wachen hielten die lautstarke Menge vor dem Tor zum Palast des Landpflegers zurück. Nur etwa zwei Dutzend Männern, die der Hohepriester persönlich aussuchte, wurde Einlaß gewährt. Ich schlüpfte wieder einmal unbemerkt mit hinein. Im Vorraum bemerkte ich kurz einen in Ketten gelegten Gefangenen, der von einer Schar römischer Soldaten umringt wurde, aber in dieser Situation schenkte ich dem weiter keine Beachtung.
Wir gelangten in den Audienzsaal. Nichts hatte sich hier seit unserem letzten Besuch verändert, außer daß Pontius Pilatus über die Störung sichtlich ungehalten war.
»Ich habe mich nur bereit erklärt, Euch zu empfangen, weil Ihr, edler Prinz, Hoherpriester und Freund Kaiaphas, persönlich darum ersucht habt. Aber ich will hier gleich feststellen, daß ich diesen Mann schon einmal verhört und ihn für unschuldig befunden habe.«
Vom Statthalter war bekannt, daß er die Juden nicht gerade in sein Herz geschlossen hatte. Vor allem mochte er die aus der »Fettschicht, die oben schwimmt« nicht, wie er die Mächtigen unter den Juden einmal genannt haben soll. Er war ein habgieriger, grausamer und skrupelloser Autokrat, der frei von allen Bedenken Jesus der Kreuzigung anheimgegeben hätte. Doch es widerstrebte ihm sehr, sich von den jüdischen Oberen dazu zwingen zu lassen, besonders nicht von jemandem, den er als »Freund« angesprochen hatte.
Neue Hoffnung keimte in mir auf. Jesus mochte vielleicht verschont werden, auch wenn er sich selbst seinen Tod wünschte.
»Wir sind nicht vor Euch erschienen, edler Herr und Prokurator, um den Beschuldigten verhören zu lassen«, entgegnete der Hohepriester einschmeichlerisch, »sondern um

von Euch das Urteil vollstrecken zu lassen, das der Sanhedrin bereits über ihn gefällt hat.« Er berichtete dem Landpfleger vom Verlauf des Verfahrens, natürlich aus seiner Sicht, und schloß mit den Worten: »Und so bitten wir Euch in aller Demut, diesen Verbrecher dem Tod durch die Kreuzigung zuzuführen.«

Die Miene des Statthalters verdüsterte sich während Kaiaphas' Ausführungen immer mehr. Dann strich er sich nachdenklich über das glattrasierte Kinn, und plötzlich lächelte er, so als sei ihm eine neue Lösung eingefallen.

Mein Herz erfüllte sich mit Freude. »Ich akzeptiere natürlich Euer Urteil, edler Hoherpriester«, verkündete er und warf nicht einmal einen Blick auf Jesus. »Deshalb erkläre ich hiermit, daß der Angeklagte, Jesus von Nazareth, am Kreuz sein Leben verwirken soll.«

Die Gefolgsleute des Kaiaphas brachen in Jubel aus, während mir fast schwarz vor Augen wurde. Seit langer, langer Zeit und zum ersten Mal, seit man mir die Eltern genommen hatte, wußte ich wieder, wie man sich fühlte, wenn man vollkommen allein war.

Das zynische Lachen des Prokurators riß mich aus meinen finsteren Gedanken. »Hört mich zu Ende an, Bürger!« Seine autoritätsgewohnte Stimme brachte das Geschrei und den allgemeinen Jubel zum Verstummen. »Es ist eine alte Tradition der Römer, das jüdische Pessach-Fest insofern zu ehren, als ein abgeurteilter Verbrecher begnadigt wird. Und demgemäß ...«

»Ich bitte um Vergebung, edler Herr«, wandte der Hohepriester so glatt und gewandt ein, daß der Landpfleger sich davon überrumpeln ließ. »Es ist in der Tat eine althergebrachte Tradition unserer römischen Freunde, zum Pessach-Fest einen Verbrecher zu begnadigen, und eindeutiger Beweis für die Großzügigkeit der römischen Stellen. Bei allem Respekt vor Eurer Person und voller Dank für diese freundliche Geste möchte ich Euch nun darauf hinweisen, daß das jüdische Volk sich bereits das Recht genommen hat, seine Wahl zu treffen.«

»Was?« Pilatus war für einen Moment fassungslos. Dann begriff er, welches Spiel hier getrieben wurde. Er lief vor Zorn rot an, und seine Augen blickten, als wollten sie Dolche verschleudern.

»In der Tat gibt es einen Verbrecher, edler Herr, der bereits wegen Aufruhr und Empörung gegen die Herrschenden durch Euch zum Tode verurteilt worden ist, und diesen wünscht das jüdische Volk von Euch zum Fest begnadigt zu sehen.«

Gott im Himmel, was für ein unmenschlicher, teuflischer Feind Jesus in diesem Prinzen und Hohenpriester erwachsen war! Er hatte bei seiner Planung alles vorhergesehen, jeden Umstand bedacht, der bei Jesu Hinrichtung eine Rolle spielen könnte, und verfuhr nun kälter, erbarmungsloser und verschlagener, als ich das je bei einem Menschen erlebt hatte.

»Von wem redet Ihr?« wollte Pilatus wissen.

»Erlaubt mir, ihn Euch vorzuführen, Herr.« Er wandte sich an den Hauptmann der Tempelwache, und ich glaubte jetzt den Grund für die Anwesenheit des in Ketten gebundenen, schwerbewachten Mannes im Vorraum zu kennen. Dennoch war ich überrascht, als der Hohepriester mit seinen nächsten Worten meinen Verdacht bestätigte: »Bringt den Gefangenen Barabbas herein.«

Barabbas! Ich bemerkte, wie Jesus für einen Moment erstarrte, sich dann aber gleich wieder entspannte. Allem Anschein nach waren seine Gedanken ähnlich wie die meinen. Ohne es zu wissen, wurde Barabbas zum letzten Werkzeug für Jesu Hinrichtung.

Ursache und Wirkung. Ein endloser Kreislauf, dessen Unerbittlichkeit man nicht entkommen konnte. Ich drehte mich zu der Doppeltür um. Sie wurde aufgerissen, und die römischen Soldaten marschierten mit Barabbas in der Mitte herein. Er sah verschmutzt und mitgenommen aus, hatte sich ansonsten aber kaum verändert, seit ich ihn das letzte Mal gesehen hatte. Seine Ähnlichkeit mit Jesus, sowohl was die äußere Erscheinung als auch sein Auftreten betraf, war verblüffend. Er trat sogar als mein geliebter Freund erhobenen Hauptes vor den Prokurator.

Ihm war natürlich aufgefallen, daß Jesus vor den Statthalter geführt wurde, und so vermutete er, daß seinem »Bruder« der Prozeß gemacht werden sollte. Man führte ihn neben den Angeklagten. Jesus und er drehten gleichzeitig die Köpfe, um sich anzusehen. Ich stand zu weit entfernt, um den Ausdruck in ihren Augen erkennen zu können, aber ich fühlte die tiefe Liebe, die zwischen den beiden Männern strömte. Diesmal zuckte Barabbas nicht davor zurück wie damals vor achtzehn Jahren, als er Jesus im Olivenhain an der Heerstraße überfallen hatte. Seitdem hatte sich viel verändert, aber die Liebe der beiden zueinander war bestehengeblieben. Und so machte es ihn besonders betroffen, zu spüren, daß er, ohne etwas dagegen unternehmen zu können, an Jesu Tod mitwirkte.

»Edler Landpfleger, vor Euch steht der Verbrecher Barabbas aus Galiläa«, erklärte Kaiaphas förmlich. »Er ist wegen Aufstachelung zum Aufruhr zum Tode verurteilt worden, ebenso wie der Verbrecher Jesus. Wir, das jüdische Volk, erbitten nun in aller Unterwürfigkeit von Euch, den Barabbas als Beispiel für den Respekt, den die Römer der heiligen jüdischen Institution des Pessach-Festes erweisen, zu begnadigen.«

Etwas sagte mir, daß der Hohepriester auch Barabbas aus

tiefstem Herzen haßte, aber heute ging es ihm vornehmlich darum, Jesus zur Strecke zu bringen.

»Du behauptest, dies sei der Wunsch des jüdischen Volkes?« begann Pilatus. »Welchen Beweis kannst du mir dafür erbringen?«

»Ihr sollt Euren Beweis erhalten, edler Herr.« Kaiaphas drehte sich lächelnd zu den Tempelwächtern und den von ihm handverlesenen Männern um. »Wie lautet Euer Wunsch, meine Glaubensbrüder?« fragte er so laut, daß seine Stimme den ganzen Saal erfüllte.

»Begnadigt den Barabbas!« antworteten die Männer wie aus einem Mund.

»Und was soll ich mit diesem Mann tun, von dem Ihr anführt, er bezeichne sich als König der Juden?« fragte Pilatus noch lauter als der Hohepriester.

»Kreuzigt ihn! Kreuzigt ihn! Kreuzigt ihn!« schrien die Juden immer wieder, bis ihre Forderung von der Decke und den Wänden widerhallte und auf der ganzen Welt zu hören sein mußte.

»Warum im Namen eures Gottes?« rief der Statthalter. »Was hat der Mann euch angetan?«

Doch sie hörten nicht auf zu schreien. »Kreuzigt ihn! Kreuzigt ihn! Kreuzigt ihn!«

Pilatus starrte sie nur an, bis ihr Lärmen endlich nachließ. Dann hob er eine Hand und sah seinen Centurio an. »Nehmt dem Barabbas die Ketten ab«, befahl er.

Die Legionäre befreiten ihn von seinen Fesseln, und klirrend fielen die Ketten zu Boden.

Barabbas rieb sich die Handgelenke und schüttelte den Kopf. Dann wandte er sich an die Juden. »Ich kann euch nicht danken«, rief er so laut, daß jeder im Saal es vernehmen konnte, »denn ihr begeht einen großen Fehler.«

Bevor jemand ihn zurückhalten konnte, fiel er vor Jesus auf

die Knie und senkte das Haupt. »Vergib mir, Herr«, bat er. »Ich wäre, ohne zu zögern, am Kreuz gestorben, denn ich bin der Verbrechen schuldig, derer man mich angeklagt hat, während du vollkommen ohne Schuld und der wahre Messias bist.«

Jesus legte ihm die gebundenen Hände zum Segen auf den Kopf. »Ich habe dir nichts zu vergeben, teurer Bruder. Im Gegenteil, ich muß mich bei dir dafür bedanken, mir die Gelegenheit verschafft zu haben, diesen Tod zu sterben. Die Welt und alle künftigen Generationen werden dir dafür dankbar sein, ihnen das Leben geschenkt zu haben.« Er drehte sich um und sah seine Richter an. »Und euch liebe ich alle.«

Von da an ging alles seinen vorgeschriebenen Weg. Kaiaphas nahm an jeder Phase teil, als zwinge ihn allein sein Amt zu dieser schmerzlichen Pflicht, doch in Wahrheit wollte er Zeuge der Demütigung Jesu werden und sich nichts davon entgehen lassen.

Zuerst schleppten sie meinen geliebten Freund auf den Hof und banden ihn an einen Pfahl, um ihn auszupeitschen. Daß sie ihn so grob behandelten, hatte auch sein Gutes, denn Freundlichkeit und Schonung können einen Gefangenen schwächen. Zwei Soldaten rissen sein Gewand entzwei und entblößten seinen Rücken. Die ersten Strahlen der aufgehenden Sonne trafen sein bloßes Fleisch. Ein hünenhafter Legionär, der ein *flagrum,* die kurze Lederpeitsche, in der Hand hielt, trat vor. Seine Rechte umschloß den Griff, während die Enden, die mit Bleikügelchen und Schafsknochenteilen versehen waren, lose in seiner Linken ruhten. Er atmete kurz durch und holte mit der Peitsche aus.

In diesem Moment begrüßte der erste Hahn das Morgengrauen. Pfeifend fuhr das Leder durch die Luft. Jesus zuckte zusammen, aber kein Schrei entrang sich seiner Kehle. Er hatte sich ganz in sich selbst versenkt, und der furchtbare Schmerz erreichte sein inneres Bewußtsein nicht.

Ich zählte zwanzig Schläge, bevor ein anderer Römer den Hünen ablöste und dem geschundenen, aufgeplatzten Fleisch weitere neunzehn mit der Peitsche gab. Bei jedem Hieb erzitterte Jesus, aber er stöhnte nicht einmal. Mein Herz drohte vor Stolz auf ihn und auch vor Mitgefühl zu zerspringen. Und mir entging nicht, daß die Haltung meines Freundes den Legionären Bewunderung abverlangte.

Die Auspeitschung vor der Kreuzigung hat ihren Sinn, sollte sie doch das Opfer schwächen, auf daß ihm bei der eigentlichen Kreuzigung ein schnelleres Ende beschieden sei. Ich betete darum, daß diese Peinigung bei Jesus ihre Wirkung tun würde, fragte mich dann aber, ob die vielen Schläge ihn nicht so weit schwächten, daß seine Konzentrationsfähigkeit darunter litt. Sein Geist mußte sich allein und ausschließlich auf seine innere Uhr ausrichten, damit sein Gehirn auf die zwei entscheidenden Momente reagierte, den des scheinbaren Todes und den des Wiedererwachens.

Jemand schüttete einen Eimer Wasser über den zusammengesackten Leib, und Jesus regte sich. Die Soldaten banden ihn los, und er kam langsam auf die Beine. Sie schoben das Gewand über sein blutendes Fleisch.

Nun trat Kaiaphas mit einer scharlachroten, goldverzierten Robe vor. »Er behauptete doch, der König der Juden zu sein!« rief er. »Legt ihm das hier um, damit jedermann weiß, wen er vor sich hat.«

Der römische Offizier schien dieses Ansinnen erst empört ablehnen zu wollen, änderte dann aber seine Meinung. Mit einem verächtlichen Blick auf den Hohenpriester nahm er die Robe entgegen und befahl seinen Männern, sie dem Gefangenen umzulegen.

Ein Tempeldiener kam herbei und reichte Kaiaphas einen Gegenstand. Der Hohepriester hielt ihn hoch: eine Krone, doch nicht aus Gold und Edelstein, sondern aus Dornen angefertigt. »Setzt ihm diese Krone aufs Haupt!« befahl er. Bewegung entstand an den Palasttüren. »Macht Platz!« Ich drehte mich um. Pilatus kam heraus und trat ins Halbdunkel. Er blieb vor Jesus stehen und starrte ungläubig auf die Robe und die Dornenkrone. Müßt ihr den zum Tode Verurteilten denn auch noch so verhöhnen? schien sein Kopfschütteln zu besagen. Doch dann zeigte er mit einem Finger auf den Hohepriester. »Seht! Der Mann, der für diese Schandtat verantwortlich ist!« rief er und machte auf dem Absatz kehrt.

KAPITEL 50

Im Nordosten vor der Stadt erhebt sich ein kleiner, kahler Hügel, der Golgatha genannt wird – »die Schädelhöhe«. Die Römer hatten auf seiner Kuppe drei hölzerne Pfähle in einer Reihe in den Boden gerammt. Bei diesen handelte es sich um *stipas*, die vertikalen Balken des Kreuzes, an denen eine Vertiefung für die Anfügung des Querbalkens und der Sitzpflock angebracht waren. Wie oft waren Jesus und ich schon an diesem Hügel vorbeigekommen und hatten die *stipas* leer oder mit einem Verurteilten daran gesehen? War uns dabei jemals der Gedanke gekommen, daß Jesus hier eines Tages enden würde? Im Gegensatz zu mir mußte er zumindest eine Vorahnung gehabt haben.
Jeder zum Kreuzestod Verurteilte muß den knapp zwei

Meter langen Querbalken, das *patibulum*, durch das Osttor den Hügel hinaufschleppen. Dort nimmt man ihm das Holz ab und befestigt es am Längsbalken. Da der Querbalken ein erhebliches Gewicht besitzt, bedeutet es für einen Mann, der vorher ausgepeitscht wurde, eine zusätzliche Tortur, ihn über eine Drittelmeile tragen zu müssen.

Sehr zum Mißfallen des Hohenpriesters befahl der römische Centurio einem Zuschauer, der sich als Simon aus der nordafrikanischen Stadt Cyrene vorstellte, Jesus mit dem Querbalken zu helfen. Keiner von uns hatte sich anerboten, dem Gefangenen die Last abzunehmen, denn solch ein Wunsch wäre sofort abgelehnt worden.

Mittlerweile hatte der neue Morgen blaßsilbernes Licht über Jerusalem geworfen. Die Menschen kamen aus ihren Häusern, stellten sich auf die Straße, um unserer Prozession zuzusehen oder sich uns anzuschließen, und bald folgte uns eine riesige Menge, darunter auch etliche Frauen, nach Golgatha. Einige der Menschen am Straßenrand warfen Jesus böse Blicke zu oder beschimpften ihn. Doch viele standen auf seiner Seite, und eine in Schwarz gekleidete Frau weinte laut um ihn. Jesus, den die Last des Querbalkens niederdrückte, blieb einen Moment bei ihr stehen. »Ach, meine ... Schwester, wohl steht ... es dir an, Tränen ... zu vergießen«, keuchte er. »Doch sollst du nicht um mich, sondern ... um die Deinen weinen. Denn diese ... schreckliche Tat ... zeigt, in ... welch traurigem Zustand sich ... unser Volk befindet.« Seine Stimme gewann langsam an Festigkeit. »Wenn die Mächtigen dies jetzt vermögen, da das Holz noch im Grün steht, wozu sind sie erst in der Lage, wenn es verwittert ist?«

Auf ein Zeichen des Kaiaphas hin stieß ein Tempelwächter Jesus so hart an, daß er stolperte und fast hingefallen wäre. Der Hohepriester drängte jetzt auch unseren Zug, schneller

voranzukommen. Er befürchtete wahrscheinlich, daß aufrechte Männer, denen die Gerechtigkeit noch etwas galt, einschreiten und damit seinen teuflischen Plan zunichte machen würden.
Als wir endlich oben auf dem Hügel anlangten, erblickte ich zu meinem Entsetzen nur einen freien Längsbalken. Links und rechts daneben hingen zusammengesackte Körper erschlafft am Kreuz.
Jesus war am Ende seiner Kräfte, er atmete keuchend. Die Dornen seiner Krone waren in sein Fleisch eingedrungen, und Blut sickerte aus diesen Wunden.
Die Stadt, die nun unter uns lag, wurde in das Licht des neuen Tages getaucht. Ihre Schatten berührten den Fuß Golgathas. Vermutlich auf Befehl des Statthalters und in dem Bemühen, den Juden die Schuld für diese Hinrichtung zu geben, war oben an dem freien Längsbalken eine Tafel angebracht, auf der die Buchstaben »INRI« zu lesen standen: Jesu Nazarenus Rex Judaeorum – Jesus der Nazarener, König der Juden.
Wie betäubt sah ich zu, als die Soldaten anfingen, Jesus zu entkleiden. Die Robe landete auf dem Boden und wirkte wie ein Bluttümpel mit goldenem Rand. Die Dornenkrone lag wie ein dunkler Fleck daneben. Dann ergriff man den Verurteilten und zwang ihn zu Boden. Sie legten ihn auf den Querbalken und schlugen ihm mit einem Hammer lange Eisennägel unterhalb des Handgelenks in die Arme. Der Schweiß des unsäglichen Schmerzes bildete sich auf Jesu Haut, und endlich drang ein Stöhnen über seine Lippen. Nun banden sie seine Arme mit Lederriemen am Holz fest, damit die Knochen nicht unter seinem Gewicht zerbrächen und er herunterkippte.
Obwohl wir in unserem Teil der Welt die Kreuzigung als Barbarei ablehnten, kannte ich sie doch noch aus meiner Zeit als baktrischer König; denn schließlich hatten die Perser die-

se Art der Strafe eingeführt, und manch spätere grausame Herrscher hatte sich gern ihrer bedient. Binnen sechs bis zwölf Minuten sinkt das Blut des Gekreuzigten in seine Füße, und im gleichen Maße fällt der Blutdruck. Gleichzeitig beschleunigt sich der Pulsschlag. Und sobald zu wenig Blut ins Herz zurückströmt, verliert das Opfer die Besinnung. Doch jedesmal, wenn der Betreffende sich regt, um sich, was kaum möglich ist, in eine bequemere Position zu bringen, kehrt etwas von dem Blut in die oberen Körperregionen zurück, und er erwacht wieder. Somit erleidet er eine endlose Folter aus Ohnmacht, Erwachen und neuer Ohnmacht. Wenn es mit ihm dann eindeutig zu Ende geht, wendet man das *crucifagium* an, das heißt, man zerschlägt ihm die Unterschenkelknochen, um seinen Tod zu beschleunigen.

Jesus hatte es abgelehnt, sich die Beine zerschmettern zu lassen. Kaiaphas sah darin einen letzten Akt des Trotzes von seiten seines Feindes, aber ich kannte den wahren Grund: Jesus wollte später laufen können. Denn sein Plan reichte viel weiter, als der Hohepriester es je erahnt hätte. Während der Tod am Kreuz sich normalerweise zwei bis drei Tage hinzieht, hatte Jesus sein Ende bereits nach sechs Stunden vorgesehen.

Wir hatten nie ausführlich über sein Vorhaben gesprochen, doch er hatte mir bestimmte Anweisungen gegeben.

Das langsame Feuer, das an seinen Handgelenken und Schultern seinen Ausgang genommen hatte, breitete sich in seinem Rücken aus. Das Brennen verwandelte sich in unerträglichen Schmerz und raubte ihm den Atem.

Er bewegte den Kopf auf der Suche nach Luft hin und her. Aber jede noch so geringe Bewegung bereitete neue Pein. Er konnte nicht still dahängen, und er durfte sich nicht bewegen. Verdrehte Knochen und verzogene Muskeln zerrten an ihm und ermatteten ihn. Sein Herz schlug so laut, daß er

befürchtete, seine Trommelfelle würden platzen. Ein schwarzer und roter Schleier legte sich vor seine Augen, und alles in seinem Kopf drehte sich.
Konnte seine Yoga-Ausbildung vor dieser gräßlichen Folter bestehen? Wie sollte er es vollbringen, seine Atmung zu beruhigen und sich in seinen Geist zurückzuziehen, damit die verzweifelten Schmerzensschreie seines Körpers ihn nicht länger erreichten?
Jesus hatte auch den mit Myrrhe gemischten Wein abgelehnt, der zum Tode Verurteilten gereicht wurde, damit sie die Schmerzen nicht mehr so deutlich spürten. Schließlich brauchte er einen klaren Kopf, um sich auf sein Ziel vorzubereiten. Deshalb mußte er diese Tortur in all ihrer Härte auf sich nehmen. Und so wurde er auch nie gewahr, daß Kaiaphas den Wein heimlich gegen Essig hatte austauschen lassen.

Da letzte, was ich bemerkte, bevor ich mich auf dem Golgatha in die Meditation versenkte, waren Geier, die mit ihren ausgebreiteten schwarzen Schwingen über den blauen Himmel zogen. Der Hügel wurde von goldenem Sonnenlicht überflutet. Ich schickte durch meine Willenskraft all meine Stärke in den geschundenen Leib meines geliebten Freundes. Doch plötzlich wurde meine Konzentration von etwas gestört, das auf halber Hügelhöhe geschah. Alle, die hier versammelt waren – Soldaten, Tempelwachen, die bezahlten Schreier und die in Tränen aufgelösten Anhänger Jesu, deren Zahl zusehends anwuchs –, hatten sich vom Kreuz abgewandt und blickten dorthin.
Ein alter Mann mit einem langen Stab, dessen Würde von weißem Haupthaar und einem langen Bart unterstrichen wurde, bewegte sich langsam und in Begleitung von vier Bediensteten die Anhöhe hinauf. Das war Prinz Joseph, der

als einziges Mitglied des Hohen Rats sich bei der Abstimmung gegen eine Verurteilung Jesu ausgesprochen hatte. Der Prinz bemühte sich zum mittleren Kreuz, an dem Jesus hing und unter dem Kaiaphas stand und gerade etwas mit dem Centurio beredete. Schwer atmend hielt der Alte vor ihm an.
»Ich erbitte eine Gunst von Euch, edler Hoherpriester.«
Kaiaphas lächelte huldvoll. In einem solchen Moment des Triumphs konnte er natürlich Großzügigkeit an den Tag legen. »Alles sei Euch gewährt, außer Ihr verlangt, daß der verbrecherische Ketzer vom Kreuz geschnitten wird.«
»Wirklich alles?«
»Natürlich, werter Prinz Joseph von Arimathea.« Der Hohepriester warf einen kurzen Blick auf den römischen Offizier, und dieser nickte kurz.
»Dann gebt Ihr also Euer Wort«, sagte der Alte.
»Ja, das gebe ich. Aber worum geht es denn?« fragte der Hohepriester.
»Die gesamte Familie des Jesus, seine Mutter, seine Brüder und andere Verwandte und auch seine Freunde sind zum Pessach-Fest nach Jerusalem gekommen. Erst heute morgen erfuhren sie, daß man Jesus verhört, zum Tode verurteilt und hierhergeführt hatte, um ihn kreuzigen zu lassen. Sie sind daraufhin zu mir gekommen, und auch der begnadigte Verbrecher Barabbas war bei ihnen, und baten mich um Beistand. Da sie schon sein Leben nicht retten können, sorgen sie sich um sein Begräbnis. Barabbas wußte, daß mir nicht weit von hier ein Felsengrab gehört, und bot an, mich dafür zu bezahlen, Jesus dort zur letzten Ruhe betten zu dürfen. Ich habe eingewilligt und jede Bezahlung ausgeschlagen. So erbitte ich nun von Euch die Erlaubnis, daß Jesu Familie seinen Körper vom Kreuz nehmen darf, sobald er gestorben ist. Die Frauen«, er deutete auf den Fuß des Hügels, wo sich Mariam, die Mutter Jesu, Maria Magdalena, eine frühere Hure, die er beson-

ders in sein Herz geschlossen hatte, und eine Gruppe verschleierter Weiber wartend dastanden, »werden den Leichnam gemäß unseren Vorschriften für die Beerdigung vorbereiten.« Ich blickte Mariam in die Seele. Die arme Frau war zwischen Kummer und Schuldgefühlen hin und her gerissen.

Habe ich dich, meinen Sohn, dafür empfangen, an meiner Brust gestillt und großgezogen? Habe ich dafür des Nachts über dich gewacht und dich gepflegt, wenn du krank und leidend warst?

»Öffne dich deinem Schicksal, Unbefleckter.
Obwohl mein Kopf nicht mit Tau benetzt, meine Locken mit den Tropfen der Nacht behangen werden,
Ist mein Geist angefüllt von meiner Mission mit dir ...
Hätte ich gewußt, daß dies dein Schicksal sein würde, hätte ich dich dann nicht schon als Ungeborenen aus meinem Mutterleib herausgerissen?
Ich habe ein göttliches Geschenk empfangen.
Meine Welt ist angefüllt mit seiner Helligkeit, und sein Licht ist mein Schatten.
Ich bin rein. Der Schatten löst sich langsam auf und läßt mich eifersüchtig zurück. Plötzlich ist das Licht erloschen.
Ich bin wieder allein ...«

»Vater, vergib all denen, die ... mir dies ... angetan haben, denn ... sie wissen ... nicht, was sie tun!«
Mariam hörte die Worte, und ihr Herz blieb vor Verwunderung stehen. Vielleicht könnte sich ja doch noch alles ...
»Werden diese Weiber den Leichnam waschen, ihn mit Kräutern reinigen und ihn in Leinen hüllen?« In Kaiaphas

stritt seine angeborene Grausamkeit mit dem Wort, das er gegeben hatte.
»Gewiß werden sie das tun, Herr«, versicherte Prinz Joseph ihm. »Sie haben bereits alle notwendigen Vorbereitungen getroffen.«
Der Hohepriester zögerte immer noch. Er hätte Jesu Leichnam lieber am Kreuz verrotten und von den Geiern zerhacken lassen, statt dem größten Feind ein ehrenvolles Begräbnis zu gestatten.
»So sei es«, erklärte er sich dann aber schließlich einverstanden, warf dem Ratsmitglied jedoch einen bedauernden Blick zu: »Wenn es unbedingt Euer Wunsch ist, Euer Felsengrab zu entweihen, indem Ihr den Leichnam eines Ketzers und Schwerverbrechers dort hineinlegt ...«
Ich seufzte erleichtert. Alles schien sich doch noch zum Guten zu wenden, und ohne Wehen ist noch kein Säugling geboren worden. Doch bitte, unser aller gnädiger Gott, sieh das Leiden des Jesus und erleichtere ihm die Qualen.

Kurz vor der Mittagsstunde entstand erneut Bewegung am Fuß des Hügels. Lauter Trommelschlag drang an mein Ohr und verriet mir, daß römische Soldaten auf Golgatha zumarschierten. Was mochte uns jetzt erwarten?
Mittlerweile hatten sich hier etliche hundert Menschen eingefunden. Für viele bedeutete eine Kreuzigung nicht mehr als eine willkommene Abwechslung in ihrem täglichen Einerlei. Sie wichen vor der Kolonne der Legionäre auseinander, die in voller Montur die Höhe hinaufstrebten. An ihrer Spitze ritt ein stattlicher Offizier, der offensichtlich den Rang eines Tribuns bekleidete. Sein Gesicht war im Schatten, den der Helm darüber warf, nicht zu erkennen. Doch dann hob er plötzlich den Kopf, und das Sonnenlicht bestrahlte seine Züge.

Mein Herz machte einen Satz. Dies war Tribun Jairus aus Galiläa, dessen Tochter von Jesus einst aus ihrem todesähnlichen Schlaf erweckt worden war. Ein wilder Hoffnungssturm entstand in mir.
War er gekommen, um Jesus vom Kreuz zu holen? Hatte er bei Pilatus eine Begnadigung erwirken können?
Doch dann stockte mir der Atem. Nein, der Tribun durfte nicht einschreiten. Gott steh uns bei, sollten denn alle Foltern und Demütigungen, die Jesus auf sich genommen hatte, vergebens gewesen sein?
Ich war versucht, auf den Tribun zuzueilen und ihn anzuflehen, nichts zu unternehmen, aber etwas hielt mich zurück. Der Wille Gottes offenbarte sich heute auf eigenartige Weise, und mir stand es genausowenig wie jedem anderen zu, sich Ihm in den Weg zu stellen.
Jairus zügelte sein Pferd vor dem Kreuz. Er bedachte den Hohepriester mit keinem Gruß und warf ihm nur einen kurzen, verächtlichen Blick zu. Dann betrachtete er traurig die gequälte Gestalt am Kreuz. Jesu Leib war mit Schweißperlen überzogen, und da die kleinen Adern in seiner Haut geplatzt waren, sah es so aus, als schwitze er Blut. »Dieser Mann hat einmal meine Tochter von den Toten wiederauferstehen lassen«, rief der Tribun. »Ich war gerade auf dem Weg von Jerusalem, als ich von seiner Verhaftung hörte. Sofort eilte ich zurück in den Palast des Statthalters und erfuhr dort, daß dieser den Wundertäter von allen Anklagen freigesprochen habe. Erleichtert ritt ich wieder fort, sonst wäre ich bestimmt letzte Nacht erschienen, um für Jesus auszusagen und den Prokurator aufzufordern, den Mann freizulassen. Und nun ist alles zu spät.« Er schenkte dem Hohenpriester einen vernichtenden Blick. »Wenn ich recht informiert bin, seid Ihr für diese Schandtat verantwortlich.«

Alle Anwesenden schwiegen gespannt und warteten ab, was für ein Wortwechsel sich nun entwickeln würde.
Eines mußte man Kaiaphas zugute halten. Ihn verließ in keinem Moment die Würde seiner vornehmen Herkunft. So hob er auch jetzt das Haupt und richtete sich zur vollen Größe auf.
»Es erstaunt mich doch sehr, Tribun, daß Ihr für dies hier nur den Ausdruck Schandtat übrig habt. Immerhin wurde dieser Verbrecher ordnungsgemäß verhört und abgeurteilt. Ich weiß, daß Ihr ein mächtiger Freund des Statthalters seid, aber der von uns hochgeschätzte Kaiser hat die Großmut besessen, uns Juden die volle Autonomie in allen religiösen Fragen zuzugestehen. Ich möchte daher stark bezweifeln, daß Euer Einfluß bei Pilatus ausgereicht hätte, ihn dazu zu bewegen, die Autorität des Tempels, des Sanhedrin und überhaupt des ganzen jüdischen Volkes außer Kraft zu setzen.«
»Ihr habt die Mühe auf Euch genommen, persönlich hier zugegen zu sein, um das Leiden dieses Mannes bis zu seinem Tod zu verfolgen?« Der Tribun klang fassungslos. »Warum? Wieso dieser unbändige Haß? Welchen Groll hegt Ihr gegen ihn? Fürchtetet Ihr seine Macht, seinen Einfluß? Wart Ihr am Ende sogar eifersüchtig auf seine große Beliebtheit? Keine Gefühle zerfressen einen Mann mehr als der Haß und die Eifersucht.«
Das traf den Hohenpriester sichtlich, doch schon nach einem Moment hatte er sich wieder im Griff. »Ich repräsentiere hier das jüdische Volk«, erklärte er unter besonderer Betonung des Wortes »jüdisch« und starrte den Tribun hochmütig an. »Und ich erfülle hier nicht mehr als eine schmerzliche Pflicht. Ihr als römischer Soldat wißt sicher, was Pflicht bedeutet. Und in meiner Eigenschaft als Hoherpriester und Vertreter des Volkes bin ich Euch ganz gewiß keine Rechenschaft schuldig.«
Sprach's und wandte sich ab. In seinem Triumph über Jesus hatte er auch einen Sieg über Rom errungen.

»Ich mag zwar nicht in der Lage gewesen sein, den Erlöser vor der Kreuzigung zu bewahren, Hoherpriester«, donnerte Jairus mit der ganzen Macht seiner Stimme, »aber ich kann sein Ende beschleunigen, um Euch das Vergnügen an seinem Leiden zu nehmen.«
»Hütet Eure Zunge, Tribun«, wütete Kaiaphas und drehte sich zu dem Offizier um.
Jairus tat so, als sei der Hohepriester gar nicht vorhanden. Er drehte sich im Sattel und befahl seinen Soldaten: »Eine Lanze!« Der Tribun nahm die Waffe entgegen, die ein Legionär ihm reichte, und richtete sie auf Jesu Herz.
»Nein!« schrie ich, so laut ich konnte, und stürmte auf ihn zu.
Die Lanze stieß vor, aber ich hatte den Offizier zumindest ablenken können, so daß die Spitze Jesus nur in die Seite fuhr. Er erstarrte und schrie vor Schmerz. Sein ganzer Körper zuckte. Mir wurde sofort klar, daß der Stich ihn aus seiner Konzentration gerissen hatte. Jairus zog die Lanze zurück, und für einen Moment klaffte an Jesu Seite eine Wunde wie ein aufgerissenes Maul. Blut trat heraus und floß als roter Bach über die Haut bis hinab zum Lendentuch. Was für eine Ironie, daß Gott den Tribun zu Seinem Instrument bestimmt hatte, Jesus zu seinem Ziel zu verhelfen. Doch mein geliebter Freund war nun wieder bei Bewußtsein und wurde gepeinigt von den Feuern in seinen Handgelenken und in seinen Schultern, von den verdrehten Muskeln, den Knochen, die dem Druck nicht standhalten konnten, und zusätzlich von der neuen Wunde an seiner Seite. Wie konnte er solche Schmerzen aushalten und auch noch zu seiner Konzentration zurückfinden.
»Erinnere dich deiner inneren Uhr!« rief ich ihm zu. »Laß die Zeit nicht nutzlos verrinnen!«
Niemand verstand, was ich damit sagen wollte. Diejenigen,

die sich in meiner Nähe befanden, meinten wohl, daß ich ihn ermahnen wollte, nicht zu sterben. Doch Jesus hatte mich gehört, denn er hob den Kopf ein Stück und blickte zum Himmel. »Mein Vater«, stöhnte er. »O Gott, mein Vater, warum hast Du mich verlassen?«

Das Auftauchen des Tribuns Jairus als Beschützer des Jesus hatte diejenigen zum Schweigen gebracht, die den Gekreuzigten eben noch verspotteten. Und der Hohenpriester, dem Jairus die Befriedigung vergällt hatte, stapfte ungehalten davon.

Eine Stunde war nun vergangen, seit die glühendheiße Sonne im Zenit gestanden hatte. Kein Zeichen von Leben war mehr im zusammengesackten Leib Jesu zu entdecken. Die ersten der Schaulustigen gingen wieder nach Hause. Und die gemieteten Schreier des Hohenpriesters sahen keinen Grund, sich hier länger aufzuhalten. Die Schau war vorüber, und bald zogen fast alle ab. Bis auf die römischen Wachsoldaten, ein paar Unentwegte, Mariam, Maria Magdalena und Jesu Geschwister hielt sich nun niemand mehr hier auf. Die Frauen knieten zusammen mit den Jüngern vor dem Kreuz.

»Der Leib des Verurteilten soll seiner Familie ausgehändigt werden, sobald es mit ihm vorüber ist«, erklärte der Tribun den Wachsoldaten. »Ich halte mich im Palast des Prokurators auf und lasse mir dort Bericht erstatten, ob dieser Befehl auch befolgt worden ist.« Er salutierte nach Römerart vor dem sterbenden Jesus. »Laßt alle Menschen wissen, daß dieser Mann wahrlich der Sohn Gottes war!« rief er.

In der dritten Stunde nach dem Mittag hob Jesus plötzlich den Kopf. Seine Augen öffneten sich, und sein Leib erstarrte. Er stöhnte laut und murmelte dann: »Es ist vollbracht.« Danach sank sein Kopf, und sein Körper sackte zusammen.

TEIL IX

KAPITEL 51

Das Streitgespräch zwischen Tribun Jairus und Hohepriester Kaiaphas am Fluß hatte mich daran erinnert, daß er ein Neffe von Kaiser Tiberias war. Als er sein Pferd nun antrieb, um davonzureiten, und sein Gesicht vor Trauer und Empörung immer noch gerötet war, fiel sein Blick auf mich.

»Du da«, rief er mich an, aber Höflichkeit klang in seiner Stimme mit. »Warst du nicht mit in meiner Villa in Kapernaum, als Jesus meine Tochter von den Toten wiedererweckte?«

»Richtig, Herr, das war ich.«

Er faßte einen raschen Entschluß. »Ich muß mit dir reden. Möchtest du mich bis zum Palast des Prokurators begleiten, wo ich heute die Nacht verbringen will?«

»Aber gern.«

Um mir seinen Respekt zu erweisen und mich nicht wie einen Stallburschen neben sich herlaufen zu lassen, stieg er vom Pferd und führte es am Zügel, während wir gemeinsam den Hügel hinabschritten. Seine Begleiter marschierten hinter uns her. Unten wartete ein hochbeladener Wagen, der von einem Rappen gezogen wurde, auf ihn. »Für eine Nacht beim Statthalter habt Ihr aber viel Gepäck dabei«, bemerkte ich.

»Du bist ein guter Beobachter. Ich bin nach Rom zurückkommandiert worden. In Caesarea Maritima stoße ich auf meine Familie und meine engeren Mitarbeiter. Dort bestei-

gen wir eine Galeere. Bei der Gnade deines Gottes und meiner Götter, ich muß zuerst noch dem Statthalter Rapport erstatten.« Wir blieben an seinem Wagen stehen.
»Hat der Kaiser Euch gerufen, um Euch zu befördern oder mit einem neuen Kommando zu betrauen?«
Er sah mich verwundert an. »Wie hast du das erraten können?« fragte er verblüfft.
Ich zeigte mit meinem Stab auf das Gepäck. »Ihr habt selbst für eine Dienstreise nach Rom zuviel aufgeladen. Das sieht mir eher nach Eurem gesamten Hausrat aus. Davon abgesehen braucht der Kaiser, wenn er ein kluger Herrscher ist, Männer wie Euch. Da Ihr mit ihm verwandt seid und Eure Fähigkeiten mehrfach bewiesen habt, war es nur eine Frage der Zeit, bis Euch ein höherer Posten winken würde.«
Er nickte erfreut. »Du besitzt einen regen Verstand. Steig auf das Ersatzpferd, das hinten am Wagen angebunden ist, und begleite mich zum Palast. Unterwegs kannst du mir alles erzählen, was sich seit unserer letzten Begegnung ereignet hat. Ich lasse dich später vom Kutscher hierher zurückbringen.«
So ritten wir durch die heiße Nachmittagssonne und vorbei an den Menschen, die die Straßen bevölkerten. Die Soldaten, die zu Fuß unterwegs waren, begleiteten den Wagen. Ich berichtete ihm in fließendem Latein, womit ich ihm meinen Respekt bewies, was sich im vergangenen Jahr getan hatte.
Er hörte mir aufmerksam zu, aber seine Miene verfinsterte sich immer mehr, als er von den Schurkereien des Hohenpriesters erfuhr.
Als ich geendet hatte, starrte er für einen Moment ins Leere. »Pontius Pilatus wird sich dafür verantworten müssen, einen unschuldigen Mann zu Tode verurteilt zu haben«, erklärte er schließlich und sprach dann mit gedämpf-

ter Stimme weiter. »Ich werde in Rom Bericht über die Vergehen des Pilatus erstatten. Mir liegen genügend Beweise für seine schlechte Amtsführung vor, darunter Bestechlichkeit, übertriebene Gewaltanwendung, Betrug, Ungerechtigkeiten aller Art und Hinrichtungen ohne ordentlichen Prozeß. Damit ist dieser Mann eine Schande für das Römische Reich. Ich erwarte von dir, daß du mit niemandem über das redest, was ich dir gerade mitgeteilt habe.«
Er sah mich hart an, und die nächsten Worte preßte er geradezu aus den Tiefen seines Bauches heraus: »Ich schwöre bei der Asche meiner Vorfahren, daß alle, die bei diesem schreienden Unrecht ihre Hand im Spiel hatten, seien es nun Pontius Pilatus, der Hohepriester, der Tetrarch oder sein Weib Herodias, für ihre vielen Verbrechen bezahlen werden, ganz besonders aber für den Mord an Jesus.«
Wie hätte ich ihm in diesem Moment sagen können, daß gerade sein Akt der Barmherzigkeit vielleicht für Jesu Tod verantwortlich gewesen war?

Simeon hatte vergeblich auf dem Golgatha nach Judas Ausschau gehalten, während Jesus dort am Kreuz hing. Er entdeckte aber seinen früheren Geliebten Thaddeus, der seinen Tränen freien Lauf ließ, und ging ihm tunlichst aus dem Weg. Nachdem Jesus vor einigen Stunden gestorben war, fühlte der Zelot sich leer und unglücklich. Gleich dem Kaiaphas hatte es ihm Vergnügen bereitet, den alten Feind leiden zu sehen. Doch nun, da er tot war, fragte eine Stimme in seinem Kopf hartnäckig: »Warum warst du eigentlich so gegen diesen Mann eingestellt?« Er verscheuchte den Gedanken, so gut es ging; denn er fürchtete sich vor der Antwort, die doch wohl bedeutet hätte, daß sein ganzes Leben sinnlos gewesen war.
Erst spät am Abend kehrte er in sein Haus zurück. Zu seiner

Überraschung war die Tür nicht versperrt. Sein Herz fing an, schneller zu schlagen, und das Blut rauschte in seinen Adern. Er zog seinen Dolch und preßte sich neben den Pfosten an die Wand. Dann stieß er die Tür mit dem Fuß auf und war bereit, sofort zuzustechen, trat aber noch nicht ein. Die Nachtluft strömte ins Haus. Er neigte den Kopf, um einen Blick hineinzuwerfen, aber vorsichtig, um kein Ziel zu bieten. Doch was er in seiner Unterkunft zu sehen bekam, ließ ihm den Atem stocken.

Ohne noch länger auf seine Sicherheit zu achten, stürmte er hinein. Im Halbdunkel war eine Gestalt zu erkennen, die von einem Strick baumelte, der um den Deckenbalken gebunden war. Die Zunge, die sich schwarz verfärbt hatte, hing dem Toten aus dem Mund. Gebrochene Augen quollen grotesk aus den Höhlen. Und dann wurden Simeon die Knie weich, als er erkannte, wer sich aufgehängt hatte.

Ein Schrei wie von einem verwundeten Tier entrang sich seiner Kehle. Er lief zu dem Körper und betastete ihn. Das Fleisch und die Muskeln, die er sooft gestreichelt hatte, waren kalt.

Sein innig geliebter Judas hatte sich das Leben genommen.

Sein Blick fiel auf den Tisch, an dem er und der Jüngling so manches Mahl zu sich genommen hatten. Etwas auf ihm glänzte silbern. Der Zelot trat näher und entdeckte ein Stück Pergament. »Nicht ich bin es, der diese dreißig Silberlinge verdient hat, sondern du. Behalte sie, während ich mich zu meiner wahren Belohnung begebe, den Feuern der Hölle.«

Judas hatte aus dem Grab zu ihm gesprochen. Unfähig zu einem klaren Gedanken, fing er an, die dreißig Silberschekel zu zählen, fiel auf die Knie und schluchzte hemmungslos.

Er setzte sich den Dolch an den Bauch. Nur ein kurzer Moment des Schmerzes, der kaum größer sein konnte als der, den er längst empfand. Die Dolchspitze drang langsam in

sein Fleisch. Sein Körper zuckte zusammen, und er rang nach Luft, bis er neben den Tisch fiel. Er zog den Dolch zurück. Blut strömte aus der Wunde und befleckte sein Gewand.
Der Zelot erhob sich und wischte die Klinge an seiner Kleidung ab. Er steckte die dreißig Münzen ein. Der Hohepriester erwartete sicher nicht, das Geld zurückzuerhalten.

Kaiaphas befand sich in einer abscheulichen Stimmung. Seine ausgetüftelte Planung und seine endlosen Bemühungen hatten zwar zu dem gewünschten Ergebnis geführt und Jesus vernichtet, aber die Lanze des Tribuns Jairus hatte ihn seines endgültigen Triumphs beraubt. Draußen war es Nacht geworden. Mittlerweile würde Jesu Familie den Toten vom Kreuz genommen und ihn wohl auch schon gereinigt, einbalsamiert und in ein Leinentuch gehüllt haben, um ihn in allen Ehren in dem Felsengrab beizusetzen, das dieser alte Narr, Prinz Joseph, zur Verfügung gestellt hatte. Es hätte dem Hohenpriester mehr Vergnügen bereitet, wenn der Leichnam den Geiern überlassen worden wäre. Er wünschte, er könnte das gleiche mit Simeon tun, der ihm jetzt nur noch im Weg stand, weil er zuviel wußte.
Er starrte auf den goldenen Weinpokal vor sich auf dem Schreibtisch. Im gelben Licht der Öllampe schien das Metall ihn zu verspotten. Du lachst über mich, und dafür trinke ich dich leer. Er nahm den Kelch und schluckte den Inhalt auf einen Zug. Unvermittelt öffnete sich die Tür. Kaiaphas hob verärgert den Kopf. Er hatte doch Anweisung gegeben, daß er nicht gestört werden wollte.
Ein schlanker, großer Mann stand in der Tür. Der Hohepriester griff schon nach der Glocke, als er den Besucher erkannte. Das war Barabbas, gekleidet in ein einfaches braunes Gewand.

»Ihr braucht die Wache nicht zu rufen«, sagte Barabbas ruhig. »Ich komme in friedlicher Absicht und möchte nur, daß Ihr mich anhört.«
Kaiaphas ließ die Hand an der Glocke, läutete aber nicht.
»Als man mich verhaftete, habe ich mit keinem Wort Eure früheren Pläne erwähnt, die Ihr vor etwa zwanzig Jahren verfolgt habt«, begann Barabbas, »denn ich glaubte, der Landpfleger habe meine Festnahme veranlaßt. Doch seitdem habe ich entdeckt, daß Ihr hinter allem stecktet. Eigentlich sollte ich mich an Euch rächen ... aber ich glaube, ich habe Euch mein Leben zu verdanken«, er lachte kurz und trocken, »auch wenn dadurch der einzige Mensch auf der Welt zu Tode kam, der mich je aus ganzem Herzen geliebt hat.«
Der Hohepriester begriff, daß er den Wachen einige unangenehme Wahrheiten würde erklären müssen, und ließ deshalb die Glocke los. »Wie, zum Teufel, bist du hier hereingekommen?«
»Ach, Prinz Zadok – ich darf Euch doch so nennen, oder? Schließlich kannte ich Euch einmal sehr gut, als Ihr noch nicht der Hohepriester wart. Vergeßt nicht, daß ich diesen Ort einst so gut kannte wie den Hauch meines Atems. Und auch an Eurem Tagesablauf, an den Wachtposten und den Besorgungen Eurer Diener hat sich kaum etwas geändert. Was glaubt Ihr denn, wie ich vor zwölf Jahren aus diesem goldenen Käfig entkommen konnte?«
Der Hohepriester hatte wieder zu sich selbst gefunden. »Da du nun schon einmal uneingeladen zurückgekehrt bist, kann ich zumindest Höflichkeit beweisen und dir einen Platz anbieten.« Er deutete großzügig auf die Sitzgelegenheiten vor seinem Schreibtisch.
Barabbas trat langsam zu den beiden Couchen, und seine Sandalen klapperten auf dem weißen Marmorboden. Er

blieb vor einem Sofa stehen, ließ sich aber nicht darauf nieder. »Ich will doch lieber der ungehobelte Straßenköter bleiben und Euer Angebot ausschlagen. Ich werde mich ohnehin nicht lange hier aufhalten.«
Kaiaphas verlegte sich wieder auf seine Waffe des Schweigens, doch die Verachtung in seiner Miene sprach Bände.
»Euren Ränken ist es gelungen, Jesus verhaften und hinrichten zu lassen«, fuhr Barabbas nun fort. »Eine beeindruckende Darbietung und eines wahren Führers unseres Volkes würdig, wenn dieser geniale Verstand nicht etwas zu verdreht wäre.« Er schwieg für einen Moment, um den Mann grimmig anzusehen. »Neben anderen bedauerlichen Ergebnissen haben Eure Pläne auch bewirkt, daß sich Euer inoffizielles Mündel Judas, der Jesus an Eure Häscher verriet, aufgehängt hat.«
Der Hohepriester mußte alle Kräfte aufbieten, um seine Beherrschung nicht zu verlieren.
»Eure aberwitzige Gier nach Macht ließ sich schon bald nicht mehr kontrollieren, und so wurdet Ihr selbst von ihr verschlungen.«
»Einem begnadigten Schwerverbrecher steht es wohl kaum zu, über andere zu richten. Sieh dich vor, Barabbas, ich bin noch lange nicht mit dir fertig.«
»Ich bin auch nicht als Euer Richter gekommen, Prinz Zadok«, er lächelte versonnen, so als hüte er ein Geheimnis, »sondern als Euer Henker.«
Kaiaphas griff instinktiv nach dem Schwert, das er unter dem Schreibtisch aufbewahrte.
Barabbas hob den Zeigefinger. »Dazu besteht kein Anlaß, Prinz. Ich würde nie so weit gehen, offen Gewalt gegen Euch anzuwenden. Das wäre zu plump und nicht wert der Listen und subtilen Taktiken, die ich von Euch lernen durfte.« Barabbas deutete auf den leeren Pokal. »Euer Ta-

gesablauf ist so durch und durch geregelt, bis hinab zu Eurem Wein vor dem Abendessen, daß es mir ein leichtes war, Euren Wein zu vergiften.«

Er sprach so gelassen, als berichte er von etwas Harmlosem. Kaiaphas hingegen starrte betroffen auf den leeren Kelch.

»Das wagst du nicht.«

»O doch, Prinz, ich habe es bereits getan. Der Wein enthielt ein langsam wirkendes Gift, das ich aus Nordafrika besorgt habe. Es wird Eure Organe mürbe machen und Euch alle Eure Energie nehmen. Darüber verliert Ihr den Verstand und krepiert schließlich jämmerlich.« Seine warmen braunen Augen nahmen plötzlich einen bösartigen Ausdruck an: »Und Ihr werdet mit diesem Wissen leben, Stunde um Stunde, Tag um Tag. Jedesmal, wenn Ihr Erschöpfung verspürt, sei es vom Wetter oder weil Euch eine simple Erkältung befallen hat, und jedesmal, wenn Euer Kopf nicht so arbeiten will, wie Ihr das von ihm verlangt, werdet Ihr Euch fragen, ob das Gift dies bewirkt hat. Mein teurer Bruder Jesus hätte Euch sicher nicht ein solches Schicksal gewünscht, denn er hat Euch ja vor seinem Ableben verziehen. Aber ich bin nicht Jesus, und ich kann Euch das schreckliche Unrecht, das Ihr an ihm begangen habt, niemals verzeihen.«

Der Hohepriester hob langsam den Blick von dem Pokal und suchte verzweifelt in Barabbas' Gesicht nach der Wahrheit. Existierte ein solches Gift tatsächlich? Doch egal, ob ja oder nein, der Same war bereits in seinem Geist gesät.

»Ich verlasse Euren Palast nun zum zweiten und letzten Mal«, erklärte Barabbas, »und ich reise nach Nazareth. Ich habe der Familie von Jesus meine Dienste und Hilfe angeboten, und sie haben dies angenommen. So habe ich endlich doch noch die Familie zurückgewonnen, die ich für eine Nacht gefunden zu haben glaubte, bevor Ihr mich aus ihrer

Mitte gerissen habt. Was Euch aber angeht ...« er mußte wieder lachen, »so habt Ihr nun niemanden mehr, nicht einmal Euch selbst, denn Ihr wißt ja nicht mehr, wer Ihr seid. Ihr seid ganz allein, Kaiaphas oder Zadok, ganz allein auf dieser Welt, und lebt nur noch in der Furcht vor dem Wahnsinn und dem Tod. Ich kann Euch nur raten, jeden Gedanken daran zu verbannen, mich beseitigen zu wollen; denn ich habe alle Eure Untaten niedergeschrieben und diese Schriftrolle einem Freund übergeben, der mein Vertrauen genießt. Sollte mir irgend etwas zustoßen, wird er sie sofort Euren Feinden aushändigen.« Er zeigte anklagend auf den Hohenpriester. »Ihr, Prinz Zadok, werdet nie mehr ein freier Mann sein. Unter Eurer allzu glatten Oberfläche krümmte sich immer schon eine gepeinigte Seele, die Euren Machtgelüsten und Ambitionen sehr früh zum Opfer gefallen war. Genießt nur Euren Triumph, aber niemand wird sich mit Euch freuen, denn Ihr seid vollkommen allein!«
Barabbas marschierte zur Tür und verließ den Raum. Er ging als freier Mann, wohingegen Prinz Zadok in sich selbst gefangen zurückblieb, auch wenn er das prächtige Ornat eines Hohenpriesters trug.

So war der erfahrene Yogi Alara doch noch den menschlichen Gefühlen zum Opfer gefallen. Wofür hatte er sein Königreich aufgegeben, wenn er zum Schluß doch so enden mußte?
Am zweiten Morgen nach Jesu Kreuzigung, es war der Tag nach dem Sabbat, stand ich mit den Kleidern, um die er mich gebeten hatte, am Eingang zu seinem Felsengrab. Die Furcht vor dem, was mich in der kalten Steinkammer erwarten würde, ließ meinen Magen vibrieren. Ich riß mich zusammen und konzentrierte mich auf die *iddhi*-Kraft, mit deren Hilfe ich den mächtigen Felsblock beiseite rollen

wollte, der den Eingang versperrte. Kaum vollbracht, drang mir schon der ekelerregende Geruch von alten Kräutern und ranzigem Öl in die Nase. Das frühe Sonnenlicht fiel schräg in die Höhle, die direkt in den Stein gehauen war. Auf dem schmalen Felsvorsprung, auf den man den Toten zur letzten Ruhe gebettet hatte, lag eine reglose, in weißes Leinen gehüllte Gestalt.

Ich war zur richtigen Stunde erschienen, genau so, wie Jesus es mir aufgetragen hatte. Warum war er noch nicht erwacht? Hatte ihn die Speerwunde doch das Leben gekostet? Würde ich seine schlanke Gestalt nie wieder sehen dürfen, wenn er mit dem Stab in der Hand durch die Straßen, über die Felder, Weingärten oder Haine wandert und die klare Luft vom See Genezareth einatmet? Kann ich seine wunderbare, freundliche und sanfte Stimme nur noch in meiner Erinnerung hören? Meine Ängste suchten verzweifelt nach etwas, das sich mit dem hier vergleichen ließ, und schon sah ich vor meinem geistigen Auge das Gemetzel, zu dem es vor so vielen Jahren im Palast in Baktrien gekommen war. Doch zwischen beidem konnte es keinen Vergleich geben, denn der schmerzende Kummer, den ich jetzt empfand, war der eines alten Mannes.

Zum ersten Mal in meinem Leben weinte ich. Der kleine Jungen hatte keine Tränen finden können, als seine Eltern vor seinen Augen abgeschlachtet wurden, doch der weit herumgereiste, alte Yogi ließ ihnen freien Lauf.

Durch den Tränenschleier glaubte ich plötzlich, eine Bewegung wahrzunehmen. Hatte der Körper auf dem Felssims sich nicht gerade gerührt, oder hatten meine tränengefüllten Augen mir einen Streich gespielt? Aber halt, war das nicht eben ein Geräusch gewesen? Hatte der Wiedererwachte seinen ersten Atemzug getan? Unmöglich, meine gequälte Phantasie konnte sich das nur eingebildet haben.

Doch! Langsam, leise und angestrengt holte er zum zweiten Mal Luft. Danach traten wieder Stille und Reglosigkeit ein, und mein Herz wagte es nicht, zu schlagen. Wie angewurzelt stand ich da und verfolgte Jesu Bemühungen, den Fluß des Lebens in seinen Körper zurückzubringen.
Der Prozeß der Rückkehr ist noch mühseliger als der des Rückzugs. Nicht einmal der Tod am Kreuz läßt sich damit vergleichen. Mit angehaltenem Atem und wie gelähmt stand ich da, bis Jesus endlich den Kopf ein Stück weit anhob und mich blinzelnd ansah.
»Du bist also gekommen, Guru.« Ich konnte seine gehauchten Worte kaum verstehen, aber was bedeutete das schon angesichts des Wissens, daß er lebte!
Eine Stunde später war Jesus immer noch zu schwach und zu erschöpft, um auf seinen Füßen stehen zu können, aber wenigstens konnte er sich aufrecht hinsetzen. »Als ich am Kreuz hing«, sagte er nun, wenn auch langsam, »konnte ich jeden vor Schmerzen schreienden Teil meines Körpers sehen, aber so, als würde ich ihn von innen betrachten. Und als die Lanzenspitze in meine Seite drang, überkam mich eine so übermächtige Pein, daß ich auf der Stelle das Bewußtsein verlor. In jenem Moment dachte ich, daß alles vorüber sei, weil ich mich nicht mehr konzentrieren konnte. Doch deine Worte haben es mir dann wieder möglich gemacht.« Sein Mund und seine Augenwinkel verzogen sich zu dem unnachahmlichen Lächeln. »Und jetzt bin ich zu den Lebenden zurückgekehrt.« Er schwieg, und sein Gesicht verdüsterte sich. »Und doch muß ich sterben – an der Lanzenwunde.«
O gütiger Brahma, o teurer Gott der Juden. Ich entschloß mich auf der Stelle, ihm die ganze Wahrheit zu erzählen. »Es war Tribun Jairus, der dir die Wunde beibrachte. Dabei hatte er es nur gut gemeint und wollte dich von den Qualen am Kreuz erlösen.«

»Das weiß ich«, entgegnete er, »und erst dadurch ist mir die ganze Wahrheit offenbar geworden. Ich mache Jairus nicht den geringsten Vorwurf, im Gegenteil, ich segne ihn für seine Tat. Denn Gott hat damit Seinen Willen bekundet. Der brave Tribun war in diesem Moment das Werkzeug des Herrn.« Er mußte lachen. »Ich hatte seine Tochter ins Leben zurückgerufen, und ihm war es bestimmt, mir den Tod zu bringen. Während ich am Kreuz hing, fragte ich mich, warum es so gekommen war. Und ich erhielt die Antwort: Der Herr will, daß ich eines natürlichen Todes sterbe und nicht aufgrund irgendeiner wundersamen Begebenheit.«

»Aber du mußt nicht sterben!« rief ich verzweifelt. »Ich kann dich heilen! Oder ich hole Hilfe!«

»Nein«, erwiderte er bestimmt. »Gottes Wille muß erfüllt werden. Es ist besser so, für die Zukunft der Welt. Wenn mein Plan aufgegangen wäre, hätte ich als Wundertäter, dem nicht einmal der Tod etwas anhaben kann, über die Erde wandeln können. Und die Menschen hätten sich mir in Scharen angeschlossen, und sei es nur, weil ich über den Tod obsiegt hatte. Aber so hatte Gott es nie für mich vorgesehen. Von mir wurde verlangt, die Menschen zu gewinnen, weil ich das Leben besiegt hatte, damit sie lernen konnten, es mir gleichzutun.« Seine blassen Züge wirkten jetzt sehr ernst. »Am Ende hätte ich doch der Versuchung nachgegeben, die ich am Anfang, während meines vierzigtägigen Fastens, noch von mir gewiesen hatte. Da bedurfte es der Lanze des Jairus, um wieder Klarheit in meinen Geist und in meine Seele zu bringen.« Er rieb sich langsam die Schläfe. »Und was ist aus denen geworden, die mir nachgefolgt sind?«

»Die meisten von ihnen sind heimgekehrt.«

»War ihre Liebe zu mir so kurzlebig?«

»Das sehe ich nicht so. Deine Botschaft war für ihre Herzen bestimmt, und darin haben sie sie mitgenommen.« Die innere Sicht kam über mich. »Sie werden sich deiner ihr Leben lang erinnern und ihren Kindern und Kindeskindern eher das wertvolle Testament deiner Liebe weitergeben, als ihnen die Geschichten von deinen Wundertaten zu erzählen.«

Die Freude, die sich jetzt auf seinem Gesicht ausbreitete, war so rein und unverfälscht wie die eines Kindes. »Du bist immer so gut zu mir gewesen, hast stets gewußt, welche Worte du an mich richten mußtest.«

»Nein, ich habe dir lediglich die Wahrheit gesagt«, entgegnete ich.

»Ja, die Wahrheit ... ja. Du hast so viel für mich getan. Mein Dank dafür wäre viel zu wenig, und deswegen will ich dich nicht damit beleidigen.«

»Auch ich war nur ein Werkzeug Gottes.«

»Du wirst deinen Anteil an meinem Leben und an meinem Sterben erhalten. Ohne es zu wissen und ohne daß die Nachwelt dich je besingt, bleibst du doch ein wesentlicher Bestandteil meines Wirkens.«

Ich schwieg. Was hätte ich auch sagen können? Eigentlich hätte ich über diese seine letzten Worte frohlocken müssen, waren sie doch der schönste Lohn dafür, ihm mein ganzes Leben gewidmet zu haben. Doch daran konnte ich jetzt nicht denken, so sehr erfüllte mich die Betrübnis über sein nahes Ende.

Plötzlich stöhnte er und faßte sich an die Seite, wo die Mitglieder seiner Familie einen Verband angelegt hatten. »Meine Zeit verrinnt.« Er wirkte unvermittelt atemlos. »Ein paar letzte Dinge möchte ich dir abverlangen.«

»Aber natürlich«, sagte ich heiser. »Alles, was du willst.«

»Ich möchte, daß du noch hier bist, wenn meine Familie

heute zurückkehrt, um meinen Körper erneut einzureiben und mit frischen Kräutern zu belegen. Sie werden sicher einen großen Schrecken bekommen, wenn sie nur das Leichentuch, nicht aber den Leib vorfinden. Sag ihnen, daß ich von den Toten auferstanden bin und in Kürze an der Seite meines Vaters thronen werde. Ich will mich noch einigen Menschen zeigen. Darunter auch Thomas«, er lächelte milde, »der meine Wiederkehr sicherlich anzweifeln wird, und auch Thaddeus. Denn ich möchte, daß diese beiden nach Indien zurückkehren und meine Mission in das Land tragen, das mir das meiste Wissen um die Menschen gegeben hat.«
Der Kummer schnürte mir die Kehle zu.
»Ich will auch Nazareth noch einen Besuch abstatten, wo ich empfangen wurde, und unseren Olivenhain ein letztes Mal sehen, in dem alles seinen Anfang genommen hat.« Sein Blick verklärte sich bei der Erinnerung. »Von dort aus ziehe ich zu der Höhle, in der ich vierzig Tage und Nächte fastete. Da es mir dort gelang, der Versuchung zu widerstehen, will ich an jenem Ort auch ein neues Fasten beginnen, doch dieses Mal soll es bis zu meinem Tode währen – als Buße für die spätere Versuchung, der ich mich doch hingegeben habe.« Er seufzte und faßte sich wieder an die Wunde. »Nach achtzehn Jahren werden du und ich uns nun trennen.« Er schüttelte langsam den Kopf. »Was ich noch zu erledigen habe, muß ich allein verrichten.«
»Du wirst niemals allein sein«, flüsterte ich. »Du warst nicht allein seit dem Tag, an dem wir uns begegnet sind, und auch davor nicht, als ich dich in meinen Träumen und Hoffnungen gesehen habe.«
Seine dunklen, schönen Augen wurden feucht. »Ich weiß«, sagte er leise. »Und deswegen wirst auch du nie allein sein.«
»Wie lange wird dein Fasten diesmal währen?« fragte ich, obwohl ich die Antwort bereits kannte.

»Bis ich der Wunde erliege oder an Auszehrung zugrunde gehe. Es liegt alles in Gottes Hand. Gleichgültig, wie es ausgeht, mein Körper wird dort zu liegen kommen, wo er hingehört.«
Meine Kraft kehrte zurück und mit ihr die Gabe der gesegneten inneren Sicht. »Du kehrst an jenen Ort zurück, um Buße zu tun«, erklärte ich. »Und von dem Ort wirst du auch in den Himmel auffahren.«

Sieben Tage später erreichte ich den Olivenhain bei Nazareth. Kurz vor der Dämmerung des nächsten Morgens, als ich mich noch in Meditation versenkt hatte, brach unvermittelt ein Sturm los. Blitze zuckten über den schwarzen Himmel, und Donner grollte. Die Erde bebte so gewaltig, daß ich in meiner Lotosposition hin und her geschaukelt wurde. Selbst für die Vögel, die normalerweise dank ihres Instinkts früh genug wissen, wann die Natur zu einem großen Schlag ausholt, und sich davonmachen, kam das Gewitter völlig überraschend. Ihr aufgeregtes Flattern und ihr ängstliches Piepen erfüllten die Luft über den dunklen Wipfeln.
Das Erdbeben währte nur zwei Minuten. Dann beruhigte sich der Boden langsam wieder und zuckte nur noch ein paarmal. Ich erhob mich und lief hinauf auf die Kuppe. Dabei dachte ich zurück an den Tag, an dem wir uns hier vor den Meuchelmördern verborgen hatten. Ich blieb oben stehen und blickte über das Tal zu dem Berg, in dem sich die Höhle befand, zu der Jesus mich einst geführt hatte und in der er Jahre später sein Fasten begann ... und wohin er schließlich zurückgekehrt war, um sein Ende zu finden ...
Die gesamte Westseite des Bergs war herabgekommen und hatte die Höhle unter sich begraben.

EPILOG

Als ich später im Olivenhain schlafe, erscheint mir Jesus im Traum und bittet mich, alles, was uns widerfahren ist, niederzuschreiben. »Die, die mit mir gelebt haben«, spricht er, »werden über mich schreiben. Doch sie sind keine gebildeten Männer, und sie kennen auch nicht die ganze Wahrheit. Sie werden mich als Gott hinstellen, denn die Menschen wollen mich als fleischgewordenen Sohn Gottes sehen, der so wie sie geworden ist. Denn nur so besitzen oder erlangen sie die Kraft zur grenzenlosen und uneingeschränkten Liebe, mit der sich über Leben und Tod triumphieren läßt. Du allein kennst die ganze Wahrheit und verfügst darüber hinaus auch noch über die Fähigkeit, dich mit Worten ausdrücken zu können.«

Ist dies wirklich ein Traumgesicht oder nur eine weitere Halluzination des verrückten Alara, der einst ein König war und heute als Bettelmönch durch die Lande zieht? Werde ich eines Tages in meinem Palast in Baktrien aufwachen und feststellen, daß nichts von all dem jemals geschehen ist? Der einzige Ort, an dem ich als Schreiber tätig werden kann, ist Indien. So ziehe ich denn mit einer Karawane erst nach Norden und dann nach Osten, auf Taxila zu. Die Reise ist lang und traurig, denn der Herzschmerz meiner Erinnerungen will kein Ende nehmen.

Wie es sich herausstellt, weilt König Gundofarr gerade in seinem Palast in Kapilavatthu, als ich dort ankomme. Er gewährt mir eine Audienz, hört sich meine Geschichte an und weist mir dann eine der Klosterzellen in seinem Palast zu. Darüber hinaus stattet er mich mit allem aus, eingeschlossen Schreibmaterial, was ich für meine Aufgabe benötige. Und in dieser Zelle habe ich mein Werk begonnen und gerade beendet.

Der Schrei eines Pfaus stört die Stille an diesem Ort. Ich werfe einen Blick aus dem kleinen, vergitterten Fenster. Unten im Garten steht er, spreizt sich und schlägt ein Rad. Leuchtend bunte, blaue und grüne Federn breiten sich vor der untergehenden Sonne wie ein Fächer aus, um damit einer grauen und deutlich weniger ansehnlichen Henne zu imponieren.

Und ich fange an nachzusinnen.

Alles, was ich weiß, ist, daß Jesus gelebt hat, seine Mission verfolgte und schließlich am Kreuz starb. Sein Vermächtnis sind weder er selbst noch seine Wundertaten, sondern seine Lehren, die er den Menschen durch seine Art vorgelebt hat.

Kurz zusammengefaßt lautet seine Lehre folgendermaßen: Hege in deinem Herzen ungeteilte Liebe für Gott, für die Menschen und für alle Dinge. Dann wirst du allen gleich und in Frieden mit dir selbst sein, mögen um dich herum auch die Stürme des Lebens toben und Ungerechtigkeit, Schlechtigkeit und allerlei Mühsal ihr Haupt erheben.

Wie Jesus es von Anfang an befürchtet hat, schaffen die, die ihm gefolgt sind, eine Religion aus seinen Lehren. Und diese ist bereits beladen mit allen Gefahren der Doktrin, der Interpretationsstreitigkeiten und der bitteren Spaltung. Denn dies ist das Vermächtnis aller Religionsstifter, der Herr Buddha eingeschlossen, obwohl sie doch nur durch ihre Lebensweise ein Beispiel setzen wollten. Doch die Menschen,

als Opfer ihrer Eitelkeiten, müssen die simple Wahrheit stets komplizieren, und Männer, denen es an Genie gebricht, versuchen, die unsterblichen Schöpfungen der großen Geister in jedem erdenklichen Aspekt umzumodeln.
Meine innere Sicht sagt mir, daß in der Zukunft die Nachfolger Jesu seine Worte dahingehend verdrehen werden, daß nur durch eine vollkommene Akzeptanz seiner Person Gott erreicht werden könne. Und sie werden weiterhin sagen, daß jeder, der sich Jesus verschließt, auf ewig verdammt sein soll.
Ganz gewiß war es nicht das, was Jesus gewollt hat. Seine Göttlichkeit lag in der Vergebung, die er allen gewährte, auch und vor allem denjenigen, die ihn verfolgten und folterten. Wenn er der Anwalt der Menschen wäre, die am Tag des Jüngsten Gerichts vor Gott treten, würde er sicher folgendes sprechen:

Dies ist ein Mensch. Er kannte mich, aber er hat mich abgelehnt. Ich vergebe ihm. Nun, da das Wissen um mich in ihm ist, nimm ihn bitte bei Dir auf, o Vater, und gib ihm einen Platz in Deinem Königreich.
Diese Wesen hier, diese Kreaturen und diese Objekte hatten keine Kenntnis von mir. Doch nun, da sie mich kennen, bitte ich Dich, o Vater, gewähre ihnen Eintritt in Dein Himmelreich.
Und diese hier hatten ihre eigenen Banner, denen sie gefolgt sind. Darunter waren gute Banner, schlechte Banner und auch die Banner der Indifferenz. Aber sie haben ihre eigenen Ideale zugunsten persönlicher Bereicherung oder anderer Vorteile wegen aufgegeben. Und sie haben das weder bereut, noch Umkehr getan. Deswegen kann ich nicht ihr Anwalt sein. Verfahre also Du mit Ihnen, o Vater, und laß Deinen Willen an ihnen wirksam werden ...

Ich vermute, das Schicksal der Menschen der letzten Gruppe hängt allein von der Stimmung ab, in der sich Gott gerade befindet.

Eine Frage bleibt noch offen. Da mein Werk vollbracht und mir nur die Liebe zu Jesus geblieben ist, was soll ich nun mit mir anfangen?
Der Tierpark, in dem Jesus und ich so viele Jahre verbracht haben, scheint mir zuzuwinken. Welches bessere Beispiel könnte ich geben, als dem des Jesus zu folgen? So will ich mich in den heiligen Hain begeben und dort bis zum Moment des Todes fasten. Haben nicht meine jainistischen Vorväter auf ähnliche Weise versucht, Gott zu erreichen? Und so hat das Rad für mich seine volle Drehung vollendet. Ich werde König Gundofarr und allen, die es amüsiert, zu Tränen rührt oder in schallendes Gelächter ausbrechen läßt, diesen Text zurücklassen – das Vermächtnis des Magi.

MAGNET MIT GEGENPOLEN

EIN NACHWORT VON MARCEL BIEGER

Revolutionär, Hoffnungsträger, weiser Lehrer und Freund – Colin de Silva führt Jesus in vielen und miteinander stimmig verbundenen Aspekten vor.

Der »Wundertäter«, wie ihn die Juden bald nennen, will viel, bewirkt so manches, begeht Fehler und kann schließlich nur durch den freiwilligen Tod sein Lebenswerk retten und seine wahre Bestimmung erkennen.

Nun geht es dem Autor nicht darum, das Neue Testament nachzuerzählen oder Jesu Göttlichkeit zum Mittelpunkt seiner Geschichte zu machen, sondern er will den Menschen Jesus darstellen.

Zu diesem Zweck läßt er sich auch gar nicht erst auf die Fallen der spirituellen, mystischen und sonstigen religiösen Gesichtspunkte (wie er auch offenläßt, ob Jesus tatsächlich Gottes Sohn oder der Messias ist) im Leben und Wirken des Mannes ein, nach dem eine Weltreligion benannt wurde.

De Silva läßt es allerdings auch nicht allein bei der historischen Persönlichkeit des Jesus bewenden. Und damit ist er gut beraten.

Für die Existenz der Person Jesus gibt es nur spärliche Belege – am wichtigsten sind wohl die Werke des jüdisch-römischen Geschichtsschreibers Flavius Josephus. So findet sich in seinem JÜDISCHE ALTERTÜMER eine Stelle (XVIII, 3,3), in

der Jesus als »Vollbringer unglaublicher Thaten und Lehrer aller Menschen«, als »Christus (= Messias)« etc. bezeichnet wird, der »auf Betreiben der Vornehmsten unseres Volkes zum Kreuzestod verurteilt« und »am drittem Tag wieder lebend (erschien)«. Doch diese Stelle ist höchst umstritten, und man vermutet, daß spätere Schreiber sie im Sinn der christlichen Kirche bewußt verfälscht haben.
Selbst dem Laien fällt auf, daß dieser Text nicht so recht zum restlichen Werk paßt.
Erstens hätte Josephus einem in seinen Augen so unbedeutenden Ereignis kaum soviel Beachtung geschenkt (schließlich tummelten sich zu jener Zeit unzählige Propheten und weise Männer in Palästina), zweitens war Josephus kein Christ, sondern Jude und verfiel wohl kaum auf die Idee, Jesus als Messias zu bezeichnen, und drittens beschreibt er Wundertäter und andere Heilsbringer eher vorsichtig konjunktivisch und kritisch.
Eine andere Stelle (GESCHICHTE DES JÜDISCHEN KRIEGES, 2. Buch, 13,5), in der es um »einen falschen Propheten aus Ägypten« geht, macht dies deutlich: »Es war nämlich ein Betrüger ins Land gekommen, der sich das Ansehen eines Propheten verschafft und gegen dreißigtausend Betrogene um sich gesammelt hatte.«
Mit diesen zog er aus der Wüste auf den ». . . Ölberg, von wo aus er mit Gewalt in Jerusalem einzudringen gedachte«. Im folgenden wird dieses Vorhaben von »der römischen Garnison und unterstützt vom ganzen Volke« vereitelt, und der »Ägypter« macht sich mit wenigen Getreuen auf und davon. Ist hier auch nicht Jesus gemeint (man vermutet hinter dem »falschen Propheten« den Paulus), so wird Josephus doch wohl eher so oder so ähnlich über Jesus berichtet haben.
Somit bliebe als einzige Quelle die Bibel, und deren historische Authentizität ist mit Vorsicht zu genießen.

Worum geht es de Silva also?
Er erzählt eine Geschichte von zwei weisen Männern, der eine aus dem Fernen, der andere aus dem Nahen Osten (und damit unserem Kulturkreis nahestehend).
So unterschiedlich ihre Herkunft auch ist, in ihren Zielen sowie Vorstellungen und in ihrer uneingeschränkten Liebe zu den Menschen sind sie sich sehr ähnlich.
Nun treffen in diesem Roman nicht nur zwei Menschen mit gleichen Ideen aufeinander, die sich fortan zusammentun. Vielmehr entwickeln sie sich an- und durch einander, und dem Autor gelingt es, hier einen besonderen Spannungsbogen einzubauen, indem er die Entwicklung der beiden diametral verlaufen läßt: Der eine, Alara, ist von vornehmer Geburt, wird König und entsagt schließlich dem Thron, um als Lehrer und Bettelmönch durch die Lande zu ziehen.
Der andere, Jesus von Nazareth, kommt aus bescheidenen Verhältnissen und wird auf dem Höhepunkt seines Erfolgs von Freund und Feind als König der Juden gefeiert bzw. gefürchtet.
Damit nicht genug, ist Alara zunächst Jesu Lehrer und vermittelt dem wißbegierigen Jüngling die Lehren und Weisheiten Indiens. Aber wieder zurück in Palästina, verkehrt sich diese Rollenverteilung: Jesus wird zum Magnet für die Massen, und Alara ordnet sich ihm und seinem göttlichen Auftrag willig unter – als Freund, als Vertrauter und als Chronist. Letzteres ist ein schriftstellerischer Trick de Silvas, erleben wir Jesu Wirken durch die Augen einer ihm nahestehenden Person.
Arthur Conan Doyle tat das gleiche, als er seinem Sherlock Holmes den Dr. Watson zur Seite gab.
Alara ist mit den östlichen Lehren groß geworden, und er führt seinen »Lehrling« in die Welt dieser Philosophien ein, wohl wissend, daß bei dem Jüngling mit seiner angeborenen

Liebe zu den Menschen, allem Leben und allen Dingen das Potential zum Guten im Rohzustand vorhanden ist und nur darauf wartet, bearbeitet, verfeinert und vervollkommnet zu werden.

Im Westen findet sich zu jener Zeit kaum Entsprechendes, mit dem sich Jesus auf seine Aufgabe vorbereiten könnte. Die Römer haben mit Waffengewalt ihre Form des Friedens gebracht, die griechischen Philosophien eignen sich eher dazu, den Geist zu schulen, als den Massen neue Hoffnung zu geben, und die Götter der Sumerer, Ägypter oder Babylonier sind grausam und auf Opfer erpicht.

So finden sich allein in Indien die notwendigen geistigen Voraussetzungen, um eine solide Grundlage für eine menschenfreundliche Lehre der Liebe zu schaffen.

Jesus lernt dort vieles, was ihm bei seinem späteren Wirken in Judäa und Galiläa zugute kommt, und viele der »Wunder« sind auf seine Yogi-Ausbildung zurückzuführen.

Dadurch schlägt der Autor – übrigens gebürtiger Srilanker – einen interessanten Bogen zwischen West und Ost, Europa und Asien. Er arbeitet Gemeinsamkeiten zwischen dem Buddhismus und Jesu Lehren heraus und zeigt auf, wie beide sich in der gelebten Liebe ideal ergänzen.

Ein ehrgeiziges Unterfangen, daß wohl niemals in dieser Weise hätte gelingen können, verspürte der Autor nicht selbst auch eine ganz besondere Liebe zu den Menschen ...

Die Liebe, auf die wir Leser hier stoßen, ist nicht die zwischen Mann und Frau oder auch zwischen Mann und Mann (de Silva kennt hier wirklich keine Vorurteile).

Denn mögen Paare sich auch noch so sehr lieben, das Spannungsfeld der Sexualität, Bestandteil solcher Verbindungen, führt letztendlich zu Besitzansprüchen und Eifersucht (z. B. Simeon und seine diversen Liebschaften) oder zur Verachtung des Partners (z. B. Herodias und Herodes).

Beides steht der verstehenden, verzeihenden und verständnisvollen Liebe entgegen, von der hier die Rede ist.
Jesus und Alara, die sich beide der Keuschheit verschrieben haben, pflegen und verbreiten hingegen die Agape, die reine, nicht fordernde Liebe. Und wie anders als mit einem solchen Ansatz ließe sich der unterdrückten und geschundenen Bevölkerung Palästinas wie auch der ganzen Welt neue Hoffnung und neues Selbstbewußtsein geben? Dennoch stößt Jesus mit seiner im wahrsten Sinn des Wortes frohen Botschaft auf Widersacher. Bei seinen Feinden handelt es sich nicht unbedingt um die Mächtigen im Lande – Pilatus, der römische Statthalter, spricht ihn zunächst von allen Anklagen frei, und der Tetrarch Herodes erhofft sich gar, Jesus könne ihn von seinem Leiden, wohl die Zuckerkrankheit, erlösen –, sondern um die Hüter von Sitte, Gebräuchen und Religion.
Die Pharisäer dulden in ihrer Selbstgerechtigkeit keine Veränderungen, in denen sie eine Bedrohung ihrer Macht sehen.
Exemplarisch wird dies am Hohenpriester Kaiaphas deutlich: Jesus steht seinen Ambitionen entgegen; denn in Wahrheit will Kaiaphas keine Umkehrung der bestehenden Verhältnisse, sondern sich lediglich selbst an die Spitze seines Volkes bringen. Doch der wahre Grund für seine schließlich unversöhnliche Feindschaft Jesus gegenüber ist nicht Rivalität, sondern mangelnde Liebesfähigkeit des Hohenpriesters. Kaiaphas/Zadok hat nie Liebe erfahren, weiß damit nichts anzufangen und liebt nicht einmal sich selbst.
Bei dieser Figur mußte de Silva gleich zweifach einen Kunstgriff anwenden. Der historische Kaiaphas war verheiratet und Schwiegersohn seines Förderers Hannas (der im Roman als sein Onkel auftritt). Ein Ehemann hätte aber sicher in seinem Leben, vielleicht sogar für längere Zeit,

Liebe erfahren und wäre damit als Antipode zu Jesus kaum noch tauglich gewesen.

Zum anderen ist der Ornat des Hohenpriesters von den Römern in Verwahrung genommen und weggeschlossen worden. Nur zu besonderen Feiertagen bekam der Hohepriester ihn ausgehändigt, um ihn danach sofort wieder abgeben zu müssen – auch eine Form der römischen Herrschaftsausübung.

Wenn nun de Silva den Hohenpriester bei jeder Gelegenheit in diesem Festgewand auftreten läßt, will er damit deutlich machen, wie wenig befriedigend äußerer Schein für einen Menschen ohne Liebe ist. Kaiaphas/Zadok strebt zwar nach dem Ornat, aber nur, weil er hofft, durch diesen Schmuck Glück und Erfüllung zu finden – was ihm natürlich versagt bleibt.

Alles, was ihn dann noch von seiner unausgefüllten Existenz ablenken kann, ist sein Haß auf Jesus, und dieser steigert sich, ja mehr ihm seine eigene Bedeutungslosigkeit bewußt wird, ins Krankhafte. Und als er glaubt, über seinen großen Feind triumphiert zu haben, wird ihm schon wenig später die große Leere in sich bewußt.

Ähnlich verhält es sich mit Jesu zweitem Feind, seiner großen Widersacherin Herodias. Sie kennt zwar die Liebe, doch nur die zu sich selbst. Ihrer Egozentrik ordnet sie alles andere unter (selbst den ehelichen Beischlaf mit ihrem Gemahl pflegt sie nur, um von ihm eine Gunst zu erlangen oder ihn damit dazu zu bewegen, bestimmte Maßnahmen in ihrem Sinne zu ergreifen).

Aber auch Herodias spürt, daß Eigenliebe kein erfülltes Leben garantiert. So entwickelt sie paranoide Ängste und ein abnormes Streben nach Sicherheit. Sie fühlt sich von den einen verschmäht und von den anderen bedroht.

Herodias strebt danach, die Menschen in ihrer Umgebung

zu manipulieren und unter ihren Willen zu zwingen, und die, die ihr von außen gefährlich werden könnten, zu vernichten. Als sie in ihrem Wahn fürchtet, alles entgleite ihr, macht sie sogar ihre Tochter Salome zu ihrem Werkzeug. Um die Gefahr durch Johannes auszuschalten, steuert sie sie ins Bett ihres Gemahls und treibt sie nach der Erfüllung ihres Wunschs in den Selbstmord, um eine lästige Mitwisserin zu beseitigen.
Eine konsequente Darstellung der Entmenschlichung, die pure Eigenliebe in einem Menschen bewirken kann.
Um diese Entwicklung in ihrer ganzen Grausamkeit nachzeichnen zu können, mußte de Silva die historischen Fakten ein wenig verändern. In Wahrheit hat Salome nämlich nicht nach der Enthauptung des Täufers Hand an sich selbst gelegt, sondern noch einige Jahrzehnte gelebt und sich zweimal verheiratet.
Zum Schluß und zum besseren Verständnis dieses Romans seien noch zwei Hinweise auf historische Abänderungen gestattet, die dem Autor für den Ablauf der Handlung wichtig erschienen und für eine solche Geschichte durchaus legitim sind.
Babylon, die Stadt, die von den drei Königen aus dem Osten besucht, von Jesus aber gefürchtet wird (er weigert sich standhaft, sie zu betreten), steht hier stellvertretend für Sünde und Verderbtheit, für Grausamkeit und Unterdrückung.
Jesus richtet seine Botschaft an alle Menschen (nicht nur Juden, auch Römer und andere kommen in deren Genuß), die guten Willens sind oder sich trotz eines sündhaften Lebens ein gutes Herz bewahrt haben. Doch die Verstockten und Hartnäckigen überläßt er der himmlischen Gerechtigkeit (Alara sieht in einer seiner inneren Visionen Jesus, wie er am Tag des Jüngsten Gerichts als Anwalt der Seelen

auftritt, jedoch nur für die spricht, die sich zu Lebzeiten zur Umkehr bereitgefunden haben). Babylon hingegen beherbergt das Böse und Verruchte, Reue und Umkehr sind dort unbekannt.

Diese Sicht Babylons entspricht alter jüdischer Denkweise. Historisch gesehen war Babylon jedoch zur Zeitenwende weiter denn je von seiner einstigen Größe entfernt. Nach der Eroberung durch die Perser (539 v. Chr.) verlor es seinen Status als Hauptstadt, behielt aber seine Bedeutung als geistiges und kulturelles Zentrum Mesopotamiens noch für eine Weile.

Zur Römerzeit war von Babylon kaum mehr als ein Trümmerfeld übriggeblieben, das von den Bauern der umliegenden Dörfer als Steinbruch genutzt wurde. Ob in den Tagen Jesu und Alaras dort noch eine – wenn auch stark dezimierte – Bevölkerung existierte, ist ungewiß. Bis zur Freilegung des Orts durch Archäologen Anfang unseres Jahrhunderts war die Lage der Stadt vollständig in Vergessenheit geraten.

Ein anderer Punkt: Der Autor schreibt, daß Alara und Jesus drei Jahre brauchen, um vom indischen Kapilavatthu (ich habe mich für die ältere Schreibweise der Stadt entschieden und nicht die modernere, aus dem Englischen zu uns gekommene Bezeichnung Kapilavastu gewählt) zurück nach Galiläa zu gelangen.

Es darf vermutet werden, daß de Silva sich für diesen Zeitraum entschied, um die zeitliche Differenz bis zum in der Bibel belegten Auftreten Jesu in seiner Heimat zu überbrücken.

In Wahrheit dürfte eine solche Reise kaum ein Drittel dieser Zeitspanne gedauert haben. Auf einer Römerstraße konnte ein Fuhrwerk, das sich nicht wesentlich schneller als ein Fußgänger bewegte, bis zu vierzig Kilometer am Tag zurücklegen. Die alten Handelsstraßen zwischen Ost und

West, über die Alara und Jesus gezogen sind (s. auch Karte), befanden sich sicher in einem ähnlich guten Zustand.
Sechstausend Kilometer trennen Kapilavatthu von Galiläa. Geht man davon aus, daß Alara und Jesus nur zwanzig Kilometer am Tag zurücklegten (schließlich mußten sie sich ja noch ihr Essen erbetteln) und am einen oder anderen Ort länger auf eine Anschlußkarawane warten mußten, hätten sie den Weg gut und gerne in zwölf Monaten, höchstenfalls anderthalb Jahren zurücklegen können.
Sollte dem Leser noch die eine oder andere historische Ungereimtheit auffallen, so möge er dies nachsehen. Schließlich steht es jedem Autor zu, seine Geschichte so zu erzählen, wie ihm das am besten, sinnvollsten und wirkungsvollsten erscheint. Und bei diesem Bemühen ist es auch statthaft, Begebenheiten zusammenzufassen oder zu verändern, um die Botschaft des Romans dem Leser verständlicher zu machen.
Ganz besonders trifft das auf ein Werk wie dem vorliegenden zu, in dem der Autor es auf sich genommen hat, in einer ebenso tiefgründigen wie ungewöhnlichen Darstellung Jesu Mission ins Zentrum zu stellen und für uns lebendig werden zu lassen.